ISBN 978-1-334-31592-3
PIBN 10515145

This book is a reproduction of an important historical work. Forgotten Books uses
state-of-the-art technology to digitally reconstruct the work, preserving the original format
whilst repairing imperfections present in the aged copy. In rare cases, an imperfection in
the original, such as a blemish or missing page, may be replicated in our edition. We do,
however, repair the vast majority of imperfections successfully; any imperfections that
remain are intentionally left to preserve the state of such historical works.

1 MONTH OF
FREE
READING

at

www.ForgottenBooks.com

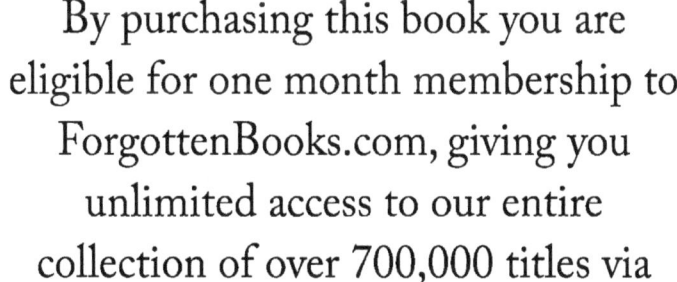

By purchasing this book you are eligible for one month membership to ForgottenBooks.com, giving you unlimited access to our entire collection of over 700,000 titles via our web site and mobile apps.

To claim your free month visit:
www.forgottenbooks.com/free515145

English
Français
Deutsche
Italiano
Español
Português

www.forgottenbooks.com

Mythology Photography **Fiction**
Fishing Christianity **Art** Cooking
Essays Buddhism Freemasonry
Medicine **Biology** Music **Ancient**
Egypt Evolution Carpentry Physics
Dance Geology **Mathematics** Fitness
Shakespeare **Folklore** Yoga Marketing
Confidence Immortality Biographies
Poetry **Psychology** Witchcraft
Electronics Chemistry History **Law**
Accounting **Philosophy** Anthropology
Alchemy Drama Quantum Mechanics
Atheism Sexual Health **Ancient History**
Entrepreneurship Languages Sport
Paleontology Needlework Islam
Metaphysics Investment Archaeology
Parenting Statistics Criminology
Motivational

LUDWIG HATVANY

DAS VERWUNDETE LAND

Louvet: Assurez-moi du silence, car
je vais toucher le mal et on criera.
Danton: Appuie, touche le mal.
Les murmures dans la salle: Silence,
silence, les blessés....

Sitzung des Nationalkonvents
September 1792.

1921

E. P. TAL & CO. - VERLAG

LEIPZIG - WIEN - ZÜRICH

Dem bogenweiten, hallenden Tor und dem Gitter-
fenster in dem feucht-kalten dunklen Flur jenes K o l o z s -
v á r e r Hauses, wo M a t t h i a s C o r v i n u s geboren
wurde, —

der lautlos-andächtig stillen Mönchsgasse dieser guten
Stadt K o l o z s v á r, wo im bemoosten, zerfallenen Theaterbau ungarische Komödianten es zu allererst wagten, in
ihrer Muttersprache zu spielen, —

dem blanken Schloß zu Z s i b ő und dem wirren Ge-
strüpp, hoch im Schloßpark, über dem Grab der beiden
Schloßherren W e s s e l é n y i, Vater und Sohn, die hier,
rebellische Recken, einst mit ungestümer Muskelkraft und
mit wüstem Wagemut Pläne für ein freies Transsylvanien
schmiedeten, —

den Trümmern der Burg zu E r d ö d, wo der Dichter
P e t ö f i, an eine morsche Säule gelehnt, vor unglück-
licher Liebe kindlich geschluchzt hat, —

dem Garten zu K o l t ó, dem Gartenhaus und seiner
gesegneten Aussicht, wie sie P e t ö f i, hager blaß, aber
nun glücklich — und seine Frau, jung, launisch, schlank,
ihr kurz geschnittenes Haar à la George Sand flatternd, in
ihre längst erloschenen Augen getrunken haben: Berg und
Tal mit dem Schimmer des Kirchturms zwischen dem
schwarzen Fichtenhain am fernen Abhang, —

dem Massengrab zu S e g e s v á r, wo das Skelett
dieses einzigen Dichters, unbekannt unter unbekannten
Soldaten der Freiheit modert, —

einem schilfbedeckten Bauernhaus im Flecken N a g y -
S z a l o n t a, wo ein Mann, namens A r a n y, litt, sah, sang,
um Gefühle, Gedanken, Farben, Qualen dieses Landes in
melodische Worte zu bannen, —

dem Geflüster Rákóczyscher Linden vor dem Schlosse zu Zboró, —

dem reißenden Donaustrom an der lieblichen Stadt Komárom, wo der reißende Strom Jókaischer Erzählung lieblich emporquoll, —

dem weltverlorenen Ort Sztregova, wo ein düsterer Ungar die Tragödie des Menschen schrieb, —

dem schmucken, barocken Palais zu Pozsony, wo Kossuth mit dem Glockenklang seines Wortes die Befreiung Ungarns verkündete und fordernd für die Freiheit der österreichischen Erblande auftrat, —

der Kapelle zu Nagy-Czenk, wo die rastlose Seele des größten Ungarn, des Grafen Stephan Széchényi, ihre ewige Ruhe fand, —

den gelben niedrigen Pfeilern des Herrenhauses zu Jernye und dem grell-bunten Blumenbeet davor, wie sie der Besitzer dieses Herrenhauses und der Maler ungarischer Seele, Paul von Szinnyei-Merse, so oft gesehen und so oft gemalt hat, —

dem rotglühend erhitzten Ofen der winzigen Redaktionsstube zu Nagyvárad, wo die Geister des jüngsten Ungarns sich unheimlich zu regen begannen, und dem Marmor des Várader Kaffeehaustisches, wo der Dichter mit dem Karfunkelauge, Andreas von Ady, seine ersten weitumfassenden, dieses träge Land erschütternden Lieder schrieb, —

dieses Buch ist allen ungarischen Walstätten in Rumänien, in der Tschecho-Slowakei, in Jugoslawien, in Deutsch-Westungarn und es ist vor allem jenem Stumpf des noch übrig gebliebenen ungarischen Kernlandes, seiner freiheitlichen Vergangenheit und seiner trotz alledem unverwüstlichen demokratischen Zukunft zu eigen.

Nicht

dem Verräter seines Friedensprogrammes, dem
Professor der Politik:

WILSON,

nicht

dem wirkenden bösen Geist, dem Journalisten
der Politik:

CLÉMENCEAU,

nicht

dem zynischen Unterhändler und Makler der Politik:

LLOYD GEORGE,

sondern

dem in Verfolgung und Erfahrung, seinem Glauben
und seinen Idealen dienenden Seher der Politik:
dem Dichter

ROMAIN ROLLAND

EINLEITUNG

Die mögliche Unmöglichkeit. — Ein Buch im Staube. — Alfred und Alphonse. — Das Ferne ist nah. — Talent ist Pflicht.

Sie, Romain Rolland, waren es, der den Krieg als eine Schmach an der Menschheit mit reinster und weithinhallendster Stimme verkündet hat. Sie waren der einzige unter allen französischen Schriftstellern, der so viel Seelenkraft besaß, um das vom chauvinistischen Blutrausch durchseuchte Frankreich zu verlassen. Denn Sie wollten alle die heiligsten Lehren der Menschlichkeit und der Duldung, den Gedanken des Weltfriedens, den Bund der Völker und die Idee der allgemeinen Abrüstung unbeeinflußt und ungestört auf dem neutralen Boden der Schweiz vertreten. Für den Triumph der französischen Waffen finden Sie keine Worte. Sie schwebten Au dessus de la mélée, über der Wirrnis (wie ja auch der tröstliche Titel ihres Friedensbuches lautet), während die Welt noch tief in der Wirrnis kreiste, — und auch jetzt schweben Sie über ihr, während Ihre Landsleute, die gesiegt zu haben meinen, sich in die verhängnisvolle Täuschung verirren, die Wirrnis sei durch d i e s e n F r i e d e n für immer zu Ende.

Ich möchte nun zu Ihnen reden. Ich möchte Fragen an Sie stellen: Und ich bitte Sie sehr, daß Sie meine Gewissensfragen nicht ohne das gute Gnadengeschenk einer Antwort lassen. Mit welchem Recht ich mich an Sie herandränge? Nun, vor allem mit dem Rechte des Lesers. Aber es finden sich ja für mich vielleicht auch noch andere Rechtstitel. Ich beginne damit, daß ich sie der Reihe nach einzeln aufzähle.

⁂

Es ist wohl fünf Jahre her, R o m a i n R o l l a n d, daß ich mir zum erstenmal sagte: Es kann nicht sein, denn es ist unmöglich. Und dies sagte gar nicht mein Mund und wurde nicht zum Worte. Meine Schläfen hämmerten, der Kopf schwindelte mir, jeder Wirbelknochen meines Rückgrates lebte ein pulsendes Sonderleben. Jeder Atemzug war eine stechend-schmerzende Empörung. Und während noch das Entsetzliche in blöder Begeisterung heulend über alle Straßen zog, fühlte ich in mir immer und immerzu das Wachsen eines Schreis von der bedrückten Brust zu der verschnürten Kehle und dem zusammengekniffenen Mund empor: Es kann nicht sein. Nein, das kann nicht sein. Das darf nicht sein. Denn das ist ganz unmöglich! Um mich herum flackern Augen. Und ich erlebe es, wie rings das Unmögliche möglich wird. Wieso kam das? Ich begreife es nicht. Nein. Ich werde es nie verstehen, daß Väter, Mütter, Söhne, Frauen und Bräute über sich selbst die Trauer und den Tod aussprechen.

Noch sehe ich, wie das Volk vor den Politischen Klub zieht. Ich höre den parlamentarischen Henkersknecht, den verflucht eleganten Monokelkerl, der zwar um die weit zugeschnittene, dicke Haut seines eigenen Körpers gar sehr besorgt ist, der aber leeren Kopfes und vollen Mundes seine zum Tod hetzende Rede um so wilder über alle Köpfe und über alle klingenden Trambahnen hinweg in den barbarischen Widerhall der Straße hinabbellt. Unten die Elenden, die Zerlumpten, die zum Tode Verurteilten. Oben schneuzt sich der Mann, wie es einem guten Redner geziemt, würdevoll und klangvoll, daß seine Nüstern schmettern wie eine Kriegsfanfare. Zwischen den Mauern jauchzt das Lebe-hoch. Ist es möglich, daß diese vielen aufgesperrten Mäuler nur da sind, damit die Flintenkugel darin die weiße Hecke der Zähne zerschmettere? Damit in den roten Gaumen die Klinge hineinschlage und die Zunge, der Rede verständige Mittlerin, als blutigen Fetzen hinausschneide? Aber ist denn die Zunge wirklich die Mittlerin eines vernünftigen Gedankens, wenn sie anstatt: t i e f, t i e f, e r s i n k e t i e f, i n s t i e f e G r a b! — sie nun vielmehr: h o c h, h o c h, e r l e b e h o c h! ruft?

Und doch haben diese Menschen, die der Gefangenschaft und dem Tode entgegeneilen, gestern noch die Freiheit geliebt und das Leben. Welches Tier rennt von selbst in die Klinge? Welches Vieh stellt sich freiwillig an die Schlachtbank? Ist es die menschliche Gabe der Vernunft, so unvernünftig zu handeln? Die Menschen haben für mich ein

fremdes Gesicht bekommen und eine fremde
Stimme. Ich bin einsam geworden. Ich kenne niemanden. Gäbe es unter ihnen einen einzigen Bekannten, ich würde ihn fragen, was mit der Menschheit von gestern auf heute geschehen ist?

*

Siehe, dort grüßt mich ein bekanntes Gesicht.
Ein alter Schulkamerad kommt mir entgegen. Er
ist glatzköpfig und trägt einen Zwicker. Sein kleiner
Schnurrbart hängt ihm gar melancholisch herab.
Wir haben uns seit zwanzig Jahren, seit der Schick-
salsstunde unseres Abituriums, nicht wieder gesehen. Damals war er blaß, nun ist er rot, damals
war er scheu und traurig, nun ist er beherzt und
guter Dinge. Er hatte damals Furcht vor der Schule
und der milden Strenge unserer guten Professoren,
aber der Schützengraben und seine eiserne Ordnung
scheint ihm ein erheiterndes Kinderspiel zu sein.
Sonst würde er doch an einem solchen Tag unter
der Melancholie seines Schnurrbartes nicht so ein
lustiges Lächeln bergen? Sind die Menschen aber
seltsame Tiere. . . .

Wir gehen auf einander zu. Er drückt mir die
Hand. Das heißt, er würde sie mir drücken,
aber in meiner Hand ist ja ein Buch. Ein franzö-
sisches Buch, Ihr Buch, R o m a i n R o l l a n d. Ich
habe damals das erste Buch der Jugend Ihres J e a n
C h r i s t o p h e gelesen.

— Französische Bücher liest du?
— Ich lese gute Bücher.
— Du bist kein guter Patriot, — ruft der mit
dem Zwicker giftig und schlägt mir das Buch aus der

Hand. Nun liegt es bleich auf der Erde, schon am ersten Tag der rohen Fäuste gedemütigt, streckt es mir auf seinen beschmierten, auseinander gespreitzten Blättern die Schande des Fühlens und Denkens entgegen.

Hinter mir sammeln sich Hunderte an und hinter den Hunderten drohende Tausend. Ich darf mich nicht bücken, um das Buch aufzuheben, so muß ich schweigen. Man würgt es nieder. Und man betrachtet stumm, wie das noch zuckende Herz eines Dichters vom Pöbel zerstampft wird.

Fünf Jahre lang verschweigt man seine Kränkung. Bis endlich der Tag anbricht, da man wieder laut sprechen darf. Ich habe gesprochen, Sie haben mich erhört. Sie wissen jetzt von unserer gemeinsamen Kränkung, denn die meine ist ja ebenso so gut die Ihre, R o m a i n R o l l a n d.

Im Namen dieses gemeinsamen Leides spreche ich mir das gute Recht zu, um Ihnen von einer zerrissenen Heimat und von den Bitternissen eines ungarischen Pazifisten zu erzählen.

Aber ist es nicht schon eine Anmaßung, daß ich mir das Recht einer gemeinsam mit R o m a i n R o l l a n d erlittenen Kränkung zuspreche? Ist das keine zudringliche Kühnheit eines Unbekannten, sich mit dem unbekannten oder doch verkannten Leid eines unbekannten Landes an Sie zu wenden, der Sie doch mit all Ihrer Zeit der ganzen Welt und der ganzen Menschheit gehören? Ich fühle die Vermessenheit meines Tuns und fühle auch, daß es noch so mancher Rechtfertigungen bedarf.

Aus jenen sehr jungen Jahren, da ich von allen Dichtern nur den mit seinem p r o f i l c h e v a l i n, den mit dem Profil eines edlen Pferdes, einzig und allein nur A l f r e d d e M u s s e t liebte, blieben mir lange, lange Alexandriner eines langen, langen Gedichtes im Sinne. Ein winselndes Klagelied, das dieser immer verliebte Jüngling einst in einer längst versunkenen Faschingsnacht A l p h o n s e d e L a m a r - t i n e entgegengeschluchzt hat. Der arme, liebe Alfred, das Idol unserer Gymnasiastenzeit, war nämlich, so lange er auf diesem Erdenrund lebte, nur ein absinth- krankes altes Kind. Ein kleiner Dandy war er und ein großer Poet dazu, sonst nichts. Als er sich nun in- mitten der Faschingsfreude so furchtbar verlassen und für ewig allein fühlt, schickt es aus den Tiefen seiner verwaisten Verzweiflung einen gellenden Schicksalschrei zu dem heitergestimmten Alphonse empor. Denn Alfred, dieses enfant terrible des Olymps, ist ja wie alle Kinder stets neugierig gewesen. Er will gar zu gerne hinter das Geheimnis kom- men, ob der andere Poet, der wohl kein Kind ist, sondern ein aufrechter Mann und ein Dichter mit dem Wohllaut des Psalmisten auf seinen schön- geschwungenen Lippen, ob er aber, eben jener A l p h o n s e d e L a m a r t i n e, mit seiner engelhaft melodischen Ruhe, auch nur so ein Mensch sei wie wir alle? Erde von unserer Erde, Blut von unserem Blute? Und wenn ihn seine Freunde verlassen, wenn ihn seine Geliebte be- trügt, ob er da auch ganz so wie wir alle gewöhn- lichen Sterblichen haltlos zusammenbricht? Und ob ihn nie ein Zweifel an sich selbst und an der Menschheit gepackt und durchschüttelt habe?

N o n, A l p h o n s e, j a m a i s! — nein, Alphonse, du hast niemals gezweifelt, antwortete Alfred auf die selbst gestellte Frage, denn es ist ja bekanntlich das größte Unglück im Unglück, daß man sich das Glück der Glücklichen reiner und vollkommener vorstellt als es in Wirklichkeit ist.

Ich bin kein M u s s e t. Ich habe keine ewigen Gedichte geschrieben. Diese Feder hat bloß für das Leben eines Tages, für den Tod am nächsten Tag bestimmte Zeilen auf flüchtiges Zeitungspapier gekritzelt. Aber mein Schmerz, wenn auch nicht größer, ist wohl würdiger als der des in die Unendlichkeit der Zeiten hineinschluchzenden französischen Jünglings. Denn meine Qual ist keine rührselige Gefühlsduselei, die den Jüngling zum Manne stählt. Meine Qual ist die tragische des Mannes, die droht, den von ihr Ergriffenen zu zerbrechen. Mein Zweifel verwundet mehr, als wenn mich nur meine Geliebte und mein Freund verlassen hätten. Ich habe mich selbst verlassen, R o m a i n R o l l a n d, seitdem mich der Glaube an den Frieden verlassen hat.

D e n n i c h g l a u b e a n k e i n e n F r i e d e n u n t e r M e n s c h e n. I c h g l a u b e n i c h t a n d e n B u n d d e r f r e i e n V ö l k e r. I c h g l a u b e n i c h t a n d i e A b r ü s t u n g. Ich glaube nicht an ein lebenswertes Leben, ich glaube nicht an einen sterbenswerten Tod. Der Boden hat sich unter meinen Füßen aufgetan, ich bin in eine tiefe Grube gefallen.

Sagen Sie, R o m a i n R o l l a n d, antworten Sie, haben nicht auch Ihnen solch' grausame Stunden des Zweifels geschlagen? Und war dem so, was brachte Ihnen Rettung? Woran klammerten Sie sich, um wieder zur Besinnung zu kommen? Was tröstet Sie, wenn Ihre Landsleute Sie als schlechten Franzosen verschreien, wenn man Sie mißversteht und verfolgt? Sind Sie ihrer Sache so gewiß, um den Beschuldigungen stets offenen Hauptes entgegenzutreten? Woher nehmen Sie diese innere Sicherheit? In langen Nächten richtete ich tausend Fragen fieberhaft drängend an Sie, der doch so lange mein d o l c e M a e s t r o, mein guter Führer war und an dessen tröstendes Wort — o, welch schwerer Schmerz! — ich nicht mehr glauben kann.

Ich glaube nicht mehr, denn ich habe erfahren. Es gibt keine dichterische Phantasie, selbst die Ihre nicht, die das Entsetzen dieser Erfahrung aufwöge. Erlauben Sie mir, bevor ich Sie mit meinen Fragen bestürme, über diese Erfahrung, und zwar mit vollständiger Ausführlichkeit, Rechenschaft abzulegen.

Sie sind der einzige Franzose, der weiß, daß es nicht nur Franzosen auf der Welt gibt. Das heißt, Sie sind der einzige, der weiß, daß alle Nichtfranzosen gleichfalls Menschen sind. Das Ferne ist Ihnen nah, das Fremde ist Ihnen verwandt, befreundet und bekannt.

Ihnen ist selbst Ihr Erbfeind kein Feind. Ihnen ist der Deutsche kein Boche, Ihnen ist die Seele des Deutschen, die strömende Seele des Liedes eine reine Offenbarung, denn für Sie, mein Poet, haben sich durch die Musik, wie noch keinem vom gallischen Stamme, die fremden Seelen aller fremden Völker aufgetan. Beethoven hat Sie zu Goethe getragen. Sie haben aus dem Lied des deutschen Volkes Gottfried Keller erfühlt. Sie wissen aus der slawischen Musik um den großen russischen Roman.

So gelangten Sie, wenn auch Franzose, mit einem französischen Buche neben den deutschen Entwicklungsroman und neben die russischen Lebensromanschriftsteller, so strebten Sie in das Reich Goethes und Gottfried Kellers und Tolstois, als ein mit der urlateinischen Gabe des Maßes und der Eleganz gesegneter, sanfter Jünger dieser wilden, maßlosen und unbändig-ungeschlachten großen Gesellen. Die Unendlichkeit des Lebens, die jene Barbaren in der Inkommensurabilität (dies ist Goethes Wort!) ihrer gliederungslosen grandios-verworrenen Arbeiten ausgedrückt haben, — Sie waren bescheiden bestrebt, diese Unendlichkeit in das Endliche, die ganze reiche Fülle des Lebens in die zehn schön geschwungenen Amphoren ihres J e a n C h r i s t o p h e einzuschenken.

Der so vieles versteht, der von so vielem weiß, der solch dämonische Zaubermacht besitzt, zu dem Lieblingssohn Europas möchte ich jetzt von einem Stiefkind Europas, von Ungarn sprechen.

Für den wahren Dichter ist in jedem leidenden Menschen das Leid der ganzen Menschheit enthalten. Der Dichter R o m a i n R o l l a n d darf also das Leiden von mehr als zehn Millionen Magyaren nicht gleichgültig betrachten. Er muß Worte für uns finden. Talent ist Pflicht, viel mehr als jeder Adel. Und besonders wenn ich sage, daß Ungarn leidet,

weil es bisher mit einer in der Weltgeschichte unerhörten Folgerichtigkeit die ideale und ideelle Politik des Pazifismus zur Tat verwirklicht hat, wird
ein berufener Verkünder des Friedensgedankens
wie Sie, in dieser nationalen Sache sicher die welt-
bedeutende, heiligste Sache der ganzen Menschheit
fühlen. Unser ungarischer Boden ist von der
symbolischen Tragödie der ganzen Menschheit erschüttert worden. Dies ist hier der ewige Kampf
zwischen Materie und Idee, und es scheint beinahe,
als wäre er zugunsten der alles niederringenden
Materie ausgetragen worden. Wenn dem nun aber
wirklich so ist und wenn wir in unserer gerechten
Streitsache vergeblich an Sie und an die Welt appellieren, dann hat Ungarns Zusammenbruch den
Bankerott der besten Bestrebungen aller unserer
Denker und die ewige, traurige Unverwirklich-
barkeit jeder Friedenspolitik zu bedeuten.

ERSTES KAPITEL

Ein verkanntes Volk und. eine verborgene Literatur
oder der Roman eines Landes. — Ungarisches Para-
doxon. — Leere Namen und trockene Blätter. —
Die Statistik der Seele. — Der friedliche Kriegs-
gesang.

H u s z á r, — dieses ungarische Wort ist gemein-
sames Eigentum aller Sprachen. Dies ist eine militärische Huldigung, die die Söhne aller Länder dem
Magyaren darbieten. Vom ungarischen Husaren
weiß die ganze Welt. Sonst, fürchte ich, weiß man
nicht viel mehr von uns.

Wie kommt es denn, daß von allen Nationen
sich eben die der Husaren die Politik des Friedens
zu eigen gemacht hat? Ist es denkbar: was anderswo
als ewige Opposition der Ideale kämpft — in Wort
und Schrift — soll gerade bei uns einen Augenblick
lang eine handelnde Macht gewesen sein?

Um dieses ungarische Paradoxon zu verstehen,
müßte erst verständlich gemacht werden, wieso es
dazu kam, daß die pazifistische Richtung gerade im
Lande der Husaren Boden gewinnen, ja sogar
regieren und schließlich zur Endkatastrophe führen
konnte. Eine fünfaktige Tragödie kann nicht mit

dem Ende anheben. Man muß mit dem Beginn beginnen und weit, weit in die Vergangenheit
zurückgreifen. Ich bitte Sie, R o m a i n R o l l a n d,
folgen Sie mir raschen Fluges durch die hundert-
jährigen wechselvollen Schicksale von Menschen und
von Ideen, die hier mit der Fata Morgana der
Puszten, in ewigen Formen, aber doch in ewiger
Neuheit, überraschend aufeinander gefolgt sind. Ich
werbe nicht um Mitleid. Ich hätte gerne, Sie
gewännen lieb, was wir lieben, und Sie be-
wunderten, was wir bewundern. Denn nur diese
Liebe und diese Bewunderung wird Ihnen verständlich machen, was dieses kleine und so oft
verkannte Land, in dem Augenblick, da es zur
höchsten Höhe des friedlichen Menschentums empor-
wuchs, in die tiefste Tiefe des jämmerlichsten Nieder-
bruchs stürzen mußte. Ich bitte, R o m a i n R o l l a n d
um Ihre Geduld und um Ihre divinatorische Aufmerksamkeit.

Nun suche ich, welche Ideen oder Worte oder
Farben oder Töne oder Namen es sind, die in Ihnen
auf das Wort: U n g a r n Resonanz finden. Ungarische Idee? Ich bin nur ein ungarischer Skribent,
mein Herr und Poet, — aber ich weiß um den erniedrigenden Schmerz aller Magyaren, daß selbst
die schönsten Gedanken, die sich je ein Ungar erdacht hat, der ganze aufgehäufte Schatz der ungarischen Gefühle und Phantasien, nur ein für ewig
verborgener Schatz ist, von dem die Welt keine
Kenntnis nimmt. Ungarische Worte? Ihr Rhythmus
ist nur unseren Ohren melodisch, ihre Weise nur
unseren Seelen sich einschmeichelnd. Ungarische

Farbe? Jetzt blitzt in Ihnen vielleicht ein Gemälde
von M u n k á c s y auf, eine weite Pusztengegend,
mit dem im Abenddunst rot sinkenden schweren
Sonnenball, mit schwimmendem Staube in den rot-
gebadeten Sonnenstrahlen, mit einem jagenden
Wagen auf einem weglosen Weg. Diese unendliche
Landschaft, sehen Sie, das ist die ungarische Landschaft und dieser Pinsel, der wie ein Zigeuner-
fiedelbogen vibriert, ist der des ungarischen Künstlers. Dies vermögen Sie wohl zu ahnen, der Sie Ihre
empfängliche Seele gewiß mehr als einmal in die
gesundbadende Flut der ungarischen Musik getaucht
haben. Und wie der kleine J e a n   C h r i s t o p h e,
der sich zu den Tönen: Leben, Formen, und Märchen
aussinnt, so haben wohl auch Sie sich zur ungarischen Musik den ungarischen Menschen, das ungarische Leben und seinen Ausdruck, die ungarische
Literatur erdacht. T i e f s i n n i g,   t r o t z i g   n a c h
Z i g e u n e r a r t,   schreibt Liszt über eine seiner
ungarischen Rhapsodien. Ich berufe mich auf diesen
großen Zeugen, daß die ungarische Seele auch tief-
sinnig sein kann und nicht, wie man überall so leichtfertig annimmt, nur eben wild und unbändig. Aber
den Namen jener Magyaren, in denen jene wild-
chaotische Tiefe der ungarischen Seele zur Oberfläche drängt, kennen nur wir Magyaren, die Welt
gedenkt ihrer nicht. Ihre Seele, R o m a i n   R o l l a n d,
ist zwar aller Kulturen voll und doch hat der Zufall
— trocken raschelnde Blätter im Wind — gewiß
nur einige schwer aussprechbare, nichtssagende
ungarische Namen vor Sie hingewirbelt. R á k o c z i
und K o s s u t h und P e t ö f i, vielleicht auch noch
J ó k a i, ziehen wie eine uninteressante Prozession

geschichtlicher Gestalten mit geschlossenen Augen an Ihnen vorüber. Vielleicht noch einige moderne Namen: T i s z a, A n d r á s s y, A p p o n y i, K á r o-l y i. Auch die verkümmerte Figur des ungarischen Kommunismus, B é l a K u n, hat ihren verzerrten Ruf ins Ausland geschickt. Das ist alles. Für uns: aller Ruhm, für uns: jede Erniedrigung, — für Sie nichts.

In diese leeren Namen muß ich Inhalt gießen, um dem Pazifisten R o m a i n R o l l a n d dieses merk-würdige Land zu zeigen, welches in echtester pazifi-stischer Gesinnung einmal das große Experiment einer friedlichen Lösung des Weltproblems gewagt hat, um nun wie ein Messias aller Länder für den Hader aller Völker unschuldig zu büßen.

*

Die Statistiker legten jetzt wohl, um Leben und Kraft des einst gewesenen Ungarns zu beweisen, Ihnen Namen und Zahl unserer Fabriksschlote und Essen und Bergwerke und Eisenbahnen und Städte vor. Sie nähmen diese Liste sicher zur Kenntnis und wendeten sich hierauf an den Statistiker mit dieser Frage: Wo ist die Seele dieses Körpers? Wo ist das Wesen dieses Äußerlichen? Denn nur Sie als Dichter können wissen: das absonderliche und ur-eigene wahre Leben der Nationen wimmele nicht in ihren Börsen und Bureaus, drehe sich nicht in ihren Eisenbahnen, glühe nicht in ihren Gießhütten und Fabriken, sondern lebe einzig und allein in ihrem ausdrucksvollen Worte.

Goethe hat aus dem serbischen Volksliede Ser-biens Macht prophezeit. Und ebenso Prosper

Merimée, als er die Gesänge der Guzla hörte, die große illyrische Zukunft. Diese beiden Dichter haben vor hundert Jahren mit ihren (wie der Hellene sagt) a u s g e h ö h l t e n Ohren mehr gehört als vor fünf Jahren sämtliche Diplomaten Franz Josephs mit ihren verstopften Ohren. Denn die Monarchie hatte keine Seele, nur eine Statistik, die ihre materielle Überlegenheit bewies. Mit dieser toten Masse wollten unsere böswilligen bornierten Diplomaten die sich beseeligt aufschwingenden Seelen der einzelnen Nationalitäten erdrücken. Sie kamen darob zu Fall.

Ich rede zu einem Schriftsteller, der die Statistik der Seele versteht. Deshalb glaube ich, R o m a i n R o l l a n d, Sie werden sich jetzt aus ihren verstreuten Notenheften ungarische Lieder hervorholen und im Rhythmus dieser Lieder eine ungarische Seele suchen und finden.

Und wenn Sie erst die Worte des ungarischen Gesanges verstünden!? Der ungarische Soldat hat keinen blutgierigen Kriegsgesang. Menschlich teilnehmend ist dieses Kriegslied, beinahe brüderlich. Und traurig, sehr traurig. Auf Attilas Erde, seitdem sich die Türken von hier getrollt haben, also schon seit länger als zweihundert Jahren, kämpfen nämlich diese Nachkommen der „H u n n e n" nicht mehr für sich, sondern für die Deutschen, für den österreichischen Kaiser. Maria Theresia hat mit ihrer weiblichen Feder, die den verborgenen Hintergedanken der österreichischen Herrscherdenkungsart leichtsinnig ausplauderte, einem ihrer Vertrauten folgendes geschrieben: „L i e b e r F ü r s t, u n d w e n n a u c h a l l e M a g y a r e n d a b e i s t e r b e n, a b e r b i t t e e r o b e r n S i e m i r B ö h m e n w i ed e r." So sind die Magyaren durch Böhmen, Italien, Deutschland und Frankreich gezogen. So zogen sie aus und lebten und starben in angeborenem Heldenmut, doch im traurigen Pflichtbewußtsein, nur die Leiden der Kriegsdisziplin kennend und niemals ihre Belohnung. Diese Lage war sehr dazu angetan, um auch dem vortrefflichsten Soldaten über den leeren Wahn des schwertschwingenden und flintenknallenden Handwerks manches zu denken zu geben. Diesem Denken und Fühlen gibt das sangesfrohe Volk in seinem Liede Ausdruck. Und so kam es, daß das ungarische Kriegslied zum Lied pazifistischer Helden wurde.

Doch man glaube nicht, daß die Melancholie des ungarischen Gesanges von rührseliger Weichheit sei. Im Gegenteil: dies ist das Leid der Kraft und die Kraft im Leid, mit einem Worte alles andere, nur nicht seichte und rührselige Weibersentimentalität. Kraft in jedem Worte, Kraft in jedem Bilde. Denn der ungarische Gesang besteht aus lauter Bildern. Und zwar aus einer Reihe von so unberührt jungfräulichen Bildern, wie sie auf der Netzhaut des blickenden Auges haften geblieben sind. Ein verlebendigter Gegenstand, eine Gegend verlebendigt in einer einzigen Zeile: so intoniert der ungarische Gesang. Die zweite Zeile rückt bereits mit der intimsten Angelegenheit des Singenden heraus. Mit seiner Liebe oder seiner Freude, seinem Groll oder seiner Trauer. Einen Übergang zwischen den beiden Zeilen gibt es nicht. Das heißt, ein äußeres Zeichen des Überganges ist nicht vorhanden. Das ungarische Volkslied kennt die klügelnde Logik des Vergleiches nicht. Die trockenen Verbindungen der zum Vergleich neben-

einandergestellten Begriffe: das matte W i e und das
ermattende S o w i e. Die Beschreibung der zornigen
Nacht und die Klage des betrübten Burschen, der
glühende Tag und die junge Liebe verschmelzen ohne
jedes Verbindungsglied in der schweißenden Glut
einer einzigen Stimmung. Dieser Gesang ist der gemeinsame Schößling des Auges, des Mundes, der
Ohren, der Nase und des Tastens, sämtlicher rege
werdenden Sinne. Dieser Gesang singt nicht wie das
sinnreiche französische Chanson, darin der Verstand
erst mit seiner Arbeit: Farbe, Ton, Sinn und Gefühl
absondert. Auch nicht wie das deutsche Lied, darin
das Gefühl den sinnfälligen Eindruck erst in den
Morast der Gefühlsduselei versenkt. Im ungarischen
Urgesang singt sich die Urwelt ein Urlied, noch
bevor sich der Urformen ihres seligen Urlebens
menschliches Verstehen und menschliches Gefühl
umformend bemächtigt hat. Puritanisch ist unser
Sang, eine wildwachsende Kornblume, die glücklich blaut im hellen Gelb der Ähren.

---

*) Zwei Beispiele, in denen die kühne Assoziation der
Gedanken, die im ungarischen Text der spielerische Reim
und der Rythmus herbeiführt, allerdings verdunkelt
werden.

Hier ein Kriegsfriedenslied wie es nur der Ungar
kennt:

Es hocken wohl zwei-drei Burschen zu Hause, —
Das Dach der Kaserne wird neu gedeckt.
Die wackersten Burschen sind eingerückt, —
Über euch ihr Mädchen ist auch der Himmel ver-
dunkelt.

Und nun folge der Auftakt eines Liebesliedes: Es
welkt die Rose an der man riecht: es welkt das Mädchen,
das man küßt.

ZWEITES KAPITEL

*Die Sehnsucht nach dem Westen. — Der Hexen-
meister und der kranke Jüngling. — Das Wunder
der Töne.*

Nun stelle man sich vor, daß sich durch diese
sangesfreudige ungarische Seele die Geistesströ-
mungen dieser Welt ergießen. Nichts ist natürlicher, als daß diese frisch drauflosgehende,
urwüchsige und ursprüngliche Eindrucksfähigkeit,
die sich der Ungar aus der asiatischen Urheimat
nach Europa mitgebracht hat, nun alle die hohen
Lehren der europäischen Weisheit mit sehnsüchtigem
Durst einsaugt und sich zu eigen macht.

Wenn Sie, R o m a i n R o l l a n d, der Biblio-
phile, mit Ihrer nervös empfindlichen Hand die
Bücher aufschlagen, die zur Zeit der Aufklärung am
Ende des achtzehnten Jahrhunderts bei uns erschienen sind, ohne von den ungarischen Buchstaben
auch nur ein Wort zu verstehen, werden Sie sofort
die Ebenbilder der damals in Paris und London in
der Mode stehenden Almanache erkennen. Und Sie
werden sagen: Diese Leute haben Goethe und
Rousseau, Voltaire und Herder gelesen.

Was nun die Form und die Buchstaben der

Bücher anbelangt, ist mit ihnen nicht viel Staat zu machen. Unsere Almanache sind mit primitiven, ärmlichen Nachahmungen, mit belächelnswerten, jämmerlichen Bildern geschmückt.

Lächerlich sind sie, zum Weinen lächerlich. Denn es ist zum Weinen, was um dieser armseligen Bücher willen einige wenige in Begeisterung aufwallende wirrlockige Magyaren in diesem Lande der stumpfsinnigsten Gleichgültigkeit leiden. Wozu haben sie auch den „Rappel", daß ein kulturloses Volk Kultur brauche?

Unsere gütige Landesmutter Maria Theresia und ihr äußerst aufgeklärter Sohn, der kränklichverfeinerte Kaiser Joseph, haben ja das Ihrige getan, um die rohen ungarischen Töne für immer in unserer Kehle zu ersticken. Diese Sprache ist ja nur gut für Bauern. . . .

In der Nachbarschaft der Wiener Hofburg steht ein mächtiger, von barocken Verzierungen strotzender Bau. Hier wurde einst des Kaisers ungarische Garde untergebracht. Hieher sollten nun die Söhne des ungarischen Adels gelockt werden und die feinste Hofgesellschaft sollte die Wildlinge zähmen. Hier sollten nämlich — diesen Plan hatte die gekrönte Frau schlau ausgeheckt — die Burschen der Puszta gute Manieren sich aneignen, etwas Deutsch erlernen und vielleicht auch französisch parlieren.

Unsere weisen Regenten haben ihr Ziel erreicht. Doch ganz anders als sie es ursprünglich dachten. Zwar entbrannte der Wissensdurst in den wilden Jungen, aber mit diesem Durst auch das Weh über die unwissende Heimat. Die ungarische

Sehnsucht nach dem Westen ist in dieser Wiener Kaserne zuerst erwacht. Und auch die andere, ewige Sehnsucht aus all dem Prunk der Zivilisation zurück nach dem halbasiatischen Osten. Seither ist das der ewige, nie zu stillende und nie zu lösende Konflikt, in dem die Besten dieses Landes tragisch untergehen. Die Wiener klingenden Ballnächte mit dem rasenden Geflimmer ihrer tausend Kerzen konnten des Kaiser-Königs ungarische Garde die stillen Hüttenfeuer feierlicher Pusztenmondnächte nicht vergessen machen. Die goldbetreßten Soldaten sitzen nun da, über den Schreibtisch gebeugt und übersetzen fein geglättete französische und deutsche Bücher in die ungehobelte Hunnensprache. Habt ihr dies von ungarischen Husaren erwartet? Nach den schwirrenden Hofgesellschaften, nach Küssen und Abenteuern kehren die schönen Magyaren in ihre Kasernenzelle zurück, und, da das kleine Talglicht große, tanzende Schatten an die Wand wirft, erstehen in ihnen kühne Phantasien über ein großes, werdendes magyarisches Kulturland. Sie machen auch Verse. Sie drechseln sogar Alexandrinerdramen à la Racine und Corneille. Sie geben allerhand Bücher heraus. Nun frage ich Sie, R o m a i n R o l l a n d, wo gibt es noch eine solche Kaserne auf Erden, wo gibt es noch solche Soldaten in der ganzen langen Geschichte eurer stolzen Kulturen, die den Arbeitern des Friedens so lieb sein könnten für ewig wie dieses ungarische Haus an der Wiener Hofburg und seine ersten ungarischen Bewohner? . . .

Auch im magyarischen Hinterland der Kultur erwacht es allmählich. Unter diesen Schwärmern ist mir eine feine gebrechliche Gestalt besonders teuer, denn es ist die des Hexenmeisters, auf dessen Gebot, nebst der Donau und der Theiß, nun auf der Puszta das Wasser einer unbekannten Quelle zum erstenmal emporschillert; melodisch entspringt hier ein neuer Strahl einer neuen kastalischen Quelle. Und doch ist unser Hexenmeister nichts weniger als ein Originalgenie. Ein Schwärmer ist er und ein Schöngeist, wie Sie es R o m a i n R o l l a n d, schon aus der Form seiner Bücher ersahen. Er ist ein Leser Goethes und Rousseaus, nur Voltaires und Herders begeisterter Jünger. Aber zu jener Zeit diese zu lesen, war bei uns eine Tat: ein Wagnis, mehr als ein Wagnis: eine Sünde. Eine Versündigung gegen die Hoheit des Staates. In dem Österreich Kaiser Franzens ist das Denken verboten und auch unser magyarischer F r a n z K a z i n c z y gelangt dahin, wohin S i l v i o P e l l i c o gelangte: nach der Endstation aller freien Gedanken in Österreich, nach Kufstein. Die Welt ist ihm verboten, die Liebe, die Sonne, die Bilder und die Töne, die Lerchen und die Zikaden, — nur eines kann ihm nicht verboten werden, Schönes vom Schönen zu träumen. Ich habe seine Manuskripte gelesen, ihre Tinte ist rotes Blut. Der Gefangene schnitt sich die Adern auf, um mit seinem Blute zu schreiben. Denn in seiner dunklen Zelle übersetzte er aus dem Lateinischen und aus dem Französischen, aus dem Griechischen, aus dem Deutschen und aus dem Englischen alle großen Werke der Weltliteratur, Shakespeare, Horaz, Sallust und Goethe, ja sogar Molières Komödien. Man stelle sich den magyarischen Wahn in seiner ganzen Größe vor: da sitzt ein gefangener Tor und übersetzt Werke der göttlichsten Lachlust und gar ins Ungarische! So geht es sieben Jahre lang, dann wird er endlich frei. Seine Haare sind nicht mehr allein von Puder weiß. Auch ist sein Goethekopf en miniature sehr zusammengeschrumpft, aber um so heller leuchtet es um die schöngewölbte Stirne und um die unsagbar milden blauen Augen. Blau, wie diese Augen waren sein Rock und seine Gefühle, weiß, wie die breite Binde unter dem hohen Kragen waren seine Gedanken.

Kaum hat er seine Strafzeit abgebüßt, will er wieder von vorne beginnen, als wäre nichts geschehen. Auch die Eitelkeit treibt ihn, denn er ist eitel wie jeder Schöngeist. Sieben Jahre nicht sprechen dürfen, ist unsagbares Leid, aber noch größeres Leid bedeutet es für den Dichter, daß sieben Jahre nicht über ihn gesprochen wurde.

Doch über die Schwächen eines gebrochenen Körpers, ja selbst über die verzeihliche Eitelkeit des Dichters und über die eigene Schöpferlust hebt ihn eine verzehrende Leidenschaft. Er erstickt seinen Ewigkeitsdrang vor dem Tag, denn er will vor allem nur fördern und nützen.

Jeder Stümper, ob in Prosa oder in Versen, wenn er nur ungarisch dilettiert, ist ihm ein — d u r c h g e i s t i g t e r G ö t t e r s o h n. Er kämpft für die Erneuerung der Sprache, für literarische Zeitschriften, für das ungarische Theater, für Museen, Schulen, Bauten, Akademien. Er bereist das Land immer wieder und herzt und küßt und umarmt und segnet und preist jeden, der da für ein besseres Ungarn strebt. Er schreibt weise Briefe in der Art des Horaz, munter und schalkhaft, nicht ohne Grazie. Aber wichtiger sind seine Briefe ,in Prosa, die er unausgesetzt in alle Windrichtungen ausschickt. Denn in Metternichs Landen erscheinen zwar Zeitungen, sogar ungarische, mit den genauesten Nachrichten über alles, was in Paris und in London geschieht. Über einen Tee bei Madame Bonaparte liest man spaltenlange Berichte, doch über Leben und Tod in seiner eigenen Nachbarschaft kann man in diesen Zeitungen nichts lesen. Denn über die Heimat darf die Zeitung keine Nachrichten bringen.

K a z i n c z y beschließt also, in eigener schmächtiger Person sich in die ganze Publizität zu verwandeln. Er will sämtliche Zeitungen durch seine Briefe ersetzen. Er schreibt so viele Briefe wie Voltaire, jeder Brief ist eine Ermunterung, ein Programm, ein Beginnen, ein Wollen, eine Schöpfung. Man denke sich in diesen Briefen ein geistreiches Telegraphenbureau, ein malitiöses Klatschblatt, eine parfümierte Salonzeitschrift, eine feine literarische Revue und ein lebhaftes politisches Journal zugleich. Denn wenn auch unser K a z i n c z y fern von der Welt lebt, ja sogar fern von der weltfernen Stadt, die damals das kleine elende P e s t war, und wenn er auch ohne Bibliotheken, ohne Gesellschaft, ohne Theater ein biederes Familienleben führt, so ist er doch überall dabei, wo in der Heimat oder im Ausland ein Gedanke sprüht oder wo sich ein Gefühl im Wort eine neue Bahn bricht. Und indem der Verlassene, immer in mehr Schulden und Sorgen versinkend, allein seinen Boden bebaut, hören Sie, R o m a i n R o l l a n d, welch rührender, naiver Einfall in einem ungarischen Schöngeist aufgeht.

Kazinczy gibt dem jämmerlichen Gehöft, dem kleinen Haus am Fuß eines buckligen Berges, worin er sein Dasein im Elend fristet, einen Namen. In diesem Namen ist die erstickte Sehnsucht eines ganzen Lebens enthalten: der Hexenmeister nennt sein, aller Schönheit bares, trauriges Gehöft: S z é p - h a l o m. (Schöner Hügel). Ist dies nicht zum Lächeln? Ist dies nicht zum Weinen? Das ist das ungarische Schicksal, R o m a i n R o l l a n d.

*

Der Sonnenschein, der zur Theiß hinstrahlt, spiegelt sich anders hier und anders an der Spree und an der Seine. In die Almanache verirrt sich mitunter ein Gedicht, vielleicht ist es gar nicht nach dem Geschmack des redigierenden Schöngeists: kein Rokokospitzenwerk, sondern der süße Taumel der Pusztenakazien, wenn der Duft ihrer Dolden frei einherschwebt im Winde der Ebenen. Ein lungenkranker junger Studiosus war es, der als erster auf das Volkslied achtend, nach seinem Rhythmus dichtete und in seiner naiven Art alles aussprach, was das schlecht klopfende große Herz an die Wand seiner engen Brust herandrängte. Denn das Blut dieses an Teilnahmslosigkeit fast erstickenden Jünglings war stets in heftiger Wallung. Er haßt das Kolleg der Kalviner, den gefängnisartigen Bau, — der da versteckt hinter dem Dom und dem Marktplatze, eine scheue Wache über die allzu rege werdenden Geister, auch gegen den Ansturm der stürmischen Gedanken dieses genialen Brausekopfes als ein festes, ewiges Bollwerk dastand.

Was Wunder, daß es diesen Jüngling, der zwar die ganze Welt in seinem Genie trägt, aus dieser

einengenden Provinz der Bauernmetropole D e b r e -
c z e n hinaus in das Weite treibt. Die Bücher
erwecken in dem Ärmsten jene unheilvoll-unga-
rische Sehnsucht nach dem Westen. In seinen
Träumen ist er wohl in Paris, aber in Wirklichkeit würden schon P e s t und O f e n in
ihrer zwar dürftigen städtischen Armseligkeit genügen. Hier könnte man doch wenigstens von
Angesicht zu Angesicht jene Männer sehen, die
inmitten allgemeiner Interesselosigkeit die Arbeit
des Denkens verrichten. Einige Gelder des Kollegs
wurden ihm nun endlich anvertraut und er darf
bald zu Fuß und bald im versinkenden Bauernwagen über alle Ebenen die glückverheißende Reise
nach der Stadt antreten. Er hungert in P e s t, er
liegt krank in Spitälern herum, aber das hohe
Glück wird ihm zuteil, daß er den hehren Gesprächen
der literaturmachenden Gilde zuhören darf. Doch der
entlaufene Scholar muß für diese einzige Freude
seines freudelosen Schicksals hart büßen. Der vaga-
bundierende Geist wird für seine Irrfahrt bestraft.
Da er die ihm anvertrauten Gelder nicht ver-
rechnen kann, wird er aus dem Kolleg relegiert. Mit
einer wehmütigen, aber kecken Rede nimmt er Abschied. Sie ist eine noch nie dagewesene unerhörte
Herausforderung der im Stumpfsinn versunkenen
ungarischen Provinz. Man versteht ihn nicht, denn
solch eine wahrhafte und grollende Liebe zur Heimat
zu verstehen, ist nicht Sache des Ungars, der so gerne
umschmeichelt werden will. Der alte Student wird
verwünscht und nun ist er mit seinem bemoosten
Haupt — da zwischen dem Moos das versteckte
Reis des Lorbeers seine erste Blüte treibt — zum

zicllosen Wanderer aller Landstraßen geworden. Er gibt Unterricht in Dorfschulen, er macht Gelegenheitsgedichte für Hochzeiten und Todesfälle von Herrschaften, die die Worte für Tod und Liebe in klingender Münze bezahlen, — er sitzt in verrauchten Dorfschenken mit dem Pfarrer und mit dem Richter und macht ihnen derbe Späße für einen Bissen Brot und für ein Glas Ungarwein vor. Doch seine Gedanken sind immer europawärts gerichtet, wo man leben und lernen kann, wo die Schriftsteller geachtet und erhört werden.

Auch schreibt er Verse. Die sind keck und herausfordernd wie der ganze Mann. Diese junge Lyrik ist der des jungen Goethe wohl vergleichbar. Nur daß eben dieser pockennarbige Freier kein Goethisch-Glück bei seinem Mädel hat. Seine L i l l a heiratet natürlich einen anderen. Nun wird der Kecke traurig. Doch ein so Echter verfällt nie ins Sentimentale. Selbst durch den Flor seiner tränenden Wehmut ergötzt es ihn, die sinnlichen Formen dieser schönen Welt klar zu beschauen. Und es ersteht vor uns in dem L i l l a - L i e d e r b u c h die liebliche Lilla, wie sie einst war, die kleine Provinzkokette mit ihrem weißen Kichern, mit ihrer weiß winkenden Schürze vor den weiß getünchten niederen Säulen der Loggia des magyarischen Herrenhauses. Dann taucht sie auch im unausbleiblichen ungarischen Obstgarten auf, zwischen dem verstaubten Purpur seiner Rosen unter dem verzweifelten Geäste des in schwerer Last gebeugten Apfelbaumes. Nun schwindet sie wieder hin unter den prallen, gelben Tassen der auf ihren riesigen Schäften sich wiegenden Sonnenblumen oder sie steht da, ein winziges Persönchen unter den saftig aufgequollenen mächtigen Maisstauden. Auch erzittert silbern in diesen Versen der einsame Pusztenbaum, die hohe Pappel im Mondlicht, wie sie sich nächtlich im Sumpfe bespiegelt. Fürwahr dieser Leser und Zeitgenosse des Matthisson und des Metastasio braucht keine mythologische Landschaft als Staffage. Er braucht nur seine Augen zu öffnen und dreist um sich zu schauen. Und mit eigener Stimme weckt er auch das sechzehnsilbige frohe Echo des Tihanyer Felsens über dem ungarischen Plattensee: E r w a c h e, d u d r ö h n e n d e T o c h t e r v o n T i h a n y.

In einer komischen Erzählung nimmt er sich P o p e und B o i l e a u zum Muster. Aber sein Griff ist zupackender als der der feinen Hand jener zierlichzimperlichen Originale. Es entsteht eine herbe Epopöe, zwar ländlich, aber nicht sittlich. Wie das stoßweise Brummen von Baßgeigen in fernen Schenken, wo der Zigeuner fiedelt, so sind mir einzelne groteske Liebesszenen und Gelagebeschreibungen à la T e n i e r s mit breitem Pinsel hingemalt aus dieser zerfallenden, wüsten Erzählung in Erinnerung geblieben. Der hustenreizende Qualm ungarischen Tabaks erfüllt dieses Gedicht, das wahrlich von dem Fett des ungarischen Specks zu triefen scheint.

Dabei vergißt dieses irdisch-sinnliche Wesen das Überirdische nie. Er erzählt auch seine Kämpfe mit dem Metaphysischen. Was über den Sternen wohnt, was nach dem Tode geschieht, ist ihm ein stetes Problem. Und womit er ringt, das wird zum Gedicht. Ja, im Husarenland gibt es auch Menschen, die da mit der ewigen, großen metaphysischen Sorge umgehen, nicht anders im staubigen Akazienwald von Debreczen wie im rein hauchenden Platauenhain von Athen.

Alles Menschliche durchwühlt diesen h u n - n i s c h e n Dichter. Nur eben der Krieg nicht. Obwohl damals Österreichs Kaiser Franz mit Napoleon schwer zu kämpfen hatte. Aber wo unser Dichter die in den Krieg marschierenden Soldaten hört, da singt er nicht mit den Marschierenden. Er wendet sich ab von dem sich nach vorwärts wälzenden Walde der Helme. Denn er sieht unter dem Helm jeden einzelnen Kopf schwer mit Leid und Trauer belastet. Ihm ist ein Heer — um das scheußliche Wort des modernen Krieges zu gebrauchen — kein Menschenmaterial, sondern tausend Schicksale, tausend und abertausend Leben und Tote ist es ihm. Im Lager hat er nur Tränen für das Mädchen, das der Bursche verlassen muß, als ihn am Abend unter v i o l e t t e m Siegel der Befehl zum Abmarsch ereilt. Eine solche Szene mit vier Strichen in karger Wortkraft, doch in ihrer ganzen Wehmut zu beschreiben, das ist die einzige Sache des Dichters. Der Verkünder des Lebens darf den Antrieb zu gewaltsamem Tod mit frevelhaftem Spiel schönklingender Worte nicht geben. Die programmatische Kriegslyrik widerstrebt jedem Künstler. Und gar dem Ungarn, der sehen muß, wie seine Landsleute in die Fremde verschleppt werden, um für Fremde dahinzusterben. Ein einziges verherrlichendes Wort für diese fremde mörderische Tyrannei wäre ein wahrer Verrat an der eigensten Sache des Landes gewesen.

Nennen wir nun den Namen dieser europäischen Seele: Csokonai Vitéz Mihály. Nun es ergeht unserem ungarischen Michel trotz seines erwachenden kleinen Ruhmes noch immer nicht gut, er treibt sich noch immer im Lande herum. Eine Stelle in einer gräflichen Bibliothek zu Pest wäre sein erfüllter Traum. Er schreibt aus seinem ungarischen Dorf dem Grafen in so zerknirschter Demut, wie Dostojewski an den General Totleben aus Sibirien schrieb. Umsonst. Er erhält ein paar Groschen. Das ist alles. Doch er lacht über sich und über das Schicksal des Dichters in Ungarn. In Ungarn? In der ganzen Welt ergeht es ja dem Träumer nicht anders. Csokonai verhöhnt in der Komödie sein eigenes Pech, es widerstrebt ihm einmal nicht, die Fußtritte zu beschreiben, die so ein bettelnder Poet bei Gelegenheit von den Mächtigen dieser Welt erhalten kann. Dieser Mann hat entschieden kein Gefühl für männliche Würde. Er scheint nur ein Gefühl für die Würde des Leids und überhaupt nur für das Leid jedes Daseins zu haben.

Kein Wunder, daß der Dreißigjährige nun in tödlicher Krankheit in dem niedergebrannten und nur halb wieder aufgebauten Häuschen seiner Mutter auf dem Krankenbett liegt, um nie wieder aufzustehen. Doch der Kranke führt keine Klagen wie Gilbert. Er behorcht nur seine röchelnde Brust und aus der entzündeten Lunge des Enzyklopädistenjüngers steigt das rührendste Poem, das diesen Namen führt: An meine Lungenentzündung. Wer hätte in dem dem Geschmack huldigenden Paris solches zu schreiben gewagt? Kazinczy

schüttelte gewiß den Kopf, aber da nun einmal diese
wilden Geister vom zahmen Schöngeist in Bewegung
gesetzt sind, schießen sie aus unserem jungfräulichen
Boden mit großartig barbarischer Kraft auf. Es gibt
eben Dinge im Himmel und auf Erden, R o m a i n
R o l l a n d, die in der Nachbarschaft der baum-
losen, wasserlosen, von der F a t a M o r g a n a be-
spiegelten, unendlichen P u s z t a namens H o r t o-
b á g y, in der pflasterlosen, unkanalisierten, unbe-
leuchteten . und schmucklosen Stadt namens
D e b r e c z e n freier und kraftgesegneter wachsen
als selbst im gestutzten Parke der Tuilerien, zwischen
den Palästen an der Seine. Der Geist fliegt, wohin
es ihm beliebt. Zu Beginn des neunzehnten
Jahrhunderts hat es ihm beliebt, eines schönen
Tages in die D e b r e c z e n e r Hütte zu fliegen,
über das elende Krankenbett eines blatter-
narbigen, bleichen, unförmig langnasigen, nach
innen verbrennenden Sterbenden, der sich mit weit-
aufgerissenen großen Dichteraugen zum letztenmal
die in Staub und Kot und Gleichgültigkeit ver-
sinkende Magyarenwelt besah.

*

Und jetzt sage ich dem Musikschriftsteller etwas
Überraschendes, wofür er uns, ich weiß es, beneidet.
Ich künde das ungarische Wunder der Töne an, die
mit den Pfingstfeuerzungen wetteifern. Wenn der
Musiker unter den Tönen schafft, fühlt er gewiß die
Unvollkommenheit seiner Ausdrucksmittel. Er
kommt aus der Unendlichkeit des Gefühls, er ver-
mag den genauen Sinn nicht zu erreichen; alle
Fernen sind sein, die Nähe umarmt er vergeblich. Der
Schriftsteller hingegen, der genau zur Vernunft

spricht, fühlt schmerzlich: das Unendliche ist nicht sein Reich. Nur der Meister der rhythmischen Worte, der Dichter, gelangt von selbst in das Land der Verheißung, aber auch er vermag nur in mechanischer Fügung gegebener Silben Worte bestimmten Sinnes nebeneinander zu kerben. Es ist schon das Größte, wenn mitunter die Leidenschaft die bestimmte Ordnung der Worte zersaust, wie der Wind das Wasser des Sees. Doch wie wenig ist es, was selbst die kühnste dichterische Inspiration gegen die Syntax zu tun vermag! Es gab in der ungarischen Literatur ein Zeitalter, da waren die Dichter glücklicher, denn sie schufen für ihre Gedanken ihre eigenen neuen Worte. Alle, die sich hier in diesem flachen Lande um den schöngeistigen F r a n z K a z i n c z y scharten, in deren Brust die Zukunft einer vergessenen Rasse gefesselt schlummerte, alle diese Sonderlinge trugen sich mit der närrischen Absicht, ihre eigenen Gedanken ungarisch auszusprechen und jene Verwegenen des Westens dem Osten ·zu verdolmetschen. Und sie begannen zu stammeln, denn für die meisten Ideen oder Gegenstände gab es in dieser bäuerischen Sprache gar keine Wörter.

Und damit beginnt die großartige Schöpferarbeit. In schneebedeckten, windverwehten, regengepeitschten und dann wieder von beinahe afrikanischer Sonne erhitzten kleinen schilfgedeckten Gehöften, auf deren Firsten rote Paprikahülsen und gelbe Maiskolben wie friedliche Skalpe schwanken, erträumen die Leser Herders und Rousseaus, Kants und Voltaires, Popes und Racines neue Laute, um wie Adam jedes Tier bei seinem wahren Namen zu nennen. Diese Menschen wählen ganz neue Worte aus dem Nichts. Sie bemächtigen sich des Chaos der Töne, um darin frei zu walten. Doch, obwohl sie diese nie erhörten, nie dagewesenen Worte bloß in ihrer klangschöpferischen Phantasie finden und obwohl sie sich als freie Herren über alle Buchstaben und Silben fühlen, ist in diesem freien Schaffen doch keine Willkür. Sie werden von einem geheimen Gesetze geleitet, das in jedem ausdruchsvollen Worte der ungarischen Ursprache die Laute der Natur in musikalischen Nachahmungen zurückwirft. Hören Sie doch, R o m a i n R o l l a n d, hören Sie solch ein neuerfundenes ungarisches Wort an, das ein glücklicher ungarischer Wortfinder als Benennung des Ihnen so lieben Instrumentes erfunden hat. Das neugeprägte — beinahe hätte ich gesagt: das frisch vom Faß gezapfte — ungarische Wort für Klavier lautet seit hundertzwanzig Jahren: z o n g o r a.*) Fühlen Sie, wie in dem z gezupfte Saiten säuseln, wie in dem rollenden r der Sturm der Tasten rauscht und wie die beiden o und das a, — ich bilde mir nichts ein, aber in dem Worte z o n g o r a klingt es, als liefe die Hand eines Virtuosen über weiße und schwarze rollende Tasten. So kämpfen Bewußtes und Unbewußtes um die erneuten Schönheiten der ungarischen Sprache.

Die Geschichte der Politik und Industrie jedes Landes, alles, was auf dem Gebiete des Handels, schaffenden und vernichtenden Prinzipien gemäß, gesetzmäßig und zwingend emportaucht, ist bereits

---

*) Das z wird im Ungarischen wie das summende s, „Sagen" oder „Summen", ausgesprochen.

früher in der Geistesgeschichte dieses Landes enthalten. Die Tat ist nur ein akzidentielles Symptom;
gereinigte Materie, wie sie die siedende Esse hinaus-
schleudert. Diese Sprache, die sich durch die Arbeit
des Geistes derart verjüngt, diese neuen Begriffe
und Gedanken, die in diesen neuen Worten in
harte ungarische Schädel fliegen, sind die große Esse
in der die brodelnde Materie eines neuen Landes
siedet

DRITTES KAPITEL

Wie es dem Weltmann mit der Landsmännin ergeht.
— Das scheintote Land. — Der schlaue Pelz. —
Echt und Talmi. — Das große Haus und der dicke
Turm. — Unbekannt, unbenannt. — Eine Stadt
blüht auf.

Er war ein schöner Mann und ein eleganter Manu.
Einer der seltenen Ungarn in des Kaisers Armee. Ein
Offizier, ein Baron sogar. Ein Causeur, ein Char-
meur, ein Phantast, ein Fabulist, ein Walter Scott-
Leser, dem es selbst stürmisch im abenteuernden
Kopfe spukte und der die Kunst, Romane zu erzählen,
später einmal auch mit Erfolg versuchen sollte. Dabei ein guter Tänzer, der sich einen guten Namen
auf dem Wiener Kongreß ertanzt hatte. Natürlich
nicht ohne vorher die Befreiungskriege gegen Napoleon mitgemacht zu haben. So hat er viel Welt gesehen und noch viel mehr Welt besessen.

Als er nun daran ging, die so gut gesehene
und so vollkommen besessene Welt. in einem
schönen Wiener Kongreßfasching auch gut zu
genießen, da geschah jählings das Unglück. Der
Kavalier Baron Nikolaus von Jósika verliebte sich sterblich in ein blühendes junges Mädchen,

in eine Landsmännin aus edlem Hause, die unter treuer mütterlicher Obhut für eine Tanzsaison nach Wien gekommen war. Diese Liebe wurde erwidert, sie war also eine sogenannte glückliche Liebe — und gerade das sollte das große, nie wieder gut zu machende Unglück werden.

Der Baron ließ nämlich für seine junge Frau das Schloß seiner Ahnen in einem schattigen Tal der Siebenbürger Berge nach dem Geschmack der Zeit, wie man heute sagen würde, mit allem modernen Komfort einrichten. Doch die sonnenverwöhnte Dame aus dem ungarischen Flachland haßte die transsylvanischen Berge, ihre kühlen Schluchten und dunkeln Wälder. Und vor allem haßte sie das feine, nach ausländischer Art im besten Empirestil hergerichtete Haus, welches sie an die niedrigen Herrengehöfte ihrer Jugend so wenig erinnerte. Kühler Schatten im Zimmer und desto mehr Sonne da draußen, das ist die ungarische Parole. Hier war es gerade umgekehrt. Licht durchflutete die Räume und der Garten war mit Blumen und schattenspendenden Bäumen bepflanzt. Die kleine Ungarin wurde von Heimweh erfaßt nach dem väterlichen Gemüsegarten, wo spärliche Rosen zwischen dem Salat und der Petersilie blühen und wo Johannisbeeren- und Himbeersträucheralleen sich zu einem Düngerrondeau oder zu einem grün- und gelbbewachsenen Sumpfteich ziehen. Die gastfreundliche Baronin fand es empörend, daß sich nicht hohe Betten mit vielfältig übereinandergelegten weichen Matratzen — die Ungarn sagen: Turmbetten — in allen Zimmern fanden. Wo sollen denn da all die Gäste schlafen? Muß das ein verwunschenes Schloß

sein, worin nur Schlafzimmer zum Schlafen eingerichtet sind! Schnell ein Bett in das Speisezimmer
geschafft! und auch ein Bett in den Salon, ein Bett
neben das Klavier, ja überhaupt Betten in jedes
Zimmer. Betten, Betten überall in jede Ecke, damit
desto mehr Gäste Platz haben, wie es sich für einen
richtigen ungarischen Adelshof schickt, wo die Herrschaft weiß, wie man seine Freunde herrschaftlich
und freundlich zu bewirten hat. Denn es ist die
allgemeine, von den lieben Vätern hergebrachte und
daher unabänderliche Sitte, die Räder von den
Wagen der Besucher vor ihrem Abschied zu verstecken, um die lieben Gäste nicht aus dem Haus zu
lassen, ja sogar die vorüberfahrenden Karossen auf
offener Straße anzuhalten und selbst die unfrei-
willigsten Gäste ins Haus zu zwingen. Für kurz-
weiligen Zeitvertreib wird' schon gesorgt. Die
Kammer voll und auch der Keller, — der Zigeuner
hat zu fiedeln zu Speis und Trunk und Tanz und
Kartenspiel.

Aber so ein verdammtes „modernes" Haus ist
für diese vorsintflutliche Art von Gastfreundschaft
keineswegs eingerichtet. Also zurück auf die Puszta,
in das schöne echte Magyarenland, ins halbver-
fallene alte Gehöft des Vaters. Der Baron gibt nach.
Er folgt seiner jungen Frau. Hier stehen nun wirklich Betten in jedem Zimmer und es kann losgehen
mit endlosen Gelagen, mit Zigeunern, mit Kartenspiel, mit Jagd und Tanz. Irgend ein alter Onkel
zeigt dem verwöhnten Herrchen — vielleicht nicht
ohne Ironie — seinen echten ungarischen, sonnen-
beschienenen Garten, den sich hier jeder als Muster
zu nehmen habe. Wenn es aber den Weltmann gar

so unwiderstehlich nach fremdländischer Art gelüstet, nun so erbaue er sich zwischen den
Zwetschkenbäumen, Sonnenblumen und Kukuruz-
stauden einen Pavillon. Er, der Onkel nämlich,
habe sich eben auch so ein Lusthäuschen geleistet.
Mit einer Inschrift sogar. Man lese sie nur, wie
sie auf dem elend gearbeiteten Holzwerke prunkt:
Bakatell. Ja, mit *k* und nicht mit *g*.

Dem armen Weltmann wird es schwer zumute
in dieser Umgebung. Man macht sich sogar lustig
über ihn, weil er die endlosen Gelage nicht ohne
Migräne bestehen kann. D u   b i s t   k e i n   U n g a r!
rufen ihm die Kumpane zu. Er fühlt es nur zu
sehr. Die Eheleute entfremden sich. Sie stehen vor
der Scheidung. Das ist die Scheidung von Ost und
West. Europa kann das „Turmbett" mit Halbasien nicht teilen. Die Geschichte, die der Baron in
seinen Memoiren von dieser unglücklichen Ehe
erzählt, ist die Geschichte von zwei entscheidenden
ungarischen Generationen, aus deren Kampf eine
neue Reformwelt erstanden ist.

Das   a n c i e n   r e g i m e   hat in Frankreich ein
Land schmählich geknechtet, um eine Stadt zu köst-
licher Blüte zu bringen. Für die Schönheit von Versailles und für den Geist von Paris mußte ganz
Frankreich herhalten. Ist es schon empörend, wenn
M a d a m e   d e   S é v i g n é   und   L a   B r u y è r e   dem
Bauern ohne Mitleid ins vertierte Gesicht schauen,
dann muß es zum Verzweifeln sein in einem Lande
wie Ungarn, wo der Krautjunker sich von dem im
Frondienst erdrückten Volk nur durch die
tyrannischen Vorrechte des Adels, nicht aber durch
feinere Gesittung und größeres Wissen unterscheidet.

Die ersten Lerchentakte seiner im zartesten Grün erwachten Fluren rütteln das magyarische Land in jedem Frühling wieder wach, um, so lange die Schollen der menschlichen Hände bedürfen, Mann und Weib, alt und jung, vom Greis bis zum Kind, alles Lebende, vom Pferd bis zum Ochsen, in den Sklavendienst der ewig fordernden Erde zu stellen, für die fallende Saat und für die nach Wiederbefruchtung lüsternen Furchen.

Aber wenn die Erde schläft, schläft auch Ungarn mit ihr. Man besehe sich nur das winterliche Dorf, wie es im Schlamm und Schmutz wahrlich zu ersticken scheint. Unten ist alles grau und schwarz. Doch man denke sich dabei nicht das kranke Grau des Nordlandes, sondern im Gegenteil, man stelle sich ein heiteres Grau und ein leuchtendes Schwarz, ja sogar einen sympathischen, offenen Schmutz vor, der sich keineswegs in die düstern Nebelkleider Germaniens hüllt, sondern ehrlich von Natur aus, sich mit dem über die Puszten rundenden Himmel zusammen in blauen Pfützen lustig spiegelt.

So lebt hier die Natur auch in ihrem Tode, aber die Menschen scheinen ausgestorben zu sein oder doch ihre Häuser verlassen zu haben. Wo sind sie hin? Wohin ist das rege Treiben des Frühlings des Sommers und des Herbstes entschwunden? Ein ferner Hund schlägt an, ein naher Hund bellt ihm zu. Ein unsichtbarer Hahn kräht weit, weit irgendwo, worauf der nachbarliche mit ungechickt. schlagendem Gefieder auf den Plankenzaun flattert und ihm seine kreischende Antwort entgegenkräht. Sonst ist nichts zu sehen und kein Laut zu hören, nichts rührt sich. Wozu auch? Die große Aufgabe, die schönste und erbaulichste, besteht darin, alles zu verzehren, was der Sommer in großer Überfülle dem Winter vermacht hat. Auch der herbstlich-falhe Hügelabhang schenkt der winterlich-erleuchteten Stube ein süßes Geschenk in dem ungarischen Rausch seiner Rehen.

So gehen verpraßte Tage unbemerkt vorüber vor der vollen Schüssel und vor dem vollen Pokal, halb im Dusel, halb im Rausch, in der traulichen Ecke des durchglühten Ofens, im gemächlichen Großvaterstuhl.

Die kleinen Fensterläden des ungarischen Herrenhauses sind alle furchtsam verschlossen. Denn es heißt vor allem darauf achten, daß der Staub der Straßen, jener dicke zwischen den Zähnen knirschende Staub nicht in die gute Stube dringe, um sich da in grauer, unheimlicher Schicht auf alle die hellblauen, mit knallroten Rosen und flammend gelben Tulpen bemalten Schränke und Truhen und Sessel und Tische niederzulassen.

Mein Gott! Was sind das für breite Straßen? Fürwahr hier kargt keiner mit dem Raum. Jedes Dorf, wie es sich odaliskenhaft träge ausbreitet, ist ein treues Abbild seiner trägen Bewohner. Auch die hüttenartigen kleinen Häuser mit ihren geschlossenen Augen, wie sie lässig, beinahe in den Straßengraben versunken dahocken, gleichen in allem ihren dem tatenlos dumpfesten Fatalismus ergebenen Eignern. Wer denkt hier an Handel, an Industrie, an Bücher und an Wissenschaft oder sonst etwa an derlei aufregende Beschäftigungen? Das ist Sache des Schwaben oder des Juden. So war das von je-her. Und so ist es gut. Auch dem Wiener Hof ist es recht so. Keinem Ungarn fällt es ein, mit dem Schicksal und mit Österreich zu hadern.

Nachdem Rákóczys Rebellion glücklich niedergeworfen war, scheint der Ungar seine von altersher vererbte Lust zu Aufständen für ewig eingebüßt zu haben. Der Edelmann benützt sein Gewehr, nur um damit auf die Jagd zu gehen. Jagd treibt das Blut an und macht Appetit.

So läßt es sich schön dahinleben in dämmerhaftem Schlemmerdasein, während der Bauer jede Arbeit verrichtet und auch jede Steuer bezahlt. Denn man muß wissen, daß der Edelmann — und das ist sein schönstes Vorrecht — von jeder Steuer befreit ist. In des Adels untrügliche und auch einträgliche Rechnung hat sich bloß ein einziger fataler Fehler eingeschlichen. Der Edelmann scheint nämlich ganz vergessen zu haben, daß er alle seine Vorrechte eigentlich für den Waffendienst als Entgelt zu genießen habe. Trotzdem ist es eine Seltenheit, wenn sich ins Heer des Kaisers ab und zu einmal ein ungarischer Offizier verirrt. Wozu auch? Der magyarische Junker ist gesetzgemäß bloß zur Verteidigung der Landesgrenzen verpflichtet, während der Kaiser-König seine Kriege weit von unseren Grenzen führt. Der Landesherr mag, wenn es ihm beliebt, unter dem Bauernvolk werben lassen, der ungarische Landtag ist immer gewillt, die benötigte Anzahl wertloser Seelen ohne viel Aufhebens abzuliefern. Jeder Leichtsinnige, der der Werbetrommel folgt und dem tschechischen Wachtmeister in die Hand schlägt, der möge hinaus in die weite Welt geschleppt werden, um dort für Kaiser und für „des Kaisers Vaterland" eines schönen Helden-

Todes zu sterben. Was geht uns das in unserem trägen Zuhause an? Napoleon muß tief in das ungarische Land dringen, damit dieser Adel nach den alten, verrosteten Flinten greife. Im übrigen ist diese kriegerische Aufwallung auch nur ein Strohfeuer gewesen, das bald wieder verloschen ist.

Städte, die von Ungarn bewohnt wären, gibt es eigentlich kaum. Nur in die Breite gegangene große Bauernansiedlungen, die man zu Hauptstädten je einer kleinen Verwaltungsprovinz, der sogenannten Komitate, ernannt hat und die man dabei ganz unverdientermaßen mit dem ehrenden Namen einer Stadt bezeichnet.

Hier weitet sich vor der Kirche ein riesiger runder Platz, dessen einzelne Häuser man kaum von der einen Seite zur andern sehen kann. Ein Ziehbrunnen mit seinen toten, verzweifelten zwei Stangen, mit seinem im Winde schaukelnden Eimer, winkt geisterhaft inmitten des Platzes. Ein lebender Baum, in Blüten und Blättern hebend, ein wirklicher Baum, der einen wirklichen Schatten gäbe, verirrt sich in diese Öde nicht einmal durch Zufall. Denn Bäume würden ja den Wirbelflug des Sandes binden! Flöge aber kein Staub auf allen Straßen frei umher, dann müßte man am Ende auch die Fenster nicht, wie es die Landessitte nach althergebrachter Art erforderte, immer geschlossen halten. Und wenn man nur eines der Fenster aufrisse und es nur ein einzigesmal für einen ganzen Tag lang ganz offen hielte, dann würden ja, Gott behüte, Licht und Luft in aufregendem Zug durch die stillen dunklen Stuben, vielleicht sogar auch durch die stillen dunklen magyarischen Köpfe fluten. Und das wäre gewiß schlecht gehandelt gegen den Kaiser, dem die dumpfe Stille seines scheintoten Ungarns als der höchste Triumph österreichischer Regierungskunst erscheint.

Nur an Markttagen füllt sich der große Platz mit Lärm. Das ist ein Wiehern, ein Blöken, ein Grunzen, ein Piepsen, ein Gackern und ein Stampfen. Tierische, frohe Lebenslaute fliegen durch die Luft mit nur allzu menschlichen Fluch- und Schimpfworten, wie sie der Ungar mit Gott und Welt, mit seiner Mutter und mit seiner Empfängnis, mit seiner Liebe, mit seiner Begattung und mit seiner Verdanung in geradezu mythologisch-rabelaisscher Frische des Erfindens in Zusammenhang bringen und gar mannigfach teuflisch-derb variieren kann. Biblisch ist die gehörnte Pracht des bläulich-schwarzen ungarischen Büffels. Noah, der Patriarch, scheint hier mit seiner Barke gelandet zu sein.

Trachten gibt es hier, so viele als Menschen. Der Bauer hat weiße, linnene Pluderhosen, so breit, daß man sie leicht mit Weiberröcken verwechseln könnte. Der Hirt, der seine Herde zum Markt führt, ist selber so wollig wie seine Schafe und Lämmer. Denn er trägt einen schweren Pelz, als hinge die ganze Herde von seinen Schultern herab. Auch im Sommer ist das seine Tracht. Dieser Pelz ist ein gar schlauer Pelz. Das von innen gegerbte Leder des Felles hält nämlich seinen Mann in der größten Hitze kühl. Bei kaltem Wetter wird der Pelz bloß gewendet und schon hält seine an den Körper sich weich anschmiegende wollige Innenseite

gut warm und das nach außen gewendete Leder
schützt gegen Wind und Wetter.

Ist Ihnen das Bild nicht noch aus Ihrer
Schulzeit erinnerlich, R o m a i n   R o l l a n d, das
den ungarischen Hirten zeigt, der allein in der Mitte
der unendlichen P u s z t a dasteht? Wohl ein bibli-
sches Bild, wie sich der unbewegliche Mann auf
seinen Stock stützt, um ihn herum die ziehende
Herde, über ihm die ziehenden Wolken. Die alttesta-
mentarische Ruhe dieses Bildes wird nur durch die
kleine triviale Pfeife gestört, die der Hirte gemächlich ins Maul steckt, ihren kleinen silbernen Deckel
aufklappend, um den dichten qualmenden Rauch
in die vor Hitze zitternde, windstille Luft zu blasen.
Noch minder biblisch mutet es einen an, wenn dieses
starre Menschenstandbild ab und zu mal mit seiner
Zunge zwischen die Zähne fährt, um schnalzend, im
weiten Bogen, schwarz auf den schwarzen Humus
zu spucken.

Die ungarischen Dirnen muß man am Sonntag
sehen, wenn sie sich mit knarrenden Stiefeln zur
Kirche begeben und wenn über dem glänzenden
Stiefelschaft eine unendliche Anzahl kurzer Röcke
baumelt. Übereinander wirbelt da wohl ein ver-
führerisches Dutzend von roten und gelben und
blauen und braunen und grünen Röcken. Auch das
Bändchen im schlicht gekämmten, fettigen Haar ist
bunt.

*

Doch dieses Volk ist nicht bloß als ethnographi-
sche Sehenswürdigkeit zu betrachten. Schon im
Kapitel über das ungarische Lied trachtete ich, auf
seine seelischen Kräfte zu deuten. Es ist dem Ungar

gegeben, diesem starken inneren Trieb nicht bloß im
Gesang, sondern auch sonst in jeder anderen Form
einen ihm ganz eigenen Ausdruck zu geben. Die
Schnitzereien an dem Tor des ungarischen Bauern-
gehöftes, die frei erfundenen Wunderblumen seiner
bunt bemalten Möbel, das ausgelassen-phantastische
Muster der ungarischen Tücher, das scheinbar so
verschnörkelt wirre Gewebe der ungarischen Spitzen,
das sich schließlich in die dekorativsten Linien der
Schönheit harmonisch auflöst, alles was der Ungar
singt, schnitzt, malt webt, was er noch außerdem in
Märchen und Balladen an Traurigem und Lusti-
gem zu erzählen weiß, was er sich an pausbackigen,
kernigen Anekdoten ersonnen hat, die Art, wie er
mit einem frappanten Bild oder einem trefflichen
Wort stets die geeignetste Antwort findet, seine
ureigenen Gebräuche, sein Glaube und sein Aberglaube, alle seine Lebensäußerungen sind die Träger
eines und desselben schwerwiegenden Inhalts, einer
und derselben weltweiten Seele. Sogar in den Speisen
eine würzige Eigenart. Diese fetten, roten Tunken,
in denen paprizierte Fleischspeisen, oft sogar ganze
Fische, schwimmen, diese gelben „Nockerln," dieser
schneeige Rahm und dieser weiße Topfen, diese
mannigfachen, reich mit Zucker bestreuten fetten
Mehlspeisen, die in ihrem Dampf matt glitzernde
Perlenreihe der Kukuruzkolben, die rosa und gelben
Melonen und gar die Art, wie dem Gast diese wohl-
duftenden und besonders wohlschmeckenden saftigen
Speisen aufgetischt werden, wie ihm immer und
immer wieder herzlich zugesprochen wird, die wen-
dungsreiche, aber doch so innigherzliche Höflichkeit
und Liebenswürdigkeit der ungarischen Gastfreund-

schaft, das Gefühl und das Wort, der Geschmack und die Manier, alles, eben alles, jede Regung und jede Bewegung spricht von ururalter, nicht zu verleugnender, echtester Kultur.

Es ist klar, daß in diesen Leuten, trotz ihrer heiligen Scheu vor gedruckten Lettern — der tausendjährige Kalender ist ihr allereinzigstes Buch — doch alles gute Material für ein höheres Dasein steckt. Sie sind keineswegs bildungsunfähig, sie scheinen sich bloß bis nun der Bildung gegenüber ablehnend verhalten zu haben.

Der alte Kampf gegen die Türken, dann wiederum der Freiheitskampf gegen Österreich hat die Rasse erschöpft und der Kaiser hat es verstanden, das müde Land in seiner lässigen Passivität zu erhalten. Doch man fühlt: wenn einmal dieses Volk des Ostens den Dornröschenschlaf aus den Gliedern schüttelt und wenn die so lange geschlossen gewesenen Augen sich einmal märchengroß auftun, dann gibt es mit dem Königssohn aus dem Westen eine schicksalsvolle herrliche Begegnung.

Das moderne Vorkriegsdeutschland hat es verstanden, dem Ungartum einen üblen Ruf in der Welt zu bereiten, weil es im harten Kampf von mehr als hundert Jahren gegen das Deutschtum im Ungarland angekämpft habe. Als hätte es sich da gegen die echte, große deutsche Kultur wirklich versündigt. Mir scheint ganz im Gegenteil! Die ungarische Bildung hat sich an der europäischen, also insbesondere an der goethisch-deutschen, zur eigenen heimatlichen Kultur auferzogen. Goethisch sein heißt, ein eigenes Leben nach eigener Art führen.

Die sächsischen Ansiedler in Siebenbürgen, die Schwaben in Südungarn und die Deutschen der Karpathen führen zwar im Gegensatz zu den verbauerten Magyaren des Festlandes in zierlich erbauten Städten ein bürgerliches Leben, sie hielten von jeher auf gute Schulen und trieben stets eine hochentwickelte Industrie, weshalb es auch ein nicht zu verzeihender chauvinistischer Übergriff der Magyaren war, an dieser geheiligten Tradition mit frevelnder Hand zu rütteln. Andrerseits aber ist eben mit der jahrhundertelangen Treue, die diese Tüchtigen und Braven der heimatlichen Art bewahrt haben, zugleich auch die Schwäche dieser — wie überhaupt jeder — Kolonistenafterkultur bezeichnet. Ihre unterscheidenden Merkmale vom herrlichen Original des Mutterlandes sind zu gering, als daß eine fördernde Triebkraft dieser Zweiten-Abguß-Bildung außerhalb ihres engen Bezirkes wirklich in Frage käme.

Die gewaltsamen Regierungsmaßregeln der Magyarisierung, wie sie in den letzten Jahrzehnten des imperialistischen Ungartums ausgeübt wurden, wurden für uns zur europäischen Schande und führten schließlich zur schadenfreudig-mitleidlos von allen Völkern begrüßten und von unseren Nachbarn selbst herbeigeführten Katastrophe. Hingegen ist alles, was vom Anfang bis zur Mitte des vorigen Jahrhunderts geschah, die Höherentwicklung des Ungarn kraft seiner selbst, als ein menschlich rührender, ja sogar im goethischen Sinne begeisternder Prozeß des Echten gegen das Talmi aufzufassen.

Man bedenke nur, daß selbst Pest und Ofen nach hundertfünfzigjähriger Türkenherrschaft und nach all der Zerstörung des siegreichen Eroberungssturmes von schwäbischen Ansiedlern wieder zu erbauen waren. Die Zwecke dieser kaiserlichen Verfügung sind in ihrer Schlauheit überaus durchsichtig. Ungarn muß von seinem Mittelpunkt aus germanisiert werden. Doch auch diese Maßregel schlug fehl.

Denn die Schwabenrasse von Pest und Ofen ist in ihrer Inzucht bald verkümmert. Hier sieht man niedrige Gesichter, verkommene Körper, mißtrauische, kleine Augen und man hört eine abscheuliche Mundart, die nichts mehr gemein hat mit dem Deutschtum eines Uhland und eines Mörike.

Unsere Schwaben fegten hier die letzten Reste der orientalisch- türkischen Pracht hinweg, ohne sie im geringsten zu ersetzen. Ihre Häuser sind zwar stockhoch, doch stillos in diesem unerfreulichen Ziegel- und Mauerwerk.

Zwischen Ofen und Pest, zwischen dem gelbsandigen Flachland und dem grünhügeligen da drüber, wie geschmolzenes Blei — die Donau. Die Natur hat hier in ihrer schenkenden Lust viel Schönheit verstreut. Doch der Philister ist nicht da, um sie zu schätzen. Das ist die Stadt der zickzack gewundenen elenden Straßen, der schmucklosen Bauten, wo jedes Haus mit seinem geräumigen Hof eine luftlose, dumpfe schmierige Welt für sich ist. Die Straßen zu durchqueren, ist eine wahre Lebensgefahr, denn man versinkt in tiefen Gossen. Ab und zu leuchtet hier und dort eine Lampe, aber

in Vollmondnächten haben die Beleuchtung oben
die Himmelskörper und unten ihr Spiegelbild
im Straßenkot zu besorgen. Wie Leuchtkäfer laufen
die nächtlichen Bürger mit schwirrenden Laternen
herum. Die Donau ist durch eine wahre Sandwüste
von der Pester und Ofener Häuserreihe getrennt.
Die träge schwäbische Bürgerschaft, auch hierin
ganz anders geartet, als die Bewohner ihrer deutschen
Urheimat, verehrt das Recht des Flusses, wenn es
ihm beliebt, nach Stürmen und Regengüssen über
seine Ufer zu treten. Ohne Damm stehen die Ufer,
das Überschwemmungsgebiet ist von Schilf be-
wachsen. An alte ritterliche Zeiten erinnern die
Stadtmauer und der Stadtgraben, dessen giftige Aus-
dünstungen, vermengt mit der Staubluft, jeden
Atemzug verpesten. Doch der Krämergeist rührt sich
nicht. Dieser Graben wird nicht verschüttet und am
naß-rieselnden, morschen Wall kleben verelendete
jüdische Kaufläden.

Aus dieser kläglichen, zerfallenen Bastei ragt
an einem ihrer Enden an der Donau, wo sonst kein
Haus mehr steht, ein hoher Basteiturm in die Luft.
Dieser Turm ist schon längst abgetragen, R o m a i n
R o l l a n d, der Boden aber brennt noch immer
unter meinen Füßen, so oft mein Weg über den
Platz führt, wo einst dieser dicke, rundliche Wacht-
turm gestanden. Keine ritterlichen Erinnerungen an
Krieg und Sturm machen da mein Pazifistenherz
pochen! Denn in diesem Turm haben sich, um in
der fremdzüngigen Stadt zu allererst heimatliche
Worte hell erklingen zu lassen, die ersten unga-
rischen Komödianten eingenistet. Die deutsche
Stadt hat diese Tatsache zur Kenntnis genommen,

indes für viele Hunderttausende eben ein un-
förmiger Riesenbau im Empirestil erstand, worin
die deutsche Schauspielkunst in Pest eine ungarische Heimstätte finden sollte. Doch umsonst
winken vom griechischen First seines klassisch-
tuenden Daches die allegorisch-ausdruckvollsten
Gottheiten und vergeblich sitzen da in ihren Logen
die schöngeistigen Magnaten, die von Wien einen
Ausflug nach der unzivilisierten Heimat gewagt
haben. Auch nützt es nichts, daß das Parkett all-
abendlich von einer schwarzröckigen, ehrsamen
Menge erfüllt wird. Wozu tirilieren hier auch die
hellsten Kehlen der fünf Weltteile? Bleibt ja die
deutsche Schaubühne in Pest doch nur eine
armselige und hoffnungslose Filiale des künstlerischen Wien. Die entwicklungsfähige wirkliche Kunst
ist in dem kleinen, dickbäuchigen heidnischen Turm
aus der Türkenzeit versteckt, worin die verhungerten
ungarischen Komödianten eben daran sind, das
deutsche Palais mit all seiner Pracht niederzu-
ringen. Diese hirnverbrannten Menschen, diese
elenden Wichte mit rot bemalten Wangen und
mit rußschwarz unterstrichenen Augen, die ihr
Talent hier in dem Elend vergeudeten, nennt die
ungarische Nachwelt in posthumer Anerkennung
ihre K u l t u r a p o s t e l. Und das ist nicht eine
jener patriotischen Phrasen, wie sie unsere östlichen
Gaskogner hierzulande lieben. Denn die Sprache lag
wahrlich stumm und tot auf dem Papier, bis sie
diese Meister des Worts auf ihren lebendigen Lippen
verlebendigten. Allerdings müssen wir gestehen, daß
selbst im ungarischen Theater seinerzeit deutsche
Stücke gespielt wurden und auch von den deutschen

Stücken wird das sentimental-ritterliche Rührstück besonders bevorzugt. Doch der deutsche Geist stammelt da wenigstens in ungarischen Worten. Den Übersetzungen folgen Nachahmungen und in die Nachahmungen schmuggelt ein besonders rege schaffender junger Ungar einige ungarische Figuren hinein. Als er den Erfolg dieses Verfahrens zu merken beginnt, wird der Schriftsteller immer dreister. Er stellt sich auf eigene Füße, er errafft sich die ungarische Gegenwart für das reizende Getändel seiner Komödien und die ganze ungarische Vergangenheit für die holprig-feierlichen Jamben seiner Trauerspiele. Doch ob Lustiges oder Trauriges, es sind immer leichte Stücke aus leichter Feder für den leichten Erfolg. Sein ist jeder Applaus, sein das heiter zustimmende Gelächter, sein die schnell trocknende Träne seiner Zeitgenossen und sein ist auch schließlich hiefür der düstere Lockruf des jungen Todes geworden.

Auch noch ein anderer Mann umschwirrte diesen Turm. Die Schönheit einer besonders gefeierten Schauspielerin hatte ihn angezogen. Sie mißachtete natürlich den Schwärmer, der nichts weniger als schön, doch um so ärmer war. Der verliebte und verschmähte Mann suchte nun Trost in zwei Flaschen: in einer Weinflasche und in einem andern, noch tödlicheren, in der Flasche, meine ich, jenes blauen Giftes, das man Tinte nennt. Er begann zu schreiben. Große Ritterstücke mit Mord und Totschlag, Rollen für die Schönste, — Ruhm, Gunst und Liebe für sich. Doch wie leicht auch jenes andere Erfolgskind schrieb, so schwer flossen die Worte diesem armseligen Trunkenbold aus dem harten

Gänsekiel. Und das Entmutigendste in diesem **un-erquicklichen** Kampfe mit seinem störrischen Genius war die Erfolglosigkeit seines Mühens. Denn von all seinen zahlreichen Tragödien wurde kaum die Hälfte aufgeführt und auch diese wenigen gefielen selbst den Wenigen nicht, denen gefallen zu haben, einen durchgefallenen Autor oft über seinen Mißerfolg tröstet. Die Nachwelt muß gestehen, daß die Zeitgenossen diesem Manne gegenüber nicht ganz im Unrecht waren. Seine Stücke waren schlecht. Dies ist nicht zu leugnen. Dem ist nicht abzuhelfen. Der unglückliche Dichter muß sich diese Wahrheit selbst zugestanden haben, denn er zog sich von der Stadt, von dem dicken Turm und von der schlanken Schönen zurück. Er wollte von der Welt aus Leinwand und Pappe nichts mehr wissen und er begrub sich in den Sand jener ungarischen Provinzstadt, die von der heißesten Glühsonne versengt wird. Er wollte auf den beklecksten, bespuckten, von schmierigen Stiefeln beschmierten Brettern, die aber die wirkliche Welt bedeuten, zwischen dem Amtszimmer und der Schenke ein erloschenes Dasein führen. Aber denkt auch der Mensch, so lenken ihn doch andere Mächte. Ein Preisausschreiben einer literarischen Gesellschaft bringt den Selbstbegrabenen auf den Gedanken, das Auferstehen in seiner Kunst noch einmal, ein allerletztes Mal zu erhoffen.

Er schreibt ein Stück über die fremdländische Frau eines Ungarkönigs, die hier in Abwesenheit ihres gekrönten Mannes in Allmacht zu schalten und walten meint und die die unschuldige Gattin eines Paladins mit ihrem hergelaufenen Bruder verkuppelt. Diese Königin wird zum Schluß von ihrem Paladin ermordet. Das Stück ist der Konflikt zwischen vaterländischem Pflichtgefühl und eifersüchtiger Liebe. Wir haben die Tragödie in deutscher Übersetzung vor dem Berliner Publikum jämmerlich scheitern gesehen. Es erschien den Berlinern, ja auch uns in dieser Aufführung ganz unverständlich, weshalb ein Mann, der in seiner Liebe so tief gekränkt ist, statt wie ein Othello zu rasen, sich immer wieder zur Rampe hinstellt und verzweifelt: Vaterland! Vaterland! in das Publikum schreit. Haben wir uns in unserer heimatlichen Bewunderung für dieses Stück wirklich so täuschen können? Und sind wir den Eindruck von der Schule her noch immer nicht los? Man muß ihn doch endlich abschütteln, wie auch sonst jeden anderen kindlichen, wenn auch noch so lieben heimatlichen Aberglauben.

Wir sahen uns das Stück nochmals in Budapest an. Und siehe, die Worte wirkten anders. Wir fühlten sofort die bitter-ernste Menschlichkeit der Szenen und Gestalten. Was dieser unglückliche Dichter an verschmähter Liebe ein Leben lang niederzuwürgen hatte und was er — und mit ihm jeder Ungar — an Haß gegen jede Fremdherrschaft aufzubringen hat, das ist in diesem Stück mit Worten des furchtbarsten Ingrimms und fäusteballender, heißester Leidenschaft herausgeschrien.

Der Schicksalsschrei dieses vom Schicksal Geschlagenen wurde zu seiner Zeit überhört. Den Preis sprachen die weisen Richter einem andern zu, worauf statt des erhofften Auferstehens das verschollene Provinzdasein des Dichters bald verlosch.

Nur das mächtige Mähnenschütteln und der erschütternde Löwenzorn jenes Verschollenen macht bis auf heute noch grollende Magyarenseelen erschüttern. Diese Tragödie ist unsere Marseillaise. Es ist ihr und ihrem mißachteten Verfasser geworden, was wir Ungarn Ruhm nennen, die Erinnerung vergessener Menschen in einem vergessenen Lande. Wie der Mann hieß? Und wie sein Stück hieß? Und wie jener mit der leichten Feder, sein erfolgreicher Zeitgenosse? Ihre Namen gehören uns, die Welt will sie ohnehin nicht merken, daher spreche ich sie auch nicht aus — denn wozu?

Sie kennen gewiß jede Qual und jede Entsagung einer Künstlerlaufbahn, R o m a i n R o l l a n d. Aber von einer künstlerischen Qual sind Sie zumindest verschont geblieben, Sie wissen nicht, was es heißt, für wenige Menschen in einer von wenigen gesprochenen Sprache zu schaffen. Es bedeutet den engen Türkenturm fürs Leben, statt der großen, offenen Welt. Und doch war Schiller nicht im Recht mit seinem grausamen Ausspruch, den Sie im J e a n C h r i s t o p h e anführen, daß es ein armseliges Ideal wäre, für ein einziges Land zu schreiben. Denn jede Sprache ist ein Spiegel, worin sich die Begriffe und Gegenstände anders spiegeln. Und jede Rasse ist der Welt ihre ewigen Wörter schuldig. Damit nun diese Schuld abgetragen werde, müssen gar viele zum Licht Geborene im stummen Dunkel jämmerlich untergehen.

Aber erst muß Ungarn selbst aufgerüttelt werden, ehe man aus ihm zur großen Welt sprechen kann. Doch das kleine Land horcht nicht so bald auf, als man denken sollte. Zwar wird auf dem

Landtag der Edlen, wo bis dahin unsere Ciceros im reinsten Küchenlatein debattiert haben, nun für das politische Recht des ungarischen Wortes gekämpft. Auch wird da mit dem österreichischen Kaiser und ungarischen König, jenem Mann der hohen Stirn ohne Gedanken, mit jenem störrisch-stieren Franz um die ungarischen Unabhängigkeits-rechte eine arge Fehde geführt. Aber diese hohen Vorkämpfer der ungarischen Politik sind noch in keiner Berührung mit den armseligen Federfuchsern und Schmierenhelden, die den Boden für ein neues Kulturland bereiten.

Endlich findet sich ein ungarischer Magnat, der ungarische Schriftsteller an die Ufer des ungarischen Sees, in sein Schloß in dem Dorfe K e s z t-h e l y lädt. Ich nannte das Dorf beim Namen, und zwar aus dem Grunde, weil das festliche Ereignis in einem kleinen Almanach der dichtenden Gäste verewigt werden sollte. Und dieser Almanach heißt, lächeln Sie nicht, lieber fremder Leser, denn wie sollte er auch anders heißen?, nun, er heißt also: D a s H e l i k o n v o n K e s z t h e l y. Ein Mann mit funkelnd schwarzen Augen, ein gar ernster Mann mit seinem traurigen Zigeunerkopf, übrigens seinem bürgerlichen Berufe nach der Gutsherr eines kleinen Landgutes, sonst aber ein Dichter von Oden, mit knisterndem Flug und mit einer weltumfassenden Melancholie der Leidenschaft, die sich aber stets in klassischester Form im Zaume hält, dieser kleine ungarische Edelmann also, D a n i e l v o n B e r-z s e n y i seines Namens, dessen Eingebung eben erst mit Gott wie Jakob mit dem Engel rang, — wie schreibt er nun geehrt über das Glück, welches ihm wurde, als der gastfreundliche Graf in eigenster, würdevollster Person sich ihm mit dem Hut in der Hand genähert habe. Die ungarische Kultur hat es also endlich so weit gebracht, daß ein wirklicher Grandseigneur seinen stolzen Nacken vor ihr beugen mußte. Auch das ist ein Fortschritt. Eine Errungenschaft, gewiß. Doch nur ein Anfang.

Nun geschieht aber, wie in Ungarn immer, das Unerwartete. Aus dem Staub und aus dem Mist von Pest erstehen plötzlich lange Reihen edler, hoher Bauten, ganze luftige Straßen, die in schön geformte, breite Plätze münden. Säulen und Arkaden, hohe Fenster, zierliche Erker erfreuen den Beschauer und betritt man das Haus, so wird man in den kühlen Nischen des rosenfarbenen, marmornen Treppenaufstieges von den bronzenen Bildern bald einer bekränzten Flora, bald einer Ceres erfreut, die mit einer Garbe von Ähren unter ihren Schultern und mit der Sense in ihrer Hand den bürgerlichen Fleiß der Hausbewohner in sinnlicher Symbolik auszudrücken hat. Denn wahrlich, in diesen Häusern wohnen keine Fürsten oder doch sonstwie Große des Reiches. Das sind Wohnungen des bürgerlichen Wohlstandes, der hier über Nacht zur Sauberkeit, zum Stil und zum Geschmack erwacht ist. Auch durchschwirren allerhand unruhige Pläne die unruhigen Köpfe, — man braucht dies, man braucht jenes und man hat nichts.

Wie ist die unruhige Seuche der Genies so über Nacht in die sonst gedanken- und tatenfaule Stadt gefahren? Gewiß nicht von selbst. Sie muß ihr von jemandem eingeimpft worden sein.

Eine Triebkraft muß hinter diesem Treiben sein, ein Mann, ein einziges Genie, der mit seiner aufrüttelnden Unruhe eine ganze Stadt und mit ihr ein ganzes Land von unbewußtem Triebdasein zu bewußtem, plan- und zielvollem Leben erweckt hat.

VIERTES KAPITEL ·

*Der schöpferische Staatsmann. — Eine Mittags-
promenade. — Das Lazzaroni-Land und seine
Fetzen. — Ein Land im Werden. — Das Blutgesetz.*

Zuerst erklärt er Krieg, dann schließt er Frieden, um wieder Krieg zu erklären. Wer dies sehr oft
hintereinander tut, heißt: großer Staatsmann. Für
dieses Tun haben R i c h e l i e u und B i s m a r c k
Denkmäler erhalten. Und für Ähnliches sollen vielleicht schon morgen C l e m e n c e a u und L l o y d
G e o r g e im erzenen Bild verewigt werden. · Ihr
Werk ist Gewalt und Zerstörung, — der Erfolg ihres
Werkes: Vernichtung.

Einen schöpferischen Staatsmann, der ein Land
nicht in Feuer und Eisen, sondern im Worte und im
Geiste erschuf, gab es vielleicht noch nie. Das heißt,
es gab nur einen einzigen. Auch dies eine ungarische
Spezialität.

Um diese schönste ungarische „S p e z i a l i t ä t"
in der mannigfaltigen Dämonie ihres allwärts unheimlich wirkenden Wesens aufzufangen, tut der
Biograph vielleicht am besten, wenn er, zeitgenössischen Aufzeichnungen bescheiden folgend, den

Mann wie er leibt und lebt, erst in den kleinen Zügen seines Alltags zu packen sucht.

Vom trostlosen, sandigen Platz, welcher einzig durch den Bau des Pester Deutschen Theaters ge-ziert wird, schlängelt sich eine Gasse zum Stadthaus. Hier sind die · besten Gasthäuser, hier sind die meisten rauchigen, aber orientalisch luxuriösen Cafés, hier sind auch die schönsten Läden mit mannigfaltig bunten Waren. Die Einrichtung der gläsernen Schaufenster wird eben erst in Mode ge-bracht, denn vor den meisten Geschäften stehen, an-gefüllt mit der warmen Versuchung ihrer Seiden und ihrer Stoffe, kleine Glaskästen, die der Geschäfts-mann am frühen Morgen auf das Pflaster stellt, das heißt vielmehr, in Ermangelung eines solchen in die Gosse senkt. Oder es werden die verschiedenartigsten Waren, die Tücher und das Schuhwerk in primi-tivster Art ganz einfach über die aufgeklappten Tür-flügel genagelt.

Und doch ist das hier die elegante Straße, wo die Spaziergänger von Pest und Ofen besonders um die Mittagszeit in einer augenverwirrenden, viel-farbigen Menge auf und ab wandeln. Schwarz-röckige, städtische Bürger, ungarische Edelleute in verschnürten Mänteln, Schwaben vom Dorf in ihren dunklen, blauen Anzügen, mit dem matten Glanz der großen Knöpfe, ungarische Bauern im wollenen Pelz, Slowaken mit ihren gemütlich-breitkrämpigen, fettigen und Griechen mit ihren turmhohen unheim-lichen Hüten, Serben in ihren roten Mützen, lockige Juden in langwallendem Kaftan. Dazwischen rollen herrschaftliche leichte Kutschen, nach rechts und links große Klumpen Straßenkot spritzend; riesige Karren rasseln schwerfällig mit ungeheuren Melonen beladen — jede wie ein Montgolfier-Ballon — diese feine Straße der Flanierenden entlang.

Vor diesen Läden und zwischen diesen Fuhrwerken schob sich einst, von der Theaterprobe kommend, ein dickes, untersetztes Männlein mit seinen sich in Gesang verlierenden Gedanken vorbei, die zu dem kleinen Haus am Ofener Bergesrand hinüberdrangen, wo T h e r e s e B r u n s w i c k, die ewige Braut, wohnte. Denn auch eine solche Frau hat hier in der trivialen Krämerwelt dieser kleinen Stadt geatmet. Dies nur im Vorübergehen dem Biographen Beethovens, R o m a i n R o l l a n d, daß es ihn eines Blickes in diese bunte Straße der Philisterstadt nicht reuen möge.

Als nun um das dritte Jahrzehnt des vorigen Jahrhunderts jener Sturm des Aufschwungs über die Dächer der trägen Stadt blies und in der eleganten Straße die kristallgläsernen Schaufenster von Tag zu Tag sich vermehrten, da schien das vibrierende Leben der Stadt wahrhaftig in einer einzigen Person verkörpert zu sein. In einem gar auffallenden Herrn, der im gemächlich weiten,- schlafrockartigen Frack, und darüber in seinem bloß bis über den Bauch reichenden, engen und kurzen lichten Paletot mit großen Hornknöpfen durch die ruhig wandelnde Menge in so quecksilberner Eile daherschoß, daß ihm stets seine langen Frackschöße wie zwei Schwalbenflügel in flatternder Bewegung nachzufliegen schienen. Über seinen braunen Kopf war ein äußerst feiner Quäkerhut, das heißt, ein

breitkrämpiger, kleiner Zylinder gestülpt. Unterm
Arm hielt diese sonderbare Erscheinung einen dicken
Rohrstock, daraus sie, wenn es zu regnen begann,
zur allgemeinen Bewunderung der Gaffer einen
kleinen Regenschirm herauszog. Führwahr, keiner
der so rücksichtslos hinrollenden herrschaftlichen
Vierspänner hätte unseren biederen Pester Philister
mehr aufregen können, als diese ohnehin so merk-
würdige Gestalt, die sich noch dazu stets im fiebernden Drängen eines rätselhaften Eifers befand.

Das war ein fortwährendes Grüßen allerwärts,
ein hastiges Laufen von der einen Seite der Straße
zur anderen. Bald wurde der, bald wurde jener beim
Namen angesprochen, alle wurden beim Arm gepackt und mitgeschleppt, — mit den Bürgern und
mit den Großen des Landes, mit jedem immer in
derselben zutraulichen Manier. Der Mann trat in
jeden Laden ein und sprach unaufhörlich mit be-
hender Zunge ungarisch, deutsch, in allen Sprachen
kunterbunt durcheinander, von einem Gegenstand
zum andern überspringend, seine Rede stets mit
allerhand schicklichen und unschicklichen Witz-
worten mischend. Doch wenn er dann plötzlich
wie ein edles Pferd stutzt und seinen Kopf hochhebt,
dann ist es um ihn herum sofort wie die Ausstrahlung einer vielleicht manirierten Eigenart,
der angeborene, unbestimmbare, aber doch sofort
erkennbare Nimbus des Aristokraten. Sein schwarz-
lockiger Kopf ist wie versunken in dem kurz ge-
schorenen, dichten Bart, seine weit hervorstehenden
Augenbrauen wachsen ihm über die kleine Adler-
nase buschig zusammen, doch aus diesem dunklen
Urwald von Haaren und von Locken zittert das un-

ruhige Nervenspiel eines feinen, weißen Antlitzes hervor und es glimmt unheimlich aus den funkelnden Augen.

Dieser Blick gebot Huldigung, vor diesem Blick wagte niemand über den Sonderling zu lachen. Im Gegenteil, die Philister verbeugten sich tief und sagten: P a t e n t f e i n! D a s i s t e i n e c h t e r E n g l ä n d e r!, was damals die Äußerung der allerhöchsten Verehrung war. Die ganze Stadt kannte ihn: Schau, das ist der S z é c h é n y i !

Der Graf besprach tausenderlei Pläne während einer Mittagspromenade. W a s w i r d m i t d e r A k a d e m i e? fragt er ein bebrilltes Wesen, einen Gelehrten von Beruf. U n d w i e s t e h t's m i t d e m N a t i o n a l t h e a t e r ? wendet er sich mit der Frage an einen Kritiker und Dichter. A h ! H e r r D i r e k t o r ! — dieser Gruß gilt dem deutschen Direktor der Donau-Dampfschiffahrtsgesellschaft, der in seiner Heimat als Fachmann bekannt war und nun vor einigen Wochen, dem Ruf des Grafen folgend, von Deutschland nach Ungarn übersiedelt war. Doch schon nähert sich ein Publizist und Landtagsmitglied, der weltweise Baron J o s e f E ö t v ö s, mit dem man so gut über die Befreiung der Leibeigenen, über die allgemeine Steuerpflicht, über die Reform der Gefängnisse und über die Emanzipation der Juden sprechen kann. Der Graf ist besonders stolz darauf, daß er, wie es einem Diplomaten geziemt, sich bei allem Eifer immer nur von seinem kühlen Verstand und nie von seinem Herzen leiten läßt. Auf ein zu freisinnig gedachtes Judengesetz des allzu humanen Barons bemerkt er bissig: „Wer wird uns von den Juden befreien, wenn wir einmal die Juden befreien?" Nach einem wilden Galopp über so struppige Themata verläßt der Graf plötzlich seinen Freund, um dessen Gesellschaft mit der eines Ingenieurs zu vertauschen. Jetzt vertieft er sich in ein Gespräch über die Theißregulierung, über die Schiffahrt am Plattensee, an der Drau und an der Save. Über die schwere Frage, was für Dämme die Stadt Pest von nun ab vor Überschwemmungen der Donau behüten sollen und dann auch, wie man diesen Fluß durch die Sprengung von Felsen an der Landesgrenze für den Weltverkehr eröffnen könnte. Schon packt er einen englischen Gentleman, einen gewissen M i s t e r C l a r k beim Arm. Dieser Mann kam natürlich ebenfalls auf die Veranlassung des Grafen nach Ungarn. Den Traum aus Eisen, das feine Spitzenwerk der Ketten über die Donau, die künstliche Schönheit, die hier mit den Schönheiten der Natur wetteifert, die K e t t e n b r ü c k e zwischen Pest und Ofen, sollte dieser Engländer uns erbauen. Nach einer kurzen Fachsimpelei mit dem Gentleman verläßt ihn unser unruhiger Geist schon wieder. Seine Augen glühen, nun scheint ihm ein Zusammentreffen besonderen Spaß zu machen. Endlich ein Sportsmann, ein passionierter Pferdezüchter, mit dem sich über diesen unerschöpflichen Lieblingsgegenstand so gut plaudern läßt. Der Graf zeigt dem Manne vor allem ein dickes Buch. Es ist sein eigenes und es handelt selbstverständlich von Pferden. Nun blättert er in dem Buch, bis er die Stelle findet, die er vorlesen will. Jeder Dilettant ist immer bestrebt, aus eigenen Werken vorzulesen. Schon lacht er auch. Was er so zu lachen hat im perlenden Schmelz seiner weißen Zähne? Man erkennt das zufriedene Lachen eines Dilettanten über den eigenen witzigen Einfall, den er in dilettantischer Kühnheit niederzuschreiben gewagt hat. Ja, der Graf hat es wirklich gewagt, die langnasige ungarische Pferderasse in seiner blitzend glücklichen Ausdrucksweise: j ü d i s c h e P f e r d e zu nennen. Seine These ist eben die, daß diese verkümmerte Rasse veredelt werden müsse. Doch hält er sich bei dem Buch und dem Witzwort nicht auf. Und es ist nicht mehr bloßer Dilettantismus, sondern die praktische Energie eines weltkundig Handelnden, wie er sich an die Arbeit macht, Briefe auf Briefe nach England, eben jenem A l f r e d T a t t e r s a l schreibt, der in Pferdesachen gewiß der größte Sachverständige sein mußte, um seinen Namen in der Weltsportgeschichte aus dem Namen eines Mannes in den eines Begriffes verfeinert zu sehen. Als frohe Antwort auf diese drängenden Briefe wiehert dem Grafen eine Ladung englischer Hengste entgegen, — nun kann er mit der ungarischen Pferdezucht beginnen!

Während dieser Gespräche und Geschäfte fällt es dem Grafen auf, da er, wie übrigens alle deutsch erzogenen Aristokraten dieser Zeit, seine Muttersprache sehr unvollkommen beherrscht oder sie eigentlich nur in genial sprachschaffender Unvollkommenheit radebricht, daß der Ungar mit dem Gleichrangigen sich dutzt, den Rangniedrigeren jedoch mit einer den Rangunterschied schmerzlich fühlbar machenden Ansprache beleidigt. Hingegen ist der einfache Bürger stets genötigt, den Grandseigneur immer mit seinem ganzen Rang und mit seinen vollen Titeln zu nennen. Diese langwierigen Ansprachen ennuyieren den nervösen Grafen. Er möchte eine Ansprache erfinden, die die höfliche Konversation und den geschäftlichen kurzen Verkehr in einem ermöglicht. Er ärgert sich über die Sprachenneuerer, über diese weltunkundigen Stubenhocker, die für abstrakte Begriffe Worte erfinden, aber wenig vom Drang zur praktischen Erneuerung der Sprache fühlen. S i e, v o u s, y o u muß im Ungarischen seinen Gleichklang und seinen Gleichwert finden. ő. das heißt ungarisch: *il, er.* Der Graf setzt nun einen einzigen s t u m m e n L a u t an das ő an: *őn.* Geschicklichkeit ist keine Zauberei, so ist bis heute das Wort die landläufige kurze Ansprache der ungarischen Höflichkeit geblieben.

Doch wozu ein höfliches Zeremoniell in einer Stadt, wo es nicht einmal eine Gelegenheit zu seiner Entfaltung gibt? Hier ist kein Salonleben, hier gibt es keine Klubs, die armselige Akademie ist noch im Werden, auch mangelt es dem von S z é c h é n y i s Vater mit einer Bibliothek begründeten Museum an Schätzen. Die Gelehrten und Schriftsteller versammeln sich nur in der zellenartigen Stube eines armen Dichterlings in Mönchskutte, trinken dort sanften Milchkaffee · zwischen vier schmucklosen Mauern und schlürfen dann über Sandhügel und Inseln von Schlamm zur Schiffsbrücke. Während die Festung da oben auf dem Berge sich in Abenddämmerung hüllt und die Pester Häuserreihen im letzten Sonnenlicht rot und weiß und lila in allen Farben schimmern, während der Duft ferner Akazien über die Donau schwimmt, sprechen diese begeisterten Armen über ein gebildetes und reiches Pest und Ofen der Zukunft.

Diese Pauvre-sire-Gesellschaft vergißt eben, daß das Lächeln einer einzigen Frau, wenn die Frau schön und ihr Lächeln fein ist, mehr gilt, als selbst die schönsten patriotischen Gedichte und Reden, um die kunstliebenden Reichen nach Pest zu verlocken. Doch hier kann kein Salon eröffnet werden, so lange einem der feine englische Anzug vollgestaubt wird, sowie man sein Haus verläßt. Bestiefelte Bauernweiber in ihren kurzen Röcken zu sehen, mag für den Reisenden eine schöne Sehenswürdigkeit sein. Aber kleine Füße in beschnallten, glänzenden Schuhen können hier nicht durch die Gasse waten; auch die majestätische Schleppe eines langen Rockes fände sich in der Pester Straße in ihrer Würde bald beleidigt. Vor allem müssten die Straßen ordentlich gepflastert und beleuchtet werden, dann aber könnte man für Zusammenkünfte in Klubs und in öffentlichen Gärten sorgen.

Der Graf begrüßt nach biederer Wiener Sitte mit seinem fidelen Koschamadiener einen wohlbeleibten Bürger, der, mit der goldenen Uhrkette spielend, eben in väterlicher Bewunderung vor seinem neuerbauten Haus steht. Wäre das nicht das rechte Haus für einen Klub? Gesagt, getan. Die Lokale werden gemietet. Für die Einrichtung sorgt der Graf. Man höre ihn nur, wie er mit dem Baumeister und mit dem Tischler debattiert. Er erzählt ihnen von Rothschids Haus in London, wo von dem Zimmer des Herrn rätselhafte Rohre durch alle Zimmer laufen. Die Rohre springen in Form von Muscheln aus der Mauer. In diese

Muschel spricht nun der Bankier hinein, spricht mit dem ganzen Haus, und zwar ohne sich von seinem Zimmer zu rühren. Das muß natürlich auch hierzulande eingeführt werden. Auch von den Seifentiegeln des Engländers kann der begeisterte Anglomane gar viel erzählen. Während unsere Seife in unseren Tiegeln, wenn nur ein Wassertropfen herankommt, sofort dahinschmilzt, ist der englische Tiegel in zwei Teile geteilt. Oben auf durchlöchertem Porzellan liegt die Seife und das Wasser rieselt von selbst in den untern Teil des Tiegels hinunter.

Diesem Manne ist nichts zu groß und diesem Manne ist nichts zu klein. Denn er ist groß im Großen und auch groß im Kleinen. Seiner Aufmerksamkeit entgeht nichts. Er ist überall dabei. In seiner besonderen Berücksichtigung materieller Äußerlichkeiten liegt ein tiefes Mißtrauen gegen die verbauerte oder entfremdete ungarische Aristokratie, die er Schritt für Schritt langsam auf dem Wege 'der materiellen Genüsse und des Komforts für die Sache eines fortschrittlichen Ungarns gewinnen möchte. Die Organisation des Jockeyklubs, der Reitbahn und des jährlichen Wettrennens erscheint ihm sogar wichtiger als selbst die ungarische Schaubühne. Er erhebt seine Stimme gegen die Unterstützung der bildenden Künste, da er sie in jeder Beziehung für vorzeitig hält. Dafür setzt er sich mit allem Eifer an Stelle des Wiener Walzers für die Mode der ungarischen Tänze ein. Wenn sich die Herrschaften nicht mehr in Wien unterhalten und auch nicht mehr in Paris, wo B a l z a c das herrlich-prassende Leben ungarischer Magnaten mit neidischer Sehnsucht beobachtete, wenn all die hochherrlichen K á r o l y i s und E s z t e r h á z y s und P á l f f y s und A p p o n y i s nicht 'nur dem Namen nach Ungarn sein werden, sondern, wenn sie erst auf den Geschmack der heimatlichen Unterhaltung kommen, sich allmählich um die ungarische Kultur kümmern müssen, dann wird sich auch der Geldbeutel dieser Nabobs öffnen.

Der Graf beginnt vieles auf einmal. Er ist wie jene Schachmeister, die viele Partien zugleich spielen. Was er anrührt, das führt er auch immer siegreich zu Ende. Die Zeitgenossen können sich nicht genug darüber wundern, wie es ihm immer gelingt, die geeignetesten Mitarbeiter auszusuchen. Er bespricht mit dem Mann, den er für eine Arbeit auserkoren hat, ohne vorerst seine Absicht merken zu lassen, bloß das Allgemeinste. Dann ist es das langsame Kreisen des königlichen Aars um die Beute. S z é c h é n y i nähert sich seinem Plan immer mehr und mehr. Bis er dann urplötzlich mit seiner eigentlichen Absicht herausrückt und wie ein angreifender Soldat aus dem Hinterhalt seinen Mann mit Fachfragen überfällt. Besteht dieser das Examen, dann ist er ein sicheres Werkzeug in der sicheren Hand dieses so vieler Zwecke stets so sicher Bewußten.

Sein X-Strahlen-Auge für Menschen, seine Andacht zum Kleinen, sein Überschauen des Großen, sind eben Kennzeichen des Genies. Auch hat S z é c h é n y i, wie jedes Genie, immer Zeit für alles. Zum Handeln ebenso wie zum Reden und zum Schreiben.

Wie Wagners Gesamtkunst mutet es einen an,
wenn dieser restlos und rüstig Handelnde auch die
Begleitung zu seinem eigenen Heldenleben schreibt.
Außer seinem geheimen Tagebuch, welches er von
Kindheit an auf ungarisch, deutsch, französisch
und englisch geführt hatte, wie es ihm just unter
die Feder kam, in allen Sprachen, kunterbunt in
endlosen Sätzen, unsicher im Wort und in der
Struktur, bizarre Bilder übereinander türmend als
Ergüsse eines erotischen Träumers, eines von
Ehrgeiz gepeinigten Schöpfers und eines gott-
ergebenen Visionärs, entströmen ihm nacheinander
auch die vielen, vielen dickbäuchigen politischen
Bücher, die flotten Flugschriften und erregt debat-
tierenden Zeitungsaufsätze. Seine Tinte hat die
zauberische Eigenschaft, sich in den stockenden
Adern seines Lesers sofort in Blut zu verwandeln
und zu regerem Pulsen anzuregen.

Wofür und wogegen hat er nicht alles geschrieben — ach Gott! Kaum ist das Buch über
die Pferde fertig, da ist schon ein anderes mit
dem recht nüchternen Titel: K r e d i t. Man denke
aber ja nicht an ein Fachwerk. Vielmehr ist das eine
nationalökonomische Rhapsodie à l a L i s z t,
„t i e f s i n n i g, t r o t z i g n a c h Z i g e u n e r-
a r t", die dieser eigenartigste aller Nationalöko-
nomen den s c h ö n e n F r a u e n s e e l e n d i e s e s
L a n d e s widmet. Den schmalen Händen unsrer
Holden hat dieser Galant mit höflicher Verbeugung
ein geharnischtes, starkes Männerbuch über-
reicht. Eine Kriegserklärung gegen die ganze Vergangenheit Ungarns. S z é c h é n y i versteigt sich
sogar bis zu dem wie Landesverrat anmutenden

Wort: „Ungarn ist nie gewesen, sondern wird erst sein." Auf den dünnen K r e d i t folgt das voluminöse L i c h t und bald darauf, als dritter Meilenstein auf dem Entwicklungswege, den uns S z é c h é - n y i hinanführt, das dritte Buch, genannt: S t a - d i u m.

In allen diesen Werken wird das Todesglöcklein der Feudalität, des Fronwesens, der Steuerfreiheit und überhaupt aller adeligen Vorrechte gezogen. Auch das Alarmsignal ertönt für den Kampf um ein Land 'des bürgerlichen Fleißes.

S z é c h é n y i klagt in diesen Büchern, Ungarn scheine von Reichtum zwar zu strotzen, sei aber eigentlich bettelarm. Es fehlt uns ja an allem. Sich sattessen, ist nicht alles. Der Überfluß müßte sich in Handel und Gewerbe ergießen. Die brachliegenden Grundstücke, die größer sind als viele Herzogtümer in Deutschland, müßten alle bebaut werden. Das schon Bebaute muß einen doppelten Ertrag liefern. Träge schleichen die gelben seichten Flüsse durch die Puszten, nirgends der lebenerweckende schrille Schrei eines Schiffes. Freilich müßte man vor allem die Flüsse schiffbar machen. Nicht nur die Donau, sondern auch die Theiß. Mit der Theiß gibt es auch sonst Schwierigkeiten. Sie ist ein ungarischer Fluß und temperamentvoll, bald trocknet sie aus, bald flutet sie über. Ihr launenhaftes Bett windet sich in fortwährendem Zickzack. Es muß reguliert, den überströmenden Fluten muß ein Damm vorgebaut werden. Die Donau wieder sperrt ein Damm ab, gerade an der Stelle, wo sie am freiesten zu fließen hätte, wo sie Ungarn verläßt. Dieser Damm ist das ewig gesperrte E i s e r n e T o r, das die Landesprodukte von der Welt ausschließt. Wohl ist es wahr, daß sich Széchényi nicht nur wegen der Wasserstraßen Sorgen macht, sondern auch wegen der Straßen des Festlandes, die den Verkehr eher hindern als fördern. Draußen baut man schon Eisenbahnen, auch hier wären sie nötig. Es ist klar, daß man zu diesem allen Geld braucht. - Und zum Gelde: K r e d i t. Dieses ist der ewige Refrain dieses praktischen Zauberers. Man muß also Banken und Sparkassen gründen, wir benötigen eine Industrie. Wohl ist Österreich auf seine Industrie eifersüchtig. Ungarn ist ein sicheres Absatzgebiet, soll es auch weiterhin bleiben. Umsomehr als die Ungarn für die österreichischen Industrieartikel einen hohen Zoll zu entrichten haben, hingegen die Österreicher das ungarische Getreide und das Vieh, alle Rohprodukte dieses landwirtschaftlichen Volkes umsonst beziehen. Dies ist das kaiserliche Prinzip, wonach dem ungarischen König gegenüber stets der österreichische Kaiser Recht behält. Auch M e t t e r n i c h, der glatte Clemens, trägt dafür Sorge, daß sein lorgnonbewaffnetes Auge, der einzig wachsame Blick der Monarchie bleibe. Und dieses feine, schlaue Auge sieht auf Ungarn nicht mit Sympathie. Man muß also den Kaiser, man muß M e t t e r n i c h für die Pläne gewinnen. Oben dem Hofe schmeicheln und die rebellischen Magyaren mit guten Worten besänftigen. Agitieren muß man, schaffen, reden. Ungarn soll zum Leben erwachen, ohne daß die Eifersucht der vielen Nationalitäten erwache. Das ungarische Primat auf ungarischen Boden darf nicht die Unterdrückung der Slowaken oder Rumänen oder gar der Deutschen bedeuten. Man muß also auch diese vielen mißtrauischen Landesbewohner für die „Sache" gewinnen. Dazu gehört ebenso viel Geduld und Liebe wie Schlauheit und Diplomatie.

Dabei regt sich ja auch schon der Klassenkampf. Man müßte den ungarischen Edelmann veranlassen, seinen Leibeigenen die Freiheit zu geben und Steuer zu zahlen. Das ist aber nicht nur eine Geldfrage, sondern auch ein Ehrenpunkt. Der Ruf der in ihren Freiheitsrechten verletzten Feudalherren hallt durch das Land: Wir zahlen keine Steuer! Schon das prinzipielle Aufrollen der Frage genügt, um auf der Edelmannsstirn die Wolken des Zornes zu hallen. Als Széchényi zwischen Buda und Pest von jenem englischen Architekten die Kettenbrücke hinüberschwingen läßt, soll das kleine Land, dem Entwurfe nach, die Kosten der Brücke aufbringen, indem jeder, der über die Brücke geht, zwei Groschen zu zahlen hat. Sowohl der Edelmann wie der Nichtedelmann. Worauf die Herren beschließen, die demokratische Brücke dürfe nicht erbaut werden. Es bedarf jahrelanger Landtagsdebatten, um die ungarischen Hartschädel zu überzeugen. Mit dem endlichen Sieg in diesem Zwei-Groschen-Konflikt ist die Bresche für die übrigen Steuerreformen geschlagen. Doch als schon die Brücke stand, fanden sich noch lange solche Edelleute, die die Donau mit dem Kahn überquerten. Andere fuhren eine Tagereise lang mit dem Wagen, um über die Pozsonyer Schiffsbrücke gratis aufs andere Ufer hinüber zu kommen. Man muß sich diese erstarrten Seelen vorste ein, um zu verstehen und zu würdigen, wer eigentlich dieser S t e p h a n S z é c h é n y i war.

Welche Menge positiver Aufgaben! Einem positiven Kopf würde das genügen. Aber S z é c h é n y i ist mehr als das, er ist der Poet des Handelns, der auch Träume hat. Mit romantischer Phantasie träumt er ein Pantheon hoch über die Donau, auf die Budaer Bergkuppe, wo die Großen der von ihm groß gestalteten Nation ruhen sollen.

Flugs ein Buch über das P a n t h e o n ! Daneben entstehen auf demselben Schreibtisch die sehr realen Pläne für landwirtschaftliche Vereine. Schrift häuft sich auf Schrift, Buch auf Buch. Eines über den Schlamm und Staub der Pester Straßen, ein anderes über die Seidenzucht, ein drittes über die Flußregulierung und ein viertes über die zwei Groschen und ein fünftes und ein sechstes . . . eine ganze Bibliothek von Büchern. Alle gleich aufregend und aufrüttelnd. Dabei die meisten so verflucht praktisch, daß Metternich in Wien, der über die weltbeglückenden Fourieristen und Pauperisten sich ins Fäustchen lacht, eine ernste Scheu vor diesem schöpferischen Mann der Tat hegt. Aus dem Engpaß der Fachfrage wird S z é c h é n y i von seiner eigens für sich geschaffenen Sprache herausgeführt. Wenn seine struppigen Sätze sich auch oft in Wirrnis verlieren: die sinnliche Hitze seiner Worte überträgt sich gleich geheimschwingenden Morsezeichen einer mit irdisch-überirdischen Kräften geladenen Seele von selbst auf die Nerven des Lesers.

Wieviel Pläne, wieviel Aufgaben, wieviel Bücher! Wie ist dies alles zu bewältigen? Wo steckt die Methode in diesem Vielerlei? Széchényi ist ein praktisches Wesen mit metaphysischer Bedeutung, ein Schaffender sub specie aeternitatis, der nicht kleinlich von Tat zu Tat, sondern mit kühnem Schritt vom Gedanken zur Tat, von dem Ewigen zum Vergänglichen schreitet. Schon als junger Gardekapitän, als er von seiner großen Auslandsreise heimkehrt und das zurückgebliebene, verarmte Heimatland im ersten Entsetzen schaudernd besieht, ist er sich sofort im klaren, wo er anzufangen hat. Er macht den Anfang damit, daß er all die verlassenen ungarischen Dichter und Denker, deren Werke er vielleicht nie gelesen, deren Wichtigkeit er aber fühlt, in einem Hause versammelt. Er gründet die Akademie und erschafft damit die große Gemeinsamkeit der ungarischen Gedanken.

Nun war der Anfang da, dem fast von selbst alles übrige entsprang. Als die Idee ihr Haus hatte, kam die Reihe an die Symptome, an die Taten. Straßen erstanden und Brücken und schiffbare Flüsse, gesprengte Dämme und Klubs und Pferderennen und Banken und Sparkassen und Fabriken und eine gedeihliche Landwirtschaft, freiheitverbriefende Gesetze und Bücher und Zeitungen und Wissenschaft und Kultur und Universität, — hier gab es alsbald ungarischen Tanz und feine ungarische Konversation. (Nebstbei war Széchényi der erste, der nicht nur Hengste und Yorkshireschweine nach Ungarn, sondern auch englische Erzieherinnen für die vornehmen ungarischen Fräulein kommen ließ. So international war sein Nationalismus.) Salons öffneten sich, Plätze wurden bepflanzt und einladend nickten die Haine in die einst so kahle Stadt hinein.

. Und so wie sein Erstes immer die Idee war, so ist sie auch immer sein Letztes. Er will der Welt die Weltkultur in der Umprägung einer einzigartigen Rasse erhalten. Er ist sich dieser Idee bewußt, er spricht sie in seinen mannigfaltigsten Werken in den mannigfaltigsten Formen aus.

An die schöne schöpferisch erregte Reihe dieser Taten und Schriften schließt sich plötzlich ein seltsam andersartiges Buch an. S z é c h é n y i, der doch sonst immer nur den Rückschritt bekämpfte und für den Fortschritt focht, macht nun eine resolute Schwenkung, indem er den Fortschritt bekämpft und für den zurückhaltenden Konservativismus eintritt. S z é c h é n y i steht nämlich vor einem jungen Journalisten, der seine eben begründete Zeitung jeden Tag für die Auseinandersetzung einer neuen und dann abermals wieder einer neuesten Idee benützt. Seit kaum einundzwanzig Tagen erscheint die Zeitung und schon macht sich im Lande eine gärende Unruhe kund. Der alternde S z é c h é n y i fühlt bitter, daß ihn der junge K o s s u t h übertrumpft. Ein ganzes Buch mit dem bezeichnenden Titel „D a s V o l k d e s O s t e n s" ist die Antwort auf die einundzwanzig losen Zeitungsblätter. Jeder Aufsatz wird argwöhnisch unter die Lupe gestellt, untersucht und dann in Lauge zersetzt. Dieses rasende Tempo des Fortschritts heißt ja nicht Reform, sondern Revolution, sogar Destruktion. Gewiß, der Leibeigene soll von der Scholle befreit werden, aber auf diese Art wird ja die Gesellschaft in ihrer Grundfeste, im Eigentumsrecht erschüttert. K o s s u t h läßt sich von seinem menschlichen Mitleid leiten, was man in der Politik nie tun soll; denn es kann einem leicht ergehen wie dem gutherzigen Brahminen, der, um das Feuer eines brennenden Strohdaches zu löschen, ein ganzes Land unter Wasser gesetzt hat. Menschen, die sich zur Lenkung menschlicher Schicksale berufen fühlen, sollen sich stets nur von ihrem Kopf führen lassen und ihr Gemüt hat bei dem grausamen Geschäft zu schweigen.

Während S z é c h é n y i dieses und ähnliches in neidisch-wetteiferndem Zorne schrieb, bemerkte der Repräsentant der stufenweisen und friedlichen Umwandlung nicht, daß ihm eigentlich nicht K o s s u t h und dieser oder jener einzelne Mann, sondern in der Gestalt K o s s u t h s eben das unvermeidliche Schicksal in Person gegenüberstehe. Jenes unvermeidliche Schicksal, das in allem menschlichen Tun nicht Leben und nicht Friede heißt, sondern Tod und Gewalt. Auch die Geburt vollzieht sich in blutigen Wehen. Nun wollte aber S z é c h é n y i den Feudalismus mit friedlichen Mitteln niederringen und das Neue gewaltlos schaffen. Das Leben mit seinem unbarmherzigen Gesetz durchstrich diese Rechnung mit Blut.

Sobald S z é c h é n y i die glatte Oberfläche aufgewirbelt hatte, schossen aus den gelockerten Schollen drohende Revolutionsfurien hervor, die Kobolde des Krieges steckten ihre rotmützigen Köpfe heraus und in ihren erschreckend ausgebreiteten Armen lohte die zündende Fackel. Jede Zeile seines prophetischen Buches beweist, wie S z é c h é n y i die Gefahr herannahen fühlte. Und als sie vier Jahre später, im Schicksalsjahr 1848, wirklich herankam, wurde er darob wahnsinnig. Er sperrte sich unter Narren ein, in das Narrenhaus zu Döbling bei Wien. Er läßt sich einen wirren, langen Bart wachsen, er zieht eine papierene Mütze über seinen hämmernden Kopf, dämmerte so vor sich hin, tobte sich dann wieder plötzlich in furchtbaren Aufwallungen aus. Als diese Krisenzeit nach Jahr und Tag vorbei war, blieb er auch weiter in der Narrenzelle und tat nach wie vor während der zwölf Jahre seines freiwilligen Stubenaufenthaltes keinen einzigen Schritt vor die Tür der Irrenanstalt. Nicht einmal den Garten betrat er. Er wollte die Sonne nicht mehr sehen, die freie Luft war ihm verpestet, er wollte sie nicht atmen. Er schreibt selbstanklagende Jeremias-Briefe, das m e a   c u l p a jedes reuigen Reformators, der, zur tragisch-enttäuschten Einsicht erwachend, sein erschütterndes: W o z u ? hinausschreit. Das verworrene Buch seiner Aufzeichnungen wird immer verworrener. Was bisher in seinen Notizen ein Sich-gehen-lassen in der Art seines Lieblingsschriftstellers M o n t a i g n e war, die nachlässige Liebenswürdigkeit des Grandseigneurs und die süße Herbheit des Dilettanten, das verwandelt sich nun in den Ton eines dem Wahnsinne nahen N i e t z s c h e, — nein, vielmehr in den verzweifelt-grotesken Ton der Shakespeare-Narren, wenn sie mit der Schellenkappe auf ihrem baumelnden Kopf über die letzten Geheimnisse des Seins und des Nichtseins lallen.

Doch wer kann wissen, ob in dieser Welt nicht die Narren die Gescheiten und die Gescheiten die Narren sind? Es ist eine große Lehre für die Regierenden unter den Menschen, daß dieser Narr in seiner Zelle das gute Recht in sich gefühlt hat, um aus, dem Irrenhaus heraus mit dem mächtigsten Minister dieser Monarchie zu polemisieren. Und während er sich im Geheimen in das Gesicht schlägt und gegen sich unerbittliche Anklage führt, ob das Hinsterben so vieler für die leere Phrase einer nie zu verwirklichenden Freiheit und ob überhaupt das leichtsinnige Verkünden freier Reformideen, die doch der gebeugten Sklavenrasse, genannt s p e c i e s h o m o, so wenig zukommen, nicht Wahn und Verblendung seien, klagt er zugleich vor der Öffentlichkeit (welch rührend menschlicher Widerspruch!) den Tyrannen der Rechtsverletzung, der Gedankenerwürgung und des wütenden Waltens jener Waffenmacht an, die nach jeder gescheiterten Revolution über jedes niedergeworfene Land schonungslos hereinbricht. Dies ist ein fataler Zirkel widerspruchsvoller Gedanken, aus dem es kein aus und kein ein mehr gibt. Schließlich blieb für S z é c h é n y i nur die eine Rettung übrig: sein von Visionen gepeinigtes Hirn mit einer Pistole zu zerspritzen.

So schied dieser große Lebendige, dessen Erdenwallen die schöpferischeste Bejahung des Lebens bedeutet, mit dem häßlichen Tod der unreifen Knaben und der verliebten Backfische. So starb er dahin, der Vater unblutiger Taten, der Held des Friedens und der Ritter des Lebens, als das erste ungarische Warnungszeichen für jeden, der die Menschen schonend, auf dem heiteren Weg des Friedens und des wohlig-wärmenden, süßen Lebens, ohne Krieg und ohne Revolution, ohne Mord und ohne Gewalt, aus einer schlechten Gegenwart in eine bessere Zukunft hinüberführen will.

FÜNFTES KAPITEL

*Ein zerfetztes Buch und ein zerlumpter Mann. —
Die Revolte des Wortes. — Der Rosenstrauch am
Hügelabhang. — Die Abenteuer eines lyrischen
Don Juan. — Das alte Kind und der tote Greis. —
Der entscheidende Krieg und die Enttäuschung. —
Das Land der Liebe. — Rund um ein Denkmal. —
In Ewigkeit, Amen.*

Széchényi fand immer nur den einen und
einzigen Kossuth sich gegenüber. Der „Advokat"
mit seiner „Idealextase" bedeutete für den Grafen die
Revolte und die Revolution zugleich. Die Anstifter
jedes Unheils waren ihm dessen Zeitungsaufsätze.
Welch verhängnisvoller Irrtum! Denn Kossuth
war ja nichts anderes als ein zufällig an die Oberfläche des Lebens getriebenes Symptom. Das Wesen
des Aufruhrs steckt in einem andern.

Doch was konnten sie die wetteifernden Beiden,
Széchényi, der alles verwendende, und
Kossuth, der alles bemerkende, von dem rele-
gierten Studenten wissen, von dem verabschiedeten
Infanteristen und zerlumpten Wanderschauspieler,
der im wehenden Schneegestöber eben daran war, die

eisig-winterlichen Straßen des Landes zu durch-
wandern?

Was geht es unsere großmächtigen Politiker
an, wenn so ein Taugenichts, der verlorene Sohn
eines Fleischhauergesellen und einer slowakischen
Dienstmagd, mit dem Hauch seines keuchenden
Atems die erstarrten Finger wärmt, um allerhand Gedichte auf lose Papierfetzen zu kritzeln. Und als
diese Gedichte nachher in Druck erschienen, wer
sollte da von diesen vielbeschäftigten Herren noch
etwas übrig dafür haben, um sich ernstlich
mit der Lappalie eines so zerfetzten Jahrmarkt-
buches zu befassen? Das Büchlein hat seine Heraus-
gabe keinem Nabob oder Prinzen, aber dem
kümmerlichen Mäzenatentum eines ungarischen
Schneiderleins zu verdanken, der in einer groß-
mütigen Aufwallung das Buch zwar verlegt, doch
sonst weder dem Dichter noch dem Werklein irgend
eine besondere Wichtigkeit beimaß. Denn in dem
Buch sind nichts als Gedichte zu lesen, Liebeslieder,
Naturbeschreibungen, patriotische Strophen und
derlei. Kann sich denn eine herannahende Revolution wirklich in eine so bescheidene Hülle verstecken? Sie hat es getan. In diesem unansehnlichen
Buch steckt ein umgewälztes Land.

Schon wieder stehen wir vor einem neuen
Namen, Romain Rolland, vor dem Ale-
xander Petöfis oder, wie wir ihn in der trauten
Heimatsprache nennen: Petöfi Sándor. Dieser
Name dürfte Ihnen bekannt sein. Diesem Dichter hat
Michelet Beifall gezollt. Heine hat in ihm einen
an Schaffenskraft überlegenen Bruder erkannt und
Hermann Grimm stellt ihm Gestalten wie die

Homers und Shakespeares an die Seite.
Ein Dichter, der kaum siebenundzwanzig Jahre lang
gelebt hat. Die Aloe ist keine Blume der ungarischen
Heide, doch ist die volle Blüte eines so jungen Lebens
seltener als sogar die hundertjährige ·Aloe. Denn sie
treibt nur einmal in tausend Jahren und sie ist auf
unserem Flachland erblüht.

*

Der Vorstellungskreis, den der Fremde mit
P e t ö f i s Werk. verbindet, ist stets etwas Burschi-
koses, Wildes, Gärendes, Zigeunerhaftes gewesen.
Solche vorgefaßte Meinungen. über einen Künstler
sind immer falsch. Die über P e t ö f i sind es aber
besonders. Denn P e t ö f i ist zwar die Verkörperung
des Ungartums, aber in ihm ist nichts von der
barbarischen Losgelassenheit eines unbändigen Auto-
didakten. Auch hat er nur das Tauigfrische und
Cherubhaftzarte jeder schönen Jugend, aber beileibe nichts von ihrer gärenden Schlackenhaftigkeit.
Sie wissen es nur zu gut, R o m a i n R o l l a n d,
haben Sie es doch im J e a n C h r i s t o p h e a d o-
l e s c e n t selbst beschrieben, wie formlos und
äußerst disharmonisch der Sturm und Drang ·auch
der schönsten Jugend sich immer wieder in unaus-
geglichenen Worten äußert. Die Jugend ist ein steter
Hader zwischen Eindruck und Einfall, zwischen
Gesehenem und Gefühltem, zwischen Innen und
Außen.
G o e t h e s Jugend ist die ideale Jugend, aber
klassisch war nur sein Alter. Denn es gibt
keine klassische Jugend. In diesem ausgleichenden
und ausgeglichenen Sinne war auch ·P e t ö f i nie

ein Klassiker. Und doch ist er eine einzige Ausnahme unter allen dichtenden Jünglingen. Denn zwischen seinem Innen und seinem Außen löst sich der ewig-jugendliche Hader in eine vollendete und ausgeglichene Harmonie auf. Schon seine ersten Töne sind aufjauchzende Orgelpfeifen, die die ungarische Kathedrale mit reinstem Klingen erfüllen. Er hatte außer dieser allgemeinen Gabe jedes genialen jungen Lyriker auch noch eine andere, besondere und selbst für das Genie seltene erhalten. Dieser leidenschaftliche Knabe brachte nämlich ein gespenstisches Wissen um die Seelen fremdester Menschen und Zeiten mit sich. Dieser Lyriker besaß die beschauliche Kunst des epischen Erzählens. P e t ö f i war ein Entdecker der Natur, ein Wissender um ihr Unbewußtes, ein ruhiger Beobachter ihres stillen Trieblebens.

Unsere Dichter des achtzehnten Jahrhunderts schufen sich, wie schon erwähnt, eine neue Kunstsprache, in der sich das Rokoko alle Schönheitspflästerchen ins rosagefärbte Gesicht kleben und in der sich die Pseudoklassik des Empire den pathetischen Faltenwurf antiker Gewänder umlegen durfte. Die ungarische Vergangenheit mußte sich eine epische Göttermaschine für hexametrische Epen gefallen lassen und als die Götter der griechischen Mythologie nicht genügten, wurde für epische Zwecke eine ungarische Mythologie erfunden. So unecht im Wesen diese künstliche Kunst auch war, dennoch gelang es einigen Genien, selbst diese erfundene Sprache tropisch erglühen zu lassen und dem klangvollsten Gebilde hell schallender Hexameter und aus Eigenem, singender, süßer Jamben einzufügen.

Die Legende der ungarischen Jahrhunderte funkelt in diesen Heldengedichten wie in einer königlichen Gruft der schimmernde Hügel von Gold und Diamanten, beschienen von heiligen Ampeln.

P e t ö f i war nicht der Mann für dieses starre Geflimmer. Ein großer Künstler, aber ein noch größerer Mensch, der stets nur Wesentliches, ja sogar Drastisches zu sagen hatte, mußte er kommen, um das ganze künstliche Gebilde einer widernatürlichen Sprache zu sprengen. Er wollte das völkische Wort, das starke Wort, und er war in seinem· zupackenden Griff noch um Vieles kühner, als sein kranker, junger Vorgänger aus dem achtzehnten Jahrhundert.

Mit noch aufmerksam-wacheren Ohren als jener D e b r e c z i n e r Dichter achtete er auf das Volkslied und auf das Volkswort. Mit P e t ö f i sollte es offenbar werden, daß wir reich genug sind an Wörtern und an Wendungen, an Formen und an Ausdruck, ohne der virtuosen Wortmache und des Entlehnens aus der Fremde zu bedürfen.

*

P e t ö f i lebt in der Natur, ja vielmehr, die ungarische Natur lebt in ihm, durch ihn und erst seit der Zeit, da es ihm für beinahe drei Jahrzehnte auf dieser Erde, für alle Jahrzehnte in der Ewigkeit zu leben, vergönnt war.

So oft die winterliche Sonne über unsere Heiden tief unten· dahinfliegt, erscheint sie uns, wie sie einst ihrem Dichter erschienen war, wie „ein müder Vogel" und wir fragen auch mit ihm: »Oder ist sie vielleicht kurzsichtig geworden vor Alter, daß sie sich so zu bücken hat, um etwas zu sehen . . . sie kann doch nicht viel sehen an der Puszta.« Und wenn dann diese müde Sonne über den endlos flachen Schneefeldern langsam untergeht, am entzündeten Himmelsrand noch einmal stehen bleibt und für einen Augenblick zu zaudern scheint, ist sie uns für immer P e t ö f i s verbannter König geblieben, der noch einen letzten Blick des Zornes über seine Länder wirft, hierauf mit seinem Auge die jenseitige Grenze streift und von seinem Haupte die blutige Krone fallen läßt. Dann ist uns die Sonne wieder, was sie auch einstens P e t ö f i war, »ein verblutender Held«, und »wie der Ruhm dem Tod des Tapfern« folgen ihr Sterne und Mond. Der allein dastehende Baum der sandigen Heide ist P e t ö f i eine Insel im Meer; — sein abendlicher Schatten, den er ostwärts wirft, wie der eines betenden Mohammedaners.

Aus P e t ö f i s Lied keimt es grün und hell wie erste zarte Saat, aber er hat auch den fallenden Rhythmus und die satte Farbe des unter der Sense in goldenen Garben hinfallenden Korns. Er erkünstelt sich keinen Olymp, sondern spricht wie zu mythologischen Zeiten, als die stumme Welt zum Menschen noch in lebend-deutlicher Rede sprach. Ferne Länder des Traumes sind das Gebiet des nebulosen Dilettanten, — das Genie steht mit festem Fuß auf der Erde und besieht sich das Nahe von der Nähe. P e t ö f i ist der Kolumbus seiner nächsten Umwelt geworden. Die Puszten waren weder für den Klassiker noch für den Romantiker da, dieser Naturalist mußte kommen um sie für die Kunst zu holen.

Das süße Aroma unserer herbstlichen Melonen

scheint manchmal aus seinen saftig-quillenden Versen zu fließen. Er ist bei aller Zartheit strotzend real und bei aller Empfindsamkeit voller Humor.

. E i n e R e i s e ü b e r d i e E b e n e — so heißt das Gedicht, darin P e t ö f i erzählt, wie die schwangere Wolke, schwerdrohend, kaum einen Zoll hoch über seinem Kopf hängt und ihren strömenden Erguß ihm in den Nacken gießt:

„Meinen Pelz habe ich über meinen Tabaksbeutel gehängt, — damit er trocken bleibe. — Ich selbst triefe von Wasser. — Bald werde ich's erleben, — Daß ich mich zum Fisch verwandle. — Was ist das für ein Weg! . . . — Ja, ist denn das überhaupt ein Weg? — Oder eine schwarze Hefe vielleicht? — Die gebacken wird, zum Brot für die Tafel des Teufels. — . . . O Haide, o Haide, ich hätte nie gedacht, — Du würdest meine Liebe so bezahlen! — Oder ist dieser Sturm und dieser Schlamm — Eben der Lohn für meine Liebe. — Ja, das muß er wohl sein . . . — In dem Regenguß fließen deine Abschiedstränen, für mich. — Dein Arm ist der Schlamm, der statt meiner die Wagenräder umarmt."

Das ist der frische Teniers-Strich dieses kühnen und breiten Pinsels.

P e t ö f i s Naturalismus ist nichts weniger als programmatisch. Er ist nur ein vorausetzungsloses, ungelerntes Anschauen oder doch vielmehr ein liebevolles Schauen bis in das tiefste Wesen der Erscheinungen. Daher die liebenswürdige Wärme selbst seiner realistischen Derbheit. Und nun hören Sie, R o m a i n R o l l a n d, wie diese vollblütige, große ungarische Jugend singt:

Hätte Samen meine Lust,
Säte ich ihn über den Schnee aus,
Ein Rosenwald entsprösse ihm,
Um den Winter zu bekränzen.

Das ist der Orient in seiner Pracht, mit allen schlagenden Nachtigallen, mit dem purpurnen Rot, mit dem flammenden Gelb und mit dem schneeigen Weiß seiner betäubenden Rosen. Das ist Asien in den Park der europäischen Romantik hinübergezaubert — das ist das Lied eines westlichen H a f i s.

P e t ö f i s Naivität ist nicht simple Einfalt. Seine Worte hallen vielfach wider, sie haben tiefe Perspektive. Was ist da alles in zwei Zeilen gedrängt, die er puritanisch, wie das ungarische Volkslied, ohne Übergang aneinanderreiht:

Am Hügelabhang ein Rosenstrauch,
Lehn dich an meine Schulter, mein Lieb!

Zwei Zeilen und zwischen ihnen als Band nur der Gedanke, o, nicht einmal der Gedanke, nur das Gefühl, o, nicht einmal das Gefühl, dazwischen nur ein Hauch, nur ein Wehen, nur ein einziges, rührendes Wahrnehmen. So biegt sich der zarte Rosenstrauch über den breiten Abhang und so auch die Liebste, die Zarte, in weich schmiegender Umarmung über die breite Männerbrust. Über zwei Zeilen spannen sich, ein lockeres und doch inniges Band, zwei blaue Regenbogenbrücken, die unausgesprochenen Begriffe der Zartheit und des Hinneigens. Man denkt an die Greise H o m e r s, die von der Lilienstimme Helenas sprechen. Man denkt an die Tochter des V i c a r o f W a k e f i e l d,

wenn sie von ihrem gewissenlosen Kavalier geraubt wird: „. . . er küßte sie und nannte sie seinen
Engel, sie weinte viel und lehnte sich an seinen Arm,
worauf sie sehr schnell von dannen fuhren . . .“
Die züchtige Miß lehnt sich leicht und furchtsam an
den Arm ihres Liebsten, wogegen die ungarische
Maid ihr von schweren Zöpfen gekröntes Haupt zutraulich an die Brust ihres Schatzes schmiegt. Doch
ob scheu oder zutraulich, in der schenkenden Bewegung des Neigens ist die ganze Liebe und das
ganze Schicksal jeder Frau enthalten. So sucht die
Schwache Schutz und Obdach beim Starken. „Am
Hügelabhang ein Rosenstrauch, lehn dich an meine
Schulter, mein Lieb . . .“, spute dich Schwager und
laß uns schnell von dannen fahren . . .

Madame de Sévigné schreibt: Enten-
dez vous la feuille qui chante, — und das
ist der französische Lenz und der französische Impressionismus. Der Dichter aus dem Volk der Hirten
horcht der Flöte des Laubes, der Nachtigall,
und das ist der ungarische Lenz und der ungarische
Impressionismus. Und auch dieser Impressionismus
ist diesem Dichter nie ein Programm gewesen. Er
ist: was das Auge trinkt und was die Wimper hält
aus dem goldenen Überfluß der Welt. Er ist: was
in den Ohren nachzittert aus dem großen Konzert
aller Naturlaute. Er ist — gerade so wie im Volkslied — was alle Sinne im Hirn auf einmal zusammen-
tragen, ehe der Verstand Töne und Laute voneinan-
der gesondert hat. Sunt lacrimae carminum.

*

Aber auch vitarum sunt lacrimae.
Je größer das Leben, um so reicher an Tränen.
Die ersten Tränen fallen in Petöfis armselige
Jugend hinein. Dieser Sohn kreuzbraver, aber vom
Schicksal hart verfolgter Eltern hat eine kümmer-
liche Kindheit verlebt. Nachdem er in Dorfschulen,
jedes Jahr in einem anderen Dorf oder in einer
anderen Schule, erzogen oder vielmehr nicht erzogen
worden — man stelle sich bloß die Dorfschulen
vor und gar die ungarischen von damals! —,
nachdem er seine Studien wegen des Geldmangels
seiner Eltern oft hat unterbrechen müssen, um die
fatale Zwischenzeit bald als kränkelnder Soldat, bald
wieder als talentloser Schauspieler im Elend zu
verleben, nachdem er beinahe das ganze Land
von Süden bis Norden, von Tal zu Berg
zu Fuß durchwandert hat, steht er nun da,
ein hagerer Bursch mit fieberndem Aug', mit
schwacher Lunge und einem erschreckend großen
Adamsapfel an seinem langen Hals, dessen ab-
stoßend-rührendes Zucken über den Jammer dieses
Schicksals lange Geschichten zu erzählen weiß. Von
seinen tatarischen Backenknochen fällt die braune
Haut über eingefallene, sommersprossige Wangen.
Doch muß er nur, wie es seine Gewohnheit ist, mit
dem fünfzackigen Kamm seiner Hände über den
zerzausten Kopf fahren und seine borstigen Haare
hinaufkämmen, damit sie stehen, jedes einzeln, wie
eine zum Angriff bereite kleine Armee, und schon
blitzt unter dem Haar und ober den Augen unheimlich: das Genie.

Aber sind denn die jungen Mädchen und Frauen
da, um vor diesem Blitzstrahl zu erschauern? Nein,

keineswegs. Die Holden, wenn sie P e t ö f i sehen, sprechen nur das Wort aus: ein häßlicher Junge! und gehen an ihm gleichgültig vorbei. Und die nüchternen Schönen — denn, o, wie nüchtern sind die Schönsten! — setzen dann noch grausam hinzu: der Junge ist arm wie eine Kirchenmaus. Und über den ganzen Schwarm von Gedanken, über so viel pochende Liebessehnsucht ist damit ein für alle Zeiten nie mehr wieder gutzumachendes Urteil gefällt. Die Liebesabenteuer dieses Dichters der Liebe, ach, du lieber Himmel, — s u n t l a c r i m a e a m o r u m . . .

Der hüstelnde Jüngling zieht sich auf das Land zurück, um sich in der kleinen Kammer eines Landhauses zu erholen. Das niedliche Töchterchen seines Wirts bringt ihm jeden Tag die frisch gemolkene Milch. Sie ist nicht besonders schön, sie ist nicht besonders geistreich, dafür aber ist sie im Alter Juliens, sie ist kaum fünfzehn Jahre alt, die Kleine. Und, der sie so in Andacht betrachtet, der Junge, kaum zwanzig. Einmal küßt er sie auf die Stirn. Und das ist das erste Abenteuer.

Der Dichter ist mit einem Dichter befreundet. Dieser andere ist ein gar rührseliger Poet, seine Gattin, wie es sich dem Künstler der Tränendrüsen geziemt, eine gar tränenselige, aber nichtsdestoweniger kokette Dame. Doch nicht diese Frau hat es unserem Poeten angetan, umsomehr aber ihre kleine Schwester, „das blasse Kind der blonden Locken", welches mit dem Ehepaar zusammenlebt. Der kleine Backfisch hat für P e t ö f i nichts übrig. So oft er in seiner romantischen Magyarentracht, in seinem verschnürten Mantel, in seiner schäbigen Mütze und in den über die mageren Beine schlotternden Stiefeln ins Zimmer trat, gab es schon das Geflatter eines strohhellen Zopfes über der Schwelle, schon fiel eine Tür dröhnend hinter K l e i n - E t e l k a zu.

P e t ö f i kannte die Kunst des weltklugen H o r a z nicht, der seine rehartig fliehende C h l o e doch schließlich in seinen Schoß zwingt. Er sprach nur wenig mit seiner Angeschwärmten, auch ließ er andere nichts von seiner Liebe merken. Ob er sie geliebt hat? Wer weiß? Selbst jene Familie der Sentimentalen hat diese Liebe nicht vermutet.

Doch was geschah? Das abgehärmte, kränkliche Mädchen, die Ärmste, griff einmal an ihr schlecht klopfendes Herz. Und schon stürzte sie zusammen, um nie wieder aufzustehen.

Als der Schwager, eben jener Sentimentale, seinem Freund diese Trauernachricht bringt und hinzusetzt: Sie hätte vielleicht deine Frau werden können!—fühlt P e t ö f i das Leid jedes Dichters für alles Unwiederbringliche. Er nennt es Liebe. Das Gefühl wächst in ihm zur Leidenschaft: „Hätt' ich sie nie geliebt, solang sie lebte, — Das liebe Kind der blonden Locken. — Nun hat sie mein Leben und meine Liebe, — Da sie auf dem Totenbette liegt. — Wie schön, ach wie schön war sie auf dem Totenbett, — W i e d e r F l u g e i n e s g l ä n z e n d e n S c h w a n s i m M o r g e n r o t, — W i e r e i n e r S c h n e e a u f w i n t e r l i c h e m R o s e n s t o c k, — S o s c h w e b t e ü b e r s i e h i n d e r w e i ß e T o d."

So zart war dieser wilde Zigeuner. So europäisch weichfühlend dieser derbe Asiat.

Nun wird ihm auch noch der Th. A. Hoff
mannsche oder Poesche Gedanke, das Zimmer
der Toten zu bewohnen. Hier entsteht der zweite
Band seiner Gedichte: C y p r u s b l ä t t e r ü b e r
d a s G r a b d e r' E t e l k a. Ein elender Fetzen
von einem Buch, auf gemeinem Papier, in schmäh-
lichem Druck. Es gibt keinen Prachtband auf dieser
Welt, den ich für dieses Büchlein eintauschte.
Das war sein zweites Abenteuer.

Über dem Gartenzaun eine weiße Lilie, — ein
Mädchenkopf über der Logenbrüstung. Alle im Parkett starren sie an. „Wer ist sie?" — „Die Tochter
eines reichen Bankiers, nichts für dich!" — „Was
gilt die Wette, daß ich um ihre Hand anhalte."

In der Pester Straße der Flaneure steht noch
heute das vergessene kleine Haus, worin einst der
deutsche Bankmensch gewohnt hat und wo einst der
ungarische Dichter die sich emporschlängelnden
Stufen erklomm. Treppauf, treppab durchwandle ich
das Haus, — warum sollte man sich solcher
Schwärmereien schämen? Sind sie ja doch nichts
anderes als selbstquälerische, mit der Vergänglichkeit
ringende Vortäuschungen jedes Enthusiasten, — ich
schließe die Augen und das Gestern ist heute und
ich bin: e r. Man fühlt den Schwall junger Hoffnungen, mit denen der Dichter die einzelnen Stufen
betrat und man fühlt die Demütigung, als er zwar
höflich empfangen, aber umso entschiedener be-
korbt, die Stufen wieder hinuntersteigt. Und so steht
er nun da, im Treiben der Straße der eleganten
Spaziergänger, vor dem deutschen Buchladen im
Haus, sieht da zwischen Bänden in vergoldetem
Leder und fein geglätteter Leinwand seine eigenen

Versbücher in schmierigem Papier, er sieht die Menge bunt an sich vorüberfluten und ein Dichter hat zu fühlen, wie so schwach und haltlos und arm das Fühlen im Leben dasteht. Aus diesem Erlebnis ist zwar kein Gedicht geworden, aber es ist selbst wie ein Gedicht, mit dem dumpf rollenden Rhythmus des grausamen Lebens. Und deshalb habe ich's erzählt.

Schon wieder ist der Stadtmüde auf dem Land. Schon wieder wird ihm die Erholung zum Verhängnis. Schon wieder betet er ein edles, reiches Fräulein an, das nichts von ihm wissen will, schon wieder erhält er einen Korb. Das konnte auch nicht anders sein, denn dieser Draufgänger wirbt auf diese Art: „O, Mädchen, liebst du mich auch nicht, so erlaube doch, daß ich dich liebe ... Ich will mit Geduld die Last der unerwiderten Liebe tragen wie der Gottmensch das Kreuz, woran er genagelt werden soll." Schwerenöter sprechen anders. Das ist nicht die Sprache der zur Freude Geborenen. So spricht der Leidgewohnte, dessen Leben immer Entsagung war.

Und so ging es aus, das dritte Abenteuer dieses lyrischen Don Juans. Und schon wieder entsteht ein Band von Gedichten. Diesmal nannte er die Perlen seiner Qual: Die Perlen der Liebe.

Ein junges Nähmädel lächelt ihn an. Er denkt, es wäre das Lächeln der Liebe. Wo es doch nur das Lächeln der Freundschaft war. Das Mädchen will von dem braunen Hagern nichts wissen. Sie ist nämlich in den wohlgenährten Dicken verliebt. Sie ist sogar verlobt mit ihm. Ein Gedicht. Gebt acht, ihr kleinen Frauenzimmer, denn eh' ihr es euch verseht, ist es schon um euer züchtiges, kleines Dasein geschehen und ihr seid für ewig hineinprostituiert in die Weltliteratur und in die Unsterblichkeit.

So ist es auch besonders der Tochter des gräflichen Güterdirektors, J u l i e S z e n d r e i, ergangen. Allerdings war sie nichts weniger als ein zahmes, kleines Provinzmäderl. Fräulein Julie war ehrgeizig, sie wollte von sich reden machen. Denn sie war die gefeierteste Schönheit der Provinz. Alle Dichter der Provinzhauptstadt haben sie besungen, und sie durfte diese Anhimmelungen ihres entzückenden kapriziösen Persönchens in den feinsten Modeblättern der Reichshauptstadt gedruckt lesen. Nun sollte es geschehen, daß sich auch unser, stets im Land vagabundierender Dichter in ihre Provinz verirrte und Julie in den Ruhm hob, wie ein Aar die Raupe im Schnabel empor in die Wolken. Sie treibts mit ihm in ihrer koketten Art. Er nimmt sie aber sehr ernst. Denn für diesen Sohn der braven, armen Eltern hat die Liebe keine romantischen, exotischen Formen. Sie ist ihm ein gesunder Familieninstinkt, er sieht sich an der Seite einer braven Frau als ihr schirmender Genius, als ihr treuer Gatte, als der Vater ihrer Kinder. Julie spielt mit diesem gesunden Instinkt ein frevlerisches Spiel. Sie sagt nicht ja und auch nicht nein. „Du hast zwar ein glühend Herz, aber es ist bedeckt von der eisigen Decke des Verstandes, wie die Kuppe des Vulkans vom Schnee." So grübelt der verzweifelte Liebhaber und schon wieder steht er unglücklich und unbeholfen da, ein ehrlicher, braver Junge vor den Teufelskünsten weiblicher Koketterie. Der treffliche Erzähler, dessen Redefluß doch sonst „wie eine lustige, kahnfahrende Familie" dahintrieb, gehört zu jenen Verliebten, die sofort verstummen, wenn sie verliebt sind. Er sagt es naiv heraus, was so viele Jungen nur fühlen, daß ihm in der Liebsten die Gottheit selbst zu wohnen scheint. Und vor der Gottheit ziemt es sich zu schweigen. —

Er schickt ihr ein schönes Heft, betitelt „Die letzten Herbstblätter an Julie", mit Perlenschrift kalligraphierte Gedichte: „Wie viel habe ich gelebt in ein einigen Tagen, — Kaum traue ich mich in den Spiegel zu schauen. — Ich fürchte, mein Haar ist ergraut, — Dieses Herz hier, ach, es ist so alt geworden . . . Ich schaue mit trostlosen Augen um mich her, — Wie einer, der seine Stirn gegen einen Stein schlug, — Dann halb erwacht, alles zweifach und dennoch nichts sieht . . ."

Sie gibt ihm zur Antwort — ach, die bekannte Antwort so vieler Koketten! — sie habe noch nie geliebt. Aber sie gibt ihm die abweisende Antwort in einem verheißenden Ton — und sie begleitet das kalte Wort mit einem warmen Blick — wie das alle Frauen dieser Art so gut verstehen. Er quält sich. Ein Gedicht der Qual:

„Was hast du, meine Brust? Ein Zimmer bist du. Der Tisch in diesem Zimmer ist mein Herz. Auf dem Tisch im silbernen Pokal brauste der Trunk aller Freuden. Der Leichtsinn war der Bewohner des Hauses, der durstige Trinker aus dem Pokal, den er bis zur Neige leert, um dann mein Herz, den Tisch, vollzukritzeln. Ja, er schreibt ihn voll und überall mit glänzender, goldener Feder, mit Gedanken, bunter als ein Pfauenrad.

Nun ist der Leichtsinn ausgezogen. Der gute Knabe ist verscheucht, verscheucht von einem mächligen Geist, von der Liebe. Die wohnt jetzt in dem Zimmer meiner Brust. Mit blassem Gesicht und im dunklen Kleid, nähert sie sich dem Tisch. Da läßt sie sich nieder. Sie schüttet den Wein aus dem Pokal. Sie löscht die schöne, goldene Schrift weg von der Tafel und schreibt anderes an ihrer Stelle. O, Liebe, was du schriebst, ist schwärzer als Tod und Grab."

So lautet die bilderreiche Klage des schier Verzweifelnden. Sind das vielleicht der Bilder zu viele für den westlichen Geschmack? Man merke nur, wie glatt und wie von selbst sie sich ineinanderfügen. Das ist nicht orientalischer Schwulst, nur orientalische Phantasie, jedoch von westlicher Logik sicher geführt und gebändigt.

Schließlich erwacht der Lebensinstinkt in dem Schmachtenden. Er will fliehen aus dem Bannkreis seiner Provinzfee. Sie läßt ihn gehen, doch sie winkt ihm nach von dem Erker der verfallenen Burg, in der die Familie des gräflichen Güterdirektors mit der romanhaften Tochter wohnt. Der eine und selbe Augenblick schenkt ihm jeden Schmerz des Abschieds und jede Hoffnung auf liebendes Wiedersehen. Er ist jung, er ist unerfahren, die Kokette erscheint ihm als ein unlösbares Rätsel der Natur. Um das Mysterium dieses weiblichen Wesens zu erhöhen, trifft es sich, daß er in der Provinzhauptstadt, wohin er vor seiner Liebe flüchtet, der kleinen Julie in einer Gesellschaft wieder begegnet. War es Absicht oder Zufall? Diesem schweren Weltproblem forscht ein schönes, verliebtes, kindliches Gedicht nach. Der ahnungslose Jüngling ahnt es nicht, wie

94

Frauen die Zufälle der Liebe mit Absicht herbei-
führen.

Bei dieser letzten Begegnung bekommt er von
seiner Emma Bovary der Puszten eine herz- und
seelenlose, falsche, nach Roman und Abenteuer klin-
gende Ermunterung. P e t ö f i soll jetzt verreisen,
meinte Julie, nach vollen sechs Monaten im Frühling zurückkehren, um sich dann eine Antwort auf
sein liebendes Werben zu holen. Er erhält keinen
Kuß, auch bekommt er nicht das herrliche Stammeln
der liebenden Leidenschaft zu hören, aber schon
dieses trockene Versprechen genügt, um ihn in den
seligsten aller Menschen zu verwandeln.

Das war sein fünftes Abenteuer, sein Leben, sein
Tod und sein Schicksal.

Doch kaum hat er Julie verlassen, so ergeht es
ihm wie G o e t h e, der vor seiner Frankfurter
Liebsten, Lilly, flüchtend, im gesunden Sinn für
Gegenwärtiges und Reales, bald das Verblassen des
Vergangenen fühlt und dem schon am Züricher See
die frohe Entdeckung wird, daß »auch hier« Lieb'
und Leben ist. G o e t h e hatte nach einem schönen
Schweizerkind, P e t ö f i in das glühende Kohlenauge
einer braunen Zigeunerin geblickt. Mit dieser soll er
nun endlich Glück haben! G o e t h e hat einen ähnlichen Konflikt der sinnlichen und der übersinn-
lichen Liebe in gewaltig rollenden Stanzen verewigt, — P e t ö f i schweigt über die Freuden seiner
Liebesnächte. Er war noch zu jung, um zu erkennen,
daß dem Künstler selbst die fragwürdigsten Bereiche
der menschlichen Seele und des menschlichen Körpers, daß dem Künstler eben der ganze Mensch mit
Haut und Haar gehöre.

Nach der Zigeunerin folgt die Schauspielerin, in deren Netze der Dichter, bei aller Liebe zu seiner Julie, beinahe geraten ist. Er will sie sogar, seinem natürlichen Ungestüm gemäß, von der Bühne weg zum Altar führen. Nur ein Zufall verhindert diese Ehe. Denn so ist das mit der treuesten Liebe bei Menschen, die sich ihres Menschentums nicht schämen und sich ihm, einem ungebrochenen Instinkt folgend, ohne sich selbst zu belügen, ehrlich überlassen. In der Kunst hat bisher außer G o e t h e niemand den Mut zur Offenheit aufgebracht, um diesen vielfältigen Pfaden der Leidenschaft zu folgen. Auch P e t ö f i nicht. Doch es bleibe ihm unvergessen, daß er wenigstens in seinem Leben Mut zur vollsten Entfaltung seines vollen Menschseins gehabt hat. Denn dieser untreue P e t ö f i liebt einzig und allein nur seine Julie. Wenn ihr Bild in ihm erwacht, dann klingt und singt es in ihm. Er schreibt:

> Es erzittert der Strauch, denn
> Ein Vöglein flog auf ihn,
> Meine Seele erzittert,
> Denn ich denke dein.

Die weithallende Pathetik dieser Schlichtheit erinnert an Goethes „Ü b e r a l l e n W i p f e l n".

Das halbe Jahr schleicht langsam dahin. Die ungarische Jüngerin G e o r g e S a n d s, die der Gegenwart abholde, Träumereien zugeneigte Julie fühlt ihre Leidenschaft zum Abwesenden wachsen, wie es im allgemeinen das Schicksal irrealer, hysterischer Naturen ist. Das Bild des Abwesenden verklärt sich ihr. Er hat keine Sommersprossen mehr, keinen Adamsapfel, keine hervorstehenden Backen-

knochen. Er ist in i h r schön geworden. Als nun
P e t ö f i nach der Gnadenfrist zurückkehrt, ist das
Wunder geschehen, er findet eine liebende Braut in
seiner Spröden. Noch ein Kampf mit dem trotzigen,
reichen Vater, der nichts von solch' einem Schreiber
wissen will. Gezänke, Tränen, Demütigungen.
Trotz alldem bleibt P e t ö f i Sieger. Er darf heiraten.

*

Was er von nun ab an seine Frau schreibt,
ist keine philiströse P o e s i e d e s ehelichen Alltags,
wie V i k t o r H u g o und seine Jünger sie pflegen.
Das ist auch nicht die nervöse Ernüchterungslyrik,
wie sie die Romantik über schon zuteil gewordenes
Glück ertönen läßt. Seine Poesie ist ein durchseeltes
Empfinden des Wirklichen. Das gemeinschaftliche
Bett, die erlaubte, ungestörte Umarmung, das werdende und gewordene Kind sind die markigen
Motive der P e t ö f i s c h e n Eheglücksgedichte. „Der
Sarg ist von nun ab nicht mehr der düstere Ort
der Verwesung, sondern ein lustiges Boot erscheint
er mir, das von diesem schönen Leben zu den Ufern
eines noch schöneren steuert . . . Wie von Zweig
zu Zweig ein Nachtigallenpaar, so fliegen wir im
Jenseits von Stern zu Stern, oder wie zwei Schwäne
schwanken wir milde über die See der Ewigkeit . ."

Das ist, wie man sieht, keine kleinliche Idylle,
sondern das frei schwebende Unendlichkeitsgefühl
des in Liebe Zeugenden. Das ist, wie P e t ö f i sagt,
„der kußstürmische Frühling, die blumige Liebe"
und ihre transzendentale Ehepoesie, der nichts
mehr von schalem Alkovenduft anhaftet.

Wie leicht ist das Vergänglichkeitsgefühl für den von der Ewigkeit Beseelten! „Kaum war Morgen, schon ist wieder Abend — kaum war Frühling, schon ist wieder Winter — kaum habe ich dich kennen gelernt, meine Julie, — schon bist du meine Frau, schon bist du's so lange. — Kaum spielten wir auf den Knien unserer Väter, — sollen wir bald neben unseren Großvätern ruhen . . . D a s L e b e n i s t n i c h t m e h r a l s d e r S c h a t t e n — e i n e r f l i e h e n d e n W o l k e ü b e r d e m F l u ß, a l s w i e e i n H a u c h ü b e r d e m S p i e g e l . . ."

Doch die nahe Todesahnung wirft auch schwere Schatten über all den Glanz. Kaum wage ich mich in dieser entheiligenden Prosa an das große Gedicht heran, worin P e t ö f i mit seinem jungen Glück an seiner Seite, hinab in das herbstliche Tal blickt, von dem Schauer eines nahen Todes erfaßt wird und mit der grausam-posthumen Eifersucht des Mannes einen furchtbaren Fluch über die Frau spricht, wenn sie, verführt von neuer Liebe für einen Jüngling, den Namen P e t ö f i s mit dem eines andern vertauscht:

„Wirfst du den Witwenschleier weg, — So häng' ihn als dunkle Fahne über mein Grab, — Ich entsteige der Welt des Todes — In nächtlicher Stund' und hol' ihn herab, — Um meine Tränen für dich zu trocknen, — Die du so leicht deinen Getreuen vergessen, — Und um die Wunden jenes Herzens zu verbinden, — Welches dich, selbst dort noch und für ewig liebt!"

P e t ö f i verschwand auf dem Schlachtfeld, kaum zwei Jahre, nachdem dieses Gedicht geschrieben war. Man sah seine Frau in exzentrischer Tracht, mit kurzgeschorenen Haaren, nach George

S a n d s , Manier Zigarren rauchend, den ·Ver-
schollenen suchen, wie sie in Gesellschaft ihrer
lustigen Kavaliere durch das kriegverheerte Land zog.
Die Nachricht vom Tod ihres Mannes war noch
nicht bestätigt, doch kaum ein Jahr nach seinem nie
aufgeklärten Verschwinden heiratete die Witwe
wieder.

P e t ö f i ist nicht „entstiegen in nächtlicher
Stund'," doch ein ganzes Land trug. in nie verzeihender Seele die ihrem Liebling zugefügte
Schmach. Der ärmsten Frau, die mit dem Recht aller
Lebenden unter der Sonne weiter leben und lieben
wollte, ging jeder grollend aus dem Weg, ohne sie zu
grüßen.

-Und das war dieses Liebendsten unter den
Liebenden, der für uns alle in · der Liebe gelitten
hat, das war P e t ö f i s größtes Abenteuer.

Sein letztes sollte erst folgen.

P e t ö f i ist seit Jahren tot. Einer seiner Kaffee-
hauskumpane, ein armer, halbtalentierter Wicht, der
weder die deutsche noch die ungarische Sprache
beherrscht, macht sich mit der frechen Verwegen-
heit des Dilettanten, daran, Petöfis Werke ins
Deutsche zu übersetzen. (Übrigens hat P e t ö f i bis
heute keinen, auch nur halbwegs gleichwertigen
Übersetzer gefunden.) Dieser erste, nichts weniger
als glückliche Übersetzer hausiert nun mit P e t ö f i s
zerfetzter Poesie bei allen Berühmtheiten Europas
herum. Er fühlt sich als der berufene Botschafter
des für ewig verstummten Genies und trachtet die
dem andern gebührenden Lorbeeren allmählich auf
sein dürftig entblößtes Haupt zu häufen.

Eine dieser stammelnden Übertragungen wird nun nach Berlin in die Zelte, dem gealterten Kinde Goethes, der Bettina geschickt. Sie ist alt, ja gewiß, die Sibylle, aber in ihrer Seele schlägt die Flamme von einst, auch ihr Gesicht ist runzelig, aber in ihrem Herzen lebt noch das „Kind".

Sie öffnet das Buch. Und siehe, Bettina, die Einfühlerin von Beruf, fühlt in diesem groben Rhythmus und in dieser farblosen Sprache die Wucht und alle grellen Farben des Originals. Schon wieder ist ihr wie ehedem, als ihr vergönnt war, vor dem Einzigen in Anbetung zu knien. Bettina ist nicht die Frau, die lange zaudert, schon setzt sie sich hin, um in ihrer verzückten Art einen Liebesbrief an Petöfi zu schreiben. Der Übersetzer antwortet, Petöfi sei tot. Nun wird dieser unvollkommene Vermittler der gewaltigen Stimme aus dem Jenseits mit lodernden Briefen à la Bettina überschüttet. Der Ärmste läßt seine fröstelnde Seele von der gestohlenen Sonne erwärmen. Bis zu Bettinas Tod sollte das „Verhältnis" dauern, der Briefwechsel eines todesnahen, greisen Kindes mit einem jungen Toten.

Das ist des Dichters letztes Abenteuer. Die gruselige Farce nach dem großartigen Trauerspiel.

÷

Voltaire, die grinsende Fratze, schied mit der Feststellung aus dem Leben, daß er die Welt, wie sie schon vor ihm da war, in unveränderter Dummheit hinterlasse. Goethe in der majestätischen Ruhe seines Alters erklärt uns, daß es keinen alberneren Wicht gäbe als einen radikal gesinnten Greis. So spricht das Alter. Aber V o l t a i r e hat in seiner Jugend anders gesprochen. Und der Stürmer und Dränger G o e t h e meinte es in jungen Jahren auch ganz anders. Das Programm jeder Jugend hat P e t ö f i in allerliebster Kindlichkeit gegeben:

„Schicksal, öffne mir eine Bahn, — Damit ich für die Menschheit etwas tun darf! . . . Jedes Klopfen meines Herzens ist ein Gebet — Für die Seligkeit der Welt. . . Zu sterben für das Glück der Menschheit, — Welch' glücklicher, welch' schöner Tod! — Ein schönerer und glücklicherer fürwahr, — Als sämtliche Wonnen eines nutzlosen Leben. — Sag' mir, o Schicksal, ach, sage mir's, — Daß ich so heilig sterben soll . . . und ich will schnitzen mit eigener Hand — Das Kreuz, worauf ich gekreuzigt werde."

Das Zeug für einen solchen Weltverbesserer steckt in jedem jungen Mann. Aus ihnen sollen dann die gemeinsten Schieber werden und die rührigsten Advokaten, wenn ihr Enthusiasmus einmal verraucht ist. Selbst bei dem Künstler zerstiebt diese Schwärmerei durch die hartnäckige Arbeit des Künstlers an sich selbst und muß seinen Platz dem furchtbarsten aller Egoismen, dem Künstleregoismus abtreten. Es ist unnütz, darüber zu reden, wie es P e t ö f i später ergangen wäre, hätte er länger gelebt. Genug: er hat sein Leben auf die Schwärmerei gestellt. Wir können ihn dafür loben oder tadeln, gleichviel, es steht fest, daß dem Mann kein müßiges Wort über die geweihten Dichterlippen kam.

Noch war das Land still. S z é c h é n y i s Buch macht Front gegen K o s s u t h s Buch. Das ist alles. Ein unschädlicher Krieg. Denn bekanntlich töten ja

Lettern nicht. P e t ö f i schreibt: „Der zerstörende
Wind der Geschehnisse weht heut' noch nicht, —
und Staubkörnchen ruhen ungestört auf sicherm
Ort, — doch ein Wind erwacht . . . .
Das Jahrhundert ist trächtig, — Es nahen heran
großartige Tage, — Stürmische Tage des Lebens und
des Todes . . ." S z é c h é n y i sieht in Furcht die
Tage herannahen, P e t ö f i fühlt das Glück ihrer
beglückenden, stürmischen Nähe.

„Ein Gedanke quält mich, — Zu sterben zwischen
Kissen im Bett! — Langsam dahinwelken wie eine
Blume, — An der der Zahn einer verborgenen Raupe
nagt. — Ausgehen wie eine Kerze, — Die in ver-
lassener, leerer Stube steht. — Gib mir keinen
solchen Tod, o Gott! — Ich sei ein Baum, über
den der Blitz läuft, — Oder dessen Stamm der Sturm
aus der Erde wühlt, — Ich sei ein Fels, der vom
Berg ins Tal — Unter Himmel und Erde erschüttern-
dem Donner gerollt wird . . . — Wenn einmal alle
Sklavenvölker — Ihres Joches überdrüssig auf die
Walstat treten — Mit errötetem Antlitz und rot
wehender Fahne — Und mit der heiligen Aufschrift
auf der Fahne: „Weltfreiheit" — und wenn sie dies
Wort schmettern, — Wenn sie es erschmettern
lassen von Ost zu West — Und die Tyrannei sich
an ihnen zerschlägt; — Da will ich fallen,
— Auf dem Schlachtfeld (hier stocken die fallenden
Jamben und es setzt das bacchische Frohlocken
P e t ö f i s c h e r Anapäste ein), — Da entströme
das jugendliche Blut aus meinem Herzen, —
Und wenn das freudige Abschiedswort meiner
Lippen ertönt, — So werde es verschlungen vom
Erzgeklirr, — Vom Trompetenton, vom Kanonen-

donner, — Über meine Leiche — Mögen schnaubende Pferde — Zum errungenen Siege eilen, — Und man möge mich lassen, — Daß ich da liege, tot, zerschmettert. — Dann sollen sie kommen, meine zerstreuten Gebeine sammeln, — Bis der große Tag des Begräbnisses naht, — Da mit langsam-feierlicher Trauermusik und mit dem Geleit umflorter Fahnen — Man die Helden einer gemeinsamen Grabesstätte zuträgt, — Die für dich dahinsterben, heilige Weltfreiheit!"

Dieser Fanatiker aber ist kein Blinder, — er ist scharfsehend, klug, nicht ohne Skepsis. Wenn ihn auch nur für einen einzigen flüchtigen Augenblick die Ahnung der ewigen Unveränderlichkeit der Dinge beschleicht, der ewige Untergang alles Guten und der ewige Triumph alles Schlechten: da fragt er sich, wie alle jungen Leute: „Wozu lebe ich noch? Warum sterbe ich nicht?"

Und wie alle jungen Leute — alle nämlich, die etwas wert sind — muß er sich die Lebenslüge einer weltverbessernden Epoche holen, um weiter atmen zu können. Nun durchblättert er emsig die Bücher der Geschichte. Dort sieht er im Nebel der Vergangenheit den Felsen sich verlieren, aus dem der blutige Fluß entspringt, der nun entlang der Zeiten ohne Unterlaß bis zu unseren Tagen hinabfließt. „Glaubt nicht, er werde schon stille stehen . . Mich schauert's und eine zügellose Freude durchbraust mich zugleich. Der Gott des Krieges zieht seine Rüstung wieder an und den Säbel in seiner Faust haltend, besteigt er sein Roß, um die weite Welt zu durchrasen und die Völker zum entscheiden-den Zusammenstoß zu rufen. Zwei Nationen

werden sich in den Erdball teilen und die zwei
werden einander gegenüberstehen: die Guten und
die Bösen. Die bisher immer verloren, die Guten,
sollen nun siegen. Doch wird ihr erster großer
Triumph ein Meer von Blut kosten. Gleichviel. Das
wird der Tag des Gerichts . . .''

Der entscheidende Zusammenstoß und der
Sieg der Guten, das ist der Traum aller Träumer in
Ewigkeit. Wer von diesem Hoffen beseelt ist, der
hat keine ruhige Stunde mehr. Dem bringt die
Kunst kein Heil und kein Heil bringt ihm die Liebe.

Diese nie zu stillende Unruhe ließ P e t ö f i als
Bräutigam den Wahlspruch dichten: ,,Für meine
Liebe gebe ich mein Leben hin und für meine Freiheit will ich meine Liebe hingeben.'' Und als junger
Ehemann beschreibt er die verhängnisvolle Familien-
idylle, in der seine Frau ihr müdes Haupt an seine
Brust lehnt und so sanft schlummernd ruht, daß
nur ihr Atem zu hören ist, während er, der Mann,
in dem blutigen Buch der Revolutionen blättert.

Der glänzende Tag, als dessen fahle Vorbereitung
er sein ganzes bisheriges Leben gefühlt haben mag,
der Tag der befreienden Empörung vom März 1848,
sollte für ihn endlich anbrechen. Ein Gedicht von
P e t ö f i war das erste Produkt der befreiten Presse.
Der Dichter durfte sein Gedicht wie ein neuer
Paulus an den Ecken der wimmelnden Straßen
in die Menge hinausschreien. O Tage des
Rausches für ihn! O Tage des Glaubens, daß
endlich der Sieg der Guten anbreche! Weh' dem
Elenden, der solche Tage nie erleben durfte, und
doppeltes Weh dem Auserwählten, dem es gegeben
war solche Tage zu erleben. Denn die Tage

fliehen schnell dahin und mit ihnen ihr beseeligender Wahn an die verbesserte Menschheit. P e t ö f i , der Menschenkenner, erkennt in dem Menschen von heute den Menschen von gestern, — den Sklaven und auch den Tyrannen im Revolutionär. Es ekelte ihn nur zu bald vor dem Freiheitsbetrieb. Er, der Gerechte und Wahre, soll auch in dieser neuen Gesellschaft jede Zurücksetzung und Demütigung erfahren. Dem Soldatenstand kann er sich nicht anbequemen. Arge Zerwürfnisse zwischen ihm und seinen Vorgesetzten folgen. Er will in den Landtag, doch bei der Wahl fällt er durch. Das Volk erkennt seinen Dichter und in seinem Dichter seine eigene Seele nicht, — es will ihn nicht als seinen Vertreter haben.

Nichtsdestoweniger will er seine Pflicht als Sänger der Menge tun: „Obwohl das Schiff oben schwimmt und das Wasser darunter, muß es das stolze Schiff, wenn das Meer erwacht, doch erfahren, daß das Wasser sein Herr ist." Das ist P e t ö f i s Glaube an die Masse, seine Religion der Menge. „Hier ist mein Pfeil, wohin soll ich ihn schießen? In den Samt des Thrones. Wozu einen samtenen Sattel für den Esel?" fragte der Dichter der aufgewühlten Straße im Ton der Straße. „Hängt die Könige auf" — heißt eines seiner berühmten Gedichte, worin er sich selbst als Henker anbietet. Gespenstisch mutet es einen an, wenn man Petöfis Lied, „Österreich" betitelt, heute liest: „Wie einst Jerusalem verkam, — Wirst du verkommen, Österreich, — Und wie einst die Bewohner Jerusalems — Werden deine Bewohner verkommen; — Deine Kaiser werden obdachlos sein, — Obdachlose und Verfolgte —"

Schön, jung, enthusiastisch. So sind alle Revolutionsbarden. P e t ö f i unterscheidet sich von ähnlichen Märzdichtern Deutschlands, in der Art der H e r w e g h, F r e i l i g r a t h, M e i x n e r, J o r d a n, H a r t m a n n, B e c k und Konsorten nicht nur durch den höheren Flug seiner Freiheitsphrase, sondern auch durch den stillen Unterton der menschichen Resignation und der künstlerischen Wehmut, die sich selbst in seine wildesten Revolutionslieder bitter und giftig schleicht.

Nur in seinem Mißtrauen zur Menschheit sollte er nicht getäuscht werden. Denn schon schreiben Zeitungen boshafte Aufsätze über den Dichter, der hinter der Front Kriegslieder dichtet. Auch die ehrgeizige Julie möchte ihren Mann eine Rolle im Weltgeschehen spielen sehen.

P e t ö f i wird dem polnischen General B e m, einem der geschicktesten Führer unserer Revolutionsarmee, zugeteilt. Der General hat Sinn für Poesie und kann P e t ö f i, mit dem er sich in französischer Sprache unterhält, gut leiden. Er tut alles, um seinen Dichter zu schonen. Doch nach einer verlorenen Schlacht, bei der allgemeinen Flucht, sollte in der Unordnung der gelockerten Schlachtreihen das Furchtbare geschehen: Man sah P e t ö f i durch eine Wiese eilen, die einem Maisfeld gegenüberlag. Der Schmächtige wollte sich dort zwischen den hohen Stämmen verstecken. Traf ihn eine verirrte Kugel? Wurde sein Kopf, in dem Welten brausten, von einem Kolben zerschlagen? Wer weiß es? Seine Leiche hat niemand gesehen. Sie liegt irgendwo verscharrt in einem Massengrab.

*

Petöfi hat einst geschrieben: S h a k e s p e a r e
ist die Hälfte der Natur. Über P e t ö f i läßt sich
schreiben: er ist die ganze ungarische Natur. Er ist
unsere Heide, mit ihren Gehöften und den bebenden
Luftschlössern ihrer F a t a m o r g a n a, ist unser
einsamer Ziehbrunnen und unsere Donau und unsere
Theiß und das unendliche Blau unseres Plattensees.
Er ist die Schafherde und die Rinderherde und das
Gestüt und die knallende Peitsche des Reitknechtes.
Er ist der Glockenton am Kirchturm da oben und
das Quaken der Frösche da unten, in ihm sind
alle unsere Farben und alle unsere Töne. Unser
Vaterland und unsere Muttersprache, — er ist alles,
was einst zwischen den Karpathen und der Adria
Ungarn w a r. Und wenn dies Land noch mehr zugrunde gehen sollte, um aus der Reihe der Länder
zu verschwinden, aus den Werken dieses Mannes
könnte es ein Forscher wiederherstellen.

Die Romantiker haben ein Rezept für die künstliche Erzeugung des m i l i e u und der c o u l e u r
l o c a l e. P e t ö f i bedurfte keines solchen Rezeptes.
Er kümmerte sich wenig um Spanien und Italien,
er blieb zu Hause und beschrieb, was er sah. Land
und Leute zu kennen wie keiner und sie zu beschreiben wie keiner, das war P e t ö f i s einziges
künstlerisches Verfahren. Ein Beispiel von vielen:

„Es trabt der Hirt auf seinem Esel, — Sein Fuß
reicht bis zum Boden. — Groß ist der Bursche
zwar, — Doch größer ist sein Unglück. — Er ließ
auf dem grasigen Hügel — Seine Herde weiden, —
Als ihn plötzlich die Nachricht ereilt, — Seine Liebste
liege im Sterben. — Er setzt sich flugs auf seinen

Esel — Und schon trabt er der Stadt zu. — Er
kommt zu spät — Und sieht nur noch eine Leiche.
— Was blieb ihm da übrig — In seiner Erbitterung?
— Er schlug mit seinem Stock — Einen harten Hieb
— Über den Kopf des Esels."

Ototoi . . . . schreien die griechischen Helden
in ihren Tragödien und deklamieren schön und edel
über Leben und Tod und Schicksal. in unendlichen
Tiraden. Die ungarische Leidenschaft spricht nicht
so viel. Sie kennt die Worte kaum, sie flüchtet in die
Geste. Dieser Stockhieb in seiner Wucht, das ist die
Klage unseres trauernden Hirten. Kein griechisches
Chorlied könnte pathetischer sein. Das ist die Rhetorik des stummen, leidenden Ungarn, R o m a i n
R o l l a n d, das ist die Pathetik der Trauer ohne
Worte. P h i l o c t e t ist nicht herzzerreißender in
seiner großen Klage, C o r n e i l l e s und R a c i n e s
alexandrinisch moduliertes Wehgeschrei dringt
nicht so tief in die Seele.

Dabei ist, wie schon bemerkt, die Naivität
keineswegs das Ziel P e t ö f i s c h e n Schaffens.
Wäre dem nur einen Augenblick so, dann wäre aus
P e t ö f i wohl ein manirierter, schlichttuender
Künstler geworden, wie es deren so viele gibt. P e -
t ö f i s Kunst ist aber aus seinem Menschsein ge-
sprossen. Und die menschliche Größe ist eine Kraft,
die sich stets erweitern will. Jedes Genie ist neugierig und wißbegierig bis ans Lebensende.

P e t ö f i nannte seine Poesie eine wilde Blume
der Natur. Mit Unrecht, denn es gibt ja kein wildes
Genie, das heißt, es gibt schon welche, das sind eben
jene Unglücklichen, die verkommen.

Petöfi hat in der kurzen Spanne Zeit, die ihm zu durchleben vergönnt war, als er von Menschen und vom Schicksal hin- und hergestoßen wurde (das Wann und Wieso bleibt immer ein Geheimnis des Genies) Deutsch und Englisch und Französisch gelernt. Da er noch als gemeiner Soldat mit einem Kameraden das hölzerne Bett teilt, liest er nach der Fron des Tages bei dem flackernden Licht seines Talgs nächtelang den geliebten Horaz. Er kennt den ganzen Shakespeare und er läßt die ihm kongenialen wilden Flüche des Shakespeareschen Coriolan majestätisch auf unserer Bühne erklingen. Er schwärmt für Heine. Er führt die Geschichte des Girondisten überall mit sich, der liebe, begeisterte Junge. Und weil die Jugend in ihrem Geschmack nicht vollkommen geläutert sein kann, liebte er über alle Dichter jenen Béranger, dessen verzierte Trivialität er in seiner Übersetzung in eine verklärte Poesie hinüberhob.

Ich weiß nicht, ob er die Göttliche Komödie jemals gelesen hat. Es ist kaum anzunehmen (das Genie muß nicht alles gelesen haben, um sich ein genauestes Gefühl für Stil zu holen), aber es mutet einen an wie ein Canto aus Dantes Hölle, wenn man Petöfis „Land der Liebe" liest:

„Ich träumte unlängst . . . — Ich weiß nicht recht mehr, ob wachend oder im Schlaf? — Ich weiß nur, daß ich träumte. — Ach! war das ein schöner Traum! — Noch jetzt, wenn ich ihn beschreibe, — Zittert meine Hand vor Wonne. — Ich ging langsam so für mich hin auf einem langen Weg, — Das heißt, ich ging nicht langsam, — Viel eher schnell, — Denn die Gegend war verlassen, wo ich ging, — So verlassen,

so nüchtern, — Nur die Bewohner dieser Gegend
waren noch nüchterner . . . — Was für leiden-
schaftslose, ruhige Fratzen! — Ich eilte hinweg mit
flüchtigen Schritt — Um diese erzürnende Gegend
und diese noch mehr erzürnenden Gesichter — Je
eher hinter mir zu lassen. —

So kam ich an einen hohen Zaun, — Auf dessen
diamantenem Tor — Mit Regenbogenlettern geschrieben stand: — „Das Land der Liebe." — Sehn-
suchtsdurstig — Ergriff ich die Klinke — Und trat
ein. — Und was sah ich! Himmlischer Anblick!
— Vor mir die schönste Gegend, — Wie sie nur Maler
und Dichter — Im schöpferischen Rausch zu bilden
wagen, — Wie vielleicht nur das Paradies war. —
Ein blühendes, breites, langes Tal — Mit tausend
Blumen und mit Rosenstöcken so groß, — Wie
anderswo nur Eichen sind. — In der Mitte lustwan-
delt ein Fluß, — Sich stetig um und um wendend
— Zu dem Ort, den er schon verließ, — Als ob es
ihn schmerzte, — Ihn für immer zu verlassen. — Um-
randet ist der Horizont von wilden Felsen, — Auf
deren Haupt — Goldene Wolken flattern. — Wie
Locken.

Verwundert betrachtete ich die Gegend, — Ver-
gessend, als ich eintrat, — Selbst die Tür zu
schließen. —Lange säumte ich an der Schwelle, —Bis
der Zauber der Landschaft — Mich fast unbewußt
weiter und weiter lockte. — Blumige Wiesenflächen —
Durchschritt ich zuerst, auf denen junge Menschen
— Umhergingen, — Jeder mit gebeugtem Kopf,
als suche er eine Stecknadel. — Ich wurde neugierig und frug, — Was sie eigentlich so sorgsam
suchten? — Da antwortete der eine: — „Ein giftiges

Gras." — „Ein giftiges Gras? Wozu?" — „Damit ich es ausquetsche und seinen Saft trinke." — Ich erschrak und ging eilenden Schrittes davon. — Und kam ermüdet — Zum ersten Rosenstock, — Setzte mich darunter, um auszuruhen. — O Grauen! Über meinem Kopf — Hing ein aufgehängter Junge! — Ich lief zum andern Baum, — Zum dritten und zum vierten, — Und so weiter, immer weiter; — Aber ich konnte nie mehr ruhen, — Denn an jedem Baum — Hing ein Mann.

Über dem Fluß, da über dem Fluß, — Dachte ich mir, dort ist die glückliche Liebe. — Ich rannte dem Fluß zu und ruderte schnell, — Doch mit geschlossenem Aug', — Denn über den Wellen tauchten Leichen hie und da empor, — Und von den Ufern, wie erschrockene Frösche, — Sprangen Jungen und Mädchen ins Wasser.

Ich kam übers Wasser, — Und ach, auch hüben — Der alte Anblick von drüben. — Giftkelche, gehängte Menschen, — Überall dies und immer nur dies eine, — Während weit dahinten andere — Sich von den ragenden Felsen hinunterwarfen, — Und unten im Tal auf spitzem Gestein, — Spritzte aus ihrem Herzen das Blut, — Aus ihrem Schädel das Hirn.

Verzweifelt trabte ich — Hin und her, allüberall, — Doch wohin ich auch blicke, derselbe Anblick: — Verzerrte Gesichter und Selbstmord! — Nur die Gegend und der Himmel lächeln."

＊

Dieser Primitive ist also eigentlich ein sehr Komplizierter. Ein Poeta doctus sogar, der die

Bildung aller Zeiten in sich trug. Er war nur stärker als seine Bildung. Und darauf kommt es ja eben für den Künstler in der Kunst an.

In dem Lyriker P e t ö f i steckt auch ein Fabulierer. Doch fällt es ihm natürlich nicht ein — nach berühmten Mustern — eine komplizierte Göttermaschine walten zu lassen. Wenn er fabuliert, geschieht sein Erzählen auf die ureigenste, urungarischeste Weise.

In der kurzen Geschichte eines wandernden Studiosus hat er sein eigenes, wehmütig-schalkhaftes Porträt gemalt. Dann gibt es von ihm ein langes erzählendes Gedicht, ein Feenmärchen in Versen, in der Art, wie sie sich unsere Bauernfrauen in langen Winternächten erzählen. P e t ö f i s Feenkönige treten gestiefelt und mit dem großen, hinaufgezwirbelten Schnurrbart unserer Bauern, gewichst und pomadisiert, mit bäuerlichem Wort auf ihren königlichen Lippen, aber doch immer in echter Märchenwürde auf.

Die Probleme der Zeit ließen P e t ö f i natürlich nicht unberührt. Er war erfüllt von den Ideen des erwachenden Klassenkampfes oder, wie man den Sozialismus damals nannte, von den Ideen des Pauperismus. Die Sache des armen Mannes war ja die seine. „Wann wirst du solche vier Pferde kutschieren?" — ruft ihm ein reicher Freund von seiner Kutsche zu. „Wenn ich mal Kutscher bin" — antwortete aus P e t ö f i der höhnende Stolz des armen Mannes.

Aus diesem Gefühl der Verletzung entstand seine moderne Epopöe unter dem Titel: „D e r A p o s t e l." Sie ist im Revolutionsjahre 1848 geschrieben. Und sie

träg den brennendroten Stempel dieses brennendroten Jahres. Petöfi treibt keine Arme-Leute-
Literatur, wie sie damals in rührseliger Mode
war. Er fordert die menschliche Gesellschaft in die
Schranken, er schreibt die aufreizendste Kriegserklärung im Namen der Armut, die je ein Dichter
geschrieben hat. Mit diesem Werk eilt er Zola und
Gorki um fünfzig Jahre voraus.

Bis zum Roman und zum Theater ist Petöfi
nicht herangereift. Aber die Prosa seiner Reise-
beschreibungen und seiner kritischen Aufsätze gleitet
leicht dahin wie eine Katze übers Dach. Er hat die
ungarische Prosa erschaffen.

Nuance ohne Kraft, das ist Schwäche, aber
Kraft ohne Nuance, das ist für heutige Leser
ermüdend und langweilig. Petöfi hat bei aller
strotzenden Kraft auch noch den zuckenden Nerv
der Zeit. Seine Kraft ist nuanciert. Er ist der
schlichteste Vorgänger der sensibelsten Moderne
von Gautier bis Wilde.

Auch ein Schuß Schopenhauer, ja, sogar
ein Stich Wedekind steckt in seinem Welt-
schmerz, der da aufschreit:

„Elender Gegenstand meines Ekels und meines
Hasses, Mensch ist dein Name . . . Gott hat dich am
letzten Tage der Schöpfung erschaffen, er war schon
müde in seiner Arbeit und so konnte er dich nicht
besser machen . . . Du Lakaientyrann! Der du die
Ferse eines anderen beleckest oder sie dir von ihm be-
lecken lässest . . . Wenn es dir beliebt, mich zum
Götzen über deinen Kopf zu erheben, nun wohlan!
Ich will dir einen Tritt dafür versetzen, daß dir deine
Lakaienzähne herausfliegen!"

Für diesen heroischen Bannfluch hätte dem jungen mächtigen Flucher jener andere grimmige Alte aus Frankfurt seinen väterlichen Segen gewiß nicht versagen dürfen. Und ein B a u d e l a i r e oder ein S t r i n d b e r g hätte P e t ö f i für diese Darstellung des „L e t z t e n M e n s c h e n" beneiden müssen:

„Was ist das über mir? Der Himmel oder eine Gruft? — Ja, das ist eine Gruft, worin die Erde — Wie ein Riesensarg begraben liegt. — Und über meinem Kopf, jenes Licht, ist es die Sonne? — Oder ist es die Lampe einer Gruft? — Ja, die Lampe ist es der Gruft, — Deren fahl zwinkernder Strahl — Das Dunkel der Grabesnacht — Rötlichgelb färbt. — Und was ist das für eine Stille? — Horch, was ertönt da — Inmitten des Schweigens? — Ist dies Vogelsang oder das Lied einer Maid? O nein! — Es nagen Würmer, des Sarges kalte, augverschlossene Bewohner. — Ja, all diese Augen sind verschlossen, — In denen einstens der Liebe — Und des Hasses Funken flämmten — Und aus denen Hochmut, Neid, Eitelkeit, — Verachtung, Demut — So ekelhaft hervorlugten, — Wie Huren — Aus den Fenstern des Bordells . . . . . Alles ist zu Ende. Alles schläft. — Die Augen verschlossen. Ausgekühlt das Herz. — Ich nur allein bin lebend — In der Riesenhöhle meiner Gruft, — Und grüble hier, den Gast erwartend, — Den säumenden Tod. — Tod, warum kommst du nicht? Fürchtest du vielleicht, — Daß ich mit dir ringend dich niederringe? — Fürchte dich nicht, ich bin ja nicht mehr, der ich einst war, — der einst mit stürmischer Brust — dem Schicksal und der Welt getrotzt hat. — Komm getrost. Ich greife dich nicht an· — Ich überlasse mich dir. Ich will eine schwache Stimme sein. — Sei du der Sturm. Fege mich hinweg . . ."

· Petöfis Denkmal steht in Pest auf der Donauzeile. Er hält seine Rechte empor, schwört einen großen Freiheitsschwur, den Refrain seines ersten Revolutionsliedes. Das ist die plastisch unvollkommene Darstellung· jenes Stürmers und Drängers Petöfi, des ohne Arg und ohne Zweifel begeisterten Jüngers der Freiheit, wie er in der Meinung der Leute lebt. Mir fehlen aber um diese Statue die verhüllten Gestalten des düsteren Zweifels und der dunklen Verzweiflung, die seinem jungen Schritt überall folgten. Während die begeisterte Figur da oben mit den Worten des Glaubens die glückliche Luft erzittern macht, sollte da unten eine finstere Erscheinung hocken, eben jener letzte Mensch mit diesem letzten Fluch auf seinen halbvermoderten Lippen. Oder es sollte mit dem Angstschrei der Kehle in dem drohenden Schlund seines furchtbar aufgesperrten Maules, mit dem erschreckenden Veitstanz seiner gespenstisch sich windenden Glieder der W a h n - s i n n i g e dastehen, wie ihn einst P e t ö f i vor sich sah und also sprechen ließ:

„. . . Was stört Ihr mich? — Hinweg mit euch! — Ich bin in einer großen Arbeit. Ich hab's eilig. — Ich flechte eine Peitsche, eine Flammenpeitsche aus Sonnenstrahlen, — Ich will die Welt durchprügeln! — Sie werden wehschreien und ich lache, — Wie sie gelacht haben, als ich schrie in meinem Weh . . . Hahaaa! . . . — Denn so ist das Leben. Wir lachen und schreien, — Aber der Tod ruft uns zu: Psst! — Ich war schon einmal tot. — Gift gossen sie mir in mein Wasser, — Die meinen Wein getrunken haben. — Und was taten meine Mörder, — Um ihre Schandtat zu verbergen? — Als ich aufgebahrt dalag: — Beugten sie sich über mich und weinten Tränen. — Ich wäre gerne aufgesprungen, — Um ihre Nasen abzubeißen, — Doch dann dachte ich mir: ich will sie doch nicht abbeißen, — Sie sollen eine Nase haben und riechen, — Wie ich verwese, und ersticken daran. — Hahaaa! — Und so haben sie mich begraben! In Afrika. — Das war mein Glück, — Denn eine Hyäne hat mich ausgegraben, — Dieses Tier war mein einziger Wohltäter. — Ich habe es auch betrogen. — Es wollte in meinen Schenkel beißen, — Ich gab ihm mein Herz, — Und das war so bitter, — Daß es daran krepiert ist. — Hahaaa! — Doch umsonst, so ergeht es dem, — Der einem Menschen Gutes tut. Was ist der Mensch? — Man sagt, die Wurzel einer Blume, — Die oben im Himmel blüht. — Doch ist das gar nicht wahr. — Der Mensch ist eine Blume, deren Wurzel — Tief unten in der Hölle steckt, — Des hat mich ein Weiser belehrt, — Der ein großer Narr war, denn er ist Hungers gestorben. — Weshalb hat er auch nicht gestohlen, nicht geraubt? — Hahaaa! — Doch, was lache ich wie ein Narr? — Wo ich weinen müßte, — Weinen ob der Welt, daß sie so böse ist. — Gott mit seinen Wolkenaugen — Hat es auch oft beweint, daß er sie erschuf. — Doch was nützt die Himmelsträne? — Sie fällt auf die Erde, auf die gemeine Erde, — Wo sie die Menschen mit Füßen zertreten, — Und was wird aus den Tränen des Himmels? . . . — Dreck . . . — Hahaaa! — O Himmel, o Himmel, du alter, ausgedienter Soldat, — Eine Medaille über deiner Brust ist die Sonne, — Und dein Kleid, dein zerfetztes Kleid die Wolke. — Hm, wird der Soldat so verabschiedet, — Der Lohn des langen Dienstes — Eine Medaille und ein zerfetztes Kleid? — Hahaaa! — Wißt ihr, wie es in menschlicher Sprache heißt? — Wenn die Wachtel sagt: „Pitt-palatt", — Das heißt: „Meide die Frau!" — Die Frau zieht die Männer an sich — Wie das Meer die Flüsse. — Wozu? Um sie zu verschlingen. — Das weibliche Tier ist ein gar schönes Tier: Gifttrunk im goldenen Kelch. — Ich habe aus dir getrunken, o Liebe! — Eines deiner Tautröpfchen ist süßer als ein ganzes Meer von Honig. — Doch eines deiner Tautröpfchen ist mörderischer als ein ganzes Meer von Gift. — Habt ihr schon das Meer gesehen, — Wenn der Sturm es ackert — Und es mit Todeskeim besät? — Habt ihr den Sturm gesehen, — Den braunen Bauersmann, — Den Blitzesstachel in seiner Hand. — Hahaaa! — Wenn das Obst reift, fällt es von seinem Stamm nieder. — Du Erde bist ein gereiftes Obst, mußt niederfallen. — Noch warte ich bis morgen! — Wenn bis morgen kein letztes Gericht ist, — Grabe ich bis zur Mitte der Erde, — Trage Schießpulver hinein, — Und sprenge die Welt — In die Luft!"

S t r i n d b e r g, der du im Himmel oder in der Hölle bist! Auch dieses Gedicht wurde nicht in Paris oder in Rom im Jahre 1920 geschrieben. Das Gedicht stammt aus einem Dorf, mit unaussprechbarem Namen S z a l k-S z e n t-M á r t o n benannt, datiert aus dem Jahre 1846. Der es geschrieben hat, war damals nicht ganze 24 Jahre alt. Er war der verliebte, gequälte Bräutigam seiner Julie. Er schrieb das Gedicht auf der Durchreise, in einer

Lehmhütte, die zum 'Gasthof ernannt war. Die
Kirchenglocke läutete auf dem großen Platz, die
Balken des Ziehbrunnens knarrten, der Eimer
schwankte, Schweine grunzten dem Gastzimmer
gegenüber, auf dem Misthaufen liefen Hühner
gackernd herum, Frauen mit ihren vielen, viel-
farbenen Röcken trieben sich geschäftig umher,
Kinder stolperten über das glitschige Rot der herum-
liegenden Melonenschalen, ein fettiger Geruch von
Speck und ein saurer von Dünger erfüllte die Räume.
In solcher Umgebung ist nun das Gedicht geworden
in der Fülle des strotzenden Wortes, in der Sprache,
die wir im Lande der süßen Akazien sprechen und
die für uns sprechen soll, vor der ganzen Welt, in
aller Ewigkeit! — Amen.

SECHSTES KAPITEL

*Der Freiheitsschuster. — Ein vergessener Name und
eine erstandene Idee. — Die Taktik des Hemmungslosen. — Der rote Handschuh. — Der Erker von
Szegedin. — Der Übermensch. — Die begrabene
Krone.*

Der Name K o s s u t h erregte einst fünf Weltteile über alle Maßen. Dünne Flugschriften und dicke
Bücher in Fülle beschäftigten sich mit seiner aufregenden Person und mit ihrer unheimlichen
Wirkung.

Als die Despoten Europas nach niedergerungener
Revolution K o s s u t h und seine Gefolgschaft wie
einen Rudel toller Hunde in Asien interniert hatten,
setzte sich das freie Amerika für die Gefangenen ein
und sandte ein Schiff zu ihrer Befreiung. Wie nun das
Befreiungsschiff auf seiner Rückkehr von Kleinasien
nach Amerika in M a r s e i l l e landen sollte, genügte der Name K o s s u t h, um den arg-
wöhnischen Hüter republikanischer Freiheiten, den
Konsul L o u i s B o n a p a r t e, zu einem sofortigen
Verbot der Landung zu bewegen. Denn ein Schritt
K o s s u t h s hätte ja genügt, um die revolutionäre

Ansteckung nach Frankreich zu übertragen, — dieser Schritt sollte ihm versagt werden.

So ankerte das Schiff im Hafen von Marseille. Ein Schuhmacher der P r o v e n c e und ein entflammtes freiheitliches Gemüt dazu, stürzte sich nun wie ein moderner Leander ins Meer, um der Hero oder doch vielmehr um dem Heros seiner Träume entgegenzuschwimmen. Der nasse Jünger der Freiheit, Gleichheit und Brüderlichkeit erklimmt das Verdeck, schüttelt sich wie ein Pudel, küßt dem Apostel der Menschlichkeit die zarte, weiße Hand und saugt mit gierigem Ohr die Dankesworte des Meisters ein.

Kaum war dies geschehen, springt er wieder in die Wellen zurück. Schon schwimmt er den am Hafenplatz versammelten Marseillern rüstig entgegen, ersteigt das Ufer und noch mit dem triefenden Salz des Meeres und dem seiner Tränen im Gesicht, erzählt er seinen braven Landsleuten von dem ihm gewordenen einzigen Glück, daß er den lange nachhallenden Glockenton der schönsten menschlichen Stimme hat hören dürfen. Und wie es in der Tiefe der blauesten Augen wetterleuchtet! Und wie die schwarzseidenen Locken in der Meeresbrise über die edelste Stirn und der weichwallende Vollbart um die sprechendsten Lippen flattern. All diese Wunder sind unserem Schusterlein geworden! Et nunc dimittas servum tuum, domine.

In Amerika wurde K o s s u t h als Gast in das W e i ß e H a u s geladen, um dort vor den Vertretern der bürgerlichen Freiheit zu reden. Dann ging es im Triumph von Stadt zu Stadt und überall erwarteten

K o s s u t h wehende Tücher und applaudierende Hände.

Was ist von so viel Triumph übrig geblieben? Ruinen, Schutt, Rauch, Asche. Ein schwarzbebrillter schneeweißer Greis im Exil, über den stillen Schreibtisch gebeugt, um traurige Bücher von vergangenem lautem Ruhm zu schreiben. Und dann der Tod auf fremder Erde, ein feierlicher Leichenzug durch die längst verlassene Heimat. Schließlich, wie zum Spott, ein Kranz auf seiner Bahre von jenem andern Greis gespendet, den der im Sarg mit den nun unschädlich gefalteten Händen, einst in Tagen des brennenden jungen Lebens um Szepter und Krone gebracht hat.

Selbst K o s s u t h s Name ist mit der betörenden Stimme des Mannes beinahe verhallt. Als hätte er der Welt keine Idee gebracht, und als wäre seine Rolle damit erschöpft gewesen, daß er die neuen Ideen der damaligen Zeiten sich zu eigen gemacht hat, um sie jener verlorenen Ecke Europas, U n - g a r n genannt, zuzutragen. Nur noch an feierlichen Tagen des Gedenkens wußten ihm ungarische Gelegenheitsredner posthumen Dank in müßigen Phrasen. Der tote K o s s u t h schien für ewig abgetan.

Nun ersteht er wieder, obgleich man ihn nicht nennt. Das Wundermittel, von dem manche die Genesung von Europas krankem Osten erwarten, heißt: Donauföderation. Und dieses Wort und diese Idee wurde zuerst von K o s s u t h ausgesprochen. Er mußte eine harte Schulung durchmachen, um zu dieser Auffassung des östlichen Problems zu gelangen.

*

Er beginnt als junger Advokat in Oberungarn. Dann begibt er sich auf den Landtag zu P r e ß - b u r g, wo die Reden der Abgesandten des Landes zwischen vier Mauern ersterben. Keine Zeitung darf sie abdrucken. K o s s u t h setzt sich nun zwischen die Zuhörer, schreibt die Reden ab, dann arbeitet er die langweiligsten und schlaffsten zu kurzen und nervigen um. Die uninteressantesten Reden werden in dieser interessanten Form lithographisch verviel- fältigt. Doch selbst diese lithographische Zeitung entgeht dem Metternichschen Lorgnon nicht, das übers Land späht. Das Blatt wird eingestellt. Nun versammelt K o s s u t h hundert arme Studenten und diktiert ihnen die Reden. Es ging da zu im Lande Kaiser Ferdinands wie einst bei den Buchverlegern in Rom, wo die Bücher nach dem Diktat eines Vor- lesesklaven von hundert anderen auf Wachstafeln geritzt wurden. (Einer dieser Sklaven in K o s s u t h s Anstalt — dieser dort mit der fiebernden Hand und den tatarischen Backenknochen — heißt A l e x a n d e r P e t r o v i c s; er hat sich später den Schriftstellernamen A l e x a n d e r P e t ö f i ange- eignet.)

Neben dieser Redaktionstätigkeit schreibt K o s s u t h und agitiert. Der Lohn für diese kühne Tat bleibt nicht aus. Er wird eingekerkert. O, nicht für ein Leben, nur für einige Jahre. In den Biographien werden solche Jahre kaum mit ein paar Zeilen erledigt. Aber o, der langsam dahinschleichen- den Tage, bis aus solchen Tagen Jahre werden!

Der Mensch hält mehr aus, als er von sich selbst vermutet. K o s s u t h entrinnt mit heiler Haut und mit heiterem Sinn aus dem Kerker. Nun erhält er die Erlaubnis für eine Zeitung. Die Fehde mit S z é c h é n y i beginnt. Der Graf meinte, seine Magyaren am besten zu kennen und mit ihnen besonders schlau und klug umzugehen. S z é c h é n y i täuschte sich. Denn seiner hemmungslosen Herrennatur war nichts gegensätzlicher als Vorsicht und Anpassungsfähigkeit. Und wenn S z é c h é n y i s Angriffe nur mittelbar und Schritt für Schritt zur Neuerung anspornten, so liegt der tiefste Grund dieser Behutsamkeit in dem angeborenen Konservativismus, den jeder geborene Grand seigneur im Blute hat. Der erregt debattierende Ton seiner Schriften verrät den Mann, der erst mit sich selbst debattiert. Denn um das Land mit sich zu reißen, muß er sich erst selbst überzeugen. K o s s u t h, der kleine Edelmann, oder wie S z é c h é n y i ihn nannte, »der Advokat«, war von solchen Hemmungen frei. Er bedient sich einer anderen Taktik. Ja, er bedient sich eigentlich gar keiner. Er eröffnet nur jeden Tag mit jedem Zeitungsartikel einen neuen Krieg gegen die feudale Welt.

Er will im Handumdrehen die Leibeigenen befreien, er bleibt nicht bei Kleinigkeiten, wie dem Brückengeld, stehen, sondern will den Adel im Nu aller seiner Vorrechte berauben. Noch war die Ausfuhr der Bodenerzeugnisse nicht geregelt und schon träumt er einen kühnen Traum, den von einer ungarischen Industrie. Er hat keine Zeit wie S z é c h é n y i, bis sein zurückgebliebenes Vaterland aus Halbasien in das halbeuropäische Österreich hineinwächst, damit es zuerst reich und gebildet werde und erst dann danach strebe, selbständig zu sein. Das Land muß sofort frei werden. Die Saat sprießt noch nicht und er möchte bereits auf gedecktem Tisch das frisch gebackene Brot anbieten. Hinter ihm das Land. Nämlich, was damals das Land bedeutete: der Adel. Mag auch die im Scheine der Gegenständlichkeit arbeitende materialistische Geschichtsschreibung noch so selbstsüchtige Motive im Betragen des ungarischen Adels finden, immerhin zeigt der seinen Rechten entsagende und K o s s u t h Gefolgschaft leistende Adel in seinem damaligen Betragen viel Selbstlosigkeit. Oder doch wenig kluge diplomatische Einsicht. Denn ein Teil unserer Aristokratie und unseres Adels hatte zu Beginn des vorigen Jahrhunderts viel von S z é c h é n y i gelernt: es gibt unter ihnen viele, die reisen, lesen, sich bilden. Nicht nur unter den Radikalen, auch unter den konservativen Herren des Zeitalters. Man hätte damals als Magyar zur Welt kommen, mit ihnen hätte man leben müssen! Welches Glück — welche uns nicht gegebene Wollust, sich restlos von der Strömung der alle erfüllenden Gefühle mitreißen zu lassen. In der Zeit, da Stephan S z é c h é n y i bei all seiner Vorsicht doch im naiven Glauben erklärt, es wäre um drei- bis vierhunderttausend umgekommene Menschen nicht schade, wenn sich um diesen Preis das Glück der Zukunft für ewig erkaufen ließe. Ludwig K o s s u t h s Zeitung lesen und jeden Tag sich für neue Reformen begeistern! Als Abgesandter dort sein in P o z s o n y, in jener Donaustadt des schmucksten Barock, wo der ungarische Landtag weilt, oder noch eher als junger Jurat auf der Galerie, als man das

Heil aller Übel von diesen wohlklingenden Worten erwartete: Volkserziehung, Glaubensrechte, Schwurgericht, Preßfreiheit, parlamentarisches System durch Volksabstimmung, allgemeine Steuerpflicht, die Vereinigung Ungarns mit dem Land der Székler in Siebenbürgen, mit jenem herrlichen Transsylvanien, das bisher in der Einsamkeit seiner schneeigen Bergkuppen ein Sonderleben führte und dessen Bergmagyaren sich jetzt mit den Pusztenmagyaren in einer Umarmung vereinigen wollten. Jede Entscheidung, jedes Gesetz, jeder Beschluß war die verlockende Verheißung, die Welt werde sich endlich doch aus ihren Angeln heben und in einigen Tagen ließe sich für ewig gut machen, was bisher schlecht gemacht worden war.

Und auch im oppositionellen Klub hätte man dabei sein mögen, als ein junger Mann in ungarischer Tracht, mit der befederten Mütze überm brausenden Kopf, einfach erklärte — denn von der Kompliziertheit jeder menschlichen Angelegenheit hatte weder er noch ein anderer irgend einen Begriff! — daß „zu Beratungen oder zu einem Aufschub keine Zeit sei", sofort an Ort und Stelle, in Bausch und Bogen, müsse die ganze Verfassung umgeändert und aus dem Mittelalter die Neuzeit hervorgezaubert werden.

Dieser arme, begeisterte, skribelnde junge Professor, der so gläubig war, um von dem Heute so viel zu erwarten und von dem Morgen so viel zu erhoffen, wird gar bald nach dieser glückseligen Erklärung am Fuße der Siebenbürger Schneeberge an unbekannter Stelle zu Tode verwundet. Eben von dem Volke, für das er sich so herrlich begeistert

hatte! Aus der Debatte der Prinzipien wird nämlich,
wie leider immer in der Geschichte, ein kriegerisches
Ringen der Leiber.

K o s s u t h erzwingt im Landtage die Verfassung für Ungarn, ja er nimmt sich sogar Österreichs an, worauf der Kaiser gezwungen ist, auch
in seinen Erblanden nachzugeben. Das vom Volk er-
wählte erste ungarische Parlament wird zusammenberufen unter der Führung des ersten verantwortlichen Ministeriums. Diesem Parlament und diesem
Ministerium wird nun zugemutet, es solle aus Dank-
barkeit für den Kaiser ungarische Rekruten in
nötiger Anzahl zur Unterdrückung des italienischen
Freiheitskampfes stellen. Der Realpolitiker S z é -
c h é n y i meint, daß wir mit jenem berechtigten
s a c r o e g o i s m o aller Nationen, um die Freiheit
Italiens unbekümmert, des Kaisers Wunsch zu erfüllen hätten. K o s s u t h s Parlament meint es
anders.

Sie sind der Mann des Friedens, R o m a i n
R o l l a n d, kein Krieg kann Sie begeistern. Selbst
nicht einer der Freiheit. Denn Krieg bleibt Krieg,
Mord bleibt Mord.

Doch nicht ohne Rührung werden Sie wohl,
den Kampf betrachten, den ein mit Hacken und
Sensen bewaffnetes, aller Mittel bares Volk gegen
die tyrannischeste aller Mächte für eine Idee führte.

Der Kampf wird lange siegreich geführt. Der
westliche Führer der völkischen Unterdrückung, der
junge F r a n z J o s e f, ruft im Namen der heiligen
Brüderlichkeit aller Tyrannen und Tyranneien den
östlichen Herrn aller Unterdrücker, den Zaren, ins
Land.

Vor jener Kalvinerschule, die uns den ersten
Dichter der echtesten magyarischen Rhythmen beschert hat, steht ein Rundbau. Hohe Treppen
führen zu seiner Säulenhalle. Aus der Halle trittst du
in einen schmucklosen, weißen Saal. Das ist die
Kirche der magyarischen Religion, die kalvinische
Peterskirche des ungarischen Rom: D e b r e c z e n.

In dieser Kirche versammeln sich die aus Pest
geflüchteten Mitglieder des ungarischen Revolutions-
parlaments. K o s s u t h besteigt die Kanzel. Nicht
um fromme Gebete zu verrichten. Nein.- Keineswegs.
Das weiße Echo der kahlen Kirchenwände hat von
Worten des härtesten Bannfluches über die Habsburger Tyrannei zu widerhallen. Der „Advokat"
erklärt den Kaiser seines Thrones verlustig.

Das geistige Europa horcht auf. Der blasse
Jüngling - im Priesterkleid, E r n e s t R é n a n,
schreibt B e r t h e l o t, daß sich die Sache der Freiheit in Ungarn entscheide. H e i n e dichtet: „W e n n
i c h d e n N a m e n U n g a r h ö r', w i r d m i r d e r
d e u t s c h e W a m s z u e n g e." Karl M a r x
äußert sich zu der ungarischen Bewegung: „Zum
erstenmal in der revolutionären Bewegung von 1848,
zum erstenmal seit 1793, wagt es eine von der konterrevolutionären Übermacht umzingelte Nation, der
feigen konterrevolutionären Wut die revolutionäre
Leidenschaft, dem weißen Schrecken den roten
Schrecken entgegenzusetzen. Zum erstenmal finden
wir einen wirklich revolutionären Charakter, einen
Mann, der den Handschuh des Verzweiflungs-
kampfes im Namen seines Volkes aufzunehmen
wagt, der für seine Nation D a n t o n und C a r n o t
zugleich ist — L u d w i g K o s s u t h."

So sprechen die begeisterten Männer der Idee. Die Männer der Tat schütteln wohlweislich ihre bedächtigen Grauköpfe. Der Moment — meinen sie — sei für so gewagte Entthronungsexperimente nicht gekommen, da eben der Zar mit seinen Kosaken herannahe.

Die Bedächtigen haben, wie es ja auch nicht anders sein konnte, gegen die Hysterisch-Begeisterten recht behalten. Österreich und Rußland, zwei schwarze Tücher, durchnäßt von Blut, fallen über die ungarischen Flammen her, bis sie erstickt sind.

K o s s u t h ist auf der Flucht von D e b r e c z e n zur Stadt, wo der Paprika im giftigsten Purpur blüht, wo der ungarischeste aller Flüsse seine gelben Wellen träge — wie ein Amazonen-Strom der Puszta — durch Schlamm und Sand wälzt, K o s s u t h flüchtet nach der ungarischesten aller Städte, nach S z e g e d i n. Hier steht der Mann in der Zierde seiner romantisch-heroischen Tracht, mit dem schwarzen, verschnürten Rock, mit dem Reiher an seiner Mütze, mit dem Schwert an seiner Seite auf dem Erker des Stadthauses. Noch einmal darf sein himmelblaues Auge über die schilfbedeckten Dächer der Lehmhütten, weit, weit in das Unendliche der ungarischen Ebene seinen Abschiedsblick werfen. Unter ihm auf dem großen Platz eine murmelnde Menge von hochbestiefelten, in Schafpelz gehüllten, ihre Pfeife schmauchenden Bauern, von zerfetzten Freiheitslegionären, von rostfarbenen Zigeunern, von russigen Walachen und schlanken Serben, die braun, wie geräuchert, sind. Das Murmeln verstummt, Andächtige lauschen: K o s s u t h wirft noch einmal, noch ein allerletztesmal den sonoren

Glockenklang seiner verführerischen Stimme über die Hüttenmetropole. Er möchte, obwohl er die herannahende Katastrophe wohl ahnt, die Leidenschaft des Aufruhrs noch ein allerletztes Mal entfachen: „Da dieser Ort zum Mittelpunkt der Kriegsoperationen gewählt wurde, glaube ich, E u r o p a s F r e i h e i t w e r d e v o n S z e g e d a u s - s t r a h l e n. . ."

Dies sagte K o s s u t h nach verlorener Schlacht auf dem Erker des Stadthauses der revolutionären Stadt, benannt S z e g e d, während in der revolutionären Stadt, P a r i s benannt, der revolutionäre Präsident L a m a r t i n e bei dem offiziell nicht einmal anerkannten Gesandten der ungarischen Republik sich über die ihm schier unbekannte geographische Lage Ungarns erkundigte. Man muß uns sehr lieben, R o m a i n R o l l a n d, denn wir sind das kleine Volk der größten Illusionen . . .

※

Stürmt es da oben, folgt dem Blitz der Donner. Stürmt es hiernieden, so ist es gerade umgekehrt. Auf das donnernde Wort folgt unvermeidlich der blitzende Stahl. Selbst die gute Sache des freien Lebens ist auf mordende Bajonette gestützt. Die französische Revolution wäre ohne D u m o u - r i e z nicht zu denken. Auch K o s s u t h bedurfte schließlich der Soldaten.

Schon das erste verfassungsgemäße Kabinett mußte seinen ordentlichen Kriegsminister haben! Doch woher ihn nehmen? Im Lande der Husaren gibt es keinen geeigneten Mann für diese Stelle. Der Ungar hat den Soldaten abgestreift. Die Menschheit militärisch zu knechten, ist Sache Österreichs.

Nun stecken die Herren Minister ihre Köpfe in größter Verlegenheit zusammen. Da kommt Kossuth auf den rettenden Gedanken, daß ihm aus der Armee Radetzkys von Italien her, fachmännische Aufsätze eines Generals für seine Zeitung gesandt wurden. Allerdings nicht über kriegerischen Soldatendrill, sondern über friedliche Bienenzucht. Her mit dem Mann!

Der Bienengeneral sitzt ruhig im Kaffeehaus zu Milano. Er öffnet die Zeitung, — und liest darin zu seiner größten Bestürzung, daß er in das Kabinett der Umstürzler als Kriegsminister berufen sei. Seiner loyalen Seele wirft sich die bange Frage auf: Schickt es sich, einem absolut regierenden Monarchen auf diese aufrührerische Weise eine Verfassung aufzuzwingen? Er beantwortet die Frage mit einem entschiedenen Nein. Immerhin, das Kabinett ist von Seiner Majestät ernannt. Also heißt es Folge leisten.

Nun sitzt der Kriegsbienenminister im Wespennest und waltet, ohne an Arges zu denken, in aller Untertanenruhe seines Amtes. Bis das Parlament plötzlich mit der umstürzlerischen Forderung an ihn herantritt, für die ungarische Armee eine ungarische Armeesprache einzuführen. Der loyale Minister setzt sich gegen diesen Vorschlag mit aller Energie zur Wehr. Wir sind doch nicht da, um gegen Österreich zu rebellieren!! Nun fallen aber die Nationalitäten in Ungarn ein. Da heißt es sich wehren! Die ersten Schlachten sind erfolgreich geschlagen, worauf ein Wiener Verbot jeder weiteren Abwehr kommt. Soll man aus purer Loyalität die Heimat den raubenden

Horden preisgeben? Immer klarer wird es, daß hinter den angreifenden Serben und Rumänen der Kaiser mit seiner Hilfe steckt. Selbst aus dem Loyalsten wird ein Revolutionär. Die Wiener Diplomatie hat es immer verstanden, solche seelische Umwandlungen zu schaffen. Der Kaiser verliert seine treuesten monarchistischen Untertanen. Empörung braust durch das Land. Alles starrt in Waffen.

Diese Wandlung hat auch der junge Herr von Görgey mitgemacht, einer der seltenen ungarischen Edelleute, die sich für Österreichs Dienst als Soldaten heranbilden wollten. Nun hat er sich nach langem Schwanken endlich zur ungarischen Sache gestellt. Er ist Soldat von Beruf. Der Mann versteht keinen Spaß. In der Aktentasche eines fliehenden ungarischen Magnaten finden sich österreichische Flugblätter. Der junge Herr Rittmeister läßt den aristokratischen Spion erschießen. Durch diese Bluttat verschafft er sich Autorität. Er wird zum Lenker der Schlachten, der das vielfach überlegene, gut ausgerüstete österreichische Heer mit seiner unvollkommenen, kleinen Armee nahezu anderthalb Jahre in Schach hält.

Ungarn ist das Land, wo man bei jeder Begegnung auf Überraschungen gefaßt sein muß. Dieser Mann, der seine Macht über Menschen einem Justizmord verdankt, dieses strategische Genie, — das will heißen: dieses tadellos funktionierende Massenmordwerkzeug sollte zum größten Meister und Märtyrer im Kampfe für die Schonung des Menschenlebens und für den Friedensgedanken werden.

Eines schönen Tages findet sich nämlich der Diktator A r t h u r G ö r g e y mit einem kärglichen Rest seiner einstigen Armee, mit nur vierzigtausend Mann, von Russen umzingelt. Bote auf Bote bringt ihm Nachrichten von verlorenen Schlachten gegen Österreich.

„Ach was! Hat sich auch das Glück für eine Weile gewendet — das hat für uns nichts Arges zu bedeuten! Wir müssen mit unseren vierzigtausend kampflustigen Männern das Schicksal noch einmal herausfordern" — so raunt dem Diktator der säbelrasselnde Soldatenleichtsinn seiner Kameraden ins Ohr.

„Ich aber" — so erzählte, sechzig Jahre nach diesem Ereignis, der alte Mann mit der Kopfwunde aus der Freiheitsschlacht auf dem spiegelblanken riesigen Schädel einem sehr, sehr jungen Studiosus, der seinen Worten in Andacht lauschte — „ja, ich erteilte die Ordre, daß die Waffen geputzt werden. Jeder wußte, das heißt: Waffenstreckung. Der Russe soll vom Ungarn blanke Waffen erhalten. Eine Stunde, nachdem dieser Befehl erteilt war, ließ ich mein Roß satteln. Ich ritt durch das Lager, um zu sehen, ob die Leute meinem Befehl auch richtig Folge leisten. Da standen sie nun in Gruppen, tuschelten leise, als ich vorüber ritt, oder putzten ihre Waffen. Sonst pflegten die Burschen bei diesem Geschäft zu singen oder doch laut untereinander zu sprechen — nun schwiegen alle. Plötzlich erhebt der eine seine Flinte und zielt auf mich. Ich hielt mein Pferd an. Nur ein Blick. Der Mann ließ seinen Arm sinken. Denn... wie sagt nur euer moderner Philosoph? — was ist das für ein Ausdruck, den er für eine gewisse Art von Menschen gebraucht...?"

„Ein Übermensch. . ."

„Ja, so einer bin ich, wahrlich ein Übermensch, und wenn ich einmal jemanden anblicke, dem gefriert das Blut in seinen Adern und der gehorcht mir. . . ."

Das schrie der neunzigjährige Mann, schrie es, daß es dröhnte. Die sehr, sehr alten Menschen besitzen gerade noch zwei Tröpfchen Blut, — diese zwei stiegen ihm zu Kopf und röteten sein Gesicht. Die Wunde schien ein drohendes Flammensignal über seinem Kopf. Er blickte mich an mit seinem blauen, stahlharten Blick, daß ich den meinen senken mußte und mir das Lächeln über den Übermenschen verging. Dann fuhr er fort und ließ diese bedeutsamen, für ewig gewichtigen Worte fallen:

„Ich wußte, daß meine Armee mich für einen Verräter hielt, aber ich wollte meine vierzigtausend Mann für einen überflüssigen Ausfall nicht aufopfern. Ich fühlte die Verantwortung für jedes mir anvertraute Menschenleben nur zu gut. Das konnten sie mir nicht verzeihen."

Nein, das konnten sie ihm nie und nimmer verzeihen. Denn bis heute liebt sein Volk den Ludendorff, den Feldherrn des verlorenen Krieges, der, wenn es nach ihm gegangen wäre, jeden Deutschen bis zum letzten Mann für seine kriegerischen Spiele hingeopfert hätte. Aber der ungarische Sieger, der seine Waffen, ohne es auf die verbrecherische Probe einer Massenschlächterei ankommen zu lassen, unblutig und blank dem

Feinde auslieferte, war als Verräter verschrien. Seine eigenen Soldaten, die ihm ihr Leben verdankten, spieen ihn an. Es ist seltsam, jeder einzelne hängt krampfhaft an seinem Leben. Doch die in Massen zusammengerottete Menschheit fordert: Tod und Tod und wieder und abermals Tod und immer nur Tod. Wehe dem, der diesem Instinkt zu widersprechen wagt. Sechzig Jahre nach dieser heldenhaftesten Waffenstreckung, nach diesem schönsten Sieg des Menschen über den Soldaten stolpert ein Greis, auf seinen Stock gestützt, über die Straßen von Budapest. Die Kinder, deren Väter er gerettet hat, und ihre Kindeskinder, junge Milchgesichter, die ins Dasein nur deshalb blicken durften, weil dieses Schneegesicht einst einen seelen- und menschenerlösenden Befehl erteilte, schrieen jenem Übermenschen ins herrliche Antlitz: Verräter, Schuft! Denn die Menschen verzeihen, nur das Eine nie, wenn es einer zu gut mit ihnen gemeint hat.

*

Auf einen Bauernwagen gepackt, in einer bretternen, rohen Kiste schüttelt sich die Krone der ungarischen Könige, der goldene Reif mit dem Geglitzer seiner Juwelen und mit seinem gebogenen Kreuz. Der landesflüchtige Ministerpräsident der Revolution folgt dem Wagen. Nun macht er Halt vor einer Schenke. Die Kiste wird in die Schankstube getragen. Der verjagte Premier, ein Mann aus uradeligem Geschlecht, welches sich rühmt, älter zu sein als das der Habsburger, will sich im muffigen Gemach zur Ruhe legen. Aber der Schatz in der Kiste läßt ihn nicht ruhen. Er schließt die

Türen, dann öffnet er das Bretterwerk und zieht die Krone heraus, den fürstlichen Krummstab und den goldenen Apfel, — nun stellt er sich, barfuß, im Hemd, vor den matt schimmernden, schmierigen Spiegel hin und setzt die Krone aufs Haupt.

Am frühen Morgen rollt der Wagen weiter. Am Rande eines Sumpfes, an geheimem Ort bleibt er stille stehen. Hier wird der Schatz abgeladen und tief in die Erde versenkt. Die Revolution ist mißlungen, die Sache der Freiheit verloren. Die wütenden Schergen des Thrones können ihre grausame Lust an dem unbeholfenen Land ungehindert auslassen, aber die Krone, das Symbol der rechtlichen Macht für ihr unrechtes Tun sollen sie doch nicht haben. Ob es die Henkerseelen sehr darnach verlangte? Aber das magyarische Gewissen hat einen heiklen Sinn für das formelle Recht, der es don-quichotisch selbst in so tragischen Momenten nicht verlässt. Nun, da die Krone am Rande des Morastes, unter dem nickenden großen Baum begraben liegt, ist auch das revolutionnär-naive Gewissen beschwichtigt· Die fliehenden Rebellen meinten in ihrer unbewußten Ehrfurcht vor dem Herrschersymbol, erst durch die begrabene Krone das Unrecht der Herrscher eigentlich zum Unrecht gestempelt zu haben. Denn, wie ich ja schon sagte, R o m a i n R o l l a n d, wir sind das ewig liebenswerte Land der kindlichsten, reinsten Illusionen.

SIEBENTES KAPITEL

Der schöne Gehängte und die Andern. — Von der Groteske zur Tragik. — Verirrtes Gold. — Nicht mit der Feder geschrieben, mit Hörnern geritzt. — Tausend und ein Tag. — Die zwei Fremden. — Das zentrifugale Land.

Széchényi im Irrenhaus zu Döbling, Kossuth in Kleinasien, die Soldaten der Freiheit in das österreichische Heer eingereiht, um die italienischen Brüder im Freiheitskampf niederzuschlagen, dreizehn Generale schmählich erhängt, viele erschossen oder im Kerker, die Flüchtlinge in Paris und London, während die ohnmächtige Rache statt ihrer Person, sich wenigstens ihrer Bilder bemächtigt, um sie an den Schandpfahl des Galgens zu nageln. Le beau pendu nennen die Pariser Damen eine feurig-orientalische Erscheinung, mit dem Wirbel seines Lockenkopfes, den bezauberndsten Kavalier, den Grafen Julius Andrássy. Doch nicht jeder ist ein reicher Magnat, der sich den Luxus dieses unterhaltsamen Gehängtseins erlauben kann. Die meisten Flüchtlinge werden zu vagierenden Existenzen. Der Bienengeneral will seine Gemüsebaukenntnisse nützlich anwenden und wandert nach

Amerika aus, um sich dort als Farmer niederzulassen. Nun siehst du den Kriegsminister seinen Kohl
und seinen Spinat und' seine Kartoffeln zu Markte
tragen! Der Ärmste wird bei diesem Geschäft, wie
zu erwarten war, arg übervorteilt. Er geht zugrunde und stirbt bald darauf im Elend. Der
Ministerpräsident mit der Krone auf dem Kopf
wird in Paris zum Agenten für ungarische Weine.
Auch dieser Unglückliche verliert auf diese Art
seine ganze Habe. Er stirbt in Geistesumnachtung.
Der italienische Botschafter der ungarischen Revolution wird zum tanzenden Derwisch in Konstan-
tinopel. Der Heldenschauspieler des ungarischen
Nationaltheaters spielt im Gefangenenlager den
O t h e l l o vor zerlumpten, hungernden Soldaten.
Die Helden der Legende verwandeln sich jämmerlich
in Bettler und Gauner.

Ungarn zittert vor dem Kriegsgericht eines
H a y n a u, jenes österreichischen Soldaten, dem für
seine in Italien erprobte Tüchtigkeit und inquisatori-
sche Akte der ehrende Beiname einer Hyäne von
B r e s c i a wurde. Das Land wird von österreichi-
schen und tschechischen Beamten überschwemmt.
Der Landtag ist aufgelöst, die Akademie in ihrem
Wirken gehemmt, die Zeitungen sind eingestellt. Die
Amtssprache wird deutsch, in den Schulen wird
deutsch unterrichtet.

Wohin sind sie gefegt, die großen Zukunfts-
träume der goldbetreßten kaiserlich-ungarischen
Garde? War das fiebernde Werk des Hexenmeisters K a z i n c z y eine Lüge? Hat denn der
große Graf seinen Wahnsinn erst zu spät erkannt
und war er denn nicht schon fürs Irrenhaus reif, als

er für dieses hoff'nungslose Land zu schaffen begann?
Sollen denn die Praxis eines S z é c h é n y i, die Idealextase eines K o s s u t h und die hallenden Rhythmen
eines P e t ö f i nichts als eine nichtige Lüge gewesen sein?

Der melodische Mann der Jamben und Distichen,
in dessen Seele sich sonst die ungarischen Jahrhunderte in Hexametern 'entrollten, M i c h a e l
V ö r ö s m a r t y, überlebt seinen jungen Neben-
buhler P e t ö f i, der ihn und sein Wirken für eine
Zeit in den Schatten gestellt hatte. Doch der erste
Dichter des Landes, der einst so würdevolle, irrt
nun im befleckten, schmierigen Rock durch die
Straßen; der Dunst des Weins und der Geruch des
schlechten Tabaks entströmt seinen von wildem
Bart bewachsenen Lippen. So irrt er von
Schenke zu Schenke, er holt sich den Zigeuner,
läßt sich von ihm vorfiedeln, bis sein Wahn und
seine Wut die süß tönenden Saiten seiner Lieder-
seele zerreißt. Nun entsteht ein Gedicht, ein chaotisch-
ungeheuerlich-wüstes, darin gleichsam wie in einem
Hexenkessel menschliches und tierisches Blut, zer-
rissene Gelenke, aus zerquetschten Schädeln
spritzendes Hirn, aus Knochen rinnendes Mark
und aus ihren Höhlen fließende Augen über sie-
dendem Feuer kochen. Nur furchtsam stammelt der
Übersetzer einzelne furchtbare Worte des Dichters
an seinen fiedelnden Zigeuner nach:

„ . . . . . Dein Blut koche wie der Strom eines
Wirbels, — es erzittre dein Hirn in deinem Schädel,
— dein Auge leuchte wie eines Kometen Flamme,
— deine Saite singe ausgelassener als selbst der
Sturm — und sie klopfe hart wie Hagelkörner, —

erschlagen ist die Saat der Menschen. — Fiedle, wer weiß wie lange du noch fiedeln kannst, — wann deine Fiedel zum Knüppel wird: — Herz und Kelch voller Trauer und Wein, — fiedle Zigeuner, sorge dich nicht um die Sorge . . . .

. . . . . Wessen war dieser erstickte Seufzer? — Wer ächzt und weint in diesem wilden Sturm der Töne, — wer pocht und klopft an des Himmels Bogen, — was schluchzt wie in der Hölle eine Mühle? — Fallende Engel, gebrochene Herzen, verrückte Seelen, — geschlagene Heere - oder ehrgeizige Hoffnungen? — Fiedle Zigeuner, ...

. . . . Als hörten wir über die Steppen wieder — den wilden Schrei der empörten Menschheit, — den niederfallenden Stockhieb des mordenden Bruders, — die Leichenreden der ersten Waisen, — den Flügelschlag des Geiers, — Prometheus' unsterbliche Qual — fiedle Zigeuner! . . . . .

. . . . Auf daß dieser blinde Stern, diese elende Erde — wirble in ihrem bittern Saft — und sich reinwasche im Sturm — von der Wut ihrer Sünden, Ihres Schmutzes und ihrer Träume. — Und es komme eine Arche Noah, — die eine neue Welt in sich schließt. — Fiedle Zigeuner, wer weiß wie lang du noch fiedeln kannst, — wann deine Fiedel zum Knüppel wird: — Herz und Kelch voller Trauer und Wein, — fiedle Zigeuner, sorge dich nicht um die Sorge . . . . . ."

Das ist die Verzweiflung der Ungarn, die an der Welt von 1849 bis 1867 in nie rastender Wut geschüttelt hat und die sie nun 1920 in neu erwachtem Wüten wieder — wie lange noch? — erschüttern soll.

In dieser allgemeinen Trauer hielt nur ein einziger Mann seinen Kopf aufrecht. Ein Mann im Silberhaar, der ururalte Patriach der Schriftsteller-Sippschaft, der sich einst eine liebenswürdig-manirierte Art Sonette zu drechseln und eine erstaunliche Preziosität des Ausdruckes für seine dilettierende Prosa angeeignet hatte. Die verzagte Jugend suchte Trost bei dem Patriarchen, der das Land vor S z é c h é n y i gesehen hatte, der es unter S z é c h é n y i erblühen sah und der nun auch die Revolution und ihren Niederbruch miterleben mußte. Der Greis pflegte die Jungen mit einem gar schnurrigen Wort wieder aufzurichten: „I c h h ä t t e n i e g e g l a u b t, d a ß d i e s e s L a n d s i c h e i n s t s o a u s d e r n i e d r i g e n G r o t e s k e b i s z u r H ö h e d e r T r a g i k e r h e b e n k ö n n t e."

Und tatsächlich, — in diesem seltsamen Trost steckt viel Wahrheit. Denn Tragik ist Tiefe. Tiefe ist Leidenschaft. Leidenschaft ist Kraft. Hier gab es überall in den tiefsten Tiefen ein Gären vieler leidenschaftlicher Kräfte.

Merkwürdig, wie sich diese Kräfte in dem Lande der vermeintlichen Böotier nie zuerst in den gespannten Muskeln und in der drohenden Faust, sondern sich seltsamerweise immer erst in ideellen Aufschwung rein geistiger Arbeit gezeigt haben. Das erste, was sich nach der Revolution im Lande regt, sind die schmalen und gebrechlichen Hände, die die Feder führen.

Schon P e t ö f i wurde die neidlose Freude, einen Freund im Wetteifer des Gesanges zu begrüßen. Das war ein kleines Männchen, ruhig und gemächlich in seinem provinzlerischen Gebaren. Der Typus des Dorfschullehrers, obwohl er das Amt eines Dorfnotars versieht. Als der Bettler in M o l i è r e s D o n J u a n, der das fahle Groschen-almosen gewohnt war, vom Freund Elvirens ein schimmerndes Goldstück erhält, läuft er dem Kava-lier betroffen nach und gibt ihm das Goldstück zurück. Und D o n J u a n s Mund entfährt das Wort des Erstaunens: O ù l a v e r t u v a-t-e l l e s e n i c h e r? Ja, wo nicht überall nistet sich die Tugend ein? Und wo nicht das Genie? In diesem Land, in diesem Dorf, sogar in diesem ein-fachsten Mann, mit dem nichtssagenden Gesicht. Doch seht euch das Männchen gut an, das da sitzt in der guten Stube seines Bauernhäuschens, diesen braven Familienvater, diesen ehrsamen Herrn Notar, wie er seine große Pfeife schmaucht und wie er in dem umplankten Hof auf den Schweinekoben und seine grunzenden Bewohner zu blicken scheint. Diese offenen, myopen Augen sehen nicht, was sie sehen, sie brennen nach innen und sind in eine Welt von Träumen verloren.

J á n o s A r a n y ist von einer Idee besessen, die nicht mit seiner Familie und noch viel weniger mit seinem Amt zu tun hat. Diese Idee nennt er selbst: das K u n s t g a n z e und er meint darunter das ganze gegliederte Gebilde eines Kunstwerkes, dessen sämtliche Teile sich ineinanderfügen. Ihn läßt die Vorstellung einer wahrhaft organischen Voll-kommenheit einer Kunstschöpfung nicht los, darin Erschautes, Erdachtes, Erlerntes, Erfühltes, worin Form und Inhalt wie Knochengerüst und Haut und Eingeweide und Nervengewebe zu einem

lebendigen Leib werden. Ihm ist es wie F l a u -
b e r t ergangen, — er wurde für ein ganzes
Leben von der Marotte des Künstlers verzehrt.

Der müde Riese von R o u e n sagte: J e v e u x
é c r i r e q u e l q u e c h o s e d e p o u r p r e. Und es
wurde: S a l a m b o. Der kleine, myope Notarius
aus N a g y - S z a l o n t a war von der Sehnsucht befangen, die feudale Zeit der in Ungarn regierenden
A n j o u s, ihre mittelalterlichen Kämpen und ihre
Kämpfe und dann auch das losgelassen-tobende
Heidentum auf den Fluren P a n n o n i e n s,
Attilas wilde Epoche, neu erstehen zu lassen. Er
wollte im ungefügen Chronistenlatein die Spuren
einer verschollenen ungarischen Epopöe erkennen.
Dieses verlorene Gedicht, unser Rolandslied, unser
Nibelungenlied sollte durch den modernen Dichter
ersetzt werden. Das war die Schrulle des Mannes.

Nun vertieft er sich in alte Folianten. Bald hier,
bald dort scheint ihm ein fernes Licht zu winken.
Große Zusammenhänge öffnen sich ihm. Ritter
kämpfen im Turnier. Rosse spitzen ihr kleines Ohr.
Säbelgeklirr, Trompetengeschmetter. A t t i l a s dröh-
nendes Wort. Ein Kreischen: das Gezänke der
hunnischen Königsfrauen.

Er beginnt zu schreiben. Ihm ist es gegeben,
den Begriff von oben herab bei dem wahren Wort
zu packen, wie ein Lehrer den Schulknaben beim
Schopf, und ihm auch sein letztes Geheimnis heraus-
zuschütteln. Dabei gibt ihm die Sorge des Gestalters
keine Ruhe. Er läßt bildnerische, runde, von allen
Seiten ausgemeißelte Charaktere auftreten. Nun sinnt
er auf den Spuren seiner Menschen einer glaubhaften
und lückenlosen Fabel nach. Stanze auf Stanze ent-

steht, Vers auf Vers, jede Zeile, ja sogar jedes Wort wird erst auf der heiklen Apothekerwage seines kränklich verfeinerten Kunstgewissens geprüft. So folgt ein Canto nach dem andern, jeder ein Meisterwerk. Jetzt fühlt aber der Meister, daß es plötzlich stockt. Man muß dem Charakter der Figuren einen Zwang antun, um sie der Fabel anzupassen, oder man muß die geradlinige Fabel in ihrer Mitte brechen, damit die Charaktere unversehrt aus dem Konflikte hervorgehen. A r a n y wird mit Entsetzen gewahr, daß er bisnun auf einer falschen Fährte war. Ein Schwanken, ein Verzagen, es saust in seinem beständig so wehen Kopf.

. Doch seine Besessenheit von dem K u n s t - g a n z e n ist stärker als er. Die Arbeit von Jahren wird verworfen und er fängt wieder von vorne an. Seine großen Epopöen würde ich wohl am besten denen eines schwerblütigen T e n n y s o n , eines sonnigeren T e g n è r , eines schmuckloseren, ärmeren, aber innerlich und äußerlich wahreren V i c t o r H u g o vergleichen. A r a n y kennt zwar nicht die in Form gebändigte, großartige Universalbitternis eines F l a u b e r t , doch auch er wird aus der beengenden Sphäre des Kunst-für-Kunst-Glaubens in das Universale hinübergehoben, durch ein gewisses s u r g i t a m a r i a l i q u i d , das aus scheinbar so schlichten Bürgerseele dennoch ewig verneinend und dennoch rebellisch in sein Lied sickert. Das ist die Weltbedeutung dieser völkisch-nationalen Kunst.

P e t ö f i s stürmische Mitteilsamkeit kommt wohl von seinen slawischen Eltern her. Der Ungar ist von Natur aus züchtig und verschämt, auch etwas mißtrauisch. A r a n y , hierin der echte Mann seines Volkes, ist verschlossen wie kein anderer. Daher seine objektivierende, sozusagen stumm klagende Lyrik. Die Gegenwart mit ihrem subjektiven Schmerz macht ihn schweigen. Doch auch die schmerzendste Selbsterfahrung steht ihm in der Vergangenheit wie im Spiegel, plastisch, in voller Gegenständlichkeit gegenüber. Er nennt seine Seele „eine überfühlende Schmerzensblume". A r a n y flüchtet mit seinen intimsten Offenbarungen aus der unmittelbaren Lyrik in die mittelbare Darstellung seiner Verserzählungen hinein. Dieses verschleierte Bekenntnis verleiht selbst seinen Visionen aus der Hunnenzeit einen modernen, müden, nervösen Reiz.

Als der Kaiser vier Jahre nach der Revolution das niedergerungene arme Ungarland bereist, geht den magyarischen Dichtern eine Aufforderung zu, sie mögen den jungen F r a n z J o s e f im Lied verherrlichen. Auf diese Aufforderung antwortet A r a n y in einer Ballade. König Eduard trabt auf seinem fahlen Pferd durch das eroberte Schottland. Das Land ist ruhig, — ja, ruhig wie ein Grab. Der Herrscher ist glücklich und zufrieden. Doch er will den Ruhm des Siegers durch die Barden des Landes besingen hören. Vor der gedeckten königlichen Tafel erscheinen nun die Barden, die Greise und die Jünglinge der Reihe nach. Sie greifen alle in die Saiten, ihr Lied erschallt und singt von modernden Leichen auf schottischer Flur, von Trauer und von Tod.

So ist A r a n y s Lyrik stets eine indirekt, aber in ihrer schlagenden Wucht doch nicht minder unmittelbar wirkende Kunst.

144

Das gequälte Gemüt dieses Dichters, der sich in der Form so sicher beherrscht, ist eine symbolische Erscheinung. Er ist wie das gequälte Land, welches das Tosen seines Innern in Würde besteht.

Unser Volk hat außer seinem Lieder- und Märchenschatz auch noch einen köstlichen, reichen Besitz an Balladen, deren einige denen der Schotten ebenbürtig sind. Dieses Genre der verhaltenen Kraft war für A r a n y wie geschaffen. Er faßt die Ballade nicht u h l a n d i s c h als ein dankbares Deklamationsstück auf. Ihm ist sie eine knappe Tragödie, wahrlich in dem antiken Sinne dieses Wortes. Er wächst sich zum Shakespeare der Ballade aus. Seine Balladen haben einen seelischen Kern, aus dem das erträumte „Kunstganze" organisch emporblüht. Und ob nun Schwerter in seinen Balladen klirren, ob Türkenköpfe in ihnen fallen oder Schlachtenfahnen wehen, immer spricht aus diesen Greueln eine überempfindlich verschlossene Männerseele, scheu vor der rächenden Nemesis.

A r a n y s Biographie ist nicht von Belang. Seine armselige Menschlichkeit ging in seinem Werk auf.

*

Als Redakteur einer literarischen Zeitschrift hatte A r a n y in großzügiger Kleinlichkeit die zeitraubende Bürde auf sich genommen, alle die ihm zugesandten Manuskripte mit seinem myopen Auge zu entziffern. Man weiß, was das heißt! Die Hysterie und den Dilettantismus eines ganzen Landes verschlingen zu müssen. Die offene P o s t der R e d a k t i o n gibt A r a n y s nervöser Ungeduld, aber auch zugleich seiner so pietätvoll-geärgerten Geduld einen oft sehr mutwilligen Ausdruck. Eben bei dieser

bescheidenen Tätigkeit wurde ihm das größte Ereignis seines Lebens.

Eines Tages geschah es, daß ihm die Post eine
Rolle zutrug. Eine Tragödie. Und noch dazu eine
philosophisch-historische. Gott und die Erzengel
in Person treten in ihr auf. Adam und Eva und
Miltiades und Kepler und Danton und Luzifer und
Ägypter und Eskimos und was es noch an derlei-
Geschöpfen im Himmel und auf Erden gibt.
Das Werk trägt den anmaßenden Titel: „D i e
T r a g ö d i e d e s M e n s c h e n.“ A r a n y, der
Gewissenhafte, blättert im Manuskript und liest
viel schlechte Verse, unwirsche Jamben in einer
herben Sprache, die wie Sand zwischen den Zähnen
knirscht. Er legt das Manuskript beiseite. Da
liegt es nun monatelang auf seinem Pult. I m r e
v o n M a d á c h, ein Gutsherr aus Oberungarn,
harrt ungeduldig der Antwort. Doch ob Stolz oder
Scheu, er drängt nicht und er läßt sein Lebenswerk im Manuskriptgewühl einer Redaktion
untertauchen. Kann er ja doch nicht unglück-
licher werden als er schon ist! Nach dem verlorenen
Freiheitskrieg mußte er sich verkriechen und als er
wieder nach Hause kam, war seine Familie zerstört.
Seine Frau, die er anbetet, liebt ihn nicht mehr. Sie
verläßt ihn und die Kinder. Die Trauer über das
verlorene Land und über die verlorene Frau legt sich
mit schwarzem Flor über das schwere Gemüt des
Mannes in seinem verwunschenen, einsamen Schloß.
Auch die jugendlichen Dichterträume zerstieben.
Seine Dramen vermodern unaufgeführt und sogar
ungedruckt im Schrank, — um sein Leid zu sagen,
wurde ihm kein süß-singend Wort gegeben. Die

ungefüge Brüchigkeit seiner Verse fühlt er selbst am
schmerzendsten. Ein begrabenes Leben, das nun
von Krankheit zernagt und von unwürdigen
Liebschaften entehrt wird. Aus diesem Zustand
erwächst wie von selbst ein weltumfassendes
Konzept.

Madáchs dramatische Idee ist so einfach
und, scheint auf den ersten Blick so naheliegend zu
sein, daß man sich wundern muß, daß sie keiner
vor diesem traurigen Sonderling hatte. Luzifer
führt Adam die Zukunft der Menschheit im Traum
vor, damit dem ersten Menschen — so dachte
der Teufel — jede Lust zur Fortpflanzung seiner
Rasse vergehe. Adam sieht sich mit seiner Eva
immer wieder in verschiedensten Gestalten auf
dem Plan. Bald ist sie die Sklavin, die Pyramiden
baut, und Adam der Pharao, — dann wieder
ist er Miltiades und sie Clythia. Das cäsarische
Rom, das christliche Mittelalter ersteht, je in
einem Bild, immer wieder mit demselben Adam
und mit derselben Eva. Er hat immer einen
andern welterlösenden Traum, dem die Enttäuschung auf den Fersen folgt, — sie ist ihm immer
die betrügerische, kleinliche Gespielin. „Adam gib'
Geld", sagt Eva zu Kepler, den sie mit einem Hofschranzen betrügt, während er mit seinem Fernrohr
das Geheimnis des Himmels durchforscht. „Schenk'
mir eine Nacht, du großer Mann," sagt die
Jakobinerin begeistert zu Danton, der eben
eine flammende Freiheitsrede hielt. Nun kühlt
die Erde aus. Wo sind die Pläne und Träume, wo
ist all der ehrgeizige Wahnwitz des Menschen?
Adam und Eva stehen da in ihrem Bärenfell. Sie

kennen nur eine Sorge, die ihres Magens. Die Menschheit ist zum Tier herabgesunken. Nach all den Worten eines Sokrates, eines Christus und eines D a n t o n klingt uns das rauhe Wort des letzten Paares schmerzend im Ohr: „Es gibt viele Menschen und wenig Seehunde." Das Herz klopft nicht mehr, im Kopf lodert es nicht mehr, nur der fordernde Magen knurrt. Und damit ist es zu Ende. Adam erwacht. Er beschließt, die Menschheit in sich zu ertöten. M a d á ch konnte den Mut zu diesem nihilistischen Schluß nicht aufbringen. Die Worte, mit denen Adam und Urmutter Eva sich dem Leben zuwenden, sind erdacht und nicht erdichtet.

Der Brief A r a n y s — der das Werk schließlich doch zu Ende gelesen und seinen Wert sofort zu würdigen wußte. — der späte Ruhm machten noch einmal das gebrochene Auge des Sterbenden aufblitzen. Und ein ungarisches Schicksal war damit in trostlosem Jammer beendet. So oft die „T r a - g ö d i e d e s M e n s c h e n" über die ungarische Bühne ihren triumphierenden Trauerzug hält, muß ich stets an das Wort eines ernst-komischen Kauzes denken, dessen Lebenswerk solche Worte sind: „Diese Tragödie ist mit keiner Feder geschrieben, sie hat der Hahnrei mit seinen Hörnern geritzt." Ja, dieser M a d á ch hat für diese Tragödie des Menschen mit seinen eigenen Hörnern seine eigenen Pulsadern aufgeritzt und aus diesem Born ergießt sich das blutende Werk in nie versiegendem Strom.

Ein Land mit Dichtern, die ihre Trauer um die Menschheit in solcher Majestät sagen, hat schon damit seine Lebenskraft bewiesen. Aber das Land kann noch mehr. Es kann auch lachen, „weinend lachen",

wie der Ungar sagt. Der die Leute so zum Weinen
und Lachen bringt, ist ein Erzähler. Eine männliche Scheherezade, die unsere mehr als tausend-
undeinen düsteren Nächte zu ebenso vielen sonnigen
Tagen umgewandelt hat. Er ist ein Bruder von
D u m a s p è r e, aber er ist doch etwas (und
dieses Etwas ist alles!), was D u m a s p è r e nie
war, — unser J ó k a i ist nämlich Dichter. Seine
Phantasie ist nicht mit der Gabe der tollen Fabel-
erfindung erschöpft. Er hat auch die Phantasie des
Wortes, des Bildes und den betäubenden Rausch
der schöngeschwungenen Sätze. O, wie unsere
Mädchen seiner verliebten Fabel lauschen! Wie das
junge Ungarherz klopft, wenn J ó k a i Abenteuer
erzählt! Und wie der behäbige Schmerbauch unserer
würdigen Großväter sich vor Lachen schüttelt, wenn
J ó k a i s tolle Einfälle sich jagen. So lange ein
Volk dieses Lachen hat, ist ein Volk nicht
verloren.

Zu dieser Zeit kam ein gezierter, schlanker Hof-
mann aus Paris nach Buda-Pest. Es hieß, er er-
freue sich einer ganz besonderen Gunst der
schönsten Kaiserin E u g e n i e. Im Fremdenbuch
steht sein Name: P r o s p e r M e r i m é e. Dieser Erzähler, der seine quellende Phantasie mit seinem
trockenen Wort so merkwürdig zu paaren wußte
und der sich gerühmt hat, der einzige Franzose mit
fühlendem Sinn für fremde Sitte zu sein, steht nun
inmitten dieses verwundeten Landes, in seiner sich
langsam zum Leben rührenden Hauptstadt. Er
schreibt: „In Pest gibt es ein Bad, wo Frauen und
Männer zusammen baden. Ich bin zu Grafen X. . . .

aufs Land geladen. . . ." und damit basta, Schluß.
Das ist alles, was der Entdecker der c o u l e u r
l o c a l e von Ungarns eigener Farbe gesehen hat.
Solch tragisches Verkanntsein ist unser Schicksal,
die wir europäisch fühlen und denken müssen, aber
in Sprache und Sitte von dem übrigen Europa dennoch getrennt sind.

Einige Jahre nachher besucht uns ein zweiter
Gast aus der Fremde, kein Franzose, kein höfischer,
feiner Mann, sondern ein gelehrter Schwabe aus
Schwabenland, der bei aller Gelehrsamkeit doch seine
frische Gabe hatte, mit eigenem Auge zu sehen, ja
sogar trotz der bebrillten Professorenwürde auch
noch gutherzig zu lachen verstand, wie sonst kein
Teutone. Der A u c h - E i n e r - V i s c h e r reist auf
der Donau von Wien nach Pest. Sein Auge, das an
dunkle Wälder gewöhnte, erfreute sich des hellen
breiten Landes. Nun landet er in P e s t und schlürft
das Glück mit schönheitsdurstigem Auge ein, die
munteren Häuser auf dem Ofener Hügel über die
Donau und den breiten Pester Hafenplatz mit
seinem lustigen Treiben unter dem Säulenwerk der
Paläste zu sehen. Hier sind zwölf Jahre seit der
Revolution vergangen und doch ist jeder Mann auf
der Straße in seiner ungarischen Tracht eine
wandernde Demonstration des unbeugsamen
Magyarentrotzes. Auch die Edelfrauen gehen im
völkischen Kostüm mit der Spitzenhaube über dem
Lockenkopf. V i s c h e r beschreibt diesen Anblick
wie eine völkerpsychologische Merkwürdigkeit, von
dem seelischen Urgrund des Phänomens ganz unberührt. Er geht abends ins Theater. Eine Première
von J ó k a i. Ein Stück voll magyarischer Em-

pörung. Z r i n y i, der Held, stirbt auf der Bühne für das unsterbliche Ungarn. Man klatscht dem Dichter zu, Kränze mit rot-weiß-grünem Band werden ihm dargereicht. V i s c h e r, der Ä s t h e t, ist mit den Schauspielern zufrieden, der Dichter bleibt ihm natürlich der Sprache wegen unverständlich. Noch unverständlicher das entzündete Publikum. Doch es läßt sich nach einem solchen Theaterabend im H o p f e n g a r t e n recht gut speisen und zechen. V i s c h e r kommt ins Gespräch mit einem schwäbischen Insassen aus Ofen. Es tut seinem deutschen Herzen wohl, sich mit einem solchen ungarländischen Landsmann aussprechen zu dürfen. Als Resultat des Gesprächs wird festgestellt, daß Ungarn nur die Daseinsberechtigung habe, als Vermittler zwischen Ost und West sich zu verdeutschen. Um so mehr, weil die ungarische Sprache keine literaturfähige Sprache sei.

So ist man der klügste Franzose mit der ewig verfolgenden Furcht eines M e r i m é e „d'être dupe", plump hereinzufallen und man sitzt doch einem solchen Ammenmärchen über gemeinschaftliche Bäder auf und so ist man der witzigste Deutsche, gegen deutsche Schwächen der Empfindlichste, aber der tückische Imperialist mit der deutschen Weltallsbeglückung sitzt einem nichtsdestoweniger auf dem Nacken . . . .

Ungarn blieb den beiden Fremden ein Rätsel. Und so blieb es auch eines für Europa bis heute. Die etruskische Kultur mit ihren unentzifferbaren Lettern hat mehr Neugierige gereizt als die unsrige, deren Worte und Lettern sich jedem anbieten. Und doch hat dieses erstickte und versteckte Land kraft seiner selbst eine großartige Wiedererstehungsarbeit verrichtet. Dies tat es damals. Und dies wird es heute wieder tun.

*

Hätten die Fremden allem was damals hier in der ungarischen Luft lag, richtig nachgeschnuppert, dann hätten sie sich dieser leichtfertigen Urteile gewiß enthalten.

Die ungarische Luft hatte nämlich einen Beigeschmack von Frühling, ein süßes Aroma von Säften und Gewürzen. Hier wurde auf dem Amboß der Gegenwart Zukunft geschmiedet mit mächtigen Schlägen, daß die Funken stoben.

Allerhand Pläne ließen die Leute sich in aufgeregten Gruppen zusammentun. Von England her rief ja noch immer wieder die übers Meer schallende Stimme K o s s u t h s: Aushalten! Nicht nachgeben! Wenn der Kaiser Frankreich und Italien überfallen wird, dann gesellt euch im gegebenen Moment zu den Feinden. Das ist im Grunde die Realpolitik, wie sie die Tschechen im Weltkrieg trieben und deren Früchte sie nun pflücken.

L o u i s N a p o l e o n, der K o s s u t h einst in Frankreich nicht landen ließ, beruft ihn nun zu sich nach Paris. Ja, er will Italien gerne helfen und von Italien aus auch Ungarn seine Hilfe gerne angedeihen lassen, wenn er nur der Neutralität Englands sicher wäre.

England ist das Land der Meetings, wo der Redner zauberisch wirken kann. K o s s u t h vertraut seiner rednerischen Kraft. Er bereist England von Stadt zu Stadt, von Dorf zu Dorf, bis die antinapoleonische Stimmung beschwichtigt und die Sache der Neutralität endlich, entschieden ist. Mit diesem Triumph meldet er sich bei N a p o l e o n und C a v o u r. . Ungarische Überläufer werden zu Legionären für Italien und später für den erhofften, selig erträumten Einfall nach Ungarn ausgebildet.

Bis in die Kerkermauern Ungarns erstrecken sich K o s s u t h s unterirdische Verbindungen. Das Land ist aufgewühlt durch seine Wirkung in die Ferne. Ein einziges Netz ist von K o s s u t h s Hand um Millionen gespannte, hassende Menschen geworfen. Die österreichische Polizei ahnt, daß etwas in der Luft liegt, sie übt ihr Werk der Einkerkerungen und der Hinrichtungen wieder mit Eifer, jedoch wie immer ohne Erfolg aus. Das Maß ist voll. Mit den Schlagworten N a p o l e o n, C a v o u r und K o s s u t h wird sich das Land unausweichlich und unerbittlich erheben. Da schlägt in die jäh aufgeschossene Hoffnungssaat der Blitz. N a p o l e o n schließt Frieden. mit Österreich. Mit der Diplomatie des Emporkömmlings nur an seine Dynastie denkend, hofft er, nun endlich durch diesen Großmutsakt gegen Habsburg den Dank als vollgewerteter und in kaiserlichen Gesellschaften anerkannter Herrscher einzuheimsen. Die um ihre Freiheit betrogenen Länder, Italien und Ungarn, mögen sehen, wie sie ihre Sache weiter treiben. K o s s u t h hat seine Schuldigkeit getan, nun kann er mit seinen Legionären gehen.

Von dieser Enttäuschung hat sich K o s s u t h nie mehr erholt. Er bleibt zu Boden geworfen. Sein Name verblaßt.

Franz Josef scheint nach seiner demü-
tigenden Erfahrung an seinem Gottesgnadentum
keine rechte Freude mehr zu haben. Die von Gesetzen
nicht beschränkte absolute Gewalt ist zwar an sich
eine recht schöne Sache, doch sie kostet zu viel verlorene Schlachten und Provinzen. Auch Menschen
— aber auf die kommt es nicht so sehr an!
Im Gegenteil, — die sind bloß dazu da, um für ihre
hadernden Herrscher eines schönen Heldentodes
zu sterben. Doch scheint ihnen — weiß Gott
warum? — selbst der Tod mehr Spaß zu machen,
wenn ihnen die unschuldige Spielerei einer schönen
Verfassung gewährt wird. Also los. Eine Verfassung
für Österreich und seine Provinzen.

Für das zentralisierte Land wird klug auf dem
Papier ein Wiener Gesamtparlament ausgeheckt.
Alle Provinzen Österreichs stimmen zu. Ungarn allein
hat die Kraft, sich für das fragwürdige Geschenk zu
bedanken und es nicht anzunehmen. Nach Wien
geschickte Abgeordnete, das hieße die Unabhängigkeit des ungarischen Landes aufgeben. Lieber
weiter absolut regiert sein, als diese Verfassung!
So scheitert in Ungarn der ewige Plan der österreichischen Staatsgeometrie, die mit allem, nur nicht
mit der Verschiedenheit der Völker und der Sprachen
rechnet.

Der Mann, der dem Lande den Rücken zum
Widerstand steift, ist diesmal kein hinreißender
Redner und stürmischer Empörer gewesen, der sich
über Gesetz und Überlieferung hinwegsetzt, sondern
ein Mann des Gesetzes und der Überlieferung. Ein
Gegenrevolutionär sozusagen, dessen Stärke eben
darin liegt, daß er die Mächte der ungarischen Ver-

gangenheit gegen österreichische Umsturzversuche anruft. F r a n z D e á k heißt der behäbige, alte Herr, dem dieses besondere Göttergeschenk der ruhigen Würde wie keinem sonst gegeben war. Die Natur hätte einen stärkeren Gegensatz zu K o s s u t h nicht besser ersinnen können. D e á k s Denken ist logisch, seine Reden auf breiter Grundlage feierlich, langsam aufgebaut. Dem Gefühl traut er nicht, er beweist mit dem Beweis. Und das Land, das dem großen Wecker des Gefühls so oft und so entsetzlich zu seinem Schaden zum Opfer fiel, ergibt sich nun dem Mann der Logik. Das Argument wird zu unserer festen Burg, der Gesetzesparagraph zu unserer unbezwinglichen Waffe und D e á k zum „Weisen des Vaterlandes", zu unserm wahren väterlichen Führer, dem wir uns kindlich ergeben.

Als die von Österreich so sehr liebkoste Idee des Zentralstaates aufgeworfen war, hatte D e á k eine Unterredung mit dem Berater des Kaisers. Durch das ruhig ablehnende Verhalten des Ungars erbost, kam der Wiener Diplomat schließlich aus dem Häuschen oder, um es der Wiener feingeschliffenen Exzellenz angemessener zu sagen: er kam schließlich aus seinem P a l a i s, indem er D e á k wie ein hitziger Feldwebel schreiend anfuhr: „Was zum Teufel soll denn geschehen?" D e á k war nicht der Mann, um vor einer solchen polternden Exzellenz zu erschrecken. Er antwortete in aller Seelenruhe und wie es wohl einem solchen Weisen geziemt, milde lächelnd: „Wenn Exzellenz einen Mantel zuknöpfen und dabei einen Knopf auslassen, dann müssen Exzellenz den Mantel wieder ganz aufknöpfen — nicht wahr?" Die Exzellenz merkte sich zwar die Pointe dieser Frage, aber sie genügte nicht, um ihm die Marotte eines solchen Staatsmaschinenwerkes auszutreiben, das mit allen seinen Nationalitäten, Rassen, Sprachen und Religionen von der Zentrale aus wie mit puffender Dampfkraft betrieben werden sollte.

Beinahe sechs hoffnungslose Jahre vergehen auf diese Art. Unsere Sache ist auf nichts anderes als auf die Wahrhaftigkeit eines einzigen Mannes gestellt, der uns ermahnt, uns zu ducken und stille zu halten, bis einmal die Stunde schlägt. (Wie bedürfte es eines solchen Warners auch für unser hitzig-übersprudelndes ungarisches Heute.) Die Geduldprobe ist gelungen. Nach Sadowa hat auch für uns endlich die lang erwartete ungarische Stunde geschlagen. Das preußische Schwert hat diesmal ein Befreiungswerk getan und das tödliche Geflecht des österreichischen Zentralstaates zerrissen.

D e á k wird telegraphisch nach Wien berufen, er soll unkenntlich verhüllt, in später Nachtstunde vor seiner Majestät erscheinen.

Der geheimnisvolle Wagen rollt in die dunkle Burg. Die Schritte des schwerfälligen Magyaren dröhnen durch die kaiserlichen Säle. Die an die huschenden, schlanken Schatten glattrasierter Hofschranzen gewohnten Kristalle widerspiegeln nicht ohne Widerstreben das derb geschnitzte Antlitz, die wilden Brauen und den melancholisch erdwärts gekrümmten dicken Schnurrbart dieses in einfachstes bürgerliches Schwarz gekleideten Mannes.

Spöttisch lachende Lakaien öffnen die Tür zum kaiserlichen Gemach.

Der Kaiser, noch jung an Jahren, schon so alt an schlechten Erfahrungen, geht aufgeregt auf und ab, ab und auf, ohne den Eintretenden eines Wortes zu würdigen. Endlich ermannt er sich zu einer Frage:

„Kann ich mich noch auf meine Ungarn stützen?"

Der ungarische Gutsherr schweigt einen Augenblick; die Falten auf seiner Stirn verraten, wie es in seinem Kopfe rumort. Er sucht eine Antwort zu sagen, ohne ein verbindliches Ja und ohne ein verletzendes Nein.

„Eure Majestät haben Österreich mit allem Guten überhäuft und sich dennoch in ihm getäuscht."

Das will höflich umschrieben heißen: Eure Majestät haben uns mit allem Schlechten überhäuft, mit welchem Recht wollt Ihr mit uns rechnen?

Man erkennt die ausweichende Verschlagenheit des ungarischen Bauern, dem ein Ja oder ein Nein auch nur selten und schwer über die Lippen kommt. Doch in der gegebenen Lage war das genug. Der Kaiser versteht die Anspielung und er fühlt auch den unumgänglichen Zwang, nachgeben zu müssen. Wenig Zeit vergeht. Eine große Feierlichkeit in Budapest. Allgemeine Versöhnung. Le beau pendu, der schöne Graf Andrássy als Ministerpräsident setzt die glücklich wiedergefundene ungarische Königskrone dem österreichischen Kaiser aufs gesalbte Haupt und die Monarchie mit beiden

gleichberechtigten Reichshälften beginnt in zukunfts-
froher Hoffnung ein neues verfassungsgemäßes
Leben. Um der geschichtlichen Neugierde zu begegnen, will ich hier eine Jahreszahl hinsetzen. Dies
alles ereignete sich im Jahre 1867, also volle 18 Jahre
nach der niedergeworfenen Revolution.

ACHTES KAPITEL

Der staatsrechtliche Don Juan. — Die Welle und das Ufer. — Das Fest in der Stadt. — Das Wort der Zukunft. — Talmiland. — Talmirausch. — Talmikunst.

Sind Sie je, R o m a i n R o l l a n d, einem ungarischen Studenten begegnet? Einem Kunstzögling etwa, den das Schicksal nach Pàris verschlagen hat. Haben Sie mit solch einem liebenswürdigen Jungen am Table d'hôte-Tische gesessen, haben Sie schon beobachtet, wie dieser Bursche die Cour schneidet, wenn er neben einer hübschen Nachbarin sitzt? Er sucht das Fräulein nicht mit spitzfindiger Schlauheit zu betören. Er lobt nicht einmal ihre Schönheit. Der ungarische Junge spricht ausschließlich von Dingen, mit denen die herrliche Miß oder die reizende Mademoiselle ganz und gar nichts gemein hat. Das Mädchen gähnt, aber der Junge bemerkt es nicht. Er redet und redet . . . Leidenschaftlich und begeistert, mit einer Inbrunst, daß ihm die Augen im Fieber flackern.

Aus Gläserklingen, Messer- und Gabelrasseln, Schmatzen und Schlürfen hervor schlagen Ihnen wohl die Fetzen solcher Worte entgegen:

„Wissen Sie, Fräulein, was ein Ziehbrunnen ist? Bei uns auf der Puszta, — jetzt soll eine Handbewegung die Unendlichkeit der Ebene ausdrücken — wo es nirgends Wasser und nirgends Bäume gibt, sind nur die erschreckenden gespenstischen Stangen solcher Ziehbrunnen sichtbar," — und der Junge greift in die Tasche und nimmt seinen Künstlerstift hervor und zeichnet den Brunnen auf die Serviette. Da ist nun die Abbildung, die den Brunnen zeigt, so wie Sie ihn etwa aus Lexikons und aus Lithographien kennen, den mythischen zweistangigen Brunnen der Puszta, den János Arany mit einer riesigen Mücke vergleicht, „die unserer alten Erde das Blut aussaugt." Unser Freund beobachtet bei der Dame keine sonderliche Wirkung, weder mit der Abbildung noch mit dem Zitat dieses poetischen Vergleiches, worauf er es anders versucht, noch begeisterter, noch leidenschaftlicher, noch bestürmender:

„Alle Fremden halten uns für eine österreichische Provinz. Das ist ein Irrtum, wie es noch nie einen verhängnisvolleren gegeben hat. Wir sind keine Nationalität, wie die Polen und Tschechen, wir sind eine Nation, müssen Sie wissen, mein Fräulein. Ja, wir sind ein ganz selbständiges ungarisches Königreich . . . Die Krone des heiligen Stephan . . . Parität . . . Delegation . . . gemeinsame Angelegenheiten . . . die Honvéds . . ."

Geheimnisvolle Worte, deren Erklärung unser begeisterter junger Mann nicht schuldig bleibt. Das Fräulein muß ganz genau zur Kenntnis nehmen, Franz Josef sei, gekrönt mit der heiligen Stephanskrone, der von Österreich unabhängige ungarische König geworden.

Was Österreich gebühre, gebühre auch uns, so will es das Prinzip der Parität, der Gleichheit. Denn dieses Gleichheitsprinzip war F r a n z D e á k s fein vibrierendem Rechtsgefühle zufolge derart in die wirkende Praxis umgesetzt, daß die zwei Länder zur Besprechung ihrer gemeinsamen Angelegenheiten in einem Jahre die Abgesandten des ungarischen Abgeordnetenhauses nach Wien senden, im anderen Jahre hinwieder die österreichischen Delegierten in Budapest erscheinen. Und das ist eben die berühmt gewordene Delegation, meine entzückend schöne Miß, mein angebetetes herrliches Mademoisellchen, und ich kann Sie nur aufrichtig bedauern, wenn Sie bis jetzt über diese schönste aller menschlichen Einrichtungen nichts wußten. Nun klaubt der ungarische Student aus seinem Portemonnaie eine Banknote hervor und zeigt sie dem Fräulein. Auch damit will er nicht ihre Gunst erkaufen. Ganz und gar nicht. Oh nein. Nicht im geringsten.

„Bitte, schauen Sie her, auf der einen Seite ist die Aufschrift deutsch, auf der anderen ungarisch. Hier das österreichische Wappen, dort das ungarische. Denn die Finanzen sind gemeinsam. Wir haben einen Finanzminister und die Österreicher ebenfalls. Wir haben unsere ungarische Armee, eben die H o n v é d s, die Österreicher ihre Landwehr. Außerdem haben wir eine große gemeinsame Armee, die weder den Österreichern noch den Ungarn gehört, sondern der Monarchie. Und die Angelegenheiten dieser großen Armee erledigt der gemeinsame

Kriegsminister auf Grund gemeinsamer Besprechungen mit den ungarischen und österreichischen Delegierten. Nur das Ministerium des Äußern residiert in Wien, aber das ist kein Wunder, der österreichische Kaiser und ungarische König ist nämlich wie jeder alte Mann ein Gewohnheitsmensch; allerdings, er müßte nach der Verfassung ein halbes Jahr lang in Ungarn wohnen, — sein Nachfolger wird das wohl gewiß tun! — er wohnt aber lieber in Wien, er verändert schwer seinen Aufenthaltsort. Die ausländischen Angelegenheiten werden daher für die ganze Monarchie in dem segensreichsten aller Paläste auf dem Ballplatz erledigt. Natürlich sind aber die Minister des Äußern nicht alle Österreicher, es gab unter ihnen auch gute Magyaren, zum Beispiel A n d r á s s y, dem wir unser starkes Bündnis mit den Deutschen verdanken und auch jene andere glanzvolle diplomatische Kriegstat, den besten Beweis der Kraft unserer Monarchie: die Okkupation Bosniens und der Herzegowina. Dafür hat er in Budapest ein Denkmal, ein Reiterdenkmal vor der Donau, neben dem Parlament, — kommen Sie, mein Fräulein, nach Budapest, bitte — das muß man gesehen haben, so herrlich ist es, wenn hinter der Silhouette des Denkmals die Budaer Berge in abendlichem Glanze erglühen.“

Man soll den lieben Jungen für solche Worte nicht belächeln. Die Töne der ungarischen jüngsten Vergangenheit sind eher rührend. Was ist nicht alles in diesem kindlichen Gerede enthalten: das Ergötzen einer lang unterdrückten mißachteten Rasse an dem

Leben, an der Sonne und an der Freiheit und ihr ewiger Schrei um das gute Recht.

⁂

Das ungarische Parlament war fünfzig Jahre lang der glückliche und stolze und naive Schauplatz solcher Reden. Was der Student dem Fräulein auf seine Art sagt, hüllte der ungarische Parlamentarier in den prunkvollen Mantel verzierter Satzperioden ein. In dem Haus der ungarischen Abgeordneten wurden Rechtsdebatten, ähnlich dem Homousion und Homoiusion geliefert. Wenn zum Beispiel die Titulatur der gemeinsamen Armee k. k. Armee, das heißt: kaiserlich-königliche Armee lautete, hielt sich das ungarische Selbstgefühl darüber auf, mit seinem ungarischen König die zweite Stelle hinter dem österreichischen Kaiser einnehmen zu müssen. Wir fordern also im Namen jener D e á k s c h e n Parität einen u-Buchstaben, also ein „u n d" zwischen die beiden k. Dieses „u n d" hätte die Aufgabe, auf den Fassaden aller Kasernen den ungarischen König in den gleichen Rang mit dem österreichischen Kaiser zu setzen.

Nach jahrelang dauerndem Kampfe erhält nun Ungarn tatsächlich sein längst ersehntes „u n d". Noch entsinne ich mich meines begeistert deklamierenden braven Professors und der bei dieser Gelegenheit im Taumel der Phrasen sich wiegenden Zeitungsaufsätze. Kaum hatten wir das alleinbeseligende „u n d", begeisterten uns bereits neue Ziele. Wien, wo der Kaiser residiert, heißt Haupt- und Residenzstadt. Budapest heißt: Hauptstadt von Ungarn. Die Ungarn fordern, Budapest möchte — obzwar der

König diesen schönen Aufenthaltsort verschmäht —
nichtsdestoweniger auch den stolzen Titel einer Residenzstadt führen dürfen. Franz Josef ist zu klug,
um diese billige Bitte abzuschlagen. Evoe Bakche!
Triumph! Hoch, Hoch, Hoch! Éljen, — schreit der
Ungar aus beglückter Kehle, als hätte er mit diesem
Titel für seine schöne Stadt auch schon das Glück
aller seiner Bewohner gesichert. Wahrlich, man kann
es nicht genug wiederholen, wir sind ein Volk der
Illusionen, R o m a i n R o l l a n d. Als hätte sich
unsere ganze Geschichte auf jenem Erker von
S z e g e d i n abgespielt.

In dem Windmühlenkampf um diese Sinnbilder,
deren jedes ein Paragraphenrecht bedeutet, vergeht
das Leben unserer Landesväter. Wir waren ein Ritter-
bund der Symbolenfechter, eingekeilt in eine Monarchie, deren jede einzelne Nationalität und jede einzelne Gesellschaftsklasse sonst für recht reelle Lebens-
interessen zu kämpfen verstand. Das Schicksal Ungarns war durch dieses Verhalten im voraus besiegelt.
Recht eng begrenzt war im übrigen das Feld der
Errungenschaften, auf dem die freiheitliche Phantasie
unserer Parlamentarier umherflog. Es fiel keinem
von ihnen ein, sich vor die Wähler zu stellen
und zu fragen: Welche Interessen soll ich im
Hause vertreten? Wollt ihr eure Landwirtschaft heben? Wollt ihr Industrien haben? Wollt
ihr besser bezahlt werden und ein menschlicheres
Leben führen?

Die einzige Sorge des Kandidaten war immer
nur die beständige Frage: Wie stellt ihr euch zum
Ausgleich mit Österreich? Habt ihr ihn voll und

ganz als unveränderlich angenommen? Oder wollt
ihr Änderungen haben?

Dieselbe Frage erschallt dann wieder in der parlamentarischen Halle. Die brennendsten Ideen der
Zeit werden hier nicht einmal genannt. Ein Wahlrecht der Wenigen sorgt für die möglichste Fern-
haltung aller Nationalitätsprobleme und für die Aus-
schaltung der sozialen Frage. Die ungarische Armeesprache, eine unabhängige ungarische Bank, ein un-
abhängiges ungarisches Volk, das nur mehr durch die
gemeinsame Person des zwei Titel führenden Herrschers mit dem österreichischen Volke verbunden ist,
—- das sind die Träume unserer Parlamentarier. Das
Werk F r a n z D e á k s ist ihnen nur ein Anfang, eine
Grundlage, auf der man weiter bauen muß. Gibt es
ja selbst im Ausgleiche von 1867 einen Paragraphen,
der aussieht, als wollte er ähnliches besagen. Der
Magyar ist ein leidenschaftlicher Jurist. Man fing also
an, die Worte dieses Paragraphen hin und herzu-
drehen. Die parlamentarische Arbeit erschöpft sich
in der Ausdeutung dieses alten Rechtsvertrages. Doch
Franz Josef hielt diesen vielen Belagerungen ruhig
stand, mit seinem während des langen Regierens
erworbenen großen Wissen um die Kunst zu
regieren. Und die im Jahre 1867 bewilligten
Rechte hat er bis zu seinem Tode nicht um ein Körn-
chen erweitert. „Ich habe bei meiner Krönung ge-
schworen", sagte der Allerkatholischeste der Herrscher einem seiner rebellischsten Anhänger — „daß
ich die Verfassung respektieren werde. Sie können
nicht verlangen, daß ich meinen Schwur breche!"

Tatsächlich hat der österreichische Monarch nie
seinen Schwur gebrochen. Die Welle der ungarischen

Leidenschaften mußte immer an dem trotzig sich hochhebenden Willensdamm dieses gekrönten alten Soldaten zerschellen.

Es war, als ob er mit uns nur spielte. Er bewahrte seine Interessen, während er uns sinnbildliche Errungenschaften gewährte. Verlangen die Magyaren ihre Freiheitsrechte mit großem Hallo, — nun gut! F r a n z J o s e f gewährt ihnen gnädigst ihren Schein. Ein „u n d" — auch einige Denkmäler für ungarische historische Gestalten, kleinere Veränderungen am Wappen und auf der Fahne, und derlei mehr! Oder er gab die Änderung eines alten Gesetzes zu, das seit z w e i h u n d e r t Jahren den größten ungarischen Rebellen, F r a n z R á k ó c z i, als Vaterlandsverräter bezeichnet. Nun darf R á k ó c z i s Leichnam aus der asiatischen Verbannung auf ungarischen Boden heimgeführt werden. Noch flimmert der beleuchtete Eisenbahnzug mit dem Sarg der begrabenen Revolte vor meinen Augen, feierlich spaltet er die friedlich-bürgerliche magyarische Nacht. Und wir begeistern uns. Diese Begeisterung auslösen und allen gerechten Zorn und jede gerechte Forderung in ihr verfliegen lassen: dies war F r a n z J o s e f s durch lange Herrschaft erworbenes großes Wissen.

Bimbam! Glocken erklingen, der König fährt in vergoldeter Kutsche durch die Stadt. Man hat ihn vor fünfundzwanzig Jahren gekrönt. Dies feiert er unter seinen geliebten Magyaren. Vergessen die alte Feindschaft. Die Märtyrer von Achtundvierzig ruhen unter der Erde. Ihre Söhne folgen dem königlichen Gefährt. Und in welcher Pracht! Familiengeschmeide schimmern auf den prächtigen männlichen Galakleidern. Dieses Land hat sich Habsburg unterworfen. Der erfahrene gekrönte Herr weiß es. Und brummt auch das Parlament mitunter, laßt es doch brummen. Die Magyaren muß man zu behandeln wissen. Das Volk braucht den Schein, die hitzigen Parteiführer brauchen Ministerfauteuils, Orden, Titel, ja sogar manchmal aus der königlichen Privatschatulle gnädigst ausbezahlte Wechsel. Dies alles ist eine äußerst gute und erprobte Methode zur Verflüchtigung des Überschusses an oppositionellem Temperament. Und diese Methoden hat ·der weise und menschenkennende, ja die Menschen vielleicht auch ein wenig verachtende Alte, der gute ungarische König, mehr als fünzig Jahre lang mit Erfolg angewendet.

*

So sollte sich denn D e á k s wahrhaftiges Werk gar zu bald als Lug und Trug zeigen, um schließlich jämmerlich in Brüche zu gehen und zu schanden zu kommen. Wieso war das möglich? Sollten sich vielleicht jene Männer, die das große Vermächtnis D e á k s zu verwalten hatten, als unwürdige Nachfolger dieses Weisesten und Ehrlichsten erwiesen haben?

T i s z a senior, K o l o m a n seines Namens, Vater seines Sohnes S t e f a n — denn es gibt Väter, die erst durch ihre Söhne weltberühmt werden — ich blicke durch deine schwarzen Brillen in dein undurchdringliches Auge. Dein Blick ist der eines Luchses. Dein weißes Antlitz eine kalte Schneelandschaft. Mit schlauem Lächeln über deinen messerscharfen Lippen saßest du — die Mütze über deinen Kahlkopf ironisch nach hinten geschoben — fünfzehn Jahre lang im samtenen Ministerpräsidentenfauteuil. Um dich herum die Hitzbolde des Parlaments mit ihrem revolutionären Geschrei. Man munkelt — und die Vermutung läßt sich nicht abweisen — du wärest es gewesen, der das gewitzigte System zu regieren, nämlich, die Wahrheit mit ihrem Trugbild zu ersetzen, für Kaiser und Vaterland erfunden hat. Somit hättest du als erster das gute Gold D e á k s durch jenes Talmi ersetzt. Wohl möglich. Aber ich suche weiter nach dem Grund dieses Tuns. Du hattest eben richtig erkannt, daß dieses Werk der Wahrheit nur durch so vorsichtige Schlauheit, durch so frommen Betrug zu erhalten war. Um ganz ehrlich zu sein, müßte man ja vollends zwischen Kaiser und König, Österreich und Ungarn, Fremdem und Heimischem eine entschiedene und entscheidende Wahl treffen. Entweder das eine oder das andere. Wählt man beides, wie D e á k, dann liegt das behutsame Schwanken mit vorenthaltsamen Kautelen im Wesen des D e á k s c h e n Ausgleiches selbst.

Denn eigentlich meint es ja Seiner Majestät untertänigste Opposition auch nicht viel anders als die Regierung.

Führwahr, ein Greif, eben aus einem Wappen entsprungen und in das Parlament geflogen, mit dem Pfeil über der Zunge, mit der sinnbildlichen Wage in der einen Kralle und mit dem Krummstab in der andern, so mutet uns die heraldische Erscheinung eines G r a f e n A l b e r t A p p o n y i an. Sein Leben war ein Kampf für Symbole. Der kühnste Ritter des Sinnbilds s a n s p e u r e t s a n s r e p r o c h e. Dieser Mann wollte nie täuschen, — das bleibt gewiß. Ob er getäuscht wurde, als er Trug-

bilder für Wahrheiten, Nichtigkeiten als Errungenschaften hinnahm? Diese Frage blieb offen, bis zu
dem Augenblick, als den Führern der Opposition die
Regierung in den Schoß fiel. A p p o n y i wurde des
Kaiser-Königs ungarischer Minister. Alle Augen
waren auf ihn gerichtet. Bringt uns A p p o n y i
endlich die lang ersehnte volle Wesenheit der Dinge,
statt jenes wesenlosen Scheins, mit dem wir uns
bis nun immer abfinden mußten?

A p p o n y i, der Minister, brachte seinen
Ungarn aus Wien, wie auch bisher jeder andere
ungarische Minister, eine Handvoll Schein. Man
konnte eben in jener transleithanischen Reichshälfte
des Doppelreiches der Monarchie nicht anders regieren.

Das Werk D e á k s — ja das Urteil muß
endlich ausgesprochen werden, so paradox es auch
sonst klingen mag — das so gutgemeinte Werk
dieses Wahrhaftesten aller Wahrhaften, war eben
in seinem Urgrunde falsch.

D e á k berief sich nämlich auf Gesetz und
Überlieferung, — er berief sich also auf
Geister der Vorzeit in einer Epoche, die neuer
Geister bedurfte. Die von ihm so geschaffene
Monarchie bedeutete die Geltendmachung der
Rechte der cisleithanischen Deutschen und transleithanischen Magyaren, also nur zweier Nationen in
diesem Zehnnationenreich. D e á k flößte Österreich die notwendige Ehrfurcht vor Ungarns Gesetz
ein, — er machte die Revolution ungeschehen, als
deren Folge unser Staat aus der Reihe der Staaten
getilgt werden sollte. Er war nicht engherzig, nur
eben zu sehr an seine ungarische Scholle gebunden,

um sich auch noch um das Recht des Polen, des Böhmen, des Kroaten, des Rumänen, des Slowaken und des Serben zu kümmern. Bei aller Duldsamkeit, die dieser liberalste Mann den fremdsprachigen Elementen gegenüber nicht nur predigte, sondern auch in der Ausübung geltend zu machen wußte, war es unumgänglich, daß die verhängnisvolle Unterscheidung von zwei „Nationen" und so vieler „Nationalitäten" in dem einen und einzigen Reich schließlich demoralisierend wirkte. Der Ungar, nun mit dem Österreicher gleichberechtigt geworden, vergaß die Bitternis der langen Unterdrückung und hütete sich davor, sich an die Spitze der freiheitlichen Bestrebungen anderer Rassen zu stellen. Ein befreites selbständiges Böhmen oder ein Königreich Polen etwa erschien hierzulande ein Greuel. Unseren eigenen Nationalitäten gegenüber begann nur zu bald sich eine würgende Unduldsamkeit zu rühren. So schlug das Werk der Wahrheit in Lüge und das der Freiheit in eine neue Tyrannei um.

Das Wort der Überlieferung, dieses Wort der Vorzeit, das D e á k zum waltenden Staatsgesetz erhob, konnte der Gegenwart und dem Heute nur mühsam aufgedrängt werden, so brach sich das fordernde Leben mit seiner wirklichen Wahrheit immer wieder eine Bresche durch das anerzwungene gestrige Gesetz. Regieren hieß eine Politik des Notbehelfs, um die Breschen, aus denen uns ein freierer Luftzug der Wahrheit entgegenweht, überall zuzustopfen. Das ging, so lange es eben anging, bis die Bresche größer ward als die Mauer und der Krieg alles zerschmetterte.

Und doch war die erlösende Idee der Gegenwart, zwar ungehört, aber schon längst ausgesprochen. Ebenfalls von einem Ungarn, allerdings von einem, den die Verhältnisse von der Scholle vertrieben hatten und dem die Welt die Pupille weitete. Dem Emigranten K o s s u t h erschien sein Vaterland aus der Ferne gesehen nicht wie dem Ungarn als eine Welt für sich mit ewigen Gesetzen, sondern als ein kleines Ländchen zwischen vielen kleinen andern Ländern. Er sieht die Donau durch diese Länder fließen und sie alle wie mit einem Silberband einen. Die Freiheit Ungarns soll die Freiheit aller Länder um Ungarn bedeuten. K o s s u t h sieht dieses Zukunftsbild in einer erleuchteten Stunde des Genies. Er sieht es, er rollt es vor uns her und nennt es auch mit Namen: Donaukonföderation.

Er wurde verhöhnt, belacht. Sein Wort blieb fünfzig Jahre lang stumm und tot. Nun flattert es uns lebendig und verheißend von allen Zukunftsfahnen entgegen.

*

Immerhin gab es nach dem Ausgleich einen ungeheuren Aufschwung Ungarns. Aus dem kleinen Pest und Ofen wird die Großstadt Budapest, die Dörfer wachsen zu kleinen Städten. Industrie blüht auf, Eisenbahnen durchqueren das Land. Pusztenflugsand wird durch Bäume gebunden. Schulen entstehen, sogar Hochschulen, Bücher und Zeitungen in Fülle. Es scheint, als ob S z é c h é n y i s Traum sich verwirkliche.

Doch es scheint nur. Der Hochbau auf dem Fundament des Ausgleiches konnte natürlich nicht anders als schwankend sein wie der Grund, auf dem er zu schwindeliger oder vielmehr zu schwindelhafter Höhe aufgeführt war.

Ein Spaziergang durch das moderne Budapest genügt, um einen Anschauungsunterricht über das moderne Ungarn zu geben. Die arme·Stadt muß sich nach so vielen Umwandlungen wieder eine neue gefallen lassen. Das Talmi schreit aus jeder Straße dem Schönheit suchenden und von brutaler Häßlichkeit verletzten Auge entgegen. Das neueste Budapest ist als das Ergebnis eines Kampfes zwischen dem gemeinsten Geschmack seiner Bewohner und der berückenden Pracht seiner landschaftlichen Reize aufzufassen. Hier ein freier Platz mit den weißen Kerzen seiner Kastanien, dem Frühling entgegenflammend, der Überrest eines alten herrschaftlichen Gartens, flugs holt Steine her oder statt seltener Steine, holt leicht zu beschaffende elende Ziegel und bebaut den luftigen, hellen Platz mit muffigen, dunklen Häusern. Hier sind die breiten Ufer der Donau, — engt sie ein, führt die· ratternde Unruhe der elektrischen Trambahn zwischen dem Fluß und dem Weg, der an seinen Ufern beschaulich wandelt. Eine krumme Straße windet sich harmonisch durch einen alten Stadtteil, — reißt die Häuser nieder und führt eine schnurgerade Straße auf, um die Harmonie des ganzen Bezirks zu zerreißen. Der Ofner Hügel trägt als leichte Krone die grazile Burg, die nicht größer ist, als sie der Hügel vertragen kann. Türmt eine ungeschlachte Ziegelmasse an ihrer statt! Hier zieht sich ein Abhang vom Berg zur Donau, — errichtet hohe Häuser, um den Berg vor der Donau und die Donau vor dem Berg zu verdecken. Selbst die seelenweitende Aussicht von der Otner Bergkuppe wird einem von der Trivialität der Dächer und der Türme bitter vergällt.

Nur wenn der versöhnende Sonnenschein diese Dächer erglänzen macht, nur wenn der linde Abend an der Donau das wetteifernde Gefunkel der Lampen und der Sterne in den Wellen schaukeln läßt, fühlt man die ewige Freude der unzerstörbar-schönen Natur, gegen die der dreiste Philister vergehens frevelt. A thing of beauty is a joy for ever.

Dem Baumeister, dessen Sinn für diese Schönheit erwacht war und der dem Berg und dem Fluß und dem Tal, diesem Grün und diesem Blau und diesem Gelb in angemessener Schönheit eine Stadt erbauen wollte, dem kühnsten Träumer in Stein und Mörtel, dessen liebevolles Auge die nationalen ungarischen Motive aus unserer völkischen Kunstindustrie für unsere völkische Baukunst auslesen wollte, — diesem Meister wurde es kaum vergönnt, zu schaffen. Ödön von Lechner verbrachte seine müßigen Tage im Café, dort sahen wir ihn den Bleistift mit nervöser Hand über die Marmorplatte führen. Auf dem weißen Stein, entstanden Tag für Tag und Abend für Abend Märchenstädte mit Wunderbauten, die dann jede Nacht der gemeine Schwamm der Scheuerfrau vor unseren Augen auslöschte. Eine verschwundene Welt der eigenen Schönheit, die in Ungarn nie erstehen sollte!

Die akademische Kunst der Herren Professoren feiert in Budapest ihre Orgien. Ein gotischer Bau — Klein-Nürnberg in Budapest — das ist unser Parlament. Nichts von Eigenart, doch immerhin mit dem Spitzenwerk seiner Steine in pompöser Pracht über die Donau ragend. Der Franzose E i f e l baut eine Brücke über die Donau, deren Linien gallische Grazie innewohnt. Auch ein Teil der alten Renaissancebauten des M a t t h i a s C o r v i n u s sollen in erneuter Gestalt, wenn auch aus billigen Ziegeln, doch nichtsdestoweniger in ornamentaler Schönheit wieder erstehen. Im Haussmann-Stil entstehen neue Ringstraßen, deren Bild auf den ersten Blick großzügig scheint, bis eine nähere Untersuchung die kleinliche und billige Mesquinität der Anlagen aufdeckt.

Natürlich verliert auch das Land allmählich seinen ethnographischen Reiz. Es wird „europäisch" oder „amerikanisch", wogegen sich vielleicht im allgemeinen nichts einwenden ließe. Denn es ist der natürliche und gesunde Lauf der Dinge, dem wir uns — ob es uns gefällt oder nicht — im Jahrhundert des Weltverkehrs fügen mußten. Den Fehler der ungarischen Modernität haben wir schon oben angedeutet. Es wird hier nämlich zumeist schlecht europäisiert und billig amerikanisiert. Wie überall, wo Kultur mißverstanden wird.

Wie weit das Gift dieser barbarisierenden Ansteckung gedrungen ist, läßt sich eigentlich am besten in der Provinz beurteilen. Plötzlich zwischen Lehmhütten ein stockhohes Haus, „ein Pester Haus", wie die Einwohner stolz sagen. Ist schon das Pester Haus in Pest ein Greuel, so ist es ein potenziertes Unheil in der Provinz, wo es ohne Verbindung nach rechts und links wie eine Vogelscheuche in die Luft ragt. Ein dünnwändiges Gasthaus im zerrbildlichen Sezessionsstil, das ist das ungarische Provinzhotel. Viele solche Hotels: das ist ein Badeort. Wie der Adel von seinem Blaublut, so spricht der Ungar stolz von dem einzigen Blau seines Plattensees. Selbst dieses wie ein Türkis adelige Blau wird durch die wüsten architektonischen Ausschweifungen der Seeufer entadelt, die einst im herrschaftlichsten Empire träumten.

Es ist nicht zu leugnen, daß der charakteristische große Platz um die Dorfkirchen, so schön und pathetisch er auch auf den Durchreisenden wirken mag, für den Einwohner, der ihn in Sommerglühhitze täglich öfters überschreiten und seinen Staub ewig einatmen muß, endlich zur unerträglich lastenden Qual wird. Nun beschließen also die wohlweisen Väter der ungarischen Gemeinde, dem Übel ein Ende zu machen. Die Rechtfertigung des kostspieligen Vorschlages liegt vor. Der Landarzt hat ihn mit der erschreckenden Zunahme der Tuberkulose begründet, — man fordert einen Stadtgarten gegen den Staub. Die Stimmen der altväterlichen Opposition erheben sich: „Beim Drusch an der Dreschmaschine atmet ihr noch ärgeren Staub. Laßt doch die Schwachen krepieren! Uns ist es wichtiger, daß der große Marktplatz nicht verloren geht." Die so Lärmenden finden Beifall. Immerhin, der Fortschritt siegt, wenn auch in unerwünschter Form.

Man muß nämlich wissen, daß es irgendwo im Land eine Asphaltfabrik gibt. Dieses rührige Unternehmen läßt sich beizeiten über den Nutzen verheißenden Reformplan der fortschrittlichen Dorfgemeinde Bericht erstatten. Schon wird ein redseliger

Agent dahin entsandt, um erst auf seine Weise die
großen Führer der Gemeinde, — dann aber auch
den großen Platz zu schmieren. Nun glüht fortan im
Sommer eine dünne Schicht von Asphalt über die
riesige Fläche und fängt wie ein Hohlspiegel die Sonnenstrahlen auf. Bald schmilzt sie dahin, deine Schuhe
bleiben kleben wie im ärgsten Schlamm und auch
der ungarische Samum darf wieder ungehemmt
über die geborstene Kulturfläche dahinfliegen.

Dieser Asphalt ist das beste Kennzeichen für
den vielgepriesenen Kulturfortschritt im Lande.
Ganz so dünnschichtig wird hier Handel und Acker-
bau, Industrie und Politik betrieben, — und nicht
anders „in ungarischer Kultur gemacht". Nichts für
die Idee. Nicht einmal für den praktischen Zweck.
Auch nur ganz wenig unmittelbar für den Unternehmer, — um so mehr aber für die unsaubere und
unproduktive Betriebsamkeit des Vermittlers.

Aus der großen französischen Skandalchronik
hat der Ungar ein Wort übernommen: P a n a m a.
Wie P a s c a l aus dem Namen des Jesuiten
E s c o b a r das Verbum e s c o b a r e r, so bereichert
die kühne Spracherneuerung der Straße auch
unsere Sprache mit dem Wort: p a n a m i e r e n.
Dieses Zauberwörtchen allein erklärt die schwindel-
haft vorgegaukelte Tischlein-deck-dich-Welt, in der
wir nach dem Ausgleich beinahe fünfzig Jahre lang
gelebt haben.

Der wirklich Bildungsfähige eignet sich nur an,
was sich in ihm sofort zur weiterbildend-produk-
tiven Triebkraft verwandelt. Die Bildung des Ge-

bildeten ist also ihrem Wesen nach lückenhaft. Be-
rührt sie doch auf Auswahl und Ausscheidung. Die
Bildung des Philisters ist wahllos. Die „allgemeine
Bildung" ist die heutige Form der Barbarei.

Die ungarische Kultur vor dem Ausgleich war
besonders originell. Denn die Originalität der Auswahl war hierzulande auch noch durch die Originalität des Zufalls erhöbt.

Arany oder Petöfi, alle vom Bildungsdrang
besessen, konnten ihn nur stillen, wenn sie
Material im Lande selbst besaßen. In den Briefen
unserer Dichter und Gelehrten der ersten Hälfte des
19. Jahrhunderts wiederholt sich immer die Wendung: „Besorge mir dieses oder jenes Buch am
nächsten Markttag . . ." Und die Antwort fällt zumeist so aus: „Das Buch war leider nicht zu beschaffen."

Auf diese Art erhält die Kultur eine reizvolle
Lückenhaftigkeit, die noch durch den Mangel an
Anschauung gesteigert wird. Denn mit Ausnahme
der Aristokratie hat selbst der gebildeteste Ungar
nie Gelegenheit gehabt, ein schönes Bild, eine wirklich edelgebaute Stadt, Berge, Länder und das
Meer zu sehen. Er hat nie die Freuden einer
gleichmäßig kultivierten Gesellschaft genossen. So
entstehen wunderliche Einseitigkeiten, die schließlich
der Kunst zugute kommen.

Alt-Ungarn besaß zwar eine Kultur aber keine
Wissenschaft, die bekanntlich ohne Werkzeuge und
ohne Unterstützung nicht arbeiten kann. Immerhin,
die Welt kann es einem in Buda geborenen Arzt
verdanken, daß die Mütter sich ohne Todesangst
der Pflicht des Gebärens unterziehen. Der Entdecker

der Asepsis — ein größerer Mann als sämtliche Helden des Husarenlandes, ein Wohltäter der Menschheit von Irkutsk bis Melbourne — Dr. J o s e p h S e m m e l w e i ß gesegneten Namens, starb hier um die Mitte des vorigen Jahrhunderts, unerkannt, vergessen und verschollen.

Nur die Wissenschaft, die ihr Material im Lande selbst, sozusagen auf dem Boden findet, durfte hier gedeihen. Die heimische Botanik, die heimatliche Erdkunde, unsere Sprachforschung — die die Spuren unserer europafremden Rasse bis nach den verwandten Stämmen Asiens verfolgte — und die ungarische Rechts- und Geschichtsforschung gediehen. Der transcendental-metaphysische Geist hat zu den Völkern der Welt in ungarischer Zunge noch nicht gesprochen.

Nach 1867 erwacht der wissenschaftliche Betrieb. Die Beschaffung der Kultur wird ein Leichtes. Wir bekommen tüchtige Fachleute, wenn auch keine großen Gelehrten. Viele Bürger reisen, lesen, bilden sich, — das zweifelhafte Geschenk eines Bildungsphilisteriums wird auch uns beschert. Die Zauberei, die bisher unser M i n u s an Wissen zu unserem P l u s an Eigenart verwandelt hat, soll von nun ab nicht mehr gelingen.

*

Die Schriftstellerei der Verflachung heißt Journalistik. Die Literatur flüchtet unter den Strich. Kein Platz mehr für großzügige Aufgaben. Eine allgemeine Talenterdrosselung ist die Folge.

Man kennt die Geschichte, wie der eine mit einem zukunftsverheißenden Roman auftritt, der andere mit den Erstlingen eines reinen Dichtertums und wie sie dann beide, wie sie eben alle jämmerlich untergehen im Feuilleton und im Report.

Auch Wirtschaftliches spielt mit. Die ersten Literaten, die noch kein Publikum oder doch kaum ein Publikum hatten, rechneten erst gar nicht mit der Möglichkeit, daß es sich vom Literatentum leben ließe. Unsere alten Dichter waren Professoren, Beamte, Bibliothekare, die ihres Amtes in treuer Gewissenhaftigkeit walteten. Als A r a n y der Vorschlag gemacht wurde, eine staatliche Jahresrente anzunehmen, wies er den Vorschlag mit Entrüstung zurück: Bitter ist das Geld der Nation. Dieser Stolz kostete Ungarn fünfzehn Schaffensjahre seines großen Dichters.

Die eine Generation mußte an ihrem Mißtrauen, die darauffolgende hingegen an ihrem Vertrauen zum Publikum zugrunde gehen. Denn gibt es auch viele Lesebedürftige im Lande, so ist dennoch ihre Anzahl zu gering, um einen Schriftsteller, besonders aber einen, der ehrlich schafft, zu ernähren. Daher wächst die Zahl der an der Journalistik gescheiterten Künstler ins Unendliche.

Aber man erkennt den Künstler auch im Zeitungsschreiber. Was im Feuilleton der ungarischen Zeitung an verirrten Romanstoffen steckt, an Ideen, Gefühlen und Erfindung, daraus könnte eine große, reiche, wirkliche Dichtkunst ernährt werden. Wenn man sich einmal zur anthologischen Sammlung dieser flüchtigen Novelletten aufraffte, würde wahrlich ein ungarisches Decamerone entstehen. Die glänzenden Splitter eines gebrochenen

12*

Kristalls. Das gerettete Buch einer schiffbrüchigen Zeit.

*

Natürlich gibt es auch gerettete Künstler in dieser schiffbrüchigen Epoche. Kommt das Genie auch nicht heil davon, so ist es dennoch nicht so leicht unterzukriegen, wie es dem Philister genehm wäre.

Da gab es zum Beispiel einen jungen Maler, der einige Zeit nach M u n k á c s y zu studieren anfing. Während aber M u n k á c s y sich als internationaler Wunderjüngling in Paris niederließ, um sein Genie für den amerikanischen Käufer zu erniedrigen, kehrte. P a u l v o n S z i n n y e i - M e r s e nach seiner Münchener Studienzeit ins Vaterland zurück. Er brachte sich die Erinnerung an eine durchzechte Nacht mit C o u r b e t, an die Freundschaft eines L e i b l und eines B ö c k l i n, an anerkennende Worte der jungen Kollegen und an die Mißachtung der Herren Juroren nach Ungarn heim. Denn dieser ungarische „Einfaltspinsel" wollte nichts von der damals betriebenen Genre- und Historienmalerei wissen. Mit B a r b i z o n kam er nicht in Berührung, da er Frankreichs Boden nie betrat, und wenn er auch etwas vom Hörensagen über die Impressionisten wußte, so waren ihm doch M a n e t s Bilder fast unbekannt. Aber um so bekannter war ihm das heiße Leben der Atmospähre, die Lust an Farbe und die Sehnsucht nach Licht. Seine schöne Jugend verherrlicht sich in einer Skizze. Ein Picknick im Freien, ein D é j e u n e r s u r l' h e r b e. Im Münchener Atelier sollte aus der Skizze ein großes Bild erwachsen.

Doch nichts haftet der Leinwand vom Atelier an.
Nichts von der harten bayrischen Luft. Das ist
u n s e r e weiche Perspektive, die in mildem Schein
auf dem Hügel erzittert. Das Rosa des Reifrocks
und der braune Sammet dieses Männeranzugs sind
bei aller rührenden Zartheit dennoch bedeutend
greller als die Farben der französischen Impressionisten. Das ist eigenes Anschauen auf heimatlich
greller Flur, das mit der Barbizoner Schule nicht
mehr gemein hat, als eben die Gemeinschaft aller
zeitgenössischen Genien, die ein seelischer Kabel
durch alle Welten zu verbinden scheint.

Dieses Bild und noch zwei, drei ähnliche Bilder
haben die Ehre erlebt, in großen Ausstellungen über
eine Tür gehängt und von keinem gesehen und ge-
würdigt zu werden.

Meister P a u l - v o n S z i n n y e i - M e r s e hat
in Ungarn ein Gut und ein Schloß, dahin zieht er
sich schließlich zurück, um ein sorgloses länd-
liches Dasein zu führen. Er malt noch für sein
eigenes Vergnügen etliche Bilder, bis die Gleichgültigkeit seiner Umgebung auch diese Reste einer
alten Leidenschaft erstickt. Doch ein ungarischer
Junker hat zu starkes Blut, um sich dem Hang zur
Melancholie zu überlassen. Die Politik hilft über jede
Enttäuschung hinweg. Der erste ungarische
Impressionist hält Reden vor Wählern und wird
schließlich mit einem Mandat in den Reichstag geschickt.

So vergehen Jahrzehnte. Um den Anfang des
zwanzigsten Jahrhunderts dringt dem alternden
Herrn Parlamentarier aus längst verlassenen Kunst-
kreisen die Nachricht einer neuen Richtung ins Ohr.

Man schwört auf Licht und Luft, — das Genre und die Historie kommen aus der Mode.

Meister Paul besieht seine alten Bilder. Ach, viele sind leider verschollen. Doch was noch übrig blieb, wird für eine Ausstellung gesammelt. Ein unerhörter Erfolg. Der Sechzigjährige verläßt das Parlament und vertauscht es mit dem Atelier. Des Abends wandelt er nicht mehr in den politischen Klub sondern in das Künstlercafé. Er ist wie verjüngt und freut sich — nach dreißigjähriger Unterbrechung — seiner noch immer unverdorrten, frisch quellenden Schaffenskraft.

Vom rein künstlerischen Gesichtspunkt mag diese echt ungarische Karriere des leichten Rückzuges und der unproblematischen Entsagung manchem vielleicht feige erscheinen, aber ein Blick in das Jupiterantlitz des Meisters genügt, um ehrfurchtsvolles Schweigen zu gebieten. Sein Lachen mochte noch so vergnügt klingen, aus den väterlich-zutraulichen Augen sprach verhaltene Klage über ein ungarisches Schicksal.

*

Auch in der Literatur führt ein Umweg über die Politik zum künstlerischen Erfolg. Ein gewisser K o l o m a n v o n M i k s z á t h, der Erzähler von so manchen drolligen und traurigen Bauerngeschichten muß sich von seiner Frau scheiden lassen, da sich mit Novelletten eben keine Familie erhalten läßt. Der gescheiterte Dichter zieht sich nach S z e g e d i n zurück und übernimmt die Redaktion einer Provinzzeitung. Hier ward ihm das so glückliche Unglück, daß am Ende der siebziger Jahre die T h e i ß ihre Ufer überschritt und die

ganze Stadt über den Haufen warf. Ein H e r r v o n
T i s z a, ein Bruder des Ministerpräsidenten, wird
als Regierungskommissär für den Wiederaufbau
der Stadt ausgesandt. Der große Herr kennt in der
langweiligen Provinz nur eine Zerstreuung, — die
Witze des Herrn Redakteurs und all die schnurrigen Geschichten, die er so trefflich zum Besten
zu geben weiß.

Eine neue Laufbahn eröffnet sich unserem
kleinen Zeitungskuli. Er will die Satire der Zeit
schreiben. Keine Satire, die die Menge gegen die
Führer reizt, — o nein, o Gott bewahre, nein! —
sondern im Gegenteil, eine ganz zahme Satire, die
die Betroffenen selbst, einen kleinen Kreis von
Eingeweihten, über die Intimitäten des Reichstags
und des politischen Klubs unterhalten soll.

Der Dichter, der diese Aufgabe mit erfolg-
reichem Takt besorgt, wird auf diese Art zum Liebling unserer Einflußreichsten. Ihr geschätzter Haus-
narr sozusagen. Er soll mit seiner Schellenkappe als
Abgeordneter ins „Haus", — damit die langweilige
Politik, dort stets ihre Unterhaltung bei der Hand
habe. Auch Stellungen werden dem Mann in Fülle
geboten, die keine Arbeit kosten, aber um so ein-
träglicher sind.

Er heiratet seine geschiedene Frau wieder, er hat
ein Heim, er lebt ohne Sorge, er kann sich der
Freude des freien Erzählens nach Herzenslust ergeben. Seine Jugend erstrahlt vor ihm. Die alten
Geschichten aus der Heimat erwachen. Und K o l o-
m a n v o n M i k s z á t h erzählt uns die
G e s c h i c h t e d e s w u n d e r t ä t i g e n R e g e n-
s c h i r m s. Das Buch ist in alle Weltsprachen über-

setzt und kündet das Glück eines Landes, in dem die Armen gut über die Reichen denken, in dem Ungarn und Deutsche und Slowaken miteinander ganz ohne Argwohn verkehren. Das ist die Schilderung eines paradiesischen Volkes, ganz ohne sozialen und nationalen Hader. Schließlich schlichtet ja Vater K o l o m a n   T i s z a jedes Mißverständnis!

Ungarn steht in seiner Form von 1867 für die Ewigkeit da. Alles atmet das Gefühl sicherster Dauerhaftigkeit. Die Leute sind herzlich übermütig, in immer guter Laune lächelnd und einem liebenswerten Optimismus ergeben. War Ungarn wirklich so? Oder schien es nur so zu sein, aus den Fenstern des T i s z a - K l u b s gesehen?

M i k s z á t h blickte im Rauchqualm des Klubs durch dieses Fenster in die weite und helle ungarische Welt hinaus. Daher seine Gabe des einschmeichelnden Wortes, das nie ins Süßliche verfällt: Denn süßlich ist nur, wer die Wahrheit absichtlich fälscht, — der lachende Optimismus des Dichters war ehrlich und echt.

Ein grüner Bergabhang ist das M i k s z á t h s c h e Werk, eine hellgrüne Flur, auf der wilde Rosensträucher, allerdings ohne Dornen, erblühen. Unter dem betäubenden Holunder liegt der Hirt und bläst seine Schalmei. Sonnenstrahlen dringen durch das Laubwerk und fallen in gelb-zitternden Flecken, wie runde Orangen auf bunt-blumige, bienen-durchsummte Sommerwiesen. Kinder lachen. Eine Kirchenglocke hallt. Man hört den frommen Gesang aus der Ferne.

Eine rührende Idylle, doch M i k s z á t h ist nicht der Mann, sich leicht rühren zu lassen.

Ihn ergötzt es, die Betrügereien der musizierenden Hirten und die bösen Streiche der spielenden Kinder zu erzählen. Keinen Augenblick läßt er sich von der frommen Andacht der Gemeinde täuschen. M i k s z á t h kennt seine Leute. Er nennt sie alle beim Namen. Und er weiß von dem innersten Geheimnis der hübschen Bäuerin, die Kirchengesang auf Kirschenlippen, doch über alle Bänke hinweg vertrauliche Blicke mit dem Liebsten wechselt. Auch weiß er vom wohlbeleibten hochwürdigen Herrn zu sagen, daß er während der Messe beständig nur an seine Köchin und an den gut vorbereiteten Sonntagsschmaus denkt. Denn hinter all der behäbigen, gutgesinnten und verschmitzt-gemütlichen Bürgerlichkeit dieses M i k s z á t h hockt, wenn auch kein Rebell, so doch immerhin der allerliebste Schalk. Das rote Tuch hat dieser Dichter den Menschen nie vorangetragen, aber er hat seine Zunge, seine gesunde, seine frisch-rote Zunge ausgestreckt vor Gesetzen und Gesetzgebern, vor Sitte und Unsitte, vor Land und Volk, vor der ganzen Menschheit.

*

Es läßt sich gut leben in Ungarn. Das Talent hat nicht zu verzagen; auch der Spötter hat sein Recht. Ihm wird Anerkennung auf jede Art. Er muß sich nur zu benehmen und sich etwas anzupassen wissen. Da knallt ein Schuß im Waschraum eines Eisenbahnwaggons. Ein toter Mann. Wer ist es? Nur ein Gymnasiallehrer. Sonst Essayist. Er hat D a n t e und A r a n y und B a l z a c und A r i s t o - p h a n e s und P e t ö f i geliebt und sie in ungehörten Worten der verstehenden Liebe beschrieben.

Auch seinen Haß hat er beschrieben, o seinen glühenden Haß gegen das moderne „M a g y a r i e n". „Ich wäre lieber ein Pinienzapfen in Italien als Lehrer der Literatur in Ungarn." Dieses Wort und ähnliche andere verraten das „häßliche" Innere dieses angeblich immer von Schönheit Verzückten.

Aber beseht euch diesen andern! Es ist ein Dichter, ein erfolgreicher sogar. Man liebt und liest ihn ganz wie M i k s z a t h. Sogar der größte Literatenerfolg, der auf der Bühne, ist ihm nicht versagt. Was macht in Ungarn ein Erfolgreicher? — Was glaubt ihr? — Was macht er? Wenn er das Zeug zum Politiker wie dieser Dichter G á r-d o n y i, nicht in sich fühlt?

Auf einem Berg steht ein Bauernhäuschen. Weit, weit von allen Menschen. Vom Garten aus siehst du die fernen Dächer einer alten ungarischen Stadt, viele, viele Kirchen, sogar einen Dom. Der Türke hat hier den schlanken Turm eines Minarets vergessen. Auf dem Hügel über der Stadt das Gemäuer einer verfallenen Festung. Die Aussicht wäre ja sehr schön. Aber da unter leben Menschen. Und G á r-d o n y i will von diesen Menschen nichts wissen. Selbst seine Türen sind mit dickem Stoff verhängt, damit kein menschlicher Laut in das Zimmer dringe. Das Licht fällt auf den Schreibtisch von oben. Der einsame, stille Mann vor dem Schreibtisch kann durch diese Scheibe nur die Wolken sehen.

Was treibt den einen ins Grab und den andern ins Lebendigbegrabensein? Ist denn das Land des Ausgleichs, nicht auch das der Ausgeglichenheit? Was fehlt? Wo fehlt es? Wo steckt die Krankheit dieser Gesellschaft?

*

Es gibt Naturen, die sich mit dem Schein nicht zufriedenstellen lassen. Die nicht klein beigeben, nicht sofort zusammenknicken, die nicht feig, die ganz besonders unklug sind. Die eine solche Politik und eine solche Kunst der gegenseitigen Lobhudelei und des Schweifwedelns nicht vertragen. Die das Gesicht vor den verzückten Bekenntnissen eines Pan-Chauvinismus in Scham verdecken.

Petöfi war magyarisch, seine Nachfolger waren magyaronisch. Freiheitsphrasen aus dem Petöfischen Ideenkreis, werden mit Servilität und Bürgerlichkeit in rhythmischen Einklang gebracht. Dieses Verfahren heißt ungarische Dichtkunst. Ein Rostandismus sozusagen, der hierzulande, noch ehe es in Frankreich einen Rostand gab, in der ungarischen Lyrik, im Roman, im Drama und besonders aufdringlich in der Publizistik aufblüht. Das Wort dieser Schriftsteller ist magyarisch, ihr Wesen eigentlich kosmopolitisch. Denn die Rhetorik Chauvins ist überall zuhause. Diese beschränkte Art des Nationalismus war seinerzeit eine internationale Mode. Von Déroulède bis zu unsern ungarischen Barden immer das gleiche Lied, der gleiche Ton. Die Selbstverherrlichung muß sich überall mit den gleichen Phrasen heiser schreien. Übersetzest du einen ungarischen Hetzartikel ins Deutsche oder ins Französische, indem du darauf achtest, das Wort: ungarisch mit den Worten: deutsch und französisch zu vertauschen, so wird es dir mit denselben Mitteln und sonst mit denselben Worten gelingen, statt Ungarn gegen das Ausland, eben das Ausland gegen Ungarn zu hetzen.

Und doch wäre selbst diese nationale Beschränktheit nicht der Übel größtes. Denn sie könnte, wie jedes andere starke und echte Gefühl, ihre eigene Schönheit haben. Hat ja der Ungar manches, vielleicht sein Bestes seinem in sich ver- schlossenen, uneigennützigen Bodenständigkeits- gefühl zu verdanken. Nun wird aber ein übler, spekulativer Chauvinismus erfunden. Eine kritik- lose Anhimmelung alles Heimischen, jedoch nicht ohne die fatale Nebenbedeutung der hohltönendsten vaterländischen Phrase: Ich will ihn leben lassen, damit er mich leben lasse. Fremdes (auch Gutes, ja selbst Bestes) muß verdrängt werden. Denn alles Fremde heißt „Konkurrenz".

Die Feindschaft Europas war die böse Folge jenes neuen Evangeliums von, dem alleinselig- machenden, in sich verschlossenen Ungarn. Kein M i c h e l e t, kein H e i n e, kein M a r x, kein R e n a n, der uns Lob spricht. Böse Mißachtung ringsum. Dem führenden Mann jener Gilde, die das weitherzige Weltgefühl der Patrioten im Sinne S z é c h é n y i s mit der Engherzigkeit des unga- rischen Chauvins verwechselt, dieser flinksten Feder entflieht zu dieser Zeit ein bezeichnendes Wort: Man hat uns geliebt, so lange man uns be- mitleidet hat. Man haßt uns, seitdem man uns fürchtet.

Man bejubelt dieses Wort. Man traut dem, der es ausspricht. Man folgt diesen fatalen Führern. Wir wollen Furcht erregen. Phrasen vom ungarischen Imperialismus werden beklatscht.

Keiner blickt über die Grenzen. Keiner sieht, daß man uns zwar haßt, aber nicht fürchtet. Der Osten zittert nicht vor ungarischen Drohung und auch nicht der Westen. Ost und West tun sich zusammen, um uns zu vernichten.

*

Im Jahre 1896 ist das Reich tausend Jahre alt. Das Millennium wird mit einer Ausstellung gefeiert. Wieder die kaiserliche Karosse. Wieder Galauniformen und Geschmeide und Glanz und Pomp. Auch Gipspavillons mit Schuhpyramiden und Warengebirge mit Rundbildern und mit Tafeln, deren statistisch-anschauliches Zickzack über die Nationalitäten, über die Sterblichkeitsziffern, über Schulen und Spitäler spricht, und was derlei Wunder noch mehr sind. Der herrlichste Rausch der Selbstlüge wird aus selbstvorgetäuschten Pokalen getrunken und dazu werden Liebe und Brüderlichkeit beteuernde Reden geschwungen. Das Zeitalter des Talmi erlebt seine letzte großartig-groteske Apotheose.

Und doch sollte dieses Millennium bald zu unserem wirklichen „M i l l e n n i u m", zu unserem letzten Gericht werden. Denn das neue Jahrhundert löscht auf dem lodernden Lügenaltar die Flamme aus und stellt das Land vor die fahle, aschbleiche Wahrheit.

NEUNTES KAPITEL

Baumstadt und Landstaat. — Das Schicksal mit zwei
Namen. — Der eine Name. — Loyaler Männer-
stolz. —·Eine Erkenntnis und viele Ursachen. — Das
Taschentuch. — Die unterdrückten Unterdrücker. —
Der Phönix aus der Asche. — Der neue Kampf. —

Der Dichter, der die große Kunst verstand, auch
durch das kühle Monokelglas so warm zu blicken,
unser alter Freund mit seinem künstlerisch zerzausten Lockenhaupt, unser lieber, lieber
A l p h o n s e   D a u d e t   schrieb einstmals die
wunderliche Geschichte einer amerikanischen Stadt,
die von hurtigen Händen in den amerikanischen
Urwald hineingebaut wurde. Das Beil hat kaum noch
die Bäume gefällt und schon schreitet man an den
Bau der Häuser. Nacheinander erstehen himmel-·
stürmende Paläste, da und dort, überall in der Wald-'
rodung, Theater, Börsen, Zinshäuser: schon gibt es
alles. Dieses Leben lebt so lange, bis die schlafenden
Wurzeln unter der Asphaltdecke ihre Fasern aufs
neue hervorstecken. Blätterige, belaubte Eichen
sprießen plötzlich durch das Trottoir empor und
durch die Stockwerke der Häuser. Der Fußboden
des beleuchteten Theaters wird auf einmal von den

erwachten Bäumen des Urwaldes durchbrochen, so daß Zuschauerraum und Rampe sich erschrocken verfinstern. Wo Leben war, ist Tod. Wo Lärm war, ist wieder Stille. Nur die mörderischen Wipfel der Bäume sausen und flüstern im Nachtwind.

Ist es uns nicht ebenso ergangen? Haben wir den Pusztenstaub nicht gebunden und eine große Stadt auf Sand gebaut? Nicht nur eine, zwanzig solche Städte hatten wir im Lande. Und in allen wimmelte es und in allen tummelte es sich und alle waren geschäftig.

Ich greife mir entsetzt an den Kopf. Ist es denn wahr? Bin ich wach oder träume ich? Ist es wahr, daß der gebundene Pusztenstaub wieder erwacht ist, daß er die Stadt entlang fegt, die uns unter allen Städten die allerallerliebste war? Was ist aus unserem schönen Budapest in einem entsetzlichen Jahr geworden? Ist es denn wahr, daß die Magyaren nicht mehr ihr liebes P o z s o n y haben und ihr ernstes K a s s a, auch nicht ihr lustiges N a g y-v á r a d, ihr trautes A r a d und das kleinodien-reiche K o l o z s v á r und das fleißige T e m e s v á r, auch nicht das von der Bergzinne ins Tal blickende B r a s s ó und das uralte N a g y s z e b e n, auch nicht das friedliche S z a b a d k a? Ist es wahr, daß der Samum sie alle begraben hat? Es ist ein Schauer-märchen. Es ist unmöglich.

Auf dem P l a c e d e l a C o n c o r d e stand ein einziges trauerumflortes Denkmal, der Schmerz der Franzosen: die trauernde Frau von Straßburg. Sämt-liche Plätze und Gassen Budapests können wir mit trauernden Statuen füllen, aber es gibt nicht Plätze und gibt nicht Gassen genug, um sie alle mit unsern trauerflorumgürteten Denkmälern zu füllen. So unendlich viel hat das Magyarentum verloren.

Ist diese Zerstörung böses Menschenwerk oder tückisches Schicksal? Es ist beides. Hinter die Geheimnisse des Schicksals dringt kein Licht. Die Schuld der Menschen wird erst eine späte Nachwelt aufdecken. Der Chronist der Zeit ahnt selbst die Zusammenhänge kaum. Er kann nur erzählen, was er mit Augen gesehen und mit seinen fünf Sinnen bitter erfahren hat.

Und nun stehen wir erschauernd vor Leben und Tod, vor Krieg und Frieden. Schon ist es das erste leise Erzittern des Bebens, das von diesem traurigen Punkt der Erde ausgehend in furchtbare Schwingungen geriet. Schon nennen wir T i s z a und K á r o l y i beim Namen, diese zwei ungarischen Männer des Schicksals, mit denen alle Katastrophen einer gewesenen und einer werdenden Welt verknüpft sind. Auch die Sturmvögel wollen wir nennen — die ungarischen Dichter — die mövengleich unruhig den apokalyptischen Zusammenbruch vorauskreischten.

*

In einer Zeit, da man heftiges Parlamentsgerede noch Parlamentsschlachten nannte, zog der Ruf der Schlachten im ungarischen Parlament häufig durch die europäische Presse. Ich glaube nicht, R o m a i n R o l l a n d, daß Sie diese Berichte gerade mit besonderer Aufmerksamkeit beachtet haben, aber soviel haben Sie aus ihnen gewiß auch unwillkürlich behalten, — die Zielscheibe und der Heraufbeschwörer der Angriffe ist stets nur ein einziger: S t e p h a n T i s z a. Um seinen Kopf schwirrten die ihm entgegengeschleuderten Gesetzbücher, Pistolen hefteten sich auf seine Brust, aus aufregenden Zweikämpfen ging immer wieder dieser myope, schwarze Mann unversehrt hervor. Er ist der moderne Held eines alten Ritterromans. Eine Walter Scott-Gestalt. Oder vielleicht eher eine von Balzac? Denn so hat Balzac die Helden des Willens gezeichnet. Und T i s z a war der Held des Willens. Nicht der eines S z é c h e n y i-artigen genialen Willens, der vieles und nach vielen Richtungen hin erschafft. Sondern der einer einzigen Erkenntnis, die, sobald sie in der Reihe gewisser Taten zur Geltung gelangen will, hier und dort, überall auf Hemmungen stößt und sich zur Hartnäckigkeit verhärtet. Nun schwillt der Strom des Willens zornig an und peitscht den festgefügten Damm. Manchmal ist es, als ob er ihn durchbräche. Doch der Damm widersteht. Worauf der Strom neue schäumendwütende Wellen gegen ihn schleudert. Nie reißt der Damm und nie verzagt der Strom. In diesen großen vergeblichen Energieproben ist T i s z a s politische Laufbahn verstrichen.

S t e p h a n T i s z a s männliche Größe wird ganz und gar nicht durch die Größe seines Programmes erklärt. Sondern beinahe umgekehrt. Der Wille ist größer, als es das Ziel verdient, er vergeudet einen unerhörten Energieüberschuß auf die Rettung von etwas, was nicht zu retten war. Selbst jene gewisse, auf sein ganzes Leben einwirkende Erkenntnis, aus der er die immer erneute Kraft zu immer erneutem Angriff zog, war nicht besonders tief. Ja sie war nicht einmal die einsichtige Erkenntnis der menschlichen oder auch nur der ungarischen

Natur. Er schritt auf dem alten ausgetretenen Weg, weder seine Methoden, noch seine praktischen Lösungen waren neu. Sein Leben darf auch nicht an den Ergebnissen seines Lebens gemessen werden, denn seine Arbeit hat sich schließlich tragisch gegen den Arbeiter gewendet. Dieser große Wille hat keine bleibende Schöpfung hinterlassen. Und dennoch: dieser angespannte Wille, dieser niemals ermüdende, der zum fanatischen Glauben, ja noch mehr, wahrlich zum hemmungslos-geraden, sich um nichts kümmernden Vorwärtsdrängen des monomanischen, störrischen Fanatikers wurde, der den Diplomaten für den Menschen und am Ende auch das Leben dieses Menschen für eine einzige unausführbare Absicht opferte, — in diesem Willen steckt T i s z a s einziger, großartiger Lebensroman, würdig der Feder eines Balzac.

*

S t e p h a n T i s z a hat seinen Vater nahezu anderthalb Jahrzehnte lang regieren gesehen. Auch nach dem Sturz dieses Allmächtigen blieb als Vermächtnis des alten T i s z a sein biegsames Opportunistensystem für alle künftigen Regierungen weiter bestehen. Heißt ja doch regieren von jeher und in der ganzen Welt: die Form wahren, aber im Wesen oft nachgeben, oder umgekehrt: das Wesen wahren und in der Form nachgeben. In Ungarn hieß aber die kleinliche Regierungskunst auch noch etwas anderes, nämlich: die prinzipielle Frage schlau in persönliche Eitelkeits- und Interessen fragen umdeuteln und sie dann auf diese Weise geschickt umgehen. Dieser Zynismus entsprach der Natur des Vaters T i s z a und seiner Nachfolger. Vielleicht auch der Natur des alten Kaiser-Königs selbst, dem der große Stil versagt war.

Anders T i s z a   j u n i o r. Er hatte den kühnen Mut eines Umstürzlers im großen Stil, natürlich ohne dessen Temperament und dessen Geist. Die konservativste Untertanentreue war ihm nicht anerzogen, sie lag ihm im Blut. Es gibt eine Art natürlicher Loyalität, der nichts vom Lakaientum anhaftet und die sich — wie Bismarcks großes Beispiel zeigt — sehr gut mit ungebeugtem Mannesstolz vereinen läßt.

Nun sah dieser   e r s t e   D i e n e r   s e i n e s   H e r r n ein ungarisches Parlament, welches dem kaiserlich-königlichen Willen auf Schritt und Tritt ein Bein stellte. Wenn der Kaiser zum Beispiel neue Rekruten verlangt, werden sie ihm verweigert. Wozu noch mehr ungarische Burschen für die verhaßte gemeinsame Armee! Der   u n g a r i s c h e   König mag erst eine   u n g a r i s c h e   Armee bewilligen, dann soll er auch Rekruten haben, so viel es ihn gelüstet.

Aber der Kaiser-König ist nicht der Mann, um zu weichen. Auch sein ungarisches Parlament tut es nicht, obwohl der König dort über die Stimmen der Mehrheit verfügt. Denn die Minderheit hat eine Art und Weise erfunden, wie man den Mehrheitswillen zu Falle bringt. Nach den Parlamentsstatuten darf nämlich über einen Antrag nicht abgestimmt werden, solange noch jemand zu dieser Frage auch nur ein Wörtlein zu sagen hat. Die Mitglieder der Minderheit besitzen also das unumstößliche Recht, die im Saale herumschwimmende, stauberfüllte Luft nach ihrem Belieben einzuatmen, um sie dann in den Stäubchen unnützer, unendlicher Wörter wieder auszuatmen. Manche sprechen sechs Stunden lang. Und manche sogar acht Stunden lang. Es gibt welche, die die ganze Nacht hindurch reden und reden. Was sie reden, ist einerlei. Dieses geistschonende, lungenabnützende Verfahren heißt: Obstruktion. Mit dieser Methode kann man die ganze Staatsmaschine aufhalten. Siehe da, die Regierung ist schon gezwungen, zur Deckung ihres Bedarfes außergesetzlich verschiedene Steuern einzutreiben. Wenn das patriotische Land Widerstand leistet, entartet die Sache zum Aufruhr. Aber der König ist ein erfahrener alter Herr, der vor seinem eigenen Schatten nicht sobald erschrickt. In dieser verzweifelten Lage kam T i s z a eine rettende Idee, so einfach wie das Ei des Kolumbus. Da man den König nicht ändern kann, muß man eben der Obstruktion ein Ende machen. Dies ist T i s z a s schicksalsentscheidende Erkenntnis, der er sein ganzes Leben weiht. Er war ein Wundertäter wie Mohammed, der bekanntlich zum Berge ging, als ihm der Berg nicht entgegenkam.

*

Doch die kalte, vernunftgemäße Erkenntnis allein, daß es sich mit dem alten Franz Josef nicht rechten ließe, ist für alle leidenschaftlichen Taten eines Mannes wie T i s z a durchaus keine hinreichende Erklärung. Anderseits aber, wie ist es möglich, daß eben dieser edelste und freieste Kernmagyar den verlockenden ungarischen Freiheitsidealen in der Seele wirklich fremd geblieben war? Hinter all der loyalen Fügsamkeit dieses Ungebeugt-Stolzen liegt doch gewiß ein politischer, ja sogar ein patriotischer Gedanke verborgen. Und dieser Gedanke wieder, der so stark war, um ihn für ein ganzes Leben zu erfüllen, muß doch wohl als die Ausstrahlung seines geheimsten, innersten Wesens verstanden werden.

Nur wer dieses Wesen erfaßt, kann das politische Werk des Mannes erfassen. Den angebotenen Grafentitel hat Tiszas Vater für seine eigene Person verschmäht, ihn jedoch für seine Nachkommen verlangt. Somit war Stephan Tisza der erste Graf dieses Namens. Aber man besehe sich den Mann. Seine steife Erscheinung ist gerade das Gegenteil des leichten Sich-gehen-lassens eines Aristokraten. Er ist zwar elegant, doch hat seine Eleganz nichts vom internationalen Wesen unserer schönen Magnaten. Er sieht nicht aus wie Tisza, der Graf und der Ministerpräsident, sondern mit seinem schwarzen langen Rock und mit seiner schwarzen düstern Brille wie der Obmann irgend einer Provinz, der in feierlicher Sonntagstracht im Warteraum des gräflichen Präsidenten der Audienz harrt. Tisza ist seinem ganzen Wesen nach ungarischer Provinzjunker. Das will heißen: er ist stadtfremd, — er ist ein Mann des Bodens und der Scholle. Er liebt vor allem seinen Besitz, obwohl er ihn mit allen Schikanen des modernen Ackerbaues gar nicht zu bestellen weiß. Diese Kunst versteht der Magnat und der Jude, der Junker versteht sie nicht. Er ist nur beseelt von dem atavistischen Glauben an Grund und Boden und an dessen feudale Vorrechte, die er mit dem leidigen Parlamentarismus und mit den noch leidigeren Freiheitsrechten aller Bürger irgendwie in Einklang bringen möchte. Und geht diese Vereinigung nicht anders, so scheut er auch vor Gewalt nicht zurück.

Ist somit die Arbeit des modernen Ackerbaues nicht Sache des Junkers, um so mehr ist es das ländliche Vergnügen. T i s z a sitzt zu Pferd so stattlich, wie ein Berufssportmann. Er händigt Rosse, mit denen vor ihm keiner fertig werden konnte. Es macht dem ernsten Mann viel Spaß, als Herrenreiter Rennen zu gewinnen. Er gewinnt sie alle! — Dieser beste Reiter, dieser Kavalier ohne Furcht und Tadel, trägt das Denken des Kavaliers vom Sattel ins Ministerfauteuil über. Ihm erscheint eine Rede oder ein Duell als gleichwertiges parlamentarisches Mittel. Sein letztes Argument bleibt immer die Gewalt.

Auch sonst unterscheidet sich T i s z a vom modernen Bürger besonders darin, daß er an den Freuden des Materialismus keine Lust findet, daß er sein Kalvinertum mit puritanischer Einfachheit bekennt. An einem wimmelnden Streiktag sah ich den Ministerpräsidenten in einer vom Volk erfüllten Straße mit einem Spazierstöckchen in der Hand spazieren gehen. Was könnte dem gesalbten Ritter der Vorherbestimmung denn zustoßen?

T i s z a ist puritanisch, sowohl als Redner wie auch als Denker. Er lebt von einigen geheiligten Gemeinplätzen der Tradition. Er ehrt die Grenzen, er überschreitet sie mit keinem Schritte. Und weil nur die neuen, schrankensprengenden Ideen den Urglanz des Eigenen haben, T i s z a hingegen vor dem Neuen Abscheu fühlt, ist sein Vortrag matt, glanzlos, sind seine Worte flach und seine Ideen allgemein gehalten. Der Zweifel ist keine Schwäche, sondern eine

Kraft, die die alte Wahrheit angreift und zu neuen Wahrheiten führt. T i s z a kennt die Skepsis nicht. Auch das ist Kraft, wenn einer nie den Zweifel gekannt hat. Doch nicht die Kraft des Genies. Ohne den Zweifel des schöpferischen Genies, aus einem Vertrauen auf die alten abgenutzten Wahrheiten der anderen strömte T i s z a s abgeklärte, besonnene Ruhe. Das Genie, selbst das der Tat, wie das eines S z é c h é n y i, scheint den Augen des Zeitgenossen launenhaft und feminin; wer hingegen ausdauernd bei dem Programme vergangener Generationen beharrt, ist in den Augen der Zeitgenossen der Überlegene, er ist der Standhafte, er ist „der Mann". Und das war T i s z a, der geborene Führer in einem Zeitalter ohne Genies.

T i s z a hat ebenso wie Kaiser Wilhelm instinktiv alles in der Welt des politschen Gedankens oder der Kunst urwüchsig Erneuende von sich gestoßen. Und doch hat T i s z a, im Gegensatz zu Kaiser Wilhelm, Gefühl für alle menschliche Größe. Allerdings nicht in ihrer lebendig wirkenden, aufrüttelnden Wesenheit, sondern eher, wenn sich das ehedem revolutionäre Wort durch die Retorten der Jahre nach und nach zur allgemeinen Wahrheit und hiedurch zum ungefährlichen Gemeinplatze „abgeklärt" hat. T i s z a hat in seiner sich auf alles erstreckenden Besorgtheit sogar über A r a n y s Dichtungen öffentlich vorgelesen, denn er wollte der nervösen städtischen Generation beweisen, was für brave provinzielle Männer, was für pflichtbewußte Familienväter und Bürger die Künstler von gestern waren. (Wehe dem, der vor dem ganz und gar unkünstlerischen T i s z a die Verstörtheit des gestrigen, des morgigen, des ewigen Künstlergehirns in ihrer vollen Wahrheit offenbart hätte.)

*

Nach all dem ist es wohl klar, daß T i s z a s politisches Leitmotiv seinem ganzen Wesen nach kein morgiges, sogar kein heutiges, sondern ein ewig-gestriges sein mußte.

Er ist vor allem Ungar, — bekennt er C z e r n i n gegenüber — der einzig und allein nur den Patrio-tismus des Ungarn kennt. Es sei aber im Interesse Ungarns gelegen, daß die Monarchie mit ihrem Zwei-ländersystem auch weiterhin erhalten bleibe. T i s z a wollte nichts von erwachten Nationalitäten, vom Trialismus und auch nichts von einer Föderation freier Donauländer unter ungarischer Führung wissen. Warum?

Die Antwort auf dieses „Warum?" berührt in T i s z a s Seele das Eigentlichste, den pulsierenden Nerv seines Wagemuts und seiner handelnden Energie. Wir finden bald hinter dem europa-bewegenden Diplomaten den gar nicht so sehr ver-borgenen Junker des Komitates „Bihar" lauern.

*

M i k s z á t h erzählt in seiner milden Satire, die niemandem wehe tut, schmunzelnd die Geschichte einer Junkerhochzeit. Da gibt es Viererzüge und herr-schaftliche Karossen. Gold, Silber und Geschmeide. Am Morgen des nächsten Tages werden die stolzen Rosse dem „Herrn Weiß", dem jüdischen Pächter zurückerstattet und all der Schmuck wandert in die Provinzbank, wo der Direktor die Kassette sofort zu einer anderen Hochzeit, zu einem anderen Fräulein

von . . . . schickt. Und die Junker, die noch
gestern abends so herrlich taten, kehren als arme
Adjunkten und Konzipisten in ihre Bureaus zurück.

Das ist die Geschichte des Junkertums, dieser
bevorzugten Klasse, die mit ihrem Idealismus das
Land vom Feudalwesen zwar befreit, aber sich dann
im erlösten Land nicht mehr zurechtfinden konnte.
Nunmehr ohne Leibeigene, mit bezahlten Knechten
intensiv wirtschaften, mit Vieh und Getreide
handeln: das ist nicht Sache des Herrn. Die große
Aristokratie mit ihren unendlichen Gütern wird
nur für eine Generation geknickt, — die zweite
arbeitet sich schon heraus. Sie wird durch ihr
Kapital gerettet und der Sproß des großen
Stammes findet sich in der modernen marktschreieri-
schen Welt bald zurecht. Der Junker, die Gentry, das
staatserhaltende Element seit Jahrhunderten, gerät
in Schulden, verliert das kleine Erbgut und würde
ganz zugrunde gehen, wenn ihm nicht als letzte
Rettung, das Amtieren im Komitat und im Land
bliebe. Die politischen Rechte sichert ihm das Wahlrecht, — die Macht aber das Amt. Recht und Macht
sind also in die Hand einer, für den schonungslosen
Klassenkampf des neuen Jahrhunderts, nicht voll-
auf ausgerüsteten Klasse. Der verschuldete Junker
gerät in die Klauen der Banken und Bankherren.
Worauf sich dann unsere Bankherren mit dem zu-
grundegegangenen Gentry und mit dem wieder-
erstandenen Magnatentum in die Regierung teilten.
Im Parlament und im Magnatenhaus siehst du
den schwarzen Cutaway des Geldmannes neben
dem grauen Sportanzug des Junkers und dem
lilafarbenen Cingulus der Bischöfe dunkeln. Als

sich ein einziger Bauer einmal im Parlament einfand und leidenschaftliche Zeitungsaufsätze gegen einen Landjunker schleuderte, wurde der Mann von den Söhnen des beleidigten Junkers nicht zum Duell gefordert — oh nein, das geschieht nur unter Gleichrangigen — sondern einfach wie ein toller Hund erschossen. Es findet sich kein Gericht, das die Herren Mörder verurteilt. So ist Ungarn im bürgerlichen Europa, trotz seines bürgerlichen Äußeren, eine feudale Insel geblieben.

Gibt aber das Geld der Bankherr aus Pest, — die Ämter verteilt immerhin der österreichische Ungarkönig in Wien. Ich wagte es bereits, auf den Entwicklungsprozeß anzuspielen, in dem der moderne Kuruze Rákóczis, des alten Rebellen, wenn es zum Bruch kam, sich schließlich immer vor Wien gebeugt hat. Der ungarische Säbel ruhte in seiner Scheide, der Wiener Zopf war ihre Quaste.

Aber das Bündnis ungarischer junkerhafter Unbeholfenheit mit der österreichischen Kamarilla und Soldateska wäre wohl zu schwach gewesen, hätte ihm der preußische Militarismus nicht Kraft verliehen. So aber bildete sich in Mitteleuropa das verhexte Netz der retrograden Elemente, um die drei wertvollsten Schichten der modernen Gesellschaft, die Bauernschaft, das Bürgertum und die Arbeiterschaft, zu umstricken. Das Netz wird von zwei Männern gesponnen, keiner von ihnen ist der Mann des Heute, es sind zwei tagwandelnde Gespenster, zwei lebendige Anachronismen, zwei Kreuzritter: K a i s e r W i l h e l m und T i s z a.

Eigentlich ist Kaiser Wilhelm nur die Karikatur eines Ritters. Dieser kranke Mann, dieser Hysteriker kämpft nur mit dem Munde. T i s z a hingegen tritt für seine bevorzugte Junkerkaste, die er mit dem Ungartum in seiner Gänze verwechselt, als geharnischter, kühn dreinhauender Ritter auf.

Aus diesen sachlichen und persönlichen Gründen, ist die zum Fanatismus gewordene, fürs Leben entscheidende Einsicht dieses magyarischesten aller Magyaren zu erklären, daß er den Magyarentrotz brechen, dem Kaiser-König in allen Heeresforderungen unbedingt nachgeben, das in Falschheit entartete Werk eines D e á k, so wieder bewahrheiten und die Unabhängigkeit beider Landeshälften eifersüchtig wahrend, sie beide dennoch fest zusammenschweißen wolle. Das Stückwerk sollte durch T i s z a wieder zum Ganzen, das Kupfer zu Gold, das Quadrat zum Zirkel, der künstliche Ausgleich zu Körper und Seele, zu Blut und Fleisch werden, damit das Tote wieder lebendig, das unrettbar Verlorene wieder gewonnen, das Zugrundegegangene wieder zum Aufblühen gebracht werde. Der hoffnungslose und doch nie versagende Eifer des Alchimisten durchwühlte diesen Junkerstaatsmann, der allen Umständen, ja selbst der Wirklichkeit zu Trotz der heiligen „Zweifaltigkeit", dem ausgelebten, falschen Dualismus weiteres, echtes Leben einzuhauchen gewillt war. Man stelle sich einen Bismarck vor, der, von den mittelalterlichen Vorstellungen eines römischen Kaiserreichs befangen, seinen ganzen Mut und seine eiserne Tatkraft statt einem neuen hoffnungsvollen, einem abgelebten Ideenkreis dienstbar macht. Solch einen nach rückwärts schauenden, ans Gestern denkenden und am Vergangenen hängenden Bismarck hatten wir in diesem kühnsten Kämpfer, für einen von der Zeit längst überholten Ausgleich. T i s z a war ein Mann, unvergleichlich tapfer und energisch in seinem kraftvollen Tun, aber im politischen Aberglauben von ehedem verstrickt, scheu und befangen im Denken.

*

Diesem Denken entspricht T i s z a s Programm dem störrischen Parlament gegenüber. Es bestand aus drei Punkten: vor allem der Obstruktion ein Ende machen, dann dem Kaiser Rekruten liefern und schließlich das stockende Staatswerk wieder in Gang bringen. Gelang das alles, dann war der Dualismus bis auf weiteres gerettet.

Er ging ans große Werk, mit dem Vorsatz, den Abgeordneten vor allem das Recht des unendlichen Redens zu nehmen. Doch konnte dies nicht mit einem einfachen Befehl geschehen. Unsere Parlamentarier müssen sich dieses Rechtes selbst entledigen, d. h. die Änderung der Hausstatuten muß vom Hause selbst ausgesprochen werden. Es dazu zu bringen, ist kein Leichtes. Denn man kann ja den Antrag selbst obstruieren, der gegen die Obstruktion gerichtet ist. Und diese noch am ehesten. Monate vergehen, Reden verhallen, Luft wird eingeatmet, Luft wird ausgeatmet. Da blitzt durch T i s z a s Hirn der Gedanke eines Parlamentsputsches. Der Präsident des Hauses, Herr von P e r c z e l, soll den einschläfernden parlamentarischen Redebetrieb ausnützen und vergessen, die pflichtgemäße Frage zu stellen, ob die Herren Abgeordneten den Wunsch hätten, noch etwas über den Antrag zu sagen. Ein Wink mit dem Taschentuch ist das verabredete

Zeichen, daß es nun endlich zur Abstimmung kommen soll.

Das Taschentuch der Desdemona in der Hand des Cassio hat Mord und Totschlag bewirkt. Das Schneuztuch jenes unglückseligen von P e r c z é l hat einen Sturm erregt, daß Bänke fielen und Gesetzesbücher flogen.

Die uralte liberale Partei, die so viele Jahre hindurch einst T i s z a s Vater zum Gründer und Führer hatte und die vom Vater auf den Sohn überging, löst sich jämmerlich auf. S t e p h a n T i s z a muß sein Amt niederlegen, die Politik, ja sogar die Hauptstadt verlassen. Nun geht er aufs Land nach seinem Ahnengut zu G e s z t. Da siehst du einen Mann, schlank wie eine Tanne, mit schwarzem kurzen Vollbart, mit schwarzer Brille, wie er mit seinem Güterdirektor in der weiß getünchten, vollgerauchten Kanzlei sitzt. Die Rechnung will nie stimmen. Dieser leidenschaftliche Landwirt ist nicht umsonst als Junker geboren. Die ungarische Mutter Erde versagt ihm den Ertrag. Gott weiß, wie es die „wirklichen” Grafen und die Juden machen, daß sie Nutzen aus dem Boden ziehen. Herr von T i s z a jagt, reitet und dressiert seine Pferde selbst. Er nimmt sich mit ungewöhnlichem Eifer der lokalen Angelegenheiten des Komitates an. Auch die Sache der Kalvinergemeinde ist die seine. Nichts deutet auf den gestrigen Herrn des Landes, der es morgen wieder sein sollte.

Während so vier Jahre des „Einsiedlers” von G e s z t in idyllischer Ruhe vergingen, tobt im Land eine stürmische Zeit. Erst hat es der König mit Energie versucht, mit einer Art von Militärdiktatur. Dann stellt er dem Junkerparlament der Bevorzugten das Schreckgespenst des allgemeinen Wahlrechtes entgegen, damit der wahre Volkswille im Tausch für soziale Errungenschaften die geforderten Rekruten bewillige. Ein gefährliches Spiel. Denn mit der Frage des allgemeinen Wahlrechtes gelangt neben den Stoff der nationalen Gärungen ein neuer sozialer Erreger in das ohnehin auf so vielerlei Art erregte Land.

Doch was der junge F r a n z J o s e f vor fünzig Jahren noch so gut konnte, die Militärdiktatur schrankenlos walten lassen, das konnte und wollte der Alte nicht mehr. Nachdem ein liebenswürdig polternder Soldat für einige Zeit das Experiment einer zwar außergesetzlichen, aber immerhin unschädlichen Regierung vergeblich erprobt hatte, versuchte es der greise Herrscher, noch bevor es zum Äußersten kam, wieder anders, mit der zahmen Hand und mit der schlauen Art.

Wie wär's, wenn man einmal die tobenden Magyaren der Opposition zur Regierung beriefe? Die A p p o n y i, die P o l ó n y i, ja sogar K o s s u t h j u n i o r, der nach seines Vaters Tod als alter, asthmatischer, dickwanstiger Knabe in die Heimat zurückgekehrt war, um hier mit dem Zauber des väterlichen Namens sein Glück zu versuchen. Welche Wendung durch F r a n z J o s e f s Fügung! Der Sohn des Mannes, der einst alle Habsburger des Thrones verlustig erklärt hatte, wird von dem einst Entthronten als Diener des Thrones berufen. Zum Ministerpräsidenten wird ein regierungstreuer Mann aus dem antioppositionellen Lager erwählt: A l e x a n d e r W e k e r l e, der Vater des gutgesinnten ungarischen Liberalismus und der gut klingenden ungarischen Valuta. Ein Mann, dem die Opposition kein Mißtrauen entgegenbringt und dem auch der Herrscher sein ganzes Vertrauen schenkt. So der rechte Mann, um mit dem Dämpfer dazwischen zu fahren, sollte es den Leuten der Opposition leichtsinnigerweise einfallen, wirklich Ernst mit ihren Forderungen zu machen. Um W e k e r l e saßen im Kabinett noch einige seiner Getreuen und ebenso viele Oppositionsmänner. Öl und Wasser in einem Glas, dein Name ist Koalition! Nie wurde Prinzipielles im Persönlichen geschickter ertränkt. Das ist der Gipfel der dualistischen Herrscherkunst. Weiter konnte sie nicht gehen.

Doch das Land merkt die Absicht nicht. Also ist es auch keineswegs verstimmt. Im Gegenteil, es ist schon wieder wie im Fieber. Ein Rausch durchschüttelt die ungarischen Nerven. Ein Triumph. Man wiederholt begeistert all die ungarischen Namen der regierenden Opposition, deren jede die sichere Erfüllung vaterländischer Wünsche bedeutet. Die Zeitungen bringen das Bild des braven F r a n z K o s s u t h, wie er vor und nach der königlichen Audienz mit seinem ausdruckslosen Bonzengesicht, breit lächelnd, dasteht. Wir kriegen nun endlich unsere ungarische Armee! heißt es allüberall. Unsere eigene Notenbank! Unsere staatliche volle Selbständigkeit, die sogenannte Personalunion, das heißt ein losgelöstes Verhältnis zu Österreich, die die Gemeinschaftlichkeit nur eben noch in der Person ihres kaiser-königlichen Herrschers anerkennt.

Doch die Minister — vor und nach der Audienz stets mit demselben verheißenden Lächeln abkonterfeit — bringen aus Wien statt der großen Errungenschaften, nur beschwichtigende Worte, allerhand unbestimmte Hoffnungen durchschimmern lassende lange, lange Reden. Die ungarische Armee — so heißt es — kriegen wir noch nicht, statt ihrer aber vielleicht eine ungarische Armeesprache für die ungarischen Regimenter der gemeinsamen Armee. Oder wenn auch keine offizielle Armeesprache, so doch wenigstens die Erlaubnis, im Regimentsverkehr sich auch der ungarischen Sprache offiziell bedienen zu dürfen. Und wenn wir auch dieses Minimum nicht erhalten sollten, dann fordern wir das Recht der ungarischen Fahne, des ungarischen Wappens für die Armee und vor allem fordern wir, — so klang es in schöne Phrasen gehüllt aus diesen Reden — daß unsere oppositionelle Gesellschaft, wenn auch mit Aufgabe ihrer oppositionellen Gesinnung, doch so lange wie möglich, vom wohligen Sammet der Ministerfauteuils gekitzelt werde.

Die Berechnung F r a n z J o s e f s erwies sich als nur zu richtig. Unsere wilden Löwen verwandeln sich in gezähmte Elephanten, die ihren ungarischen Tanz nach dem Wiener Dudelsackpfiff aufführen. Doch die Elephantentatze drückt schwer auf den Boden und knickt unsere Saat nieder.

Die Ritter der Windmühlenkämpfe, deren Kraft nicht einmal dazu mehr ausreicht, um mit all ihrem magyarischen Schwung dem Kaiser-König wenigstens symbolische Errungenschaften abzuringen, wollen doch nichtsdestoweniger ihre Muskelstärke zeigen. Was bleibt ihnen da andres übrig, als ihre ohnmächtige Kraft an noch Ohnmächtigeren zu erweisen! Das ist die Zeit, da unsere fremdsprachigen Nationalitäten mit endgültiger Unterdrückung bedroht wurden. Wenn man an Sommertagen durch kleine slowakische Dörfer spazieren ging und die Schulfenster auf grillendurchzirpte Wiesen geöffnet waren, konnte man hören, wie die armen Slowakenkinder ungarisch buchstabierten. Wenn man die Kinder dann fragte, was die vorgestammelten einzelnen Worte denn eigentlich bedeuten, konnte keines eine Antwort geben. Da wurden die Kinder von ihren Eltern fort und in ungarische Gegenden geschafft, damit sie ungarisch radebrechen lernen.

Ein Ministerialerlaß verbietet den gastierenden deutschen Sängern, ihre Rollen im ungarischen Opernhaus zu Budapest deutsch zu singen. Man denke sich nun einen deutschen Tannhäuser, der seine Liebe auf französisch oder auf italienisch gesteht, und eine fromme Elisabeth, die ihm magyarisch entgegensäuselt. Dieses Duo entsprach dem Geschmack der Koalitions-Wagnerianer.

Das Niederbrennen des ständigen Deutschen Theaters zu Pest am Ende der Achtzigerjahre löste im Lande ein Gefühl der Befreiung aus. Wenn man des schweren Daseinskampfes des Magyarischen gegen das fremde Talmi gedenkt, so muß auch dem Deutschen diese ungarische Freude gerecht und begreiflich erscheinen. So oft aber wirklich gute Schauspielertruppen aus Berlin und Wien nach Budapest kamen, war unser Publikum für das gebotene Gute wenigstens bis zu dieser leidigen Koalitionsepoche immer dankbar und empfänglich. Nun aber sollte die Feindseligkeit der chauvinistisch

aufgestachelten Presse und des laut demonstrieren-
den Publikums gegen das Wiener Burgtheater-
Ensemble oder selbst gegen B r a h m s oder
R e i n h a r d t s Berliner Theater beginnen.

Die Antwort auf so viel gewalttätige Schwäche
erteilt uns B j ö r n s t e r n e B j ö r n s o n, der, wie
der alte V o l t a i r e, sich für die verfolgten Nationalitäten einsetzt. Unser Leumund in der Welt ver-
schlechtert sich von Tag zu Tag.

Höfische Verbeugungen nach oben, Unterdrückung nach unten — das ist das Zeichen der
Koalitionsregierung.

*

Während dieser traurigen Zuckungen wird
die Gestalt des in sein Dorf verbannten T i s z a
immer größer und größer. Obwohl er nichts spricht.
Auch von sich nicht sprechen macht. Und doch
spricht jeder über ihn. Er weiß es nur zu gut. Er
läßt es geschehen, daß die Zeit für ihn arbeite. Im
geeigneten Moment erscheint von ihm in allen
Zeitungen ein Mahnbrief an das Land. Dann taucht
der Magnat im Hause der Magnaten auf und läßt
dort seine lang verstummte Stimme wieder hören.
Schon ist das Land sein. Doch er greift nicht nach
der Macht. Er verschwindet wieder. Und wie von
einer fernen Wolke, die sich zum Gewitter hallt,
fällt sein schwarzer, langer Schatten über die
ungarische Flur.

Noch einmal, noch ein letztesmal stehen
ungarische Minister vor dem ungarischen König
mit ihrer ewigen Forderung. Doch der ungarische
König ist ein alter österreichischer Soldat, der seine
Armee über alles liebt. Ist sie doch die einzige ein-

heitliche Einrichtung in diesem zersplitterten Lande.
Der König fühlt, wie ihm die Bitternis den Hals
schnürt. Er haßt diese Magyaren. Die Maske der
Vorsicht fällt, der Kaiser zeigt sich wie er ist, —
aus so hartem Holz geschnitzt, daß ihn der Zeiten-
wurm seit Haynaus blutigen Tagen nicht
mürbe genagt hat. Er droht dem Lande mit „unend-
lichem Elend und Leid", wenn es nicht parieren
sollte. Das sind seine Worte. Die Worte eines
Mannes, der einst revoltierende Magyaren zu
Hunderten hängen und erschießen ließ. Er ist noch
Manns genug, um seine Drohungen auszuführen.

Der Zwitter der Koaliiton ist im Nu hinweg-
gefegt. Alle Blicke sind auf Tisza gerichtet, sein
Namen in aller Munde. Nun schüttelt sich der
Phönix aus der Asche. Tisza stellt seinen Strohmann als Premier auf.

Timeo hominem unius libri, ich fürchte
den Mann, der ein einziges Buch las. Er schwört auf
das Buch, er handelt immer danach. Mit ihm ist
nicht gut rechten. Aber hundertfach zu fürchten ist
der Mann mit der einen fixen Idee. Vier Jahre der
Einsamkeit konnten Tisza nicht verändern. Er ist
kein Genie, dessen Ideen sich mit der Zeit organisch
ummodeln. Er ist ein Fanatiker, er ist starr.

— Der Dualismus geht fühlbar seinem Ende entgegen. In Konopischt in Böhmen sitzt mit der böhmischen Gattin der Erbe des Throns, der gerade auf
dieses Ende zielbewußt hinarbeitet. Der Ungar mußte
sich entweder von Österreich losreißen oder sich
unter dem Szepter Franz Ferdinands in den
Trialismus fügen. Das alles gibt es für Tisza nicht.
Für ihn gibt es noch immer nichts als den Ausgleich,

den Dualismus, das zu ändernde Hausgesetz und die niederzuringende Obstruktion.

Er beginnt also neuerdings dort, wo er vor vier Jahren aufgehört hatte. Das Parlament ebenfalls. Strohmann auf Strohmann, ein Ministerpräsident folgt dem andern, die alle in der Ohnmacht ihrer Macht, schon wieder störrischen Abgeordneten gegenüberstehen.

Nun streift aber der Junker den ohnehin nie zur Natur gewordenen und nur mit Gewalt anerzwungenen, letzten Rest eines Respekts vor jeder parlamentarischen Institution vollends ab. Er beschließt, daß die Opposition nicht mehr befragt und auch der letzte Rest einer Rechtmäßigkeit umgeschmissen werde, indem er dem Willen seiner Mehrheitspartei, ohne parlamentarische Abstimmung, durch die einfache Kundgebung des Mehrheitswillens (er befahl den Abgeordneten seiner Partei aufzustehen und sammelte auch ihre Unterschriften) Gesetzeskraft verlieh. Auch erinnert sich T i s z a seines Ahnen, der in einer Provinzversammlung dem kaiserlich-königlichen Befehl nur auf die Art Gehorsam verschaffen konnte, daß er die Versammlung mit Hilfe der Brachialgewalt einfach auseinander trieb. Der Herreninstinkt des Großvaters erwacht in unserem G r a f e n T i s z a wieder. Er beschließt und läßt beschließen, daß die Einrichtung einer Parlamentsgarde bewilligt werde, um im Notfall das Parlament durch Militär zu umzingeln und es gleichsam zu stürmen. Das ist nicht das plätschernde Gemurmel der Donau, das ist das Drohen des Volkes. Schüsse fallen. Ein Polizist stürzt tot zusammen. Das pompöse Parlamentsgebäude an der Donau ist von Soldaten umzingelt. Sie drängen in den Sitzungssaal hinein. Die widerstrebenden Abgeordneten werden von Schergen gepackt. Apponyi, Andrássy, alle Namen, die dem Ungar für die Vertretung ungarischer Ideen teuer sind, werden von den Soldaten wie gemeine Verbrecher auf die Straße geschleppt. Eine Szene, würdiger Carlyles als diese Verhöhnung des parlamentarischen Systems auf das Geheiß des Schwarzbebrillten, Tannenschlanken, Schwarzgekleideten, Schwarzbehaarten und -behärteten gab es vielleicht noch nie.

Doch Tisza trug den Sieg davon. Er bleibt in dem entleerten Saal mit seinen Getreuen. Nun kann er nach Belieben Gesetze schaffen. Die Hausstatuten sind geändert, die Obstruktion zu Ende, die Staatsmaschine rollt weiter, der Dualismus bis auf weiteres gerettet, der Kaiser-König hat seine Rekruten, die Armee ist größer denn je, einig und stark, — nun kann es zum Krieg kommen! Wir sind bereit.

*

Eine Kutsche rollt wie rasend übers Land. Sie wirbelt keinen olympischen Staub auf. Das ist der schnöde Staub der ungarischen Landstraße. Doch der Kutscher auf dem Bock des leichten Jagdwagens ist wohl einer olympischen Ode wert. Es ist kein geringerer als Tisza.

Wie die Peitsche knallt, wie die Pferde laufen. Gilt es, einen Preis zu gewinnen?

Weit, weit auf sonnebeschienenem Eisen saust die Bahn. Der Zug hat es eilig! Man sieht von ferne das kleine, schmale H_{aus}, — die Station, die er erreichen will. Ein Pfiff. Schon hat er ihn erreicht. Einen Augenblick hält er an. Ein keuchender Atemzug. Ein Wölklein aus der Lokomotive. Ein Ruck. Der Zug rast weiter.

Im irrsinnigen Tempo, wie besessen rollt der Wagen vor die Station. Doch dieser Kutscher bändigt die Rosse. Du siehst es kaum, wie er das Fuhrwerk mit einem leisen, kaum merkbaren Zeichen zum Stehen bringt. T i s z a springt zu Boden, eilt übers Haus vor die Rampe, doch nur um den abfahrenden Zug zu sehen.

— Den Stationschef her!

Der Mann in der Kappe erscheint: Zu Befehl.

— Sie halten mir den Zug an.

— Unmöglich.

— Ich will, ich hab's eilig, ich muß . . . .

Wer zu befehlen weiß, dem gehorcht man. Der Zug wird mit einem Signal angehalten. Erschrockene Passagiere gucken auf stille Wiesen. Was ist geschehen? Da kommt der schwarze Mann dahergelaufen. Jeder kennt ihn, keiner wundert sich. Nun ja, T i s z a hat den Zug angehalten. Er ist der Herr. Er kann alles. Kann er auch die Zeit anhalten? Vielleicht! Lange schien es uns so, wie er heldenhaft dastand, im Tor der dualistischen Kartenburg, als härter, eisengepanzerter Wärter. Doch es gibt Tage, die schleichen auf uns zu wie Einbrecher und es gibt Tage, die über uns dahinrasen wie ein Sturm. Gegen Einbrecher konnte wohl T i s z a seine Doppelburg verteidigen. Was konnte er aber gegen den Sturm?

*

—· Und doch begann dieser Sturm aus den Nieten und Spalten der hinfälligen Burg zu blasen, daß die Ratten erschrocken umherliefen und wild flatternde Fledermäuse schwirrten. Denn es gibt keinen noch so lauten Lärm, der Parlamentsschlachten, womit sich die stumm fordernde Anklage des Landes überschreien ließe. Rekrutendebatte und Hausstatuten sind ja nicht die Angelegenheit des Landes, sondern nur der Zeitvertreib politischer Sportleute. Aber Bauern, Bürger, Arbeiter sehen empört, wie das allgemeine Stimmrecht zum spielerischen Schlagwort wird, hin und hergeschleudert von den Parteiführern aus der Herrenkaste in ihrem neidischen Wühlen gegen T i s z a, während eigentlich niemand ernstlich an seine Verwirklichung denkt. Alle fürchten, daß auf dieser ungarischen Erde das Stimmrecht allgemein wird und der ungarische Bauer und der ungarische Arbeiter zu Wort kommen werden. Denn mit ihnen kommt zugleich der auf ungarischem Boden lebende slowakische, rumänische, serbische und deutsche Bauer und Arbeiter zu Wort. Er wird zu Wort kommen, Rechte fordern, das Recht seiner Sprache, das Recht seiner Nationalität und noch mehr, du lieber Himmel, sogar das soziale Recht des größeren Brotstückes.

Drei Hügel und vier Flüsse zieren das ungarische Wappen, die Zierde der verbundenen Augen und des verbundenen Mundes fehlt daneben. Man muß sogar die Kirchentürme bewachen, damit die Glocke nicht zu laut töne und hinter den ungarischen Nationalitäten nicht die Bewohner der Mutterländer aufschrecke; hinter den ungarischen Slowaken nicht die Tschechen, hinter den ungarischen Serben

nicht die Serben, hinter den ungarischen Deutschen
nicht die Österreicher und sogar die Reichs-
deutschen und hinter den Ruthenen nicht die
schlafende Urheimat aller Slawen. Und wenn nun
gar das allgemeine Stimmrecht die gesellschaftlichen Schichten in Bewegung setzte, hinter denen
sich der Internationalismus und das Proletariat
regen! Auf all dies muß achtgegeben werden.
T i s z a gab acht. Wer für seine unterdrückte Art
oder für seine Klasse das Wort erhob, war ein
Vaterlandsverräter, — sein Lohn der Kerker.

*

Stetig wuchs die Zahl derer, die aus dem Aus-
lande kamen, strenge Richter mit finsteren Augenbrauen, die über uns den Stab brachen und unsern
schlechten Ruf in die Welt hinaustrugen. Kaum war
B j ö r n s t j e r n e B j ö r n s o n verstummt, da kam
schon der schottische Wanderer S c o t u s V i a t o r,
der uns vielleicht über unsere Sünden hinaus verdammte, und es gab sogar ungarländische Deutsche,
die nicht faul waren, ihre Söhne in großdeutsche
Schulen zu schicken, damit sie die lautsprechenden
Zeugen für die Unterdrückung ihrer Eltern seien. Es
schien, als ob das populäre, alte freiheitliche Ungarn,
für das sich H e i n e, M i c h e l e t, H u g o und
G a r i b a l d i begeistert hatten, für ewig dahin gegangen sei. So schien es. Doch der Schein trügt.

ZEHNTES KAPITEL

Sic vos non vobis. — Ernste Dichter. — Die Wunde.

Von Perikles und Kaiser Augustus bis Richelieu und Bismarck hat jeder große Staatsmann seinem Zeitalter den eigenen Stempel aufgedrückt. Dieses Buch hat es sich zum Ziel gesteckt, das Ungarn des S z é c h é n y i, des K o s s u t h, des D e á k und sogar des - Kleinkrämers . en gros, des Vaters T i s z a nacheinander zu zeigen. Städtebild und Provinz, Gesellschaftsleben und Industrie, Literatur und Wissenschaft modelten sich jeweilig nach diesen in Allmacht leitenden Staatsmännern um. Anders die Epoche des Sohnes T i s z a s.

Obwohl S t e p h a n T i s z a s „starke“ Hand überall hinreicht, obwohl ihm der ganze politische Apparat bis auf seine letzten Ausläufer in der letzten Dorfgemeinde blindlings wie sein Vierergespann auf den Wink gehorcht, führt T i s z a doch nur die Regierungsmaschinerie des Landes. Durch sie allein gelingt es ihm, Ruhe und Ordnung für eine Gesellschaft zu sichern, die in T i s z a zwar ihren mächtigen Beschützer verehrt, ihm aber sonst in allen Lebensäußerungen, Sitten und Unsitten vollkommen fremd bleiben muß. Zwiespalt klafft

217

überall, zwischen diesem Junker und dem bäuerischen Landvolk, zwischen diesem puritanischen Kalviner und dem raffinierten Stadtbewohner, zwischen T i s z a, dem rückwärtsschauenden und zwischen dem vorwärtsschauenden Zeitgeist und seinem Dolmetsch, dem Dichter und Denker.

T i s z a s Ideal ist der arbeitsame, tief den Hut ziehende, in Ehrfurcht ersterbende Bauer. Der Feldarbeiter und der kleine Landwirt, der die Tatsache der herrschaftlichen Latifundien, ja sogar der unverkäuflichen Güter der Magnaten und der „t o t e n H a n d" ohne Mißgunst, als ein von ewig her unveränderliches Naturphänomen hinnimmt. Aber der Bauer ist vom Fabriksarbeiter mit „bösen modernen Lehren" angesteckt. Seine Begehrlichkeit wird erweckt. Es ist ihm nicht mehr recht, daß er in manchen Dörfern nicht heiraten kann, weil ihm die ausgedehnten herrschaftlichen Güter nicht einmal ein kleines Plätzchen für seinen Herd übrig lassen. Er murrt. Er will Grund und Boden haben oder aber er wandert nach Amerika aus. T i s z a versteht diesen Bauern nicht mehr oder doch er will ihn nicht verstehen.

Der gekrönte Machthaber zu Berlin, dieser Schwanenritter Lohengrin als C o m m i s v o y a g e u r hat es verstanden, Junkertum und Industrialismus zu vereinigen. W i l h e l m ist nur in seinen Formen anachronistisch, doch sein praktischer Blick ist immer auf moderne Errungenschaften der Technik gerichtet. Er war eigentlich der feudale Verbündete des Bürgertums und der Industrie.

T i s z a, der Biedermann, dieser Ritter ohne Falsch, dieser mythologische Krautjunker, mußte sich notgedrungenerweise verwaist und allein fühlen in dem schwindeligen, ja schwindelhaften Betrieb des amerikanisierten Balkans, genannt: modernes Ungarn. Er bringt nur ein äußerst geringes Interesse für die Kraftanstrengungen des ungarischen Kapitals auf, hier eine Industrie künstlich und mit aller Gewalt zu schaffen. Am liebsten wäre es ihm, sich um Fabriken und Banken samt ihren Herren den Teufel scheren zu müssen. Er kümmert sich auch nur insoferne um sie, als die industriellen Unternehmungen mittelbar der Landwirtschaft zugute kommen und als ihm die zahlungskräftigen Herrschaften ihren Beutel für Wahlzwecke zur Verfügung stellen.

T i s z a lebt ohne Luxus. In seinem Landhaus kennt er keinen Komfort. Wie soll ihm denn die große Stadt, nun zur Großstadt geworden, mit ihrem Prunk und ihrem capuanischen Wohlleben, nicht zum Ekel sein! Nie hat er sich in Budapest heimisch gefühlt. Seine eigene Stadtfremdheit möchte er als Regel für die Allgemeinheit gelten lassen. Der Bürger soll zur bäuerlichen Einfachheit zurückkehren. Dies war sein altväterlich-frommes Losungswort. Aber gegen das Leben kommt kein Minister auf und hätte er eine noch so starke Hand.

Ein großer Teil der Presse ist T i s z a politisch ergeben. Doch sie wirft ihren traditionell-oratorischen Faltenwurf ab, sie zeigt sich im pikanten Trikot, zynisch, herausfordernd, auf die Sensation erpicht, um einen dialektischen Seiltanz in todesverachtender Geschicklichkeit aufzuführen.

T i s z a ist für derartige Produktionen unempfänglich. Was die Leute brauchen, braucht er nicht. Ihn interessiert kein Klatsch, keine gewürzte Reportage, keine kitzlig aufgetischte Privatangelegenheit. Ihn interessiert nicht einmal der Witz des Vortrags. Er benutzt die Popularität der Presse, doch er mißachtet sie. Ihn umgibt eine Leibwache von g u t - g e s i n n t e n Dichtern. T i s z a s Name ziert sogar das Titelblatt einer Zeitschrift. Er macht es sich zur Regel, wöchentlich einmal mit den Herren der Redaktion zu tafeln. Jedes Amt und jede Schule und jeder Beamte wird aufgefordert, die Zeitschrift· zu halten. Sie liegt auch tatsächlich auf jedem Amtstisch obenauf in jedem Warteraum, in jeder Bibliothek und auch in vielen Salons auf. ·Doch sie vergilbt überall unaufgeschnitten. Bedenkliches Zeichen.

Was der Schriftsteller M i k s z á t h für Tisza V a t e r , ist für Tisza Sohn der Schriftsteller F r a n z H e r c z e g . Ein Mann voll Würde, im Gegensatz zu seinem genialeren Vorgänger. Und obwohl Satiriker, geht H e r c z e g dennoch die schmunzelnde Weisheit seines Vorgängers ab. Vielmehr ist er ein enttäuschter Menschenkenner, mit einem bittern Satz von Menschenverachtung, mit M e r i m é e s c h e m Abscheu, einem Gefühl — selbst einem wahren! — auf den Leim zu gehen. Man spürt an seinem in straffen Zügeln gehaltenen Vortrag: diesem Dichter ist vor allem darum zu tun, nicht hineinzufallen. In die Furcht vor Hereinfall kann man ja auch hineinfallen. So fiel einst M e r i m é e hinein. Und dieser Hineinfall ist eben sein Künstlertum. Unser H e r c z e g ist vorsichtiger. Er fällt nicht einmal in diese Furcht hinein. Er will als Mensch überlegen sein und nicht als Dichter.

Sein schmales Künstlertum ist das Ergebnis eines steten Kampfes zwischen seinem dichterischen Talent und seinem nüchternen Wesen. Wenn sein Auge zu tief dringen sollte, wird seinem forschenden Blick einfach Halt geboten. Denn wozu? H e r c z e g · weiß: den Menschen ist die herbe Wahrheit keineswegs genehm. Sein herbes Wissen um Welt und Dinge wird also verhüllt. Er ist nur ein unwillkürlicher, sehr mittelbarer Bekenner. Und das ist der eigentümlichste Reiz des H e r c z e g schen Werkes. Seine Novelle, seine tändelnde Komödie und sein Croquis, alles, was seiner Selbstkontrolle entschlüpft, ist trotz — vielleicht gewollter? — Oberflächlichkeit und Sentimentalität, dennoch Beobachtung eines grausam-scharfen Künstlerauges. Seine großangelegten vaterländischen Dramen und Romane hingegen sind hölzern und gespreizt. Rostandismus ohne Schwung. H e r c z e g verdankt es diesen Werken, daß er der offizielle Dichter sein durfte. Der zugeknöpfte, nüchterne Kavalier, dieser nicht ohne Berechnung gutgesinnte Bearbeiter vaterländischer Geschichte war für T i s z a: der Dichter.

So ist also T i s z a jede Macht im Lande, nicht aber wie sonst ein führender, großer Staatsmann, zugleich auch der repräsentative Mann und das getreue Abbild des Landes. Nicht einmal das seiner eigenen Klasse. Denn diesem düstern, arbeitsamen Menschen haftet nichts vom liebenswürdig-frivolen Leichtsinn der untergehenden Gentry an. Auch nichts von ihren allmählich modern-bürgerlichen Bestrebungen.

Das Land wird somit, von einer ihm fremden Kraft gebändigt und niedergehalten. Ungarns Stimme ist gedrosselt, seine Seele verborgen. Wo steckt sie? Wo ist die Einheit seiner zersplitterten Vielheit? Nicht in den Schaufenstern voll von heimischen Erzeugnissen, nicht in den Zinskasernen der Pester Ringstraße, nicht in der offiziellen Literatur und nicht in der geistreich-verlogenen Journalistik! Wer spricht in diesem Lande mit der tiefen Stimme der Wahrheit?

*

Sie wissen es, R o m a i n R o l l a n d, denn Sie haben es geschrieben: „Nichts Großes läßt sich schaffen, wenn man es nicht aufs Spiel setzt, lächerlich zu werden." Dieses Risiko nahm der zuerst auf die Stimme des Volkes lauschende und aus der Gesellschaft ausgestoßene arme C s o k o n a i V i t é z M i h á l y, dieses Risiko nahmen die Magyaren, die ihre Sprache zu erneuern strebten, deren Wörter das ganze Land belachte, ebenso nahm es auch S t e p h a n S z é c h é n y i auf sich, den die ungarischen Herren, die sich in Wien so glänzend amüsierten, für einen Narren hielten. Vor dem Rufe der Lächerlichkeit schreckte A l e x a n d e r P e t ö f i nicht zurück, dessen Werk zu seinen Lebzeiten außer von einigen jungen Anhängern von keinem sonst ernst genommen wurde.

Nun also, in T i s z a s Land riskierte niemand die Lächerlichkeit. Wir hatten lauter sehr ernste Dichter, und was sie zu sagen hatten, war sehr moralisch und sehr ernst und dies alles wurde in sehr laut deklamierbaren, sehr ernsten Versen gesagt. Aus diesen Gedichten durfte der ungarische Leser mit glücklicher Erbauung erfahren, daß Ungarn das möglichst beste und möglichst schönste aller Länder sei und alles, was hier geschehe, sei beste und schönste Geschichte, eine schönere und bessere gäbe es nicht mehr auf Erden und könne es auch nicht geben. Eine stimmlose und farblose Epoche der Epigonen überfiel uns. Der ungarische Körper ist krank, die Röte seines Antlitzes ist falsch, er bringt nichts Wesentliches hervor, nur Formen, lauter Augenspiegeleien. Seine, dem Anscheine nach ernste Kunst ist eitles Spiel. Dieses Land besitzt keine Literatur mehr, nur ein selbstschmeichelndes Wortgetändel, gut für Festlichkeiten und Zeitungen.

Was wird hier verborgen und in Zeitungspapier gehüllt? Die verborgene Wunde wird, in Zeitungspapier gewickelt, brandig. Was ist es, das man heilen will, indem man es noch mehr vergiftet?

ELFTES KAPITEL

Der Narr. — Vom Gott der Nerven zum Gott der
Bibel. — Zigeunerakademie. — Grausame Liebe. —
Untreue Treue. — Ich sehe dich als alles. — Der
furchtbare Walfisch. — Zwei Küsse. — Der Ver-
folger. — Die Probleme der Erleuchteten. — Der
Muß-Herkules. — Gespenst Natur. — Der heilige
Haß. — Der heilige Neid. — Die Revue und die
Andern. — Sturmvogelliteratur. — Der Ruß in der
Feuersäule.

In diese mit pseudomoralischem Lack ange-
strichenen Panamawelt, die nur pseudoernste Kunst
und pseudopatriotische Leitartikel und Reden her-
vorgebracht hat, grellte vor ungefähr zehn Jahren
plötzlich eine düstere, scharfe Stimme. Endlich das
Wort eines Menschen unter den sprechenden
Marionetten, endlich ein Wort mit schallendem
Widerhall in dem von überlauten Worten stummen
Lande. Endlich ein Dichter, der keine Angst hat,
verlacht zu werden. Man verlachte ihn auch zur Genüge. Sein ernstes Wort wurde vom ganzen Lande
mit losem Gelächter erwidert. Und mit Ver-
wünschungen und Schimpfreden und Flüchen. Man
nannte ihn gottlos, vaterlandsverräterisch, un-

moralisch. Dieser Schurke, dieser Schelm, dieser Böseste aller Bösen hatte eine einzige Entschuldigung: man erklärte ihn als eine pathologische Erscheinung. Ja, das mußte er sein, ein Bösewicht und ein Erznarr, doch in dem Sinne, wie Sie ihn haben wollen, R o m a i n   R o l l a n d: „Wer in die Tiefe der Dinge eindringen will, muß der Menschenwürde, dem Anstand, der Schamhaftigkeit, der ständigen Sorge um gesellschaftliche Lügen, worunter das menschliche Herz verhalten pocht, die Spitze bieten. Wenn man niemanden erzürnen will und dabei um Erfolg wirbt, muß man fürs ganze Leben die Pflicht übernehmen, auf keinerlei Art die Linie des vorher gezogenen Durchschnitts zu überschreiten und der Mittelmäßigkeit nur die Wahrheiten des Mittelwegs zu verabreichen — gezähmt und verwässert, in solchem Maße und in solchen Dosen, so viel die Menschen vertragen. Man muß geduckt hinter dem Leben bleiben. Es ist der Fluch der Größe, daß man all diese scheuen Befürchtungen mit Füßen zu treten hat."

E n d r e   v o n   A d y, so hieß der Poet mit den Karfunkelaugen, trat jede Sorge dieser Art mit Füßen. Was er gefühlt hat, ist nicht auf der Linie des Durchschnitts stehen geblieben. Auch kümmerte er sich nicht im geringsten um die Wahrheit des Mittelwegs. Sein Denken war zu Ende gedacht, — sein Fühlen zu Ende gefühlt. Und da nicht nur Gott den Menschen nach seinem Ebenbilde schuf, sondern auch der psaltersingende David und der heilige Franz von Assisi und der heilige Baruch aus dem Haag, jeder wahre Mensch seinen Gott nach dem eigenen Ebenbilde schafft, hat auch unser E n d r e A d y seine eigene wahre Gottheit für sich erschaffen. Das will heißen:· er hatte seine eigenen wahren Götter, zu denen er betete, als hätte niemand vor ihm gebetet. Denn der moderne Mensch · ist weder Monotheist · noch Pantheist. Er ist beides zugleich. Ja, er ist noch mehr. Bisweilen auch Atheist. Mystik und Rationalismus empfindet er nicht als Gegensätze. Er· ist, nacheinander ·alles. Ein Nervenbündel ist er, zitternd vor der Ewigkeit, mit schwankenden Stimmungen und veränderlichen Gefühlen. Im großen All ein verlorenes kleines Wesen, das sich· an die Idee der Gottheit krampfhaft klammert, um nicht im· Chaos. zu versinken. „Ich glaube ungläubig an Gott, weil ich glauben will," so spricht A d y·s Gedicht das Wort aller heutigen für uns alle aus.

· Uns ist oft trotz der tiefen· Lebensfurchen einer verfinsterten Stirne, als ·wären ·wir noch Kinder im andächtigen Weihrauch bim-bammelnder Kirchen. Wir alle kennen den kindlichen Gott, jene Gottheit der A d y s c h e n Gedichte, mit großem Sonnenaug' mit · einem langen ;weißen Götterbart, aus deren hallendem Glockenkleid Götterduft · in die Weite strömt.·

Ein andermal sind wir alte Sünder in· Angst und Bangen, in zähneklappernder Scheu vor unserm einsamen nächtlichen Lager. Wir alle lallten ·mit A d y sein sanftes Abendgebet: „Gott; gib stille Nacht, ·— eine geruhsame, · große Nacht ·—· deinem alten Kinde, ·—· deinem kranken, bösen Kinde. ·— Es meide mich die Musik — weit meide mich die Musik· — herrlicher Gelage, — bitterer Gelage. — Nicht erdrücke mein Herz, ·— mein verkrüppeltes · Herz

— des Wachseins Alpdruck, — dieser furchtbare Alpdruck. — Ich will lachen im Schlaf, — ich will lachen im Traum, — ich will Glück im Schlaf, — ich will Jugend im Traum. — Etwas Großes, Großes, — irgend was herrlich Großes — laß mir vorgaukeln im Traum, — laß mir vorgaukeln in der Nacht. — Ich will beten wie ein Kind, — wie ein Schulkind von einst, — mit gotterfüllter Andacht, — mit einschläfernder Andacht. — Wenn die Dämmerung niedersinkt, — die braune Dämmerung niedersinkt, — so erbebt mein altes Gebet, — auf meinen Lippen mein altes Gebet: Gib eine geruhsame Nacht meinen Eltern, gib eine geruhsame Nacht allen und jeden. Mein Gott, ich will dich gehend und stehend, wachend und schlafend anbeten wie meinen lieben Vater. Mein guter Vater, trage Sorge über mich, Amen." Siehst du falhe stammelnde Lippen? Zittern dir Worte durch Mark und Bein? Hörst du den zähneklappernden rasenden Rhythmus dieser Zeilen? Und kannst du den satanischen Beigeschmack fühlen, in dem dies fiebernde Lied mit dem Posaunenwort des letzten Gerichts, das so grausam von einem A l p d r u c k d e s W a c h s e i n s spricht: S a n f t e s A b e n d g e b e t heißen soll? Der kindliche, engelhafte A d y ist nie ohne den heutigen Zug zersetzender Ironie geblieben. Er fühlt das, und er fühlt sich dessen schuldig. Er kämpft gegen sich selber. Ein Heiliger steckt in ihm und ein Wüstling, — wie in allen Heiligen und in allen Wüstlingen. Vielfältigkeit, dein Name ist Mensch! Es gibt Augenblicke, wo der Heilige in uns und solche, wo der Wüstling in uns den Sieg davonträgt:

Auf die Mehrheit der Augenblicke kommt es an, ob du ein Nero oder ein Franziskus bist. Beide hatten Momente in ihrem Leben, in denen sie sich als zwei schwache Menschen vollkommen gleich waren. Der beste und böseste, der heiligste und der gemeinste Mensch sind aus demselben Lehm geknetet. „Ich bin voller Furcht, — voller Schwäche, voller Liebe. — Ich bin feige. — I c h b i n d e r b e s t e M e n s c h." So sieht sich A d y selber. Er schämt sich seines vollen Menschtums nicht. Im Gegenteil: „In Feigheit, im Wahnsinn, — hat noch niemand schöner geglänzt — und wenn ich liebe — bin ich groß in der Liebe."

In der Liebe ist er groß, — doch er ist zugleich hochmütig, stolz, ehrsüchtig, bis auf einmal der l a u e R e g e n d e r D e m u t über seine kühne Stirn und über seine stürmischen Locken träufelt: „Die flammende Hitze deiner Sonne hat mich durch pfeilt — ich fand keine Linderung, o Herr. — Nun träufelt aus deinen Wolken — lauer Regen der Demut. — Sieh, wie ich meinen Kopf nun beuge — wie mich reut aller Hochmut, o Herr. — Und wenn mir von Stolz und Kraft, noch etwas innewohnt — sieh, wie ich sie mir meinem Herzen ausreiße. — Zeige mir einen Feind, — irgend ein ekliges Wesen, o Herr — auf daß ich küsse seiner Füße häßliche Spur, — auf daß ich deiner würdig sei, dich anzubeten. — Kleine Flüsse tragen mir entgegen — deine niedergesunkene Gnade, o Herr, —. lieblich plätschert in meiner Seele die herabgefallene Demut. — Ich möchte alles darreichen, — deinen großen heiligen Launen, o Herr, — ich möchte in jedem Augenblick sehr-sehr gedemütigt werden." So spricht der Psalmist, doch kein alttestamentarischer, sondern ein David, der den Worten Christi gelauscht hat. So betet ein Mann von heute, in dessen Gliedern die große Müdigeit aller Zeiten lebt·

Verlaine betete in ähnlicher Bekehrung zur Jungfrau Maria, zu Engeln und zu Heiligen. Verlaines Innigkeit war nicht ohne Koketterie. Es war ein mittelaltertümelndes, rührendes Formenspiel, Sein Himmel ist katholisch-dekorativ, ja sogar jesuitisch-barock, wie die Pestsäulen, aus deren steinernen Wolkenknäueln runde, volle Putti mit starren Flügeln hervorflattern und, heiligenscheinbekränzte, dornenvolle, asketisch-gemeisselte Gestalten mit schmerzensreichem Antlitz und mit tränenerfülltem Auge heraussteigen. Ady ist jedoch wie sein feindlicher Bruder in der Welt des Geschehens, kalvinischer Junker, wie Tisza und sein Lied — das die süße Zerrissenheit femininer Seelen so gut kennt — trägt zuweilen in männlicher Muskelstärke das Gepräge puritanischen Wesens. Das Gebet nach dem Krieg ist wie ein Lied des hageren Mannes aus Genf: Mein Gott, ich komme vom Krieg, — alles ist zu Ende, zu Ende: — Versöhne mich mit dir und mir — bist ja du: der Friede. — Schau, mein Herz ist eine glühende Wunde, es gibt nichts, was mir die Ruhe schenkt. — Küsse einen Kuß auf mein Herz — damit es ein wenig kühler werde. — Geschlossen für die Welt meine traurigen, großen Augen. — Sie haben nichts mehr zu sehen — sie sehen nur dich, nur dich. — Meine zwei rennenden Füße wateten einst bis zum Knie im Blut — und jetzt siehe, mein Herr, ich habe keine Füße mehr — ich habe nur diese Knie, nur diese Knie. — Ich kämpfe nicht, ich küsse nicht, — verdorrt meine Lippe — trockne Stangen meine beiden Arme, — Herr, sieh mich, wie ich bin, vom Kopf bis zu Fuß. — Auch du, o Herr, blicke mich an, alles ist zu Ende, zu Ende. — Versöhne mich mit dir und mir — bist ja du der Friede."

Nicht nur der hagere Mann aus Genf, — auch der hagere Ungar aus Geszt, jener von Tisza hätte dieses Gebet seiner puritanischen Gemeinde, in unserem kalvinischen Rom, in Debreczen vorsprechen dürfen.

Aber das kalvinische Äußere dieses Ady ist ebenso täuschend, wie seine katholische Heiligengloriole. Er ist ein Kalvin, der aus dem Expreßzug steigt, der telegraphiert, telephoniert und in dessen furchtbarem Schrei (wie er von sich selber sagt) die Vorherbestimmung rauscht.

Der Betende hält Monologe vor dem unbekannten Weltwesen, - über Sternen und Wolken wohnend, genannt: Gott. Er will, daß jenes ferne Wesen, einen Blick auf ihn werfend, ihn in seiner winzigen Erbärmlichkeit erkenne und ihm Hilfe leiste. Aber mit solchen egozentrischen Wünschen, die der Mensch in Form von Gebeten von sich stößt, ist das Verhältnis von Mensch zu Gott keineswegs erschöpft. Wir wollen nicht nur, daß Gott uns sehe, wir wollen zuweilen auch, daß wir ihn sehen, von Angesicht zu Angesicht, den wolkenumhüllten, großen Gott: „Die braune Trauer meiner Seele schwindet dahin — im großen weißen Glanz naht Gott, — auf daß er meine Feinde unterjoche.

— Er verbirgt sein Gesicht und hält es geheim. — Doch hat er schon oft im großem Mitleid — sein Sonnenauge auf mir ruhen lassen. — Und wenn ich manchmal siegte, — dann schritt er, Gott, mir voran. — Er hat sein Schwert gezogen, er ist mir voran-geeilt. — Ich höre, wie er in meiner Seele schreitet — und auf sein trauriges: Adam, wo bist du? — ant-wortet meines Herzens lauter Schlag. — In meinem Herzen habe ich ihn gefunden, — ihn gefunden und ihn umarmt — wir werden vereint im Tode sein."

Wie aus Beato Angelicos blauer Klarheit er-hebt sich hier das Lied zum Egozentrismus des Künst-lers. Denn wahrlich in diesem Gott, der Feinde unter-jocht und ihre Köpfe wie Mohnköpfe nieder-mäht, wer sollte in ihm nicht die ewige Vision jedes Künstlers erkennen? Man denke nur an die Hallu-zinationen eines Autors vor seiner Erstaufführung, wie er in jedem Gebüsch Feinde wittert und zu einem Gott betet, der sie alle vor dem entscheiden-den Abend niederbeugen und vernichten möge. Auch ist es keine Einbildung, wenn wir in dieser menschlichen, allzu menschlichen Gottheit des im ewigen Ruhmeswetteifer mißtrauisch keuchenden Künstlers ungarische Züge wieder zu erkennen wähnen. Denn Adys Gott, dieser Künstler- und Husarengott, schreitet mit dem Säbel voran. So winden sich vierzehn Sonettzeilen aus der an-dächtigsten Holdseligkeit in die Tiefe der engsten Selbstsucht und sie schlängeln sich aus ihr wieder hinaus und hinauf in die Höhe und Weite des mit breitesten Lungen atmenden Monotheismus, in Leben-, Tod- und Gott-Einheit, in ein beseeltes und reines Weltbekenntnis.

Gott ruft: Adam, wo bist du? Der Mensch ruft: Wo bist du, Gott? Diese zwei unbeantworteten Fragen sind unser Schicksal. Jeder Mensch ist ein Gottsucher, ob er will oder nicht. Gott ist uns überall. Gott ist uns nirgends. Wir laufen ihm nach, er entschwindet uns, Flamme übers Gebüsch, ewiges Irrlicht über den Morast unseres Daseins: „...Im Frührot entschwindet er, — er ist bei mir, doch nur bei Nacht, — Manchmal wird mir ein guter Tag — wo er sich mir in seiner ganzen Wesenheit erblicken läßt — doch nie und nimmer bei Sonnenschein: Er ist bei mir, doch immer nur nachts. — Er ist wie die Frauen — er läßt es geschehen, daß man sein wunderbares Wesen anbete, — aber er läuft davon, eh' man ihn begreift. — Er ist bei mir und meine Nacht ist schlimm. — Mein Gott, mein neckender Gott. Weshalb bist du nur ein Schatten der Nacht? — Ich würde seiner Glanzspur gerne folgen, — er ist bei mir — doch nur bei Nacht." — Wer kennt ihn nicht diesen koketten, „neckenden" Gott unserer peinigenden Nerven? Doch das Problem Gottes ist in dieser Nervenbündel-Gottheit nur angedeutet und nicht erschöpft. Denn dieser Gottheit fehlt das biblische Pathos. Und doch sagt A d y, es gäbe gute Momente, wo er ihn in seiner ganzen Wesenheit erfaßt. Wie ist es an solchen Tagen? Schweigt des Dichters Mund in Stunden seiner Vergötterung? Wenn aus dem Rauschen der chaotischen Vorherbestimmung ihm Gott entsteigt? Nein, — A d y s Dichtermund öffnet sich immer, um Töne des Wohllauts entströmen zu lassen. G o t t s u c h e n d e s G e p o l t e r steht über enigen leicht hingeworfenen, weltenschweren Zeilen geschrieben: „Ich kenne nicht einmal deinen Namen, mein Gott, — doch mir wurden zwei große verwaiste Augen — und ich sehe so viel Wahnwitz überall, daß ich aus diesem vielen Wahnwitz — in großem Schreck, — mein Herr, zu dir schreie, — hab' ich's doch mit gar vielen Märchen versucht, — Doch, o weh', keines genügte mir: — In meinem Herzen, in meinen Nerven, — polternder, großer Lärm. — Dich sucht er, Hoheit, — Gott, dein ist alles."

Das ist die verlebendigte Substanz S p i - n o z a s, die uns aus ihren personifizierten Attributen heraus das Geheimnis des Seins entgegenschreit. Doch damit nicht genug. A d y klimmt eine Staffel höher. Sein Lärm sucht Gott, — sein Flüstern findet ihn. Er raunt die allerletzten Worte des allerletzten Mysteriums: „Gott in der Erde, im Gras, im Stein, — Tun wir uns jetzt nicht zu wehe." oder: . . . Gott ist irgendwie im Grunde jedes Gedankens, wir läuten ihm stets unsere Glocken . . . Er ist unsichtbar und stumm, — Nur in unser Herz schlägt er hinein, — mit zentnerschweren Glockenzungen. — Gott kommt uns nicht entgegen — um uns in unserem Jammer zu helfen. — Gott: Das Ich und die Qual, der Plan und der Kuß, alles ist Gott. — Gott ist ein mächtiger Herr — die Dunkelheit und die Helle. Gott ist die Einfachheit. — Die Allzuguten langweilen ihn — die Unruhigen langweilen ihn — und auch die vielfältigen großen Träumer. — Gott liebt mich nicht, — weil ich ihn zu lange gesucht habe — und doch habe ich ihn nicht gefunden und als ich ihn fand — neckte ich ihn und wetteiferte mit ihm . . ." Das Wissen über Gott ist kein beruhigendes Wissen. Die Ruhe S p i n o z a s ist unmenschlich. Zu wissen, was Spinoza weiß, muß für den Menschen unerträglich sein. Gott, der Trostlose, — so nennt Ady die Substanz nach menschlichem Gefühl bei ihrem menschlichen Namen:

Er: Das All, doch er kann nicht segnen,
Er: Das All, doch niemanden straft er,
Er macht, daß die Zeit sich vollende
Und er versteht unser Herz nicht.

Er ist mächtiger als Jehova,
Er ist der Herr der kalten Amenworte;
Er hat nur zu lächeln und zu wollen,
Eine erfrorene Sonne ist sein Antlitz.

Er dreht der Welten All,
Als würde er gelangweilt spielen,
Ein, zwei Welten läßt er erfrieren,
Fünf, sechs wirft er ins Feuer,

Er mahnt nicht, er rächt nicht, er belohnt
    nicht,
Er führt keinen zum Himmel empor und auch
    nicht unter die Erde,
Obwohl wir eins mit ihm sind: bleibt
Er: das Muß, das Wird, das Amen . . .

Und zerreißen wir auch unsere Sehnen,
In gottlosem, großen Schmerz,
Ihm ist es nur Spaß: er liebt uns dafür,
Und reizt uns auch zur Wut nicht mehr.

Er: ist der große, große Lebensstrom,
Der rauschend rauscht, lachend posaunt,
Der rastlos reißt, malmt, überfließt und stürzt,
Dämme fangen ihn nicht ein und auch keine
  trägen Ufer.

Er: der Wille, daß es fließt,
Endlos der quellenlose Fluß,
Er: das All und das Trostlose,
Der einzige und furchtbare Gott.

Goethe erzählt, daß ihm Spinoza zur
rechten Zeit als Lebensretter erschien, als er sich
mit Selbstmordgedanken trug. Hätte er Spinoza
richtig gelesen, er wäre nach dieser Lektüre erst
recht zum Selbstmörder geworden. Ady hat
Spinoza nie gelesen, kaum etwas über seine
Lehre gewußt. Doch er hat die Welt mit seinen
großen verwaisten Augen, mit so großen Augen
wie jener Weise angesehen. Das Denken eines
großen Denkers war in ihm durchfühlt von
einem großen Dichter, — und dieses Denken und Fühlen ließ ihn mit Grauen in das so
erkannte All trostlos blicken und den einzigen Gott
einen „furchtbaren" Gott nennen. Gewiß, unlogisch
gedacht. Aber unlogisch denken, heißt menschlich
denken. Kann ja doch der Künstler, — kann doch kein
Mensch aus seiner Haut heraus. Auch der Monotheismus ist egozentrisch. Das Wissen um die Einheit alles Seelischen und Sinnlichen, läßt uns das
Gefühl unser selbst mit den Schranken unseres in
sich geschlossenen Daseins keinen Augenblick vergessen. Je größer unsere Welt, um so mehr Raum für

unsere Furcht. Und diese Furcht aller Kreatur pocht in A d y s Gedichten noch eindringlicher und lauter als in L u c r e z i u s und A n g e l u s S i l e s i u s.

Die Weltliteraturgeschichte wird den Dichter, der um das einzige Rätsel der Gottheit mit L u c r e z i u s, mit O m a r C h a j a m und mit A n g e l u s S i l e s i u s rang, der die Transsubtantiation des Irdischen in das Göttliche wie ein F r a n z i s k u s kannte, — ihn wird die für ihn, ach so früh begonnene Nachwelt neben den Gott- und Weltsucher G o e t h e stellen. Zu seinen Lebzeiten war A d y Journalist, — sehr, sehr lange Zeit, fast bis zu seinem dreißigsten Jahre sogar Provinzjournalist.

Das Buch ernährt den ungarischen Schriftsteller nicht. Vor dem Krieg verkauften unsere Besten ihre besten Romane um fünfzehnhundert Kronen für alle Zeiten. Für einen Band Gedichte zahlte der Verleger dem populärsten Dichter fünfhundert Kronen. Für ein Gedicht zahlten Zeitungen zehn Kronen, im besten Falle bare zwanzig. Nicht als ob unsere Verleger besonders hartherzig gewesen wären. Der Absatz in diesem kleinen Lande war zu beschränkt, das Publikum zu klein. Wer hier schreibt, ist auf die Zeitung angewiesen.

Ich erwähne diese materiellen Facta nicht ohne Grund. Sie spielen in A d y s Schicksal eine nicht zu unterschätzende traurige Rolle.

Eine Jugendphotographie stellt den Dichter dar, — in einer trivialen Redaktion. Hinter ihm nichtssagende Gesichter, er selbst vor dem Telephon. Die

„großen, traurigen" Augen starren in eine andere Welt, das Ohr lauscht den neuesten weltlichen Nachrichten. Ein Mord, ein Raub, eine schöne Vergewaltigung, eine aufregende Scheidungsaffäre, ein interessanter Betrug, eine Reise seiner Majestät und was noch dergleichen mehr ein Philister zu seinem Frühstückskaffee als prickelnde Sensation braucht.

Die Nachrichten werden nach Wunsch des allmächtigen Redakteurs, je nach Belieben, bald in deklamatorischem Ernst als Leitartikel, bald hinwiederum witzig als Croquis oder mit fettgedruckten Titel als atemberaubender Polizeireport bearbeitet. Moralisch, gewiß, eine unsaubere Übung. Gar viele gehen an ihr zugrunde. Aber dem Genie kommt sie zugute. Seine Zunge wird gelöst, seine Feder wird leicht. Dem journalistisch geschulten ungarischen Schriftsteller droht nicht, wie etwa dem deutschen, die Gefahr, daß er an seiner eigenen großen Gebärde irre wird und das Geringfügigste, wenn nur recht kompliziert vorgetragen, für etwas Bedeutendes hält. Im Gegenteil, das Bedeutende wird durch den so geübten Vortrag ganz einfach. Selbst G o e t h e, wenn er sich schweren Problemen nähert, wird pathetisch und feierlich. A d y bleibt schlicht vor dem Höchsten. Ein Journalist der Ewigkeit, ein Reporter des Sternenreichs, ein Interviewer des Lebens, ein Berichterstatter des Todes.

Die ersten Gedichte des jungen Artiklers der D e b r e c z i n e r Zeitung sind in der epigonenhaften Zeitmanier befangen. Da wird er von D e b r e c z e n nach N a g y - V á r a d berufen. Diese rein ungarische Stadt — heute in rumänischem Besitz — liegt an den Ufern des Flüßleins. P e c z e. Das Athen des

Peczestrandes nannte sich mit groteskem Namen, doch nicht ohne Recht dieses rege magyarische Städtlein. Seine Akademie war das Café auf dem Großen Platz. Die Baßgeige des Zigeuners brummt, der Zymbalschläger schlägt langhinzitternde Töne aus straffgespannten Saiten, die Flöte windet ihr blaues Band süßer Töne um das Orchester, — nun gibt der Zigeunerprimas einen Wink, das Orchester verstummt, seine Geige spricht allein. Der braune Bursch mit seinem schluchzenden Holz naht sich den Herren des Komitats. Einer neigt seinen Kopf der Geige zu, als sauge er ihre Töne ein. Er klatscht, er singt, alle singen, — schon springt der eine auf, ein Husar, daß seine Sporen klirren und tanzt. Der Tausendkronenschein wird in Champagner getaucht und dem Zigeuner auf die Stirn geklebt. Hoch das Vaterland! Es lebe **Stephan Tisza**, den sie: **Tisza Pista** nennen. Eljen, Eljen.

So geht es in der einen Ecke zu. In der anderen hingegen, sitzen arme Schlucker, Zeitungskulis, Professoren, sogenannte Dichter und Schriftsteller. Der eine spricht über **Verlaine**, der andere über **Herbert Spencer**. Die Umsturzdrohenden Namen **Marx** und **Engels** werden genannt. Hier wird auf **Tisza** redlich geschimpft, auf sein Parlament und auf seine junkerhafte Sippschaft. Die Politik neuer ungarischer Soziologen wird gelobt. Nationale Autonomien für die fremdsprachigen Einwohner des Landes, das Wahlrecht, die Bodenreform, wird gefordert. Die Gedichte der Epigonen werden belacht. Hier wird auf neue literarische Bahnen gewiesen. Wie einst in der Wiener Kaserne der kaiserlichen Gardisten bereitet sich in diesem

Café ein neues Ungarn vor. In diesem Kreis, sie nennen sich die „Morgigen" erscheint A d y.

N a g y - V á r a d ist eine Handelsstadt, eine Judenstadt. Der jüdische Mann, der Verdiener, arbeitet von früh bis abends. Die jüdische Frau — die weiche, weiße, verträumte — poliert ihre Nägel und liest. „Haben sie B a u d e l a i r e gelesen?" fragt die Jüdin, die Schönste der Stadt, den jungen Dichter. Der junge Dichter hat B a u d e l a i r e nicht gelesen. Denn er hat nur viel geschrieben, viel geliebt, viel gelitten, aber er hat wenig gelesen. Auch kann er nicht Französisch. Sie liest und erklärt ihm einige B l u m e n d e s B ö s e n, — er übersetzt die Gedichte. Ich weiß nicht, an welchem Abend sie nicht weiter lasen und nicht weiter übersetzten, — ich weiß auch nicht, ob es eben B a u d e l a i r e s böse Blumen waren oder ob es vielmehr die bösen Blumenaugen der schönen Frau waren, nur des einen bin ich sicher: A d y hatte auf einmal die ungarische Epigonenart und B a u d e l a i r e s Maske abgestreift. Er war bei sich angelangt. Er ist er.

÷

Wer mit wahrer Inbrunst betet, liebt auch mit wahrer Inbrunst. E n d r e A d y hat für uns auch neue, wahre Worte der Liebe gefunden. Eigentlich bezeichne ich unrichtig als neu, was ewig und alt ist. Aber gerade E n d r e A d y hat die von den Gesellschaftsformen — wie von einer Lügenschicht — bedeckte Liebe kühn unterwühlt. So wie er betete, liebte er auch. Auf menschliche Art, wie ein wahrer Mensch. Er trug in seine Liebe die im Zeugen noch atmende Selbstsucht des Mannes als höchste Steigerung liebender Hingabe. Seine Liebe ist sein Egoismus, aber worauf es ankommt, sein Ego ist weltenweit. Darum darf er zu seiner Liebsten sagen: „ . . . tausendmal gesegnet dein Frauentum, — weil es mich geschaut hat, weil es mich gesehn hat. — Und weil du mich sehr liebst: — lieb' ich dich sehr: — und weil du mich liebst, — bist du die Frau, bist du die Schönste." Mich, mich, mich und wieder und immer wieder: ich und mich. Du bist die Frau, weil ich der Mann bin. Wir sind zwei Geschöpfe, damit ein drittes Geschöpf werde. So klingt das bisher nie erklungene, ganz einfache letzte Wort, das noch kein Schwerenöter je seiner Erwählten gesagt hat. Und doch lieben alle Männer so, wenn sie es auch nicht gestehen, ja nicht einmal wissen.

Will man die Geheimnisse des liebenden Mannes erfahren, so höre man A d y. Er lügt keinen Hochmut vor, — das Schicksal des Mannes ist schwer: wir suchen. Denn das Weib wird von der Liebe des Mannes aufgespürt, aber des Mannes mühsame Arbeit ist, den auftauchenden und vorbeischwebenden Frauenröcken nachzulaufen. Vielleicht ist es diese, vielleicht ist es jene? Eine weibliche Silhouette im jagenden Auto: vielleicht führt es das Glück meines Lebens mit sich? A d y schreit das würdelose, das schamlose, das wahrste, das menschlichste Männerwort, das man verlachen kann, wenn man lachen will, aber worüber Sie, R o m a i n R o l l a n d, nicht lachen werden, A d y ruft es hinaus, unser aller Geheimnis, von uns allen, in unseren jungen, brünstigen Nächten so oft hingeweint: „Wieviele Frauen! und alle gehören den andern."

So nahe war sich dieser Mann in einer Welt, in der die Menschen so ferne von sich sind. So aufrichtig war er, so brav, so wahr unter den Lügnern. Unter den mondänen, maskierten, befrackten Gästen, unter den schöntuenden, hofierenden Rittern ein harter, wahrer, selbstsüchtiger, ein schöner, edler, unverhüllter Mann. Nur aus dieser Härte, nur aus dieser Selbstsucht kann wahre Zärtlichkeit tönen, bebend, innig und heiß. Der Mann berührt eine Frauenhand, er fühlt: sie ist warm. Und er fühlt diese animalische Wärme als eine engelhafte Wärme, die ihn bis ans Herz hinan berührt, erschüttert und durchwühlt. Ein Mysterium? Ein Trug? Wer weiß? So zu fühlen: Männerschicksal. Ady spricht als erster die Worte dieses Schicksals ganz schlicht aus, indem er zur Liebsten sagt: „Dies ist deine eigene-einzige Wärme." Dies ist das eigene-einzige, noch nie erhörte, nie gesagte Geständnis an die vergeistigten Kalorien des eigenen-einzigen Leibes.

Aber während er so den Körper mit dem Körper umarmt, schwärmt er schwärmerisch in die Welt jenseits der körperlichen Berührung hinüber, in eine reine Welt, wo sich zwei umarmende Menschen nicht mit der Epidermis berühren. Wo die Seelen der Liebenden sich begatten: „Ich möchte mit deiner Seele schlafen . . ."

Jede große Liebe ist eine treue Liebe. Ady, der so hingerissen lieben konnte, war kein treuer Liebhaber. - Das heißt: er war seiner Liebe treu, aber seiner Treue war er untreu. Nicht aus Mutwillen.

Sondern weil das große Gefühl zwar ein großes Leben ausfüllt, nicht aber eines großen, ganzen Lebens kleine, flüchtige Momente. Auch heißt ja „lieben" so viel wie gekettet sein, also etwas dem Wesen nach Unmenschliches, Unmännliches. Manon Lescaut flüchtet vor Des Grieux, aber Des Grieux möchte vor sich selber flüchten. Nicht so sehr weil er unglücklich liebt, sondern überhaupt weil er liebt. Diese Sehnsucht der Abwechslung, selbst in der größten Liebe, wer kennt sie nicht? Aber keiner bekennt sie. Viele verleugnen sie sogar, scheu und verwirrt vor sich selber. A d y ist nicht der Mann, um das, was er fühlt, zu verleugnen oder zu verschweigen. Er legt seiner Geliebten das grausame Geständnis zu Füßen:

O, könnt' ich mich nach einer andern so sehnen
Wie nach dir. O, käme eine andere.
Eine andere Frau. Jemand. Eine andere.
Wer immer.

Diese scheinbar grausame Insulte ins Gesicht der Liebsten geschrien, bedeutet eigentlich nichts anderes als das Geständnis der Unmöglichkeit, aus dieser Liebe zu entfliehen. Es ist also das ehrlichste und zugleich leidenschaftlichste Liebesgeständnis. Doch wer vor A d y hätte es gewagt, seine Liebe so zu gestehen? Erfüllte Liebe fühlt dieser Dichter nicht goethisch als höchstes Glück, sondern romantisch als Enttäuschung. Er liebt die Sehnsucht und das Wiedersehen. Hier ist sein größtes Lied der Wiedersehensfreude, L e d a z u S c h i f f : „Hurrah! das Schiff der Freude naht — und bringt mir Leda schon entgegen· — Auf des Schiffes blumigem, prunkvollem Teppich — Frau, du Meine, sehe ich dich, sehe ich dich. — Blutrote Rose in deinem Haar. — Nicht wahr? Du willst mich, — ich auch Dich. — Hurrah, lang her, daß wir uns sahen. — O weh, mich schwindelt es hier am Ufer — O weh, nun bist du bald schon da. — Ich frage dich und du fragst mich. — Ich lehne meinen Kopf an deine Schulter. — Ach nein. Komm nicht. Ich zittre. Ich fürchte mich. — O weh, lang her, daß wir uns sahen."

Ein Mikrophon ist nicht feiner, ein Sturm nicht brutaler. Das Schiff, der Teppich, die blutrote Rose, — drei mächtige Tristanakkorde. Doch bedarf A d y keines schwirrenden Wagner-Orchesters. Ihm genügt: „Nicht wahr? Du willst mich. Ich auch Dich . . ." Oder: „Ich frage dich und du fragst mich . . ." So wird sein Gedicht - die wissenschaftlich-genaueste Psychoanalyse der Wiedersehensgefühle. A d y hält Freude und Bangen, pochendes Herz und wankendes Knie, ineinanderstürzende durstige Seelen und die zur liebsten Schulter geneigte Kopfbewegung, — inneres Erleben, äußeres Geschehen, eben alles, alles zusammen in fester Hand. Und als Schlußakkord, das erdbebenhafte Erschüttern der vorletzten Zeile, das klopfende Herz, das: ach n e i n! k o m m n i c h t, — das Zittern, die Furcht, mit dem letzten, größen umfassenden Seufzer: o weh, lang ist es her, daß wir uns sahen! . . . So ein Lied der Liebe kennt das Heine'sche B u c h d e r L i e d e r beileibe nicht, — so ein Lied der Liebe kennt allein die A d y'sche Brust der Liebe, das

Herz der Liebe und so eines bekennt einzig und
allein ein wahrer Mann in seiner wahrsten Liebe.

A d y, dieser Dichter der größten Liebe — und
auch des größten Hasses — hat auch den Flirt,
die Laune, die Passade, den sinnlichen Wunsch und
die seelische Sehnsucht, er hat die Liebe in allen
ihren begeisternden und erniedrigenden Formen besungen. Doch ihn als Entdecker — von noch so
wichtigen und vielen — Liebesnuancen hinzustellen,
hieße ihn verkleinern. Der Gottsucher A d y ist zugleich der Weibsucher A d y. „R u t h u n d D a l i l a“
ist sein pantheistisches Liebesgeständnis:

In hundert Gestalten, ich sehe dich in hundert
    Formen,
Ich sehe dich als Ruth und als Dalila,
Ich sehe dich als alles.

Ich sehe dich sanft, ich sehe dich schön,
Ich sehe dich häßlich, ich sehe dich bezaubernd,
Ich sehe dich als alles.

Ich sehe dich bitter, ich sehe dich bös,
Ich sehe dich rein, ich sehe dich im Blut-
    schlamm,
Ich sehe dich als alles.

Ich sehe dich in Scherben, ich sehe dich ganz,
Als Kuß, als Salz, als Rahm, als Honig,
Ich sehe dich als alles.

Ich sehe dich als Engel und als Teufel,
Als herrliche Wahrheit, als träges Aas,
Ich sehe dich als alles.

Ich sehe dich als Leben und als Tod,
Als Totenschmaus, als Trauer, als Segen und
    als Tanz,
Ich sehe dich als alles.

In hundert Figuren sehe ich dich an hundert
    Orten,
Ich sehe dich als Ruth und als Dalila,
Ich sehe dich als alles.

Und wieder ist der liebende A d y ein Bruder
jenes G o e t h e, der seine Liebste besingt: In
tausend Formen magst du dich verstecken . . .

*

A d y war ein kranker Mann. Er trug die Krankheit im verseuchten Blut. Das größte Elend war sein.
Das Demütigendste. Doch auch dieses Elend verklärt sich in seinem Fühlen. Ihm war der Schmerz,
er sagt es selbst, nur eine Möglichkeit mehr, um
das Leben zu fühlen.

In einer berühmten Novelle beschreibt A d y,
wie ein Mann, ein Kritiker irgend einer Provinzzeitung das kleine, elende Gewürm von einer Schauspielerin irgend einer kleinen, elenden Schmieren-
bühne haben will. Sie gibt sich ihm hin, ohne
Widerspruch, mit dem gedemütigten Gehorsam
solcher armseliger Existenzen. Was tut man nicht

für einen Kritiker?! Tage vergehen, das Blut des Mannes treibt furchtbare Blüten: von wem hast du die Krankheit? Die Ärmste nennt den Namen eines Mannes. Den muß er sehen. Ein roter Mann, ein Winkeladvokat, ein Niemand, ein armer, miserabler Wicht. Auch ein Mann. Von wem haben Sie die Krankheit? Der Unglückliche nennt einen Mädchennamen. Wo ist sie? Wo lebt sie? Wie sieht sie aus? Sie ist Schauspielerin, sie heißt soundso, sie ist rotblond, sie lebt in Arad. Er muß sie sehen. Er muß sie sprechen, er muß sie haben. Schon liebt er sie. Er reist ihr nach. Er reist nach Arad. Wo ist die Kleine? Jemand erinnert sich ihrer und sagt, sie sei tod. Die Pilgerfahrt nach der Seuche endet vor einem Grab. So war diesem Dichter selbst die Krankheit ein Band, um Leben und Tod und Grab, um Himmel und Erde, um das ganze, große All.

A d y war dem Trunk ergeben. Er trank das Gift unausgesetzt. Es war furchtbar anzusehen, wie die fatalen Flaschen immer drohend vor seinem Bette standen. Ein großes Gedicht, nur mit P o e s' „Raben" oder mit L e o p a r d i s „U l t i m o Canto di Sappho" vergleichbar ist A d y s: „Ur-Dämon". Der Geist des Weines, der aus vergangenen Tagen, von vergangenen asiatischen Ahnen ihm entgegenweht, ihn niederringt und dann mit furchtbarem Lachen wieder weiterfliegt. Auch sein Rausch ist ein Rausch des All, ihn mit Vergangenheit und Zukunft, ihn mit der ganzen Menschheit verbindend.

Sein Wissen um die höchsten Dinge ist das pythische Wissen eines vom All Berauschten, das ahnungsvolle Wissen eines Trunkenen. Seine unerwarteten kühnen Phantasien verknüpft die Logik des Weines mit seinem eigenen Leben und mit dem Leben des Alls: „O unser Gott, furchtbarer Walfisch. — Was ist unser Schicksal: dieser tausend Welten? — Wir tanzen auf deinem ungeheuren Rücken, — O, rühr dich nicht, dein Rücken ist glatt. — Dein Rücken ist glatt, mit dem du trägst, — Unsere Seele und das All, — Und ich kann dir nur zwei schlecht zappelnde Füße und ein zitterndes Herz bieten. . . . Nimm mich mit auf die Mitte deines Rückens, auf daß meine zwei schwachen Füße aufrecht stehen — auf daß mein Herz nicht an meine Brust klopfe, — auf daß der Schlaf manchmal über mich sinke. — Oder wirf mich ab, ein für allemal — doch tanze nicht, schwebe nicht, treib keinen Spaß. — Ich dulde es nicht, — nicht länger. Schon werfen deine toten Sterne — ihr ruhiges Licht über mein Antlitz."

Das ist unser irdisches Dasein als die Vision eines Trunkenen, auf dem Rücken des Weltwalfisches. Das ist der Mensch in seiner feigen, verzagten Erbärmlichkeit. So gesehen, ist jeder einzelne eine zappelnde Marionette, die ihren grotesken Tanz aufführt. Auch so läßt sich die Welt besehen. Das leidende Geschöpf sieht sie so mit zugekniffenem, blinzelndem Aug. So hat sie A d y zuweilen besehen. Aber auch anders. Mit weitgeöffnetem Auge. Das war nach einer großen Krankheit, da er genas und das Mark seiner Knochen füllend, frohe, neue Lebenskraft fühlte. Hier: das ewige Lied des in die Adern neu wieder zuströmenden Blutes. Das Gebet der Rekonvaleszenz, das Gedicht: I m S c h o o ß m e i n e r e r s t e n G e l i e b t e n :

„Von meiner blumigen, blauen Bretterbahre*) — lasse ich einen heiteren und großen Schrei ertönen — und lasse das von meinen Augen gerissene Tuch dem Leben entgegenwehen. — Leben, ich will leben. — Leben und Tod: ihr beinahe dieselben. — Ihr großen Verwandten, ihr großen Entzweiten, — auf meine Wangen drücktet ihr euern glühend-streitenden Kuß auf einmal — und nun begrüß ich das Frührot. — Frührot, o Frührot, noch darf ich nicht gehen, — neues Leben, neues Rauschen, — neu-badendes Wasser des Seins. — Ich will auf großer, offener Wiese — die Blume bei ihrer Wurzel packen. — Ich komme zurück und lebe wieder, — wer will ein neues Leichentuch? — Ich habe Zeit, mir ein anderes zu holen — nach tausend satten, schönen, erwarteten Freuden, — nach tausend Vollmondnächten, die meiner noch harren. — Leben, komm, nun küssen wir uns. — Jeder deiner Atemzüge fliege in meine Brust, — auf deinen küssenden Mund — in deinen warmen Schoß, — in dein heiliges Hochzeitsbett hat mich meine andere Geliebte — der Tod gejagt . . .“

Das ist das Große-ins-Leben-schauen des wieder erwachten Dichters, der keine Blume haben will, wenn er sie nicht auf großer, offener Wiese bei der Wurzel packt und auf dessen zum Leben wieder belebten beiden Wangen: Leben und Tod, die großen Verwandten, die großen Entzweiten ihren Kuß auf einmal hauchen.

Leben und Tod waren zwei Erscheinungen derselben Gestalt für manche Denker. A d y ist aber

*) Auf einer so bunten Bahre liegen mit einem Leichentuch bedeckt die jungen verstorbenen Männer auf dem ungarischen Dorf.

außerdem ein Dichter und Visionär. Er hebt den Vorhang über dem Geheimnis dieser Einheit. Er sieht Tod und Leben wie sie, auf blutiger Spur fliehend, einander auf die Fersen treten, verfolgt vom großen Verfolger. Dieses ungenannte Wesen, dieser große Verfolger, dieser Herr über Leben und Tod, ist A d y s eigenste Halluzination. Der Dämon, den A d y mit der Dämonie seines Genies als seinen unheimlichen Verwandten im All zuallererst aufgespürt hat.

*

A d y sieht die Welt und jede ihrer Erscheinungen als Problem. Er ist sich selbst eines. Doch er kennt die wichtigtuerische Geste des Problemdeuters nicht. Auch sind schwerfällige Worte, wie Problem und Problemdeuter, ihm nicht angemessen. Er ist der Erleuchtete. Er sieht und sagt. Das ist seine Kunst. Diese prophetische — vielleicht auch journalistische — Geschicklichkeit ist seine Zauberei. Auch hat A d y kein System. Er hat die Wahrheit. Er sieht die Welt als ein Chaotisches. Der Mensch ist Chaos im Chaos, Wirbel im Wirbel:

Ich saß an den Ufern Babylons
Und ich saß an den Ufern der Sorge.

Ich sah schon kleine Leidenschaften,
Und ich sah eine lange, kranke Liebe.

Große Krisen erdrückten meine Seele
Und ich war der kleine Tor kleiner Träume.

Einigemal, so schien es beinahe, als ob ich
    glaubte,
Einigemal ist mir Gott erschienen.

Ich habe oftmals aufgehängt die Harfe,
Ich habe oftmals abgehängt die Harfe.

Ich war ein Troubadour, ich war ein Held,
Wohl hundertmal mußte sich mein schlechtes
    Rückgrat krümmen.

Gott, Zweifel, Wein, Weib, Krankheit,
Sie haben mir Körper und Seele verwundet.

Was mußte ich alles hingeben,
    Um endlich so schön zu ermüden.

Nun sitze ich da, der Strom strömt und der kalte
                  Wind weht
Mir von den kalten Gewässern Babylons entgegen. ❸

Das ist der Mensch, der ewige Fluß, durch den
der ewige Fluß aller Dinge rinnt. Das ist jenes
Vielerlei, genannt: ein Mann. Das ist das Ewig-
Wechselnde, genannt: ein männlicher, einheitlicher
fester Charakter.

Adys Wortkunst genießt nur der Ungar. Er
hat die Form und die Sprache neu geschaffen.
Seine Kühnheit erschreckte zuerst sogar seine Getreuen. Vieles schien uns unverständlich. Doch bald
hellte sich das Dunkel auf, — und seine Kühnheit
erwies sich als das Wagnis, einfach zu sein.

Einigemal, so schien es beinahe, als ob . . . Diese flache Prosa ist A d y s poetischer Höhenflug. Dieses zarte a t t e n u a n d o ist seine Stärke. So, nur so läßt sich der Zustand unseres bald aufflackernden, bald erlöschenden Glaubens ausdrücken. Schon folgt die zweite Zeile. Fortissimo. Die Pforten des Tempels tun sich auf, schallende Orgelmusik, im weißen Strahl durch das Fenster fallend, flattert die weiße Taube, der heilige Geist herein: E i n i g e m a l ist m i r G o t t e r s c h i e n e n.

Das Rätsel des Menschen ist in diesem Gedicht nicht gelöst, sondern nur aufgestellt. Das ist alles, was wir können. Doch über die einzelnen Taten des einzelnen Menschen kann sich jeder Rechenschaft ablegen. A d y s Tat, er dichtet. Er hat seine Harfe aufgehängt, er hat seine Harfe abgehängt. Warum hängt er sie auf, warum hängt er sie ab? Warum ist er Dichter? Warum ist man Dichter? Von A r i s t o t e l e s bis H y p p o l i t e T a i n e wurde diese Frage von vielen Denkern aufgestellt. A d y hat sie beantwortet:

Ich bin nicht Sohn, nicht glücklicher Vater,
Nicht Verwandter, nicht Bekannter
Von irgend jemand
Von irgend jemand.

Ich bin wie jeder Mensch: Hoheit,
Nordpol, Geheimnis, Fremdheit,
Irrlichternder, ferner Glanz,
Irrlichternder, ferner Glanz,

Doch wehe, ich kann nicht bleiben wie ich bin,
Ich möchte mich zeigen,
Auf daß man mich sehend sehe,
Auf daß man mich sehend sehe,

Drum alles: Selbstqual, Gesang.
Ich würde es lieben, geliebt zu sein,
Auf daß ich jemandes sei,
Auf daß ich jemandes sei.

Das ist A d y s Lehre der Poetik. Er fühlt, was
die liebende Frau fühlt. Sie will sich enthüllen, sich
auftun, sie will sich zeigen wie sie ist, damit man
sie liebe. Und diese Liebe ist Nacktheit, sie ist
Zeugung, sie ist Schöpfung, sie ist Kunst.

Das Künstlertum im virtuosen Sinne mußte
A d y immer fremd bleiben. Ihm kam es auf eine
wissenschaftlich-exakte Mitteilung seines I c h an. Er
hat in zehn Jahren zehn Gedichtbände geschrieben.
Auch für seine Fruchtbarkeit gibt er eine Erklärung.
Seiner Müdigkeit nachgeben, stille stehen und inne-
halten, das ist der Zustand des modernen Menschen.
Aber er fühlt spähende Feindesaugen auf sich geheftet. Hält er nur einmal inne, heißt es sofort: er ist
erschöpft. Dieser Gedanke treibt ihn zu fieberhaftem
Schaffen an. „Wenn ihr schwieget, Hanswurste, ich
würde zusammen knicken" — so klingt A d y s bezeichnendes Wort über das Geheimnis seines
Schaffens.

A d y s Fruchtbarkeit konnte seiner Kunst nicht
schaden. Im Gegenteil, sie ist durch seine Fruchtbarkeit bedingt. Mir ist es darum zu tun, seine Geistes-
welt zu zeigen in ihren Breiten und Höhen. Würde
ich ihn als dichterische Potenz messen wollen, ich

müßte wahllos zehn Bände übersetzen. Denn er schrieb Vieles, mitunter auch Schlackenhaftes und Wirres, aber nichts Unbedeutendes.

A d y ist nur L y r i k e r. Sein Prosa ist oft grandios, aber launisch, ungefüge. Zum objektiven Beschauen ist er nie gekommen. Er sieht nur sich, und durch sich selbst die Welt. Aber wie von oben herab, wie vom archimedischen Punkt, von wo sich die Erde heben läßt. P e t ö f i s bilderreiche Phantasie, P e t ö f i s Charme und Humor, P e t ö f i s episch-darstellende Kraft gehen ihm ab, — er ersetzt diese Mängel durch die Wucht seines durchfühlten Denkens oder vielmehr seines durchdachten Fühlens. Die beschreibende Dichtung ist nicht sein Fach. Doch wenn er die Landschaft bändigen will, bezwingt er sie. Die ungarische Flur nach dem Maisturm, da „das Blut zu einem roten Lied erflammt", ist wie ein R u y s d a e l so frisch, so tauig, so alle Regenbogenfarben spielend in seinem Lied. Er erhascht den Winter schon im herbstlichen Laub und den Herbst in Paris auf dem sonnendurchglühten Boulevard Saint-Michel. D e r H e r b s t w a r i n P a r i s :

Der Herbst schlich gestern nach Paris,
Er huschte lautlos über Sankt-Michaels Weg
In den Hundstagen, unter stillem Laub
Und kam auf mich zu.

Als ich so gegen die Seine ging,
Knisterten kleine Reisig-Lieder in meiner Seele,
Glimmend-rauchende, komische, traurige,
                                    purpurne,
Darüber, daß ich sterbe.

Mich ereilte der Herbst und flüsterte mir zu,
Sankt-Michaels Straße erbebte davor,
Sum, Sum: nun flogen durch die Straße
Drollige Baumblätter.

Ein Augenblick. Der Sommer wich nicht einmal
                                        zurück.
Und der Herbst flog lachend aus Paris von
                                        dannen,
Doch er war hier und daß er hier war, weiß ich
                                        allein
Unter ächzendem Laub.

Kennst du diesen herbstlichen Windhauch im
Sommer und seinen knirschenden Staub zwischen
den Zähnen? Sollten dich diese Stimmungen nie be-
schlichen haben? Wer sollte sie nicht kennen? Doch
wer hat sie je gepackt! A d y war der erste. Der auf-
gefangene Augenblick mit der ganzen Schwere seines
Stimmungsinhalts, mit der ganzen Leichtigkeit
seiner taumelnden (A d y sagt anschaulicher:
drolligen) Blätter. Ein Moment für die Ewigkeit, die
Ewigkeit im Moment, — Leben, Tod, Dichtkunst,
sum-sum, der summende Herbst im Sommer.

A d y hat ein Lied über die Kälte: I m L a n d e
d e s K ö n i g s K a l t, — er hat ein Lied über die
Stille: V o r d e m g u t e n P r i n z e n S t i l l e
Seine Dichterwelt kennt nur diesen König und
diesen Prinzen. Hier erscheine nun A d y s P r i n z
S t i l l e in seiner ganzen mythischen Würde: „Ich
gehe im Mondschein durch den Wald — meine
Zähne klappern und ich pfeife — Hinter meinem
Rücken — der zehn Ellen lange, gute Prinz

Stille.. — O weh mir, wenn ich zurückblickte,
— O weh mir, wenn ich verstummte — oder
gar emporblickte, zum Mond empor, — ein
Wehschrei, ein Sturz — der gute Prinz Stille würde
mich mit einem großen Schritt überschreiten und
zertreten."

Das ist das Gruseln der Stille, — es ist die
Furcht des Kindes, das sich in dunkler Stube ein
Liedchen vorsingt. So geistert die Natur in A d y s
Lied herum. T i s z a warf einmal gelegentlich —
wahrscheinlich auf A d y anspielend — den
modernen ungarischen Poeten das Fehlen jedes
Natursinns vor. T i s z a wollte breiten, handgreif-
lichen, grellen dichterischen Öldruck, den zweiten
Teeabguß P e t ö f i immer von neuem wieder
eingeschenkt haben. Nie hatte er durch sein
schwarzes Augenglas gesehen, wie die ungarische
Natur so gespensterhaft zart im weißen Spitzenkleid
dieser Kunst durch A d y s Liederbücher wandelt.

*

Die Baudelaire-Leserin aus der ungarischen
Provinz reist nach Paris. Der Poet ihr nach. Durch
diese Reise ist A d y s ganzes Verhältnis zu seinem
Ungartum bedingt. „ . . . . . Ich bin der Märtyrer
des heiligen Ostens, — der seine Linderung im
Westen sucht . . . Ich hasse meine verkommene
östliche Rasse, — die, als sie müde ward, mich
gebar — daß ich nun, ein Blasser, fliehen muß nach
dem Westen — um dort meinen Herrn, die Sonne
anzubeten . . . .
Mein östliches, Blut, dieses träge — schlürft in Durst

den Westen: — ich bin des Sonnengottes tran-
rigster Priester — sein längst entsandter, müder
Strahl . . ."

Also hat dieser Ungar einen Fluch über sein
Ungartum laut und vernehmbar gesprochen. Er
wagt es sogar, den Haß gegen seinen Stamm zu
gestehen.

Fluch über ihn, steiniget ihn! — Schrien die
guten Patrioten, indem sie vor dem Unverschämten
ihr züchtig-gutgesinntes Gesicht in Abscheu verhüllten. Doch der kecke Barde ließ sich in nichts
einschüchtern. Er sang weiter, wie ihm sein
Schnabel gewachsen war: „An der Seinestrand lebt
der andere. — Der dort ist, bin ich auch, — dieser
bin ich auch — zwei Leben lebt in zwei Gestalten — ein
Toter. — Am Donaustrand — treiben böse Geister
ihren Spott mit mir, — am Seinestrand hüllen
mich hunderterlei, — keusche Liebesgefühle in
Träume. — Dort bin ich' schöner, edler, helden-
hafter. — Der Hauch eines Kusses jedes meiner
Lieder. — Am Donaustrand treibt mich derbe Freude
zu Dirnen, — Wein gibt mir Schlaf — und ich zerschmettere mein Glas. — Dort: schwebt mein Lied
in des musizierenden Abends — heiligem Getös —
Und ich küsse das Leben wie im Haar, — meiner
Liebsten die Orchidäe . . ."

Ein Internationalist. Ein Verräter. Ein Demon,
um so gefährlicher, als er sein Gift darreicht in
köstlich getriebenem Kelch. Ungarns Jugend, wir
warnen dich vor diesem Rattenfänger. Doch jede
Warnung bleibt vergebens. Das Gift wirkt. Eine
junge, hungrige Heerschar greift danach. Die sogenannte Destruktion beginnt ihr verderbliches Werk.

Man hört, wie ungarische Jungens das Pariser Abschiedslied hersagen: „. . . . O das Leben ist ja nirgends eine allzu große Freude. — Doch es ist gut, mit offenem Auge zu schauen — Heilige Stadt, du Schönste, für das offenste Auge — Leb wohl, Paris . . . . . Du singst, du singst. Dein fremder Sohn — geht ins gesanglose Land, der Ärmste. — Schon sendet mir der ungarische Himmel — sein Bettlergeheul entgegen. — Eisiger Atem und Leichengeruch — fliegen dort über jede Blume. — Eine verdammte Gegend. Mir: meine Heimat. — Der sonnenlose Osten. — Und ich gehe doch — mein Schicksal — fordert mich zurück. Und dann will ich sterben, — mich töten die sanglosen Herzen — und die wilden Patschuligerüche. — Sie töten mich und mir wird kein Rausch — ich liege hingestreckt, dumm, kalt, — Paris, du singender Riese — singe mir einen Rausch . . .“

Also doch, — dieser landesflüchtige Verräter fühlt, daß ihm die verdammte Gegend ein Schicksal ist, ein unentrinnbares, einziges. Der sonnenlose Osten ist eben seine Heimat. Paris, zwar ist Versuchung, Trunkenheit und Schönheit, aber auch die ewige Fremdheit für seinen fremden Sohn. Die Stimme von Paris ist diesem nach dem Westen verirrten östlichen Pusztensohn wie die geisterhafte Stimme der heimatlichen Wälder. P a r i s , m e i n B ā k o n y e r w a l d heißt mit sprechendem Titel A d y s herrlichstes Lied. Der lallende Übersetzer wagt sich in seiner entweihenden Art an einige Zeilen heran: „Nun bleibe ich keuchend stehen: Paris, Paris — menschendichte, gigantische Wildnis — das Pandurenheer der schwatzenden Donau —

mag mir nachstellen — die Seine harret mein, dieser Bakonyerwald verbirgt mich. — Groß meine Sünde: meine Seele. — Meine Sünde: daß ich weitsehe und wage — . . . . Sie mögen kommen: verborgen lieg ich auf dem Herzen von Paris — berauscht und frei . . . . . Hier will ich sterben, nicht an der Donau — keine häßlichen Hände sollen meine Augen schließen — die Seine wird mich rufen und in stiller Nacht — verliere ich mich in ein großes, großes, trauriges Nichts. — Sturm mag heulen, Strauch mag zittern — mag sich die Theiß über ungarische Steppen ergießen — mich bedeckt der Wald der Wälder — mich versteckt auch noch im Tod — mein treuer Bakonyerwald, mein großes Paris."

So ist dieser Ungar, · R o m a i n R o l l a n d , einer der größten Sänger von Paris geworden. Ihm ist Paris: die urbs, die Lichtquelle, der Kraftborn. Seine Sendung: Kraft aus diesem Born, Licht aus dieser Quelle heimzutragen. Prometheische Sendung für prometheischen Lohn. Und doch ist in A d y nichts neues, nur eben der hundertjährige Widerstreit der Gefühle erwacht, wie er einst die Seele der kaiserlich-ungarischen Garde zu Wien entzweiriß. Unsere Sehnsucht heißt: hinaus, — unser Schicksal heißt: zurück: „Ich komme von den Ufern des Ganges — wo ich träumte in südlicher Glut — Mein Herz ist eine große Glockenblume — und ihr feines Beben: meine Kraft. — Ziehbrunnen, Mühlengrab, Beilstöcke, — Wüste, Lärm, derbe Hände, — Wilde Küsse, gemeine Traum-Scharfrichter, — was suche ich an den Ufern der Theiß?"

258

Wie denken Sie sich, R o m a i n R o l l a n d ,
wie mußte in diesem Land der Selbstverherrlichung
so ein Lied der Selbstbesinnung wirken? Schien uns
doch alles am schönsten, hier in der schönsten aller
Welten? Was kreischt dieser Rabe, was will er?
Ist denn unsere Donaustadt keine Herrlichkeit?
Ist sie nicht besonders lustig? Warum nennt sie dieser
Dichter eine Fluchstadt? Man höre diese Selbst-
apostrophe: „Mein Strahlenmann, du bist hierher gelangt, — das abscheuliche Budapest ist deine Bahre?
— Erinnerst du dich des Glanzes nicht — der über
südliche Gräber fliegt? — Hier in Budapest ist das
Leben häßlich — und tausendmal häßlicher ist der
Tod — komm aus dieser Fluchstadt, — komm,
mein Toter, folge mir, — hier läßt sich nichts
Schönes erträumen — hier gibt es keine große,
tränengeheiligte Liebe . . .“

So entwickelte der Pariser Aufenthalt A d y s
leicht verletzbaren Künstlersinn für heimische Trivialität bis auf das Äußerste.

Seine patriotische Sendung war, die aller-
schärfste Abwehr zu sein gegen alles und jedes
Banausentum in einer verflachten Welt des Philisteriums. Er war Ungarns erwachtes Gewissen, der
Rufer im Streit, das melodische Memento abgestumpf-
ter Nerven, die wahrlich durch nichts Widerliches
mehr verletzbar zu sein und in dichte Fettschicht
gehüllt, für ewig zu ruhen schienen. Er ist der
Dichter als Held im Carlyleschen Sinne des Wortes, der gekommen ist, um jede Falschheit in Wahrheit umzuprägen.

*

Aber diesen Widerwillen von allem Heimischen so hemmungslos zu sagen und gar in dieser äußerst neurasthenisch überreizten Form, das wäre doch immerhin eine rein verneinende Betätigung. Das wäre eben jene Destruktion, jene bösartige Zersetzung, die das Land dem Dichter zu seinen Lebzeiten und nun auch nach seinem Tode gewiß zu Unrecht vorgeworfen hat. Kein Genie ist im Negativen erschöpft. Kritik ist nur eine der Äußerungsformen, die der geniale Künstler, seinem allen Reizungen zugänglichen Wesen folgend, besonders scharf und oft bis zur Übertreibung zugespitzt ausübt. Und dies hat eben unser A d y getan. Seinem Haß und seiner Übertreibung liegt eine wunde, große Liebe zugrunde. Man merkt es ihm an: er hat geliebt und wurde in seiner Liebe gekränkt. Worin? Dieser Mann ist der Mann, um seine Geheimnisse herauszusagen, — wer da hören will, höre: „Er ein Kumane mit großem Auge — gemartert von gar vieler, vieler verträumter Sehnsucht. — Er hütete seine Herde — und führte sie keck in die berühmte ungarische Steppe hinaus — Dämmernde Abende und Fata Morgana — hielten seine Seele wohl hundertmal gefangen. — Doch sobald eine Blume in seinem Herzen sproß — grasten sie die Herdenvölker ab. — Er dachte tausendmal Wunderschönes — er dachte an Tod, an Wein, an Weib, — in jeder anderen Gegend dieser Welt — wäre er ein heiliger Barde geworden, — aber wenn er die schmierigen, blöden Kumpane — in ihren breiten Bauernhosen und die Herde besah — so würgte er das Lied in sich hinein — er fluchte nur oder er pfiff."

Das ist die Stimmung des P e t ö f i schen

Bauernburschen, der in seinem großen Leid mit dem großen Stock einen großen Hieb über des Esels Kopf versetzt. Aber der Bauer trauert wenigstens um. seine tote Braut. Doch warum trauert dieser unbequeme A d y? Wohl um sein lebendes, ach damals noch in so frischer Lebendigkeit zu leben scheinendes Volk. Wer gab ihm ein Recht dazu? Welche Anmaßung! Weshalb will denn dieser Dichter seinen Landsleuten vorschreiben, wie sie es anders und richtig machen sollen? Jeder wird auf seine Art selig. Vorschreiben kann man keinem etwas, geschweige denn einem ganzen Lande.

A d y sieht eben mehr als die meisten, die in dem Lande Politik treiben. Er hört auch mehr als alle, die hier Zeitungen schmieren und vorgeben, alles zu wissen und zu hören. Denn diese Tauben hören nur, was man spricht, A d y hört auch, was stillschweigt. A d y weiß, daß unsere Bauern Söhne und Enkel der einstigen aufständischen Leibeigenen sind, daß in ihnen derselbe Geist lebt, wenn auch heute noch ihre Seele „S t i l l e" heißt. „Es ist still, das ist wahr, doch wo gab es je so eine Stille?: — aus den kranken Lungen des halben Landes — erstöhnen schwarze und rote Rachegedanken, das Dorf gibt der Stadt ein Signal der Stille . . . . Diese Stille wird hier alles erlösen, — in ihrem tauben Schoß schlafen Explosionen — und dieses kleine, tausendmal gefesselte Land — fliegt in die Luft . . ." So sieht A d y die Bauernschaft und ihren ungestillten Durst nach Grund und Boden. Jeder Fabriksschlot ist ihm eine Sorge, verkrüppelte Lakaien der Sünde stecken in unseren Fabriken überall. Denn dieses Agrarland ist um seine Industrie bemüht, ohne sich auch nur im geringsten um seine Arbeiterschaft zu scheren.

Er sagt die Wahrheit, weil Gott sie gab und nicht aus purer Lust zu schmähen. Denn es schmerzte ihn selbst, Schmähworte gegen das Vaterland zu schleudern. Hört den Mann, der eben so zynisch vorgab, seine Rasse zu hassen, Worte geängstigter Liebe und wehen Mitleids für sein Land aussprechen: „Aus unseren Fingerspitzen quillt Blut — wenn wir dich antasten — du verschlafenes, schönes Ungarn. — Lebst du denn und leben wir denn? — Läßt sich hier Besseres erwarten? Auge und Seele schmerzt vor Erwartung . . .“

A d y fühlt wie P e t ö f i das Herannahen einer Revolution. Sogar T i s z a ist ihm ein Mann der Lunte, der Abgesandte der Zeit, den man lieben muß, da er gekommen ist, um alles anzuzünden, auf daß Hunniens herrschaftlicher Düngerhaufen niederbrenne: „Wien, Aberglaube, Grafenstolz, Neid, — östliche Art, Gendarmerie, Lakaientum, kein Gott kann in unseren Adern — das Fieber binden . . . Wir rennen in die Revolution . . .“ So schreibt A d y 1912.

In der Welt jener mit Blindheit geschlagenen W e k e r l e und T i s z a, ist A d y der einzige Seher.

Doch A d y wäre nur der rethorische Bearbeiter eines gegebenen, künstlerisch immerhin undankbaren Themenkreises geblieben, wenn seine Dichtung nicht durch die Oberschicht des Gedankens bis ins innerste Mark des Gedanken-Knochengerüstes hineindrängte. Dieser geborene Entdecker streift das soziale und politische Gebiet, um seelische Beute heimzubringen.

Eine seiner denkwürdigsten Dichtungen erzählt, wie der Dichter im schlechten Fiaker sitzt
und in Wien, Paris, London, im Nebel am Abend
immer wieder Rothschilds Palais vor ihm er-
glänzt: — „Mein Kutscher verirrt sich immer hieher.
— Als wäre mein Kutscher das Schicksal. — Im
schlechten Fiaker trottend, sah ich: Pomp, flammenden Glanz; — Teppiche und teuere Bilder. — Glücklicher Kutscher: du darfst ein Pferd schlagen . . .“

Das ist es. Schon wieder hat A d y die
Blume auf großer freier Wiese bei ihrer Wurzel gepackt. Denn der eigentliche Trieb zu jedem sozialen
Empfinden ist eben das sehr persönliche Leid aller
Ausgestoßenen und Darbenden. A d y rückt sofort an
das eigentliche Wesen der sozialen Frage heran, indem er die Pein schildert, von der Straße aus: Pomp,
Teppiche, hellerleuchtete Räume zu sehen. Wenn
dieses Gefühl im Kommunistenstaat frei wird, ist es
seine erste Sache, den Bürger aus seinem Heim zu
jagen. Den menschlichen Grund dieser in jeder
Praxis sofort von selbst scheiternden Verordnung
muß man aus diesem Gefühl verstehen. Der zum
heiligen Haß gesteigerte Neid des Proletariers schreit
zum Himmel in dem Aufschrei: „Glücklicher Kutscher! du darfst ein Pferd schlagen.“ Weh, wenn
die furchtbare Peitsche nicht mehr über Pferde-
rücken knallt, sondern über Männer und Frauen
und Kinder, die bis nun auf des Lebens weichern
Pfühlen ruhten.

Der Dichter ist nicht da, um Theoreme aufzu-
stellen. Er ist da, um sein Gefühl zu sagen. Deshalb
— betet A d y um Geld und singt Psalme zu Mammon.

„Unser Herr das Geld," heißt ein Zyklus Adyscher Lieder.

So wird in Ady alles Soziale und Allgemeine auf das Persönlichste und Menschlichste zurückgeführt. Er zeigt uns den selbstischen Urgrund heißester, wildester Lebenssehnsucht, auf dem das scheinbar so selbstlose System der Kommunisten erblüht. Er deckt den umgekrempelten Kapitalisten auf, der in jedem Kommunisten steckt. Statt einer schwachen Theorie des allgemeinen Mitleids, die kraftstrotzende Wahrheit des allgemeinen Leides und Neides — statt unfruchtbarer Gemeinschaftlichkeitsgefühle, den starken Trieb so vieler einzelner Egoismen. Le revers de la médaille! Denn dieser heilige Neid ist nicht nur der Anfang, — er ist auch das Ende. Der Fanatiker mag Menschen zu Tausenden und Abertausenden vernichten, — der Mensch im Menschen, wie ihn unser Ady erkannt hat, läßt sich nie und nimmer ausrotten.

*

Seine Stiefbrüder im Buchstaben nennt Ady seine Kollegen, die zur Galeerenfron des ungarischen Worts Verurteilten. Von da und dort sind gleichgesinnte Brüder von überallher zusammengekommen und trafen sich alle in einer einzigen Revue.

Sie haben einmal, Romain Rolland, im Jean Christophe den Roman der ewigen, jungen Revue beschrieben, die mit der ewigen, jungen Absicht begründet wird, die ewige, alte Wahrheit ein für allemal herauszusagen. Wie in Ihrem Roman —

typisch festgestellt wird, wurde diese junge Revue, so wie überall, auch bei uns von jungen Juden begründet. Ein junger Jude setzt seine großen Brillen auf und liest und liest mit jenem talmudistischem Eifer seiner Rasse, was an Manuskripten aus dem ganzen Lande herbeiströmt. Seine Sache ist, Spreu vom Weizen zu sondern. Die des zweiten Juden ist es, Kritiken zu schreiben, die des dritten, in die Reklametrompete zu stoßen, die des vierten, den Mäzen zu spielen. Nun erscheint die Revue und einige tausend, zumeist jüdische Aufnahmsfähige und Verstehende sammeln sich als Abonnenten um sie. Und doch entstrahlt der Revue nur die bodenständige Kraft der autochtonen Rasse. Denn die schöpferischen Schriftsteller der Revue sind alle Christen. So war es auch bei uns. Der Titel der Revue lautete natürlich — wie hätte er auch anders lauten können! — „W e s t e n". Schon der Titel war ein rotes Tuch für ein an den Sitten des Ostens starrköpfig hängendes Volk. A d y schrieb alle zwei Wochen für diese Revue seine drei, vier Gedichte, zusammen mit ihm viele Mitstrebende. Und dieses Wunder des Zusammentreffens wiederholt sich im Laufe aller großen Epochen jeder Literatur. Immer wieder erstehen hier und dort ähnlich strebende, obwohl selbständige Genien. Der eine bannt mit souveränem Willen Dantes Terzinen in die an Reimen arme ungarische Sprache und füllt seine Seele mit aller Poesie und aller Philosophie von H o m e r o s bis B r o w n i n g und von P l a t o bis B e r g s o n. Sein Gedicht spielt mit allen Ideen und Idealen, wie ein muskelkräftiger Athlet mit Gewichten. Ob er auch eine eigene Idee hat über Welt, Gott, Gesellschaft, Menschen? Doctus Poeta, M i c h a e l B a b i t s , ich horche nach dem eigensten Sinn deiner kunstreichen Rhythmen und ich höre ein mövenartig-weißes, unruhiges Kreischen als geheimes Nebengeräusch deiner anscheinend so ruhig geschliffenen Strophen. Von A d y in allem verschieden, zupft dieser gelehrte Dichter aus seiner wohlgestimmten Leier doch neue und unbändige Töne. Auch dieser Mann will ein neues Ungarn, — er ist die überschäumende Tradition, die unruhige Gelehrsamkeit, die revolutionäre Glätte und die rebellische Ruhe.

Zu gleicher Zeit tritt auch ein Bauer auf, mit dem knarrenden Schritt seiner schweren Stiefel. Z s i g m o n d M ó r i c z kam mit bodengierigem Heißhunger, mit leidenschaftlicher Liebe für den beiseite gelegten Groschen, aber mit umsoweniger Liebe für die Frau. Sie ist ihm Begattungsobjekt, Gebärmaschine, besonders und über alles jedoch, billige Hilfskraft. Mit M ó r i c z schwindet der idyllische Bauer der J ó k a i und M i k s z á t h für ewig dahin. Doch ist sein Wort, das üppige und mürbe, wie der schwarze, mürbe, weizengebärende ungarische Humus. Auch was er zu sagen hat, ist obwohl derb, jedoch beseelt, obwohl ruchlos real, doch nie gemein. Ein Urmagyar, ein Mann aus dem Volk, dennoch mit neuen Sehnsüchten und neuen Ruhelosigkeiten.

Auch die Frau sollte—kommen, die zugrundegegangene Junkersfrau, in eine elende Schule als Lehrerin gesperrt. Aus dem Zusammenstoß ihrer unerfüllbaren, atavistischen Zustände und des kargen, harten Lebens wird ein Roman der niedergesunkenen Gentry. T i s z a, der den liebenswürdigen Satiriker H e r c z e g zum Nationaldichter erhob, hielt es der Mühe wert, das bitter-ernste Lebensbuch dieser Frau M a r g i t K a f f k a anzugreifen. Dem puritanischen Brillenmenschen galt Schöntuerei als Kunst, — aber diese wahren Worte über Ehe, Mutterschaft, Familienzwist, Armut, über Titel ohne Mittel, diese schonungslosen Ehrlichkeiten eines weiblichen Geistes konnte dieser schonungslose Mann der Tat nicht vertragen.

✽

Für G o e t h e war klassisch gleichbedeutend mit gesund, — alles Kranke galt ihm romantisch. Bei uns galt dem Agrargeschmack eines bäurisch-junkerhaften Volkes gemäß, alles Ländliche als gesund, alles Städtische als krank. Und doch konnte man einer Millionenstadt nicht Schweigen gebieten. Budapest will sprechen. Der erste, aus dem die Stadt ewig gültige Worte spricht, war J o h a n n A r a n y. Er schreibt die mürrisch-humorvolle Lyrik des alten Bürgersmannes, wie sie in Deutschland besonders F o n t a n e gepflegt hat. Das ist die rührend-bescheidenste Form, um eine melancholisch-todesnahe Weltanschauung der Resignation auszudrücken. Der Oberkellner, der staubige Stadtgarten, der Omnibuswagen werden besungen, während die M u s a p e d e s t r i s des Dichters schon im Gedanken das eigene Grab umkreist. Als uns der Franzose E i f f e l seine zierliche Brücke über die Donau spannt, wird dem Dichter die Selbstmordrubrik der Zeitungen zum Stoff. Aus der Donau tauchen all ihre Toten herauf, klettern über die neue Rampe empor und üben dann neuen Selbstmord über die neue Brücke. Das ganze Elend der Stadt defiliert in einer gespenstischen Ballade.

Z o l a s Realismus berührt östliche Jünger. Sie wagen in unerzogenen Romanen Pester Straßennamen bei ihrem Namen zu nennen und das Großstadtelend zu beschreiben. Doch ist Pest eigentlich gar keine Großstadt. Unecht, wie die Stadt, mußte also auch ihre Literatur sein. Aber es ist eine eigene Sache um die Kunst. Wer die Courage hat, offen und ehrlich unecht zu sein, der ist ein echter und ehrlicher Künstler. Und dieses Wagnis wagt einer. Ein Apache aller Grazien, ein Lausbub des Olymps, dessen Muse, weithin aus den Lücken ihres Gebisses spuckend, mit betrunkener Heiserkeit und mit unartigen Gebärden, doch immer unwiderstehlich Lustiges erzählt. Ein C o u r t e l i n e des Ostens: F r a n z M o l n á r.

Der grausam-lustige M o l n á r verstummt leider nur zu bald. Er wird zum Bühnendichter. Von Budapest bis Kopenhagen, von Moskau bis London und Chicago mit überall gleichem, wohlverdient-großem Erfolg.

Diesen Welterfolg hat jedoch keineswegs der ausgelassene Wildling, sondern der recht gezähmte M o l n á r errungen. Er ist ein Könner geworden. K e r r, der boshafte, nennt ihn einen Procentaur. Aber K e r r konnte doch nur um des blendenden Paradoxes halber M o l n á r s Dichterwerk, den L i l i o m, einfach einen Schund nennen. Denn ein Schund hätte K e r r nie und nimmer das Geständnis abgerungen: „Es war niemand im Haus, der nicht vor dem Schund zuletzt eine Minute, während der

Vorhang sinkt, etwas in sich erstarren gefühlt hätte. Den ganzen Ewri-Pisies (was ihr Euripides aussprecht) könnt ihr umdrehen und schütteln — so fällt nicht dergleichen heraus ... (hier) lebt inmitten des Kitsches ein Geniezug. Hilft nichts: ein Geniezug."

Diesem Geniezug in M o l n á r sind nicht nur seine zwerchfellerschütternden Croquis, aber auch seine seelenerschütternden Novellen zu verdanken. Wer sich die G r o ß e N a c h t d e s B a r o n s M a r t i u s in der schlechten deutschen Übersetzung verschaffen kann, lese diese verwirrende und betäubende. Vision aus Erotik, Spielleidenschaft und Alkohol.

Außer M o l n á r und mit M o l n á r ein Dutzend gleichstrebender Theatraliker. Als das technisch so trefflich zusammengezimmerte T a i f u n des Ungarn M e l c h i o r L e n g y e l in Paris mit Erfolg über die Bretter der S a r a h B e r n a r d ging, sprach die Pariser Kritik, die höfliche, allzu höfliche, von einem östlichen C o r n e i l l e. . Die ungarische Eitelkeit ist geschmeichelt. Ob es will oder nicht, das Ausland muß schließlich ungarische Namen erlernen. Und das Inland, welches bis dahin die ungarischen Theaterschriftsteller kaum zur Kenntnis nahm, lernt nun das Fieber der großen heimischen Premieren kennen.

Reges geistiges Treiben überall. Das heißt, nur in den inoffiziellen Kreisen der Kunst und Wissenschaft: S z é c h é n y i s Akademie, die Universität sowie alle offiziellen literarischen Vereine, wohin nur T i s z a s lange Hand sich erstreckt, alles ist ins traurigste Stocken geraten. Dafür erscheint eine zwar unakademische, doch äußerst ernste wissenschaftliche Zeitschrift: Z w a n z i g s t e s J a h r h u n d e r t, in der löblichen Absicht, dem Lande das fehlende soziale Gewissen durch soziales Wissen beizubringen.

Sturmvogelliteratur . . . die über dem platten Pusztenmeere kreist. Der Himmel ist heiter. Dampfschiffe und Segler durchschneiden ruhig die spiegelnde Oberfläche. Dort am Ufer plätschern lächelnde Knaben und Mädchen, die Alten schwimmen mit ruhigen Tempi im Wasser umher. Jedermann zürnt den Sturmvögeln. Warum erschrecken sie einen? Ach, fort mit ihnen. Husch, hören wir nicht auf sie. Die ungarische Gesellschaft ächtete ihre besten Söhne. S z é c h é n y i s Akademie ist ihnen verschlossen. Die Wissenschaft und die Presse verfluchte sie. Erfolg geht um den Preis von Konzessionen.

Eine destruktive Literatur, sagten alle, eine ätzende und vernichtende! Und doch hat diese Literatur nicht destruiert, nur konstatiert. Sie hat einfach festgestellt, das heißt sie hat nicht mit kalter feststellender Berechnung, sondern mit divinatorischem Schmerzensahnen gefühlt, was der Politiker nicht gewußt und was die wissenschaftliche Berechnung außer Rechnung gelassen hat: daß das innere Prinzip des im Dualismus eingefügten ungarischen Lebens katastrophal gefährdet sei. Kurz und gut, diese Literatur war die Literatur der Wahrheit. Daher ihre Farbe, ihr Duft, ihre auf der wirklichen Beständigkeit der Traditionen beruhende Kraft der andern offiziellen Literatur gegenüber, die sich auf erbauliche Tendenzen und Muster berief, um

mit einer gewissen Fertigkeit und mit einer rührenden Gutgläubigkeit fahle Mittelmäßigkeit und grauen
Epigonismus hervorzubringen.

Kann die Wahrheit destruktiv sein? Nein, niemals! Das fühlen alle jungen Talente und schaffen
hoffnungsfroh im Glauben an einen ungarischen
Fortschritt.

*

Da taucht eine seltsam beunruhigende Erscheinung in dem Treiben auf. Ein Hohlspiegel, in dem
sich der „Fortschritt" besehen kann. S o s c h r e i b t
i h r . . . heißt das Büchlein eines gewissen
K a r i n t h y, um das Zerrbild unserer Literatur zu
zeigen. Keine Karikatur, sondern eine skurrile Vernichtung. Ein philosophisches: N i h i l, als Barriere
auf den vorwärtsschreitenden, emporsteigenden Weg
gestellt.

Auch auf A d y ist kein rechter Verlaß. So ein
Dichter ist doch immer eine ewig-täuschende Erscheinung. Gewiß: A d y glaubt an den ungarischen
Fortschritt. Oder er tut wenigstens so, als ob er an
ihn glaubte. So oft ihn Vereine oder Zeitungen auf-
forderten, ist er stets bereit mit der anfeuernden
Ode. Aber zuweilen ertönen auf dieser funken-
sprühenden Leier matte Töne der zagen Bangigkeit
und des dumpfen Zweifels. Das sind keine Lieder
für Zeitungen und Vereine, das sind Lieder, die
seine enttäuscht niederhängenden Lippen unwillkürlich vor sich hermurmeln. Die Lieder des Rebellen in A d y genügten für zwei Revolutionen,
diese Lieder der Entmutigung genügen für alle

ungarische Ewigkeit. Denn es sieht eigentlich recht verzweifelt aus in der zerwühlten Seele dieses Dichters:

„Nie gab es einen so schönen Regenbogen — er spannte sich als Reif über den Himmel — nie habt ihr so einen heiligen Reifen gesehen,— so einen breit umarmenden — doch es wird Abend. — Bauern, Vieh und Vögel — schon langweilt es sie — bewundernd zu schauen — Fäuste und Augen schämen sich — daß sie da, auf der Wiese — sich rühren ließen — von so einem schäbigen Regenbogen. — Spottend schielte die alte Sonne — indem sie sich begrub. — Es schien ihr zu gefallen, daß ein Regenbogen — ein Farbenwunder, solches Erstaunen erregt — auf nüchterner und gedüngter Flur. — Nur der Regenbogen wartet immer. — Er wird im Schwinden immer schöner. — Er besieht sich weinend die Wiesen — dann ziehen Wolkenschwestern vorüber, — und trinken seine heiligen Farben. — Die alte Sonne fällt lächelnd hinunter — die ganze Welt atmet auf. — Sind ja so verrückte und großartige — heilige, göttliche Komödien — doch nichts für diese verschwitzten Wiesen."

Das ist der Rauch, der Ruß und der Zweifel der ungarischen Feuersäule, die uns allen voranschreitet. Ein unheilschwangeres Lodern mit traurig herniederfallender Asche.

Und nun verrät dieser Demokrat sein tyrannisches Innnere: „. . . laßt mich als Herrn für mich allein . . ." Oder er gesteht uns, dieser merk-würdige Revolutionär: „. . . ich war nicht begeistert, — ich bin für mich, für mich selbst da und genüge mir selber, — wenn ich Lieder sage, — und wenn mich Reime und Sorgen verzehren . . .“

Sollten solche Geständnisse den Radikalen, Sozialisten und Bolschewiken, die den Dichter für ihre Parteien beanspruchen, nicht zu denken geben? Er fühlt sich als Herr dieser Dichter, ganz in dem Sinne wie irgend ein T i s z a. Denn er ist in Wirklichkeit ein ahnenstolzer Herr von A d y, — jeder Zoll ein Junker. Sich zu begeistern, — das ist nicht die Sache der Herren. Er ist für sich selber da, allein und verwaist im ungarischen Gewühl.

Es ist A d y um sein Land wie um Gott, —, er glaubt ungläubig an Ungarn. Ein Thomas und ein Paulus zugleich. Dichter sind nichts für die Partei, weil sie alles für die Menschheit sind. Und dieser Mensch der Menschheit sieht in Ungarn nur Menschen der bornierten Partei. Wenn er begeisternde Lieder singt, der satanische Sänger, — sagt er es uns mit schaurigem Lachen, weshalb er sie, ohne Begeisterung, nur andere begeisternd, so gesungen hat:

Mein Fuß knickt zusammen, meine Brust sinkt
ein
Nun heißt es fallen.
Ich sinke lustig hin, ich strecke mich tapfer aus.
Lalla, lalla
Auf dem Hügel der Krüppel, in großer Nacht.

Mein großes Verkrüppeln soll niemandem weh
tun.
Ist es ja nicht der erste Sturz in diesem Land.
Wer in ungarischem Land ein großes Schick-
sal erstrebt,
Lalla, lalla.
Ist verkrüppelt bis zur Nacht.

Im sumpfigen Tal ersehnte ich Berge,
Mein Fuß trug mich bis zu einem kleinen Hügel.
Tragen wir unsere glühende, jungfräuliche
Seele zum Misthaufen.
Lalla, lalla.
Hier ist es dir arg ergangen, o Zarathustra.

Und doch soll manchmal Gesang erschallen.
Als nichtig-trauriges Himmelserstürmen, als
Musik des Fluchs,
Als Lied der Lockung. Damit noch andere
kommen mögen.
Lalla, lalla.
Daß noch andere verkrüppeln, noch andere
verrecken.

Also sprach die höhnische·Feuersäule. Das ist
A d y s entsetzliches „L i e d i m S t a u b“, — der un-
heilverkündende, prophetisch-ironische Sang unseres
ungarischen Schicksals. Der Seher sieht düster in
eine düstere Zukunft. Denn der vorwärtseilenden
genialen Sturmvogelliteratur folgt eine rückwärts-
stolpernde Sturmvogelpolitik. Ja, was noch ärger
ist: eine dilettantische Sturmvogelpolitik. Denn es
gab bei uns zwar Meister des erneuten Gedankens

und des erneuten Wortes, aber nur Stümper der erneuten Tat. Der Umsturz naht notwendig heran,
doch das wahrheitspflichtige Wort des Dichters
sieht nach dem Umsturz kein nahes Heil.
Es naht die Zeit des Chaos, auf daß abermals
neue Millionen in Begeisterung auferstehen und aus-
ziehen, mögen noch andere verkrüppeln — lalla,
lalla! — und noch andere verrecken!

ZWÖLFTES KAPITEL

Das Problem Károlyis. — Unbeantwortete Fragen und unverantwortliche Grafen. — Die Hemmung als Ansporn. — Der Köder. — Die rosigen Schweine. — Brot dem Volke. — Ein Wort, ein Mann. — Der neue Kurs.

Am 16. November 1918 stand M i c h a e l K á r o l y i auf hoher Estrade unter dem weitgespannten Bogen des ungarischen Parlaments. Die goldflimmernde Wand des erleuchteten Saales hallte von den vielverheißenden, überirdischen Worten einer neuen Freiheit wider. Fort für ewig mit allen Waffen des Mordes und fort für ewig mit allen Männern des Mordes! Hoch lebe die Volksrepublik!

Am 16. November 1919 ritt auf schneeweißem Rosse der stolze Repräsentant ungarischer Kriegsmacht, Admiral N i k o l a u s v. H o r t h y, gefolgt von seiner nationalen Armee in die Stadt ein. An dem Tag der republikanischen Jahreswende und vor demselben Parlament, das wahrlich noch von dem kaum verhallten Echo der fürs erstemal so grausam Lügen gestraften Erlösungsworte nachzuzittern schien, — vor denselben Stufen desselben Palastes stand nun der Führer waffenstarrender Gewalt. Aus dem Munde des Admirals, dieses Gebieters zur See, der nun das Gebot über das teuerste Fleckchen Erde, über die Heimat, auf seine goldenen Epauletten nahm, mußten wir die ewig-entnüchternde, irdische, allzu irdische Wahrheit der Flinten und Bajonette, vernehmen und auch das Urteil hören über den Umstürzler K á r o l y i in vernichtend-verurteilenden Worten, die folgendermaßen lauteten: „ . . . Wir haben einen großen Weg zurückgelegt, ehe wir diesen Platz erreichten, wo eben vor einem Jahr die Nation in die Hand eines Mannes gelangte, der unser Vaterland, nahezu am Rande des Grabes, scheitern ließ. Ich will die Beweggründe, die ihn hierbei leiteten, nicht untersuchen . . .“

Was der neue militärische Staatslenker aus allenfalls zu würdigenden, wohl auch erklärlichen Gründen nicht untersuchen wollte, wir wollen die Ursachen K á r o l y i s c h e r Politik, so weit es heute schon möglich ist, einer Nachprüfung unterziehen: Welche Prinzipien leiteten K á r o l y i? Wie kam es, daß ihm erst eine machtlose Partei von Schwärmern und Abenteurern, dazu eine kleine Anzahl gutgesinnter, redlicher Patrioten, dann aber schließlich ein ganzes Land blindlings Folge leisten mußte? Warum genoß er eine Zeitlang unumschränkte und nicht einmal unverdiente Volkstümlichkeit, um sie rasch wieder einzubüßen? Ist denn die heutige grimm-erboste Landesstimmung gegen diesen Mann wirklich eine ewige und gerechte? Das katastrophale Ereignis seiner kurzen Regierungszeit steht unableugbar als historische Tatsache für alle Ewigkeit und vor allen Augen da. Gibt es gute

Absichten oder schöne Vorsätze, um dieses Resultat zu entschuldigen?

Hatten wir es mit einem neronischen Dilettanten zu tun, den es gelüstete, mit dem Schicksal seines Landes kindlich-grausamen Frevel zu treiben? War sein Wissen zu gering? Hatte es ihm an Mut gefehlt? Gebrach es ihm an sittlicher Kraft? War er des selbständigen Denkens unfähig? Trieben ihn Menschen und Verhältnisse, ohne irgendein festgestecktes Prinzip und ohne Programm, zweck- und ziellos dahin? Oder sollen wir voraussetzen — wie es von vielen behauptet wird —, daß K á r o l y i nach einem verlorenen Krieg ein unrettbares Erbe übernahm, welches bei dem besten Willen nicht mehr zu verwalten und nicht mehr zu retten war?

Was sollen wir glauben: Dies? Das? Jenes? Von allem etwas? Von allem nichts? Wie sollen wir es anstellen, um mit den Augen dieses nebelhaften und Nebel um sich verbreitenden Mannes die Wirrnis der letzten Jahre zu betrachten, um s e i n Bild über Dinge, Menschen und Verhältnisse aufzufangen. und um dann sein Schalten und Walten und dessen Folgen — unter denen wir augenblicklich alle leiden — womöglich ohne nachtragenden, parteiischen Groll zu erklären?

Die Figur T i s z a s ließ sich zum großen Teil aus seinem Junkertum verstehen. K á r o l y i ist nur scheinbar aus seiner Art geschlagen, — eigentlich steckt der Mann tief in seiner magnatischen Artung. Deshalb muß man, ehe sich auch nur ein Wort über ihn selbst sagen ließe, erst seines Kreises gedenken, des jüngsten, des tiefgesunkenen klein-

lichen Nachwuchses, der einst so herrlichen, groß-
zügig-aristokratischen Vorfahren.

* —

Als der _große S z é c h é n y i sein Ende nahen
fühlte, vermachte er seine Tagebücher einem seiner
alten Gutsbeamten, mit der Bedingung, alle durch
ihre Vertraulichkeit, durch ihre Erotik oder sonst
moralisch irgendwie anfechtbaren Stellen dieser
sybillinischen Schicksalsbücher unlesbar zu machen.
Ein gespenstisches Bild, dieser fromme Vertrauens-
mann, selbst ein röchelnder Greis auf dem Sterbebett, daliegend inmitten eines wüsten Haufens
S z é c h é n y i s c h e r Manuskripte. Das brausende
Leben des Herrn zog noch einmal, ein allerletztes
Mal, an den brechenden Augen des sterbenden Dieners
vorüber: Reisen, Frauen, Ruhm, jedes Glück und
jedes Unglück, wie es Götter ihren Lieblingen be-
scheren. Und wie einst sagenhafte Helden nach verlorener Schlacht sich von ihrem treuesten Knappen
erdolchen ließen, so verübt S z é c h é n y i durch die
verdorrte Hand seines treuen Dieners wahrlich
einen zweiten Selbstmord. Die offensten Offenbarungen werden mit undurchdringlicher Tusche
überschüttet. Schwarzes Vergessen über Tage des
Lichts! Nun lodert es im Kamin von herausgerissenen
Blättern, um die letzte Erdenspur einst gewesener
Mädchen und Frauen, einst gestammelter Schwärmereien und in Leidenschaft gelallter Worte — auch
alle Worte des Hasses, des Neides und des überspru-
delnden Ehrgeizes — für ewig zu vertilgen. Als so
der wertvollste Teil des Schatzes der Vernichtung
preisgegeben war, hauchte der treue Barbar seinen
letzten Atemzug aus.

Die Gleichgültigkeit, mit der die Söhne des größten Ungarn diesem Werk der Zerstörung zusahen, ließe sich zur Not mit der Pietät vor testamentarischen Verordnungen eines Vaters entschuldigen. Aber nur durch völlige Gleichgültigkeit läßt es sich erklären, wie die jungen Grafen dulden, daß das einzige Vermächtnis aus der Hand ihres nunmehr toten Verwalters in die Hände seines Sohnes, eines Trunkenboldes und Abenteurers wandern sollte. Das sind die ersten bedenklichen Zeichen einer Stumpfheit und Dumpfheit, die in der Magnatenwelt der n a c h - s z é c h é n y i s c h e n Epoche wie eine besonders seigneuriale Mode — oder, sollen wir sie eher eine Seuche nennen? — sich immer verheerender breit macht.

Mehr als zehn Jahre liegen nun die Erinnerungsbücher des schwerwiegendsten, schwersinnigsten Mannes unter allen Leichtwiegenden, Dünnblütigen in diesem leichtlebigen, leichtsinnigen Ungarn, — die Tagebuchblätter S z é c h é n y i s dürften verwesen und vermodern, ohne daß seine Familie und seine Kaste es auch nur im geringsten der Mühe wert fand, für ihre Rettung einen Schritt zu tun. Endlich sollte es dem nichtswürdigen Besitzer einfallen, den Versuch zu machen, aus dem Manuskript Geld herauszuschlagen. So bot er es denn — von einem eigentlichen Wert nichts ahnend — für einen Spottpreis der Akademie S z é c h é n y i s c h e r Gründung an. Doch die arme wissenschaftliche Anstalt verfügte damals — zu Anfang der Siebzigerjahre — nicht einmal über das notwendige kleine Kapital, um die angebotenen Tagebücher zu erwerben. So blieb ihr denn nichts anderes übrig, als auf dem üblichen Wege der Zeitungen zu sammeln. Aber die Bürger drücken sich. Széchényi ist tot und sie, geben nichts für einen toten Politiker, wo sie sich doch die Lebenden schon so viel kosten lassen. Zu unserer Schande sei es gesagt, nicht einmal der geringe Betrag für den unermeßlichen Besitz sollte durch die öffentliche Sammlung zustande gebracht werden.

In Frankreich, in England, überall, wo die Aristokratie einen lebhaften Sinn für Literatur, Kunst, Wissenschaft oder doch zumindest für die Kostbarkeiten des eigenen Familienarchivs bewahrt, hätten sich die Söhne beeilt, ein solches Buch des Vaters selbst zu verlegen oder doch zumindest für die Landesakademie zu erstehen. Den Széchényi-Söhnen, im übrigen Kavaliere, Ehrenmänner und gute Patrioten, fällt es nicht einmal im Traum ein, die lumpigen paar tausend Gulden auszubezahlen und so den Unterschied zwischen der gesammelten Summe und der Forderung zu ergänzen. Nicht aus Geiz oder Bösartigkeit. Keineswegs. Sondern einfach aus eben jener oben erwähnten äußerst aristokratischen Mode der Stumpfheit und Dumpfheit. Auch allen übrigen Herrschaften kam es nicht in den Sinn, daß sie nun ihren Beutel zu öffnen hätten. So wenig hatten die Magnaten nach dem siebenundsechziger Ausgleich mit ihren für Kunst, Wissenschaft, nationales Herkommen und für internationale Kultur beseelten Vätern gemein. Im Vergleich mit den genialen Vorfahren machen selbst die Besten von heute eine recht traurige Figur. Immerhin: ein, zwei Magnaten-Politiker der älteren Generation sind Männer, mit denen sich Ungarn überall sehen lassen kann. Aber um so verzweifelter ist es um die jüngste Generation bestellt!

Der großherzig-offene Sinn fürs allgemeine Beste, der die oligarchischen Magyaren zu Beginn des vorigen Jahrhunderts und der herzklopfenmachenden Jahrhundertmitte von allen Oligarchien auszeichnete, scheint wohl seine psychologische Begründung in dem Gefühl der Sicherheit dieser allein bevorzugten Kaste gehabt zu haben. Nun lagen die eigenen Vorrechte durch den freisinnigen Selbstverzicht des Hochadels zerstört darnieder, worauf plötzlich und ohne anzuklopfen Meister Schmalhans als ungewohnter, erschreckender Küchenmeister in die Kastelle und Paläste einzog. Wir erwähnten bereits, wie das breite, allgemeine Interesse unserer Aristokratie in der bürgerlichen Umwelt zum engherzigsten Privatinteresse zusammenschrumpft und wie die meisten Magnaten, einzig und allein von der löblichen Absicht beseelt sind, ihre durch verschwenderische Ahnen zugrunde gerichteten Familien wieder aufzurichten. Doch nur die wenigsten — die ebenfalls schon erwähnten Industriegrafen! — sind einer produktiven Arbeit fähig. Die Herren musterhaft geführter, moderner Landwirtschaften sind an den Fingern abzuzählen. Die meisten möchten die Scharte auf die Art auswetzen, daß sie, im Gegensatz zu den prassenden Ahnen, ein karg-eingeschränktes Leben führen. Die Herren von vernachlässigten, schlecht bebauten Latifundien, an Umfang dem Großherzogtum Baden gleich, leben in ihren Schlössern nicht viel besser wie ihre eigenen Torwächter. Das sind unsere Geizgrafen und Geizfürsten, neben denen noch immer eine recht beträchtliche Anzahl von Sportmagnaten steht, die der Krämerwelt zum Trotz, wie einst ihre leichtsinnigen Ahnen, Millionen für Pferde, Karten und Weiber vergeuden. Doch ob Industriegraf, ob Geiz- oder Sportmagnat, sie sind sich alle darin einig, daß sie geborene Führer dieses Landes sind. Sie alle treiben Politik, wenn auch keine weitausschauend-hochherzige, wie ihre eigenen Großväter, noch auch eine nüchterne und verständnisvoll-anpassungsfähige, wie die englische Aristokratie. Alles fordern, nichts hergeben! — ist die engherzig und engbrüstig verteidigende Parole unserer jüngsten Aristokraten, denen jener demokratisch-humane Zug von ehedem gänzlich abhanden gekommen zu sein scheint.

Nicht nur, daß die hohen Herren wenig lernen, sie haben auch nicht den geringsten Respekt vor dem Wissen. Und da sie in ihren Klubs nur unter sich verkehren, so ist es kein Wunder, daß sich dem Mangel an theoretischen Kenntnissen ein harmonischer Mangel an praktischem Wissen, vor allem an Menschenkenntnis gesellt. So leben diese Menschen: Männer und Frauen in ihrer Körperlichkeit zumeist Prachtexemplare der Hochzucht, bizarr in ihrem Auftreten, in ihrer Kleidung, in ihrer manirierten Redeweise — denn nicht um die Welt wäre einer von ihnen bereit, den harmlosen Buchstaben r in seiner ungarischen Härte rollend auszusprechen — so leben denn unsere jüngsten Magnaten weltfern, menschenfremd, isoliert und meinen, nichtsdestoweniger des Regierungsszepter in ihrer Jagdtasche zu tragen.

＊

K á r o l y i ist kein Industrie- und Geizmagnat. Er ist ein Gemisch des politischen und des Sportgrafen.

Vom aristokratischen Klubfauteuil zum Ministerfauteuil baut dem Magnaten der Entschluß eine goldene Brücke. Es genügt, daß er will, und schon ist der Mann an führender Reichsstelle. Daß K á r o l y i der Entschluß schwer wurde, ist gar nicht durch ein äußeres, sondern vielmehr durch ein inneres Hindernis zu erklären. Nicht als ob er den Mangel an Praxis und an Wissen als Hemmung gefühlt hätte. Dies tat er ebensowenig wie seine übrigen hochwohlgeborenen Kameraden. K á r o l y i s jugendliche Ambitionen scheiterten an einem physischen Gebrechen. Der schön gewachsene Mann mit den merkwürdig schielenden Augen und mit dem olivgrünen Grecogesicht hat einen verwachsenen Mund mit einer Hasenscharte und einen künstlichen Gaumen aus Platin. Wie soll man nun mit so einem unvollkommenen Sprachorgan durch Redekunst Menschenmassen an sich reißen?

Die moderne Nervenheilkunde weiß davon zu sagen, wie sich physische Hemmungen zu seelischem Antrieb verwandeln. K á r o l y i, der nicht wie ein S z é c h é n y i aus dem Selbstbewustsein des Genies zu schöpfen hatte, — K á r o l y i fühlte in sich das Vermächtnis der Ahnen, die Leidenschaft des mächtig wallenden Bluts, das sich an dem körperlichen Gebrechen nicht stauen, sondern in edler Wallung über das Hindernis setzen und hinüberfluten wollte. Von Anfang an war schicksalsmäßig diesem Schicksalsmann bestimmt, daß sein

284

P l u s an Wollen von einem M i n u s an physischem Können bedingt sei.

Zum Lob des ehrgeizigen jungen Mannes muß man sagen, daß er sich als Anfänger in der Politik, in dem Augenblick als er sich zum Abgeordneten wählen ließ, zugleich auch ernsteren Studien zuwenden wollte. Ein alter, ausgezeichneter Mime sollte ihm die Kunst der Rede, ein Universitätsprofessor ungarische Rechtswissenschaft beibringen. Man denke aber nicht an ein allzu ernstes Studium. Jagd, allerhand Sport, Spiel, Frauen werden weiter gepflegt, — doch bei all dem amüsanten, aufregenden Getriebe hat auch die Sorge um das Land und die Vervollkommnung der Kenntnisse seine täglichen Stunden.

Aus dem hochherrschaftlichen Ignoranten wird bald ein hochherrschaftlicher Dilettant. Eine S z é c h é n y i - Natur, mit emsig allerwärts gewandtem Interesse, natürlich ohne S z é c h é n y i s Menschenkenntnis, ohne dessen Auffassungsvermögen und leider auch ganz ohne des großen Vorgängers Schöpfergenie. Aber immerhin ein guter, gelehriger Schüler, mit einer gewissen unheimlichen Witterung für Zeitfragen und Zeitnotwendigkeiten. Also mit einer Gabe versehen, die ihn von den übrigen hochadeligen Kameraden seiner Altersklasse sehr zu seinem Vorteil unterscheidet.

Während des ungarischen Bolschewismus sollte ein Mitglied der fremden Diplomatie verschiedene junge Magnaten, unter anderen auch K á r o l y i in dieser Zeit seines erniedrigendsten Zusammenbruchs kennen lernen. Auf Grund des Vergleiches die er zwischen dem übrigen Nachwuchs unserer einst führenden Kaste und dem zu tiefst heruntergekommenen K á r o l y i anstellen konnte, äußerte der Fremde: J e t r o u v e, q u'e n t r e c e s j e u n e s M a g n a t s c'e s t j u s t e m e n t l e p i r e q u i e s t l e m e i l l e u r (Ich finde, daß unter diesen jungen Magnaten eben der schlechteste der beste ist).

Denn K á r o l y i war, inmitten von schlechtgesinnten Nullen, doch wenigstens eine gutgesinnte Halbheit. Sein und unser aller Verderben war eben dieser fatale Ansatz zum Guten in seinem schwankenden Wesen. Sein Quentchen Talent war der Köder, an dem sich ein ganzes Land festbeißen mußte, bis Blut von den Kiefern rann.

Die Rolle des Warners vor und während der Kriegszeit, die Tatsache, daß er der einzige Mann war, der das herandrohende Unheil der Monarchie unerschrocken verkündete, genügt, um diesem Halben für immer ein volles Verdienst, wenn auch nur eines im Passiven, zu sichern.

Mit dieser rein passiven kritischen Tätigkeit hat er sich eine immer zahlreichere Anhängerschaft im Lande zu sichern gewußt. Auch die Besten mußten K á r o l y i im tragischen Zwiespalt ihrer Seele folgen, indem sie zwar seinen persönlichen Fähigkeiten mißtrauten, die Rettung des Landes jedoch nur in dem von ihm allein vertretenen Programm sahen.

Man mußte ihm folgen, denn er war der Einzige. Man mußte ihm zagend folgen, wohl in banger Vorahnung, daß dieser Einzige nicht zugleich auch der Einzig-Rechte war.

Seine Ideen — oder doch die seiner guten Berater — wären, ohne die unheilbringende

Schwäche von K á r o l y i s' Person, das Heil gewesen. Doch seine Halbheit und seine Menschenunkenntnis kam in dem Augenblick zum Vorschein, als er die passive Rolle, während des revolutionären Sturms, mit der Rolle eines nur allzu aktiven, führenwollenden Staatsmannes vertauschte. Sein Ruhm: daß er von guten Führern sich auf guten Weg führen ließ, — seine Schmach: daß er den Weg zwar betreten hatte, ihn aber bei dem besten Willen doch nicht gehen konnte.

T i s z a wollte der Zeit Halt gebieten und das Gestern nicht zum Heute werden lassen. — K á r o l y i zwängte mit schwacher Hand das Morgen in das Heute. T i s z a war der Mann einer einzigen fanatischen Einsicht, — K á r o l y i, der leidenschaftliche Spieler mit vielen — ach, nur zu vielen! — oberflächlich erfaßten und verfolgten Einsichten. T i s z a stellte einen ganzen Mann in den Dienst hoffnungsloser, unrettbarer Ideen: des Feudalismus, des Dreibunds und des unduldsamsten ungarischen Imperialismus. Es scheint Ungarns unglückliche Schickung gewesen zu sein, daß die hoffnungsvolle Zukunftssache der Demokratie, der ungarischen Unabhängigkeit und der liberalen Duldsamkeit allen Nationalitäten und Rassen gegenüber, an dem gutmeinenden, aber halbwertigen Repräsentanten dieser für ewig ganzwertigen menschlichsten Ideen und Ideale, — zum erstenmal und vielleicht auf lange Zeit — scheitern mußten.

*

Natürlich begann der junge Graf seine Laufbahn nicht mit dem Ende. Er begann sie ganz ordentlich, wie es sich geziemt, mit dem Beginn. Es fiel ihm beileibe nicht ein, die Rolle dés É g a l i t é zu spielen. Er bekleidete zuerst eine Stelle, in der er seinen Rang und das konservative Interesse seiner Klasse verteidigen durfte. Er ließ sich zum Präsidenten des Vereins ungarischer Grundbesitzer wählen.

Da sollte ihm sofort die Ironie des ungarischen Schicksals einen argen Streich spielen. Eben zur Zeit der K á r o l y i s c h e n Präsidentschaft trug sich der seither viel erwähnte Fall zu, daß die ungarischen Ökonomen, die eine große Anzahl von Schweinen mästeten, im Namen der ungarischen Schweine den Krieg gegen serbische Schweine erklärten. Diese serbischen Schweine hatten nämlich den Preis der heimatlichen Schweine gedrückt, — weg also mit ihnen, man schaffe die grunzende Konkurrenz fort, für ewig! Und Ungarn verteidigte seine Schweineburg mit einer hochgezogenen Zollbariere.

Worauf die zwei Länder, die bisnun, wie es zwei Ackerbauvölkern geziemt, in brüderlichstem, bestem Einvernehmen nebeneinander gelebt hatten, die Serben und die Ungarn, sich in die Haare, beinahe hätte ich gesagt, in die Borsten fuhren. Denn dieser Zollschutz bedeutete für Ungarn Speis und Trank und Geld und Leben, hingegen bedeutete er Hunger und Ruin und Tod für alle Serben.

Seit diesem Vorfall änderte die serbische Politik ihre Richtung. Der Serbe reichte über die Völker des Zweiländerstaates hinweg einen Arm zum Bündnis nach Rußland hinüber und streckte zugleich seine andere Hand zum brüderlichen Händedruck allen Slawen entgegen, die hier inmitten von Deutschen und Ungarn ein erdrücktes Dasein fristeten.

Wie ist aus dem Verteidiger des Grund und Bodens, des Eigentums und der Schweine, — der Bodenreformer und Anfechter des Besitzrechtes geworden? Wie geschah es überhaupt, daß der konservative K á r o l y i sich in den Radikalsten aller Radikalen verwandeln sollte?

*

Ungarn ist das Land der Jungfrau Maria. R e g n u m   M a r i a n u m· Dieser Name bedeutet, daß ein katholischer König über ein katholisches Volk regiert. Trotzdem wird der kalvinische Glaube als des Ungarn ungarischer Glaube bezeichnet. Der Junker ist kalvinisch, der Magnat — mit Ausnahme des siebenbürgischen — katholisch. Der katholische Magnat hält also zum katholischen Hof, er ist, wie man hierzulande sagte: a u l i s c h gesinnt, — der Junker hingegen ist der ewige Rebell. Oder er war es doch zumindest bis T i s z a kam, der als treuester Diener seines Herrn, in der bereits geschilderten Art dem Kaiser-König die Gentry auf dem Präsentiertisch servierte. Daraufhin fühlten die aulischen Magnaten ihren Einfluß bedenklich schwinden. Das ärgerte unsere höfischen Herren, noch mehr aber unsere höfischen Damen. Der Name T i s z a genügte, um die zahmsten Gräfinnen in Hyänen zu verwandeln. Und man weiß, wie es ist, wenn eine Törin will, aber man ahnt nicht, wie es werden soll, wenn viele Törinnen wollen . . .

Die im Volk nie ohne Widerhall verklingenden Worte der nationalen Opposition greifen nun die

auf T i s z a s Macht eifersüchtigen Aristokraten auf.
Die gestrigen Stützen des Throns bilden heute eine
starke Fronde gegen den Kaiser und König. Wie
einst die Aristokratie Frankreichs mit den Schlagworten der Aufklärung, so spielen unsere Magnaten
mit dem Wahlspruch einer nationalen Armee und
eines von Österreich losgelösten Ungarn. Ja, sie
scheuen sogar vor der Forderung eines allgemeinen
Wahlrechtes nicht zurück. Jedes Mittel ist den wasch-
echten „Grafen" gut, wenn es ihnen nur gelingt, den
Parvenu-Grafen T i s z a zu stürzen.

Diese Opposition hätte trotz ihrer persönlichen
Motive zum Wohl des Landes gedeihen können, denn
nichts tat mehr not, als die allmächtige Hemmung
irgendwie aus dem Weg zu räumen. Doch um
auf diese Art zu wirken, wäre es vor allem von
nöten gewesen, eben dieses persönlich-kleinliche
Motiv in allgemeine Prizipien aufgehen zu lassen.
Aber dazu fehlte dieser Opposition, die sich nur aus
negativem Haß und Neid gegen T i s z a nährte, das
eine, einzig-positive und ausschlaggebende: der
Glaube. Haben es ja diese feudalen und konservativen
Herren, gar nicht so sehr mit den feudalen und
konservativen Anschauungen dieses T i s z a zu tun,
sondern einzig und allein mit der für sie peinlichen
Tatsache, daß diese Anschauungen in T i s z a mit so
ausnehmender Kraft vertreten werden. Ihn wollen
sie weg haben, nur ihn allein, diesen Mann mit der
Brille, den herausfordernden kalvinischen Junker,
den Grafenneuling, der sich in anmaßender Gewalt
selbst an der durch Geburt und Volkswahl unverletz-
lichen Person unserer aristokratischen Parlamentarier vergriffen hat.

Károlyi, den seine Gesellschaft in die große „Hatz" gegen Tisza verstrickte, stürzt sich mit dem ganzen Furor seines sportlichen Wesens in die aufregendste aller Parforcejagden. Nun steht dem Fanatismus Tiszas die Frenesie Károlyis gegenüber, das Signal ertönt, die Meute mag winselnd losgehen.

Károlyis kleine Passionen gehen auf in seiner einzigen dominierenden Leidenschaft: im Sturm gegen Tisza. Und diese dominierende Leidenschaft flüstert ihm eine Idee zu, eine einfache, aber eine in ihrer Einfachheit geradezu geniale: Tiszas Stärke ist sein Glaube und sein voller männlicher Ernst. Um ihn zu stürzen, muß man es ernst nehmen mit der Opposition und an das Oppositionsprogramm so fanatisch wie der Regierungsmann an seines glauben. Es ist nicht genug, daß man eine ungarische Armeesprache, sondern man muß eine wirklich unabhängige ungarische Armee für einen wirklich unabhängigen ungarischen Staat fordern. Man darf nicht, wie es Graf Andrássy tat, in scheuer Furcht vor erwachenden sozialen Schichten und Nationalitäten ein allgemeines Wahlrecht mit allerhand Einschränkungen verlangen, — man muß tun, um wirklich als Mann der Opposition zu gelten, was eben unser Károlyi kühn und offen vor aller Welt getan hat, sich vor die Wähler stellen und die Parole hinausschleudern: Recht dem Volke — Boden dem Volke — Brot dem Volke.

Wer je so ein Wort ausgesprochen hat, für den gibt es keinen Halt und keinen Rückzug mehr. Ist er ein Starker, so führt ihn der Weg nach vorwärts, immer nach vorwärts. Ist er ein Schwacher, dann

kollert er über den Abhang, bis ihn der Wirbel
verschlingt.

*

Als nun K á r o l y i gegen T i s z a die Fehde
eröffnet hatte, hielt man K á r o l y i im Parlament einfach für einen Überspannten. Im Lande hingegen
glühten ihm Millionen Augenpaare hoffnungsvoll entgegen. Die außerparlamentarischen Parteien durch-
zuckte sein Wort. Die Sozialisten horchten auf. Die
bürgerlichen Radikalen — eine Partei von Frei-
denkern, Literaten, Wissenschaftlern, der englischen
F a b i a n s o c i e t y ähnlich — schrieben Hymnen
über den neuen Mann. Auch die Advokaten in
diesem Land der Advokaten und die kleinen Handelsleute in dieser Haupt- und Residenzstadt der kleinen
Handelsleute, die ihren demokratischen Vertreter
im Parlament sitzen haben, sie alle beginnen sich für
K á r o l y i zu interessieren. Denn in Ungarn wird
selbst der antifeudale Gedanke am besten von feudalen Namen vertreten.

Das war der Moment, wo K á r o l y i nur seine
Arme ausbreiten und die Kleinen und Großen an
sich hätte herantreten lassen sollen. Er hätte auf
diese Art hören und sehen gelernt. Vor allem hätte er
Menschenkenntnis erwerben können. Aber die politischen Aristokraten meiden jeden privaten Umgang
mit ihren bürgerlichen Parteigängern. Denn die
Politik ist ja auch nur eine Art Sport, — und wo
sah man je einen Sportsmann in freundschaftlichem
Verkehr mit seinen Reitknechten und Stallmeistern?
In dieser Hinsicht bildet unser demokratischer Ari-
stokrat keine Ausnahme, — ihm ist das Leben des
kleinen Mannes, ihm ist der geistige Aufschwung der

Kunstwelt, ihm ist Handel und Industrie, ihm ist eben Ungarn fremd geblieben. . Außerhalb seiner „Gesellschaft" treiben sich nur einige Parasiten in seiner Umgebung herum, die ihn für allerhand — angeblich — politische Zwecke anpumpen. Er bezahlt Schulden, er ordnet Wechsel, er gibt Zeitungen heraus, er füllt Parteikassen, er gibt Geld für Wahlen her; — eine Art, um Menschen kennen zu lernen, die an K á r o l y i s Stelle jeden andern zum ungläubigen Skeptiker und frechen Zyniker gemacht hätte. K á r o l y i aber bleibt auch fürder ein Welt- und Menschenfreund, ein schlackenlos-reines, glühend-eiferndes und gläubig-begeistertes Wesen, trotz seiner Umgebung.

※

Zu dieser Zeit ist es geschehen, daß der ungarische Dichter D e s i d e r S z o m o r y, dessen Prosa in den schönsten Regenbogenfarben schillert, und auch noch ein anderer Schriftbeflissener in einer Münchener Trinkstube zusammen saßen. Ihnen gegenüber saß eine junge Sängerin, deren schwarze Kohlenaugen im Widerschein des Orientes zu lohen schienen. Am Nebentisch der Mann jener Frau, seinem Berufe nach Advokat. Mit ihm, in leises Gespräch vertieft: Graf Michael, der Blasse, mit den Habsburgerlippen über seinem hervorgeschobenem Kinn.

— „Worüber unterhandeln sie?" — frage ich die Frau.

— „Der Graf braucht Geld wie immer. Sein Politisieren verschlingt Millionen. Er möchte einen Teil seiner Güter veräußern, sein Pester historisches Palais niederreißen lassen und den Garten, den einzigen Park im öden Steinhaufen der innern Stadt als Baugrund verkaufen! — aber sein Gut und sein Haus sind Fideikommiß, also unveräußerlich für immer. Außer das Gesetz befreit sein Vermögen von dieser Gebundenheit. Die Entscheidung liegt in T i s z a s Hand. Natürlich will T i s z a das Geld für den Grafen, das heißt für die Unabhängigkeitspartei nicht flüssig machen, — K á r o l y i ist nun gekommen, um Rat bei dem Advokaten, meinem Mann, zu holen . . .“

Solch ein Kampf war das, solch ein Nahkampf, Mann an Mann, Körper an Körper — ein schmerzender, wütender, in alle persönlichsten Interessen wühlender. Ob auch in die Interessen des Landes eingreifend? Ich muß gestehen, die zwei ungarischen Literaten haben damals noch, das ruinierende Spiel der Herren mit absoluter Gleichgültigkeit betrachtet. Es schien ihnen keineswegs Sache des Ungartums, der Kultur oder der Humanität. Es war ihnen unverständlich, ja noch mehr, es war für sie vollkommen uninteressant.

Nachdem der Graf und sein Advokat ihre Besprechung beendet hatten, setzten sie sich zu uns. K á r o l y i, in der Abgeschlossenheit seines politischen und mondainen Lebens, wußte damals — 1913 ! — noch kaum etwas von dem Sturm und Drang unserer Literatur. Er kannte nicht einmal die Namen jener geistigen Anreger, die die Gemüter für das Auftreten einer demokratischen, europäisierten Politik vorbereiteten. Das gegenseitige Interesse der sich Begegnenden war also alles in allem recht gering. Und doch war diese erste Begegnung der beiden Pole einer und derselben Bewegung nicht ohne Interesse, obwohl, wie Strophe und Antistrophe in der griechischen Tragödie, jeder für sich sein Liedlein ableiert, ohne sich auch nur im geringsten auf die Worte des andern zu beziehen. Der Politiker sagt seine Strophe über Politik her, der Poet dichtet vor sich hin, während der gallige Kritiker in die „Blausäure" hinein kritisiert. Doch nie werde ich den Ton glühenden Hasses vergessen, in dem uns damals K á r o l y.i seine Abenteuer während einer Wahlkampagne zum besten gab, wie er über Stock und Stein von der regierenden Partei getrieben, wie ihm das Betreten einzelner Bezirke unmöglich gemacht und wie ihm schließlich sein Automobil von Gendarmen in Beschlag genommen wurde.

— Wozu stürzen Sie sich in derlei Unannehmlichkeiten?, bemerkte der Kritiker und trug dem Politiker in nirwanistischer Stimmung die Eitelkeit jedes irdisch-politischen Tuns vor. Doch K á r o l y i, in eigene Sorgen versunken, schien zwar die Worte zu vernehmen, aber seiner Gewohnheit nach ihrem Sinn nicht zu folgen.

Nun ergreift der Dichter das Wort. Er spricht von seinen Plänen, er breitet das bunte Tuch dichterischer Träume vor dem Grafen aus. Es soll ein Theaterstück werden, worin die französische Revolution braust. Die traurige Heldin der Tragödie ist die Tochter der Habsburger: Marie Antoinette. K á r o l y i, der bishin immer nur das aschgraue Klischeegespräch seiner korrekten Gesellschaft oder die platte Konversation seiner provinziellen Parteigänger zu erdulden hatte, — K á r o l y i war überrascht und überrumpelt von der Wucht dieses Vortrags, der das Wort aus dem heißen Quell der Phantasie, noch dampfend, voll, farbig und saftig aus der Tiefe hob. Als der Dichter nun die unglückliche Frau vom Thron bis zur Guillotine begleitet und das königliche Blut aus dem weißen Hals spritzt, da sprudelt K á r o l y i jählings ein Wort hervor. Ein denkwürdiges Wort mit solcher Offenheit herausgeschleudert, wie ihn aus einem Mann „dieser" Welt, nur ein Mann „jener Welt," nur ein Dichter hervorlockt: „Wenn das Sterben" — bemerkte K á r o l y i — „von Tausenden begafft wird, so ist sterben nicht schwer."

Der Kritiker warf die bissige Bemerkung hin: „Der Tod als Programmrede." Denn er wurde blitzesschnell der Schrankenlosigkeit dieses jugendlichen Ehrgeizes gewahr.

Als die Gesellschaft am frühen Morgen auseinander ging, hatten wir alle den Eindruck, daß auch weiterhin in Ungarn die Politiker ihre Politik treiben, die Dichter weiter dichten, die Kritiker weiter kritisieren werden, ohne daß sich ihre Kreise je berührten. In dem Notizbuch des Schicksals, worin das Los des geistigen Ungarns verzeichnet war, — stand es anders geschrieben.

*

Kaum ein Jahr war seit dieser Münchener Begegnung verstrichen. Es waren die letzten Tage der Weltruhe: Mai 1914.

Zum Nachmittagstee versammeln sich im Hotel Ritz zu Paris die Damen der fünf Welten, — und auch die einer halben Welt. Wie ich nun aus meinem Fenster auf den kiesbestreuten blanken Hof hinabblicke, und eben daran bin, den wohlig-betäubenden Duft des Parfüms, des Kaffees, der Schokoladen und der Punsche einzuatmen, haftet mein Blick an einem Zylinder und unter dem Zylinder an einer unverkennbaren hochgeschossenen Gestalt. Das ist ja unser M i c h a e l K á r o l y i, elegant wie immer, wie es einem so gräflich-demokratischen Volksfreund geziemt. Um ihn herum seine ungarische Gesellschaft, deren provinzielles Gebaren von ihrem Führer in allem und jedem merklich absticht. Nichtsdestoweniger wurde es mir warm ums Herz, als ich diese „vaterlandsverräterische" Gesellschaft erblickte!

Denn man muß wissen: K á r o l y i hatte, von T i s z a im Inland überall in die Enge getrieben, den kühnen Plan ausgeheckt, es mit einer Änderung des außenpolitischen Kurses zu versuchen. Er selbst? Oder vielleicht einer seiner Ratgeber? Das läßt sich bei unseren Magnaten nie so recht feststellen, die nach hochherrschaftlich-landesüblicher Sitte fremde Ideen sich ohne weiteres aneignen, ja sogar: Aufsätze und Parlamentsreden einfach von anderen verfertigen lassen, um dann das fremde Geistesprodukt höchsteigenhändig mit dem höchsteigenen Namen zu unterzeichnen oder es mit höchst eigenem Munde im Parlament vorzutragen.

Doch wir wollen die Urheberschaft des guten Einfalls nicht weiter untersuchen, sondern einfach feststellen, daß es unumstritten K á r o l y i s ewiges Verdienst bleibt, der Allererste gewesen zu sein, um diesem stets in innerpolitischen Fragen verstrickten Lande einen außenpolitischen Ausweg des Heils zu zeigen. Er wollte nichts weniger als den verfahrenen ungarischen Landeskarren aus dem tiefen

Schlamm des Dualismus, ja noch mehr aus der retrograd-feudalen Pfütze des Dreibundes heraus- heben. K á r o l y i wies auf Frankreich, auf Eng- land, auf die demokratischen Staaten Europas, — sogar auf die transatlantischen großen Länder der Demokratie. Ungarn sollte die Monarchie sprengen, sich mit den Nationalitäten einigen und neue Bünd- nisse eingehen. Nun sitzt die Gesellschaft in Paris und soll, wie es heißt bald nach Amerika hinüber. Obwohl K á r o l y i als Zweck seiner Reise vor- schützt, unter den demokratischen Auswanderer- magyaren in Amerika für seine Partei zu sammeln, munkelt der unkontrollierbare politische Klatsch doch von geheimen politischen Verbindungen. Es heißt, der Graf wolle seine Fühler auch nach Ruß- land ausstrecken, um, einig mit dem Mutterland aller Slawen, die leidige Nationalitätenfrage unserer Heimat für immer und radikal aus dem Weg zu schaffen.

Von Amerika dringen Nachrichten über Reden, Interviews, Bankette, Aufsätze nach Europa her- über. Anderthalb Millionen Magyaren der Neuen Welt, die in ihrer alten Heimat nicht einmal den kleinsten Raum für eine Hütte fanden, horchten in Andacht dem jüngsten Propheten, der dem Volk Boden und Recht verspricht.

Weißschäumend wüten indessen die heimischen Zeitungen über das politische Abenteuer des „Ver- räters", der das Friedenswerk des alten Kaisers leichtfertig aufs Spiel setzt.

Nun geschieht das Unerwartete. Ein Mann, namens P r i n c i p, schleudert eine Bombe in den Wagen eines Mannes, F r a n z F e r d i n a n d ge-

nannt. Und der alte vorsichtige Kaiser in Schön-
brunn wartet nicht, bis der junge, leichtfertige Graf
in Amerika das kaiserliche Friedenswerk gründlich
zerstört hat, sondern, wie es in der berüchtigten
Proklamation heißt, nachdem er sich alles „reiflich
erwogen und überlegt hat", besorgt der überlegte,
nachdenklich erwägende Kaiser, die Arbeit der Zerstörung, ohne des Grafen Hilfe auch nur im geringsten zu gebrauchen, wohl und gründlich, schon
selber.

DREIZEHNTES KAPITEL

Tisza vor dem Krieg. — Der Platz, den du meiden sollst. — Französische und russische Kinder. — Eine lauernde Sorge. — Eine Zielscheibe, die zurückschießt. — In der Versammlung der Einmütigen. — Na! doch mal ein Mann. — Die letzte Chance. — Kriegstaumel. — Das ewige Gestern.

T i s z a, der einzige Kraftmensch des Dreibunddiplomatenkorps, galt vor uns, vor dem Feind, ja vor der ganzen Welt als der Entfeßler der sogenannten Kraftprobe der Monarchie, die nur gar zu bald zur Weltkraftprobe werden sollte. Wir alle wähnten recht persönliche Worte und Wendungen des Kraftmenschen in einigen besonders saftigen Kraftausdrücken und Kernworten jenes undiplomatischesten aller Aktenstücke, im Ultimatum an Serbien, aufzufinden. .

Nun ist der Krieg seit mehr als einem Jahr vorüber. T i s z a ruht mit zerschossenem Leib in der Familiengruft zu Geszt. Ungarn, nach demokratischen und kommunistischen Revolutionen, wähnt sich in seiner Form von ehedem als Herrenland wiedergefunden zu haben. Die Manen des schmählich ermordeten Großherrn dieses Herren-

landes sollten, wie es ihnen gebührt, herrlich ver-
söhnt werden.

Da konnte der ungarischen Landesstimmung
nichts gelegener sein als die österreichische Publi-
kation diplomatischer Aktenstücke zur
Vorgeschichte des Krieges 1914. Die
österreichische Republik wollte mit dieser Heraus-
gabe der Franz Josephinischen Diplomatie einen
vernichtenden Dolchstich mitten ins Herz versetzen.
Und was geschah? Just das Gegenteil. Der führende
Staatsmann der kaiserlich-königlichen Epoche schien
in diesen Akten, wenigstens nach der ersten ober-
flächlichen Prüfung und nach einigen, von ungefähr
geschickt gewählten Zeitungsausschnitten eine vollste,
reinste, nie erhoffte posthume Rechtfertigung erlangt zu haben.

Da macht zu Anfang Tisza allerdings sofort
eine überraschende Figur. Er erscheint uns in ganz
neuer Gestalt, wie wir uns einen Kraftmenschen in
einer solchen Kraftwende der Zeit allerdings nie erträumen ließen. Der Graf reist nämlich nach dem
Attentat zu Sarajevo nichtsahnend nach Wien, rein
um den alten Kaiser-König des — aus diesem Anlaß
recht zweifelhaften — Beileids seiner treuen ungarischen Nation zu versichern. Noch fährt ihm weder
ein Gedanke an diplomatische Komplikationen oder
gar irgendwie an Kriegsnotwendigkeiten durch den
Sinn.

Doch schon am 1. Juli 1914 schreibt er an Seine
Majestät: „. . . Ich hatte erst nach meiner Audienz
Gelegenheit, Grafen Berchthold zu sprechen und von
seiner Absicht, die Greueltat in Sarajevo zum

Anlasse der Abrechnung mit Serbien zu machen, Kenntnis erhalten.·

Ich habe Graf Berchtold gegenüber kein- Hehl daraus gemacht, daß ich dies für einen verhängnisvollen Fehler halten und die Verantwortung keineswegs teilen würde ...."

Wurde uns diese Geschichte von einem Tacitus erfunden? Also nicht der Kräftige, der Schroffe, der ungarische Draufgänger, nicht der junkerhafte Graf Tisza hat den Krieg auf dem Gewissen, sondern wir verdanken Tod, Verkrüppelung, Verseuchung, Erblindung, Wunden und Beulen von vielen, vielen Millionen Menschen, Not und Hunger der ganzen Menschheit, den Ruin des Doppelreichs und die Zerstückelung der guten Heimat, die einst die unsere war, wir verdanken alle Trauer und alles Leid einem schmächtigen, schmiegsamen, aalglatten, österreichisch-gräflich-tipp-topp-patentfeinen Diplomaten.

Der Weltkrieg beginnt wie sonst irgend ein gleichgültiger Staatsakt: beflissene Angestellte des auswärtigen Amtes schreiben auf Veranlassung ihres Herren und Gebieters, eben jenes schmächtigen, schmiegsamen, aalglatten, österreichisch-gräflich-tipp-topp-patentfeinen ein längeres Aktenstück. Hörst du die Feder surren über glattes, feines, weißes Papier? Schon klopft die Stenotypistin, ein harmloses, süßes Wiener Mädchen, das Todesurteil unserer schönen, alten Welt. Das ist eine geharnischte Denkschrift gegen Serbien, von Österreich, das heißt von Berchtold, an Deutschland, das heißt an S. M. gerichtet. -

T i s z a, als er das Aktenstück erblickt, verwahrt sich gegen dessen unversöhnlichen Ton. Er will Milderungen durchsetzen, um „Berlin nicht kopfscheu zu machen". Man sieht, der Mann hat immer nur ungarische Politik getrieben. Er weiß nichts von Weltdiplomatie. Denn wüßte er von ihr etwas, dann müßte er wohl wissen, daß jenen bewußten, immer sausenden Ohren in Berlin nichts einschmeichelnder klingt, als dieser unversöhnliche Ton.

Ein Aktenstück folgt dem andern. Denn so ein Krieg bedarf nämlich einer besonders fleißigen Vorarbeit. Das erste Aktenstück hieß: Denkschrift. Das zweite heißt: Elaborat. Das Elaborat ist ein Werk des gemeinsamen Kriegsministers. Doch ob Denkschrift des Einen oder Elaborat des Andern, beide Aktenstücke und beide Verfasser besagen im Grunde dasselbe: Mord und Totschlag. Auch dem Kriegsminister gegenüber äußert nun T i s z a wohlweisliche Bedenken. Er verurteilt mit scharfen Worten, das zweifellos Versäumte, durch „übereilte Anwendung zum Teil weit über das Ziel schießender Kraftmittel nachholen zu wollen, welche das Übel nur vergrößern, das In- und Ausland beunruhigen, und dem Prestige der Monarchie Abbruch tun würden".

T i s z a beharrt auf diesem Standpunkt der vorsichtigen Weisheit, eine volle, ganze Woche. Dann läßt sich der Unbeugsame doch allmählich beugen.

*

Auf einem römischen Stein steht geschrieben: Viator! Wanderer, meide den Platz, er ist verrucht

und entheiligt für immer. ˉDer Ballplatz in Wien
ist ein monumentaler, freundlicher Platz. Wanderer,
meide den Platz, er ist entheiligt und verrucht für
immer. Denn auf diesem Platz steht das monumen-
tale und freundliche Haus, wohin der Schmächtige,
Schmiegsame, Aalglatte, Österreichisch-gräflich-tipp-
topp-patentfeine am 7. Juli 1914 den Ministerrat für
gemeinsame Angelegenheiten in der allergemein-
samsten Angelegenheit des Massenmordes zusammen-
zurufen für gut befand. Graf B e r c h t o l d eröffnet
die Sitzung. Dieser Mann im allerbest geschnittenen
Rock, mit der allerfeinst gepflegten Hand, spricht
in den allergewandtesten Formen Worte aus, wie:
„ . . . Serbien durch eine Kraftäußerung für immer
unschädlich zu machen . . . Ein solcher entschei-
dender Schlag . . . Kriegerische Komplikation . . .
kriegerische Operation . . . ein überraschender Angriff . . . Wir . . . wir . . . wir . . .“ Dieses
„wir“ ist keine Mehrzahl der Majestät. Graf B e r c h-
t o l d spricht nicht von sich selber. Auch nicht von
den alten Herren um ihn herum. „Wir“ das ist die
männliche Jugend von drei Ländern, die dieser be-
frackte und beclaquete Monsieur gar zu gerne in
Uniform kleiden und auf die Schlachtbank führen
möchte. Wer hat je einen wohldressierteren, kulti-
vierteren Menschenfresser gesehen? Und einen mit
größerem Appetit, der es eiliger hätte? Diese Eile erscheint Graf Berchtold schon dadurch äußerst
gerechtfertigt, damit „unsere Volkswirtschaft von
einer längeren Periode der Beunruhigung bewahrt
bleibe“. Im Namen unserer, vor jeder längeren Erschütterung so gründlich verschonten Finanz erlaube
uns der vorsichtig-voraussehende Graf, daß wir ihn

heute noch im nachträglicher, allerdings auch in etwas nachtragender Weise wärmstens beglückwünschen.

Graf T i s z a hört den Worten B e r c h t o l d s mit unverhohlener Nervosität zu. Doch vergingen acht volle Tage, seitdem er sich mit dem Gedanken des B e r c h t o l d s c h e n Krieges vertraut gemacht hatte. Und diese acht Tage sollten genügen, ihn seine Worte der Verdammung nicht mehr so unbedingt energisch aussprechen zu lassen. Er hält die Tatsache eines Krieges für keinen so verhängnisvollen Fehler mehr. Auch hütet er sich, das nie wieder gut zu machende Wort zu wiederholen, daß er die Verantwortung für den Krieg nicht teilen wolle und statt seinen Ministerposten einfach niederzulegen, stimmt er darin mit seinen Ministerkollegen überein, daß die Lage sich in den letzten Tagen durch die in der Untersuchung festgestellten Tatsachen und durch die Haltung der serbischen Presse verändert habe. Er betont sogar, daß er „die Möglichkeit einer kriegerischen Aktion gegen Serbien für nähergerückt halte . . .".

Was man von jener berühmten Untersuchung und den durch sie festgestellten Tatsachen halten soll, weiß man nun glücklicherweise aus den indiskreten „deutschen Dokumenten zum Kriegsausbruch". Waren ja alle Diplomaten darin vollkommen einig, daß dieser M u m p i t z nur erfunden war, um Sand in die Augen des zeitunglesenden Kanonenfutters zu streuen. Schreibt doch Herr v. T s c h i r s c h k y selber am 13. Juli an das Auswärtige Amt nach Berlin, die Worte einer Wiener Zeitung anführend: „. . . N i e m a n d w i r d b e i uns so naiv sein, von einer in Belgrad veranstalteten Forschung nach Mitschuldigen der Mörder konkrete Ergebnisse zu erwarten . . .“

Sollte eben Tisza „so naiv“ gewesen sein, um derartige Ammenmärchen zu glauben? Bleibt also die offene Frage: Was ist mit diesem Starken innerhalb von acht Tagen geschehen? Was für eine Wendung, durch wessen Fügung? Will er Krieg? Will er keinen? Wenn er Krieg will, weshalb will er ihn? Und was sind seine Gründe, um den Krieg nicht zu wollen? Ist er doch kein Pazifist, um eine grundsätzliche Abscheu vor Anwendung der Gewalt zu hegen. Im Gegenteil.

Und doch stimmt eben dieser Tisza keineswegs der meuchlerischen Art bei, die diesen Krieg durch Überrumpelung des Feindes eröffnen wollte. Er erklärt mit unzweideutigen Worten, daß er einem überraschenden Angriff auf Serbien ohne vorhergehende diplomatische Aktion, wie dies beabsichtigt zu sein scheine, niemals zustimmen könne, „ . . . weil wir in diesem Falle, meiner Ansicht nach, in den Augen Europas einen sehr schlechten Stand hätten. Wir müßten unbedingt Forderungen gegen Serbien formulieren und erst ein Ultimatum stellen . . .“ Am liebsten wäre es Tisza, man würde sich vorerst mit einem diplomatischen Erfolg begnügen. In der Illusion einer rumänischen Hilfe verliert sich Tisza — wie es Berchtold und Kaiser Wilhelm taten — keinen Augenblick. Er fürchtet sogar einen rumänischen Angriff. Es ist seiner vielen Reden kurzer und vernünftiger Sinn, daß er die Zeit der Abrechnung am liebsten verschieben möchte, bis sich das europäische Kräfteverhältnis eher zu unsern Gunsten gestaltet. Bis Rußland durch asiatische Komplikationen abgelenkt wird, bis man sich in Bulgarien wieder erstarkt fühlt, ja, ja . . . bis, bis . . . und nun verfällt T i s z a auf ein Verzweiflungsargument, indem er die Verschiebung des Krieges um jeden Preis erreichen will. „Auf europäischem Gebiete müsse man auch berücksichtigen, daß das Kräfteverhältnis Frankreichs in Deutschland sich wegen der niedrigen Geburtszahlen immer verschlechtern werde und daß Deutschland daher in der Zukunft immer mehr Truppen gegen Rußland disponibel haben werde." Es kommt uns wahrlich vor, als wären wir Zeugen der Bühnenparodie aller Kriegsberatungen, wenn nun B e r c h t o l d — in diesem grotesken Blutspiel der großen Kinder d e r V o r s i t z e n d e genannt — auf T i s z a s Beweisführung mit folgenden Worten reagiert: „Was die Bemerkung des ungarischen Ministerpräsidenten bezüglich des Kräfteverhältnisses zwischen Frankreich und Deutschland anbelange, so glaube er darauf hinweisen zu sollen, d a ß d e r v e r m i n d e r t e n B e v ö l k e r u n g s z u n a h m e F r a n k r e i c h s d i e i n u n g l e i c h h ö h e r e m V e r h ä l t n i s s e g e s t e i g e r t e . B e v ö l k e r u n g s z u n a h m e R u ß l a n d s g e g e n ü b e r s t e h e, so daß die Behauptung, daß Deutschland in der Zukunft immer mehr disponible Truppen gegen Frankreich haben werde, wohl nicht stichhältig erscheint . . ."

Ihr Mütter Rußlands und Germaniens, die ihr Kinder in Schmerzen gebäret, um sie wie Blumen der Sonne entgegenblühend aufzuziehen, hört, ihr Mütter, wie zwei Herren dieser Welt über braune, blonde und schwarzlockige Häupter eurer lieben Kinder, wie über fallende Kegel gleichgültig plaudern!

Die Antwort des G r a f e n B e r c h t o l d mag T i s z a kaum beruhigt haben. Kam es ja diesem Ungarn nicht so sehr auf Deutschlands und auf Rußlands Kinder an. T i s z a macht nur Worte, um einen tief in sich hinein gewürgten Gedanken, um eine schlecht verhehlte nagende Sorge in seinem Innern zu verbergen. Denn dieser Regierungsmann mit dem beschwichtigenden Befehlerblick über tobende Parlamente und Volksmengen, kann nun den Aufruhr in seinem Innern nicht mehr beschwichtigen. Er läßt Worte fallen, aufgeregte, gereizte Worte, wie nur irgend ein ungarischer Oppositionsjunker. Die von B e r c h t o l d mitgeteilte Nachricht, daß sowohl der Kaiser von Deutschland wie sein Kanzler für die kriegerische Lösung des Konfliktes zu haben wären, eine Mitteilung, die durch die morschen Glieder des würdigen Ministerkollegiums die Milch der frömmsten und ehrfürchtigsten Denkart rieseln läßt, erweckt in T i s z a respektlosen Widerspruch. Er sagt wörtlich: E s s e i n i c h t S a c h e D e u t s c h l a n d s z u b e u r t e i l e n, o b w i r l o s s c h l a g e n s o l l t e n o d e r n i c h t.

Ein ungarischer Bursche in seiner Sonntagsschenke, nachdem er nach allen Kräften auf den Tisch schlug, daß die Gläser klirren, fordert eine Welt so in die Schranken. So schreit er: K u t y a a n é m e t (Ein Hund ist der Deutsche!). Noch nie — fürwahr — haben die loyalen Wände des aus-

wärtigen Amtes so eine männlich-starke Rebellen-
stimme vernommen.

Es gärt und es kocht in der Seele dieses Mannes
— er schäumt, er überschäumt sogar. Nun fallen
bittere, sarkastische Worte wie vernichtender Hagel
über die dünne Saat einer besonders schwächlichen
Beweisführung des österreichischen Premiers.
Graf Stürgkh meint, der Krieg sei auch der
rettende Vorschlag des Generals Potiorek, des
Landeschefs für Bosnien, gewesen, — worauf
Tisza nicht ohne Ironie seine höchste Meinung
über diesen General als Militär äußert, doch er
müsse feststellen, daß im Revier dieses Landeschefs
unbeschreibliche Zustände herrschen mögen, da
nämlich „sechs oder sieben der Polizei bekannte
Gestalten sich am Tage des Attentats auf der Route
des ermordeten Thronfolgers mit Bomben und Re-
volvern bewaffnet aufstellen konnten, ohne daß die
Polizei einen einzigen beobachtete oder fort-
schaffte".

Das ist der Ton, in welchem ein magyarischer
Frondeur der äußersten Linken gegen die zopfigen
Generale der k. u. k. Armee scharfe Verwünschun-
gen schleudert. Was ist mit dem loyalen Verteidiger
der gemeinsamen Armee geschehen, daß er selbst
in diesen Ton verfallen ist?

Nach dieser Debatte, die durch Tiszas un-
zweideutig-ablehnende Haltung nicht zu dem ein-
mütig-begeisterten Ergebnis geführt hat, wie es sich
der kriegsselige Graf Berchtold in seinen
Welteroberungsträumen erwünscht haben mag, beschließt nun dieser betriebsame Napoleon im Gehrock, zu Seiner Majestät nach Ischl zu fahren. Es

soll ein Druck auf Seine Majestät ausgeübt werden, damit die Majestät dann w i e d e r einen Druck auf den störrischen T i s z a ausübe. Doch auch T i s z a ist keineswegs faul.

Graf B e r c h t o l d muß seine Aktentasche außer mit dem Protokoll des bewußten Ministerrates auch noch mit einer recht klaren Denkschrift über T i s z a s Anschauung beschweren. Indem T i s z a seine mündlichen Argumente vor dem Kaiser schriftlich wiederholt, verfällt er wieder in den Ton eines schier Verzweifelnden, dem jeder Beweis recht ist, sollte er auch noch so an den Haaren herbeigezogen sein: „Auf meine Frage, wie sich die Kräfteverhältnisse bei den Großmächten infolge der überall vorgenommenen Rüstungen im Laufe der nächsten Jahre verschieben würden, hat der Chef des Generalstabes nach einigem Nachdenken geantwortet: ‚Eher zu unseren Ungunsten.‘ A u s d i e s e r A n twort k a n n w o h l m i t R e c h t g e f o l g e r t w e r d e n, daß diese Verschiebung keine allzu wesentliche sein und durch die günstigere Ausgestaltung der Verhältnisse am Balkan mehr als wettgemacht werde."

Wer fühlt nicht gerührt, wie der Gewaltige bis in seine Grundfesten erschüttert, nach einem Ausweg sucht? Und wie diese schüchternen, haarspaltenden Worte eigentlich eine heimliche Sorge verbergen?

So wird der kaiserliche Greis in Ischl von zwei Seiten bearbeitet. Wer weiß, wie er sich entschließen wird? Graf B e r c h t o l d — der wie aus einer Meldung des deutschen Botschafters v. T s c h i r s c h k y zuersehen ist, den hartnäckigen Ungar als „retardierendes Element" betrachtet, — trägt dafür Sorge, daß seine eigene fehlende Autorität und auch die des altersschwachen Kaisers durch eine nimmer versagende, allermächtigste überboten werde. Der Österreicher hat das Spiel mit dem Preußen von T s c h i r s c h k y geschickt abgekartet. Erst wird nur ein Tagesbericht an T i s z a weitergegeben, worin der deutsche Botschafter zum schnellen Entschluß hetzt. Derselbe Bericht wird in den „Kaisereinlauf" nach Ischl hineingeschmuggelt. Da dieser Druck nicht genügt, wird noch am Tag der Ischler Reise folgender höflicher Drohbrief an T i s z a abgeschickt:

_ „Soeben verläßt mich Tschirschky, der mir mitteilte, ein Telegramm aus Berlin erhalten zu haben, wonach sein kaiserlicher Herr ihn beauftragt, daß man in Berlin eine Aktion der Monarchie gegen Serbien erwarte und d a ß e s i n D e u t s c h l a n d nicht verstanden wird, wenn wir die gegebene Gelegenheit vorübergehen ließen, ohne einen Schlag zu führen. . ."

Nun folgt hochdiplomatische Faselei. Zum Schluß abermals drängende Worte: „Vorstehende Ausführungen T s c h i r s c h k y s scheinen mir von solcher Tragweite zu sein, d a ß s i e e v e n t u e l l auch von Einfluß auf Deine Schlußfassungen sein könnten, daher ich Dir ungesäumt Mitteilung machen wollte und Dich bitten möchte, mir, wenn Du es für gut findest, nach Bad Ischl zu telegraphieren (chiffriert), wo ich den morgigen Tag zubringe und mich zum Interpreten Deiner Auffassung bei Seiner Majestät machen könnte. . ."

Man kann sich denken, daß dieser freundschaft-
liche Interpret nicht verfehlt haben mag, den saum-
seligen Kriegsenthusiasten T i s z a bei Seiner Majestät in Ischl gebührenderweise anzuschwärzen. Das
mußte T i s z a wohl auch selbst ahnen. Er fühlte
sich als Zielscheibe von großen Kanonen, die aus
Potsdam und aus Ischl auf seine Person gerichtet
waren. Doch er wankt nicht. Und was noch mehr
ist, die Zielscheibe schießt zurück.

T i s z a ruft den Rat seiner ungarischen Minister in Budapest zusammen und da wird unter des
Allmächtigen Diktat beschlossen, daß die Teilnahme
der ungarischen Regierung zur ganzen Aktion abhängig gemacht werden müsse von der Bedingung,
daß die Monarchie keine Eroberungspläne mit der
Aktion gegen Serbien verbinde.

Und jetzt erhellt sich auf einmal die auf dem
Ballplatz zu Wien vor Österreichern und Polen
durch viele Worte bis nun immer in Schatten gestellte politische Idee des Grafen T i s z a. Der Faden
seines Gedankenganges läßt sich nunmehr wie ein
von der Spule entwirrter Faden, leicht abspinnen.
Dieser Mann gibt nicht zu, daß der Zweiländerstaat im Falle eines mit Erfolg geführten
Krieges, auch nur ein Stück Serbiens für sich an-
nektiere, damit das eine Land, das Seine, damit
Ungarn, nicht durch einen Zuwachs an Slawen in
seinem Bestand gefährdet werde. Damit der Dualismus mit Einschluß Serbiens nicht zu einem Trialismus umgestaltet werde. Auch wird es nun klar,
weshalb er lieber ein Bündnis mit dem in Deutschland so gar nicht genehmen Fürsten von Bulgarien
sähe, als mit dem alten Hohenzollern, der in Rumä-

nien sitzt. Rumänien möchte er nur in Schach halten, damit es nicht offensiv auftrete, nicht aber es für den Dreibund gewinnen. Man errät, warum: Siebenbürgens wegen. Der hohe Preis für Rumäniens Hilfe wäre vielleicht im Bestfall der Verlust einiger walachischer Komitate in Siebenbürgen, jedenfalls aber weitgehende Rechte für die Rumänen, die siebenbürgisches Land so zahlreich bewohnen. Somit der Zerfall des Herrenstaates Ungarn, als dessen Verkörperung H e r r v o n T i s z a sich fühlt.

Wie ist es arg bestellt mit dem T i s z a - s c h e n Grundsatz, daß Ungarns Interesse, unbedingt den Verband mit Österreich und der Zweiländerstaat hinwieder den Anschluß an Deutschland erfordere. Jetzt klafft es überall. Die Interessen seiner engeren Nation sind mit dem Interesse des Zweiländerstaates und gar mit dem Dreibund in scheinbar unlösbaren Zwiespalt geraten. Unser magyarischer Vorteil erheischt anderes als der der Monarchie. Auch dieser fürsorglichste Behüter des nunmehr fünfzigjährigen Ausgleichswerkes beginnt bedenklich zu schwanken. Sollten seine Ideale leere Lügen und Hirngespinste gewesen sein? Es mußte zu einem Krieg kommen, damit T i s z a für einen Augenblick inne werde, was wir schon alle, längst zuvor, in Tagen der Ruhe tragisch durchfühlt und durchlitten haben. Nun tut sich der Boden vor ihm auf. Ein Abgrund öffnet sich. Doch T i s z a ist nicht der Mann, der hineinstürzt. Leider auch nicht, um als kühner Pionier eine Brücke über den Abgrund zu schlagen. Er kann den alten unsicher gewordenen Port nicht mehr verlassen und sich und sein Volk hinüber an das sichere

Ufer retten. Ob· ihm wohl die Idee einer Donau-konföderation durch den Kopf schoß oder ob er sonst wo eine neue Basis für sein Land gesucht hatte? Vielleicht ein Trialismus sogar, ·jedoch auf ungarische Anregung und unter ungarischer Führung. Er war kein K r a m a r z und kein M a s a r y k, — derlei kühne Pläne wären ihm als Verrat und Majestätsbeleidigung erschienen. Auch· ist er kein Bismarck, um, wenn die Zeit herankommt, frei und frank mit der Vergangenheit und mit dem Her-kommen vollends zu brechen.

Alle rettenden radikalen Ideen, die ihm in den nächtlich-bangen Stunden des großen Verant-wortungsgefühles eingefallen sein mögen, wies er wie Versuchungen des Teufels von sich. Und so wählte er denn schließlich den unglücklichsten Ausweg. ·

Krieg zu machen, um das Prestige der Mon-archie zu gewinnen, jedoch die Früchte eines mög-lichen Sieges von sich zu weisen, um Ungarn nicht zu verlieren. So· sollte denn T i s z a s Krieg ein Krieg um den Krieg sein. Wenn es ein rauchloses Schieß-pulver gibt, warum sollte es nicht auch einen sieglosen Sieg geben? Von der Negation der Kriegs-notwendigkeit bis zu dieser l'art pour l'art-Schlächte-rei, das ist die Evolution dieses Staatsmannes inner-halb der entscheidendsten vierzehn Tage der Welt-geschichte. Mit dieser unglücklichen Idee will nun der Ungar vor die buntscheckige Gesellschaft eines gemeinsamen Ministerrates treten. B e r c h t o l d weiß schon längst und auch alle anderen, wo diesen Magyaren der ungarische Stiefel· drückt. Denn Herr von T s c h i r s c h k y, der T i s z a fortwährend auf der Spur folgt, hatte bereits am Tage· der schick-

salsentscheidenden gemeinsamen Konferenz selbst
über ein vor kurzem geführtes Gespräch zwischen
dem ermordeten Thronfolger und dem Grafen
Berchtold in folgender, recht tendenziöser Weise
Bericht nach Berlin erstattet:

„Der Erzherzog hat dem Grafen Berchtold
auch dasjenige mitgeteilt, was er unserem aller-
gnädigsten Herrn (bei Gelegenheit des letzten
Konopischter Besuches von Kaiser Wilhelm bei
dem Thronfolger Franz Ferdinand) bezüglich der
Politik des G r a f e n T i s z a besonders den nicht-
magyarischen Nationalitäten gegenüber gesagt hat.
Den Rumänen gegenüber habe, wie Seine k. u. k.
Hoheit bemerkt hätten, G r a f T i s z a zwar schöne
Worte gebraucht, seine Taten entsprächen aber
diesen Worten nicht. Ein Fehler des ungarischen
Ministerpräsidenten sei es vor allem gewesen, daß er
den siebenbürgischen Rumänen nicht einige Ab-
geordnetenmandate mehr gegeben habe.

G r a f B e r c h t o l d meinte mir gegenüber,
er habe schon oft und nachdrücklich auf den
G r a f e n T i s z a zugunsten größerer Konzessionen
für die Rumänen einzuwirken gesucht. Seine Bemühungen seien aber vergeblich gewesen. G r a f
T i s z a behaupte, er sei bereits so weit als irgend
möglich den Rumänen entgegengekommen.

Ich werde anderseits, wie ich bisher schon
dem Grafen Berchtold gegenüber getan habe, der
mir gewordenen hohen Weisung entsprechend jeden
Anlaß benützen, um auch den ungarischen Ministerpräsidenten auf die Notwendigkeit der Gewinnung
der Rumänen hinzuweisen."

So Herr von Tschirschky, der augenscheinlich Berchtolds Komplize war, um den hartnäckigen Magyaren doch endlich zu ducken.

Graf Berchtold soll den gebührenden Lohn für seine uneigennützigen Bemühungen um Rumänien bald erhalten. Der Geschäftsträger in Bukarest meldet nach Berlin, daß König Carol während einer königlichen Tafel sich nicht gerade schmeichelhaft über die politischen Fähigkeiten des Grafen Berchtold ausgesprochen habe. Aber auch diese geringen Fähigkeiten reichen aus, um bei S. M. in Berlin zu dem gewünschten Ziele zu führen. Die Meldung Tschirschkys wird mit einer kaiserlichen Randbemerkung versehen. — Tisza trifft der kaiserliche Bannstrahl: „... er darf durch seine innere Politik, die bei der Rumänenfrage auf die äußere des Dreibundes Einfluß hat, die letztere nicht in Frage stellen." So! und damit basta. Der starre Eigensinn Tiszas ist nicht mehr zu befürchten. Ein furchtbarer Wille hat sich erhoben, um ihn im Notfall zu brechen. Es ist erreicht! Während die Schnur auf diese Art um Tiszas Hals geschnürt wird, wird zugleich auch der von ihm erwünschte Ministerrat zusammengerufen. Der alte Polterer der Puszten, der nicht einmal ahnt, wie ungefährlich sein Poltern geworden ist, soll nach allen Regeln der diplomatischen Courtoisie beruhigt werden. Sein geliebtes Siebenbürgen soll in Gottes Namen — so erklärt der Generalstabschef — von Sicherungsbesatzungen unter dem Kommando eines höheren Generals gegen inneren Aufruhr und gegen den Einfall der Rumänen gesichert werden. „Zum Schutze des Landes gegen eine rumänische Armee würden diese Truppen nicht genügen, sie könnten aber auch in diesem Falle den Vormarsch der Rumänen verzögern." (Als dann später die Rumänen, ohne auch nur geringsten Widerstand zu finden, nach Siebenbürgen eindrangen und der Sturm im ungarischen Parlament gegen die frevelhafte österreichische Soldateska losging, hörten wir T i s z a, wie es seine Pflicht als Präsident war, den leichtsinnigen und kurzsichtigen Generalstabschef verteidigen. Wer ahnt, was da, während er diese tragische Rolle gespielt hat, in seiner zerrissenen Seele vorgegangen sein mag?)

Auch sonst wird T i s z a das Auge mit schönen Versprechungen verbunden. Ja, mein Magyare, wenn du schon so einfältig bist, um einen einstimmigen Beschluß zu fordern, daß wir zwar Krieg führen und siegen, aber dann vom Sieg ja nichts haben sollen, — nun gut, mein Magyare, den Beschluß sollst du haben, allerdings mit einigen kleinen Reserven, denn — so spricht Berchtold eine kleine Reserve aus — „man muß mit der Möglichkeit rechnen, daß es am Ende des Krieges w e g e n d e r d a n n v o r h a n d e n e n V e r h ä l t n i s s e n i c h t m e h r m ö g l i c h s e i n w e r d e, n i c h t s z u a n n e k t i e r e n, w e n n w i r b e s s e r e V e r - h ä l t n i s s e a n u n s e r e r G r e n z e s c h a f f e n w o l l t e n, a l s w i e s i e j e t z t b e s t e h e n."

Nun — so ein Spaß ist doch gar zu arg. Aber T i s z a läßt sich ihn nicht gefallen. Es funkelt hinter der schwarzen Brille vor verhaltener Wut. Er fordert, er droht sogar. Aber noch immer hält ihn jene charakteristische Scheu des Puritaners zurück, den zu allertiefst in seiner Seele versteckten patriotischen Urgrund dieser allzugroßen Friedensliebe offen einzugestehen. So macht er denn viele Worte darüber, wie sich die Monarchie die internationalen Sympathien durch eine Uneigennützigkeitserklärung den Serben gegenüber zusichern könnte. Er spricht vergebens. Die hier im hohen Rat zusammensitzen: Österreicher, Tschechen, Polen, der gemeinsamen Sache ergebene Minister, lesen es von T i s z a s verdüsterter Stirne ab, daß es für ihn, wie so oft, auch diesmal wieder nicht um die gemeinsame Sache der beiden Reichshälften, sondern einzig und allein um Ungarn geht. Sie alle wissen auch, daß demnächst ein Berliner Machtwort fallen wird, um die magyarischen Bedenken mundtot zu machen. Lokale kleinliche Sorgen dürfen fortan die weitgespannten Kreise einer großangelegten auswärtigen Politik nicht mehr störend durchqueren. Immerhin wirft der Vorsitzende so von oben herab einen Knochen hin, um den zottigen Schäferhund der Puszten zu beschwichtigen. B e r c h t o l d erklärt, daß er die Absicht habe, durch eine von unserem römischen Botschafter abzugebende Verzichtserklärung den dritten im Bunde, das unverläßliche Italien, für den Krieg zu gewinnen. Also sprach Graf B e r c h t o l d gewichtige Worte, um durch sie den Grafen T i s z a zu beruhigen? Ist der eine Graf von dem andern so beruhigt worden? Ein Geheimnis. Denn T i s z a schweigt.

Und nun beginnt die hohe Komödie. Wo bist du, Aristophanes? Jetzt ergreift nämlich der dritte Graf das Wort: Graf S t ü r g k h. Die Besitzergreifung serbischen Territoriums hält er für ausgeschlossen, dafür spricht er von entsprechenden Maßregeln, die Serbien in ein Abhängigkeitsverhältnis zur Monarchie bringen sollten. Auch von strategischen Grenzberichtigungen. Ja auch von der Absetzung der Dynastie. So spricht der eine Graf, gewiß nicht um den andern zu beruhigen. Und doch schweigt Graf T i s z a, — nun da ihm auch der letzte Grund zum Schweigen genommen war — als wäre er durch diese besonders beunruhigenden Mitteilungen tatsächlich beruhigt.

Der k. u. k. Kriegsminister hält die Stunde für gekommen, um nun auch seinerseits eine soldatische Weisheit abzugeben. Ja, auch er gibt, trotz seines siegesbewußt klirrenden Säbels seine Stimme für den vorsichtigen Beschluß ab, daß auf Landerwerb im voraus verzichtet werde. Das tut er. Worin er mit T i s z a übereinstimmt. Doch er stimmt auch mit Graf S t ü r g k h überein, daß jede demütigende Maßregelung und auch jede „notwendige" Annexion, allerdings unter dem Titel einer Grenzberichtigung strengstens durchgeführt werden müsse. Er spricht dann, so nebenbei, auch eine bescheidene Forderung aus. Eine Kleinigkeit, o nichts von Belang! Er will nämlich eine dauernde militärische Besetzung jenseits der Save haben. Also eine ständige Bedrohung des serbischen Nachbarlandes. Nur das. Sonst nichts. M i n i m a   n o n   c u r a t   p r a e t o r.

Das nennt man im Rat für gemeinsame Angelegenheiten: einen Verzicht auf Annexion. Aristophanes! T i s z a schweigt. Ist er nun beruhigt? Ja — er muß es wohl sein. Denn der gemeinsame Ministerrat beschließt auf seinen Antrag, „daß sofort bei Beginn des Krieges" — mit dem unausweichlichen Kriegsfall muß also wohl T i s z a inzwischen abgerechnet haben — „den fremden Mächten erklärt werde, daß die M o n a r c h i e k e i n e n E r - o b e r u n g s k r i e g f ü h r e u n d n i c h t d i e E i n v e r l e i b u n g d e s K ö n i g r e i c h e s b e - a b s i c h t i g e. N a t ü r l i c h s o l l e n s t r a t e - g i s c h n o t w e n d i g e G r e n z b e r i c h t i g u n - g e n s o w i e d i e V e r k l e i n e r u n g S e r b i e n s z u g u n s t e n a n d e r e r S t a a t e n s o w i e e v e n t u e l l n o t w e n d i g e v o r ü b e r g e h e n - d e B e s e t z u n g e n s e r b i s c h e r G e b i e t s - t e i l e d u r c h d i e s e n B e s c h l u ß n i c h t a u s - g e s c h l o s s e n w e r d e n."

Als nun T i s z a soweit angekommen war, durfte der aalglatte-tip-top-patentfeine Vorsitzende mit Fug und Recht freudestrahlend erklären, „daß in allen Fragen erfreulicherweise vollständige Einmütigkeit erzielt worden sei". Hurrah! Wir wollen uns über diese einmütige Beschlußfassung mit dem feinen Vorsitzenden und mit den feinen Mitsitzenden freuen, — aber auch mit den Mitliegenden, Mitbetroffenen, vielen, vielen und jungen, die nun auf Berg und Tal, hier und dort, überall in Massengräbern zusammengepfercht, ihren einmütigen Verwesungs- und Liegezustand in den Tiefen des Nichtseins, der Einmütigkeit dieser auf der Höhe des Daseins Mitsitzenden, wenigen und alten verdanken.

Wurde T i s z a hintergangen? Oder ließ er sich hintergehen? Denn wie es mit der von ihm so ausdrücklich geforderten Uneigennützigkeitserklärung in Wirklichkeit aussieht, beweist am besten, was in Rom geschah. Marquis San Giuliano nimmt die Nachricht unseres Botschafters mit Befriedigung zur Kenntnis, daß die Monarchie keine Gebietseinverleibung anstrebe. „Die Frage" — so berichtet der Botschafter — „ob er (nämlich San Giuliano, der italienische Minister des Auswärtigen) dies in der Presse verwerten könne, verneinte ich und betonte sogar, daß es sich bei dieser vertraulichen Mitteilung um die ernste Absicht, nicht aber um ein Engagement handle!"

Man schärfe das Ohr für die feinen Nuancen dieser diplomatischen Verkehrssprache. Eine ernste Absicht ist eine Absicht, die im Ernstfall nicht ernst genommen wird. Ein Engagement hingegen, das ist ein Wort, welches nie über die Lippen eines Diplomaten fährt, der die ernste Absicht hat, ernst genommen zu werden. War es aber in Rom, wo es galt, einen schwankenden Verbündeten zu gewinnen, mit dem sympathieerweckenden Eindruck unserer Uneigennützigkeitserklärung so traurig beschaffen, wie mußte er da in London und in Paris wirken, unter Feinden und Neutralen? Nun, — wie es die Folge bewiesen hat.

*

Noch merkwürdiger und rätselhafter erscheint uns Tisza stahlharten Angedenkens mit seinem nachgiebigen Schwanken in Sachen des Ultimatums. Man weiß, es war sein Vorschlag: statt eines eigenmächtigen Eingreifens durch Überrumpelung, erst an Serbien eine offene Kriegserklärung mit konkreten Forderungen zu stellen. Auch soll Serbien, was vor allem nottut, einige Zeit zur Beantwortung

unserer Note gegeben werden. Nur ein so lang-
fristiges Ultimatum könne vor übereilten Hand-
lungen bewahren und die friedliche Lösung des
Konfliktes ermöglichen. Es war ja T i s z a im An-
fange bekanntlich nur um dieſen Frieden zu tun.
Ihm bedeutete nicht nur ein siegreich beendeter
Krieg mit möglichem Nationalitätenzuwachs, sondern
auch schon der Kriegsanfang selber eine Bedrohung
des halb feudalen und ganz imperialistischen
Zwitterstaatswesen, dessen mächtigster Vertreter
und verantwortungsvollster Behüter er selbst war.
Schon am 10. Juli 1914 erklärt König Carol in
Bukarest, er könne der großrumänischen Agitation
gegen die Monarchie nur dann erfolgreich entgegen-
treten, wenn Ungarn den niedergedrückten Stammes-
brüdern in Siebenbürgen ein freundliches Entgegen-
kommen zeige. Geht es so weiter, mußte sich da
T i s z a denken, dann wird morgen Berlin für
unsere deutschen Insassen, Prag oder gar Peters-
burg für unsere Slowaken in ähnlicher Weise fordernd auftreten. Und was bleibt dann schließlich von dem unduldsamen Junker- und Grafenstaat
Ungarn übrig? Das morsche Ausgleichswerk ver-
trägt kein Rütteln mehr. Beim geringsten Stoß
zerbröckelt die alte, minutiöse Arbeit. Und auch
T i s z a zerfiele mit ihr. Er fühlt das nur zu **gut,**
der starke Mann im schwachen Land!

Schlangen im Gras! Diese Bedenken lauern
hinter einem, dem sonst so energischen Charakter
T i s z a s so wenig angemessenen friedfertigen
Verhalten. Patriotismus und eigenes Interesse,
Egoismus und Altruismus stacheln seine Nerven
gegen den von Österreich aufgedrungenen Krieg auf.

Berchtold hält es für gut, Tisza in Berlin anzuzeigen und anzuschwärzen. Er läßt wieder jenen v. Tschirschky schreiben: „Der Minister klagte schließlich über die Haltung des Grafen Tisza, die ihm ein energisches Vorgehen gegen Serbien erschwere. Graf Tisza behauptet, man müsse „gentlemanlike" vorgehen, das sei aber, wenn es sich um so wichtige Staatsinteressen handle und besonders einem Gegner wie Serbien gegenüber, schwerlich angebracht."

Langer, schwarzer Ungar, der du da ruhst mit greulich zerschossenem Leib, tief in der Gruft deiner Ahnen, was sagte dein Geist, irrend über furchtbar beraubte und geschändete Puszten, als das geheime Archiv geöffnet wurde und mit der Schrift jenes Kaisers, für dessen kranke Ruhmsucht, du zum Schluß dich selber und dein liebes, gutes Heimatland als überflüssiges Opfer gebracht hast, — was sagte dein Geist, als mit den verfluchten Lettern eben dieses Mannes an den Rand eben dieses böswilligen Tschirschkyschen Berichtes geschriebene Worte aus dem Dunkel ihres Versteckes ans Tageslicht kamen: „Mördern gegenüber (nämlich Serbien gegenüber, wie Tisza es haben wollte) gentlemanlike zu verfahren, ist nachdem, was vorgefallen, Blödsinn!"

Hörst du, Magyar, der du für deine Heimat zitternd einen Weltkrieg vermeiden wolltest, dein Urteil fallen von kaiserlichen Lippen? Hörst du, Magyar, der du mitfochtest in einem Kampf, in dem du alles verlieren und nichts gewinnen konntest: dein eigenes Interesse wahren, der Kaiser hat's gesagt und du mußt es von ihm hören, — es ist ein Blödsinn!

So werden W i l h e l m und T i s z a, die zwei geharnischten mittelalterlichen Ritter, wie zwei Marionetten von der Hand des schmiegsam= wächsernen Österreichers hin- und hergezogen und gegeneinander gehetzt. Man merke nur, wie der Tipp-topp-Patent-feine nun auch weiter sein kleines Spiel mit den Großen treibt. T i s z a muß statt eines langfristigen Ultimatums, für ein kurzfristiges ge- wonnen werden. _ B e r c h t o l d setzt ihm erst die Schwierigkeiten auseinander, die ein Hinaus- schieben der militärischen Vorbereitungen nach sich zöge, — dann zieht er engere, immer engere Kreise und naht schließlich mit der großen Verlockung eines noch immer möglichen friedlichen Aus- ganges der Angelegenheit. Denn warum sollten sich die Serben nicht innerhalb kürzester Frist eines Besseren besinnen? Auch ist es möglich, denn alles ist möglich, daß sie unsere Bedin- gungen annehmen. Und zwar viel eher nach einer Mobilisierung, als vor einer. Bedeutet ja Mobilisierung nur die Androhung des Krieges, nicht aber den Krieg selbst. Und wenn die erschrockenen Serben so einlenken sollten, dann hat ja T i s z a sein Ziel auf friedlichem Weg erreicht: die erstarkte Monarchie mit ihren erstarkten beiden Reichs- hälften, d. h. mit Österreich zugleich auch ein erstarktes Ungarn. B e r c h t o l d darf nach diesem Gespräch triumphierend melden, daß T i s z a seine Zustimmung zu einem kurzfristigen Ultimatum, das will heißen, zur fatalen, kopf- verwirrenden Eile der entscheidendsten und einer langen ruhigen Überlegung bedürftigsten Tage dieser Weltgeschichte gegeben hat.

Was nun B e r c h t o l d s eigentliche Idee über die Annehmbarkeit der Bedingungen anlangt, so hat er sie vor T s c h i r s c h k y — vor dem er nicht wie vor T i s z a ein Blatt vor den Mund nimmt — offen und ehrlich bekannt: „E r w ü r d e s e i n e m K a i s e r . . . . j e d e n f a l l s r a t e n, d i e F o r d e r u n g e n s o e i n z u r i c h t e n, d a ß d e r e n A n n a h m e a u s g e s c h l o s s e n e r - s c h e i n t."

War T i s z a, der Mann der Provinz und des Komitats, diesem Gemisch von höfischem Intrigen-spiel und großstädtisch geschulter Diplomatie wirk-lich nicht gewachsen? Merkt er es denn wirklich nicht, daß er von rechts und links, von überall und in jeder Hinsicht betrogen wird? Nein, — er merkt es nicht. Er hat keine Ahnung. Denn sonst würde er sich am 14. Juli, also kaum sechs Tage nach eben erst erhobenem männlichen Protest ge-wiß nicht zu der unlogischesten, überraschendsten und sinnlosesten Umwandlung hergegeben haben. Er besucht v. T s c h i r s c h k y. Und der Ungar er-klärt dem Preußen: er sei bisher stets derjenige gewesen, der zur Vorsicht gemahnt habe, aber jeder Tag habe ihn immer mehr in der Ansicht bestärkt, „d a ß d i e M o n a r c h i e z u e i n e m e n e r g i - s c h e n E n t s c h l u ß k o m m e n m ü s s e", — diese Zeilen hat der Kaiser in Potsdam zweimal dick unterstrichen und mit dem Vermerk versehen: U n b e d i n g t ! — „um ihre Lebenskraft zu be-weisen". Die Sprache der serbischen Presse und der Diplomaten sei in ihrer Anmaßung für T i s z a

unerträglich: „Ich habe mich schwer entschlossen"
— meinte der Minister — „zum Kriege zu raten,
bin aber jetzt f e s t v o n d e s s e n N o t w e n d i g-
k e i t ü b e r z e u g t und ich werde mit aller Kraft
für die Größe der M o n a r c h i e einstehen. . . ."

„Glücklicherweise herrschte jetzt unter den hier
maßgebenden Persönlichkeiten volles E i n v e r-
n e h m e n und E n t s c h l o s s e n h e i t." (Diese
Worte hat der kaiserliche Blaustift mit begeistertem
Elan zweimal dick unterstrichen.) „ . . . Graf
T i s z a fügte hinzu, die bedingungslose Stellungnahme D e u t s c h l a n d s a n d e r S e i t e d e r
M o n a r c h i e sei entschieden für die feste Haltung
des Kaisers von großem Erfolg gewesen."

In welche Versenkung ist der T i s z a vom gemeinsamen Ministerrat mit dem erregten Ausfall
gegen das kriegfordernde Deutschland verschwunden?

Hat er den Augen seiner Kollegen die heimliche
Drohung nicht abgelesen? Waren ja sämtliche
Minister des edlen Kollegiums darüber einig, daß
nach dem als bestimmt angenommenen Sieg mit
dem Obrigkeitsstaat Ungarn und mit seiner junker-
lichen, hochherrlichen Obrigkeit ein für allemal abgerechnet werden müsse. Nur noch ein wenig Blut
soll dem sanguinischen Land abgezapft werden, nur
noch in die Falle des Krieges muß es gelockt
werden: „Ungarn und seine Verfassung des Dualismus waren im Krieg eines unserer Unglücke," — so
schreibt C z e r n i n und setzt augenscheinlich zum
Dank für T i s z a s Opferwilligkeit hinzu: „Wenn
wir den Krieg n i c h t v e r l o r e n hätten, so
wäre der Kampf auf Leben und Tod mit dem magy-

arischen Volke unvermeidlich gewesen, weil sich gar keine vernünftige, europäische Konstellation denken läßt, welche mit den magyarischen Aspirationen unter einen Hut zu bringen wäre .... A b e r w ä h r e n d d e s K r i e g e s w a r, e i n o f f e n e r K a m p f m i t B u d a p e s t n a t ü r l i c h u n - m ö g l i c h."

So ficht T i s z a, um entweder von Feind oder von Freund samt seinem Lande geschlagen zu werden. Nirgends winkt dieser verderblichen Politik eine Aussicht auf Erfolg.

Man weiß: T i s z a wollte mit der Note die Sympathien der feindlichen und neutralen Welt für die Monarchie gewinnen. Und jetzt erklärt er schon Herrn v. T s c h i r s k y gegenüber: „Die Note werde so abgefaßt sein, daß d e r e n A n - n a h m e s o g u t w i e a u s g e s c h l o s s e n s e i." Also B e r c h t o l d s Worte aus T i s z a s Munde. T i s z a will sogar mehr! Er will von Serbien keine Versprechungen, s o n d e r n T a t e n f o r d e r n. T i s z a und B e r c h t o l d sollten sich über dieses „Mehr" nicht in die Haare fahren. Denn nun heißt es: Scharfmachen! Und heißt es so, dann herrscht immer volle Einmütigkeit in diesem ohnmächtig-dreisten Diplomaten- kollegium. Meldet doch B e r c h t o l d an den v. T s c h i r s c h k y und der v. T s c h i r s c h k y hinwiederum an jenen von P o t s d a m, daß jener v. T i s z a ihm in der Abfassung der Note „in be- sonders erfreulicher Weise entgegengekommen sei und habe sogar in m a n c h e P u n k t e e i n e V e r - s c h ä r f u n g h i n e i n g e b r a c h t".

Kaiser Wilhelm kann sich nun des freudigen Ausrufs nicht enthalten: „Na, doch mal' ein Mann!"

Nun läßt Tisza noch ein Wort nach Potsdam sagen, wie es in Potsdam nicht hätte besser geprägt werden können: „Wir wollen nun vereint der Zukunft ruhig und fest ins Auge sehen."

Und so ist es bewiesen, daß die kriegsgebeugten Massen wohl im Rechte waren — was auch sonst immer eine freundschaftlich-pietätvolle Entstellung der Tatsachen an geschickt zusammengestellten Zeitungsausschnitten gegen diesen richtigen Masseninstinkt aufmarschieren lassen mag — als sie in nervöser Ahnung dieser bis nun verborgenen Geschehnisse, Tiszas eigenste Wendungen und Kraftworte aus manchen scharfen, so trefflich „verschärften" Wendungen des Ultimatums zu hören wähnten.

*

Nun behaupten aber Tiszas Getreuen: Der Krieg war unvermeidlich. Tisza tat nichts anderes, als was seine Pflicht war — er fügte sich ins allemal Unvermeidliche. Er wollte und konnte sein Land in Stunden der Not nicht verlassen.

Und die Getreuen hätten recht, wäre der Krieg wirklich so unvermeidlich gewesen, wie die Getreuen behaupten. Aber dem war nicht so. Im Gegenteil. Alles hing an einem Faden und diesen blauen Faden des Friedens hielt in Stunden der höchsten Not kein anderer als Tisza in eiserner Hand.

Der dreißigste Juni des Verhängnisjahres neunzehnhundertundvierzehn. Das Unerhörte ist geschehen. Das Unerwartete. Serbien hat, um die Worte des preußischen Ministerpräsidenten zu gebrauchen: „ ⋮ . . bis auf geringe Punkte den österreichisch-ungarischen Desiderien beigestimmt." Selbst Wilhelm findet es unvorsichtig, daß der österreichische Botschafter in Serbien trotz dieser großen Nachgiebigkeit auf B e r c h t o l d s Geheiß seine Belgrader Zelte abgebrochen und hiemit den Abbruch der diplomatischen Beziehungen erklärt habe. Graf B e r c h t o l d geht mit langer Nase herum. Wie wird die Welt die friedliche Einlenkung Serbiens auffassen? L i c h n o w s k y sieht nach diesem diplomatischen Triumph lauter enttäuschte Gesichter in der österreichischen Botschaft zu London. Nein. Ganz so unblutig haben sich unsere Diplomaten den Verlauf der Angelegenheit nun doch nicht gedacht. Und wie unangenehm, wenn sich jetzt England darauf beruft, es sei seiner Vermittlung zu danken, daß von russischer Seite ein Druck auf Serbien ausgeübt wurde, um es zur Nachgiebigkeit zu zwingen. Dieses „perfide Krämervolk" will halt nichts von Krieg wissen. Ja, es droht sogar allen Ernstes mit Frieden. Denn nicht zufrieden mit dieser ersten zudringlichen Vermittlung zwischen Rußland und Serbien will es nun auch zwischen dem Dreibund und dem Zweibund vermittelnd eingreifen. Merkwürdigerweise kann Lohengrin-Wilhelm dieser Friedensdrohung nicht widerstehen. Er ist der Meinung, Österreich müsse mit zwei Händen nach Englands Vermittlung greifen. v. T s c h i r s c h k y erhält Auftrag, in Wien den Friedensengel abzugeben.

Seine Exzellenz der Friedensengel erscheint nun zum Frühstück bei seiner Exzellenz dem tipp-topp-feinen Kriegshetzer. Im Bericht nach Berlin wird ausdrücklich erwähnt, daß er sich erst „n a c h A u f h e b u n g d e r T a f e l" seines Auftrages entledigt habe. Denn wenn ein Gast von seinem Gastgeber weiß, daß er lüstern nach Blut ist, dann hat ein Gast den Appetit seines Gastgebers durch eine Friedensbotschaft nicht zu verderben. Kein Weltkrieg darf als Ausrede gelten, um die gute Kinderstube zu verleugnen. Feine Leute bleiben feine Leute e t s i f r a c t u s i l l a b a t u r o r b i s.

Nachdem G r a f B e r c h t o l d auch den letzten Bissen sich gut hatte schmecken und in Aussicht auf einen schönen Weltkrieg auch den letzten Tropfen des feinsten Rheinweines an seinem Gaumen hatte vorübergleiten lassen, beginnt von T s c h i r s c h k y die Verlesung des Berliner Mahnbriefes. Worte fallen: „Serbien ist gezüchtigt, serbisches Gebiet unter ausdrücklicher Zustimmung Rußlands besetzt — somit der Waffenehre genug getan —, man möge sich die unberechenbaren Konsequenzen einer Ablehnung der Vermittlung vor Augen halten." B e r c h t o l d hört der Verlesung, wie der Bericht sagt, „b l e i c h u n d s c h w e i-g e n d" zu. Seine ganze Antwort besteht nur darin, daß er sich nun umziehen muß, — denn feine Leute bleiben feine Leute — um seinem Kaiser sofort einen Vortrag zu halten.

Graf F o r g á c h und Graf H o y o s, die tipp-topp-feinen zwei gräflichen Gewährsmänner des tipp-topp-feinsten Grafen B e r c h t o l d, erklären noch am selben Nachmittag von T s c h i r s c h k y, daß mit Rücksicht „auf die Stimmung in Armee und Volk Einschränkung der militärischen Operationen ausgeschlossen sei". Haben diese Herren das von Angst geschüttelte Wien und Pest in diesen Tagen des Entsetzens nicht gesehen? Mir scheint, die Herren Grafen verwechselten die gehobene Stimmung des Jockeyklubs mit der Landesstimmung und jene der aktiven Armee mit der der zwangsweise in Uniform gesteckten armen Zivilisten.

„— Morgen früh" — erklären sie nun zum Schluß —. „werde Graf T i s z a in Wien erscheinen, dessen Ansicht bei dieser weittragenden Angelegenheit eingeholt werden müsse."

Die letzte Chance liegt also in T i s z a s Hand. Man würde meinen, sein Ehrgeiz sei befriedigt. Der heißersehnte diplomatische Erfolg ist in unverhofft glänzender Form erreicht. Noch ist der Weltkrieg zu vermeiden. Noch kann man dem Zerfall der Monarchie vorbeugen. Nur ein bißchen guten Willen müßte man aufbringen, der Appell aus Berlin müßte erhört werden und der blutige Quell, der eben zu rinnen begann, wäre sofort zum Stocken gebracht. Das ist der Augenblick für den Kraftmenschen, um seine Kraft, voll und herrlich wie noch nie, geltend zu machen! Statt dessen, was tut er? Die Akten schweigen. Doch was er gesprochen haben mag, lesen wir aus einer Depesche, die er vor acht Tagen an B e r c h t o l d gesandt hat und in der T i s z a im Falle einer unbefriedigenden Antwort Serbiens die unverzügliche Anordnung der Mobilisierung als unbedingt notwendig empfiehlt: „Jedes diesbezügliche Zaudern wäre mit verhängnisvollen Folgen verbunden." Ob nun eine Antwort befriedigend ist oder unbefriedigend, über dieses Problem des Längeren nachzudenken, wäre nach T i s z a s eigenen Worten jedenfalls ein „diesbezügliches Zaudern mit verhängnisvollen Folgen" gewesen. So und nicht anders mußte sich T i s z a äußern, als im entscheidenden Ministerrat der erwünschte Vorwand zur Abweisung der verwünschten Friedensvermittlung, in Rußlands hastiger Mobilisierung (das sind die Folgen eines kurzfristien Ultimatums!) endlich zur allgemeinen Befriedigung gefunden wurde.

*

Das Geheimnis seiner Metamorphose hat T i s z a mit in sein Grab genommen. Wer wagt es, sie mit Gewißheit zu deuten.

Sicher ist nur, daß seit dem Augenblick der Kriegserklärung der aalglatte B e r c h t o l d zu weichen hatte und nun schreitet der stahlharte T i s z a mit der ganzen Wucht seiner Person an der Spitze der kriegerischen Monarchie.

Zur Zeit der ersten Siege wird T i s z a s Person plötzlich von einer ungeheuren Popularität umstrahlt. Nicht nur in Budapest, sondern auch in Wien wird er auf den Straßen von einer jubelnddemonstrierenden Menge begleitet. Und das alles freut den Mann in ganz naiver Weise, der zwar alle Triumphe der Macht gekannt, aber den süßen Rausch der Volkstümlichkeit noch nie genossen hatte.

„T i s z a war glücklich," schreibt einer seiner Freunde, „er genoß die ungewohnte Volkstümlichkeit, er liebte es, wenn" — so schreibt dieser Freund, ein Gelehrter, der oberste Wächter ungarischer Humanität, ohne mit einer Wimper zu zucken, ohne mit seiner Feder zu zittern, in einem Atemzug weiter — „die Frauen und Kinder, deren Gatten und Väter auf seinen Rat hin unter die Waffen gerufen wurden, ihm dennoch tücherschwenkend begeistert „Éljen" zuriefen."

So wird Berchtolds Krieg allmählich der Krieg Tiszas, die Siege der Feldherren seine Siege, Tiszas allerpersönlichste Sache. Man lese Tiszas eigenen Brief an eben denselben, wohl humanistischen, keineswegs aber humanen Freund: „Nach schweren, von peinigender Verantwortlichkeit begleiteten Wochen ist es endlich auch uns vergönnt, die Freude der Erfolge von großer Tragweite zu genießen, unsere über die Russen errungenen glänzenden Siege reihen sich würdig den deutschen Siegen an und ich glaube, sie haben auch auf diplomatischem Gebiete das Zünglein der Wage endgültig zu unseren Gunsten verschoben. Bittere zwanzig Jahre hindurch hat mich der Gedanke gepeinigt, diese Monarchie und in ihr die ungarische Nation sei zur Vernichtung verdammt, denn Gott will den verderben, dem er den Verstand nimmt. In den letzten paar Jahren begann sich die Sache zum Bessern zu wenden, immer neue und neue erfreuliche Ereignisse erweckten die Hoffnung zu neuem Leben, daß die Weltgeschichte über uns nicht zur Tagesordnung übergehen wird. Jetzt, in den kritischen

Tagen dieser großen Zeit entscheidet sich die Sache, aber diese Nation, die sich inmitten der ihr aufgebürdeten Gefahren in dieser Weise benimmt, kann von der Vorsehung nicht zum Tode verurteilt werden."

Wie traurig mutet einen diese ungarische Zuversicht in der Monarchie an, wenn man Czernins Absichten gegen die ungarische Hälfte der Monarchie für den Fall eines Sieges und gar die Absichten des Schicksals für den eingetretenen Fall der Niederlage bedenkt. Und wie blaß sind diese Ideen und wie matt ist dieses Wortgefüge! Bismarcks Briefe von 1870 sind anders, stark und wuchtig. Weil Bismarck das Werdende, das Morgige vertrat, — und nur Menschen dieses Schlages haben Kraft, ihre Worte mit dem Mark der Idee und des Gefühls zu füllen. Tisza, der unter den Lebenden als ein Starker galt, reiht welke Sätze schlaff aneinander. Denn eine irrige Anschauung, denn die Vergangenheit mit ihrer untergehenden Welt bringt es nie zur eigenen Sprache. Der Stil ist Zukunft und Wahrheit, — Tisza hingegen war, als zu Kriegsbeginn jener erste köstliche Augenblick der Erleuchtung so jäh und spurlos an ihm vorüberging, Tisza war seit diesem Tag: der Krieg, also der tragische Irrtum und die dualistische Monarchie, also das ewige Gestern, die nie wieder zum Heute werdende Vergangenheit.

VIERZEHNTES KAPITEL

Coriolan und Diogenes. — Der Rebell in Uniform.
— Im Dschungel. — Tisza und der Krieg. — Eine
Szene im Tisza-Klub. — Die Tragik des Gerechten.
— Begräbnis und Krönung. — Vom Minister-
fauteuil in den Schützengraben. — Der ungarische
Wilsonismus. — Der friedliche Allerweltsfeind. —
Die Bombe.

Károlyi wird von den ersten alarmierenden Kriegsnachrichten in Amerika ereilt. Er beschließt, sofort die amerikanische Propagandafahrt abzubrechen und nach Hause zu eilen. Das Meer erfährt die Kunde der erbebenden Erde durch die zitternde Nadel des Markonigraphs. Der heimfahrende Károlyi und seine Getreuen wissen nun, daß ihr Vaterland, dem sie neue Wege bahnen wollten, durch die Fatalität seines alten Systems auf nie wieder gut zu machende Weise in das Weltgemetzel hineingerissen wurde.

Und nun eine Lampe her, um in das dunkle Wirrsal menschlichen Tuns und Handelns zu leuchten! Zu Hause wird Károlyi von der bündnistreuen Kriegspresse als Hochverräter beschimpft. Gleichzeitig wird dem unglücklichen Freund der

Franzosen die erste Lektion über die Vertrauens-
würdigkeit seiner vermeintlichen Freunde in der
bittersten Form erteilt. Denn kaum hat K á r o l y i s
Fuß, im Vertrauen auf die guten Worte von gestern,
französischen Boden betreten, so wird schon der
Führer der ungarischen Ententepartei wie irgend
ein beliebiger Boche von den Schergen der brutalsten französischen Gewalt erfaßt und samt seinen
demokratischen Getreuen in das Gefangenenlager gebracht.

Auf dem Quai d'Orsay prangt das Palais der
K á r o l y i. Aber der Herr des Palais schläft unter
freiem Himmel. Das ist die einzige Freiheit, die
ihm in diesem Lande der Freiheit geblieben ist.
Der Gefangene wird nach rechts und links, hin und
her geschleppt, man geht mit ihm unbarmherzig
um, — einmal sogar ist er nahe daran, der dummen
Grausamkeit französischer Behörden zum Opfer zu
fallen. Endlich gelangt der enttäuschte Franzosen-
freund in ein Gefangenenlager, wo er einem ändern
Ungarn begegnet, der zwar die Gastfreundschaft
Frankreichs seit Jahrzehnten genoß, ohne daß er
für Franzosen und Franzosenland sich auch nur im
geringsten erwärmt hätte. So trafen sie zusammen:
M a x N o r d a u, der gelb-gallige, weißbärtige, der
alte Diogenes des Feuilletons und der junge Coriolan
ungarischer Politik, wenn auch nicht in einem Faß,
so doch immerhin in einem windzerzausten, regengepeitschten Gefangenenzelt, um da über allerhand
wechselvolle Schicksale dieser Welt miteinander zu
plaudern. Ihre Kleidung: Fetzen — ihre Nahrung:
Schlangenfraß.

Die Ententefreundschaft sollte K á r o l y i

zum Schluß doch soweit frommen und nützen, daß ihm nach zwei-, dreimonatlicher Haft endlich die Gnade kam. Nur ihm, — seinen Freunden nicht. Die konnten noch warten. Nun ist er frei. Er kann nach Hause. Aber er könnte auch wie B e n e š und M a s a r y k in Paris bleiben und da eine resolute Umorientierung der Mittelmächte und vor allem seiner Heimat betreiben. Solches Vorgehen wäre entscheidend für ihn und für uns alle geworden. Doch K á r o l y i war nie der Mann resoluten Handelns, — seine Ententefreundschaft reicht nicht hin, um das Odiose eines landes-rettend-landesverräterischen Handelns auf sich zu nehmen. Er zieht dem Verbleib die Heimkehr, dem Ganzen, wie so oft, nun wieder einmal das Halbe vor.

Der erste taktische Fehler dieser Heimkehr sollte nun bald einen zweiten, noch viel verhängnis-volleren nach sich ziehen. K á r o l y i, heimlicher Verbindungen mit dem Feindesland beschuldigt, konnte weder im Parlament und noch viel weniger in Volksversammlungen für seine Ideen eintreten. Eine stumme Agitation aus dem Kerker heraus, wie sie K r a m a ř und einige tschechische Führer be-trieben, war nicht nach seinem Geschmack. So wählt sich denn dieser Mann ewiger Halbmaßregeln einen merkwürdigen Mittelweg. Seine Gegner, die in dem Frankreich- und Amerikareisenden K á r o l y i nur den Hochverräter sahen, sollten durch Uniform zum Schweigen gebracht werden. K á r o l y i läßt sich zum Soldaten ausbilden. Man sieht statt eines Pazifisten den Kavalier, statt eines demokratischen Politikers ein Mitglied des herr-

schaftlichen Kasinos vor sich. In völligem Ver-
kennen der Lage der Welt und seines Landes meint
nun K á r o l y i, wenn er seine rebellische Denkart in Husarenuniform stecke, könne er vor seinen
gutgesinnten Landsleuten für immer bestehen. Er
hofft, daß er fortan bei jedem Angriff ganz einfach auf seinen Kragen mit dem Abzeichen seiner
militärischen Charge zu zeigen habe, um alle
Worte des Vorwurfs sofort verstummen zu
machen. Wie naiv diese Rechnung war, bewiesen die Folgen. Er galt in der Armee als
ein Meuterer, und als die Stunde der furchtbaren
Abrechnung kam, sah die Entente in ihm nur den
„Treubrüchigen‚ der gegen die westliche „Demokratie“ mit Waffen in den Krieg zog.

Erst nach militärischer Ausbildung und nach
formeller Dienstzeit im Schützengraben tritt er
wieder handelnd als Politiker auf.

*

Die ungarische Politik ist jedem Fremden ein
Dschungel. Es ist keineswegs unsere Absicht, ihn
auf gefährliche Abwege zu führen, wo er sich
bald verlieren müßte. Denn unser Land war auch zur
Zeit ehemaliger Größe ein kleines Land. Unser Parlament hat nie über Dinge der großen Welt zu
beraten gehabt. Wer aber die Psychologie der
kriegführenden Welt studieren will, der kann in
diesem kleinen Glas, wie es so von ungarischem
Brackwasser bis zum Rand gefüllt war, die sich
eklig regenden Infusorien der Weltseuche studieren.
Was wurde da nicht alles gesagt und gesprochen,
an was alles wurde da nicht erinnert, was hat man

da nicht aufgeführt und angeführt, was nicht versucht und was nicht wieder fallen gelassen, was für Anstrengungen wurden nicht gemacht, was für Versprechungen nicht gewagt, — wie gewissenlos, wie ohnmächtig, wie unmöglich, wie gemein, wie feige und lakaienhaft waren diese Staatenlenker! Alles konnte man hier hören, nur eben die Worte der Zeit nicht. Die wurden draußen an der Front gebrüllt, in Kasernen und in Spitälern. Kein Stenograph hat sie jemals notiert. Verflogen ist der Fluch und das Stöhnen, das laute Schluchzen und die leise Klage des Webs. Wo fand sich je ein Parlamentsredner, um bis in die Brust stechende, bis in die Knochen schneidende, bis ins Mark dringende, ewig einfache Worte der Zeit zu finden? Er saß in keinem Parlament. Auch in dem ungarischen nicht. Und man beschimpft jeden Krüppel und man schändet jedes Kriegsgrab und man ohrfeigt jeden Soldaten, der einst mitfocht und mitlitt, da draußen im wirklichen Krieg, indem man die Erinnerung längst vergessener, müßiger parlamentarischer „Kämpfe" wachruft.

Doch der Kampf K á r o l y i s mit T i s z a verdient, daß er nicht ganz vergessen werde. Denn er war, wenn auch von zwei sehr ungleichen Kämpfern geführt, — ein symbolischer Kampf des Krieges mit dem Frieden.

*

Als der Krieg ausbrach, wußte außer den Diplomaten jeder klarer denkende Mensch, daß es der ganzen Gesellschaftsordnung an den Kragen gehe. In den nun publizierten Geheimakten der Zünftigen kündet der unheimliche S i r   E d w a r d G r e y dem österreichischen Botschafter ins Gewissen redend, mit Prophetenwort die große Wahrheit, daß dem Krieg der vier großen Staaten „ein Zustand folgen werde, der einem wirtschaftlichen Bankrott Europas gleichkomme", daß kein Kredit mehr zu erlangen sein werde, daß die industriellen Zentren in Aufruhr geraten, daß in den meisten Ländern, „gleichgültig ob Sieger oder Besiegte so manche bestehende Institution weggefegt werden würde", daß mit einem Wort (wie ebenfalls G r e y dem deutschen Botschafter gegenüber geäußert hat) wir vor ähnlichen, aber noch größeren revolutionären Erschütterungen stehen als im Jahre 1848. Es ist kaum nötig zu betonen, daß T i s z a ohne eine Spur dieser weisen Voraussicht in den Krieg geht. Er ist der harte Fels, der Unerschütterliche. Er ist, wie ehedem im kleinen heimischen Gezänke, so auch jetzt im großen Hader aller Welten wieder der Mann einer einzigen, leider wieder völlig verkehrten, sterilen und falschen Einsicht, in die er sich selbst vor der immer düsterer drohenden Möglichkeit eines verlorenen Krieges immer fester verrennt. Seine völlig unstaatsmännische Maxime war nach seinen eigenen Worten: „D a ß   a u c h n i c h t   d i e   g e r i n g s t e   Ä n d e r u n g   i n t e r n e r V e r h ä l t n i s s e   u n t e r   ä u ß e r e m   D r u c k e s t a t t f i n d e n   d ü r f e." Das heißt, der Kessel solle bis zur Siedehitze geheizt werden, aber man dürfe kein Ventil öffnen. Kein Wunder, daß unser alter, verbrauchter dualistischer Kessel bei diesem tolldreisten Verfahren in die Luft ging! Der

Keim aller zukünftigen Revolutionen steckt in diesem T i s z a s c h e n Prinzip der Hemmung und der tödlichen Verstocktheit.

Die erste Folge dieser politischen Staatsweisheit war, daß T i s z a von dem Zusammmenhang zwischen Krieg und Wahlrecht nichts wissen will. Das Volk darf für seine Entbehrungen nichts fordern. Ganz spät, als sich das Kriegsglück wendet, läßt sich T i s z a zu einem traurigen Feilschen um das Wahlrecht herbei. Nicht allgemein soll das Wahlrecht sein, nur die Soldaten, die im Krieg mitfochten, dürfen seiner teilhaftig werden. Nein, auch die nicht! Allein die Tapferen, die mit Kriegsmedaillen Dekorierten. Und selbst die nicht! Diejenigen allein unter ihnen, die in diesem buntscheckigen Land aller Sprachen und Rassen ungarisch lesen und schreiben können. Also selbst dem gebildetsten Ansiedler fremder Zunge, der für die Sache des Landes sterben darf, soll die Ausübung der primitivsten Bürgerrechte verwehrt sein. „Der Strom schwillt hinter den Schleussen an", so schreit, vor dem drohenden Zukunftsbild erschrocken, selbst der konservative A p p o n y i in den Saal des Parlaments hinein. Sein Schrei verhallt ungehört.

*

Hier soll eine kleine persönliche Erinnerung eingefügt werden, um zu beweisen, wie dieser führende Staatsmann nicht nur in sozialer, sondern auch in nationaler Hinsicht in völliger Verkennung der Tatsachen gelebt hat. Es war im zweiten Kriegsjahr, im T i s z a-Klub. Um die Stunde, da der Allmächtige erwartet wird, versammeln sich Abgeordnete, Journalisten, Bittsteller im Korridor, dessen einziger Schmuck ein über ein Tischlein an die Mauer gelehnter Öldruck ist, der verkauft werden soll. Die Getreuen des Premiers sollten die primitiv durchsichtige allegorische Darstellung zur preiswerten inneren Erbauung erwerben. Schneeige Bergkuppen: dies sind die ungarischen Grenzberge oder sie waren es zumal: die Karpathen. Auf der schneebedeckten Fläche steht ein Soldat in Waffen, ein Mann mit einer schwarzen Brille, der Hüter des Landes: T i s z a. An diesem naiven Symbol schritt im Korridor des Klubs jeden Tag einigemal die hagere und Autorität gebietende Gestalt vorbei, die auf dem Bilde dargestellt war. Unaufhörlich stellen sich ihm komplimentierende Anhänger entgegen. Jetzt umringt ihn eine Gruppe. T i s z a spricht. Die dumpfe, heisere Stimme des Toten bebt noch lebendig in meinen Ohren:

— Heute hatte ich eine kleine Statistik in der Hand — sagt der Premierminister — was glaubt ihr, welche Nationalität der Monarchie hat am meisten Gefangene verloren?

— Die tschechische — antworten überaus gescheit die überaus gescheiten Anhänger. Und sie lächeln und sind zufrieden und fühlen ihre ungarische Überlegenheit. Auch von T i s z a s düsterem Antlitz verschwindet die Wolke und während er seine Uhrkette hin und herdreht, spricht er weiter:

— Und was glaubt ihr, welche Nation hat die meisten Toten?

342

— Die ungarische — ertönt im Chore die Antwort der auf die ungarischen Massengräber, so
stolzen und hierfür mit einem parlamentarischen
Mandat versehenen Lieferanten des Todes.

— So ist es — antwortete T i s z a und sein
Blick glitzert freudig durch das Schwarz des Glases.

Nicht einmal der Schatten des Verdachtes
gleitet durch diese vertrauensvoll-loyalen Köpfe,
daß das Vorgehen der Tschechen, zeuge es auch von
keiner militärischen Tugend, doch eine listige, ziel-
bewußte und vorsichtige patriotische Politik sei.
Keinem dieser Herren fällt es auf, daß diese „feigen"
Tschechen eigentlich nur feig sind, wenn es sich
um die verhaßte Sache der Monarchie handelt, daß
sie sich sofort in Helden verwandeln, wenn es
heißt, daß ihre Regimenter für den Verrat an dem
Gesamtreich (das sie doch gar nicht als ihr eigenes
Reich empfinden) dezimiert werden sollen. Ohne
zu muksen, aber mit einem „H o c h" auf Böhmen
erduldet jeder Zehnte den Tod.

In diesem Kampf aller gegen alle, da jeder
sein Interesse verficht, läßt sich T i s z a im ungarischen Parlament zu einer in der Weltgeschichte
einzig dastehenden Uneigennützigkeitserklärung hin-
reißen. Indem der Diplomat T i s z a die sehr be-
rechtigte Klage führt, daß Ungarn in außer-
politischen Fragen stets außer acht gelassen und
über Bord geworfen werde, erklärt in gleichem
Atemzug der Kavalier T i s z a, daß „der Ungar
für sein Heldentum keinen Lohn fordern dürfe".
Diese Uneigennützigkeit sollte sich nicht nur auf
außenpolitische, sondern auch auf innerpolitische
Fragen beziehen.

Noch immer findet der Anspruch des Magyarentums auf eine nationale Armee bei T i s z a taube Ohren. Und als im Parlament die Klagen immer lauter werden, daß es ein Verbrechen sei, die Blüte des Magyarentums der Führung eines Kinderschrecks, wie P o t i o r e k und ähnlichem, trüb flackerndem Gelichter des österreichischen Militarismus anzuvertrauen, beziehungsweise auszuliefern, findet das österreichische Armeeoberkommando in T i s z a stets seinen pflichtgemäß schneidigen — wer kann wissen, ob auch überzeugten? — Vertreter. Ja selbst dann, als im Haus allerhand unerfreuliche Statistiken vorgelesen werden, die beweisen sollen, wie der Ungar in der gemeinsamen Armee als eine Art Kanonenfutter benützt wird, wie der ungarische Soldat in der Schlachtlinie den vordersten, auf der Beförderungsliste hingegen den hintersten Rang einzunehmen hat, wie er bei der Verteilung von Auszeichnungen stets in seiner Eitelkeit verletzt und wie Ungarn in den Heereslieferungen immer zugunsten Österreichs vernachlässigt wird, — selbst vor solchen vielfach gerechten Anklagen beharrt T i s z a auf seinem vergleichs- und bündnistreuen loyalen Standpunkt, daß unter äußerem Druck nichts an den internen Verhältnissen geändert werden dürfe. Nur einmal, wie als zynisches Beschwichtigungsmittel gegen den oppositionellen Ansturm, bringt er die Errungenschaft — o, keiner ungarischen Armee! — aber doch eines äußerst komplizierten Werkes der Heraldik. Das ist ein Wappen für die gemeinsame Armee, worin der sachkundige Ungar unter vielen anderen rätselhaften Zeichen sich auch der Insignien seines eigenen Landes erfreuen darf. Damit sollte der opfernde Nationalismus ein- für allemal abgespeist werden. Doch der Krieg war selbst für das sonst so leicht zu begeisternde Ungartum eine zu ernste Lehre, als daß diese schemenhafte Errungenschaft, wie sonst ähnliche in Friedenszeiten, die stürmischen Gemüter beruhigt hätte.

Wir wollen T i s z a nicht mit fremden Maßen messen, sondern ihm seinen eigenen Maßstab anlegen. War sein Tun, selbst vom Standpunkt des Dualisten, richtig? Das hungernde Österreich vermutete in Ungarn ein unerschöpfliches Füllhorn aller Bodenerzeugnisse, — Ungarn fühlte sich in Prestigefragen beleidigt. Die beiden Länder standen einander wie Katze und Hund feindlich gegenüber. Die Versöhnung lag in T i s z a s Hand. Ein Sprichwort sagt, daß der Ungar für ein gutes Wort auch sein letztes Hemd hergibt. Ein Nachgeben in der Prestigefragen von Österreichs Seite, — und Ungarn hätte, obwohl es die ganze gemeinschaftliche Armee allein zu versorgen hatte und obwohl Österreich mit dem gierigen Blick des Darbenden Ungarns Reichtum überschätzte — auch Budapest und alle ungarischen Städte hungerten! — Ungarn hätte für tatsächliche Errungenschaften „auch sein letztes Hemd" hergegeben. Das Mißverständnis zwischen den beiden Ländern wäre behoben, der Dualismus wäre durch die Änderung interner Verhältnisse selbst „unter äußerem Druck" nur fester geschmiedet worden. Aber so zu handeln, das hätte gegen T i s z a s Prinzip verstoßen. Und das Prinzip war diesem Halsstarrigen lieber als die Sache.

So war es denn unvermeidlich, daß dieser T i s z a bei aller Bereitwilligkeit, der gemeinschaftlichen Sache beider Reichshälften als ein Gerechter zu dienen, doch von beiden Seiten angefeindet wurde. In Ungarn galt er als das fügsame Werkzeug Österreichs. In Österreich als ein Mann, der nur den ungarischen Globus kennt und der kalt bleibt, wenn alle anderen Völker des Gesamtreichs vor Hunger sterben.

Die Gegensätze vom Kriegsanfang zwischen den Interessen des Ungartums und denen der Donaumonarchie erheben sich immer wieder von Neuem. Wieder sind es Verhandlungen mit Rumänien, die diesen lauernden Gegensatz wachrufen. War T i s z a zu Kriegsbeginn, wie der deutsche Botschafter sagt: das „retardierende Moment", so ist er nun in den Augen des Verbindungsoffiziers der O. H. L., der „Träger des Hauptwiderstandes", der „wenig gefügige", der „unbotmäßige" T i s z a, der es verabsäumt hat: „Ungarn an seine Pflichten der gemeinsamen Sache gegenüber zu erinnern." (Wo er doch nichts anderes tat, als immerzu nur diese unliebsame Erinnerung wachrufen!) Einmal ist es F a l k e n - h a y n, der sich „vergeblich bemüht", T i s z a bei seinem Besuch in Berlin „von der Notwendigkeit kleiner Konzessionen zu überzeugen", dann wieder ist es C z e r n i n, der diese „kleinen Konzessionen" offen beim Namen nennt. Es handelt sich um nichts weniger als „ungefähr um Siebenbürgen". Bussche, Czernin, Ludendorff, Cramon, Conrad, Kaiser Wilhelm und wie sie alle heißen, sie alle waren und sind sich noch heute darin einig, daß T i s z a in der schroffen Zurückweisung dieses Vorschlages sich wieder als kurzsichtiger Kirchturmpolitiker, als ein „Nur-Ungar" erwiesen habe. Vom Standpunkt eines

Wilsonisten ließe sich gegen T i s z a s nationalistische Hartnäckigkeit vielleicht manches einwenden. Aber der Vorwurf jener Staatsmänner, die nicht einmal um den Preis des Weltfriedens auf das fremde Staatsgebiet von Elsaß-Lothringen verzichteten, und der Vorwurf jenes C o n r a d, der lieber „sein Amt niedergelegt hätte", als die Neutralität Italiens durch ein Zugeständnis auf italienische Förderungen zu sichern, darf T i s z a gewiß nicht treffen. Österreichs Kaiser hat es dem Kaiser von Deutschland gegenüber in ernster Stunde betont, daß in seinen Ländern der von deutscher Seite nahegelegte Verzicht auf sprachfremde italienische Gebiete eine kaum zu heilende Verstimmung gegen den Verbündeten hervorgerufen habe. In diesem Hader betrieb jeder seine eigene Kirchturmpolitik, jeder möchte aus der Tasche des anderen zahlen, und es findet jeder nur die Ausübung der eigenen Gewalt gerecht.

Mehr von T i s z a zu fordern, war unmöglich! Man fühlt förmlich mit, wie ihm schließlich die Geduld reißen und er den ewig mit denselben Zumutungen ihm nachstellenden C z e r n i n energisch abweisen mußte: „Wer immer es versuchen sollte, auch nur einen Quadratmeter ungarischen Bodens zu nehmen, auf den wird geschossen." Hätte er anders gesprochen, so wären selbst aus loyalsten ungarischen Abgeordneten sofort Rebellen und aus ungarischen Soldaten Meuterer geworden.

Anders steht es um T i s z a s wahnwitzige fixe Idee, die Monarchie, nicht nur ihr Gebiet, sondern auch ihre abstrakte staatsrechtliche Form unversehrt und unverändert aus dem Krieg in den

Frieden hinüberretten zu wollen. Außer dem alten Kaiser und der nächsten Umgebung T i s z a s war kein Dualist mehr im ganzen Reich zu finden. Selbst das A. O. K. und sein C o n r a d sind Verwalter des Franz Ferdinandschen Programm-Vermächtnisses, also Föderalisten. Die Nationalitätenfrage kann innerhalb des Verbandes der Monarchie nur mehr durch einen Bund freier Staaten gelöst werden. Aber eine Freiheit ist nie der Feind der andern! Das Ungarn von achtundvierzig, das zugleich für die Freiheit der Erblande und Italiens und seine eigene Freiheit gefochten hat, war von diesem großen, allgemeinen freiheitlichen Gedanken durchdrungen. Die neue, auf Papier verbriefte, in Paragraphen verklausulierte Freiheit des Ausgleichs war leider anders beschaffen.

„Ich vertrat unausgesetzt den Standpunkt,“ schreibt C z e r n i n, „daß Polen als selbständiges Reich angegliedert werden müsse, T i s z a wollte eine Provinz daraus machen.“ Wie man sieht, die alten Rollen sind vertauscht: Wir haben da einen völkerbefreienden Österreicher und einen völkerknechtenden Ungarn. Auch die südslawische Frage will die österreichische Soldateska durch einen Zusammenschluß Kroatiens mit Serbien und durch eine Selbständigkeitserklärung der so vereinten Staaten lösen. Dadurch würde der neu entstehende Staatenbund ein lebensfähiges Glied gewonnen haben. T i s z a erinnert dieser Anschauung des General C o n r a d gegenüber an die Abmachung von 1914, wonach kein serbisches Gebiet annektiert werden dürfe, „ . . wohl wäre er geneigt, hinsichtlich der Erwerbung Belgrads und der

Matschwa mit sich reden zu lassen, weiter könne er aber auf keinen Fall geben. Er wäre für ein kleines, lebensunfähiges Serbien, ein solches könnte der Monarchie viel weniger gefährlich werden als ein einverleibtes Serbien." (C r a m o n: Unser österreichisch-ungarischer Bundesgenosse im Weltkriege.)

So ist dieser Mann immer auf eifersüchtigängstlicher Hut, um in dieser Monarchie der Unterdrückung, außer der deutsch-österreichischen und ungarischen keine andere neue Vorherrschaft aufkommen zu lassen. Die längst nicht mehr tragfähigen, innerlich verfaulten Säulen der alten Parität müssen im Notfall gegen neue geschliffene Bajonette eingetauscht werden, nur damit der nicht mehr bewohnbare dualistische Trümmerhaufen, noch für eine Weile zusammenhalte.

*

Während dieser inneren und äußeren Kämpfe starb der alte Kaiser-König. Eine Epoche starb mit ihm. Haß, Versöhnung, Liebe, Einrichtungen, Gebräuche, Gesetze, Sitten, ein ganzes Land wurde mit ihm begraben. Im republikanischen Wien tragen alte Männer einen Franz Josef-Bart. Das ist das ganze Vermächtnis eines langen, langen Lebens.

T i s z a reist nach Wien, um seinem greisen Herrscher die letzten Ehren zu erweisen. Kaum ist er in Wien aus dem Eisenbahnzug gestiegen, befiehlt er seinen Sekretär zu sich. Der junge Mann geht mit einem geheimen Auftrag ins Hofarchiv. Dort muß der gelehrte Vorstand dieses Instituts eilends in vergilbten Akten nachforschen, ob je in

der Geschichte ein höchster ungarischer Würdenträger kalvinischen Glaubens auf das Haupt des aller-
katholischesten Herrschers die Stephanskrone gelegt habe. Noch ist Franz Josef nicht begraben, noch
dröhnen Kanonen auf dem Schlachtfeld, schon
lassen katholische Magnaten ihre Intrigen gegen
T i s z a spielen. Aber T i s z a setzt sich zur Wehr.
Er hat das erwünschte Pergament in seiner Aktentasche, — der Mann der Überlieferung kann sich auf
historische Präzedenzfälle berufen. Er fühlt den
Boden sicher unter seinen Füßen und das Recht an
seiner Seite. Da wird umsonst von Pfaffen und
Grafen bei dem frommen Herrscherpaar, insbesondere bei der allerfrömmsten Bourbonentochter Z i t a
gegen ihn gearbeitet, — der starke Mann läßt sein
Pergament erflattern und der Widerspruch verstummt.

Einst in holder Friedenszeit ritt der gekrönte
König mit der Krone auf dem Haupt und mit dem
tausendjährigen golddurchwirkten Mantel um die
Schultern durch alle Straßen. Jetzt ist Krieg. Und
dem König wird nur eine kurze Straße gewährt,
o, eine ganz kurze, von der Kirche bis zur Burg.
Und auch der Eintritt in diese Straße ist nur ganz
wenigen gestattet, deren gute Gesinnung durch verschiedene Zertifikate bestätigt wird. Denn während
dieser lebenslustigen Feier der Stadt gibt es für
den Tod da draußen auf Feld und Wiesen keine
Feier. Am Tage der Krönung werden Frauen zu
Witwen, Kinder zu Waisen. Es könnte in der
jubelnden Menge Erbitterte, Trauernde, Beängstigte
geben. Fort mit ihnen!

Ein historischer Mummenschanz vor geladenen
Gästen, zieht der Krönungszug prangend und

strahlend dahin. T i s z a, der Hauptakteur, darf seinen König krönen und der stolze Reiter, mit schwarzem Augenglas in schwarzem Samt, mit einer weißen Feder auf der mit altem Familienschmuck verzierten schwarzen Mütze, mit der schwarz-goldenen Scheide seines kleinen, krummen magyarischen Säbels, die über die zuckende Flanke seines stramm gelenkten Rosses tanzt, — so darf er nun, der Junkergraf S t e p h a n v o n T i s z a, vor dem unruhig zappelnden Pferd seines jungen Herrschers stolz dahintraben: alle Augen sind auf ihn geheftet. Jedes „Éljen" braust ihm zu. Man könnte meinen: T i s z a werde gekrönt.

Das war sein größter, das war sein letzter, das war nach allen anderen nichtigen Triumphen seines Lebens sein nichtigster.

Nun ballen sich Wolken um seine Gestalt.

Der neue Herrscher ist ein leicht zu beeinflussender Mann. Seine österreichischen Berater fürchten sich vor dem ungarischen Einfluß. Er darf ihm nicht preisgegeben werden. Karl wurde am Vormittag gekrönt, schon am Nachmittag reist er aus seinem „geliebten" Ungarn fort. Das Versprechen, daß er einen Teil des Jahres in Ungarn verbringen werde — wie es verfassungsgemäß vorgeschrieben steht — ist ihm nicht zu entlocken. Maria Theresia hat für ein gutes Wort Leben und Blut der Ungarn erhalten. Vielleicht war das der Moment, um Österreich mit Getreide zu versorgen. Der Hofzug rast mit dem stummen königlichen Paar aus Budapest heraus, ohne daß das gute Wort ausgesprochen wäre. Konnte oder wollte es T i s z a seinem Herrscher nicht entlocken? Schien ihm damit, daß er krönen durfte, alles erreicht?

Noch ein halbes Jahr vergeht. In des Königs Herz entsteht gegen den krönenden Kalviner ein heimlicher Groll, der von allen Seiten, von Ungarn und Österreichern geschürt wird. Der junge Herr begibt sich nun wieder für einen halben Tag nach Pest. Ein Wagen nach dem andern. Eine Audienz nach der andern. Wahlrecht, T i s z a, Nationalarmee, T i s z a. Karl meint es gut, er hört jeden an, er verspricht jedem, was gerade gefordert wird. Ein erneutes Wahlrecht, wie es euch beliebt, ihr sollt es haben. Eine Armee, gut, ihr sollt sie haben. Die Worte fielen, — und schon ist K a r l wieder abgereist. Aber sein königliches Versprechen dringt ins Parlament. Er wird gegen T i s z a ausgespielt. T i s z a sucht noch einen Ausweg, versucht noch eine Möglichkeit, das Wahlrecht auf die unschädlichste Art zu erweitern. Sein Vorschlag findet des Königs Beifall nicht. T i s z a zieht die Konsequenzen. Kaum vergehen einige Tage, so sieht man statt des Präsidenten T i s z a im Ministerfauteuil, den Obersten T i s z a im Schützengraben.

*

Wie T i s z a s Figur in ihrer starren unfruchtbaren Einheitlichkeit, so bleibt auch K á r o l y i s Figur in den großen Welthandel verwickelt, sich selber getreu. Schon wieder ist er der Mann der vielen guten und fruchtbaren, aber einander widersprechenden und zumeist nur oberflächlich erfaßten Meinungen. Die Marschroute seiner Politik war im übrigen dem heimgekehrten K á r o l y i wie von selbst vorgeschrieben gewesen. Noch klang uns allen der Hottentottenschrei Kaiser Wilhelms ins Ohr: Nun wollen wir sie dreschen! Eine von Tollwut besessene östliche Welt schreit sie ihm nach. Gelbe, rote, grüne, schwarze, blaue Lügenbücher streuen uns vielfarbigen Sand in die Augen, kein tröstliches Wort, um uns aufzuklären und zu beruhigen.

Der Angreifende hat immer unrecht, — die Verteidigung kann sagen: man hat mich überfallen; ich verteidige mich. Diese dankbare Rolle hat der Anwalt der westlichen Sache. Wird nun diesem Argument hinzugefügt, die Autokratie will die Demokratie, ein Tyrann die bürgerliche Welt, der Militarismus die friedliche Arbeit zertreten und überwältigen, dann wird die Anziehungskraft unwiderstehlich und erweckt die Sympathie der ganzen Welt. Das Echo eines laut verkündeten Menschlichkeitsprogramms mußte notwendigerweise tief bis ins Herz aller Liberalen, Demokraten und Sozialisten der feudalen Mittelmächte dringen und erschütterte die Angriffsfreudigkeit, die sie anfangs kundgaben. Die unbestimmten, vereinzelten liberalen Äußerungen eines Lloyd George, Lansing, Grey, Clémenceau krönte zum Schluß Wilson, der ein System aus ihnen schuf. Heilverkündend dringen übers Meer die humanen Worte des regierenden Humanisten: „Ich bitte Gott, daß dieser Streit, falls er kein anderes Resultat zeitigen sollte, wenigstens die Errichtung eines internationalen Gerichtshofes zur Folge hat und eine gewisse, gemeinsame Garantie des Friedens durch die großen Nationen der Welt hervorbringt! . . . Es ist klar, daß die

Völker in Zukunft von demselben hohen Ehren-
kodex geleitet werden müssen, dessen Befolgung
wir von dem Einzelmenschen verlangen. Wenn
dieser Krieg nichts anderes zum Wohle der Welt
zustande gebracht hat, so hat er doch zumindest
eine zwingende sittliche Notwendigkeit enthüllt und
das Denken der Staatsmänner der Welt um ein
ganzes Menschenalter vorwärts gebracht."

Man kennt diese Thesen. Sie waren uns jahrelang Dogmen, an denen wir uns in schweren
Stunden des Zweifelns und Verzweifelns auf-
richteten. Hie das Unheil, dort das Heil, — aber
hie Vaterland, dort Feindesland; unser Sieg: die
Verwirklichung Wilhelminischer Ideale, die Kaser-
nifizierung der Welt; unsere Niederlage: — trotz der
schönen Versprechungen, immerhin die drohende
Möglichkeit eines vollständigen Zusammenbruchs
der Heimat.

Wir alle, Hunderttausende, ja Millionen, die wir
Wilson unser ganzes Herz geschenkt hatten, wissen
ob der Qual schauerlicher Gewissenskämpfe, daß
wir nicht mit der Sache unseres kriegsfesten und
angriffsfreudigen Landes völlig verwachsen, uns
jedoch noch viel weniger von ihr loslösen konnten.
Das war das gefährliche Dilemma manches guten
Deutschen, manches guten Österreichers und manches guten Ungarn, das Dilemma der Scheidemann,
Theodor Wolff, Prinz Max von Baden, Heinrich
Mann, Lammasch, Károlyi, Ady. Wie beneideten
wir Euch, R o m a i n R o l l a n d, Ihr Geistigen der
Entente, daß ihr Euch ohne Vorbehalt, restlos und
ohne Arg, der Sache des Heimatlandes hingeben
durftet. Denn, glaubt uns, es war für unsere demo-

kratischen Parlamentarier und Publizisten eine bittere Genugtuung und ein schmerzender Triumph, gegen die Brutalitäten von hüben, die humanen Manifeste von drüben als Trumpf ausspielen zu müssen. (Und wie denkt Ihr Euch, muß es uns heute zu Mute sein, da eine grollende Heimat die längst Lügen gestraften Worte „Eurer" Menschlichkeit, uns in das für Euch in Scham errötende Gesicht schleudert.)

Károlyi sollte bei uns der Vertreter dieser Sinnesart sein, die, wie man sie auch heute skeptisch beurteilen möge, doch gestern ihr großes menschliches Recht hatte und die es vielleicht morgen wieder erlangen wird:.

Wenn er auch als ungarisches Echo Wilsons immer nur Gemeinplätze sprach, sein Verdienst bleibt für immer, daß er als Einziger gewagt hat, den barbarischen Gemeinplätzen seiner Gegner die ewigen, heiligen Gemeinplätze der Menschlichkeit entgegenzuhalten. Tat ja doch leider selbst Wilson nichts anderes.

Károlyi war keine geistige, aber beinahe eine ethische Kraft. Um vollends als solche zu gelten, fehlt seinem Ethos die Klarheit.

Die Unklarheit seines Programmes war in seiner Lage. Man konnte vom ungarischen Parlament aus, wollte man nicht erschossen werden, keine entschiedene Friedenspolitik betreiben. Streifte ja doch jede Kritik hart an Verrat. Sein Wirken spiegelt aber auch sonst nicht nur diesen äußerlichen, sondern auch den innern Zwiespalt des Pazifisten im Kriege wider. Der französische Pazifist Hervé verwandelt sich an dem Tag des deutschen Angriffs

in einen wütenden Verfechter der Kriegsnotwendig-
keit. So K á r o l y i. Als die Rumänen Transylvanien
besetzten und dieser Augapfel des Magyarentums
bedroht wird, entschlüpft ihm das Wort: „W i r
w o l l e n f ü r S i e b e n b ü r g e n w i e T i g e r
k ä m p f e n." Das ist Verrat an der Idee. Gewiß.
Aber anders zu sprechen, wäre Verrat an dem Lande
gewesen. Das ist die schöne und starke Stimme
einer nie zu unterjochenden Rasse, deren Laute den
Lippen dieses pazifistischen Magnaten entfloh. In
seinem unerschütterlichen Ungartum trennt ihn
von T i s z a nur eine Nuance. Doch in dieser
Nuance liegt eine Welt! T i s z a will die Hegemonie
Ungarns auf dem Papier kontraktlich verbrieft. Er
will ein unverändertes, unduldsames autokratisches
Ungarn, K á r o l y i ein verändertes, duldsames
demokratisches. Keiner der Beiden — dies hat
C z e r n i n gegenüber selbst T i s z a des öfteren betont — kann sich der Idee eines zerstückelten, ver-
stümmelten Ungarns unterwerfen. Die scheinbaren
Gegensätze des K á r o l y i s c h e n Verhaltens ent-
springen aus dem Widerspruch der tatsächlichen
Kriegsgeschehnisse und der Möglichkeit eines nach
dem Krieg und eben durch diesen Krieg verbesserten
Weltzustandes.

Um so folgerichtiger ist sein Cassandraruf in
diesem Lande der Betörten: Die zwei Kaiser
können ihre zwei Kaiserreiche gegen eine demokratische Welt nicht halten. Man muß Frieden
schließen, ehe es zu spät wird.

Um aber mit den westlichen Demokratien zu
einem gedeihlichen Frieden zu kommen, muß erst
die innere Struktur der Donaumonarchie geändert

werden. „Ich halte es insbesondere aus dem Gesichtspunkte des Friedens für wichtig, daß immer mehr Menschen in die Lage versetzt werden, an der Arbeit für ein neues Ungarn teilzunehmen." Mit diesen Worten hat K á r o l y i die Forderung des allgemeinen Wahlrechts, also die vollen Rechte aller gesellschaftlicher Schichten und aller Nationalitäten aufgestellt. Andererseits — und hier berühren wir wieder einen doppelten Widerspruch — ficht auch K á r o l y i, der Pazifist, für die Erfüllung des ältesten nationalen Wunsches. Er will ein selbständiges ungarisches Heer, was heißen will, daß der Prediger nationaler Duldung zur Erschaffung des mächtigsten Werkzeugs der militaristischen Magyarisierung beitragen will. Oder war in K á r o l y i s Programm einer nationalen Armee auch für die nationalen Verschiedenheiten gesorgt? Das blieb im Unklaren, wie so manches andere in K á r o l y i - s c h e n Programmen.

So ließ sich K á r o l y i zu hochgesteckten, schönen Zielen immer und überall auf brüchigen, schwanken Stegen führen. T i s z a ist aus einem Guß, K á r o l y i voller Risse und Sprünge. Und wenn man gar der Mehrzahl seiner Gesinnungsgenossen gedenkt, so wird man von gelindem Schauder erfaßt. Es gab einen Augenblick, wo ihn seine ententefreundliche Richtung aus dem bündnistreuen Oppositionslager des A p p o n y i herausführen mußte. Er gründete die K á r o l y i - Partei. Doch auch als Parteiführer hat er es in der Kunst der Menschenkenntnis nicht weitergebracht. Der du die Schwelle dieser Partei betrittst, laß jede Hoffnun fahren. Mit Ausnahme einiger Politiker, die

Kossuths freiheitliches Vermächtnis im Lande verwalteten, war kein Talent, kaum ein Charakter und kein Fachmann in dem Klub des Mannes zu finden, der das Prinzip des r i g h t m a n o n t h e r i g h t p l a c e aufgestellt hatte.

Die Täuschung, die ihn bei Menschen seines heimatlichen Zirkels so oft irregeführt hatte, sollte ihn auch ins Ausland verfolgen und mit ihm noch ein böseres und fataleres Spiel treiben. Er erlangt während der Kriegszeit mit Müh und Not einen Paß nach der Schweiz. Der Ententefreund will da seine Beziehungen zur Entente pflegen. Allerhand mystische Gerüchte umspannten diese Reisen. Nun ist das Mysterium aufgedeckt. K á r o l y i hatte nie mittelbare Berührungen mit führenden Persönlichkeiten der Entente. Der ungarische Defaitist pflegte in geradezu rührender Treuherzigkeit nur einen sehr indirekten Verkehr durch die Vermittlung allerhand zweifelhafter Existenzen mit französischen Defaitisten, also eben mit jenen Leuten, die im Falle eines Ententesieges verschwinden mußten. Man sagt, daß er auch den vom französischen Kriegsgericht i n e f f i g i e zum Tode verurteilten pazifistischen Dichter, den Redakteur des „D e m a i n", G u i l b e a u x besucht habe. Dieser menschlich-schöne Akt des Menschen K á r o l y i hat jedoch den Diplomaten K á r o l y i vor der kriegführenden Entente auch um den letzten Rest ihres Vertrauens gebracht. In dem säbelrasselnden, flintenknallenden Feind erkennt der Säbelraßler und Flintenknaller aus Frankreich und England den gleichgesinnten Kameraden, — aber wie fremd mußte ihnen dieser gutgesinnte

Graf aus dem „feudalen Osten" sein, der es so ernst
mit den Friedensworten des „demokratischen
Westens" nahm. Er, nur er allein, dieser Friedens-
prediger galt ihnen als der wirkliche Feind, dessen
gegen die Idee des Krieges gerichtetes Sinnen und
Trachten von diplomatischen und militärischen
Handwerkern des Krieges allen und überall gleich,
als gemeingefährlich erschien. Die Leute mögen
ihn verdammen, sein Land mag ihn verfluchen, ich
weiß, R o m a i n R o l l a n d, Sie werden ihn verstehen! Denn man mag K á r o l y i damals noch so
schmählich angeführt haben, er selbst mag die Erinnerung an diesen ersten schönsten Irrtum an der
Friedfertigkeit der Menschen durch spätere, nimmer
zu verzeihende, fatale Irrtümer noch so verdunkelt
haben, — schließlich und endlich muß es Ungarn
zugute kommen, daß unter allen Politikern dieser
wirren Welt sich doch zumindest ein K á r o l y i
fand, der sich im Glauben an die menschliche Wahrheit von Morgen sich von dem unmenschlichen
Heute so schmählich — oder so erhaben! — betören ließ.

Sogar seine Familie beschuldigt den Friedens-
freund. Sein Vetter, ebenfalls ein K á r o l y i, schreit
ihm im offenen Brief die Anklage ins Gesicht, daß
Graf Michael der bezahlte Mann des Feindes wäre.
Ehrengericht, Kriegsgericht, allerhand Bedrohun-
gen. Die allerhöchste Heeresleitung mit ihren tausend kurzsichtigen Späherblicken findet es der
Mühe wert, den verdächtigen Mann von nun
ab auf Schritt und Tritt von bewaffneten deutschen
Augen beobachten zu lassen. Da sollte die berühmte
Köpenikiade geschehen. Zwei Anhänger K á r o l y i s

besuchen den plump-schlauen deutschen Spion — Oberstleutnant seines Ranges — und machen sich ihm für gutes Geld erbötig, die Geheimnisse K á - r o l y i s auszuliefern. Nun leisten sich die Herren den Spaß und veröffentlichen die Akten des Übereinkommens. Der Herr Oberstleutnant macht sich aus dem Staub, der Skandal wird vertuscht. Denn es gibt Zeiten, wo die Wahrheit nicht ans Tageslicht kommen darf und das Unrecht immer im Recht ist. Im Krieg dachten wir: so sind Kriegszeiten. Nun denken wir: so sind Revolutions- und Gegenrevolutionszeiten. Es wäre zum Verzweifeln, müßten wir denken, daß alle Zeiten so waren und alle so sein werden.

Nach T i s z a s Sturz gelangt ein Koalitionskabinett ans Ruder unter der Führung eines äußerst aristokratischen, hoffähigen Demokraten, der G r a f E s z t e r h á z y heißt. Es geschieht nun zum erstenmal, daß K á r o l y i, wenn auch nicht in seiner Person, so doch wenigstens in seiner Partei im Kabinett vertreten ist. Ein Ministerium für Volkswohlfahrt wird geschaffen, um die schwersten sozialen Fragen zu lösen. Hätte sich im Land endlich ein soziales Gewissen geregt? Nein! Nur immer wieder das alte Lied — eine unruhige Partei soll durch einen Ministerposten beschwichtigt werden. Doch wenn es bis nun Minister ohne Portefeuille gab, so soll es von nun ab ein Portefeuille ohne Minister, d. h. einen Minister ohne Wirkungskreis geben. Denn der Ackerbauminister ist auf seiner Hut, um das „Interesse" des ungarischen Grundbesitzers zu wahren; er gibt die Sache des Feldarbeiters nicht aus seinem Ressort. Der Minister des Innern mit seinen Gendarmen, hütet die Industrie vor zu viel Volkswohlfahrt. So hat der Minister für Volkswohlfahrt seine Schuldigkeit getan, — er kann gehen. Nicht viel anders erging es dem demokratischen Minister „zur Vorbereitung" des neuen Wahlrechts. Er darf es vorbereiten. Das ist alles. Denn schon hat die Führung unserer Koalition der alte Praktiker in der recht realen Umwertung des ideellen Überschwungs jeder Opposition: A l e x a n- d e r W e k e r l e, der lächelnde Philosoph der Politik, auf sich genommen. Die Ängstlichen mögen sich beruhigen es wird nichts aus der Volkswohlfahrt und nichts aus dem Wahlrecht, es wird schön weiter alles beim Alten bleiben. Doch K á r o l y i, die gute Seele, erlebt einen Triumph. Er läßt einen getreuen Anhänger seines Komitats zum Abgeordneten wählen, er läßt ihn dann zum Chef der Provinz ernennen. K á r o l y i strahlt. Man fragt den Politiker: Ist Ihr Anhänger ein Mann von Talent? Der Kavalier antwortet: Die Treue muß belohnt werden.

Kein Wunder, daß unter solchen Umständen der gestürzte T i s z a auch weiter die Oberhand behält. Er hat die Mehrheit, die anderen haben nur die Laune eines jungen Königs. T i s z a besitzt noch immer Kraft und Macht zur Genüge, um ein neues, zum Erwachen drängendes Leben mit starken Banden niederzubinden, — K á r o l y i s Kraft und Macht reicht noch immer nicht hin, um die Bande zu lösen. Und das Spiel wäre so weiter gegangen, mit und ohne Grazie bis in die Unendlichkeit, wäre das Schicksal mit seiner Bombe nicht plötzlich in diese gemütliche Versammlung gefahren.

FÜNFZEHNTES KAPITEL

Aufbau in der Zersetzung. — Ungeheuer Krieg,
Ungeheuer Kunst. — Das magyarische Leid. —
Volkslied, Volksdichter und die andern. — Die
dunkle Stube. — Streik des Objekts. — Eine Kaiser-
begegnung. — Defaitismus als patriotische Pflicht.
— Weh' dem, der lügt!

Kaiser Wilhelm hat das Theater G e r h a r t
H a u p t m a n n s nie. zur Kenntnis genommen. Die
Schwelle des Baues, wo „D i e W e b e r" aufgeführt
wurden, hat der kaiserliche Fuß nie betreten. Die
Gedichte eines L i l i e n c r o n und eines D e h m e l,
die Malerei eines L i e b e r m a n n waren ihm
fremd. An dem Sezessionsgebäude fuhr das kaiserliche Auto, ohne Halt zu machen, stolz tutend vorüber. Man sagte in Berlin: der Kaiser wäre gegen
die moderne Kunst. Die Gutgesinnten meinten, der
Kaiser hätte einen guten Geschmack. Die Umstürzler nannten ihn geschmacklos. Beiden Parteien
erschien die Stellungnahme des Kaisers ausschließlich als eine Frage des Geschmackes.

Nun wird es offenbar: es war anderes, es war
mehr. In dieser Frage des Geschmackes steckt eine
Weltanschauungsfrage. Der künstlerische Umsturz

um Hauptmann und Dehmel, um Brahm und Lieber-
mann und Richard Strauß war der Vorbote eines
politischen Umsturzes. Diese neuen Rhythmen, diese
neuen Farben und dieses neue Theater deuteten auf
ein neues Deutschland.

So ist auch die Abneigung T i s z a s gegen
ungarische Neuerer des Wortes und des Gedankens
zu verstehen. Seine Welt war von dieser neuen
Kunst bedroht. Er sah in dieser Literatur naturgemäß
nur die Zersetzung. Es wäre die Pflicht des
Politikers gewesen, der den nationalen Wiederaufbau auf neuer Grundlage erwünschte, die Kräfte
des Aufbaues in der jüngsten Literatur zu
erkennen. Doch dazu gehört ein klar sehendes, ein
sicheres, ein umschauendes Auge. K á r o l y i s
Auge ist es nicht. Er weiß nichts von den Talenten,
die sich in seiner Umgebung entfalten. Und als man
sie ihm zeigt, kann er sie bei allem guten Willen
in ihrem Wert nicht erfassen und ausnützen.

*

Schon wieder sind Sie es R o m a i n R o l l a n d,
der uns mit seinem Beispiel voranleuchtet, wie
selbst eine siegreiche Nation ihrem Kriegsruhm
eine Vendôme-Säule der ewigen Schande zu
errichten habe. Eine Sammlung französischer
Dichtungen wider Krieg und Gewalt geht mit ihrem
Vorwort in die Welt. In ihrer Gesinnung ist diese
Sammlung schön und lobenswert. Auch sind
manche Lieder darin, die das menschliche Leid mit
Worten des menschlichsten Wehs beklagen. Aber
das Ungeheuer Krieg muß im Ungeheuer Kunst
festgebannt werden. Könnt ihr das, wortlocken-
kräuselnde gallische Rhetoren?

Der Barbare konnte es. Der Hunne konnte es. Der Mächtige konnte es. A d y konnte es.

Der bis nun ein großer Dichter war, — ein Tag, eine Nacht, eine Sommernacht, die uns alle so klein geduckt hat, — dieser Tag, diese Nacht, diese grausame eine Sommernacht, in der unsere Welt für ewig zusammengestürzt ist, läßt den Dichter wahrlich zu einem dem Krieg ebenbürtigen ungeheuerlichen Wesen heranwachsen. A d y hat das apokalyptische Lied dieser Nacht geschrieben.

Die Nacht ist vorbei, ein Leben ist vorbei.

Der englische Nationalökonom K e y n e s hat nach dem Kriege und nach den bitteren Erfahrungen der Friedenskonferenz ein welterregendes Buch geschrieben, worin mit großem Aufwand an Wissenschaftlichkeit der Beweis geführt wird, wieso das ökonomische Eldorado der Vorkriegszeit nun für ewig vorbei ist. A d y sagt schon am ersten Tag: „Noch nie haben mordende Engel des Herrn eine Vergangenheit so bis auf den Grund vertilgt... O teures Gestern, glatte, wundenlose Stirne, o liebet mich sehr, o liebe mich sehr, mein altes, abgelebtes Leben . . . .‟

Nun folgt der große Abschied von all dem, was bis Ende Juli 1914 gewesen war. D a s b e w e i - n e n d e s g e s t r i g e n G e s t e r n. Ja, denn es ist ein gestriges Gestern, ein begrabener Tag, worauf kein ähnliches Heute mehr folgt. A d y s Hand erteilt ihren traurigen Segen toten Regungen von gestern, dem geringen gestrigen Leid, der gestrigen Hoffnung, o, über alle Worte des gestrigen Gestern. Und es ersteht das Phantom des Menschen von gestern, wie er kühn über Regenbogenbrücken schreitend, der Gottheit naht „ . . . ach ja, ja, es war schön, dieses sich brüstende Ding, der Mensch: er war die Welt. Der Kelch unserer Selbstanbetung schäumte über und wollte jedem zu trinken geben aus seiner schweren Lust, aus seinem teuren Wein . . . o des heutigen fröstelnden, traurigen Stolzes! . . . Die das Leben und darüber hinaus, noch mehr als das Leben waren, sind hin- und hergewürfelte, niedergefallene kleine Menschen geworden . . . O, Zirkel von gestern, tote, heilige Figuren, wie sie in Mördergruben ertrinken."

Alles wird zum Schützengraben. A d y, mit der furchtbaren Seuche im Blut, kennt sich in dem schwieligen Antlitz dieser Erde wieder: „Das Leben so grauenvoll, so reich, — meine verspotteten, heiligen Geschwüre — tun sich nun wie rote Rosen im Mai — auf dem Körper dieser Welt auf."

Keine fremde Nachdichtung wird je mit A d y s Kriegslied ringen. Denn er ist kein dichtender Werestschagin. kein realistischer Ankläger des kriegerischen Grauens. Kein Zola. Kein Barbusse. Auch ist er keineswegs ein mitleidiger Pazifist. Er ist grausam wie das Menschenschicksal. Er ist chaotisch wie die Menschengeschichte und die Menschengeschicke. Seine Sätze: Klumpen geronnenen Blutes. Unruhig wetterleuchtendes, wirres Wortknäuel. Klapperndes Gebein im schlotternden Totentanz des Irrsinns.

A d y fühlt sich als d e n M e n s c h e n i n d e r U n m e n s c h l i c h k e i t. Dann wird er wieder zum Unmenschen unter Menschen: „O könnte ich nur ein ganz klein wenig schlechter sein als ich bin, wie würde ich da lachen mit vollem Mund."

Er sieht sich selber als furchtbares Zerrbild, als „riesige Traumgrimasse". Ein Gott, der die Welt so straft,. kann kein Gott sein, der sich zeigt, — der kann nur ein Gott sein, der sich versteckt: eine D r ü c k e b e r g e r - G o t t h e i t nennt sie der Dichter in dem verruchten A r g o t der Zeit.

A d y fühlt, wie ein s t u m m e r D s i n n s e i n e n s t o l z e n H a l s p r e ß t, weil wir mit Raben und tollen Hunden ein Bündnis eingehen. Nun steht das Erdenrund zum Fraß gedeckt, blutiger Wein im Schädelbecher zum Festmahl. Die Heroldstiefel des Dichters sind mit Dreck beschmiert. Das Gewebe der Welt ist aufgelöst und der Dichter hängt an einem einzigen, elenden Faden, ein Krüppel, in Ohnmacht zappelnd. Dann wiederum marschiert er an der Spitze der Toten: „Nie hatte ich heldenhaftere Kameraden als heute, über ihren Kopf der mitternächtliche Mondschein, ein bis in den Himmel hineinragender glänzender Helm, — ihre Köpfe ducken aus frischen Gräbern hervor."

Wo die Menschen nichts hören, da hört der Dichter die S t i m m e d e s E n t s e t z e n s, die fernen, vollgepfropften Züge mit dem wüsten. Geheul der Marschkompagnien:

„Traurige Eisenbahnzüge winseln und Hunde heulen: Dies ist die Regel meiner Nacht: — sie sind in brünstige Wut ob der vielen Heere und ob des vielen Wildes geraten. — Denn die Heere haben sich vermehrt, denn das Wild hat sich vermehrt. — Es ist das Jammergewinsel grauer, geforsteter Wälder, — für ewig begraben gewähnte Erinnerungen klimpern ohrenbetäubend wieder. auf. — Die

Nacht hat hundert schale, böse Worte — denn die Stimme der Nacht ist angeschwollen, — denn das Entsetzen hat tausend Stimmen.

O Nächte, Hunde, Leben, — Wild und Heere und unser ganzes heutiges Schicksal, — wie waren wir tüchtig, solange wir nicht so zusammengeschweißt waren. — Aber das macht: es hat jemand der Welt eine Tracht Prügel erteilt, — jemand hat die Welt furchtbar verprügelt, — worauf das Auseinander sich ineinander verflocht — und doch ist alles auseinandergerissen — Züge, Hunde, Heer, Wild — doch Wälder sind und Nächte sind geblieben — Geisterspuk ist geblieben."

Siegfried-Heute wird mit dieser weithinschallenden Fanfare begraben. Nur der Wald, nur die Nacht, nur der Spuk, nur die eklig klimpernden Stimmen von Gestern sind geblieben.—Nirvana.

„Gottes berühmte Brut ist zum Gespött aller Tiere geworden. Was können Propheten? Nur lallen und stottern. Erschaffe eine tiefere Hölle, zeige uns noch mehr von dem Nichts, — zeig was du kannst, du Berühmter, du Gott!"

So erklang einst Hiobs grimmes Fluchwort, Gott verspottend, Gott bedrohend, Gott in die Schranken fordernd. A d y nennt sein Lied: F l u c h d e s P r o p h e t e n v o n H e u t e.

*

„Erstarrter Traum jede Tat, jeder Traum erstarrte Tat!" Wofür soll man noch leben? Gibt es keinen Ausblick in die Zukunft?

„Im Heute leben für die Zukunft, im Heute leben, Prophet des Neuen sein. Tat ich das einst?

Als hätte mich ein •Unglück ereilt, als hätte ein Wurf meine Stirn getroffen, ein scharfer spitzer Stein. Ich bin aus meinem kampfesfrohen Wesen herausgerissen. Blutet meine Stirne? Oder bilde ich es mir nur ein? Mit blutendem Hirn und mit blutender Stirne? . . . Unser Kampf dauert fort. Nicht wahr? Die Welt hat sich nicht verändert. Nur meine alte Stirne blutet. Nur ich bin es allein, der die Zukunft verwirft und das heutige Heute verleugnet. . .“

Kein Dichter ist ein Verneiner. Dichter sind Gläubige. Ein hoher geistlicher Würdenträger bestieg während der Kriegszeit die Kanzel und indem er über A d y s Unglauben den Bannfluch sprach, segnete er Waffen und kriegerische Fahnen. Wer steht nun vor Gott als Gottes Auserwählter da, dieser Bischof mit dem stolzen Prunk seiner kriegerischen Worte oder dieser Dichter, der mit gefalteten Händen also betete: „ . . . Das Gute im Menschen hatte immer sein geheimes Nazareth . . . Nie hat der Schlamm tapfere wasserreiche reine Flüsse ermordet . . . Die Menschen verdienen es, beweint zu werden, sogar schon für den Traum vom Guten . . . Hosiannah den weinend Vertrauenden, Hosiannah unserem vertrauenden Gestern und Hosiannah Dir, mit heiligem Preise erkaufter Morgen“.

Der unstete Sonderling, der Dichter A d y, heiratet während der Kriegszeit. Eine rührende, kleine, menschlich-schöne Geste des „Ungeheuers,“ daß es die Flucht zum Heim, zur Frau und zum Alltag nehmen mußte:

„Mit meiner alternden .Hand, halte ich deine Hand, mit meinem alternden Auge, hüte ich deine Augen. Ein Urwild den das Entsetzen über eine zu Grunde gehende Welt treibt, so bin ich bei dir angelangt und warte beklommen mit dir . . ." ,

Dieser schlichte, brave A d y steht immer neben dem andern, der seine Eingebung und seine Hoffnung aus dem Grauen schöpft. Er will das „wirkliche Wort" sagen, wenn „das, was ist, vergangen ist": „Mit dem Maulkorb vor dem Mund, mit erstickter Zunge, glaube ich jetzt noch und dennoch, daß ich mit der Zeit Grausames sagen werde. Nach der häßlichen, großen Blut-Sintflut wird es gut sein zu sprechen . . . Es wird gut sein, aus vieler Qual allerhand zu sagen, das w a h r e W o r t , d a s n u n a m E n t s e t z e n s i c h m ä s t e t."

Dem Dichter ist alles Leid, alle Qual, jeder Krieg, jede Not, nur Stoff, woran er sein wahres Wort mit Wollust mästet. Er ist kein weicher Menschenfreund, er ist ein Dämon aus Stahl.

*

Die Leiden des Menschen im Krieg, Sie kannten diese Leiden, R o m a i n R o l l a n d. Doch A d y sagt: Ich leide zweimal: einmal als Mensch und einmal als Ungar. Der sein kleines Volk schön und frei erträumt hat, er sieht es nun als den traurigen „Lakaien des Willens". Beileibe nicht des Willens zur Vernunft, sondern als den Lakaien eines fremden imperialistischen Willens lustmordender Unvernunft.

Ringsum wird frohlockend über Siege gesprochen. T i s z a spricht und schreibt von der geretteten Monarchie und von dem geretteten

Magyarentum in der Monarchie. Willige Federn schreiben es ihm nach. A d y läßt zwei R á k o c z y - Rebellen, zwei Kurutzen sprechen:

„Mir, Kamerad, ist es ganz gleich, ob uns ein Wolf frißt, ob uns der Teufel frißt, man frißt uns doch auf. Frißt uns der Bär auf, jener traurige, jener alte, mir ist es auch gleich: es ist ein Zufall, wer uns auffrißt. Das ist das Traurige, doch auch das ist schon gleichgültig, daß uns zuguterletzt niemand vor unserem Schicksal gewarnt hat. Mir, Kamerad, mir ist es ganz gleich, mich schert es den Teufel, wer uns auffrißt, unser dummes trauriges gleichgültiges Sein".

So steht es in A d y s Buch geschrieben, mit dem Datum: April 1915.

Wenn einem Ungarn, wie er Ihnen in Frankreich wurde, R o m a i n R o l l a n d, der ehrende Antrag werden sollte, den ungarischen Protest des Geistes gegen Gewalt anthologisch zu sammeln, er würde ein Buch sammeln, daß sich unter den großartigsten Friedenskundgebungen der Menschheit stolz sehen ließe.

Denn auch der moderne Krieg kennt das pazifistische Soldatenlied. Der Huszar, den man in der Welt als kampfesfrohen Helden kennt, singt vor dem abendlichen Wachtfeuer ein trauriges Lied.

Er fühlt sich fremd, im fremdsprachigen Heer. Die grausam-erfinderischen Führer der gemeinsamen Armee haben nämlich die unmenschliche Maßregel erfunden, die Verwundeten nie in ihrer eigenen Heimat zu pflegen. Denn ein Kranker erregt Mitleid und Mitleid könnte Anlaß zu nationalistischer

Propaganda werden. So muß also der Böhme nach Ungarn und das ungarische Wundfieber phantasiert im böhmischen Spital. Die Soldatenlieder sind Lieder des Heimwehs, — ein Aufbäumen in jedem Rhythmus gegen fremdes Joch. Es ist grotesk und tief rührend zugleich, wie sich deutsche Kommandoworte vom Ohr des Magyaren aufgefangen, seltsam verwandeln und sich in das magyarische Lied einfügen müssen. Auch die neuesten Erfindungen mörderischer Technik: das Maschinengewehr, der Schützengraben, das Gefangenenlager, — ja selbst die harmlose Freude des Phonographen wird besungen. Kein Wort, keine einzige Zeile, die von Beutesucht, von Siegessehnsucht, von mörderischer Wollust sagte.

In dem langsam über ungarische Puszten ziehenden Eisenbahnzuge sitzt ein schmächtiger Jüngling. Béla Bartók ist sein Name. Europa merke dir den Namen! Er geht von Dorf zu Dorf und sammelt Melodien ungarischer Lieder. Der Schatz liegt angehäuft da, tausende und tausende Notenhefte. In Ungarn hat sich noch kein Verleger gefunden, um den Schatz zu heben. Die Lieder raunen ihr Geheimnis einzig und allein in das Ohr des jungen Mannes, der sie so eifrig gesammelt hat. Liszt ist uns ein Fremder, dem Ungarns musikalische Eigentümlichkeit eine Variante für die reiche Mannigfaltigkeit seines Genies bot. Sonst ist die Kunstmusik des Ungarn eine internationale Ware, nur ganz oberflächlich mit rot-weiß-grünen Nationalfarben übertüncht. Italienische Oper oder Wiener Operette in Csárdás-Transposition. Bartók ist der Erste, der große ungarische Musik schreibt.

Er schöpft aus völkischer Überlieferung, deren bodenständige Urkraft sich durch ihn für die Welt und für die Zeit verallgemeinert und verfeinert. Er ist Adys musikalischer Bruder. Er ist noch jung, er fühlt, er schafft. Er wird von wenigen bewundert, von vielen angefeindet. Er steht, wie jedes Genie, allein. Keine Klage entschlüpft seinen Lippen. Was eine frevelhaft-unverständige Generation an Ady gesündigt hat, müßte an Bartók wieder gutgemacht werden. Das Leid, sollte man hoffen, wird ein Volk verfeinern und seines neuen Meisters würdig machen. Das sollte man meinen, aber . ...

Aber der große völkische Erzähler unserer Moderne, dessen Gehör auf jede Regung seines Volkes mit überempfindlichem Fühlen eingestellt ist, Móricz Zsigmond, — ich erwähnte ihn schon flüchtig — merkt, daß sein geliebtes Volk langsam, allmählich im Kriege verroht. Wo Mord zum Gebot wird, — da wird leichten Herzens skrupellos gemordet. Und im darbenden Soldaten keimt langsam, langsam der Gedanke, daß sein Feind nicht so sehr da drüben der Mitdarbende im Feindeslager sei, als vielmehr der Prassende, wenn er auch zu Hause, in der Heimat, im stolzen Ahnenschloß praßt: Diese seelische Veränderung des Landes hat Móricz in seinen „Arme Menschen" beschrieben. Wenn der Völkerbund Dichter braucht, um die Seelen zu entflammen, dann möge die Bundesliga dafür Sorge tragen, daß dieses ungarische Buch wie die Bibel in alle Sprachen der Welt übersetzt werde.

Auch die Erzählerin des verelendeten Junkertums, Frau Margit Kaffka, steht vor dem Krieg.

Sie ist Mutter, sie ist Hausfrau, sie ist arm. Ihr Mann im Krieg. Sie kämpft den großen Kampf aller Frauen mit der Verlassenheit, mit der Teuerung und mit dem Warenmangel. Ihre Probleme heißen: keine Kohle, keine Schuhe, kein Mehl und kein Fett für morgen. Sie steht neben ihrem Dienstmädchen in der Küche. Auch die wartet auf einen Feldpostbrief, auch die sorgt sich um das Tägliche. Die Dichterin hört und sieht Worte und Regungen einer namenlosen, duldenden Demut. Die beschämende oder auch beseligende Gemeinschaftlichkeit aller Menschen wird ihr offenbar. Ihr Roman ist der Krieg in einem Dienstbotenschicksal. Weltgrauen braust und dampft und siedet in diesem überheizten Kochtopf.

Der poeta doctus wird erschüttert. Die Studienlampe in der Bibliothek des Dichterprofessors B a b i t s erlischt. Und der weise Lehrer wird im Dunkeln zum erschrockenen Kind. Vier Kriegsjahre lang windet er sich in der unheilbaren Kriegskrankheit jedes besseren Intellekts. Er wird verfolgt. Er wird aus seinem Amt entlassen. Seine Abwehr — der Dichter hat keine Waffen zur Hand — seine Abwehr sind Lieder, Lieder und immer wieder neue Lieder. Eine schwache Waffe vor Zeitgenossen, eine starke Waffe vor der Ewigkeit: „Taub ist die Erde, sie fühlt über ihren Rücken, das beschämende Trampeln der Heere nicht. Es wäre gut unter der Erde, wie Blumenzwiebel taub zu keimen. . ." Der bewußte Künstler leidet das Leid des Bewußtseins, das Unbewußte wäre ihm Linderung.

Selbst der Kavalier, der Dichter T i s z a s wird vom Krieg berührt. Man ist nicht ungestraft

Künstler. Die zusammengekniffenen Lippen öffnen sich, F r a n z H e r c z e g schreit. Einen einzigen Schrei. Dann preßt er seinen Mund wieder trotzig zusammen. Doch der Schrei ist herausgeschrien, um die im Krieg verdorbene Ehe und die im Krieg zersetzte Familie anzuklagen. H e r c z e g war in diesem Roman beinahe ein Dichter. Ihm soll vieles verziehen werden.

*

Und nun stehen wir wieder vor der Anklage: „Destruktive Literatur." Heuchler werfen sich in die Brust: Wir feuerten die Soldaten an, ihr habt den Kampfesmut zerstört. Ihr seid schuld an allem Unglück. Ihr Dichter, ihr Unheilspropheten!

Der Dichter hat auf diese Anklage nur eine Antwort: „Ich anerkenne keine siegende Gewalt. Ich singe, wie mir ein Gott die Sendung gegeben, gegen Handwerker und gegen Werkzeuge des Mordes."

Worauf sich die Anklage gegen die subversive Presse wendet. General Ludendorff ist der Meinung, daß die Mittelmächte durch feindliche Propaganda, die insbesondere in unserer demokratisch-sozialistisch-pazifistischen Presse ihren besten Nährboden fand, in ihrer Zerstörung beschleunigt wurden. Ein amtliches Papier beantwortet die Anklage. Denn saß da nicht im A. O. K. zu Baden, in der Uniform eines Offiziers ein menschliches Wesen — oder Unwesen? — in dunkler Stube und waltete seines dunklen Amtes. Er öffnete Briefe jener im Krieg verhetzten armseligen Menschheit. Er öffnet Briefe, dann nimmt man einen großen Bogen und teilt das Papier genau in Rubriken ein. Jede Rubrik ein menschlicher Seufzer, jede Zahl eine Wunde, jeder Vermerk eine Qual. Wir durften Einsicht nehmen in eine solche Statistik der Hölle und sahen diese grauenhaften Querschnitte menschlichen Leidens. Hier stand auf Amtspapier wörtlich zu lesen: . . . „Die städtische Intelligenz hat sich im Laufe dieses Winters insbesondere wegen des Kohlenmangels beschwert. Dann sind viele Menschen auch wegen der Teuerung sehr verbittert. Alle weinen über den Mangel an Schuhen. Man liest auch Klagen über gesperrte Schulen. Vor allem klagen beurlaubte Offiziere, daß alle Unterhaltungslokale gesperrt sind . . . Die Verschärfung der Assentierungen und die immer weitere Hinausschiebung der Altersgrenze gibt ebenfalls viel Anlaß zu Klagen . . . Der Intelligenz auf dem Lande ist es weniger um Assentierungen, als um Requirierungen zu tun. . . . Die kleinen Leute klagen viel über Hunger, Seuche, kalte Zimmer. Der Refrain dieser Briefe ist: Lieber sterben, als so leben. . . . Die Industrielle, Unternehmer, Großkaufleute, Großgrundbesitzer sind im allgemeinen zufrieden. Die Gebildeten, aber auch die Ungebildeten stellen Betrachtungen über zwecklose Massenschlächterei und Erniedrigung der Kultur an. Müdigkeit, Friedenssehnsucht, Hoffnungslosigkeit, Verzagtheit . . . . In den Briefen wird kein nennenswertes politisches Interesse bekundet. Ja selbst die Frage des allgemeinen Wahlrechts wird kaum berührt . . .".

. Bedarf es noch weiterer Beweise, um die Anklage der frevelhaften Soldateska als eine vollkommen irrige und ungerechte, ja als eine frevelhafte zurückzuweisen? Nicht die Presse hat das Land, son-

dern ein verhungertes Land hat die Presse beeinflußt.
nicht so sehr politische Schlagworte, als vielmehr die
Blockade. Das Wort: „Lieber sterben, als so leben"
hat kein demokratischer und kein sozialistischer,
kein pazifistischer und kein defaitistischer Zeitungs-
schmierer erfunden. Das ist der Refrain aller Briefe,
wie ihn der dunkle Mann in dunkler Stube festgestellt
hat. Und in diesem Refrain schlägt dumpf die
Totenglocke des Krieges, — aber in ihm schlagen
auch volltönend die Glocken eines neuen Lebens.
Lieber anders leben, als so sterben! Die anständige
Zeitung hat nur, wie Recht es erfordert und Pflicht
es gebeut, der Sorge eines verhungerten Landes Ausdruck verliehen. Aus den ruhigen Rubriken dieses
Aktenstückes des A. O. K. spricht, dröhnt: Umsturz.

Nicht die Literatur und nicht die Presse, —
der knurrende Magen hat die Kanonen zum
Schweigen gebracht, melde gehorsamst, Herr
General.

*

Eure Kriegshetzer, R o m a i n   R o l l a n d,
können sich vor Euren Ländern doch immerhin
auf die patriotische Entschuldigung einer Sieges-
möglichkeit berufen. Aber die unseren? Wer hier
nach der Einmischung Amerikas auch nur ein einziges Wort für ein weiteres Durchhalten fallen ließ,
der hat Verrat an Menschheit und Vaterland
verübt. Wer vor der Wehklage seiner Neben-
menschen die Ohren stopft, der mußte doch das
Brüllen verhungerter Tiere im zoologischen Garten
hören, wie es die nächtliche Stadt entsetzlich
erfüllte, — er mußte sehen, wie Wagenpferde um-

fielen, — ja selbst, wie die toten Dinge sich empörten.

Es war ein Abend im Sommer des letzten Kriegsjahres. In meiner Nachbarschaft stand der Wagen des Herrn Ministers. Zornig fielen Scheinwerfer über den Asphalt. Da sah man, wie die Straße, die bei Tag so schlicht und glatt zu sein scheint, eigentlich ein nervöses, zerquältes Gesicht hat. Buckel auf Buckel, Katzenköpfe, Berge, Täler, kreisende Wellen. Die stumme Klage des Objekts · auf der zerknitterten Oberfläche. Dieser Asphalt duldet keinen Krieg mehr. Alles Lebende ist tot, nur noch die Qual alles Leblosen lebt. Ihr Herren Generäle, habt ihr nicht bemerkt, wie ihr auf Himmel und Erde, überall von lauter Flüchtlingen umgeben wart? Trottoir, Haus, Eisenbahn, Post, alles rebellierte. Nichts bewegte sich, was dem Leben diente, denn alles mußte sich für den Tod bewegen.

Erst war es der allgemeine Streik aller Objekte. Ihm folgt die Auflehnung des Menschen nach.

„In letzter Zeit haben sich die Eisenbahnplünderungen so vermehrt, daß sie das Eisenbahnministerium nicht mehr verheimlichen kann. Denn es handelt sich nicht um einzelne Fälle, sondern es sind Massenplünderungen, die dem Personen- und Warenverkehr im allergrößten Maße hinderlich sind. Das sind keine geheimen Plünderungen und Diebstähle, sondern offene und organisierte Raubzüge. Die Räuberhorden, die die Züge überfallen, bestehen aus hundert, ja sogar aus tausend Mitgliedern. Sie halten Züge an, rauben sie aus und zwingen das Personal mit Waffengewalt zur Unterwerfung."

Dieser Erlaß wurde nicht in der Türkei und nicht in Albanien und nicht in Rußland, sondern in Österreich, vom österreichischen Eisenbahnministerium im Juni des Jahres 1918 erlassen. Er war damals in jeder Zeitung zu lesen. Hyppolite Taine stellt die Vorgeschichte der französischen Revolution aus ähnlichen Archivstücken zusammen. Auch der Geschichtsschreiber unserer Revolutionen muß aus unseren Archiven, diese und ähnliche Verordnungen der letzten Kriegsepoche, mit ihren Stürmen auf Bäckerläden, mit den Streiks der Arbeiter und mit den steigenden Preislisten der Markthalle zusammenstellen. Dann aus diesen petits faits den Übergang zum Seelischen finden, — feststellen, wie langsame Räder selbst des gleichgültigsten Philisteriums in immer kühnere Schwingung geraten, wie sich das feine Mehl des Gedankens nicht mehr in den Sack schütteln läßt, sondern wie es freigeworden im Schneegestöber über aufgewirbelte Steppen weht.

So weit ist es also durch den Krieg gekommen, mußte sich im Jahre 1918, selbst der biedere Bürger sagen. Geht alles so drunter und drüber? Wenn man aus dem Fenster guckt, sieht man Menschen über die Straßen gehen, so wie einst im Frieden friedliche Menschen im Sonnenschein. Doch dieses Bild ist vielleicht nur ein Trugbild. Nur die Füße klopfen über den Asphalt, — Männer in Beinkleidern, Frauen in Röcken, alles so wie einst, als es noch Frieden gab. Was aber in den Köpfen rumort ....

Wie ist der Kopf eine wüste Sammelstelle von Visionen und gierigen Wünschen geworden! Wie ist alles durcheinander gerüttelt. Was ist das für eine seelische, innerlichste Anarchie hinter dem kaum mehr aufrecht zu erhaltenden täuschenden Schein einer äußerlichen Ordnung. Was sprechen diese Leute alles! Was für fieberhafte Hirngespinste fliegen von Mund zu Mund, — was für Legenden werden (selbst im Parlament) statt der Wahrheit aufgetischt.

Denn der Wahrheit hat außer dem biederen österreichischen Eisenbahnministerium, keiner je ins Auge gesehen. Auch dieses wagte es nicht, sie einzugestehen. Das Alleräußerste, was es gewagt hat, war das Geständnis, daß es das Offenkundige nicht mehr weiter „verheimlichen könne".

O wenn auch alle anderen Ämter so offen und ehrlich gewesen wären. Wenn alle Behörden die Pflicht gefühlt hätten, einzugestehen was sich ohnehin nicht weiter mehr verheimlichen ließ. Das gäbe ein Friedensbuch, wie es kein zweites gibt.

Ein Friedensbuch, um allen Kriegen ein Ende zu machen. Doch die Beichte des österreichischen Ministeriums genügt, um zu zeigen, daß Revolution und „Destruktion" nicht erst die Welt erschüttern mußten, . . . war sie ja schon von selbst, durch den nimmer endenwollenden Krieg und die Blockade in furchtbarste Erschütterung geraten.

Wer das nicht fühlt: ist stumpf. Wer das nicht hört: ist taub. Wer das nicht sieht und einsieht: ist blind. O. H. L. und A. O. K. ihr waret stumpf, blind und taub zugleich!

*

Trotzdem wagt es Deutschland, selbst unter solchen Umständen österreich-ungarische Truppen für die Westfront zu fordern. Czernin gibt glattweg zur Antwort, die Monarchie wäre erschöpft, sie könne nicht weiter. Vielleicht läßt sich die Katastrophe bis Weihnachten hinausschieben. Länger geht es nicht mehr! Karl von Österreich bekommt es schließlich satt. Er möchte aus dem Bündnis springen. Der junge Mann meint es gut, doch er fängt die Sache von der verkehrten Seite an. Der indiskrete Clémenceau veröffentlicht unangenehme Dokumente.

Das war der Skandal der Sixtus-Briefe. Kaiser Karl leugnet, doch der unangenehme Clémenceau läßt sich nicht abschütteln. Er führt Beweis. Kaiser Wilhelm erklärt, daß sein Vertrauen in den verbündeten Monarchen aufs tiefste erschüttert sei. Karl muß um die Möglichkeit einer Aussprache bei seinem cher cousin demütigst nachsuchen. Der Empfang wird ihm um des lieben - monarchistischen Prinzips willen nun endlich zugesagt, doch nur unter der Bedingung, daß er schön demütig um Entschuldigung bitte und in Anwesenheit seiner Minister das Versprechen abgebe, ohne Vorwissen des Deutschen Kaisers keine ähnlichen Anerbietungen an den Feind mehr zu machen. Kaiser Karl willigt ein. Da beschlagnahmt ein österreichischer Minister für die hungernde Stadt Wien Getreideschlepper, die von Rumänien die Donau aufwärts fuhren und für Deutschland bestimmt waren. Wilhelm will nun von Karl nichts mehr wissen. Nur äußerst schwer läßt er sich zum Empfang bewegen. „Der Kaiser war sehr schlechter Laune. Auch die Kaiserin, die ihrem Gemahl bis zum Bahnhof das Geleite gab und sonst wirklich über-

aus milden Sinnes war, verurteilte die Handlungs-
weise des Österreichers aufs schärfste, verglich sie
mit einem S t r a ß e n r a u b und bedauerte, „daß man
sich derlei von einem Bundesgenossen gefallen lassen
müsse, für den man die größten Opfer gebracht
hatte." Unter solchen Umständen sollten sich die
zwei Kaiser begegnen. Doch es schien dem Schicksal
noch immer nicht genug der Unbill. Ein englisches
Blatt bringt an dem Tag der Abreise unseres
Monarchen einen gefälschten Sixtus-Brief. Kaiser
Karl tut vor dem deutschen Verbindungsoffizier
die höchst bezeichnende Äußerung, „daß diesmal
der Nachricht wirklich kein Brief zugrunde liege".
Ein übelgelaunter Wilhelm, ein bleicher Karl,
Monarchenkuß, Empfang, stundenlange Unter-
redungen: Canossa. Wilhelm will den geknickten
Karl dazu zwingen, so viel österreichisch-ungarisches Militär wie möglich an die Westfront zu
schicken. Es wird ihm alles versprochen. Doch die
Militärkonvention geht nie über den ersten Meinungs-
austausch.

Denn inzwischen scheitert die Offensive an der
Piave und auch die unvermeidliche deutsche
Schicksalswende tritt im August an der Marne ein.
„ . . . so wurde der 8. August" — schreibt der
deutsche Generalleutnant v. Crammon — „zum
schwarzen Tag." An diesem Tage schlugen die
Ententetruppen mit ihren Tankgeschwadern zwischen Aisne und Ancre eine tiefe Bresche in die
deutschen Linien. Und was noch ärger war: als
opfermütige Sturmdivisionen herbeieilten, um
den zurückweichenden Verteidigern in treuer
Kameradenpflicht Hilfe zu bringen, da wurden sie,

wie man mir erzählte, mit dem Haßrufe empfangen: „Kriegsverlängerer, Streikbrecher"!

Noch eine Kaiserbegegnung. Die letzte. Diesmal erklärt nicht mehr der nervöse Czernin, aber der General Arz in aller soldatischen Ruhe, „daß Österreich den Krieg über Dezember hinaus nicht mehr führen könne". Wilhelm, der einst alle Völker der Welt „dreschen" wollte, hält nun vor der Erkenntnis, daß eine neutrale Macht, Holland, den Frieden vermitteln solle. Als einzige militärische Maßregel wird die Befestigung der Westfront gefordert. An Offensiven und derlei wird nicht mehr gedacht.

Die bangende Welt wurde von den wichtigen Beschlüssen mit folgenden Worten in Kenntnis gesetzt:

„Die wiederholte Zusammenkunft der hehren Souveräne ließ abermals innige Eintracht und volle Harmonie zur Geltung kommen und die innigste und treueste Fassung des Bündnisses besprechen. Das Zusammensein der Herrscher war so äußerst freundlich, wie es ihrem persönlichen Verhältnis und dem Interesse ihrer Völker am besten entspricht. Die führenden Staatsmänner und militärischen Lenker hielten eine gründliche und fruchtbringende Aussprache."

Hier, ihr Hunde! Nagt an dem Knochen. Noch durfte die staunende Welt erfahren, daß Kaiser Wilhelm aus dem Anlaß des herannahenden Geburtsfestes seines erlauchten kaiserlichen Verbündeten ihn mit einer kleinen Plastik beschert hat: eine gratulierende Gestalt darstellend. War es eine Jungfrau mit einem Blumenstrauß?

War es ein Bürgermeister, in Demut sich beugend, mit verschwitzter Stirn, den Zylinder in der behandschuhten Hand? Jedenfalls: es war ein plastisches Werk, welches gegen alle Regeln des seligen Gotthold Ephraim Lessing verstößt, der doch bekanntlich ein für allemal festgestellt hat, daß jedes Bildwerk, welches dramatische Handlung darstellt, nur ein schlechtes Bildwerk sein kann. Doch wie dem immer sei, es war ein tiefsinniges Kunstwerk, das Sinnbild einer Zeit, wo Steine gratulierend lächeln und wo Menschen trauernd sich versteinern müssen.

Verlogen wie dieses amtliche Bulletin, so klang unsere amtlich beglaubigte Literatur und unsere mit einem militärischen Stempel geeichte Presse. Und so wie um dieses plastische Kunstwerk des Kaisergeschenks, so war es auch sonst um die offizielle Kunst bestellt. Hingegen jene besten Patrioten, die man Defaitisten nennt, die mit ihrem ewig wiederholten Cassandraruf: Friede, Friede, Friede, noch ehe es zu spät wird, — die echte Dichtung mit ihrem Ewigkeitsschrei gegen Gewalt, — alle jene angeblich subversiven und destruktiven Elemente widerspiegeln die nicht mehr zu verhehlende Wahrheit einer Welt, wo es so kriegsmüde Preußen gibt, daß sie noch immer kampfbereite Kameraden Streikbrecher nennen, — wo ein Kaiser den andern zu verraten sucht, wo selbst eine sittsame Kaisersfrau ihren Verbündeten mit einem Straßenräuber vergleicht, wo biedere Österreicher Eisenbahnzüge berauben, — wo die ungarischen Regimenter in P é c s und K a n i z s a, bald hier, bald dort, überall, meutern und einen armen Offizier, der seine Soldatenpflicht aus Furcht vor den Vorgesetzten

erfüllt, in Stücke reißen, — wo die Pester Waffen-
fabriksarbeiter streiken und das Stadtpflaster von
Arbeiterblut benetzt wird, — wo, während die elek-
trische Trambahn klingelnd an der Maria-Theresia-
Kaserne zu Budapest vorüberfährt, plötzlich ein
Schuß die Insassen erschauern macht, daß man die
Köpfe zusammenbeugt und man einander zuflüstert:
Schon wieder ein Deserteur erschossen. Die
Destruktion war im Krieg, die Subversion
hat sich wie eine Seuche in alle Einrichtungen
der beiden militärischen Obrigkeitsstaaten ein-
gefressen. Dem eine Stimme gegeben war, mußte
davon sprechen, dem eine Feder gegeben war,
mußte darüber schreiben.

Sollten Tausende von Ungarn in Frankreich
sterben, um Wilhelms Groll gegen Karl zu beschwichtigen? Durfte man diesen Schacher dulden?
Durfte man einen schon längst verlorenen Krieg
auch nur um einen einzigen Tag verlängern?
Warum sollte man die Tatsache eines hoffnungs-
losen Weiterkämpfens verheimlichen? Höhere
Ethik, praktische Einsicht und menschliches Mit-
gefühl haben zugleich das freie Verkünden der
Wahrheit verlangt, daß man die Waffen — nachdem es eine blinde Diplomatie und eine taube
Heeresführung so weit kommen ließ — nun auf
Gnade und Ungnade zu strecken habe. Die aller-
höchste Heeresleitung durfte unserer allerhöchsten
Herzensleitung, unserem Drang nach Befreiung und
Frieden keinen Einhalt mehr tun. Denn der Feind
hat ja ohnehin unsere Schwäche nicht aus Leit-
artikeln und Gedichten, sondern aus erschütterten
Schlachtenreihen gelesen. Sollte man dem Luden-

dorffschen Größenwahn noch weitere vergebliche Opfer in den Rachen werfen? Nein, nein- und abermals nein. Der Lügenzwang hat lange genug auf uns gelastet, — die Wahrheit rief, man hatte ihrem Ruf zu folgen. Und wenn uns dafür ein ungerechtes Heute verurteilt, — wir appellieren an ein gerechtes Morgen!

SECHZEHNTES KAPITEL.

Irrweg der Demokraten. — Irrweg der Heeres-
leitung. — Irrweg der Ballhausplatz-Diplomatie. —
Irrweg des Kaisers. — Irrweg des ungarischen Par-
laments. — Irrweg der ungarischen Regierung. —
Irrweg Wekerles. — Tiszas Irrweg. — Irrweg
der Jäger. — Irrweg der Toren. — Irrweg der
Klugen. — Irrweg des Hofes. — Irrweg des National-
rates. — Irrweg der Straße. — Irrweg der Revolution.
— Alle Irrwege führen zum Sturz.

Die Militärpartei, die es so zum Äußersten
kommen, und die dann den schlechten Frieden von
den Vertretern der Demokratie schließen ließ, wälzt
nun, Ursache und Wirkung in absichtlicher Illoyali-
tät verwechselnd, die Verantwortung für den
schlechten Frieden auf die Demokratie. Selbst
G e n e r a l v o n S t e i n, den man sich als Mann
aus einem Guß, bieder und ehrlich dachte, schreibt
erbittert und in weibischer Verleumdungssucht in
seiner „S c h a m ü b e r d e n S c h m a c h f r i e d e n“:
„Die Leute, die dem Schmachfrieden zugestimmt
haben, ersetzten jetzt das Wahrzeichen deutscher
Macht und Herrlichkeit durch ein veraltetes demokratisches Idol. Die Reichsfarben, die in glücklichen

Zeiten, in Kämpfen und Siegen über uns geleuchtet haben, sollen den Farben der alten Demokratie weichen. Lange werden wohl die Farben dieser Fahnen nicht über Deutschland flattern . . ."

General von Stein scheint ganz vergessen zu haben, daß wir die unglücklichen Zeiten, die über uns so fatal hereingebrochen sind, dem allzu kecken Flattern der Wahrzeichen jener keineswegs zeitgemäß zu nennenden feudal-militaristischen Herrlichkeit zu verdanken haben.

Gewiß hat die Demokratie, als sie im Vertrauen auf Wilson, zum erstenmal den Weg des Verständigungsfriedens betrat, einen Irrweg eingeschlagen. Aber darf man ihr daraus einen Vorwurf machen? War ja Wilson die einzige noch übrig gebliebene, die letzte Hoffnung. Daß sie sich als trügerisch erwies, daß der französische Übermut gegen amerikanische Völkerbundideen die Oberhand behielt, läßt sich nicht zuletzt aus der Politik des wahnsinnigen Durchhaltens und der so erreichten Vollkommenheit unserer Niederlage erklären. Kein Mensch kann einer allzu lockenden Versuchung widerstehen. Warum sollten es die Franzosen können? Wer die Schuld an diesem völligen Niederbruch trägt? Sicher nicht die Partei einer friedlichen Demokratie, die jetzt von den Memoirenschreibern mit jeder Schuld belastet wird. Wahrscheinlich zum Dank dafür, daß sie sich der undankbaren Aufgabe unterzog, in verelendeten Ländern das traurige Vermächtnis des verlorenen Krieges zu übernehmen.

Den Fürsprechern der Verständigung traten Hindenburg und Ludendorff entgegen, die statt eines Friedens, lieber einen Waffenstillstand erlangen wollten, um mit dem Feind vor der geschlossenen Front zu verhandeln. Verstopften sich die Generale ihre Ohren vor dem Schrei: „Streikbrecher und Kriegsverlängerer," als sie diesen Antrag stellten? Gesetzt den Fall, es wäre ihrer ungebrochenen Autorität gelungen, den Unmut der Front während langer Verhandlungsmonate zu bändigen, gesetzt den Fall, sie hätten vom siegreich vorwärts stürmenden Feind diesen Waffenstillstand erlangt, — so bleibt es noch immer fraglich, ob sie durch langhingezogene Unterhandlungen etwas anderes erreicht hätten, als eine unerträgliche Verlängerung der Blockade.

Sollte man vielleicht der Ballhausplatz-Diplomatie folgen? Noch ist der Kaiser von Österreich im großen Hauptquartier, noch lächelt ihm die gratulierende Figur mit starrem Lächeln entgegen, als ihm eine peinliche Geburtstagsüberraschung wird: die Alliierten haben die Tschecho-Slowaken als kriegführende Macht anerkannt. Der scharfsichtige und offen redende C r a m o n erzählt: „D e r K a i s e r l e g t e d e r A n g e l e g e n h e i t k e i n e b e s o n d e r e B e d e u t u n g b e i . . . Burian hingegen faßte den Entschluß, energisch zu erwidern . . . leider fiel die amtliche Erklärung recht farblos aus . . . Die tschechischen Abgeordneten leisteten sich wenige Tage später die Unverfrorenheit, die hochverräterischen tschechischen Legionäre als „Helden der Nation" zu feiern . . ."

So empört sich eine loyale Seele. Österreich versucht es mit einem Sonderfriedensangebot, trotz der gratulierenden Figur und der im Bulletin verkündeten, guten Eintracht der beiden Herrscher.

388

Kaiser Karl erklärt rundweg: „Die Völker meines Reiches haben den Krieg satt.''

 Das Angebot wird abgelehnt und wieder spricht er von Durchhalten. Alles geht kopflos durcheinander, alle Wege führen zur Katastrophe. Alle Vorstellungen sind Täuschungen gegenüber der einen und einzigen Wahrheit des verlorenen Krieges.

Was dieses Wort in seiner ganzen Wucht bedeutet, das ahnten die Prediger des Verständigungsfriedens eben so wenig, als die kriegerischen und diplomatischen Machthaber.

Das ungarische Parlament ist noch immer die Stätte der Phrase, der Hohlheit und der Routine. Es ist das Wehr, an das die hochgetürmten Fluten schlagen. Es ist die Kehrseite der Medaille, sozusagen das Negativum der Revolution.

Kurz vor Kriegsende, als die zermalmende Lawine schon im furchtbaren Rollen war, stand ein ungarischer Abgeordneter slowakischer Nationalität im Parlament auf, um die Klage seiner Rasse vorzubringen. Er führte unter anderem das Beispiel einer Bauersfrau an, die dem Tierarzt nicht einmal die Krankheitsgeschichte ihrer einzigen Kuh erzählen konnte, weil der vom ungarischen Staat behördlich ernannte Arzt nur ungarisch und die Slowakin nur slowakisch sprach. Wie lachten unsere Parlamentarier über die gelungene Anekdote! Wie kalt lief es uns über den Rücken, als wir dieses Lachen hörten und die Worte des Slowaken: „Das Lachen wird den Herren schon vergehen!''

Bald darauf schreit ein Abgeordneter der Károlyi-Partei in den Saal hinein: „Wir sind die Partei der Entente!'' Empörung sonder-

gleichen. Einige Sanguiniker um K á r o l y i sind
doch der Meinung, daß dieser Schrei von den
Ententeländern erhört und uns die Rettung ungarischen Bodens eintragen werde. Eine Verblendung,
gewiß, — nur daß es noch eine größere, die Verblendung der immer siegesgewissen, dualistischen Gegenpartei gab.

Nein. Diese Abgeordneten waren gewiß nicht
auf dem rechten Wege. Waren es aber unsere
Minister?

Es ist kaum zu fassen, daß gerade zur Zeit dieser
fatalen Wende ungarische Minister damit betraut
waren, rumänische Gebiete zu annektieren. Neue
Grenzen werden gemessen und ausgesteckt, so ernst
und emsig, als ob der Sieg von gestern durch die
Niederlagen von heute nicht schon längst über den
Haufen geworfen wäre. Rumänien, über den wahren
Verhalt der Dinge besser orientiert, läßt sich dieses
harmlose Spiel ohne weiteres gefallen.

Als sich der Kaiser-König noch im letzten
Augenblick, an ein selbständiges Südslawien klam-
mern möchte, da erinnert ihn W e k e r l e „an den
Krönungseid, der es dem ungarischen König verbietet, ungarischen Boden (das wäre in diesem Falle
Kroatien gewesen) ohne Zustimmung der Nation,
d. i. der Magyaren, an einen anderen Staat ahzu-
treten."

Und T i s z a? Er wird zum Studium eben dieser
südslawischen Frage ausgesandt, um an Ort und
Stelle mit den Abgesandten des Landes über die zu
gewährende Autonomie zu verhandeln. Er erscheint im ungeeignetesten Moment, wo die
deutsche und ungarische Vorherrschaft bereits zu

einem Kapitel der Geschichte geworden waren, als der herausfordernde Vertreter des verhaßten und nunmehr machtlosen Dualismus. Das Urteil des deutschen Offiziers über diese Irrfahrt fällt allerdings etwas hart aus: „Das herrische Auftreten T i s z a s gegenüber den Vertretern der südslawischen Völker, konnte nur Haß und Erbitterung wecken. T i s z a enttäuscht alle, die an ihn geglaubt haben, durch die aller Staatsklugheit hohnsprechende Rede, die er am 23. September in Sarajevo an die Sendboten Bosniens richtete." C r a m o n sollte nicht T i s z a, sondern jene unglückseligen Ratgeber des Kaisers tadeln, die eben T i s z a für diese Aufgabe erkoren haben. T i s z a kann nur geben, was er hat, — wohin er auch gehen mag, ihm folgt sein Schatten.

Und K á r o l y i? Man vergesse nie, daß wir es vor allem mit einem ungarischen Magnaten zu tun haben, der die gute Jagdsaison nicht um eine Welt — nicht um seinen Teil in der Weltgeschichte — versäumen würde. K á r o l y i, von dem es heißt, er hätte die Front aufgelöst, weilt zu einer Zeit als der Auflösungsvorgang der Front sich unter dem Eindruck der Schlappen an der Piave, an der Aisne, wie von selbst vollzog, — K á r o l y i weilt zu dieser entscheidenden Zeit mit seinem Schwiegervater A n d r á s s y in einem weltverlorenem Jagdschloß der Siebenbürgischen Berge auf der Pirsch.

Da strecken die von Franchet D'Esperays „strategischem Genie" durch Bestechungsgelder, tüchtig bearbeiteten Bulgaren ihre Waffen. Es kracht in allen Fugen, an der Front und im Hinterland. Wir stehen vor einer Auflösung, die einen

Augenblick wie eine von Waffen und Gewalt befreiende Revolution aussieht. Wehe uns allen, die diesem
törichten Glauben an das Heil verfielen.

Wehe uns allen, die wir so töricht waren. Ja,
gewiß: nostra culpa, nostra maxima culpa. Aber wie
sah um dieselbe Zeit die Staatsklugheit aus?

Ministerpräsident W e k e r l e ist ein kluger
Mann. Die Klugheit strahlt aus seinem rosigen,
fetten, immer lächelnden Gesicht, als er zu
zusammengerufenen Zeitungsmännern spricht.

Der alte Routinier der Staatskunst erklärt den
federfertigen Dienern der Öffentlichkeit, daß der
Krieg verloren sei. Die Zeitungen mögen dafür Sorge
tragen, daß diese Meldung die Öffentlichkeit nicht
überrasche, denn solche Überraschungen verursachen
plötzliche Preisstürze. „Alles läßt sich ersetzen, nur
entwertete Werte nicht." (Wie denken Kriegswitwen
und Waisen über diesen nationalökonomischen
Grundsatz?)

„Aus Bulgarien erhalten wir die katastro-
phalsten Berichte, wir haben zwar Truppen dahin-
gesandt, doch bis diese Truppen dort ankommen,
ist der Krieg schon längst entschieden." (Wozu also
die Truppensendung? Wozu Menschen- und Geld-
opfer?) „. . . Der Friede mit Rumänien soll dieser
Tage ratifiziert werden, doch bedeutet dies keineswegs, daß wir wegen Rumänien ruhig schlafen
können . . . Denn die Rumänen rüsten ihre
Armee, bewaffnen ihre Volkswehr . . . u n s e r e
G r e n z e n s i n d u n b e d e c k t . . W i r m ü s s e n
a u f j e d e Ü b e r r a s c h u n g g e f a ß t s e i n . ."
„A n d e r i t a l i e n i s c h e n F r o n t m a n g e l t
es a n K l e i d u n g, a n W ä s c h e u n d a n

M u n i t i o n. Ein Überfall des Feindes kann katastrophal werden, denn wir müßten mit verhältnis-
mäßig wenig Menschen ein größeres Gebiet verteidigen. Auch sind dort keine hinteren Verteidigungs-
linien ausgebaut . . . Österreichs Alimentation
weist eine passive Bilanz auf. Die reichste Provinz,
Galizien, ist unser Kriegsschauplatz gewesen und
daher unbebaut. In Böhmen und Mähren wäre zwar
etwas zu holen, doch wir bekommen nichts von dort,
denn d i e B e v ö l k e r u n g l e i s t e t s t a r k e n
W i d e r s t a n d. Die Not, die uns im vorigen Jahr
erst im Mai bedroht hat, droht dieses Jahr bereits
im Jänner. (Gerade diesen Jänner, den der
Imperialismus so gründlich vorbereitet hatte, sollte
nun die unglückliche Demokratie erwischen!) In
ukrainischen Illusionen dürfen wir uns nicht
wiegen. Wie haben zwar das Recht zu requirieren,
aber die Requirierung l ä ß t s i c h n i c h t e i n m a l
z u H a u s e d u r c h f ü h r e n, g e s c h w e i g e
d e n n i m F e i n d e s l a n d. Die rumänische Ernte
ist weit unter den Erwartungen geblieben, — die
serbische übertrifft sie, aber von dort läßt sich nichts
mehr herausholen. In der Ukraine kauften wir
Wolle für mehrere Millionen, aber wir können die
Ware nicht mehr durch die Länder feindlicher
Nationalitäten heimbefördern . . ."

„. . . Unter solchen Umständen, besonders wenn
Österreich nicht versorgt wird, s t e h t d i e R e v o-
l u t i o n v o r d e r T ü r . . ."

Das Herz blieb einem stille stehen. Ein historischer Moment. Im Palais des königlichen Ministerpräsidiums wurde das Wort „Revolution" vom
kaltblütigsten Lenker und Berechner der Landes-

schicksale ausgesprochen. Nun setzt der kluge Greis die Grabrede des Krieges weiter fort:

„. . . Auch die Türken sind geschlagen. Wir sandten ihnen aus Kiew eine Division zur Hilfe. Arme Burschen! Die sollen wir auch nie mehr. sehen . . . Doch wir sandten die Division, damit der Sultan nicht ganz verzage. Das ist eine moralische Pflicht."

So gingen Truppen nach Bulgarien zur Schlachtbank, obwohl der Krieg nach der Meinung der Verantwortlichen schon längst entschieden war, und so wurde auch diese Division der „nie wieder zu sehenden a r m e n B u r s c h e n" nach der Türkei gesandt, um den Sultan aufzumuntern. Die Kriegsmordmaschine arbeitet von selbst, gedankenlos, automatisch, immer weiter fort und fort, — wer kann ihr Halt gebieten?

„. . . Wir brauchen Frieden. Doch nicht auf die Art der Bulgaren, sondern sachte, sachte, wie es u n s e r e G r o ß m a c h t s t e l l u n g gebietet..."

Man nennt die Wilsonisten Illusionspolitiker. Sie waren es auch, unleugbar. Aber wie sollen wir diesen Realpolitiker nennen, diesen Mann, der mit zwei festen Füßen auf dem Boden der Wahrheit steht und der in der Illusion einer Großmacht lebt, zu einer Zeit, als die Großmacht schon längst in Fetzen war? Man höre ihn weiter:

„. . . An dem Dualismus ist nicht zu rütteln. Von einem Bundesstaat weiß ich nichts. Ich habe die Regierung unter der Bedingung übernommen, daß man an der dualistischen Form der Monarchie festhalte. So lange ich da bin, gewährt mein Hiersein die Garantie, daß an der dualistischen Form der Monarchie keine Änderung geschieht. Natürlich können innerhalb der österreichischen Provinzen Änderungen eintreten. Es ist möglich, daß zwei solche Provinzen eine gemeinschaftliche Universität haben wollen. Zu Opfern sind wir bereit. Wenn es die Not gebietet, geben wir sogar Grund und Boden her. (Wekerle dachte gewiß nicht an ungarischen Grund und Boden und keiner von uns dachte daran.) Aber auf dem übriggebliebenen Territorium wollen wir die Herren bleiben. Die kroatische, südslawische, tschechische und polnische Frage wollen wir selbst erledigen."

Zwei Wochen nach dieser Rede meldet Wekerle, daß der Kaiser aus Österreich einen Bundesstaat gemacht habe, somit also der Dualismus zerfallen und Ungarn zu einem selbständigen Königreich erklärt ist. Ein paar Tage vergehen und die Garantie, die Wekerles politische Existenz bot, verschwindet mit ihr. Der Sturm der Tage fegt ihn während einer parlamentarischen Sitzung hinweg.

Tisza fiel die Aufgabe zu, den verlorenen Krieg im Parlament zu verkünden. Er tat es, wie man einen alltäglichen Staatsakt erledigt, mit ruhiger Miene und gleichgültiger Stimme. Stereotyp wiederholt er seine Maxime, daß selbst unter äußerem Druck keine Änderung der Verfassung geschehen dürfe. Den inneren Druck zu spüren, dafür hatte Tisza keine Nerven. Eine Demokratisierung hält er für überflüssig: „Wir sind ja schon demokratisch genug." Man denkt an Tirpitz, der in ähnlicher Verblendung die demokratische Partei schnöder

Undankbarkeit zeiht, weil sie den preußisch-deutschen Staat, „den besten aller Staaten" umgeworfen habe. T i r p i t z und T i s z a, ob Preuße oder Ungar, sie sind sich alle ähnlich und alle einander wert!

Als ein Mitglied der österreichischen Diplomatie, der in Bern angestellt war, dem Grafen T i s z a die neue Landkarte mit der zerstückelten Monarchie und besonders mit dem zerstückelten Ungarn zeigt, hat der ungarische Großherr für diesen Akt der Willkür nur ein überlegen-mitleidsvolles Lächeln übrig. T i s z a ist nicht daran gewohnt, daß ihm ein fremder, mächtiger Wille aufgezwungen werde, und er stellt sich die Friedenskonferenz als eine Art ungarisches Parlament vor. In vollkommener Verkennung, der teils auch durch ihn selbst geschaffenen, verzweifelten Lage, erklärt er in treuherzigem Glauben an seine entschwundene Macht: „Es wird mir schon gelingen, Clémenceau, Lloyd George und Wilson von der Notwendigkeit der dualistischen Monarchie zu überzeugen."

A n d r á s s y — um einen dritten Mann des Schicksals zu nennen — möchte, wie die deutschen Militärs, die Front bis zum Frühjahr halten und während des Waffenstillstandes verhandeln. Was jedoch in Deutschland nicht mehr anging, wie sollte es in Österreich möglich sein?

Es heißt im allgemeinen: das Hinterland sei der Front in den Rücken gefallen. Diese Legende erhält sich noch immer mit unglaublicher Zähigkeit und im offenen Widerspruch mit den Tatsachen. Hatte ja die Armee nichts mehr zu essen und der verhungerte Soldat weigert sich, in den Kampf zu gehen.

Doch die eigentliche Auflösung beginnt, als das

kaiserliche „völkerbefreiende" Manifest und besonders als T i s z a s Äußerung über den verlorenen
Krieg, wofür italienische Flieger besonders Sorge
tragen, allgemein bekannt wird. Es bedurfte nach
T i s z a keines K á r o l y i mehr, um die Armee
aufzulösen. Ein General der gemeinsamen Armee,
der die letzten vier Kriegswochen in beinahe
kindlicher Einfalt beschreibt, gibt über den Zustand
der Armee folgenden Bericht: „Durch den langen
Krieg, vielfach durch Gefangenschaft in ihrem
Widerstand gelähmt, von den Hütern des Gesamtstaates verlassen, erschüttert durch den Not-
schrei ihrer Familien, beschworen und bestürmt,
an der Errichtung ihres nationalen Staaswesens mit-
zuwirken, erlag die Mannschaft d e r V e r f ü h -
r u n g . . . Wie konnte man Gewalt gegen die
Angehörigen von Nationen anwenden, deren Führer
sich schon in ausgesprochenem Gegensatz zu den
bisherigen Einrichtungen des Staates und des
Heeres gestellt hatten? . . ."

G e n e r a l H o r s e t z k y beklagt sich bitter,
daß die Menschen nicht mehr sterben wollen, während die Regierung wegen des Friedens verhandelt.
Aber er gesteht auch in ahnungsloser Offenheit, daß,
obwohl die Anzeichen der Lockerung sich vor aller
Augen tagtäglich mehren und das Herannahen einer
Katastrophe auf der Hand lag, sich doch keiner
von der kommenden Gefahr eine richtige Vorstellung gemacht habe: „Man konnte sich von der
Gefahr keine richtige Vorstellung machen, d e n n
e t w a s d e r a r t i g e s w a r n o c h n i e d a -
g e w e s e n. M a n k o n n t e e s g a r n i c h t
f ü r m ö g l i c h h a l t e n."

Die Phantasie des Soldaten verrichtet seine Arbeit nach dem Reglement. Was nicht war, kann nicht werden. Ohne Präzedenz keine Folgerung aus noch so unzweideutigen Wahrzeichen. Wie im ahnungslosen ungarischen Parlament, so steckt auch im ahnungslosen österreichischen Offizierskorps der negative Umsturz.

Was ist mit K á r o l y i ? Er denkt zurzeit, was der Kaiser denkt und was noch im Laufe dieses verhängnisvollen Oktobers A n d r á s s y wirklich zur Ausführung gebracht hat. Nämlich, daß die Monarchie mit ihren zweiundfünfzig Millionen Menschen von dem Bündnis mit Deutschland abfallen und sich den Preis des Sonderfriedens von W i l s o n holen müsse. So wäre ein Teil von Österreich und ganz Ungarn, zwar mit weitgehenden Autonomien für die Nationalstaaten, doch noch immerhin zu retten: „Man müsse sich eilen . . . Die Monarchie ist wie Eis im August . . . Sie schmilzt dahin . . . Kein Quadratmeter ungarischen Bodens darf preisgegeben werden . . . Man muß das Land vor dem Bolschewismus retten . . .“ Das waren damals die Worte K á r o l y i s. Zu dieser Zeit, Anfang Oktober, denkt er nicht an Ungarns Sonderinteressen, sondern nur einzig und allein an die Monarchie.

※

Die Revolution ist wie ein mythologisches Fabeltier, das Kind ihrer selbst. Sie wurde vom Chaos geboren. Die Kundgebung des Kaisers befreit die österreichischen Nationalitäten. Des Kaisers Wille war gut, — doch es war schon zu spät, um noch guten Willen zu zeigen. Denn dieselben Nationalitäten wurden zwei Tage später durch W·i l s o n von dem befreienden Kaiser und von seinem „befreiten" Bundestaat befreit.

Ungarn, nachdem es die Personalunion mit Österreich und seine vollkommene Befreiung erlangt hat, sieht diesen cisleithanischen Ereignissen gleichgültig zu. Es fällt weder W e k e r l e noch T i s z a ein, daß· sich die Nationalitäten Ungarns an den Nationalitäten Österreichs, ein Beispiel holen könnten. Der alles beobachtende v. C r a m o n schreibt: „Wir hatten beim Armeeoberkommando zahlreiche · Offiziere magyarischer Nation. Ich konnte bei jedem einzelnen dieser, im übrigen außerordentlich charmanten Herren die Ausstrahlung der in Ungarn damals herrschenden pathologischen Besessenheit beobachten. S i e s a h e n a l l e a u f d i e Ö s t e r r e i c h e r g e r a d e z u m i t l e i d i g e n A u g e s h e r a b, m i t d e r R u h e e i n e s M a n n e s, d e m i n m i t t e n a l l g e m e i n e r B e d r ä n g n i s n i c h s g e s c h e h e n k a n n." Nicht anders als diese Offiziere dachten auch unsere Politiker, — was vermag eine feindliche Welt gegen ein tausendjähriges, einheitliches Reich? Der König flüchtet zu seinen getreuen Ungarn, zu den einzigen Stützen des Thrones.

Nun erst tritt K á r o l y i vor die ganze Volksvertretung mit dem Antrag, diesen einzigen, noch übrig gebliebenen Stumpf des einstigen Reiches zu verteidigen. Der Kaiser-König war dieser Idee gewogen. V o n C r a m o n macht es T i s z a und W e k e r l e zum Vorwurf, daß sie den „furchtbaren Ruf" K á r o l y i s „nachbeteten". Tatsächlich nahm das Ministerium W e k e r l e schon am 22. Oktober die Forderung der Károlyipartei auf Rück-

berufung aller ungarischen Soldaten in ihre Heimat
auf.

*

Der Dichter S c h i c k e l e schreibt: „Die Mörder Deutschlands schreiben in tiefster Gemütsruhe
Artikel und Bücher, darin sie beweisen, daß das
feige Verhalten ihres Opfers, in seiner Todesstunde
sie um den Lohn ihrer Ruhmestaten betrogen hat."
So schreiben auch die Mörder Ungarns über den
endlich erwachten Selbsterhaltungstrieb dieses
Landes. Er gilt ihnen als ein besonders heimtücki-
scher Verrat. H o r s e t z k y spricht mit unverhohlener Empörung von dem e i n f a c h e n ungarischen
Bauern, der von dem sehr natürlichen Verlangen
beseelt ist, s e l b s t s e i n e H e i m a t v o n d e n
s e n-g e n d e n s e r b i s c h e n S c h a r e n z u b e-
f r e i e n. Der Offizier hat bisnun die eigene Heimat,
ihre Sprache und Sitte opfern müssen, „um
für die Erhaltung des Gesamtstaates zu wirken."
Nun aber erwacht auch im Offizierskorps das
Heimatgefühl: „Am 15. November bat mich mein
Oberst, der ungarischer Oberst, der ungarischer
Staatsbürger war, mit noch zwei. Herren nach
Ungarn abreisen zu dürfen, das die Alliierten von
allen Seiten bedrängten. Er müsse seine Kräfte
seinem bedrohten engeren Vaterlande widmen. I c h
w ü r d i g t e s e i n e G r ü n d e u n d e r l a u b t e
i h m, h e i m-z u k e h r e n."
Man muß Gründe, die ein österreichischer General bei einem ungarischen Obersten würdigt, auch
bei einem ungarischen Politiker zu würdigen wissen.
Die an sich richtige Idee K á r o l y i s leidet
nur an K á r o l y i. Denn die fatale Zwiespältigkeit

seiner Natur macht seine fruchtbarsten Pläne wieder unfruchtbar. Wie kann ein Pazifist, eine in Auflösung begriffene Armee zusammenhalten? Darf ein Wilsonist, der sich auf die Selbstbestimmung der Völker beruft, die Integrität eines vielsprachigen und vielrassigen Reiches mit Waffen verteidigen? K á r o l y i ist nicht der Mann, um diesen Zwiespalt mit der unbedingt notwendigen rücksichtslosen Inkonsequenz eines wirklichen Staatsmannes zu lösen.

Es flimmert einem vor den Augen, blickt man in die Wirrnis dieser letzten Tage. Es ist dem geschichtlichen Bericht kaum möglich, dieses kunterbunte Auseinander wieder zusammen zu halten. Kaum hat Ungarn sich selbständig erklärt, so wird Graf J u l i u s A n d r á s s y Minister des Äußern, gemeinsamer Minister der zwei getrennten Landesteile, ja sogar gemeinsamer Minister, der bereits aufgelösten und zerfallenen Monarchie. Als solcher bietet er W i l s o n im Namen einer gar nicht mehr existierenden und vom Kaiser selbst aufgelösten Monarchie einen Sonderfrieden an. H e l f f e r i c h nennt A n d r á s s y s Verzweiflungsschritt wohl mit Unrecht einen „Verrat". Was dem Deutschen als „V e r r a t" erscheint, war uns damals das notwendige Ergebnis unseres Selbsterhaltungstriebes. H e l f f e r i c h kann man nur insoferne beistimmen, als der Mißerfolg dieses Verzweiflungsschrittes die Donaumonarchie nicht gerettet, sondern im Gegenteil, nur ihren Untergang besiegelt hat. A n d r á s s y erhält eine kühl ablehnende Antwort aus Amerika und als er dann als letzte Rettung seines Herrschers eine Volksdemonstration veranstalten möchte, weigern

sich selbst die deutschfreundlichen Christlich-Sozi-
alen an dieser Huldigung teilzunehmen. Auch in der
Armee wird A n d r á s s y s Schritt mißdeutet und
er lockert ihre letzten, losen Bande.

So schlugen alle Experimente fehl. Das Volk hat
kein Vertrauen mehr in seine alten Führer. Das
ganze Land und die ganze heimkehrende Armee
fordert die Ministerpräsidentschaft K á r o l y i s.
Er könnte die Macht erfassen. Er tut es nicht.
Denn er ist keineswegs der Mann des entschlossenen
Handelns. Er kann nicht wider die angeborene
Loyalität des Aristokraten. Er ist und bleibt der
Ewige-Halbe, auch im revolutionären Sturm, wo ein
ganzer Mann so Not tat, wie vielleicht noch nie.
K á r o l y i erwartet die Ernennung von seinem
Herrscher, nachdem sich um ihn längst schon eine
Art Nebenregierung, der sogenannte N a t i o n a l r a t,
gebildet hatte. Diese Versammlung verkündet die
notwendige Forderung des Tages: das altbekannte
Programm einer ungarischen Demokratie und ruft
zugleich die Soldaten der Front zur Verteidigung
des eigenen Landes heim.

Dieser Ruf wäre einen Monat zuvor eine Kühnheit und eine Klugheit zugleich gewesen, als ihn aber
erst das ungarische Parlament und dann der
Nationalrat K á r o l y i s ausschickte, kam er ver-
spätet an eine längst aufgelöste Front. Kroaten,
Tschechen, Polen, weigerten sich schon seit Tagen,
an die Front zu gehen; Armeegruppen mußten wegen
Meuterei entwaffnet werden; ganze Regimenter
marschieren ab, „um in ihre Heimat zu gelangen,“
als noch zum Überfluß der vielgeschmähte „bruder-
mörderische Aufruf“ K á r o l y i s ausgesandt wurde.

Horsetzky muß gestehen, daß der Aufruf nicht einmal in die Hände seiner Division kam, man munkelte nur etwas von einem „Brief" des Grafen Károlyi. Die meisten Heimkehrer erfuhren von der „Revolution" erst, als sie schon längst heimgekehrt waren.

König Karl befiehlt Károlyi und einige seiner Nationalräte nach dem Jagdschloß zu Gödöllö. Es geschieht zum erstenmal, daß ein ungarischer Herrscher unter anderen Politikern, auch ungarische Sozialisten sprechen hört. Ein Ja des wohlmeinenden, aber nun hilflosen Kaisers, ein ewiges nervöses Ja, ja, bestätigt alle Vorschläge und Károlyi wird zum Ministerpräsidenten ernannt. Friede, Demokratie, Versammlungsfreiheit, allgemeines Wahlrecht, Bodenreform! — Károlyi sieht das ganze Programm seines Lebens von seines Herrschers Gnaden jählings verwirklicht. Kaum eine Stunde sollte diese süße Tänschung dauern. Ein telephonisches Gespräch nach irgendwohin, mit irgendwem — mit einem geheimnisvollen Berater — genügt, um den Kaiser wieder umzustimmen: „Wenn ich Sie ernenne, so wird Siebenbürgen von der Mackensen-Armee überfallen. Die Sache muß erst weiter gründlich besprochen werden. Kommen Sie mit nach Wien, lieber Graf!"

Bevor die Reise nach Wien angetreten wird, muß Károlyi seinen Getreuen nach Budapest telephonieren, daß sie sich hüten sollten, die für den nächsten Sonntag anberaumte Volksversammlung zugunsten Károlyis stürmisch aufzupeitschen; im Gegenteil, sie müßten sie in jeder Weise beschwichtigen. Die Bourbonentochter huscht während dieses Gesprächs durch das Zimmer. „Helfen Sie meinem Mann! Er ist ein so guter Mensch!"

Der Beschwichtigungsruf hat gewirkt. Die Versammlung verläuft ruhig. Ihr ist ja ohnehin durch Károlyis Abwesenheit der Inhalt genommen. Das Ziel des geheimnisvollen Beraters ist erreicht. Károlyi, der in Wien nicht einmal zur Audienz berufen wurde, darf nun mit dem zum Homo regius ernannten und in Ungarn sehr volkstümlichen ungarischen Erzherzog Joseph nach Budapest zurückkehren. Die Wiener Demütigung soll Károlyi in Pest zur herrlichsten Genugtuung werden. Er wird auf den Schultern der Masse durch eine jubelnde Stadt getragen.

Taten! Handeln! Das wäre nun das Gebot der Stunde gewesen. Doch Károlyi folgt dem Gebot noch immer nicht. Er und die jedem gewalttätigen Umsturz so abholde „Nebenregierung" wollen den Erzherzog in seiner Beschlußfassung nicht stören. „Es ist mir nur um das Programm, nicht aber um meine Person zu tun. Wenn die Regierung, die der Erzherzog ernennt, das demokratische Programm verwirklicht, so hat der Nationalrat zurückzutreten", — das ist die von Károlyi ausgegebene Parole. Doch der Erzherzog verhandelt mit allen Parteiführern, ohne sich zu entschließen. Jeder Tag bringt neue Namen und neue Kombinationen zum Vorschein. Und der Kaiser-König mit seinem ohnmächtigen Kronrat, der populäre Erzherzog mit seinen populären Ratgebern und schließlich der loyale Revolutionär mit seinem zaudernden Nationalrat stehen vor der

wütenden und fordernden Straße, vor den in Wirr-
warr heimflutenden Soldaten, vor dem rätselvollen
Heute und vor dem unheilvollen Morgen.

Der verlorene Krieg mußte zu einer endgültigen
Abrechnung mit dem alten System und seinen
Repräsentanten führen. Aber diese Abrechnung hätte
durch den kühnen Wagemut revolutionärer Naturen
geschehen sollen. Ein Samson-Mirabeau hätte sich
für die Demokratie in Deutschland, in Österreich
oder in Ungarn erheben müssen, um sich gegen die
Pfeiler des imperialistisch-militaristischen Baal-
tempels zu stemmen und sie wanken zu machen.
Es sollte sich keiner finden.

Das Schicksal der Oktober- und November-
Revolutionen der Mittelmächte war durch die
Passivität ihrer Führer bedingt. Da standen Leute
unter dem Baaltempel und warteten, daß das Erd-
beben herannahe und der Tempel von selbst zu-
sammenfalle. Als sie schließlich unter den Trümmern
begraben wurden, wunderten sie sich.

Die Entschlußfassung des Erzherzogs sollte
dieser Gesinnung gemäß durch keinerlei Beein-
flussung gestört werden. Man wartet, daß der Erzherzog sich entschließe. Das geschieht nun endlich.
Er hat sich entschlossen. Er hat nicht K á r o l y i,
hingegen den demokratisch gesinnten G r a f e n
H a d i k mit der Bildung eines Kabinetts betraut.
K á r o l y i und seine Nebenregierung wären vielleicht
mit dieser Wendung einverstanden gewesen, sie
hätten sich als stille Kontrollorgane zurückgezogen,
wenn auch Ihre Majestät, die Straße, mit dieser

Wendung der Dinge einverstanden gewesen wäre. Aber sie war es nicht!

Vor dem Hause, wo der Nationalrat tagte, (einem Hotel!) Unter dem Erker dieses Hauses sah man vier Jahre hindurch Marschkompagnien ins Feld ziehen. Jetzt blinken tausend und abertausend Säbel in der Luft, — Soldaten, sogar Offiziere schwören dem Krieg ab, dem Frieden und dem Nationalrat zu. Ein Anblick, der einem die Kehle schnürt und die Augen feuchtet. Abfahrende Züge mit Marschkompagnien werden angehalten, — die zum Tode Verurteilten kehren mit dem Gesang des fröhlichen Lebens zurück. Eine holde Illusion läßt die Leute dieser Stadt einen Augenblick lang sich in der Täuschung wiegen, daß ihre friedensselige Stimmung die Stimmung der ganzen Welt sei.

Von dem Balkon aus werden Worte des Friedens und der Versöhnung in die Menge hinuntergeschleudert. Als würde die Befreiung der Welt von diesem Budapester Hotelerker ausstrahlen, als würde sich die Szene des Erkers von Szegedin, in der Geschichte dieses liebenswerten Volkes der schönsten Illusionen immer wiederholen.

Kasernensturm! Die Abzeichen der Offiziere werden heruntergerissen. Aller Haß entlädt sich auf ihre unglückseligen Häupter. Wer konnte in diesen Tagen der Leidenschaft verstehen, was in der Seele so eines Mannes vorging, der sein Leben für eine „Sache" hingab, vier Jahre litt und darbte, um nun so schlecht belohnt, ja gedemütigt zu werden? Das war nicht die Stunde mitleidigen Verstehens. Das war die Stunde der lange niedergehaltenen und nun sich entsetzlich aufbäumenden und in diesem Augenblick, jedenfalls auch verständlichen und gerechten, bürgerlichen Rache. Heute, nachdem zwei Jahre verstrichen sind, sollte gegenseitiges Mitleid gegenseitiges Verstehen möglich machen.

Wenn W i l s o n und L a n s i n g wüßten, was für Unglück sie da gestiftet haben! — Wie lob ich mir die Immer-feste-Druff-Dreinhauer, die Durchhalter und die Kriegsverlängerer, die für das Unglück, welches sie anstifteten, wenigstens einstehen. Die Puritaner der n e u e n Welt halten noch immer puritanische Hohnreden auf unser Unglück, — und die „demokratischen" Sieger dieser a l t e n, lachen noch immer über unsern plumpen „Reinfall." Wir aber, alle Gläubigen und Geistigen, stehen stumm und wehrlos, mit einem zagen Appell an die Zukunft, vor einem grollenden Land, dem heute alle Worte des Friedens, der Selbstbestimmung und der Abrüstung, nur Mißtrauen und Abscheu einflößen.

Und doch war der Verständigungsfrieden mit der Parole „W i l s o n", zwar ein Irrtum gleich allen anderen Irrtümern, aber zugleich auch der letzte und einzige noch übrig gebliebene Ausweg, nachdem die Sache des Landes im Krieg und durch den Krieg so gänzlich verfahren war. W i l s o n blieb uns die letzte Hoffnung, — er wurde uns zur letzten Enttäuschung. Aus der schlaggelähmten Hand des puritanischen Professors jenseits der See entsank das Glück aller Völker und der Friede der Welt!

SIEBZEHNTES KAPITEL

Der Kommandostab. — Der blutige Pazifismus. —
Freiheit ohne Land. — Frieden ohne Soldaten. —
Freudentag, Trauertag. — Die neue Republik und
die alte. — Ungarn fahren Franzosen entgegen. —
Die Begegnung. — Die übertrumpfte Gewalt.

Als G o e t h e in der Rüstkammer zu Dresden,
unter den gespentischen Harnischen umher-
wandelte, sie wie lebendige Recken auf prachtvoll
geschnitzten Streitrossen bestaunte, nahm er einer
besonders imposanten Gestalt den von Edelsteinen
funkelnden Kommandostab aus der Eisenfaust und
zeigte ihn den K ü g e l g e n s c h e n Kindern:
„Was meint ihr,“ sagte er, „mit solchem
Zepter zu kommandieren, muß eine Lust sein, wenn
man ein Kerl danach ist“ — „. . . und er sah
gerade so aus, als wenn er der K e r l d a n a c h
w ä r e“, erzählt der Zeuge dieser Szene, der zum
alten Mann gewordene K ü g e l g e n.
War K á r o l y i der Kerl danach? Man mußte es
sich zagend fragen, wenn man den braven, rein
begeisterten, aber unschlüssigen und in allen Dingen
des praktischen und theoretischen Lebens so unbe-
wanderten Mann sah?

Jede Macht war beinahe ohne sein Hinzutun in seine Hand gelangt. Von Mittwoch auf Donnerstag, von dem Abend des dreißigsten bis zum einunddreißigsten Oktober ist das Wunder unversehens geschehen. Er hat alle Kasernen, alle Ämter, die Post und die Eisenbahnen in seinem Besitze. Der Krieg ist versunken, die Repräsentanten des Mordsystems in der Gewalt der neuen Regierung. Noch erzählt man von einem abgelauschten Telephongespräch zwischen dem Stadtkommandanten von Budapest und dem Kaiser zu Wien. Der Kommandant will die Stadt zusammenschießen lassen, — der Kaiser fürchtet für seine Kinder, die sich im Jagdschloß zu G ö d ö l l ö befinden. Er erteilt die Ordre: „Nicht schießen."

Der Erzherzog beruft K á r o l y i und ernennt ihn zum Ministerpräsidenten. Man denkt sich: „Vielleicht hat er Glück? Denn er muß ja nur tun, was auch Österreich und Deutschland tun. Die Koalition des Arbeiters, des Bürgers und des Bauern schließen. Und das Werk der demokratischen Revolution vollzieht sich gleichsam von selbst."

Automobile, mit weißen Herbstrosen geschmückt, sausen durch die Stadt. Reden und Automobile, Automobile und Reden. Ein Wirbel. Wie soll er sich entwirbeln? Man fühlt: Revolution ist nicht von Menschen erzeugt und wird von Menschen nicht gebändigt. Wenn sie von selbst nicht innehält, wer ist da, ihr Halt zu gebieten?

Es wird K á r o l y i nahegelegt, über die Stadt das Standrecht zu verhängen. — Schon am ersten Tage des Friedens sollen die Mittel des kriegerischen

Gestern angewandt werden, — oder es ist um den Frieden geschehen. Károlyi will dieses Mittel nicht gebrauchen. Er will keine Bajonette im Dienste des Friedens. Er will die unblutige Revolution nicht beflecken. Darauf wird gemeldet, daß in jener Nacht der unblutigen Revolution in den Vorstädten gemetzelt und geplündert wurde. Siebzig Tote kostete der Umsturz. So mußten wir die bittere Enttäuschung erleben, Romain Rolland, daß die reine Idee des Pazifismus von dem verwirklichten Pazifismus innerhalb von vierundzwanzig Stunden zerstört wurde.

Inzwischen schickt Tisza einen Freund zu dem konservativsten und ihm daher in allem wesensverwandtesten Mitglied des Károlyischen Kabinetts. Wollte er den neuen unerfahrenen Leuten und ihrem welt- und menschenfremden Führer mit Rat und Tat beistehen? Oder fühlte er vielleicht, daß er nun, befreit von dem dualistischen Hemmschuh, vor einer neuen Bahn stehe, um sein stets zurückgedrängtes Temperament im Interesse der nun endlich unabhängigen freien Heimat wirken zu lassen? Jedenfalls liefert er, in der schnellen Einsicht, daß sein österreichisch-ungarisches Kartenhaus für ewig zerfallen und daß von nun ab ein neuer Weg einzuschlagen sei, einen unheimlichen letzten Beweis, daß in ihm, der sich sein Leben lang in die undankbare Rolle eines mit den Wandlungen und Forderungen der Zeit nicht rechnen wollenden Prinzipienreiters eingezwängt hat, eigentlich die Wandlungsfähigkeit des großzügigen Politikers steckt. Nur der Dualismus — dieses unmöglichste System — hat seinen Blick getrübt; — nun da es zerfallen ist, war ihm der Star gestochen.

Noch ehe sich T i s z a in erneuter Form zeigen durfte, dringen Bewaffnete in das Haus des Wehrlosen. Er fällt einem ruchlosen Mord zum Opfer.

*

Das revolutionäre Ministerium hat gestern noch den Verfassungseid in die Hände des Erzherzogs abgelegt, der ihn im Namen des Königs entgegennahm. Gestern. Die Stunden eilen. Vierundzwanzig Stunden später, Freitag, den ersten November, steht man vor der Frage: Königtum oder Republik?

„Republikaner nennen wir Menschen, denen die Idee über den Nutzen, der Mensch über die Macht geht. Unter Republikanern kann ein unschuldig Verurteilter Gewissenskämpfe heraufbeschwören, so ungehemmt, daß sie den Verkehr, den innern Frieden, sogar die Sicherheit des Landes bedrohen, — und wäre ihre Republik auch nur eine sogenannte Rentnerrepublik. Ein Kaiserreich aber, selbst ein soziales, wird solche Gewissenskämpfe nie kennen." So schreibt in diesen Tagen des seligen Glaubens und Vertrauens auf Frankreich anspielend, der deutsche Dichter H e i n r i c h M a n n. Man wußte damals noch nichts von der französisch-amerikanischen Verquickung der freiheitlichen Form mit despotischem Wesen. Absolutismus war uns der Krieg, Republik war uns der Friede.

In Ungarn spielt auch das nationale Moment mit. Die Fremdherrschaft geht zu Ende. Republikanische Freiheit bedeutet nationale Freiheit. In diese schöne Berechnung hat sich nur ein Fehler geschlichen: der Krieg ist verloren, die Freiheit ist verloren, das Land ist verloren!

Károlyis Beratung, ob Königtum oder Republik, ist also rein illusorisch in dem Moment, da eben das arme Land von allen Seiten tödlich verwundet wird.

Er fühlt das. Er zaudert. Er verschiebt die Beantwortung der heiklen Frage bis zur Volksabstimmung und er erklärt vorerst nur, daß ihn der Herrscher, durch seinen homo regius in loyaler Weise seines Schwures entbunden habe und daß er gewillt wäre, die Macht, die ihm von dem Volk übergeben werde, vom Volk anzunehmen.

Damals schien diese Vorsicht taktisch wohldurchdacht und weise. Aber sie war vielleicht, nur die halbe Maßregel eines Mannes, der nicht „der Kerl danach war", den funkelnden Kommandostab in der Eisenfaust zu schwingen.

*

In der Stadt Weltbefreiung, — an der Front kopflose Flucht.

Das verwundete Land in seinen Wundfieberphantasien träumt heute noch von der damals versäumten Möglichkeit der Verteidigung seiner Grenzen. „Hätte Tisza das Heft in der Hand behalten, wie wäre alles anders gekommen! Er hätte sich mit Mackensen vereint und mit der ungarischen und der deutschen Armee den ungarischen Boden verteidigt." Mein Gott! das wäre möglich gewesen, wenn das deutsch-ungarische Bündnis nicht schon längst durch Andrássy gelöst, wenn Deutschland damals mit Wilson nicht schon längst im Notenaustausch um den Verständigungsfrieden gewesen wäre und wenn überhaupt ein alleinstehendes Land gegen eine Welt sich irgendwie hätte halten können. Der General H o r s e t z k y sagt als Sachverständiger, daß Ungarn in diesem Augenblick nur von der Front aus zu verteidigen war, weil die engeren Landesgrenzen strategisch gar nie ausgebaut wurden. Was aber die Front anlangt, so beschreibt derselbe H o r s e t z k y ihren Zustand folgendermaßen:

„Die Leute drängten mit einer wahnsinnigen Hast nach Hause . . . nur nicht warten, keine Stunde, keine Minute verlieren . . . Die Eisenbahnzüge glichen von der Ferne wandernden Bienenschwärmen . . .“

So eilten die befreiten Nationalitäten heim. Sollte der Ungar allein bleiben und gegen Franzosen, Italiener, Rumänen und Serben kämpfen? Kein Genie hätte unter solchen Umständen eine Armee zum Siege führen können.

Was blieb übrig? W i l s o n, immer wieder nur W i l s o n. Ungarn verwünscht heute den Pazifismus. Es schiebt ihm jedes Unglück in die Schuhe. Aber im November 1918 war er seine Hoffnung. Unsere Friedensmänner meinten es stets ernst mit dem Weltfrieden. Die Worte der guten Menschlichkeit waren zugleich die Worte einer guten Politik. Damals, ach, damals! Es lag nicht an den Besiegten, daß sie nicht bis heute, die gute Politik geblieben ist.

Ein Minister Károlyis spricht Worte, die man nie vergessen kann:

„— Wir haben heute mit unserer militärischen Macht und Kraft verordnet, daß jene Waffen, die

Trauer und Schmutz, Sünden und Ekel über die Welt gebracht haben, von nun ab schweigen."

Eine zu Tränen gerührte Versammlung lauscht erschüttert dieser Rede. Gibt es einmal einen wirklichen Völkerbund, dort muß sie Widerhall finden.

Als sich die Heimkehrer vor dem Parlament versammeln, schreit ein Kriegsminister, — hören Sie, R o m a i n R o l l a n d, was ein General in diesem Lande der Husaren geschrien hat: „I c h w i l l k e i n e S o l d a t e n m e h r s e h e n!"

Wäre dieses schöne Wort nicht auf dem Erker des Parlaments aller großen Windmühlenkämpfe, im Lande der Illusionen ausgesprochen worden, es hätte links und rechts, in allen Winkeln der Welt sein Echo gefunden, die Menschen hätten frei aufatmen dürfen — und wir wären erlöst.

Aber die Welt hat das Wort nicht erhört. Nur ein einziges Land. Unser großmütiges Ungarland, R o m a i n R o l l a n d, welches im Vertrauen auf die Versprechungen des Westens nichts mehr von Waffengewalt wissen wollte.

So ist dieser große Freudentag des Pazifismus, der große Trauertag der Nation geworden.

*

Daß es A n d r á s s y erging wie es ihm erging, war zu erwarten. Ist er ja drüben als einer der repräsentativsten Männer des Bündnisses mit Deutschland bekannt. Und das Staatengebilde, Monarchie genannt, in dessen Namen A n d r á s s y sich an W i l s o n wandte, wurde eben zur selben Zeit von W i l s o n aufgelöst.

Aus der zerschlagenen Monarchie schien damals ein unversehrtes Ungarn übrig zu bleiben. An der Spitze des Landes Männer, wie sie W i l s o n und die Alliierten haben wollten. Die Repräsentanten der nationalen Duldung, des bürgerlichen Friedens und der ententefreundlichen Orientierung einer neuen Demokratie. Die W i l s o n-Noten an Deutschland in denen der Präsident klar und deutlich erklärt, daß er von Kaiser, Kanzler, Heeresleitung, von allen verantwortlichen, eigentlich jedoch so unverantwortlichen Führern des Kaiserreiches nichts mehr wissen will, und in denen er zugleich kund gibt, daß er den Frieden mit den w i r k l i c h e n Vertretern des Volkes schließen möchte, zeigen den Weg, den auch Ungarn zu gehen hat.

Die gemeinsame Armee will jedoch der ungarischen Demokratie diesen Vorsprung nicht gönnen. Sie unterhandelt mit dem Feind. Der italienische G e n e r a l D i a z schließt mit den militärischen Führern Österreichs einen Vertrag, worin Ungarns überhaupt mit keinem Wort Erwähnung getan wird. So hieß es damals. Der Vertrag wurde bis heute nicht veröffentlicht.

Der Kaiser-König mag in diesem Vertrag jedenfalls wenig Ersprießliches gefunden haben, denn als die ungarische Regierung — obwohl vom Eid enthoben — sich in dieser letzten Heeresangelegenheit an den gewesenen allerhöchsten Kriegsherrn wendet, stellt der in Wien noch nicht entthronte Kaiser dem ungarischen Sonderfriedensexperiment kein Hindernis in den Weg.

Er geht sogar weiter. Den Abgesandten des neuen K á r o l y i s c h e n Kabinetts, des Nationalrates, des Arbeiterrates und des Soldatenrates, die sich als Friedensdelegation zusammenstellen, um die „Verständigung" mit dem Führer der französischen Ostarmee zu erreichen, wird ein offizieller, vom. erzherzoglichen Vertreter des Königs selbst eigenhändig unterschriebener Geleitbrief mitgegeben, welcher den Delegierten den Weg durch die Linien der gemeinsamen Armee öffnet. Und so ging sie denn los, unsere neue Republik, im Vertrauen auf eure alte Republik, R o m a i n R o l l a n d, w o „e i n u n s c h u l d i g V e r̈ - u r t e i l t e r G e w i s s e n s k ä m p f e h e r a u f - b e s c h w ö r e n k o n n t e, s o u n g e h e m m t, d a ß s i e d e n V e r k e h r, d e n i n n e r n F r i e - d e n, s o g a r d i e S i c h e r h e i t d e s L a n d e s b e d r o h t e n".

Wie sollte — dachten wir — von einem Frankreich des Rechts und des heikelsten Gewissens, ein ganzes Land unschuldig verurteilt werden?

*

Als das Schiff mit den Friedensdelegierten Ungarn verläßt und die Donau entlang nach Serbien fährt, stehen überall hohe Heuschober. Die Deutschen haben das requirierte Getreide in praktischem Nebeneinander zum Abtransport fertiggestellt.

Doch was soll die schönste deutsche Ordnung? Die Deutschen wurden abtransportiert, die Heuschober sind geblieben.

Verwilderte Halbtiere, zerlumpte Gestalten, Serben wagen sich scheu heraus und tragen nun zum erstenmal seit so vielen Jahren, das eigene Getreide in Wagen übers Land und in Fähren über den Fluß, in das eigene zerschossene Trümmerhaus. Auch die deutsche Dreschmaschine wird auf eine Fähre verladen. Serben singen ihr Lied. Kein wildes

Kriegslied. Ein Lied der Befreiung. Noch ist Wilhelm Deutscher Kaiser, der die ganze Welt mit deutschen Maschinengewehren dreschen wollte. Aber das deutsche Volk wird ihn schon morgen abschütteln. Die Regenten haben sich nicht verstanden. Die Völker — so hoffte man damals — werden sich verstehen. Fahren wir ja Franzosen entgegen!

Weiße Häuser unter dem Grün des Abhangs, darunter eine weite Bucht: die Donau. Vor uns liegen Inseln. Wilde und struppige Inseln, wie sie der griechische Dichter einst mit struppigen Eselsrücken verglich.

Mir fiel die Depesche des österreichischen Generals ein: „Belgrad liegt zu Füßen Eurer Majestät." General P o t i o r e k s abscheulicher Schatten huscht aus einer abscheulichen Vergangenheit hervor. Schilf flüstert im Wind, — Geister unserer toten Kinder? P o t i o r e k lebt! Tut nichts. Die Rache ersterbe in unseren Seelen. Fahren wir ja Franzosen entgegen! — Von weitem sehen wir eine Eisenbrücke, in die Luft gesprengt und in die Donau gesenkt. So wurde die Stadt von der Welt abgeschnitten. Und wieder lodert glühender Kriegshaß in mir.

An eine Stange wird ein Tischtuch gebunden. Mit diesem Friedenszeichen nahen wir der Stadt. Wenn man bedenkt, daß durch dieses schlichte, kleine, einfache Zeichen ein vierjähriger Krieg, ja alle Kriege für alle Zeiten hätten beendet werden können!

Schwarze Gestalten sammeln sich barfuß an dem Ufer. Diese Unglücklichen führen seit acht Jahren Krieg. Kein Mann ist zu sehen, nur Frauen und Kinder. Alle Männer dieses Landes sind ermordet. Schüsse knallen in der Luft. Wer schießt? Der Friede pocht an der Tür, eine weiße Fahne winkt vom Schiff, vom Ufer die andere, aber die Flinten tun noch immer ihr Werk. Wie von selbst. Eine Mahnung. Keine Furcht. Fahren wir ja Franzosen entgegen!

Schon sind serbische Offiziere auf dem Verdeck. Ein schmächtiger serbischer Knabe, ein blasses, halbwüchsiges Kind mit einem Augenglas, drängt sich aus einer Kajüte hervor und rennt den Offizieren entgegen. Man erzählt uns, daß der Unglückliche einen Brief an einen Schweizer Verwandten geschrieben hatte, worin er sich über die Grausamkeiten der fremden Besatzung beklagte. Der Brief fiel in die Hände des Zensors, der arme Student wurde von seinen Eltern weggeschleppt. Er war erst im Gefangenenlager, dann wurde er zur Arbeitsleistung in eine Fabrik eingeteilt. Seit zwei Jahren hat er Vater, Mutter nicht gesehen. Jetzt eilt er heim. Er ist glücklich. Wir mit ihm.

Die Mitglieder der Friedensdelegation, stellen sich dem Jungen vor. Man schüttelt sich die Hände. Nie mehr soll solches Elend über die Erde fallen; fahren wir ja Franzosen entgegen.

Am Ufer zupft jemand die Guzla. Gesang. Zivio-Rufe. Wie sich die Menschen lieben. Wie sich die Menschen verstehen. Alles wird gut enden. Denn die ungarische Republik fährt der französischen Republik entgegen.

Finster ist die Stadt. Die deutschen Truppen haben nach allen Regeln eines strategischen Rückzuges die Beleuchtungs- und Wasserwerke zerstört.

Gespenstisch war der Gang, zwischen den zerschossenen Häusern, in der kalten, sternenlosen Nacht, über den buckligen Weg zu dem dunkeln, verrauchten Hotel. Eine tote Stadt. Kein menschlicher Laut.

Ich öffne das Fenster. Mir gegenüber ein zerschossenes Haus, in dessen Zimmern dichtes Gras wächst. Hie und da ein Tisch, ein Sessel, Gerümpel, das an das alte Leben erinnert. Die gespenstische Idylle bescheint der Mond. Hier werden neue Häuser erstehen, neue Geschlechter werden abwechseln in Frieden und Frohsinn, — denn Ungarn fährt Frankreich entgegen.

Wie wenig die Menschen einander zürnen. Der elegante Gardeoffizier von gestern, der Soldatenrat von heute, ja sogar der Feind, der Serbe, alle sitzen sie an einem Kaffehaustisch, bei dem Schein einer Kerze. Sie sprechen über Dienst, Avancement, über die bestandenen Kriegsstrapazen und erzählen Zoten. Dann trinken und lachen sie. B e r c h t o l d, T s c h i r s c h k y und ihr alten Herren des Ministerrates von 1914, beseht euch diese jungen Leute und beseht euch dann die Protokolle über „serbische Wühlarbeit" und über unausgleichbare Gegensätze. Wir reisen Franzosen entgegen! Wir sind in versöhnlicher Stimmung. Kein Verdammungsurteil falle über unsere Lippen.

Morgen kommt F r a n c h e t D'E s p e r a y, der Landsmann jenes J a u r è s, der das Buch über die N e u e A r m e e geschrieben hat; — morgen gibt es Frieden und gegenseitiges Verstehen, denn morgen begegnen sich auf den Trümmern von Imperialismen die zwei Republiken: Ungarn und Frankreich.

In allen Auslagen ist das Bild König Peters. Was will dieser balkanische Bruder jener von Hohenzollern, dieser wilde Mann des Schwertes und des Mordes? Neuen Militarismus, neuen Krieg? Die serbischen Offiziere erklären mir, daß das Königtum zwar wiederhergestellt wird, der König jedoch nur sehr bedingte Rechte haben soll. Das Volk wünscht Miliz. Man will nichts mehr von allgemeiner Wehrpflicht wissen. Der Krieg soll also doch nicht ganz umsonst gewesen sein!

Auf alle Fragen wird der heutige Abend Antwort geben. Frankreich gibt das Signal, ob Versöhnung oder Haß, Krieg oder Frieden!

Am Abend um sechs Uhr ist der General angelangt. Im Wind, im Dunkel der Nacht, über den hangen Köpfen kaltes Sternenlicht, gehen die Abgesandten des Friedens durch zerschossene Gassen, am zerschossenen Theaterbau vorbei, durch dessen Skelett der Wind pfeift und den unversehrten Luster gespenstisch klirren macht.

Theatergasse 5. Die Wache läßt uns passieren. Kleines Vorzimmer. Durch die Fenstertür sieht man in den Salon des seligen Privatiers H a d j i T h o m a, des einstigen Hauseigentümers. Die Salontür wird geöffnet, wir treten ein.

K á r ó l y i stellt uns der Reihe nach auf, so daß die Deputation das Zimmer in der Mitte durchquert. Vor uns zwei französische Offiziere und ein serbischer Offizier.

— Dürfen wir den General rufen?

— Ja, wir bitten darum!

Der eine französische Offizier verschwindet

durch die Türe links. Wir fühlen die Herzen in der Kehle klopfen. Was wird sein?

Der kleine Napoleon tritt heraus, Ein feistes, derbes Kommandogesicht. Wo ·habe ich ähnliche Gesichter gesehen? Nun fällt es mir ein. Ja, auf Postkarten von deutschen Kriegsherren. Unter denen gibt es zwei Gattungen. Die Langen, Strammen und die Untersetzten, Fetten. Die Mackensen-Art und die Emmich-Sorte. F r a n c h e t D'E s p e r a y gehört zur letzteren. Jeder Zoll, ein Henker. Ich ahne nichts Gutes.

Er bewegt sich schnell, er lodert uns an mit schwarzen, herausfordernden Adleraugen. Dann lehnt er sich an das Gesims des Kamins. Stille. Nach berühmten Mustern. Der Napoleon aus Madame Sans-Gêne. Hinter ihm ein leberkranker, gelber Offizier, mit herabhängendem Schnurrbart. Ich erkenne in ihm den Verstand des Regiments, der dem General die Diplomatie eingebläut ·hat. Selbst die höchste Spannung ·wird so überspannt. Das ist nicht auszuhalten! Was wird sein?

K á r o l y i spricht: „Herr General! Ich bin vor Ihnen mit dieser Friedensdelegation erschienen, gestatten Sie, daß ich deren Mitglieder vorstelle."

Doch die französische Demokratie reicht der ungarischen keine Bruderhand. Aus dem einfachen Grunde, weil die französische Demokratie in diesem F r a n c h e t D'E s p e r a y von einem französischen Royalisten und Imperialisten vertreten war.

Franchet-Emmich-D'Esperay bewegt seinen starren Hals zu einem kaum vernehmbaren stolzen Gruß, statt eine Bruderhand zu reichen. Er grüßt mit dem Zucken seiner Wimpern, dann schaut er als

Sieger, als Feind, grausam und höhnisch, Besiegten und Feinden in die Augen:

— Sind Sie der Premier? Sind Sie K á r o l y i? Stellen Sie sich mir gegenüber, damit ich Sie sehe.

Und nun zu einem der Minister sich wendend:

— Sind Sie ein Minister? Waren Sie Abgeordneter?

— Nein.

— So. Was waren Sie denn?

— Radikaler Journalist.

Nun nimmt er die sich Anmeldenden: den Nationalrat und den Arbeiterrat der Reihe nach zur Kenntnis. Vor dem Soldatenrat stutzt er und indem er seine Lippen zu spöttischem Lächeln verzieht und als guter Komödiant seine Worte mit entsprechendem Mienenspiel begleitet, läßt er die Worte fallen:

— J e ne v o u s c r o y a i s p a s d e s c e n d u a u s s i b a s! (Ich dachte nicht, daß sie so tief gesunken wären!)

Hatte der Franzose ein Recht zu diesem Spott? Die Alliierten haben gegen unseren Militarismus gekämpft, sie haben ihn zerbrochen, uns schien es, um eine neue Welt ohne Militarismus einzurichten. Ein Mann aus dem Lande der Freiheit und Bürgerlichkeit müßte das Instrument der Auflösung jenes verhaßten Militarismus eigentlich mit begeisterter Freude begrüßen. Nun tut er gerade das Gegenteil: Er spricht ihm Hohn. Es gibt auch gallische Preußen, R o - m a i n R o l l a n d, ihr wißt es nur zu gut.

Nun erst ward es uns klar, daß hier nicht das Recht über Gewalt, nicht die Menschlichkeit über Brutalität, sondern eine Gewalt über die andere, eine

Brutalität-über die andere, ein rechtloses und unmenschliches Urteil sprechen soll!

Und doch möchte K á r o l y i vor diesem Mann aus dem großen freien Land die Stimme eines freien, befreiten, in die demokratische Völkerfamilie nunmehr endgültig eingereihten Ungarn hören lassen. Er will ihm die Schrift vorlesen, worin sich das demokratische Ungarn in seiner schönen, erneuten Form vorstellt.

Im schlecht erleuchteten Raum wird es K á r o l y i schwer, zu lesen. Der General ist teuflswild. Er schreit. Nein, er schreit nicht. Er brüllt. Der Mime der C o m é d i e F r a n c a i s e verwandelt sich vor unseren Augen zu einem betrunkenen Korporal:

— Sie sehen nicht?! Was! Sie sehen nichts. Es ist finster. V o u s a v e z c o u p é l e f i l! (Ihr habt die Drähte abgeschnitten.)

— O nein. Wir nicht! — antwortet K á r o l y i.

(Dieser sinnlose Akt der Zerstörung war vier Tage zuvor von der abziehenden deutschen Armee begangen worden, im Gegensatz zu dem feierlichen Versprechen, welches die deutsche Regierung dem amerikanischen Präsidenten gegeben hatte.)

K á r o l y i liest nun seine Schrift vor, worin er die Verantwortung für die Politik anderer feierlich ablehnt. Der feiste Machthaber in der Uniform verzieht sein Gesicht zu einem zufriedenen Lächeln. Er nickt zustimmend. Eine Hoffnung. Also doch. Es scheint, wir sind auf dem rechten Wege.

K á r o l y i spricht weiter die Hoffnung aus, daß wir mit den ringsum zu Nationen erwachten

Nationalitäten, besonders aber mit der Bruder-
nation der Tschechen im friedlichen Einvernehmen
leben werden.

— D i t e s T c h é c o - s l o v a q u e — unter-
bricht ihn der General und vor unseren Augen ver-
finstert sich der eben noch helle Ausblick wieder.
Wir verstehen: die Zeit der Gleichberechtigung aller
Nationalitäten in Ungarn ist vorüber, denn der
Sieger fordert seine Beute von den Besiegten.

K á r o l y i liest weiter: „Die Eulennester des
Feudalismus werden aufgescheucht, alle Güter des
Fideikommiß und der toten Hand, auch der freie
Großgrundbesitz werden zum Teil abgelöst, um den
Bodenhunger der Bauern und besonders der Heimkehrer zu stillen." Der General nickt dem Grafen
mit sardonischem Lächeln zu. Doch als K á r o l y i
von der Neutralität des neu entstandenen Ungarn
spricht, unterbricht ihn der wilde Franzose.

—Ihr seid keine Neutralen. Ihr seid Feinde.
Warum seid Ihr nicht früher gekommen?

Das Herz pocht einem in der Kehle. Ja,
warum? Warum hat T i s z a K á r o l y i erst
nach dem Zusammenbruch verstanden? Warum
Hader, Partei, Ränkespiel, wo es um das Land ging?
Warum war K á r o l y i nicht stark genug, um sich
noch bevor es zum Letzten kam, Geltung zu verschaffen? Und wenn K á r o l y i zu schwach war,
weshalb fand sich kein Stärkerer?

Wir sind ausgeliefert. Das Land ohne Kohle.
K á r o l y i bittet um Kohle. Die Mühlen stehen.

— Habt Ihr denn keine Windmühlen? —
fragt der Franzose, der seine Heimatserinnerungen
in die ganze Welt trägt.

— Nein. Wir haben keine.

— Quel pays! (Was für Land).

Und in die ungeschlachten Hände eines solchen Menschen, der nicht über die Landesgrenzen zu sehen vermag, fallen Länderschicksale. O Sieger!

— Gebt ungarische Komitate her, Ihr sollt Kohlen haben! — sagt nun mit äußerst diplomatischer Finesse dieser gemütliche Mann.

Károlyi wagt es zu bemerken, daß ein Waffenstillstand noch keinen Friedensschluß bedeute.

Nun streckt der General seine Rechte aus, er zeigt seine breite, kleine, dicke Hand und er schneidet die Luft mit großem Schwung:

— Die Nationalitäten sind in meiner Hand. Ich schleudere sie auf Euch zu, wenn Ihr nicht pariert.

(Anderthalb Jahre nach dieser Begegnung erfahren wir aus einer Veröffentlichung des Matin, daß der durch seinen Bestechungssieg über Bulgarien schwindelig gewordene General sich mit dem kühnen Verwüstungsplan gegen Europa trug, durch Budapest nach Wien und bis nach München vorzudringen. Über Károlyi waltete gewiß ein Unstern, daß er gerade diesem gallischen Attila mit seinen Weltfriedensidealen begegnen sollte!)

Károlyi, der sich nun einem preussisch-französischen Vertreter Eurer Machtgruppe gegenübersieht, beruft sich auf den amerikanisch-allgemein-menschlichen Vertreter derselben Macht, auf Wilson.

Der Löwe hört auf zu brüllen. Er baut einen Wall um seine Person. Er ist Soldat. Was gehen wir ihn an? Die Kohle sollen wir bekommen, —

was dann geschieht, ist nicht seine Sache. Man wird ja sehen. Wir sollen es erleben! (Wir haben es erlebt. Allen Jammer, jede Demütigung, nur die Kohle nicht, die wir haben wollten.)

Károlyi liest weiter. Er trägt die Bitte vor, man möge unsere Museen nicht ihrer Schätze berauben.

— Piller les musées, je laisse cela aux boches... (Museenraub! Das ist Sache der Deutschen!)

Schön, schön, Herr General. Wir nehmen mit Beruhigung zur Kenntnis, daß Ihr dort drüben solchen Unsitten abhold seid und erwarten euren Protest gegen die Plünderung Wiener Museen.

Nun ist die reißende Bestie an der Reihe, vorzulesen. Hinter dem General schaudert der Leberkranke zusammen. Das ist der Geist, — dem der General nur seine dröhnende Stimme leiht.

Der General wendet sich zum Vertreter der Arbeiterschaft:

— Können die Herren französisch?

— Nein. Ich nicht, — heißt die Antwort.

Nun wendet sich der General mir Unglücklichem zu. Sein Auge scheint mich zu durchbohren:

— Sie können französisch. Sie übersetzen, was ich lese. Ich will, daß es der Führer der Arbeiterschaft höre. Denn was ich sage, gilt dem armen Mann. (Das Wort Sozialist wird von diesem Mund nicht ausgesprochen.)

Der General liest nun dem neuen Ungarn eine Anklagerede gegen das alte Ungarn vor. Die Worte schmerzen zwar, aber sie bringen auch eine gewisse Genugtuung. Hat doch das demokratische Land des

Károlyi mit dem Junkerland des Tisza nichts gemein. Wer die Fehler eines gewesenen Ungarn verfolgt, wird ein neugeborenes Ungarn wohl zu schätzen wissen. Wir hegen Hoffnung, daß wir erhört werden Aber während ich den Dolmetsch machen soll, wird mir meine Rolle immer schwerer. Es ist ein entsetzliches Los, R o m a i n R o l l a n d , mit der eigenen, dürftigen Person in das tragische, große Schicksal eines Landes, wenn auch nur für einen Augenblick, verwickelt zu sein. Denn ein Landsmann darf dem andern die Leviten lesen, so viel er will. Dieser Feind — nun fühlt auch der friedliebendste Friedensmann, was ein F e i n d ist — hat gar kein Recht über unsere, wenn auch anders denkenden oder handelnden Landsleute ein Urteil zu fällen. Ist ja der erbittertste Feind in der Heimat doch irgendwie ein Freund; nur dieser da, dieser Fremde, bleibt für immer d e r F e i n d . Ich würde selbst dann keine Schadenfreude verspüren, wenn an Stelle unserer Friedensdelegation hier die wirklich Verantwortlichen des Krieges stünden. Aber wie kommen ungarische Demokraten, Sozialisten und Pazifisten dazu, daß man ihnen die auf ungarische Imperialisten und Militaristen gemünzten Vorwürfe ins Gesicht schleudert? Waren diese acht Männer auserkoren, um für die Fehler von Generationen zu büßen? — Schicksal!

.Jetzt hebt dieser unwürdige Mann in der Tracht der mittelalterlichen Würde seine Stimme hoch:

— V o u s a v e z i n s u l t é l a F r a n c e d a n s v o s j o u r n a u x , q u i n e v o u s a j a m a i s r i e n f a i t e ! (Ihr habt in Euren Zeitungen Frankreich beschimpft, das Euch nie etwas getan hat.)

Das sagt uns dieser Franzose, die wir Männer jener Partei sind, die dem deutschen Waffenwahn gegenüber stets die vermeintliche friedliche Denkart des Franzosen gepriesen haben.

Der Minister, der einst Journalist war, kann nicht schweigen:

— Nicht jede Zeitung . . .

— A s s e z, A s s e z! — tobt ihm der General entgegen und stampft mit dem Fuße. Nein, nein. Dieser Mann kennt den Unterschied zwischen Ungar und Ungar nicht. Was bedeuten die Wilson-Noten, wenn man uns alle in einen Topf wirft!

Die Schrift spricht über das Anrecht Rumäniens auf Siebenbürgen.

K á r o l y i bemerkt, daß Siebenbürgen eigentlich ebensoviele ungarische Bewohner habe, als Rumänen. In seiner Entgegnung spricht der Graf von „l a H o n g r i e" so, wie man von „l a F r a n c e" spricht, mit ebensolchem Anrecht und mit ebensoviel stolzer Liebe auf das eigene Land. Der Franzose will ihm die Genugtuung nicht gönnen:

— D i t e s l e p a y s m a d j a r! (Sagen Sie: Magyarenland!)

Mit dieser Bemerkung sollte eine tausenjährige Einheit im Augenblick gesprengt, ungarisches Blut von ungarischem Blut getrennt und Ungarn auf das rein von ungarischen Einwohnern bewohnte Gebiet beschränkt werden.

— Dort könnt Ihr dann tun, was Ihr wollt — wir wollen nicht dreinreden.

Jetzt folgen Ausfälle: Daß der Ungar grausam war wie der Deutsche. Und daß er mit seinen Komplizen bestraft werden soll. Wie komisch ist

so eine Beschuldigung aus dem Munde eines solchen
Wüterichs, der die Grausamkeit als Beruf erwählt
hat. Jetzt dringt der erste Sonnenstrahl hervor:

— Wir kennen Károlyi. Wir wissen,
daß er anders fühlt als die alte ungarische Mehrheit. Folget ihm nach,
schart Euch um ihn . . .

Mit diesem tröstlichen Worte, das nach allen
anderen Worten seinen Sinn verloren hat, zieht der
General mit Károlyi und den Ministern ab.
Ihnen folgt der Leberkranke nach, unter seiner
Achsel die Aktentasche. Die Zerschmetterung ist
vollkommen. Aus dem anderen Zimmer dringen
Töne eines heftigen Streites herüber. Wir bleiben
allein in Verzweiflung. Die japanischen Kobolde
des schlechten Gobelins beginnen ihren Tanz. Auf
dem kleinen Schrank steht ein spanisches Tam-
burin, ich sehe darauf den Torreador, wie er
seinen Stier absticht. Neben mir ein schwarzes
Tischlein mit roten Blumen. Über mir auf dem
Schrank ein Neger, der auf seiner Trommel spielt.
Sieh da, auf dem Kissen: eine Burg, ein Fluß, eine
ganze Landschaft. Hier hat der selige Serbe seinen
Tee geschlürft, hier seine Kartenpartie mit seinen
Freunden gehabt. Der Plan des Belgrader Orpheums
liegt auf dem Tisch. Eins, zwei, drei, alle Logen-
nummern, eins, zwei, drei, alle Bankreihen. Ich
zähle sie nach und denke mir: Hadji Thoma
wußte zu leben. Ein junger französischer Offizier
will mich trösten. Ich sage ihm: „Der deutsche
Militarismus hat den Platz gewechselt." — „Glauben
Sie das nicht. Frankreich ist traurig. Jeder trauert.
Mein Vater ist schwer verwundet, zwei Brüder habe

ich im Krieg verloren. Hätten wir schnell gesiegt, wäre alles anders gekommen. Aber nach dem langen Krieg ersehnt jeder den Frieden."

Ein hübscher, eleganter Salonoffizier, mit dem Ernst. einer selbst in ihrem Sieg traurigen Nation.

Károlyi und die Minister treten ein: Ein unannehmbarer Vertrag wurde ihnen vorgelegt. Transsylvanien soll schon vor dem Friedensschluß bis zu dem Flusse M a r o s — dessen Name dem Ungarn so lieb ist wie Euch der Name der L o i r e — besetzt werden. Der General hat uns das Recht erteilt, nach Versailles zu telegraphieren, um das Wort des neuen Ungarn vor Europa laut werden zu lassen. Der General rennt durch den Salon zum Speisezimmer, ohne nach rechts oder links zu blicken. Dieser Mann weiß nichts von französischer Höflichkeit, — er ist die Verkörperung französischen Hochmuts. Aus der geöffneten Türe sieht man einen gedeckten Tisch. Silber und Gläser klirren. Bruchaha! Ein lautes Lachen der brutalen gallischen Gesellschaft. Die Ungarn protestieren dagegen, daß ihre Heimat vor dem Friedensschluß besetzt werde, wie das die Absicht dieses Soldaten ist, der dort drüben lacht und praßt und sich als Sieger fühlt. Die Integrität des Landes wird nicht mehr im alten Sinne für eine Einheit der Unterdrückung verlangt, sondern nur das Verlangen ausgesprochen, daß es dem ungarischen Nationalrat gestattet werde, ein Einvernehmen mit den Nationalräten aller anderen zwischen ungarischen Grenzen lebenden Nationalitäten herzustellen. Eine neue, freie Einheit war hier im Entstehen, die durch französische Kurzsichtigkeit in ihrem. Gedeihen verhindert und erstickt wurde. Jedes Wort der Depesche wird überlegt. Im kalten, dunklen Zimmer, unter solchen Umständen, — eine Nervenprobe. Da läßt uns der General sagen:

— Beeilen Sie sich!

O, wir beeilen uns! Gewiß, Endlich ist das Aktenstück fix und fertig. Der Franzose übernimmt es. Die Depesche soll befördert werden; ein Land verlangt für seine Lungen Luft, um zu atmen, und Kohle für seine erstarrten Glieder, um sich zu erwärmen. Wo ist diese ungehörte Klage von zwanzig Millionen Menschen untergegangen? Wo? Wo? Wo? In welcher Schreibtischlade des Kongresses?

Károlyi wagt noch zu sagen:

— Ohne Kohle haben wir den Bolschewismus!

Franchet d'Esperay hohnlacht:

— Saget zu Hause, daß ich jetzt nach Rußland gehe. Dort wird alles reingefegt. (Je vais balayer cela). Es gibt keinen Bolschewismus mehr! (Il n'y a plus de Bolchevisme.)

(In der schon erwähnten Veröffentlichung. des Matin wird auch berichtet, daß Franchet D'Esperay, diese tragische Marionettenfigur in Uniform, von dem zahnlosen Tiger zu Versailles, von Clémenceau, eben zu dieser Zeit einen Brief mit der Aufforderung erhalten habe, vereint mit dem englischen General dem Bolschewismus den Garaus zu machen.)

Und das waren die letzten Worte des Generals.

Wir verlassen die Villa. Károlyi meint: Der französische Ludendorff. Ein Mitglied der Depulation wendet sich zu Károlyi: Vorige Woche waren Sie ein Halbgott, heute ein vertriebener Hund.

Károlyi wehrt sich gegen die Bemerkung. Die harten Worte galten dem alten Ungarn, — ihm galt die Ermunterung: S c h a r t   e u c h   u m   K á r o l y i.   W i r   w i s s e n,   d a ß   K á r o l y i   u n s e r   F r e u n d   i s t. Diese Anerkennung wäre anderen ungarischen Diplomaten versagt gewesen, ein Fingerzeig immerhin, daß K á r o l y i s Politik gewertet wird. Man bedenke, der General ist nur ein Soldat. Die Politiker der Alliierten dürfen dem demokratischen Ungarn ihre Anerkennung nicht versagen.

Nach einigen Tagen schon sitzt K á r o l y i im Nationalrat zu Budapest. Die französische Diplomatie hat F r a n c h e t   D ' E s p e r a y verständigt, er habe sich mit K á r o l y i nur über militärische Dinge auseinanderzusetzen: C ' e s t   f o r m e l   C l é m e n c e a u. Und der Vertrag liegt nun vor. Soll man ihn unterschreiben? Die schönsten, liebsten Teile des Landes besetzen lassen oder das ganze Land den Greueln einer Besetzung preisgeben? Was soll geschehen?

Der Beschluß wird gefaßt — in Männeraugen blinken Tränen — man unterschreibt.

*

„ . . . Wenn im Kampf ein Soldat sich übergibt, so kann er auf Pardon rechnen. Geschieht dies aber auf politischem Gebiet, macht der Unterliegende sich wehrlos, und ergibt er sich ohne Haltung, so bewirkt er beim Sieger das Gegenteil von Rücksicht, er erweckt vielmehr den Wunsch rücksichtsloserer „Bestrafung". Der Feind . . . wird uns bei einer solchen vorzeitigen Wehrlosmachung nicht milder behandeln, sondern brutaler und roher, weil zu dem Vollgefühl des Siegers noch hinzutreten wird ein Gefühl der Verachtung des Gegners."

Mit dieser These möchte T i r p i t z gegen die Regierung des M a x v o n B a d e n eine vernichtende Anklage führen. Ähnliche Anklagen führt heute, allerdings in noch schärferer Tonart, das heutige Ungarn gegen K á r o l y i und seine Genossen wegen der Belgrader Reise.

Allerdings setzt T i r p i t z und auch jeder andere, der so wütende, aber nichtsdestoweniger oberflächliche Klage gegen Männer führt, die in schwerer Stunde eine schwere Pflicht auf sich nahmen, ein noch erhebliches Maß an Widerstandskraft in der geschlagenen Armee und im Hinterland voraus. Wir haben bereits zur Genüge die Gewährsmänner sprechen lassen, um diese Voraussetzung zu widerlegen, und wollen uns nicht wiederholen

Andererseits darf nicht verschwiegen werden, daß, während K á r o l y i selbst und seine Regierung schwer an der ihnen zugefügten Demütigung trugen, während im Ungarlande die Empörung überall helle Flammen schlug, man in Rumänien ganz anderer Meinung über den Belgrader Frieden war. Dort galt der Friede als ein guter, nur zu guter Friede für Ungarn, ja sogar als der beste unter diesen Umständen und er wurde dem Kredit K á r o l y i s vor der Entente und besonders vor Frankreich zugeschrieben. Die Rumänen begnügten sich keineswegs mit dem Gebiet bis zur Maros, sie wollten gierige Fangarme weiter, bis ins ungarische Land ausstrecken. Auch war kein Wort im Friedensschluß über die Anrechte der Tschechen auf Ungarland, noch eine Erwähnung über das den Serben zugesprochene Gebiet getan.

In Ungarn hörte man nur über den „Betrug" des K á r o l y i sprechen, der einen gar nicht vorhandenen Einfluß auf die Entente seinen Landsleuten vorgetäuscht habe, — in Bukarest und in Prag galt es, K á r o l y i um jeden Kredit vor Frankreich zu bringen. Die schöne Königin M a r y läßt es sich nicht nehmen, sie reist selbst nach Paris, um K á r o l y i zu stürzen. Auch das tschechische Komitée tut das seinige. Der „gute" Friedensvertrag mit F r a n c h e t D'E s p e r a y wird als ein nichtswürdiges Stück Papier betrachtet. Sogar der Gewaltfriede wird übertrumpft, von drei Seiten dringt der Feind nach Ungarn ein. Die geschlagene deutsche

---

Vor kurzem erschien das Buch des Redakteurs der französischen Kriegskommuniqués, J e a n d e P i e r r e f e u, das mit einem Schlaglicht die ganze zynische Frivolität der französischen Soldateska aufzeigt und das als Beitrag zur Psychologie F r a n c h e t D'E s p e r a y s, F o c h e s und ihrer Hindenburg und Ludendorff würdigen Sippschaft gewertet werden mag: „In die Siegesfreude mischte sich auch Kummer. Die deutsche Revolution brach aus, die Herrscher verloren in diesem Sturm ihren Thron, die Ideen von Freiheit und Brüderlichkeit sollten in den bisher feudalistischen Ländern zur Regierung gelangen. Man prophezeite die Ankunft der sozialistischen Republik. Sollte vielleicht zufällig das von den vielverspotteten Träumern verheißene goldene Zeitalter anbrechen? Das Ende der kriegerischen Konflikte, das Ende der stehenden Heere? Meine Kameraden waren bestürzt. Sie sagten, daß dieser Zusammenbruch einer sozialen Gesellschaftsordnung unendliche Gefahren in

Armee ist unter H i n d e n b u r g s Führung möglichst unversehrt in das Land heimgekehrt. Sie
genügte im Innern des Landes als Gendarmerie zur
Aufrechterhaltung der Ordnung, nicht aber um
besetztes Gebiet wieder zu erobern. Wie hätte es
K á r o l y i wagen sollen, mit dem in chaotischer
Unordnung aufgelösten Rest seiner Armee gegen den
dreifachen Feind Widerstand zu leisten? Budapest
wäre wie einst Moskau in Flammen aufgegangen.

Für K á r o l y i blieb nur noch das eine übrig.
Der letzte Appell an die gerechte Friedenskonferenz.
Trotz F r a n c h e t D'E s p e r a y lebt in ihm der
Glaube an ein großherziges Frankreich. Für
diesen Glauben ist das friedlichste Land der
schönsten Illusionen ein zu Tode gehetztes, aber noch
zuckendes Land der brutalsten, gewalttätigsten
Wahrheit geworden.

---

sich berge und daß Frankreich ohne dieses Gegengewicht,
sich in seinem Streben nach menschenfreundlichen Experi-
menten, darin es bisnun allein durch die transrheinische
Gefahr zurückgehalten worden war, in einem durch nichts
gehemmten Idealismus Luft machen werde. Wahrlich, sie
haben sich nicht geirrt. Es gab in Frankreich Unzählige,
die so dachten. Wir sind für das goldene Zeitalter nicht
reif, wir ziehen es vor, d e n I r r t u m, d a s L e i d u n d
d e n K r i e g, b e i z u b e h a l t e n, w e n n s i e d u r c h
d i e r i c h t i g e Ordnung v e r w i r k l i c h t
w e r d e n . . . ."
Dies beweist, daß die Franzosen gegen den Kaiser
brüllten und dann entsetzt waren vor seinem Sturz. Mit
den Franzosen hat kein neues Prinzip, sondern das
Prinzip von diesseits des Rheins, jenseits gesiegt.

ACHTZEHNTES KAPITEL

*Dumouriez in Belgien, Károlyi in Ungarn. —
Gute Absichten, schlechte Wirkungen. — Die Niederlage der Preßfreiheit und der unzünftigen Diplomatie. — Die mißglückte Bodenreform. — Die ver-
fehlte Unterrichtsreform. — Die Vermögensabgabe
und ihre Folgen. — Religiöse Duldsamkeit und die,
unduldsamen Menschen. — Neue Verordnungen und
alte Häuser. — Waffen nieder, Waffen auf. — Der
Dichter wird begraben. — Debattierklub. — Der
Stoß. — Die Botschaft der Fata Morgana. — Demokratische Laienpredigt gegen den Kommunismus.*

Als die französische Revolutionsarmee des
D u m o u r i e z im Jahre 1792 Belgien besetzt hielt,
zerklüftete sich das belgische Volk in verschiedene
Parteien. Die kaiserlich österreichische Armee und
ihre Anhängerschaft, die von D u m o u r i e z ver-
nichtet worden war, erwünschte die Habsburgerherrschaft. Die zweite Partei, die eigentliche Masse:
Edelleute, Priester, Beamte, das ganze Volk, wollten
nichts mehr von österreichischer Fremdherrschaft
wissen und begehrten die Unabhängigkeit des belgischen Volkes. Aber diese Partei war wieder in zwei
Parteien gespalten: Priester und Privilegierte wollten

die einstigen Vorrechte der Klassen und auch alle Staatseinrichtungen beibehalten, mit einem Wort, sie wollten alles, mit Ausnahme der österreichischen Oberherrschaft, beim Alten lassen. Sie hatten jenen großen Teil des Volkes für sich, der abergläubisch und der Klerisei sehr zugetan war. Endlich gab es belgische Demagogen und Jakobiner, die einen vollkommenen Umsturz und die Souveränität des Volkes wünschten. Die forderten die absolute Gleichheit auf französischem Niveau. „So nahm sich jeder von der Revolution, was ihm genehm war; die Privilegierten ihren alten bevorrechteten Zustand, die Plebejer die Demagogie und die Herrschaft des Pöbels. Man versteht, daß D u m o u r i e z, seinen Neigungen gemäß, unter den Parteien die Mitte halten wollte. Er stieß Österreich mit Waffengewalt zurück, verurteilte die ungerecht hohen Ansprüche der Privilegierten, ohne daß er auch nur im geringsten gewillt gewesen wäre, Pariser Jakobinertum nach Brüssel zu verpflanzen, um auch dort C h a b o t s und M a r a t s zu züchten."

Der kluge T h i e r s erzählt dann weiter, wie diese j u s t e-m i l i e u-Politik selbst einem Waffengewaltigen D u m o u r i e z mißlingen mußte.

Die ungarische Situation von 1918 war dieser belgischen in allem ähnlich. In der Revolution sah die einstige kaiserlich königliche gemeinsame Armee und ihre Anhängerschaft die Damnis und wünschte Habsburgerherrschaft und Dualismus herbei. Der nationalistische Ungar hingegen sah in ihr die Unabhängigkeit des alten Ungarn wieder, der Demokrat die Hoffnung auf ein erneutes Magyarenland und der ungarische Bolschewik schielte nach

Rußland hinüber. Er forderte russisches „Niveau". Károlyi war kein Dumouriez, kein Sieger, kein Waffengewaltiger, der sich die Herrschaft über ein Land erfochten hat. Ungarn fiel ihm durch die Niederlage in die Hand. Was Dumouriez nicht gelungen ist, ein erregtes schwankendes Land im Gleichgewicht zu halten, wie sollte es Károlyi gelingen? Sein Unternehmen war von vornherein zum Mißlingen verurteilt. Umsomehr, als der Erfolg seiner inneren Politik von seiner äußeren abhängig war. Und von wo sollte er sich, da ihn die Entente verlassen hatte, die Autorität zum Regieren holen? Den Alliierten ist es gelungen, nachdem sie fünf Jahre lang auf der Forderung eines demokratischen Ungarn bestanden hatten, das demokratische Land, als es nun endlich entstanden war, innerhalb von zwei Wochen zu zerschlagen.

*

Regieren heißt befehlen. Károlyi, der von der Entente so schmählich verlassen worden war, kam in diesem Sinne nie zum Regieren. Er befand sich in einer Lage, in der sich nur ein Genie hätte Hilfe schaffen können. Es ist tragisch, zu beobachten, wie selbst seine besten Absichten sich gegen den menschenunkundigen Mann kehren, bis er überall mit sich selber in Widerspruch gerät.

Sein Erstes war: das Unglück der Welt, die Geheimdiplomatie und die Zensur, abzuschaffen. Was geschieht? Die Mitglieder der Presse, die ihm zu Franchet D'Esperay folgten, beschrieben die Szene, von der die Öffentlichkeit nach dem üblichen, alten Verfahren nur das Vertrauensvotum an

K á r o l y i hätte erfahren können, nun, da eine befreite Presse alles berichten durfte, wie sie. sich in Wirklichkeit abgespielt hat, nach ihrem recht unliebsamen Wortlaut. Das war der erste Keulenhieb, der den Kopf des Pressebefreiers blutig schlug. Bald sollten andere folgen. Und das in die Enge getriebene, freiheitliche Kabinett flüchtet endlich zur tyrannischesten Zensur.

Es steht fest, daß manche der zünftigen Diplomaten den Krieg angezettelt, in die Länge gezogen und verloren haben. Die müssen weg. Wie kann man die Erfahrung ersetzen? Ein neues Diplomatencorps läßt sich nicht aus der Erde stampfen. Eine Auswahl aus dem alten Korps und auch neue ausgezeichnete Leute aus allen Gebieten des praktischen Handelns und des theoretischen Wissens müssen aufgestöbert und für die Sache gewonnen werden. K á r o l y i ernennt aufs Geratewohl alte Getreue und Freunde aus seinem nächsten Umkreis. Journalisten, ja sogar einen Maler und eine Feministin. Diese Botschafter flößen dem bürgerlichen Ausland den Gedanken ein, daß die Volksrepublik K á r o l y i s nicht mehr ernst zu nehmen sei.

*

„Wird der Lakaienvölker Babel je erwachen? — Warum ballen sich tausend verhüllte Wünsche — nicht endlich zu einem starken Willen zusammen! — Wo doch der Kummer des Magyaren mit dem Kummer des Slawen und Rumänen — seit Jahrtausenden verwandt ist. — Die Donau des Magyaren und die Olt des Rumänen murmeln denselben — leisen, tödlichen Sang. — Wehe dem in

Arpáds Landen, — der kein Junker und kein
Halunke ist. — Wann werden wir uns alle zu-
sammenraffen; wann sagen wir endlich unser
großes Wort — w i r u n t e r d r ü c k t e n, z e r b r o -
c h e n e n U n g a r n u n d N i c h t u n g a r n?" . . .

So hat einst der Sänger patriotischer Menschlichkeit A d y gesungen. Dann, mit liebevollem Blick
auf alle geknebelten Rassen ringsherum, breitet er
seine Arme aus und schreit den Ruf ins Land; „Aus-
geraubter, armer, kleiner Ungar, — ich tue meine
Arme auf für jeden, — der Ungar ward, durch Verstand, — Befehl, Schicksal, Gelegenheit" . . .

Es genügt zur Rechtfertigung eines Volkes, daß
es einen Dichter mit dieser Gesinnung hatte. Jahre-
lang blieben die Warnungen seiner Lieder ungehört.
Die Welt der Halunken und Junker mußte erst ein
Weltkrieg zerschmettern. Nun erst gelangt die hoch-
herzige Politik der Duldung und des Verstehens ans
Ruder, nun erst dürfen sich die ungarischen Für-
sprecher der fremdsprachigen Rassen, mit den
Vertretern dieser Nationalitäten über die ihnen zu
gewährende und gebührende Freiheit aussprechen.
Ein Bündnis autonomer Länder, eine östliche
Schweiz, schwebte dem Professor vor, den
K á r o l y i zum Nationalitätenminister erkoren hatte.
Ein Mann und ein Gedanke, an dem der Professor-
Präsident jenseits des Ozeans wohl seinen Gefallen
finden mußte. Solange die Slawen und Rumänen,
die Deutschen und Ruthenen des vielsprachigen Landes unter der ungarischen Hegemonie zu leiden
hatten, solange hatten sie sich an diesen Mann ge-
klammert, wie an einen Propheten. Seine Idee
scheint für ihre tausendjährige Krankheit ein Heil-

mittel zu sein. Im Vertrauen auf den Ernst der Völkerbundsideale wird eine Landkarte Ungarns verfertigt, mit genauen Angaben über die Sprachen und Rassenverhältnisse eines jeden einzelnen Ortes. In dem neuen Ungarn soll jedem sein Recht, jedem seine Freiheit, jedem seine Sprache, Sitte und Schule gewährt werden. So wird Prophezeiung zur Wahrheit, der ausgeraubte, arme, kleine Ungar tut seine Arme auf, damit aus dem Land des Völkerhaders endlich ein Land des friedlichsten Völkerbundes werde.

Minister O s c a r J á s z i reist mit seiner „Wahrheit" in der Aktentasche den ungarländischen Rumänen in aller Treuherzigkeit entgegen. Hätte er vor einem Jahr reisen dürfen, seine Reise wäre vielleicht Ungarns Rettung gewesen. Nun kam er zu spät. Der Sieg verführt Sieger zum Unrecht. Die unter jahrhundertealter ungarischer Junkergewalt gebeugten Seelen unserer Rumänen verwarfen das Geschenk des ungarischen Bürgers: die bürgerliche Freiheit. Sie vertauschen magyarische Junkerknechtschaft mit rumänischem Bojarendienst. Und der Befreier aus Budapest, der sich auf W i l s o n beruft, wird von den, unter dem Protektorat W i l s o n s stehenden Rumänen verlacht und beschimpft. Man erklärt dem Propheten von gestern rundweg, daß es zwischen dem System T i s z a und dem System K á r o l y i eigentlich gar keinen Unterschied gebe. Kämpfen ja beide für die Integrität des ungarischen Staatsgebietes! Das Protokoll dieser tagelang währenden Unterhandlung gehört zu den tragisch-grotesken Dokumenten der Weltgeschichte.

Nach rumänischem Muster handeln auch

Tschechen, Serben, Deutsche, Kroaten, Ruthenen. Nirgends herrscht Duldung, überall Rachelust.

Diesem Gefühl entsprechend holen sich die Nationalitäten von Paris die Erlaubnis, den Belgrader Vertrag brechen und das Land militärisch besetzen zu dürfen.

W i l s o n s vierzehn Punkte muß der Chronist der Zeit mit einem fünfzehnten ergänzen, daß nämlich im Falle eines Sieges die vierzehn Punkte nicht zu gelten haben.

Die Bodenreform wird zur dringenden Notwendigkeit. Sie war es ja schon vor dem Krieg. Sie wird es durch die Heimkehrernot noch mehr. K á r o l y i s Kabinett entschließt sich von einem Tag zum andern zu einer radikalen Reform. Das Besitzrecht des einzelnen Gutsbesitzers wird auf fünfhundert Joch maximiert, alles andere soll die Bauernschaft zu einem festgesetzten Preis kaufen dürfen. Das Land erfährt diese ins Leben so tief einschneidende, wichtigste Kunde aus der Zeitung. Kein Parlament — denn K á r o l y i hat kein Parlament! — durfte die Reform überlegen, besprechen und gutheißen. Was ist die Folge? Die Reform erscheint, als ein Akt revolutionärer Willkür, die das revolutionäre Ministerium eigenwillig beschlossen hat, Der Grundbesitzer, in seiner Liebe zur heimatlichen, ererbten Scholle verletzt, leistet Widerstand und beginnt mit der Sabotage. Hingegen will der Besitzlose den Erlös nicht bezahlen. Er fordert den Boden unentgeltlich. So werden Keime der Zwietracht und des Kommunismus in ungarische Furchen gesät. Schafft uns die Reform vor den Alliierten Gehör? Gewiß hat die Entente während des Krieges alles daran gesetzt, um die Macht unserer feudalen Grundbesitzerklasse zu brechen. K á r o l y i, indem er die Bodenreform einführte, willfährt darin eigentlich auch einem Wunsche der Entente. Aber die Nachkriegs-Entente unterscheidet sich wesentlich von der Entente der Kriegszeit. Denn sie fordert jetzt Kriegsentschädigung. Und im agrarischen Land kann nur der Boden zahlen. Obzwar dieser Boden in der Fideikommißverwaltung und in der „Toten Hand" nicht die Hälfte seines möglichen Ertrages liefert, so sinkt auch dieser notwendigerweise durch die vorbereitungslos getroffene, plötzliche Reform, auf Jahre hinaus, noch tiefer. Ungarn bleibt zahlungsunfähig. Deshalb führen selbst die neuentstandenen und unter sozialistischer Führung stehenden Nachbarstaaten diese Reform mit schonender Hand und in langsamer Abstufung ein, obwohl sie als Sieger keiner Tributpflicht unterliegen. Nur der bürgerliche K á r o l y i, der tributpflichtige, stürzt sich Hals über Kopf in die Neuerung, um seine Bürgerlichkeit vor einer aufgewiegelten Masse annehmbar zu machen und zu entschuldigen. So fällt eine gute, notwendige, ja sogar unausbleibliche Maßregel durch die Art ihrer Verwirklichung vor dem Ausland und vor dem Inland durch. Immerhin bleibt die Tat K á r o l y i s, der die schwere und schwarze ungarische Scholle als Erster ins Rollen gebracht und der als Erster seine eigenen Güter den Bauern zum Ankauf preisgegeben hat, eine epochemachende Tat dieser widerspruchsvollsten aller historischen Gestalten. Eine Tat, die ihn, seinen Namen und sein

Werk, unauslöschlich in der Bauern Seele prägt,
die ihm einen Platz in der Geschichte der Vergangenheit, ja vielleicht — denn wer ist Deuter der
Zukunft? — ja vielleicht auch noch zum Heil
oder Unheil in der Geschichte unserer Zukunft
sichert.

Die Valuta sinkt. Dem muß geholfen werden.
Der Bolschewik droht. Er muß beschwichtigt werden.
Hohe Steuern müssen gegen beide Übel Hilfe bringen. Um von dem Kapitalisten die Steuer einzutreiben, um den Bolschewiken zur Ruhe zu bringen,
müßte die Regierung sich auf Macht stützen. Sie
hat keine Macht. Worauf der Finanzminister eine
Parole herausschleudert: „Ungarn muß Steuer zahlen,
wie sie die Geschichte noch nicht gekannt hat." Er
meint es gut, auch mag er im Prinzip recht gehabt
haben, aber mit Parolen lassen sich keine Steuern
eintreiben. Selbst das schwungvollste Wort kann
keine Macht vortäuschen. Resultat? Der Bolschewik
ist keineswegs beruhigt, hingegen der Bürger be-
unruhigt. Allgemeine Kapitalsflucht. Notwehr gegen
diese Flucht. Besitzergreifung der Safes. Resultat:
Bolschewismus.

Der Heimkehrer darbt. Man muß ihn unter-
stützen. Das verlangt nicht nur Menschenliebe, sondern auch Menschenpflicht. K á r o l y i setzt eine
tägliche Entschädigungssumme für jeden Heimkehrer aus. Resultat: Von dem kleinen Betrag kann
der Heimkehrer zwar nicht leben, jedoch genügt
das Geld, um ihn um jede Arbeitslust zu bringen.
Allgemeine Arbeitsscheu im Lande. Weitere Folge:

Warenmangel und Teuerung, während die Staats-
kasse leer wird und die Druckerpresse für den
Heimkehrer wertloses Geld erzeugt.

Die Schulreform ist unumgänglich. Aber das
unlogische Element der Geschichte fordert, daß eine
solche Reform, die das Haus, die Familie, die Mutter
und das Kind betrifft, nicht mit der logischen
Schroffheit eines Aufklärers durchgeführt werde.
Doch die Partei ist schroff. Die Gefühle der Überlieferung — die nationalen und religiösen — werden
von ihr überall und in allem vor den Kopf gestoßen.
Jenes Volk, für dessen geistiges Gedeihen diese
Regierung die Fehde mit den Bevorzugten des
materiellen und geistigen Wohles aufnimmt, dieses
selbe Volk, dem sie das Privileg der Wenigen, das
Recht auf Wissen, schenken will, ja dieses selbe
Volk wendet sich von den Tapferen ab, die für das
geistige Gedeihen der großen Masse kämpfen.

Das moderne Königreich Ungarn war ein Land
der religiösen Toleranz. Auch seiner Judenschaft
gegenüber war das Land duldsam. Industrie, Politik,
Wissenschaft stehen, wenn auch nicht ganz ohne
jede Hemmung, — die sich durch Talent und Willen
überwinden läßt — den Juden offen.

Die Juden waren dankbar für dieses Entgegen-
kommen, sie sind gute, treue, ja sogar chauvinistische
Anhänger der ungarischen Staatsidee geworden. Der
humorvolle Weise des Landes, F r a n z D e á k
äußerte, als er sich diese sorgsam schaffenden
magyarischen Juden besah, schmunzelnd: „Ich
kann mir Ungarn ohne Staub, Akazien und Juden
nicht denken."

Das Judentum, dem ein Teil des Handels, der Industrie, der Journalistik, ein recht großer Einfluß in die Politik und in das wissenschaftliche und künstlerische Leben des Landes ermöglicht war, dachte nicht im geringsten daran, die Hochburg der eigentlichen Landesverwaltung zu erstürmen. Der Jude mag einen guten Abgeordneten abgeben, er mag ein tüchtiger Publizist oder Universitätsprofessor sein, ein guter Staatsbeamter ist er nicht. Das Talent der Verwaltung geht der Rasse ab.

Leider haben sich die eigentlichen Verwalter des Landes der notwendigen demokratischen Umwandlung starr verschlossen. Die Einsicht in Reformnotwendigkeiten, die in Achtundvierzig im Junker, Bürger und im Bauer gelebt hat, diese heilsame Einsicht lebte zur Zeit des Kriegsendes besonders in der intellektuellen Judenschaft. Sie wußten: ein Neues muß an Stelle des Alten kommen. Doch nur dieses Negative wußte der analytische Jude. Über die Art der Durchführung war sich sein kritisch-auflösender Geist nicht im klaren. Das Reformwerk hätte einige positive, resolut handelnde, schöpferische Menschen, es hätte viele erfahrene Verwalter gebraucht. Doch K á r o l y i bleibt in seinem nicht genug zu lobenden Reformwerk der Demokratisierung, eben von diesen Elementen schnöde verlassen.

Er mußte seine Berater zu Führern erwählen. Ein grober Fehler. Denn der politisierende Jude hinter den Kulissen, zum Berater so geeignet, versagt in der führenden Politik. K á r o l y i, vom christlichen Ungarn sehr zu Unrecht gemieden, mußte, als er jüdische Oppositionsmänner und Berater in unangebrachter Zahl in führende politische

Stellen und in Verwaltungsämter hob, diese bittere
Erfahrung machen. Die religiöse Duldung hat
zwar in einem demokratischen Staat eine voll-
kommene zu sein, aber auch die Freiheit muß dem
Volk mit taktischem Geschick beigebracht werden.
Kårolyis großzügiges, aber taktisch verfehltes
Vorgehen hat Duldung und Freiheit schnell um
ihren Kredit gebracht.

Und noch ein letztes. Die Kleider und Wäsche-
schränke der Reichen — besonders der Kriegs-
reichen — sind über und über voll. Sie wohnen in
Budapest wie auch sonst überall in großen Wohnungen, während Wohnungsnot die Menschen zu-
sammenpfercht. Beiden Übeln will Kårolyis
soziale Regierung steuern. Die Besitzenden sollen
einen Teil ihrer Kleider, ihrer Wäsche und auch
einige Zimmer ihrer Wohnungen abgeben. Der in
seinem Eigentumsrecht aufgescheuchte Bürger
murrt. Die requirierten Kleider gehen in verschiedenen Ämtern verloren und was übrigbleibt, genügt
den Heimkehrern nicht. Das Wohnungsamt wird zu
einer Stätte des Haders, zu einem Tohuwabohu jeg-
lichen Mißbrauches. In einem Zimmer heizt der
Bürger, in dem Nachbarraum friert der Prolet. In
der gemeinsamen Küche wird für den einen reich-
lich gekocht, während der andere das Zusehen hat.
Solang unsere Städte mit unseren, für bürgerliche
Bewohner erbauten Häusern, nicht durch neue
Städte mit neuen Häusern ersetzt sind, taugen unsere
Häuser und unsere Städte für eine neue Welt ebensowenig wie eine Postkutsche zum Benzinbetrieb.
So muß die wohlgemeinte Wohnungsverordnung
zum Bürgerkrieg oder zur vollen Enteignung führen.

✳

„Ich will keine Soldaten mehr sehen!" so rief der Pazifismus mit schöner Begeisterung ins Land. Aber die Waffen sind nicht verloren gegangen und auch die Mordlust ist in der menschlichen Brust nicht erstorben. T r o t z k y schleudert Ihnen, R o m a i n R o l l a n d, Ihnen und mir und uns allen, die wir nach dem Krieg unseren Glauben in die Revolution für den Frieden gesetzt haben, die furchtbare Drohung ins Gesicht: „Die Armee ist der Faktor, der in den Revolutionen über das Schicksal der Staatsmacht entscheidet."

Der regierende oder doch der zu regieren glaubende Pazifist hat keine Staatsmacht, wenn er keine Armee hat. K á r o l y i muß sich statt der in alle Winde zerstobenen Armee sofort eine neue schaffen. Möge der Weltbund der Pazifisten die entmutigende Moral dieses Falles nie vergessen!

Der Minister, der keine Soldaten haben will, muß gehen. An seine Stelle tritt ein bewährter Mann der einstigen Armee, der die bekannten, verruchten Zettel mit den Einberufungsbefehlen wieder an die Wände klebt. Das friedliche Paradies auf der ungarischen Erde durfte nicht länger als drei Wochen dauern.

Der Soldatenrat, der beim Umsturz tätig war, will sich diese Wendung der Dinge nicht gefallen lassen. Die Umstürzler fordern ihren Teil an der Macht, sie fordern eine neue Armee, in der sich der Infanterist den Befehlshaber erwählt.

Der schöne Platz des heiligen Georg auf dem Ofener Festungsberg hat schon so manches erlebt. Hier wurde geköpft und gestürmt und gekrönt. Aber was war das alles im Vergleich mit der Szene, die sich hier Ende Dezember des Jahres neunzehnhundertachzehn abgespielt hat? Ein Fastnachtsspiel. Man traute den Augen nicht.

Der Kriegsminister K á r o l y i s, General B a r t a, soll gestürzt werden. Was sich auf die folgende, nicht weniger als parlamentarische Weise, abspielt: „Abzug B a r t a! Abzug B a r t a!" Rhythmische Schreie; während ein Rudel Soldaten wie wohldressierte Pferde im Karussell das Gebäude des Kriegsministeriums immer wieder und immer wieder, immer lauter und immer lauter brüllend umkreist. Die Mauern von Jericho sollen stürzen. „Abzug B a r t a!" B a r t a muß weg, denn er wollte — so sagt der General — zwar nicht zum männermordenden Krieg, sondern viel eher zur männerbewahrenden, bürgerlichen Ruhe, einfach zu Gendarmeriezwecken, ein bürgerliches Heer schaffen. (So sagt er. Aber das sagen alle Generale, die eine Armee gegen Demokratie und Republik werben!)

B a r t a, so heißt es, will seine Macht zeigen. Das Alarmsignal geben, das Militär zusammenberufen, Ofen besetzen. Das will er zwar, aber was er will, kann er nicht mehr durchführen. Er ist nicht Herr der Lage.

Das Signal gibt der Präsident des Soldatenrates, ein einstiger sozialistischer Journalist, dann Infanterist und Kriegsberichterstatter, ein junger, wohlbeleibter Mann, ein Zerrbild-Mirabeau, der sich von Kindesbeinen auf zur Technik der Revolution herangezogen hat. Und die Armee gehorcht dem Infanteristen und nicht dem General. K á r o l y i gibt nach. Er muß seinen erwählten Kriegsminister auf Befehl der Soldatenräte entlassen.

Während die Soldaten das Ministerium noch immer umzingeln, steht diesem gegenüber, auf dem Balkon des Präsidialpalais, der schlanke Graf im elegantesten Gehrock und spricht zur Menge. Was er spricht, wird übertönt von dem „Abzug" der brüllenden Soldaten. Dann aber, wie auf der Szene irgendeines klassischen Situationsschauspieles, wo auf der Bühne drei Häuser einander gegenüberstehen und beim Stichwort aus jedem der drei Häuser Figuren heraustreten, um ihre Rollen zu sprechen, beginnt die Szene des dritten Hauses auf dem feierlichen Krönungsplatz. Das Fenster der königlichen Manège tut sich auf, und mit einer losen schwarzen Krawatte unter seinem schlappen Kragen und mit einem imponierenden Doppelkinn über diesem Kragen, mit vollen, wie aufgeblasenen, aber blassen Wangen steht die Mirabeau-Karikatur da. Die kleinen Augen des Joseph Pogány zwinkern in Fettpolster versunken. Seine Stimme fliegt über den Platz, und während von den matten Lippen des kavalierhaften Grafen ab und zu einmal ein schlaffes Wort auf die Straße fällt, aus dem sich seine beschwichtigenden und auf Ruhe und Ordnung abzielenden Absichten vermuten lassen, spricht da drüben jener redegewandte Techniker der revolutionären Gewalt von Mord und Totschlag, von ewiger Aufruhr und Revolution: „Ich bin gekommen, um Euch aufzuwiegeln . . ."

So fliegen in demselben Augenblick die Worte der Empörung und der Beschwichtigung über denselben Platz. Károlyi tut nichts — er kann auch nichts tun! — um seinen Gegner, der die Armee hat, mundtot zu machen. Er läßt ihn frei schalten,

Ganz schlaue Politiker meinen, daß er den Präsidenten des Soldatenrates nur zum Kriegsminister zu ernennen brauche, um ihn als gefügiges Werkzeug zu gewinnen. K á r o l y i sträubt sich gegen diese Ernennung. Er ernennt einen Grafen seiner Sippschaft, der sich mit der guten Absicht trägt, eine unparteiische Armee zu schaffen. Dieses unerfahrene Gräflein hat dem General B a r t a zu folgen. Auch er muß abdanken. Der Präsident des Soldatenrates, der inzwischen zum Regierungskommissär ernannt wird, jagt ihn durch die gleiche Methode des militärischen Streiks aus dem unbequemen Ministerfauteuil.

Den Gemäßigten, den Praktikern, die als Träger des Kossuthschen bürgerlichen Freiheitsprogramms in K á r o l y̆ i s Regierung traten, ergeht es wie jeder Gironde: Graf B a t t h á n y i und der brave liberale Entente-Freund M a r t i n L o v á s z y, die das Heil des fortschrittlichen Bürgertums von einer internationalen Gendarmerie erwarten, müssen weichen, als ihr Vorschlag weder den Beifall der Alliierten noch viel weniger aber den Beifall des zum Kommunismus hinsteuernden Károlyi-Kabinetts findet. Das Feld gehört den Jakobinern.

Von ihren Drohungen gebeugt oder ihrem Willen freiwillig folgend, — man kann in K á r o l y i nicht klar sehen — gelangt der Präsident zu der Alternative: entweder den Präsidenten des Soldatenrates zum Kriegsminister ernennen oder, wenn ihn nicht selbst, so doch einen seiner Partei an die Spitze der Armee stellen. So wird ein Sozialist zum Kriegsminister ernannt. Dem fällt die Aufgabe zu, den Soldatenrat zu brechen. Das gelingt ihm zum Teil.

Eine unparteiische Armee zu schaffen, mißlingt ihm ·
natürlich. Denn es ist leider die Regel, daß entweder Generale die Soldateska oder Sozialisten das
Proletariat gegen die Demokratie bewaffnen. Eine
demokratische Armee hat es noch nirgends gegeben.
Hätte sie ein ungarischer Sozialist schaffen sollen?

Übrigens ist des Kriegsministers Tun und
Lassen, wie auch das K á r o l y i s rein nebensächlich
geworden. Ungarns Schicksale werden nicht mehr
von Ämtern aus gelenkt. Die Zukunft entscheidet
sich nicht im Palais des Präsidenten, sondern in
der Vorstadt, in einer Ein-Zimmer-und-Küchen-
wohnung. Da wohnt B é l a K u n, der Emissär
L c u i u s und T r o t z k y s. Er bringt neue, noch
nicht bewährte, aber schon verlockende Lehren, und
er bringt alte, aber noch immer verlockende und
äußerst bewährte Rubel mit. Mit ihm arbeiten
eine Menge Heimkehrer. Auch ein gewisser T i b o r
S z a m u e l y.

❂

Eine Legende des Grauens hat sich um diese
zwei Gestalten gewoben. Man muß die Legende
zerstören und die Leute sehen, wie sie sind.

B é l a K u n ist der Sohn eines armen jüdischen Gemeindenotärs. Er hat Talent, er hat viel
studiert. Voll der Kraft der Empörung und des Ehrgeizes fühlt und fürchtet er, daß ihn das Leben
des geistigen Proletariers zerreiben wird. Er schleppt
schwer an dem dreifachen Fluch der Armut, der
Häßlichkeit und des Judentums. Das Ergebnis
vieler Mühen und unermüdlichen Lernens sind, —
während hochgeborene Hohlschädel seines Alters

hohe und höchste politische und diplomatische Stellen bekleiden — kleine Aufträge von kleinen Provinzredaktionen, schließlich ein Amt an der Arbeiterkasse zu Klausenburg. Ein geringfügiger Unterschied in den Abrechnungen lädt ihm die Qual einer amtlichen Untersuchung auf die starren, dicken Schultern. Er wird freigesprochen. Doch die Gesellschaft merkt sich nur die heikle Affäre, die an seine Ehre rührt. Den Freispruch vergißt sie bald. Béla Kun hat von nun ab, den Stempel gesellschaftlicher Ächtung auf der Stirn zu tragen. Krieg. Einrücken. Daheimgebliebene Familie, daheimgelassener Ehrgeiz. Alle Demütigungen der Kaserne, alle Qualen des Schützengrabens und schließlich die über alles demütigende Tortur der russischen Gefangenschaft. Die Kerensky-Revolution sticht Béla Kun den Star, er folgt mit weitaufgerissenem Auge den Geschehnissen jenseits des Lagers. Der Bolschewismus öffnet ihm die Pforten. Er ist von Lenin beauftragt, die geistige Propaganda unter den ungarischen Gefangenen zu leiten. Béla Kun, der Winkeljournalist, der nie sein Wort sagen durfte, wird nun in Moskau zum mächtigen, gut bezahlten Redakteur einer ungarischen Zeitung..

Mit dieser theoretischen Werbearbeit läuft auch eine praktische paralell. Die Gefangenen sollen für den roten Kriegsdienst gewonnen werden. Der schmächtige, blasse Tibor Szamuely, mit dem schlichten Rabenhaar — einst Reporter von kleinen Zeitungen, nun gefangener ungarischer Offizier, — wird zu diesem Dienst auserkoren. Im Kanzleidienst der Armee hat er es erlernt, wie man auf amtlichem Wege mit einem Dienstzettel Todesurteile

fällt. Für ihn ist dieses mechanische, feige Mord-
verfahren nichts weiter als wie ein Schluß auf der
Börse. Man sagt, daß der hoffnungsreiche Jüngling
sich seine bolschewistischen Sporen durch die Er-
schießung von siebzig ungarischen Gefangenen verdient habe, die nicht gewillt waren, für den russischen Kommunismus zu sterben.

Nach der österreichisch-ungarischen Waffenstreckung wird die russische Filiale in Budapest
durch diese beiden Vertrauensmänner eröffnet. Ihre
Zeitung erscheint unter den übrigen Zeitungen.
Denn es gibt ja Preßfreiheit! Sie dürfen in Kasernen
Reden halten. Denn es gibt kein Standrecht. Und
als der Präsident des Soldatenrates von K á r o l y i
verstoßen wurde, liefert er seine Armee langsam
und unversehens den Bolschewiken aus.

* * *

Im Februar herrscht im übriggebliebenen
kleinen Ungarn gewitterschwüle Ruhe. Auf seinem
Sterbebett liegt röchelnd des Landes Dichter, der
Seher des Umsturzes: A d y. Er erlebt die erste und
letzte Huldigung, die ihm K á r o l y i s Kabinett dar-
bringt. Doch seine gelähmte Zunge versagt ihm die
Antwort. Auf einem Fetzen Papier stehen gekritzelte
Worte: „Ich habe keine Stimme mehr, ich habe im
Leben zu viel schreien müssen." Die Freude dieser
Ehrung ist ihm vergällt durch ungarische Sorgen.
Sein Herz blutet für Siebenbürgen. Sein Geburts-
ort, der Stammsitz jener von A d und auch der
Ruhesitz, wo er die Jahre des Krieges verlebt hat,
sind rumänischer Besitz geworden. Seine Träume
von der Eintracht der Nationalitäten sind in alle

Winde zerstoben. Seine entsetzliche Voraussage des Zusammensturzes hat sich entsetzlich erfüllt. Er hat nur noch zu sterben. O, er bekam ein schönes Begräbnis! Als seine·Getreuen das Grab des still-gewordenen Sängers verließen, hörte ich den einen, bebenden Mundes das Lied A d y s murmeln:

„Vor der Zeit sterben zu müssen ist Sünde — Verdammt bin ich, weil ich verrecken muß. — Jungfräuliche Kämpfe, neue Empörungen — Nun bedürfte ich eurer. — Jetzt beginne ich erst, Schmerz den Schuften zu sein, — Jetzt erst beginne ich einer zu werden, vor dem man sich fürchtet: — Ich großer Kerl mit meinem Bettlerranzen. — Und muß Abschied nehmen, muß Abschied nehmen" . .

*

Auf keine seiner Botschaften an die Entente erhält K á r o l y i Antwort. Soll er nach rechts? Soll er nach links? Sie steht da die große Sphinx; K á r o l y i sucht vergebens ihre Rätsel zu deuten. Und wenn die Alliierten schon alles getan haben, um den ungarischen Ententefreund durch ihre Passivität um seine Volkstümlichkeit zu bringen, so tragen sie nun auch aktiv dazu bei, um K á r o l y i vollends zu vernichten. Alle unangenehmen Auf-gaben werden ihm auf den Hals geladen. Er wird dazu auserkoren, den „Rettern Siebenbürgens", der deutschen Mackensen-Armee, im Namen der Entente die Heimkehr zu verwehren. Sonst — so heißt es — werden die Pester Brücken über die Donau in die Luft gesprengt. Immerhin gelingt es K á r o l y i, die deutsche Armee geschickt über die Grenze zu schaffen. Nur der General wird in einem K á r o l y ischen Schloß interniert. Menschlich gedacht, aber unpolitisch. Die Heimkehrer Deutschlands wußten K á r o l y i keinen Dank, während M a c k e n s e n die Welt mit seiner ungerechten Klage über K á r o l y i s Perfidie und Ungarns angeblichen Undank erfüllte.

Als die Wahlen ins Parlament vorgenommen werden sollen, wird es K á r o l y i verwehrt, in dem besetzten, aber den Nachbarstaaten noch nicht zugesprochenen Gebiet wählen zu lassen. Wenn sich hingegen K á r o l y i zu den Wahlen lediglich auf dem übriggebliebenen Gebiet entschlösse, so könnte dieser Akt, schon vor dem Friedensschluß, als Präjudiz der Entsagung aufgefaßt werden. So kann K á r o l y i nicht wählen lassen und sich für seine Verfügungen nirgends eine parlamentarische Sanktion holen.

Mit einem Ministerium und ohne Parlament läßt sich nichts gegen die einzige Organisation, die noch übrig ist, gegen die der industriellen Arbeiter, machen. Diese kleine Minderheit sucht Mittel und Wege, um eine Mehrheit zu werden. Die Bauern sollen gewerkschaftlich organisiert werden; die Feldarbeiterorganisation wird geschaffen. Dann auch die der Privat- und die der Staatsbeamten. Jeder Opportunist und jeder Streber bekennt sich zum Sozialismus. Ich frage einen gräflichen Kammerherrn, der sich zum Abgeordneten wählen lassen will: Was ist Ihr Programm, Exzellenz? — Natürlich ein sozialistisches — gibt mir der Herr großer Latifundien zur Antwort. Nur mit den Feldarbeitern hapert es. Der Bauer will kein „Genosse" werden.

In der Regierung ohne Parlament, genügen ein paar Männer im Ministerrat, um ein Land 'in die Katastrophe zu stürzen. Die bürgerlich-radikale Partei will den Sozialisten nicht hintanstehen. Phrasen von Sozialisierung und von erschüttertem Eigentumsrecht erklingen aus dem Munde eines angeblich bürgerlichen Ministers. Ein Wetteifern nach links, ein Rollen in den Abgrund.

In späten Nachtstunden ist der Sitzungssaal des Ministerpräsidiums noch hell erleuchtet. Es wird debattiert und debattiert. K á r o l y i ist nicht der Mann, um zwischen Argumenten und Gegenargumenten scharf zu unterscheiden. Aus den Debatten wird kein Entschluß und aus den Entschlüssen keine Tat. Ein Kabinett? Nein. Ein Debattierklub.

Während K á r o l y i debattiert, handelt B é l a K u n. Die Arbeiterschaft der Kohlenwerke neben Budapest wird aufgewiegelt. Der Plan ist diabolisch. Die bürgerliche Hauptstadt soll erfrieren.

Wie Louis XVI. als er Marat ins Gefängnis werfen wollte, zu diesem energischen Beschluß sein revolutionäres Kabinett nur dadurch gewinnen konnte, daß zugleich mit Marat auch ein royalistischer Journalist eingesperrt wurde, so muß auch K á r o l y i, als ihm endlich B é l a K u n s Treiben zu arg wird und er ihn hinter Schloß und Riegel haben will, den letzten Ministerpräsidenten des Kaiser-Königs und den Kriegsminister von ehedem gefangensetzen. Später folgt noch ein Minister, der den Sozialisten, nicht ganz ohne Recht, besonders mißliebig war.

Immerhin, wenn auch seine Kraft und Macht durch solche Konzessionen erkauft ist, er hätte mit B é l a K u n hinter Schloß und Riegel weiter regieren können. Da werden dem leicht beeinflußbaren K á r o l y i allerhand Räubergeschichten erzählt: ein russisches Bolschewikenheer stehe an Ungarns Grenzen, — die ungarischen Abgesandten des roten Kreuzes werden in Rußland erschossen, wenn B é l a K u n nicht in allen Ehren gehalten, als politischer Gefangener behandelt werden sollte. Worauf über B é l a K u n eine Art Internierungshaft ausgesprochen wird. Er empfängt Gäste und setzt aus dem gemütlichen Gefängnis seine Propaganda fort. K á r o l y i wird zum Schemen. Ein Stoß genügt, ihn umzuwerfen.

Der Stoß ließ nicht lange auf sich warten. K á r o l y i, immer mehr in die Enge getrieben, hat in einer Rede — o, über den Pazifisten — Krieg gegen die Tschechen verkündigt. Kaum ist das Wort verhallt, so läßt ihm die Entente durch den französischen Besatzungsoffizier eine zweideutige Meldung zuteil werden, aus der die Drohung spricht, daß der enge Ring um Ungarn noch enger geschnürt werden solle. Wie soll sich K á r o l y i mit dieser Nachricht vor sein Land stellen? Er sitzt in der Klemme, nach einem Ausweg wird geforscht. Wieder entspinnen sich endlose Debatten, in deren Gespinst sich K á r o l y i verliert.

*

Wer sich in Budapest am 21. März 1919 nichtsahnend als ruhiger Bürger zu Bett gelegt hatte, durfte am 22. als Verbündeter Rußlands, als „Genosse" in einer Räterepublik erwachen.

Im Kabinett war ein Sozialist, seinem Beruf nach Professor, seinem Wesen nach ein Mann der Leidenschaft und der Theorie. Eine gefährliche Mischung, um so gefährlicher, wenn sie mit Talent gepaart ist. S i e g m u n d K u n f i erzählt in einer Bekenntnisschrift, wie er während dieser Tage vor der Versuchung stand: jetzt oder nie, die Probe auf das Exempel zu machen. Ein Leben lang für die Idee kämpfend, verblendet durch die Möglichkeit einer nahen Verwirklichung seines Programms, wollte er — wie sollte es ein Politiker der Leidenschaft auch anders! — von heute auf morgen das sozialistische Ideal verwirklichen.

Er verbirgt vorerst seine Absicht hinter einem nationalen Vorwand. Ungarn — und darin hatte K u n f i vollkommen recht — ist in der Form, wie sie die bürgerliche Entente haben will, lebensunfähig. Ein Appell an das Rechtsgefühl der Arbeiterschaft könnte Ungarns Sache vor den Gerichtshof einer gerechten Internationale bringen. Vor allem wäre ein rein sozialistisches Kabinett nötig, um Ungarns fordernde Stimme über alle Grenzen erschallen zu lassen.

Ein rein sozialistisches Kabinett, das ist eine Forderung, auf die nach dem Kapp-Putsch nicht einmal das Industrieland der Deutschen einging. K á r o l y i, mit dem versteckten Sinn der Worte nicht vertraut, willigt ein. Sein Augenmerk ist dabei noch immer nach dem demokratischen Westen und seiner Arbeiterschaft gerichtet. Kein Mensch spricht ihm vom proletarischen Osten, von Rußland.

Der Plan ist: der Präsident soll abdanken, der Nationalrat sich auflösen. Am Abend berät schon der Arbeiterrat als der einzige machthabende Faktor im Lande. Und K á r o l y i — so wird ihm erzählt — würde vom Arbeiterrat neuerdings zum Präsidenten wiedergewählt werden.

Der Unglücksmensch dankt ab und erwartet seine neue Ernennung noch am selben Abend. Er bereitet sich sogar für die Arbeiterratssitzung vor, von der er die nene Macht wiedererlangen sollte.

Aber der Arbeiterrat läßt dem feierlich angekleideten Ex-Präsidenten sagen, daß er sich nicht weiter zu bemühen habe. Seine Demission wird angenommen, weiterer Dienste ist er enthoben.

B é l a K u n, der nach seiner Gefangennahme von den Gendarmen verprügelt wurde, verläßt mit kaum vernarbten Wunden, mit verbundenem Kopf und mit zerschundenem Körper, als tragico-grotesker Herrscher das Gefängnis. Ihm folgen die Genossen und sie alle verlautbaren die Allianz mit Rußland. Gerüchte werden ausgesät, daß russische Truppen vor den Landesgrenzen stehen.

Der Ministerpräsident H o f f m a n n in Bayern — ein Sozialist — zog unter ähnlichen Umständen mit hundert Soldaten von München nach Bamberg, ließ sich dort als Gegenregierung nieder und rettete Bayern. Auch die Sozialisten R e n n e r und A d l e r leisteten in Österreich gegen den kommunistischen Ansturm energischen und bewaffneten Widerstand. Hingegen K á r o l y i — der bürgerliche Demokrat — löst nach parlamentarischen Formen seine Regierung und den Nationalrat auf, er wünscht seinem Nachfolger nach parlamentarischer Sitte und Ge-

brauch viel Glück und versieht dann in der Räterepublik irgendein kleines, ihm zugeteiltes Amt.
Während das empörte Land, so von einigen
törichten Idealisten und gewissenlosen Abenteurern
überrumpelt, dulden muß, wie drei- bis vier-
tausend Soldaten einigen Millionen Menschen in
einem agrarischen Staat eine vollends unberechtigte
Diktatur des industriellen Proletariats aufzwingen.

*

Károlyi ist heute ein verfolgter Mann. Seine
Schuld ist groß. Im Oktober hat ihm die Revolution
ein über alles teueres Gut anvertraut: die Demokratie. Schon im März hat er das köstliche Gut ver-
spielt. Dieser Fehler, ja mehr als Fehler, diese verhängnisvolle Sünde stellt sein unleugbares Verdienst
in den Schatten.

Doch ist es vielleicht ein Unrecht für geschicht-
liches Geschehen, dahinter ein großes Gesetz waltet,
einen einzigen Mann verantwortlich zu machen.
Vielleicht mußte Károlyis Demokratie zerschellen, damit Ungarn seine Demokratie nicht allzu
leicht, nicht ohne Leid erringe.

Das erste entlastende Motiv für Károlyi ist
der unselige Sieg des Clémenceau über Wilson.
Aber die Entente war auch Deutschland und Österreich gegenüber gleich verständnislos und grausam.
Sie rieb auch die Demokratie dieser Länder auf. Aber
die Demokratie hat wenigstens ihre Pflicht getan,
sie hielt stand, so lange sie standhalten konnte. Die
Idee ist durch die Ereignisse verdunkelt, ihre Kraft
für eine Weile zerrieben, doch sie wirkt nichtsdestoweniger wie chemische Strahlen in allen neuen

Wandlungen dieser Länder weiter. In Ungarn hat sich die Demokratie fürs erstemal als widerstandsunfähig erwiesen. Und das lag nicht nur an Menschen, unter denen sich nicht nur gewissenlose Leute, sondern — man vergesse nicht — auch in großer Zahl: Talente, neue Energien und aus bestem Willen handelude Idealisten befanden. Ja selbst der gute Trieb in K á r o l y i darf nicht als eine ganz zu mißachtende Quantität behandelt werden. Von der schweren Gegenwart der ungarischen Demokratie nach einem verlorenen Krieg und der drohenden Zukunft, war es besonders die Vergangenheit, die sich an K á r o l y i und seinen Leuten furchtbar rächte. Der Kampf mit T i s z a s großem Schatten. Der Demokrat, der radikale Politiker und Sozialist kann sich in Österreich auf eine politische Vergangenheit berufen. Er kann sich in die Brust werfen und sich auf Taten berufen, auf Augenblicke, wo er angesichts eines imperialistischen Parlaments für die Rechte der Unterdrückten in die Schranken getreten war. Er hat also das Recht, sich gegen den Druck von links zu wehren. Ungarns neue Regenten hingegen waren von T i s z a verdrängt. Sie kommen vom Schreibtisch und vom Redaktionstisch her, oder sie waren noch gestern die Führer der streikenden Menge. Wenn sie sich heute gegen Streikende wenden, brüllt die Menge Verrat. Nur eine begnadete Kraftnatur könnte sich über solche Hindernisse hinwegsetzen. Die fehlt jedoch in K á r o l y i selbst und auch überall in seinem Umkreis.

Und so sollte sich wieder das Wort A d y s erfüllen, der weiter sah, als alle Politiker und Diplo-

maten und der, die Folgen des Starrsinns unserer
ungarischen Großbauern und Großherren seit zehn
Jahren vorausahnend, bereits im Jahre 1909 die B o t -
s c h a f t d e r F a t a M o r g a n a also geschrieben
hat:

⁓ „Die Puszta hat der Bauernstadt D e b r e c z e n
eine Botschaft gesandt: — „Ihr Herren Großbauern,
schon morgen vormittags — gibt es ein großes Unglück." Worauf tatarische Gehirne, — einen
erschrockenen Tanz aufführen — Ihr Herren Großbauern, schon morgen gibt es ein großes Unglück:
— Der menschliche Verstand fährt heute schon mit
der Eisenbahn. — Die Fata Morgana will keine Fata
Morgana — mehr sein. Und das ist alles. — Von
Urdorf zu Urdorf — zittert die Luft. Sein Zittern
bedeutet: Gedanke. — Der pfeift auf euere runden,
tatarischen Schädel. — Ihr Herren Großbauern,
zaudert ihr noch lange? — Morgen wird es vielleicht
schon zu spät sein, umzukehren, — euere großen
Urfehler zu verbessern. — I h r H e r r e n G r o ß -
b a u e r n das gibt ein großes Unglück, — wenn
d i e F a t a M o r g a n a i h r e n r o t e n E i n z u g
h ä l t."

*

Jetzt sollte der Chronist die Geschichte des
ungarischen Bolschewismus schreiben. Aber diese
Katastrophe hat eigentlich gar keine Geschichte.
Sie ist nicht wie die pazifistische Oktoberrevolution
ein merkwürdiges, denkwürdiges Ereignis der
Menschheitsgeschichte. Sie hat kein Wort geprägt,
wie das: I c h w i l l k e i n e S o l d a t e n m e h r
s e h e n! Im Gegenteil. Der Volkskommissär für
Heerwesen läßt den Ruf ertönen: Ich will nur Sol-

daten sehen. Die Armee der roten Vertrauensmänner verwandelt sich im Augenblick zu einem Heer der roten Offiziere.

Der ungarische Kommunismus ist nur von national-katastrophaler Bedeutung. Eine Flamme, die aus dem großen, zentralen Brandherd nach unserem unglücklichen Land hinüberschlug und sich hier in die verdorrte Saat der Puszten fraß. Waldbrand macht den Boden fruchtbar, so sagt man. Das ist oder das sollte doch die geschichts-philosophische Rechtfertigung dieses für den Zeit-genossen so sinnverwirrenden Ereignisses sein.

So ist die Geschichte der ungarischen Kommune eine unerquickliche ungarische Privatangelegenheit, mit deren Einzelheiten ich den fremden Leser nicht überlasten will. Denn ihr allgemein-menschlicher Sinn und Widersinn, ihr Gesetz und ihr Terror ist nur ein Abklatsch des großen russischen Originals. Das schnelle Fiasko der ungarischen Kommunisten ist nicht zumindest durch diesen Mangel an An-passungsfähigkeit zu erklären. Der ungarische Bauer ist eben kein russischer Bauer, und eine Ein-richtung, die in Rußland gewisse Rudimente in der von altersher geübten russischen Gemeinschaftlich-keit der russischen Kommunen findet, mußte in Ungarn, wenn man sie, so wie es geschehen ist, unverändert verpflanzt, vollends versagen.

Um das Stadt- und Landbild des bolschewisti-schen Ungarn zu beschreiben, dafür haben alle Zeitungen der Welt gesorgt. Ich will nicht zum Überfluß Bekanntes noch einmal berichten. Wozu auch, sich mit masochistischer Lust in die Erzählung einzelner terroristischer Akte vertiefen?

Selbst der dürftigen dialektischen Kunst T r o t z-
k y s war es ein leichtes, den mehr oder minder
terroristischen Urgrund jeder menschlichen Gesellschaft, also auch den der Bürgerlichen, aufzudecken.
Und es ist leider nur allzu wahr, daß nach einem so
wütenden Mordkrieg, wie wir ihn von der bürgerlichen Gesellschaft erlebt haben, der Terror nicht
mehr als ein besonderes Merkmal der Proletarier-
diktatur gelten darf.

*

Statt der Geschichte von hundertzweiunddreißig
Tagen Bolschewismus, möchte ich den Gefühls- und
Gedankenertrag, wie er sich in einem passiv leiden-
den, aber dabei kalt und neugierig beobachtenden
Bürger angesammelt hat, mitteilen.

Das Tödliche des Kommunismus — man
erlaube mir das Paradox — ist nicht so sehr die
Tatsache, daß er viele Leute tötet, sondern, daß er
keinen der Lebenden — keinen Bürger und keinen
Proletarier — als Menschen, nach menschlicher
Art leben läßt.

Es muß anerkannt werden, daß der Kommunist, im Gegensatz zu dem Sozialisten und zu dem
Bürger, einen Gedanken folgerichtig zu Ende denkt.
Er sagt: der einzige Trumpf gegen den Krieg der
bürgerlichen Machthaber ist der proletarische Terror.
Das einzige Gegengift des anmaßenden Eigentums
ist die Enteignung. Und der Gedanke, logisch gedacht, will logisch ausgeführt werden.

Leider stellt sich das unlogische Leben der
Verwirklichung logischer Gedanken entgegen. Die
Menschheit ebenso wie der einzelne Mensch: wir
sind nun einmal keine logischen Wesen.

Der proletarische Terror, der sich gegen bürgerliche Gewalt aufbäumt, müßte, nach allen Regeln der Logik, Frieden schaffen. Statt dessen schafft er — wie schon oft beklagt wurde — einen dauernden und durch nichts mehr abzuschaffenden Zustand proletarischer Gewalttätigkeit.

Der Kommunist vertröstet sich mit der Idee, dieser Zustand wäre nur ein Übergang. Welch ein Irrtum! Es gibt auch wahre Gemeinplätze und so einer ist vor allem die sprichwörtliche Wahrheit, daß es nicht in der Natur dessen liegt, der einmal Gewalt anwendet, gleichviel ob Kaiser, Bürger oder Proletarier, sich in sein friedliches Gegenspiel zu verwandeln. Solche Übergangszeiten der ewigen Gewalt erleben wir seit jeher.

Aber selbst wenn diese Umwandlung durch irgendein Wunder wirklich gelänge, was wäre erreicht? Der Kommunist sagt: das Paradies. So nennt er eine Gesellschaft, die statt auf unserem Egoismus, auf der Solidarität des Menschlichkeitsgefühles aufgebaut ist. Denn nur eine solche Gesellschaft könnte den folgerichtigen Gedanken der Enteignung in die Tat umsetzen.

Mir steht nicht zu, mit den großen Denkern der Soziologie zu rechten. Ich war ihr sehr bescheidener Leser und verdanke ihnen eine selige, weltumfassende Ausdehnung meines sozialen Gewissens. Aber ein Mann, der nicht an Denkern, sondern an Künstlern heranwuchs, vermißt in M a r x und E n g e l s und T r o t z k y und L e n i n die sinnliche Anschauung des Menschen. Und man sage nicht, daß dies nur ein Schönheitsdefekt sei. Das ist mehr.

Das ist ein Denkfehler des Denkers, der über Menschen denkt und sie regieren will.

Selbst die größten Soziologen gehen vom Prinzip aus und dem Menschen entgegen, statt vom Menschen aus dem Prinzip entgegenzugehen. So wird die Gesellschaft, die sich nach Marx richtet, eine Gesellschaft der Abstraktion. Und das ist der würgende Keim des Kommunismus.

※

Descartes hätte statt des c o g i t o e r g o s u m einfacher sagen können: s u m e r g o s u m. Ich bin, also bin i c h. Die Menschheit besteht aus Menschen, jeder Mensch aus s i c h selbst. Eine Gesellschaft von Menschen läßt sich nur auf diese vielen Einzelwesen in ihren gesonderten Einzelheiten bauen. Eine Gesellschaft, die auf menschliche Gemeinschaftlichkeitsgefühle gegründet sein will, muß an dem Einzelheitsgefühl des einzelnen zunichte werden.

Der Egoismus ist kein Hindernis der Gemeinschaftlichkeit, sondern ihre mächtigste Triebkraft. Das Gefühl der Solidarität, der Brüderlichkeit von Mensch zu Mensch ist nur da, um die Gesellschaft der Einzelwesen möglich zu machen, indem sie die Schrankenlosigkeit des egoistischen Triebes mindert. Aber diese Hemmung darf nicht zur Triebkraft erhoben werden. Ich will Ihnen, R o m a i n R o l l a n d, ein recht naheliegendes Beispiel anführen:

Der russische Dichter Leonid Andrejew, der, wie die Zeitungen melden, den einzigen und wirklichen Heldentod des Dichters starb — infolge der fernen Detonation einer Fliegerbombe soll er einen Herzschlag erlitten haben — dieser Dichter hat, bevor seine Hand im Tode erstarrte, die Dichterhand zur flehentlichen Bitte an Europa gekrampft. Wie an Bord eines untergehenden Schiffes sendet er einen Aufsatz, nein, ein Heulen und Stöhnen, ein Marconi-Alarmsignal unter dem Titel S. O. S. (Save our Souls) in die Welt. Mordet die Mordbuben, die unsere Väter, Mütter, Frauen, Töchter, Söhne morden. Hilfe! Europa! Hilfe gegen diese Mörder, die mit M a r x e n s Thesen im Munde chinesische Mörder dingen, um Machtlust und Blutgier zu befriedigen.

Die menschliche Solidarität und die engere Solidarität aller Dichter würde erfordern, daß alle Menschen und insbesondere alle Dichter diesen Bedrängten zu Hilfe eilen. Aber ich sehe Ihren Namen, R o m a i n R o l l a n d, und den Namen B a r b u s s e s und den Namen des hehren Greises A n a t o l e F r a n c e unter einer Schrift, in der die Geistigen Europas ihren Protest gegen jene von Andrejew ersehnte und erflehte Hilfe erheben. Man würde denken, daß die Schrift des Russen Steine bersten machen würde, — doch seine eigenen Kameraden in der Kunst verhalten sich gleichgültig, ja sogar ablehnend zu ihr.

Wenn die Aeolsharfen der Menschheit nicht zusammenklingen, wie sollte man eine solche süße Harmonie von minder beschwingten Seelen fordern? B u c h a r i n klagt, der russische Bauer sei noch immer nicht zur Einsicht gelangt, daß man die ganze Ernte der Kommune abzuliefern habe. Wo er doch wissen sollte, daß eine gerechte Kommune ihm und seiner Familie aus dem abgelieferten Ertrag der Arbeit gerecht verteilte, gleichmäßige

Kopfquoten wieder zurückerstattet. Das Notwendige wird also keinem fehlen und sollte die Produktion auf diesem Wege sich zu ungeahnten Höhen erheben, wird es ihm auch an dem Überflüssigen nicht mehr fehlen. Allerdings soll das Notwendige und das Überflüssige jedem gleich zuteil werden. Eben diese Gleichmäßigkeit und Gerechtigkeit empört den Bauern. Denn jeder will, daß es ihm besser ergehe als dem Nachbarn und daß es seinen Kindern besser ergehe als den Nachbarskindern.

Der Mensch hat fünf Sinne für seinen eigenen Nutzen, — er hat keinen einzigen für den Nutzen der anderen. Der unmenschliche Krieg ist möglich, weil dem Menschen die Beutesucht angeboren ist, — der übermenschliche Friede ist unmöglich, weil dem Menschen der Sinn für Gerechtigkeit fremd ist. Im Idealstaat sucht also jeder von dem Ertrag der eigenen Arbeit etwas für sich selbst beiseite zu schaffen. Kurz gesagt: jeder bestiehlt das Paradies. Oder wenn ihm der Diebstahl unmöglich gemacht wird, so bebaut jeder von seinem Acker nur den Teil, der für die Kopfquote aller Familienmitglieder genügt. Das übrige liegt brach. Nun erst kommt die Aufklärung, um dem Bauern oder doch dem „Genossen, der die Feldarbeit verrichtet,“ die zu befriedigenden Bedürfnisse aller: die Bedürfnisse derjenigen klar zu machen, die die Arbeit der Staatsämter, die die Lehr- oder Heilarbeit verrichten. Der Arzt und der Lehrer müssen doch zu essen haben! Die Stadt muß versorgt werden: das Handwerk und die Industrie, also muß jeder Feldarbeiter ein Stück Feld über die Bedürfnisse seiner Familie hinaus bebauen. Gut, gut meint der Genosse Feldarbeiter, den

Kopf schüttelnd — seid ihr denn so sicher, daß die Kommune den Überfluß unserer Ernte wirklich dem Arzt, dem Lehrer und dem Beamten zuweisen und der Stadt abliefern wird? Die Kommune ist nämlich keine leblose. Gerechtigkeitsmaschine, in ihr sitzen Genossen, das heißt lebende Menschen. Lebende Menschen, das heißt viele einzelne Wesen. Viele ungerechte Wesen, von denen jedes nur an sich selbst denkt.

Der Überfluß des Ertrags unserer Arbeit — so meint der Feldarbeiter — wird von den Genossen in der Kommune beiseite geschafft. Wenn wir ihn nicht schon früher beiseite geschafft haben. Das will heißen: Er wird von anderen ge- • stohlen, wenn wir ihn nicht selber stehlen. Denn jeder sagt: Ich bin, also bin ich. Jeder fühlt für sich. Keiner fühlt stärker für den Nächsten, als für sich.

Der Genosse Feldarbeiter ist durch keine Logik in seinem folgerichtigen Gedankengang zu widerlegen. Denn die Beispiele sprechen für ihn. Haben wir ja während des Krieges die Lustlokale, die Theater und Konzerte, die Restaurants und die Schenken, die Tag- und Nachtcafés alle überfüllt gesehen. Die sich hier der Stunde freuten, waren alle Brüder und Väter oder Kinder, ja sogar Mütter der draußen auf dem Felde Stürmenden und Sterbenden.

Der Kommunist sagt: Ich will diese egoistische Menschheit erst durch meine Propaganda und, wenn die versagen sollte, durch einen schonungslosen Terror zum Altruismus bekehren. Der Sohn des Erschossenen wird anders fühlen und denken. — Irrtum. Im Sohn des Erschossenen wird das väterliche Blut weiter kreisen. Auch er ist ein Mensch wie sein Vater. Und wenn man noch so viel Menschen erschießt, des Menschen Sohn bleibt der Sohn des Menschen. Ein Einzelwesen in der Gesellschaft von Einzelwesen. Ein Ich, das sich selbst fühlt und von sich selbst sagt: Ich bin, weil ich bin.

Wer gegen diesen Instinkt ankämpft, kämpft gegen den Menschen an. Er rottet mit dem menschlichsten Instinkt den Menschen aus. Aus der Gesellschaft, die auf dem Planeten wimmelt, bleibt nur der verlassene Planet und über ihm Sonne, Mond und Sterne, diese von der Solidarität gegenseitiger Anziehungskraft beseelte, kommunistische Gesellschaft eines verwaisten, menschenlosen Universums übrig.

*

Doch die Welt wird nicht absterben, denn der reine, unverfälschte Kommunismus wird sich nicht verwirklichen. Das Eigentumsrecht des russischen Bauern wird wiederhergestellt, eine neue Bürgerlichkeit ist in Rußland im Entstehen. Der Rätegedanke bricht in der unproduktiven russischen Industrie zusammen. Ist damit gesagt, daß die Revolution umsonst gewesen war und daß das Bürgertum eine ewige, unerschütterliche Form der Gesellschaft bedeutet? Keineswegs.

Das Land des Tisza war ein junkerliches, halbfeudales Land, so wie das Land des Zaren, das des österreichischen und das Land des deutschen Kaisers. Russianismus, Prussianismus, Austriacismus, waren feudale Überbleibsel, Rudimente von ehedem, die in die bürgerliche Gesellschaft hineinragen. Diese rudimentären Begriffe und Wesen von ehedem und nicht die friedlichen Bürger haben den Krieg angezettelt. Der Zar, der österreichische und der deutsche Kaiser, ja sogar die vorzeitlich große Erscheinung eines T i s z a sind verschwunden. Damit ist der dritte Stand rein geworden. So ist das Werk der bürgerlichen Revolutionen von 1789 und 1848, erst 1920 vor unseren Augen vollendet worden.

Und schon sollte die Klasse, die ihren Platz an der Sonne eben erst errungen hat, wieder spurlos verschwinden?

Das Bürgertum — das erkennt selbst das kommunistische Manifest! — hat eine höchst revolutionäre Rolle in der Geschichte gespielt. Und nichts ist ungerechter, als die Anklagen desselben Manifestes, welches Errungenschaften bürgerlicher Revolutionen verleugnet und sogar vor einer romantischen Verherrlichung des Mittelalters nicht zurückscheut, um die neu entstandene Bürgerwelt zu schmähen: „Sie hat die persönliche Würde in den Tauschwert aufgelöst und an die Stelle der zahllosen verbrieften und wohlerworbenen Freiheiten die eine gewissenlose Handelsfreiheit gesetzt. Sie hat mit einem Wort an die Stelle der mit religiösen und politischen Illusionen verhüllten Ausbeutung die offene, unverschämte, direkte und dürre Ausbeutung gesetzt." Man kennt diese Anklagen. Jeder Denkende weiß, daß sie wenig stichhaltig sind. Denn der edlen Raubfreiheit des Raubritters ist die selbst gewissenloseste Handelsfreiheit des Kapitalismus in seiner gewissenlosesten Form, in Form der Kartelle und Trusts vorzuziehen. Nur die Blindheit der Partei darf die befreiende Rolle des Bürgertums verleugnen.

Kaum steht der Bürger von feudalen Schlacken

befreit, eben erst zu reinem Bürgertum erwacht, vor dem Heute, schon klopft das Morgen an die Tore unserer Banken und Fabriken. Den Sinn des Krieges wollten uns schwarze, weiße, grüne, rote, blaue Diplomatenbücher erklären. Sie konnten es aber nicht, weil eben der Sinn des Krieges aus nationalen Gründen nicht erklärt werden kann. Der Sinn des nationalen Krieges ist der ihm folgende Klassenkrieg.

Was aus diesem Krieg entsteht? Keiner ist Prophet genug, um das Morgige vorherzusagen. Aber die Angreifenden tun unrecht, wenn sie die Bürgerschaft zum alten Eisen werfen und nicht daran denken, daß aus ihr die meisten lebensfähigen Elemente für eine kommende Gesellschaft herauszuholen wären.

Gewiß ist die krasse Bürgerlichkeit ebensowenig lebensfähig wie der krasse Kommunismus. Dieses Negative steht fest. Aber auch das zweite folgenschwere Negativum, daß die bürgerliche Revolution, die das Evangelium R o u s s e a u s, den C o n t r a t s o c i a l, zum Ausgangspunkt nahm, sich trotz der terroristischen Guillotine zum Kompromiß vor dem Feudalismus beugen und dessen einzelne Reste in ihrem bürgerlichen Lebensstrom noch mehr als hundert Jahre mit sich schleppen mußte. Denn so hat die bürgerliche Revolution sich dem Gesetze des Lebens und der Natur des Menschen unterworfen und so hat sie R o u s s e a u verwerfen müssen.

Vor solchem Kompromiß steht auch die proletarische Revolution. Sie wird keine tabula rasa schaffen, trotz dem Terror der russischen Diktatur.

Sie wird sich mit dem Bürgertum schließlich einigen und M a r x zum großen Teil verwerfen müssen. Und wenn ein Volkskommissär den Gegensatz der bürgerlichen und proletarischen Welt damit gekennzeichnet ·hat, daß das Bürgertum und seine Humanität sich für das möglichst größte Glück von möglichst vielen Menschen eingesetzt habe, das Proletariertum hingegen alles Glück für alle Menschen geben will, so gleicht eine solche Erklärung der schönen und törichten Illusion schwangerer Frauen, deren jede meint, sie würde das schönste Kind gebären. Vielleicht bedarf es dieser Illusionsfähigkeit, damit Frauen gebären und Männer für das, was sie für den Fortschritt halten, kämpfen. In diesem Kampfe mögen gesellschaftliche Schranken zerbrochen werden, Ketten mögen fallen — und dafür lohnt sich der Kampf! — eines bleibt gewiß: das menschliche Leid der bürgerlichen Gesellschaft wird in dem vergrämten Antlitz der proletarischen Gesellschaft das ewige menschliche Leid wiedererkennen, weil es sich nach dem ehernen Gesetze des schicksalbestimmten Unrechts, in jeder Gesellschaft immer wieder erkennen muß. Und so steht über R o u s s e a u und M a r x der ewige H u m e, mit der Erkenntnis, daß, ob Bürger oder Proletarier, der Mensch des Menschen Wolf bleibe.

NEUNZEHNTES KAPITEL

Der Lehrer im Westen. — Von Gewalt zu Gewalt. —
Terror. — Die Frucht der Revolution. — Die
Kaserne und das Haus. — Der Bankerott des Pazi-
fismus. — Eine letzte Frage.

Hundert Jahre ungarischer Geschichte sind
vor Ihnen entrollt, R o m a·i n R o l l a n d, um den
Beweis zu führen, daß die ungarische Nation ihrer
Pflicht gegen höheres Menschentum bewußt war.
Dieser asiatische Stamm erkannte sich in Europa
und auch Europa sich in ihm wieder.

Wenn heute der Westen den Stab über dieses
östliche Volk bricht und in seinem verzweifelten Gebaren nur das jähe Wiederaufflammen asiatischer
Instinkte sieht, so begeht dieser — seine
Hände wohl in Blut, nicht aber in Wasser —
waschende Westen das härteste Unrecht gegen
Ungarn. Denn auch aus dem bewaffneten Ungarn
der barbarischen Gewalt grinst den Herren von Versailles ihr eigenes barbarisches Antlitz entgegen.

Der Stahl jenes Schwertes das heute in verzweifelten Ungarhänden zuckt, wurde in Paris
geschmiedet und in London geschliffen. Der
europäisch-bürgerliche Westen der Gewalt hat sich

in Ungarn einen europäisch-bürgerlichen Osten der Gewalt-großgezogen.

Diese paradox und unglaubhaft erscheinende Behauptung soll nun mit der kurz gefaßten Geschichte der zwei angeblichen Friedensjahre und ihrer aufeinanderfolgenden, verschiedenen über Ungarn waltenden Gewalten bewiesen werden.

K á r o l y i hat das notwendige und rettende Werk der Demokratie in Ermangelung einer Armee nicht verrichten dürfen: Denn die Mächte des Westens, die ihn während des Krieges mit der Parole der allgemeinen Abrüstung erst an sich herangelockt hatten, verstießen ihn sofort, als der Krieg zu Ende war, samt seinem loyal abgerüsteten Lande.

Es hätte wenig gefehlt und B é l a K u n hätte sein absurdes und unheilvolles Werk der Bolschewisierung mit Hilfe seiner Terrortruppen und auf die Macht seiner Armee gestützt, verrichten dürfen. C l é m e n c e a u, der von K á r o l y i nicht einmal wissen wollte, läßt sich mit B é l a K u n in einen regen und höflichen Notenwechsel ein. Es ist nun einmal so, daß ein Militarismus dem andern stets mit Respekt begegnet, was er auch sonst immer für Farben trage. Und man vergesse nicht, der Vertreter des ewigen Friedens in Ungarn, B é l a K u n, führt Krieg, sogar einen siegreichen, mit der Tschecho-Slowakei.

B é l a K u n s roter Kriegsmacht des Umsturzes gegenüber, sammelt die feudale Emigration eine w e i ß e Kriegsmacht der als e r h a l t e n d gepriesenen Kräfte. Doch ist dieses Heer zu gering, um gegen B é l a K u n aufzukommen, dessen Armee erst vor der Übermacht der rumänischen Armee weichen muß.

Die rumänische Armee durfte das machtlose Ungarn solange besetzt halten und ausplündern, bis der Machtspruch einer noch höheren Macht, die sich auf eine noch größere Armee stützt, bis die Alliierten den Rumänen, schließlich und endlich den Befehl zur Räumung des Landes erteilten.

Als nun die Rumänen Budapest geräumt hatten, durften die Regimenter der nationalen Armee triumphierend in die Hauptstadt einziehen, um dem Lande, nach seiner demokratisch-fortschrittlichen und nach seiner kommunistisch-bolschewistischen Häutung, seine konservative Form von ehedem, doch in der nachsichtslosesten militäristischen Verschärfung wiederzugeben.

Darf man sich vor dieser Abwechslung von Macht und Übermacht, von Gewalt und Übergewalt, auch noch weiter in schöne und müßige Träume von einer idealen Republik edler Geistigkeit einlassen? Das ist die Frage, die sich Ungarn in seiner verzweifelten Selbstwehr gestellt und die es in Erwiderung der ihm angetanen Gewalt mit schrankenloser und maßloser Ausübung der gewalttätigsten und bösartigsten Willkür beantwortet.

Das Volk ist vom Sieger in eine widernatürliche äußere Unform gepreßt, in der es ihm kaum möglich wird, eine natürliche Form für die richtige Entfaltung seines Innern zu finden. Das verwundete Land, gleich einem verwundeten Wild, schlägt in seinem Schmerz furchtbar um sich.

Das heutige Ungarn ist wie Quecksilber unter Glas; wenn du es schüttelst und zerteilst, bleibt immer ein zuckender und zappelnder Klumpen übrig, der nicht ruht, bis er sich seine übrigen Teile geholt hat.

Der Károlyismus war ein Appell an die internationale Demokratie, der Kommunismus war ein Appell an das internationale Proletariat gegen die Verstümmelung des Landes. Weder die Demokratie noch das Proletariat wußten Hilfe und Antwort.

So kam es zu dem Appell an die vierte Internationale, an die internationale Soldateska, und, wie ein Machthaber des neuen Kurses sich ausdrückt, auch an die internationalen Verbindungen unserer Finanzleute und unserer Aristokratie. Die Internationale des Geistes und der Arbeit zählt nicht mehr, dafür aber die Internationale der Kirche. Und siehe: der Appell scheint Widerhall, wenn auch nicht in Taten, so doch um so mehr in Versprechungen zu finden.

England und dann Frankreich, die das pazifistische und demokratische Ungarn noch nicht einmal erhört und schon verurteilt haben, nehmen sich nun wie die liebevollsten Aasgeier erst unserer Armee, dann aber auch unserer Donau und unserer Banken und unserer Minen und unserer Fabriken und unserer Bahnen an, um schließlich, ja schließlich, auch was noch übrigbleibt: die jungen Leiber unserer Kinder in Beschlag zu nehmen, sie in Uniform zu stecken und neuen Kriegen entgegenzuführen.

Wie läßt sich dann, vor diese Entwicklung der Dinge gestellt, der moralische Mut zu friedlichen Prinzipien holen? Der ungarische Pazifist kennt heute nur noch die eine und einzige, sein ganzes Denken beherrschende und entscheidende Frage:

Wird Ungarn in diesem neuen Krieg für sich und seinen Bestand kämpfen oder wird das kleine Land schon wieder mißbraucht, um für die Interessen fremder Großmächte zu verbluten?

Zu diesem Grad von Skepsis sind wir gekommen, R o m a i n R o l l a n d!

Wer also Klage gegen Ungarn wegen Verleugnung des Geistes und wegen des ausschließlichen Glaubens an rohe Muskelkraft führt, der vergesse nicht, daß dieses gleiche Land im Oktober 1918 im Glauben an ein Friedensideal sämtlichen westlichen Völkern tapfer voranschritt. Der Westen, ja, Euer kriegerischer Westen, das sogenannte Europa mit seiner vermeintlichen Zivilisation hat unserem pazifistischen Osten durch die Zerrüttung eines friedfertigen, freiheitlichen Landes die Lektion der Gewalt erteilt.

Der weiße Terror ist eine Zucht der westlichen Zivilisation, die durch den Gewaltfrieden.in unsere friedlichen Puszten gepflanzt auch der besonders zärtlichen Obhut amerikanischer, französischer, englischer Offiziere anvertraut wurde. Alle großen Nationen haben ihr Scherflein Blut diesem Werk der Gewalt zugetragen.

Doch wir enthielten uns der Schilderung des r o t e n Terrors und sind ebensowenig gewillt, in Einzelheiten des w e i ß e n Terrors einzugehen. Hat uns ja die Reihe der fatalsten Ereignisse selbst zur fatalsten Einsicht gebracht, daß im Grunde jeder menschlichen Gesellschaft eine und dieselbe Roheit der Gewalt innewohnt und nur des Augenblicks harrt, um auszubrechen. Und somit hat der Chronist der Zeit, wenn er so einen krisenhaften Augenblick

der herrschenden Gewaltsamkeit zu beschreiben und
zu bewerten hat, einzig und allein nur die Frage zu
stellen, inwieweit die rote oder die weiße terroristische Gewalt im Dienste einer für Ungarn und für
die Menschheit zukunftverheißenden Idee steht.

Mir scheint: keine von beiden.

*

Denn wir nennen Terror einen ungesunden Zustand, in dem sich nicht die gesellschaftliche Ordnung, gleichviel welche, ob eine feudale, bürgerliche
oder proletarische (sie sind sich, wie gesagt, darin
alle gleich, daß sich keine auf schöne Gesinnungen
und Redensarten, sondern sich alle nur von
Waffen stützen lassen), — wir nennen also
T e r r o r : einen Zustand, in dem sich nicht die gesellschaftliche Ordnung auf die Armee stützt, sondern umgekehrt, wo eine Armee ihre Stütze in der
gesellschaftlichen Unordnung findet. Oder, um es
noch anders zu sagen: in dem nicht die Regierung
der Mehrheit einer Armee befiehlt, sondern in dem
eine bewaffnete Minderheit ihren Willen, gegen
eine — ersehnte und eben dieses Terrors wegen
nicht erreichbare — Regierung der mehrheitlichen
Ordnung durchsetzt.

Ungarn ist seit zwei Jahren in der Hand solcher
Minderheiten. Erst in der einer wohlmeinenden,
geistigen und fortschrittlichen Bürgerlichkeit, dann
in der einer gewalttätigen Arbeiterschaft und nun
schließlich in der einer bewaffneten und nicht
minder gewalttätigen Herrenkaste.

Eine Minderheit — selbst die wohlmeinendste
und geistigste — ist immer die Unwahrheit. Daher
ist sie ohne Macht, wenn sie keine terroristische Ge-

walt ausübt — das Schulbeispiel K á r o l y i diene zum Beweis — oder sie ist ein aufgenötigter Zwang, wie der Kommunismus und die feudale Reaktion. Seit zwei Jahren ringt das Land um eine eigene Mehrheit und in der Mehrheit um seine eigene Wahrheit und stürzt von Revolution zu Gegen-revolution, ohne sich selber gefunden zu haben.

Unter solchen Umständen ist es erklärlich — wenn auch nicht verzeihlich —· daß die Notwendig-keit des Umsturzes nach dem Krieg, die Abrechnung mit den verfluchten Mächten, die ihn angezettelt, verloren und schließlich die Katastrophe herbei-geführt haben, der Neuaufbau eines neuen, zeit-gemäßen Reiches auf neuer völkisch-demokratischer Grundlage — alle diese Forderungen der bürgerlichen Oktoberrevolution des Jahres 1918 — heute selbst hellen bürgerlichen Köpfen als hinfällig, schädlich und vaterlandverräterisch erscheinen.

Und doch muß diese demokratische Revolution der Ausgangspunkt künftiger Entwicklungen wer-den. Schon reift die Zeit, selbst in der Gegenrevo-lution, die revolutionäre Frucht wunderbar heran. Gegensätze schleifen sich ab, Zusammenhänge werden offenbar.

Die Stadt mit ihren wenigen wirklich liberalen Bürgern, also mit einer verschwindenden Minder-heit in der eigenen konservativen Klasse, geschweige denn im Lande selbst, und auch die andere Minder-heit dieses Bauernlandes, das industrielle Proletariat, haben erst im Namen der Demokratie, dann aber im Namen des Sozialismus, den Bauern ins Schlepp-tau genommen. Denn die Stadt und ihre Bewohner sind nervös und das Land und seine Leute sind

träge, die Stadt gab das, Zeichen, sie ging groß-
herzig voran, sie schlug einen Irrweg ein und fiel
vorerst mit ihren intellektuellen Bürgern und Prole-
tariern furchtbar zum Opfer.

Deshalb wird heute das Wort „i n t e l l e k-
t u e l l" im Munde eines ungarischen Ministers als
Schimpfwort gebraucht, und deshalb gelten Worte
wie „Demokrat", „Liberal" und „Radikal" heute als
Worte des Fluches und des Unheils. Und gar Sozialist
zu sein, ist Verbrechen und Verrat. Doch weder der
geistige, wenn auch im praktischen Leben unbe-
wanderte bürgerliche Pionier, noch der vielver-
leumdete Proletarier sollten ihre Opfer umsonst gebracht haben. Denn siehe, nach zwei Revolutionen
und nach einer Gegenrevolution reibt sich der
kleine Landwirt den Schlaf aus den Augen. Zwei
Sommer und zwei Winter hat es bedurft, bis der
Magyare mit schweren Stiefeln und stapfenden
Schrittes ausging, um seine Wahrheit, die wirkliche
bäuerische Wahrheit dieses Landes, wie einen vor
alters begrabenen Schatz in der Scholle zu suchen.

Er hat gesucht, er hat gefunden, aber er darf
den gefundenen Schatz noch nicht heben und viel
weniger noch in Sicherheit bringen. Denn in dieser
Zeit der Wirrsal herrscht gegenseitiges Mißtrauen
aller Parteien und Schichten. Der Bürger grollt dem
Arbeiter und dem Bauern. Der Bauer grollt dem
Bürger und dem Arbeiter. Der Arbeiter grollt dem
Bauern und dem Bürger. Und diese Situation wird
von einem tolldreisten Militär zu einer letzten, letalen,
verzweifelten, erbitterten und gewaltsamen Wieder-
herstellung der historisch und sozial längst über-
wundenen Herrenkaste benutzt.

Ist erst diese Zeit der Prüfung vorbei und wird einmal der Bauer auf dem Felde seine Brüder in Fabriken und Minen und auch die in den Amtsstuben, Laboratorien und Geschäften erkennen, werden sich erst die drei arbeitenden Klassen in der wirklichen Mehrheit und Wahrheit zusammengefunden haben, dann, so hoffen wir, wird zwischen diesen drei furchtbar mahlenden Mühlsteinen der Arbeit das Drohnenvolk des Blutes, der Willkür, der Grausamkeit und der Beschränktheit zermalmt werden.

*

Das ist die Geschichte von zwei ungarischen Jahren. Wer sie durchlitt, der hat in zwei Jahren die ganze Menschheitsgeschichte mit allen ihren Formen: im Krieg, im Frieden, in der Anarchie, im Terror, im Parlamentarismus, in der Demokratie, im Radikalismus, in der Reaktion, im Kommunismus, im Feudalismus, im Kaisertum, in der Repuhlik, im Königstum, er hat die Großmacht und den Kleinstaat, den Sieg, das Besiegtsein, die Besetzung und die Zersetzung, den Raub und das Beraubtsein, jeden Stolz und jede Demütigung innerhalb von vierundzwanzig Monaten erlebt. Vor uns stehen noch innere Erschütterungen und auch vielleicht noch äußere Kämpfe, wer weiß, was für gewaltsame Entladungen nationaler und sozialer Gewalt. Eine entsetzliche Schule, o eine bittere und harte! Aus dieser Schule hervorgegangen, mit diesen Erfahrungen der Vergangenheit und mit diesen Aussichten der Zukunft, stellt sich der ungarische Pazifist vor Sie hin, R o m a i n R o l l a n d, und legt zu Ihren Füßen das traurige Geständnis ab:

Es gibt wohl viele Formen der Gewalt, um mit Hilfe der Bajonette über Menschen zu herrschen; ein glückliches Regieren über friedliche Menschen in einem Staat ohne Soldaten gibt es überhaupt nicht. Jeder Staat, ja sogar der erträumte vereinigte und freie Staat aller Nationen, muß sich seine Mörder dingen, das heißt: er muß sich Soldaten halten, soll er nicht dem freien Raub und freien Mord preisgegeben werden. Über die Häuserreihe friedlicher Menschen hält die Kaserne ihre unmenschliche Wacht. Über menschlichen Geist, entmenschender Drill; — denn auch das hat uns die Geschichte aller Wandlungen in der proletarischen Armee gelehrt, daß eine Armee, in der Vertrauensmänner über Offiziere herrschen, um die Rechte der Persönlichkeit selbst für das Heer zu erzwingen, sich bald in eine Armee der würdelosesten Mißachtung des Individuums verwandelt. Ob der Befehlshaber F o c h oder T r o t z k y oder L u d e n d o r f f heißt, — überall und in jeder Armee ist das Individuum dem uniformierten Massenmenschen ausgeliefert, wie unser Kopf und unser Geist, den elementaren und ihre Arbeit instinktgemäß verrichtenden Organen des Unterleibes. Kann sich der Geist gegen die Organe der Verdauung und der Begattung auflehnen?

Die Waffe ist, man vergesse nicht, vor allem ein Schutzmittel gegen den eigenen Landsmann, ja gegen den Nachbarn und den Bruder. Daraus folgt, daß nicht der Herr über Geist, sondern der Herr über Waffen, der einzige Schutzherr jeder Gesellschaft ist.

Das Problem der Pazifisten würde sich demnach allein darauf beschränken, ob es irgendwie mög lich ist, sich diesem Waffengewaltigen in den Weg zu stellen und ihm zu verbieten, daß er seiner verhängnisvollen Natur nicht folge und den Schutz nicht zur Unterdrückung des eigenen Landes und die Unterdrückung nicht zur Eroberung fremder Länder benütze.

Wo die Führer einer Armee am meisten Gutes und am wenigsten Schlechtes verrichten, da gibt es die beste gesellschaftliche Ordnung. Denn mit Hilfe der Mordwaffe kann man sicherlich auch Gutes, ohne Waffen nicht einmal das Notwendige erreichen.

*

„Der Faust- und Autoritätsmensch muß der Feind sein," sagt der Dichter Heinrich Mann, „ein Intellektueller, der sich an die Herrenkaste heranmacht, begeht Verrat am Geist." So sprachen wir alle zu einer Zeit, da wir hoffen durften, daß nach dem Krieg vielleicht endlich einmal die Zeit des Geistes heranbreche.

Es kam anders. Ganz anders. Es kam wie früher, wie immer, so auch jetzt wieder, die eiserne Zeit der Faust und der Autorität.

Wehe dem, der aus diesem Stacheldraht des bürgerlichen Westens die Flucht nach dem Lager des östlichen Proletariats sucht. Der fällt dort in den Schützengraben T r o t z k y s und L e n i n s. Denn auch diese Weltfriedensprediger zählen die Häupter unserer Lieben, nur um sie in ihre Rote Armee zu reihen.

Militarist rechts, Militarist links, wo und in welcher Mitte steckt das friedliche und geistige Weltkind?

*

Der Pazifismus — und dies sage ich Euch, Ihr:
W i l s o n   und   T r e v e l l y a n ,   R o m a i n
R o l l a n d und B a r b u s s e , H e i n r i c h M a n n
und N o r m a n n A n g e l , N i c o l a i , L a m m a s c h
und   F r i e d   und   wie   Ihr   sonst   alle   heißen
möget, Ihr Horte des Guten und Ihr Hirten des
Schönen, — der Pazifismus, unser Glaube und
unsere Begeisterung, darf nicht aus einer Utopie in
eine Wirklichkeit verwandelt werden. Über Menschen
darf Menschlichkeit keinen Augenblick walten, soll
nicht Unmenschliches daraus entstehen.

An Ungarns Katastrophe habt Ihr alle Eure Teil-
schuld, Ihr Horte des Guten, Ihr Hirten des Geistes,
denn einzig und allein nur unser hochherziges
Land hat es unter allen Ländern gewagt, Eure hoch-
herzigen Lehren zu praktischen Lenkern eines
Landesschicksals machen zu wollen.

Wahrlich, ich sage Euch, — ich darf es Euch
sagen, als einer, der d a b e i war und nun die Pflicht
fühlt, gewissenhafte Zeugenschaft abzulegen —
daß der Pazifist der Ausgenützte, der Betrogene und
schließlich der Verschriene und Verworfene aller
Parteien ist, den keine als den Ihren anerkennen
will. Denn nur so lange der Bürger Krieg führt,
hält der Sozialist mit dem Pazifisten Schritt. In
derselben Sekunde, da die Zerstörung der Armee
zur Tatsache wird, da der Pazifist daran ist,
eine abgerüstete Welt frohlockend zu begrüßen,
heißt es im Lager der Sozialisten: Abrüstung des
Bürgers, Bewaffnung des Arbeiters und fort mit
dem Weichling, dem Pazifisten. Er hat seine
Schuldigkeit getan, er kann gehen! -

*

An diesem Scheideweg angelangt, gibt es ihrer friedlichen Lehre abtrünnige Pazifisten, die die den Händen des Ausbeuters entwundenen Waffen beherzt in die Hände des Arbeiters legen. Gewiß in der täuschenden Voraussetzung, daß das Proletariat, wenn sein Friedenswerk auf Erden verrichtet ist, die Waffen wieder und für immer wohlweislich aus der Hand legen werde. Dieser Lockung erlagen G o r k i und B a r b u s s e, die heute unnachsichtigsten Terror predigen. Und auch Sie, R o m a i n R o l-l a n d, der Epiker unserer Gesellschaft, dessen ganzes Dichterwerk Bürgertum atmet, erklären nun, als ob eine Gesellschaft des Friedens und der Uneigennützigkeit eben im Heranbrechen wäre, unbarmherzigsten Krieg gegen den mit aller Kriegs-schuld beladenen, selbsbtsüchtigen Bürger.

Mir scheint, daß durch solche vorzeitliche Anklagen und Kriegserklärungen ein vielleicht noch immer vermeidbarer Klassenkrieg leichtsinnig entfacht wird.

Gewiß muß der Arbeit und dem Arbeiter schon heute so viel Macht in der Regierung des bürgerlichen „Ausbeuters" eingeräumt werden, damit der vierte Stand das große Zukunftswerk seines künfti-gen Aufstiegs ungehemmt vorbereiten könne. Die Arbeiterschaft ist überall in ihrem Rechte, wo sie die grausame Sabotage des selbstischen Bürgertums gegen dieses billige Verlangen niederhält. Aber wo die Führer des Proletariats darüber hinausgehen und mit einseitig terroristischen Mitteln die ebenfalls selbstischen und nicht minder grausamen Instinkte ihrer zum Weltbeherrschen noch nicht herangereiften Klasse aufpeitschen, da begehen sie nicht nur eine unnütze Grausamkeit, sondern auch einen groben taktischen Fehler.

Es ist uns im vorigen Kapitel vielleicht gelungen, den Beweis zu führen, daß aus diesem Krieg — wenn auch diese unleugbare Tatsache rechts und links unseren Reaktionären und Revolutionären mißfallen sollte — ein von feudalen Schlacken befreites Bürgertum als Sieger hervorging. Statt Hohenzollern: Lloyd George, statt Ludendorff: Stinnes. Statt Europa: Amerika. Keine Verschönerung der Welt, aber doch immerhin ein Schritt nach vorwärts. Bedeutet ja Bürgerlichkeit im Grunde nichts anderes als Parlamentarismus an Stelle des Absolutismus, Kapitalismus an Stelle des Feudalismus. Und da nun einmal die gefährlichste Verbindung des Feudalismus mit dem Kapitalismus durch die Zertrümmerung der mächtigsten feudalistischen Imperialismen gelöst ist, bedeutet Bürgerlichkeit zugleich auch eine Welt der Arbeit und des Friedens.

Man vergesse nie: der Bürger ist seinem Wesen nach nicht wehrhaft. Reizt man ihn zum Widerstand, so wird er dem gestrigen Feudalismus und Absolutismus in die Arme getrieben.

Man lasse die wehrlose Klasse sich ausleben, sich selbst zersetzen und sie wird notwendigerweise ihrer eigenen Vernichtung entgegeneilen. Sie muß über kurz oder lang in der wehrhaften neuen Organisation und in ihrer ohnehin nicht mehr zu hemmenden und dämmenden Macht, mit nachtwandelnder Sicherheit wie von selber aufgehen. Aber man darf den Bürger beileibe nicht aufscheuchen und den sich allmählich von selbst vollziehenden Prozeß beschleunigen wollen. Denn man stößt auf den Widerstand einer eben erst zum Leben erwachten jungen Klasse, die ihre historische Sendung noch keineswegs erfüllt hat, (ist ja das mit dem Parlamentarismus regierende Bürgertum erst hundertunddreißig Jahre alt!) und daher heute noch unüberwindlich ist.

Wer sich also offen zum Bürgertum bekennt, braucht kein schlechtes Gewissen zu haben, solange er nicht in lichtscheuer Flucht der Zukunft die Mächte der Vergangenheit und ihre Herrenkaste zum wehrhaften Schutz heraufbeschwört. Ob nun so einer B a r r è s oder T h o m a s M a n n, C h e s t e r t o n oder C h a m b e r l a i n, M a r c e l P r é v o s t oder F r a n z H e r c z e g heißt, ihn trifft das Urteil H e i n r i c h M a n n s: er hat Verrat an dem Geist begangen.

Aber ich nenne Verräter an dem Geist, auch jenen andern, der sich den neuen Faust- und Autoritätsmenschen anschließt, den neuesten Feinden des Geistes, und wenn sie auch in der verheißendsten Glut ihrer scharlachroten Tracht einhergehen.

Im Kampf zwischen feudaler Vergangenheit und proletarischer Zukunft hat sich der Geist an die Seite des demokratischen Heute zu stellen.

*

Die Offiziersvereinigung der deutschen Repuhlik läßt folgende Kundgebung erscheinen:

„Heute, wo sich zum sechsten Male der Tag jährt, an dem der Krieg ausbrach, wenden wir uns an die Kameraden, die im Kriege d e n K r i e g v e r a b s c h e u e n g e l e r n t h a b e n. Wir bitten sie, ihre ganze Kraft einzusetzen bei der Mitarbeit

an der. A u s r o t t u n g d i e s e r m e n s c h e n -
u n w ü r d i g e n E i n r i c h t u n g und wir bitten
sie weiters, auf diejenigen.Kameraden einzuwirken,
die noch nicht eingesehen haben, daß·nicht Re-
vanche, sondern Revision des Versailler Vertrages
auf dem Wege·der Verständigung erstrebt werden
darf und muß . . .."

Eine wunderliche Welt fürwahr, in der Ihre
Lehren, R o m a i n R o l l a n d, in diesem friedens-
sehnsüchtigen Aufruf deutscher Offiziere éin solches
Echo finden. Wenn Mörder von gestern, heute·so
eine Sprache führen, dann ist alles erreicht und
noch darüber hinaus viel mehr, alles, . was wir·in
unseren kühnsten Träumen je·erträumt haben, und
der·Pazifismus - hätte endlich den Sieg davonge-
tragen.

Doch warum ' steht Ihr Jünger von gestern.
stumm und in Mißtrauen vor diesen Worten? Zum
Bejahen solcher Gesinnung geboren, wie ist es mir
schwer, verneinen zu müssen. Und wenn mir
auch nur einen Augenblick der Glaube von
gestern die Brust füllt und die Flamme von
gestern die Wangen rötet; fällt schon wieder —
ach, so bald und ach, so schwer — die Last des
Geschehenen und Gehörten auf meine Schultern
nieder. Weh' mir, daß ich Ungar bin,·daß ich das
Erlebte zu·erleben hatte und daß ich mich nicht
mehr traue zu vertrauen . . .

Denn ich weiß nur zu gut: dieser friedlichen
deutschen Offiziere harrt die Enttäuschung. Sie
werden gehaßt von Müttern, deren Söhne und·von
Frauen, deren Männer im Krieg gefallen sind, sie
werden verfolgt und verschrien werden von der

490

Jugend, für deren Leben sie kämpfen. Aber das alles wäre leicht zu ertragen, wenn die Worte selbst, die Worte des Friedens, die diese bekehrten Offiziere in den Sturm hinausschreien, nicht Unheil stifteten, Mißtrauen, neuen Hader und neuen Krieg. Denn es gibt keinen Verständigungsfrieden, weil es überhaupt keine Verständigung und keinen Frieden unter Menschen gibt.

Aus Sozialismus wird Krieg. Pazifismus verkehrt sich in Krieg und auch Demokratie bedeutet: Krieg und Gewalt. Nur daß sie, statt einer einseitigen, eine nach zwei Seiten hin angewandte, rechts und links, oben und unten, jedes Aufwallen gleichmäßig niederdrückende Gewalt ist. Man nennt sie gerecht, aber sie ist vielleicht die ungerechteste von allen, denn sie ist die Macht der Vielen gegen Wenige, also der Übermacht gegen die Wehrlosigkeit. Auch sie ist eine Partei wie jede andere, die mit ihrer Parole die klagende Stimme des Menschen, des leidenden einzelnen Wesens, übertönt. In Stunden, wo Zweifel mich quälten, stelle ich mir die Frage: Ist es denn wirklich wahr, daß sich der Geist des Friedens dieser Demokratie anschließen darf?

*

Der friedliche Geist, so verirrt im Weltall, sucht eine Stätte, wo er sich ungefährdet berge. Wo gibt es Ehrfurcht vor den Menschen? Vor der Menschen blühenden Augen, die schwarz, braun, grau und blau in die Welt blicken? Vor des Menschen sinnreichen Knorpeln am Knie, die sich biegen und beugen? Vor des Menschen mannigfachsten Windungen im Hirn, worin die Bilder einer ganzen Welt wunderlich brodeln? Vor des Menschen flinkem Nervengewebe, durch das Schmerzen laufen und Wonnen zucken? Vor des Menschen Fingern und deren flüggen Gliedern, die bauen und zersetzen, formen und modeln? Vor den geschickten menschlichen Füßen? Wo gibt es ein Fleckchen auf dieser Erde, wo der Mensch gilt, das dem Menschen gilt, seinem Stehen und Gehen, seinem Denken und Fühlen? Dem Handel und Wandel eines jeden einzelnen Menschen?

Der einzelne ist mir wertvoller als die Gesamtheit. Denn die Gesamtheit ist ewig, und nur der Mensch muß sterben. Er ist mir heilig, denn er ist vergänglich. Das einzige Geschenk des Lebens wurde ihm nur einmal gegeben, im Namen welcher Idee getraut Ihr Euch, es ihm zu rauben?

Selbst die hehrste Idee ist nichts anderes, als ein Mensch und daß er atmet und daß er lebt. Ist er tot, dann gibt es keine Idee mehr. Und deshalb heißt es, einen Menschen für eine Idee preisgeben — ein Etwas, ja das einzige, mögliche und seiende Etwas, aufzuopfern für einen widrigen Schall, für ein nichtiges Nichts.

Bei diesem Wissen angelangt, darf man es verleugnen? Die Augen vor einer Wahrheit schließen? Das wäre memmenhaft und feige. Soll man als Gesinnungslump gegen besseres Wissen handeln und mit der Vortäuschung, man handle als Denker und Fühler zum Wohle der Menschheit, dem eigenen Wohl und dem eigenen Nutzen dienlich sein? Soll man die Hände in den Schoß tun und die Tätigkeit des Denkens, dem jede Umwandlung in die Tat versagt bleibt, einstellen? Oder soll man sich

vielleicht bescheiden, wie der große R e n a n, der
sein aufklärendes, ketzerisches Werk so verrichten
wollte, daß der fromme Glaube der Menschen dabei
nicht zu Schaden komme und auch die Kirchen-
glocken nicht verstummen sollten. A h s o n n e z,
c l o c h e s! . . . Ach, hallet ihr Glocken — meine
Arbeit verfolgt weder Glauben noch Aberglauben,
und der hallende Glockenton erinnert mich an die
Kindheit, wiegt mich in Träume, macht mich lächeln
und ergötzt mich.

Kann man sich, ja darf man sich zu dieser zynischen Weisheit bekennen, Versöhnung und Frieden
predigen, während in unserem Umkreis neue Kriege.
entstehen? Was ist die Rolle der friedlichen Geister
im Geschehen, welches überall durch Gewalt geschieht?

Mit dieser letzten verzweifelten, unbeantworte-
ten Frage an Sie, R o m a i n R o l l a n d, mündet die
Geschichte des kleinen Ungarlandes in die große
Menschheitsgeschichte.

———

NACHTRAG.

Während der Drucklegung dieses Buches erschienen die Erinnerungen des Prinzen Ludwig Windisch-graetz: „Vom roten zum schwarzen Prinzen", die den Herausgeber zu folgenden Nachtrag veranlassen:

Zu Seite 364:

Prinz Windischgraetz erzählt, oft ins Blaue hinein-phantasierend, seine mehr körperlichen als seelischen Wandlungen von der roten zur schwarzen Gesinnung.

Immerhin ist es mir wertvoll, von diesem fürstlichen, flotten Vetter des tipp-topp-patent-feinen gräflichen Außenministers meinen aus Akten gewonnenen Eindruck über den Berchtoldschen Zynismus bestätigt zu finden. Berchtold gestand offen — erzählt Windisch-graetz —, daß ihm der englische Versöhnungsvorschlag keineswegs genehm war. Doch eine Note Greys, so unangenehm sie ist, darf nicht unterschlagen werden. Als Kaiser Franz Joseph den Friedenswunsch Englands aus dem Berchtholdschen Referat entgegennahm, waren seine ersten Worte: „Ja, aber ich muß erst Tisza fragen."

Und so wird die dunkle Lücke unserer Darstellung, die sich aus schweigenden Akten nicht einmal erhellen ließ, plötzlich beleuchtet und ausgefüllt. -

Tisza, telephonisch befragt, gibt seine Zustimmung. So ging denn die Note noch am selben Abend nach Berlin. Dort sorgte man dafür, daß sie mit ihrem versöhnlichen Inhalt verschwinde.

Somit sollte also T i s z a bis zum Schluß für die Versöhnung gewesen sein!? Und meine Darstellung muß eben in diesem wichtigsten Punkt eine Änderung erfahren. Meine Darstellung wohl — was hiemit geschehen ist —, nicht aber meine Auffassung. Denn meine Frage bleibt offen: Warum hat der Kraftmensch die Gelegenheit versäumt, um seine Kraft, voll und herrlich wie noch nie, auch für die Friedenssache geltend zu machen? Warum begnügte er sich mit einem flüchtigen, ins Telephon gesprochenen J a-Wort? Warum duldete er, daß die Akten in Berlin verschwanden? Konnte doch der selbe T i s z a, wenn es ihm um etwas wirklich ernst war, mit ganzer Wucht und Entschlossenheit auftreten! Wie ist es zu erklären, daß dieser beste Anwalt der Kriegssache, so ein flauer und lauer Verteidiger des Friedens war? Er war eben eine feudale Kriegsherrennatur, deren Element der bürgerliche Frieden nicht sein konnte.

Zu Seite 449:

Noch einige Worte über den flotten W i n d i s c h-g r a e t z, der sein Buch augenscheinlich nur deshalb schrieb, um einen kühnen Streich gegen den Umsturz von 1918 zu führen. Dies war sein Ziel. Er hat das Gegenteil erreicht. Denn noch nie hat jemand mit solchem Geschick die Notwendigkeit des Umsturzes gerechtfertigt, wie dieser Augen- und Ohrenzeuge, ja wie dieser werktätige Mitarbeiter des Zerfalls.

Der Tod des K a i s e r s F r a n z J o s e p h — so schreibt der kaisertreue W i n d i s c h g r a e t z — löste überall grenzenlose Erleichterung aus. C o n r a d erscheint ihm als der Ausbund der Untüchtigkeit, das A.-O.-K. ein Nest der Feigheit und des Verrats. Vor dem Umsturz schreiben unsere Generale Gesuche ums Maria-Theresien-Kreuz, deren Entwürfe man nach dem Umsturz in ihren Schreibtischfächern findet. Während des Umsturzes denken alle nur an die eigene Sicherheit, — die Armee, ja sogar der Kaiser wird treulos verlassen. Der junge Kaiser ist, wie W i n d i s c h g r a e t z ihn darstellt, gutmütig, aber unbeholfen, einer Kamarilla ergeben; B e r c h t o l d und C z e r n i n finden vor diesem Standesgenossen keine

Gnade. Das Beamtenkorps sieht die Straße bereits in Aufruhr, doch die Herren lassen sich weder in ihrem Morgenschlaf stören, noch vor Sorge um Kaiser und Vaterland in ihrem Zopf graue Haare wachsen. In T i s z a sieht Windischgraetz ein Hindernis der Weiterentwicklung. Als Kaiser Karl den gewaltsamen Tod T i s z a s erfährt, äußert er sich zu W i n d i s c h g r a e t z: „. . . er ist der erste, der daran glauben muß, daß man Völker nicht knebeln darf." Der Kaiser ist Pazifist, Defaitist sogar. Auch sein ungarischer Minister W i n d i s c h g r a e t z weiß, daß man sofort Frieden schließen muß, sonst verhungert das Land. Die deutsche Durchhaltepolitik und der Optimismus W e k e r l e s erscheinen ihm frevelhaft und töricht. Ein sofortiger Sonderfriede tut not usw., usw.

Wie schwach erscheint mir die in meinem Buch von einem bescheidenen Außenseiter versuchte Führung des Beweises von der Notwendigkeit des Zusammenbruches diesem Ankläger des Umsturzes gegenüber, der als wohleingeweihter Kenner der kaiser-königlichen Herrlichkeit, deren vergebene Rettung mit so tödlicher, nicht mehr gut zu machender, a n k l a g e n d e r Verteidigung versucht.

Lightning Source UK Ltd.
Milton Keynes UK
UKHW01f0636191018
330818UK00010B/380/P